# OEUVRES

## COMPLETES

### DE

# VOLTAIRE.

# OEUVRES

## COMPLETES

### DE

# VOLTAIRE.

TOME TRENTE-SIXIEME.

DE L'IMPRIMERIE DE LA SOCIÉTÉ LITTÉRAIRE-
TYPOGRAPHIQUE.

1 7 8 5.

# DIALOGUES

## ET

## ENTRETIENS

## PHILOSOPHIQUES.

# DIALOGUES

## ET

# ENTRETIENS

### PHILOSOPHIQUES.

## DIALOGUE PREMIER.

### LES EMBELLISSEMENS DE LA VILLE DE CACHEMIRE.

LES habitans de Cachemire font doux, légers, occupés de bagatelles, comme d'autres peuples le font d'affaires férieufes, et vivant comme des enfans qui ne favent jamais la raifon de ce qu'on leur ordonne, qui murmurent de tout, fe confolent de tout, fe moquent de tout, et oublient tout.

Ils n'avaient naturellement aucun goût pour les arts. Le royaume de Cachemire a fubfifté plus de treize cents ans, fans avoir eu ni de vrais philofophes, ni de vrais poëtes, ni d'architectes paffables, ni de peintres, ni de fculpteurs. Ils manquèrent long-temps de manufactures et de commerce, au point que, pendant plus de mille ans, quand un marquis cachemirien voulait avoir du linge et un beau pourpoint, il était obligé d'avoir recours à un juif ou à un banian. Enfin, vers le commencement du dernier fiècle, il s'éleva dans Cachemire quelques

A 2

hommes qui femblaient n'être pas de la nation, et qui, nourris de la fcience des Perfans et des Indiens, portèrent la raifon et le génie auffi loin qu'ils peuvent aller. Il fe trouva un fultan qui encouragea ces grands hommes, et qui, à l'aide d'un bon vifir, poliça, embellit et enrichit le royaume. Les Cachemiriens reçurent tous fes bienfaits en plaifantant, et firent des chanfons contre le fultan, contre le miniftre et contre les grands hommes qui les éclairaient.

Les arts languirent depuis à Cachemire. Le feu que des génies infpirés du ciel avaient allumé fut couvert de cendres. La nature parut épuifée. La gloire des arts à Cachemire ne confiftait prefque plus que dans les pieds et dans les mains. Il y avait des gens fort adroits qui avaient l'art de paffer une jambe par-deffus l'autre, au fon des inftrumens, avec une grâce merveilleufe; d'autres qui inventaient toutes les femaines une façon admirable d'ajufter un ruban; et enfin d'excellens chimiftes qui, avec de l'effence de jambon et autres femblables élixirs, mettaient en peu d'années toute une maifon entre les mains des médecins et des créanciers. Les Cachemiriens parvinrent par ces beaux arts à l'honneur de fournir de modes, de danfeurs et de cuifiniers prefque toute l'Afie.

On parlait cependant beaucoup de rendre la capitale plus commode, plus propre, plus faine et plus belle qu'elle ne l'était. On en parlait et on ne fefait rien. Un philofophe de l'Indouftan, grand amateur du bien public, et qui difait volontiers et inutilement fon avis, quand il s'agiffait de rendre les hommes plus heureux et de perfectionner les arts, paffa par la capitale de Cachemire; il eut avec un des principaux boftangis un long entretien fur la manière de donner à cette ville tout ce qui lui manquait. Le boſtangi convenait qu'il était honteux de n'avoir pas un grand et magnifique temple ſemblable à celui de Pékin ou d'Agra ; que c'était une pitié de n'avoir aucun de ces grands bazars, c'eſt-à-dire, de ces marchés et de ces magaſins publics entourés de colonnes et ſervant à la fois à l'utilité et à l'ornement. Il avouait que les ſalles deſtinées aux jeux publics étaient indignes d'une ville du quatrième ordre ; qu'on voyait avec indignation de très-vilaines maiſons ſur de très-beaux ponts, et qu'on déſirait en vain des places, des fontaines, des ſtatues et tous les monumens qui font la gloire d'une nation.

Permettez-moi, dit le philoſophe indien, de vous faire une petite queſtion. Que ne vous donnez-vous tout ce qui vous manque ? Oh ! dit le petit boſtangi, il n'y a pas moyen ; cela coûterait trop cher. Cela ne coûterait rien du tout, dit le philoſophe. On nous a déjà étalé ce beau paradoxe, reprit le citoyen ; mais ce ſont des diſcours de ſage, c'eſt-à-dire, des choſes admirables dans la théorie et ridicules dans la pratique : nous ſommes rebattus de ces belles ſentences. Mais qu'avez-vous répondu, dit le philoſophe, à ceux qui vous ont repréſenté qu'il ne s'agiſſait que de vouloir pleinement, et qu'il n'en coûterait rien à l'Etat de Cachemire pour orner votre capitale, pour faire toutes les grandes choſes dont elle a beſoin ? Nous n'avons rien répondu, dit le boſtangi ; nous nous ſommes mis à rire, ſelon notre coutume, et nous n'avons rien examiné. Oh bien, dit le philoſophe, riez moins, examinez davantage, et je vais vous démontrer ce paradoxe qui vous rendrait heureux, et qui vous alarme. Le cachemirien, qui était un homme fort poli, ſe mordit les lèvres, de peur d'éclater au nez de l'indien ; et ils eurent enſemble la converſation ſuivante.

A 3

LE PHILOSOPHE.

Qu'appelez-vous être riche ?

LE BOSTANGI.

Avoir beaucoup d'argent.

LE PHILOSOPHE.

Vous vous trompez. Les habitans de l'Amérique méridionale possédaient autrefois plus d'argent que vous n'en aurez jamais ; mais étant sans industrie, ils n'avaient rien de ce que l'argent peut procurer : ils étaient réellement dans la misère.

LE BOSTANGI.

J'entends ; vous faites consister la richesse dans la possession d'un terrain fertile.

LE PHILOSOPHE.

Non : car les tartares de l'Ukraine habitent un des plus beaux pays de l'univers, et ils manquent de tout. L'opulence d'un Etat est comme tous les talens qui dépendent de la nature et de l'art. Ainsi la richesse consiste dans le sol et dans le travail. Le peuple le plus riche et le plus heureux est celui qui cultive le plus le meilleur terrain ; et le plus beau présent que DIEU ait fait à l'homme est la nécessité de travailler.

LE BOSTANGI.

D'accord ; mais pour faire ce qu'on nous demande, il faudrait le travail de dix mille hommes pendant dix années ; et où trouver de quoi les payer ?

LE PHILOSOPHE.

N'avez-vous pas soudoyé cent mille soldats pendant dix ans de guerre ?

LE BOSTANGI.

Il est vrai, et l'Etat ne paraît pourtant pas appauvri.

LE PHILOSOPHE.

Quoi ! vous avez de l'argent pour envoyer tuer cent mille hommes, et vous n'en avez pas pour en faire vivre dix mille ?

LE BOSTANGI.

Cela eſt bien différent : il en coûte beaucoup moins pour envoyer un citoyen à la mort que pour lui faire ſculpter du marbre.

LE PHILOSOPHE.

Vous vous trompez encore. Trente mille hommes de cavalerie ſeulement ſont beaucoup plus chers que dix mille artiſans ; et la vérité eſt que ni les uns ni les autres ne ſont chers quand ils ſont employés dans le pays. Que croyez-vous qu'il en ait coûté aux anciens Egyptiens pour bâtir des pyramides, et aux Chinois pour faire leur grande muraille ? des oignons et du riz. Leurs terres ont-elles été épuiſées pour avoir nourri des hommes laborieux, au lieu d'avoir engraiſſé des fainéans ?

LE BOSTANGI.

Vous me pouſſez à bout, et vous ne me perſuadez pas. La philoſophie raiſonne, et la coutume agit.

LE PHILOSOPHE.

Si les hommes avaient toujours ſuivi cette maxime, ils mangeraient encore du gland, et ne ſauraient pas ce que c'eſt que la pleine lune. Pour exécuter les plus grandes entrepriſes, il ne faut qu'une tête et des mains, et l'on vient à bout de tout. Vous avez de belles pierres, du fer, du cuivre, de beaux bois de charpente ; il ne vous manque donc que la volonté.

LE BOSTANGI.

Nous avons de tout. La nature nous a très-bien traités.

Mais quelles dépenses énormes , pour mettre tant de matériaux en œuvre !

LE PHILOSOPHE.

Je n'entends rien à ce discours. De quelles dépenses parlez-vous donc ? Vôtre terre produit de quoi nourrir et vêtir tous vos habitans : vous avez sous vos pas tous les matériaux : vous avez autour de vous deux cents mille fainéans que vous pouvez employer : il ne reste donc plus qu'à les faire travailler, et à leur donner pour leur salaire de quoi être bien nourris et bien vêtus. Je ne vois pas ce qu'il en coûtera à votre royaume de Cachemire ; car assurément vous ne payerez rien aux Persans et aux Chinois pour avoir fait travailler vos citoyens.

LE BOSTANGI.

Ce que vous dites est très-véritable ; il ne sortira ni argent ni denrées de l'Etat.

LE PHILOSOPHE.

Que ne faites-vous donc commencer dès aujourd'hui vos travaux?

LE BOSTANGI.

Il est trop difficile de faire mouvoir une si grande machine.

LE PHILOSOPHE.

Comment avez-vous fait pour soutenir une guerre qui a coûté beaucoup de sang et de trésors ?

LE BOSTANGI.

Nous avons fait justement contribuer en proportion de leurs biens les possesseurs des terres et de l'argent.

LE PHILOSOPHE.

Hé bien, si on contribue pour le malheur de l'espèce humaine, ne donnera-t-on rien pour son bonheur et pour sa gloire ? Quoi! depuis que vous êtes établis en corps

de peuple, vous n'avez pas encore trouvé le secret d'obliger tous les riches à faire travailler tous les pauvres ? Vous
n'en êtes donc pas encore aux premiers élémens de la
police ?

### LE BOSTANGI.

Quand nous aurions fait en sorte que les possesseurs
du riz, du lin et des bestiaux donnassent du pilau et des
chemises aux mendians qu'on emploieroit à remuer la
terre et à porter des fardeaux, on ne seroit guère avancé.
Il faudroit faire travailler tous les artistes qui, le long de
l'année, sont employés à d'autres travaux.

### LE PHILOSOPHE.

J'ai ouï dire que dans l'année vous avez environ six
vingts jours pendant lesquels on ne travaille point à
Cachemire. Que ne changez-vous la moitié de ces jours
oiseux en jours utiles ? que n'employez-vous aux édifices
publics pendant cent jours les artistes désoccupés ? Alors
ceux qui ne savent rien, ceux qui n'ont que deux bras,
auront bien vîte de l'industrie ; vous formerez un peuple
d'artistes.

### LE BOSTANGI.

Ces temps sont destinés au cabaret et à la débauche,
et il en revient beaucoup d'argent au trésor public.

### LE PHILOSOPHE.

Votre raison est admirable ; mais il ne revient d'argent
au trésor public que par la circulation. Le travail n'opère-
t-il pas plus de circulation que la débauche qui entraîne
des maladies ? est-il bien vrai qu'il soit de l'intérêt de
l'Etat que le peuple s'enivre un tiers de l'année ?

Cette conversation dura long-temps. Le bostangi avoua
enfin que le philosophe avait raison, et il fut le premier
bostangi qu'un philosophe eût persuadé. Il promit de faire

Mais quelles dépenses énormes , pour mettre tant de matériaux en œuvre !

LE  PHILOSOPHE.

Je n'entends rien à ce difcours. De quelles dépenfes parlez-vous donc ? Votre terre produit de quoi nourrir et vêtir tous vos habitans : vous avez fous vos pas tous les matériaux : vous avez autour de vous deux cents mille fainéans que vous pouvez employer : il ne refte donc plus qu'à les faire travailler, et à leur donner pour leur falaire de quoi être bien nourris et bien vêtus. Je ne vois pas ce qu'il en coûtera à votre royaume de Cachemire ; car affurément vous ne payerez rien aux Perfans et aux Chinois pour avoir fait travailler vos citoyens.

LE  BOSTANGI.

Ce que vous dites eft très-véritable ; il ne fortira ni argent ni denrées de l'Etat.

LE  PHILOSOPHE.

Que ne faites-vous donc commencer dès aujourd'hui vos travaux?

LE  BOSTANGI.

Il eft trop difficile de faire mouvoir une fi grande machine.

LE  PHILOSOPHE.

Comment avez-vous fait pour foutenir une guerre qui a coûté beaucoup de fang et de tréfors ?

LE  BOSTANGI.

Nous avons fait juftement contribuer en proportion de leurs biens les poffeffeurs des terres et de l'argent.

LE  PHILOSOPHE.

Hé bien, fi on contribue pour le malheur de l'efpèce humaine, ne donnera-t-on rien pour fon bonheur et pour fa gloire? Quoi! depuis que vous êtes établis en corps que vous demandez audience n'avez-vous pu l'obtenir qu'aujourd'hui ?

L'AVOCAT.

C'eft que vous ne l'avez pas demandée vous-même pour vos pupilles. Il fallait aller plufieurs fois chez votre juge pour le fupplier de vous juger.

LE PLAIDEUR.

Son devoir eft de rendre juftice fans qu'on l'en prie. Il eft bien grand de décider des fortunes des hommes fur fon tribunal ; il eft bien petit de vouloir avoir des malheureux dans fon antichambre. Je ne vais point à l'audience de mon curé le prier de chanter fa grand'meffe ; pourquoi faut-il que j'aille fupplier mon juge de remplir les fonctions de fa charge ? Enfin donc, après tant de délais, nous allons être jugés aujourd'hui ?

L'AVOCAT.

Oui ; il y a grande apparence que vous gagnerez un chef de votre procès ; car vous avez pour vous un article décifif dans *Charondas*.

LE PLAIDEUR.

Ce *Charondas* eft apparemment quelque chancelier de nos premiers rois, qui fit une loi en faveur des orphelins ?

L'AVOCAT.

Point du tout ; c'eft un particulier qui a dit fon avis dans un gros livre qu'on ne lit point : mais un avocat le cite, les juges le croient, et on gagne fa caufe.

LE PLAIDEUR.

Quoi ! l'opinion d'un *Charondas* tient lieu de loi ?

L'AVOCAT.

Ce qu'il y a de trifte, c'eft que vous avez contre vous *Turnet* et *Brodeau*.

beaucoup; mais les hommes ne font jamais ni tout ce qu'ils veulent ni tout ce qu'ils peuvent.

Pendant que le raifonneur et le boftangi s'entretenaient ainfi des hautes fciences, il paffa une vingtaine de beaux animaux à deux pieds, portant petit manteau par-deffus longue jaquette, capuce pointu fur la tête, ceinture de corde fur les reins. Voilà de grands garçons bien faits, dit l'indien; combien en avez-vous dans votre patrie? A peu-près cent mille de différentes efpèces, dit le boftangi. Les braves gens pour travailler à embellir Cachemire! dit le philofophe. Que j'aimerais à les voir la bêche, la truelle, l'équerre à la main! Et moi auffi, dit le boftangi, mais ce font de trop grands faints pour travailler. Que font-ils donc? dit l'indien. Ils chantent, ils boivent, ils digèrent, dit le boftangi. Que cela eft utile à un Etat! dit l'indien. Cette converfation dura long-temps, et ne produifit pas grand'chofe.

# I I.

## UN PLAIDEUR ET UN AVOCAT.

### LE PLAIDEUR.

Hé bien, Monfieur! le procès de ces pauvres orphelins?

### L'AVOCAT.

Comment! il n'y a que dix-huit ans que leur bien eft aux faifies-réelles. On n'a mangé encore en frais de juftice que le tiers de leur fortune; et vous vous plaignez!

### LE PLAIDEUR.

Je ne me plains point de cette bagatelle. Je connais l'ufage; je le refpecte : mais pourquoi depuis trois mois

tout à fait favorable; mais à deux lieues de là c'eſt tout autre choſe.

### LE PLAIDEUR.

Mais Guignes et Melun ne ſont-ils pas en France? Et n'eſt-ce pas une choſe abſurde et affreuſe, que ce qui eſt vrai dans un village ſe trouve faux dans un autre? Par quelle étrange barbarie ſe peut-il que des compatriotes ne vivent pas ſous la même loi?

### L'AVOCAT.

C'eſt qu'autrefois les habitans de Guignes et ceux de Melun n'étaient pas compatriotes. Ces deux belles villes feſaient, dans le bon temps, deux empires ſéparés; et l'auguſte ſouverain de Guignes, quoique ſerviteur du roi de France, donnait des lois à ſes ſujets; ces lois dépendaient de la volonté de ſon maître-d'hôtel qui ne ſavait pas lire, et leur tradition reſpectable s'eſt tranſmiſe aux Guignois, de père en fils; de ſorte que la race des barons de Guignes étant éteinte pour le malheur du genre humain, la manière de penſer de leurs premiers valets ſubſiſte encore et tient lieu de loi fondamentale. Il en eſt ainſi de poſte en poſte dans le royaume; vous changez de juriſprudence en changeant de chevaux. Jugez où en eſt un pauvre avocat quand il doit plaider, par exemple, pour un poitevin contre un auvergnat.

### LE PLAIDEUR.

Mais les Poitevins, les Auvergnats, et meſſieurs de Guignes ne s'habillent-ils pas de la même façon? eſt-il plus difficile d'avoir les mêmes lois que les mêmes habits? Et puiſque les tailleurs et les cordonniers s'accordent d'un bout du royaume à l'autre, pourquoi les juges n'en font-ils pas autant?

LE PLAIDEUR.

Autres légiflateurs de la même force, fans doute?

L'AVOCAT.

Oui. Le droit romain n'ayant pu être fuffifamment expliqué dans le cas dont il s'agit, on fe partage en plufieurs opinions différentes.

LE PLAIDEUR.

Que parlez-vous ici du droit romain? eft-ce que nous vivons fous *Juftinien* ou fous *Théodofe* ?

L'AVOCAT.

Non pas ; mais nos ancêtres aimaient beaucoup la chaffe et les tournois ; ils couraient dans la Terre-Sainte avec leurs maîtreffes. Vous voyez bien que de fi importantes occupations ne leur laiffaient pas le temps d'établir une jurifprudence univerfelle.

LE PLAIDEUR.

Ah! j'entends ; vous n'avez point de lois , et vous allez demander à *Juftinien* et à *Charondas* ce qu'il faut faire, quand il y a un héritage à partager.

L'AVOCAT.

Vous vous trompez : nous avons plus de lois que toute l'Europe enfemble ; prefque chaque ville a la fienne.

LE PLAIDEUR.

Oh, oh! voici bien une autre merveille.

L'AVOCAT.

Ah! fi vos pupilles étaient nés à Guignes-la-putain, au lieu d'être natifs de Melun près Corbeil!

LE PLAIDEUR.

Hé bien, qu'arriverait-il alors ?

L'AVOCAT.

Vous gagneriez votre procès haut la main : car Guignes-la-putain fe trouve fituée dans une coutume qui vous eft

qui fe ferait baptifer à trente ans ; mais je trouverais fort mauvais qu'il ne me payât pas une lettre de change. Ceux qui péchent uniquement contre DIEU doivent être punis dans l'autre monde ; ceux qui péchent contre les hommes doivent être châtiés dans celui-ci.

L'AVOCAT.

Je n'entends rien à tout cela. Je vais plaider votre caufe.

LE PLAIDEUR.

DIEU veuille que vous l'entendiez davantage !

## III.

## MADAME DE MAINTENON ET MADEMOISELLE DE L'ENCLOS. (a)

Mme DE MAINTENON.

Oui, je vous ai priée de venir me voir en fecret. Vous penfez peut-être que c'eft pour jouir à vos yeux de ma grandeur ? non, c'eft pour trouver en vous des confolations.

Mlle DE L'ENCLOS.

Des confolations, Madame ! Je vous avoue que n'ayant point eu de vos nouvelles depuis votre grande fortune, je vous ai crue heureufe.

( a ) Madame de *Maintenon* et mademoifelle *Ninon de l'Enclos* avaient long-temps vécu enfemble. Cette fille célèbre , qui eft morte à quatre-vingt-huit ans , avait vu l'auteur , et même elle lui fit un legs par fon teftament. L'auteur a fouvent entendu dire à feu l'abbé de *Châteauneuf* que madame de *Maintenon* avait fait ce qu'elle avait pu pour engager *Ninon* à fe faire dévote et à venir la confoler à Verfailles de l'ennui de la grandeur et de la vieilleffe.

L'AVOCAT.

Ce que vous demandez est aussi impossible que de n'avoir qu'un poids et qu'une mesure. Comment voulez-vous que la loi soit par-tout la même, quand la pinte ne l'est pas ? Pour moi , après avoir profondément rêvé , j'ai trouvé que, comme la mesure de Paris n'est point la mesure de Saint-Denis, il faut nécessairement que les têtes ne soient pas faites à Paris comme à Saint-Denis. La nature se varie à l'infini ; et il ne faut pas essayer de rendre uniforme ce qu'elle a rendu si différent.

LE PLAIDEUR.

Mais il me semble qu'en Angleterre il n'y a qu'une loi et qu'une mesure.

L'AVOCAT.

Ne voyez-vous pas que les Anglais sont des barbares ? Ils ont la même mesure ; mais ils ont en récompense vingt religions différentes.

LE PLAIDEUR.

Vous me dites-là une chose qui m'étonne. Quoi ! des peuples qui vivent sous les mêmes lois ne vivent pas sous la même religion ?

L'AVOCAT.

Non , et cela seul prouve évidemment qu'ils sont abandonnés à leur sens réprouvé.

LE PLAIDEUR.

Cela ne viendrait-il pas aussi de ce qu'ils ont cru les lois faites pour l'extérieur des hommes , et la religion pour l'intérieur? Peut-être que les Anglais et d'autres peuples ont pensé que l'observation des lois était d'homme à homme , et que la religion était de l'homme à DIEU. Je sens que je n'aurais point à me plaindre d'un anabaptiste

M<sup>lle</sup> D E L' E N C L O S.

Les philofophes pourront vous croire ; mais le public aura bien de la peine à fe figurer que vous ne foyez pas contente ; et s'il penfait que vous ne l'êtes pas, il vous blâmerait.

M<sup>me</sup> D E M A I N T E N O N.

Il faut bien qu'il fe trompe comme moi. Ce monde-ci eft un vafte amphithéâtre, où chacun eft placé au hafard fur fon gradin. On croit que la fuprême félicité eft dans les degrés d'en haut. Quelle erreur !

M<sup>lle</sup> D E L' E N C L O S.

Je crois que cette erreur eft néceffaire aux hommes ; ils ne fe donneraient pas la peine de s'élever, s'ils ne penfaient que le bonheur eft placé fort au-deffus d'eux. Nous connaiffons toutes deux des plaifirs moins remplis d'illufions. Mais, de grâce, comment vous y êtes-vous prife pour être fi malheureufe fur votre gradin ?

M<sup>me</sup> D E M A I N T E N O N.

Ah! ma chère *Ninon*, depuis le temps que je ne vous ai plus appelée que *mademoifelle de l'Enclos*, j'ai commencé à n'être plus fi heureufe. Il faut que je fois prude ; c'eft tout vous dire. Mon cœur eft vide ; mon efprit eft contraint : je joue le premier perfonnage de France ; mais ce n'eft qu'un perfonnage. Je ne vis que d'une vie empruntée. Ah! fi vous faviez ce que c'eft que le fardeau impofé à une ame languiffante de ranimer une autre ame, d'amufer un efprit qui n'eft plus amufable ! (*b*)

M<sup>lle</sup> D E L' E N C L O S.

Je conçois toute la trifteffe de votre fituation. Je crains de vous infulter en réfléchiffant que *Ninon* eft plus heureufe

(*b*) Ce font les propres paroles de madame de *Maintenon*.

*Dialogues.* B

M^me DE MAINTENON.

J'ai la réputation de l'être. Il y a des ames pour qui c'en eſt aſſez : la mienne n'eſt pas de cette trempe ; je vous ai toujours regrettée.

M^lle DE L'ENCLOS.

J'entends. Vous ſentez dans la grandeur le beſoin de l'amitié ; et moi, qui vis pour l'amitié, je n'ai jamais eu beſoin de la grandeur ; mais pourquoi donc m'avez-vous oubliée ſi long-temps ?

M^me DE MAINTENON.

Vous ſentez qu'il a fallu paraître vous oublier. Croyez que parmi les malheurs attachés à mon élévation, je compte ſur-tout cette contrainte.

M^lle DE L'ENCLOS.

Pour moi je n'ai oublié ni mes premiers plaiſirs, ni mes anciens amis. Mais ſi vous êtes malheureuſe, comme vous le dites, vous trompez bien toute la terre qui vous envie.

M^me DE MAINTENON.

Je ſuis trompée la première. Si, lorſque nous ſoupions autrefois enſemble avec *Villarceaux* et *Nantouillet*, dans votre petite rue des Tournelles ; lorſque la médiocrité de notre fortune était à peine pour nous un ſujet de réflexion, quelqu'un m'avait dit : Vous approcherez un jour du trône ; le plus puiſſant monarque du monde n'aura de confiance qu'en vous ; toutes les grâces paſſe-ront par vos mains ; vous ſerez regardée comme une ſouveraine ; ſi, dis-je, on m'avait fait de telles prédic-tions, j'aurais dit : Leur accompliſſement doit faire mourir d'étonnement et de joie. Tout s'eſt accompli ; j'ai éprouvé de la ſurpriſe dans les premiers momens ; j'ai eſpéré la joie, et ne l'ai point trouvée.

M^lle

M<sup>lle</sup> DE L'ENCLOS.

Je vous aime toujours, Madame ; mais je vous avouerai que je m'aime davantage. Il n'y a pas moyen que je me fasse hypocrite et malheureuse, parce que la fortune vous a maltraitée.

M<sup>me</sup> DE MAINTENON.

Ah, cruelle *Ninon !* vous avez le cœur plus dur qu'on ne l'a même à la cour. Vous m'abandonnez impitoyablement.

M<sup>lle</sup> DE L'ENCLOS.

Non, je suis toujours sensible. Vous m'attendrissez ; et pour vous prouver que j'ai toujours le même goût pour vous, je vous offre tout ce que je puis ; quittez Versailles, venez vivre avec moi dans la rue des Tournelles.

M<sup>me</sup> DE MAINTENON.

Vous me percez le cœur. Je ne puis être heureuse auprès du trône ; et je ne pourrais l'être au Marais. Voilà le funeste effet de la cour.

M<sup>lle</sup> DE L'ENCLOS.

Je n'ai point de remède pour une maladie incurable. Je consulterai sur votre mal avec les philosophes qui viennent chez moi ; mais je ne vous promets pas qu'ils fassent l'impossible.

M<sup>me</sup> DE MAINTENON.

Quoi, se voir au faîte de la grandeur, être adorée, et ne pouvoir être heureuse !

M<sup>lle</sup> DE L'ENCLOS.

Ecoutez, il y a peut-être ici du mal-entendu. Vous vous croyez malheureuse uniquement par votre grandeur.

Le mal ne viendrait-il pas aussi de ce que vous n'avez plus ni les yeux si beaux, ni l'estomac si bon, ni les désirs

à Paris, dans fa petite maifon, avec l'abbé de *Châteauneuf*
et quelques amis, que vous à Verfailles auprès de l'homme
de l'Europe le plus refpectable, qui met toute fa cour
à vos pieds. Je crains de vous étaler la fupériorité de
mon état. Je fais qu'il ne faut pas trop goûter fa félicité
en préfence des malheureux. Tâchez, Madame, de
prendre votre grandeur en patience; tâchez d'oublier
l'obfcurité voluptueufe où nous vivions toutes deux
autrefois, comme vous avez été forcée d'oublier ici vos
anciennes amies. Le feul remède dans votre état douloureux, c'eft de ne dire jamais :

> Félicité paffée,
> Qui ne peux revenir,
> Tourment de ma penfée,
> Que n'ai-je, en te perdant, perdu le fouvenir !

Buvez du fleuve Léthé ; confolez-vous fur-tout en
jetant les yeux fur tant de reines qui s'ennuient.

M<sup>me</sup> D E  M A I N T E N O N.

Ah! *Ninon*, peut-on fe confoler feule ? J'ai une propofition à vous faire ; mais je n'ofe.

M<sup>lle</sup> D E  L' E N C L O S.

Madame, franchement, c'eft à vous à être timide ;
mais ofez.

M<sup>me</sup> D E  M A I N T E N O N.

Ce ferait de troquer, du moins en apparence, votre
philofophie contre de la pruderie, de vous faire femme
refpectable. Je vous logerais à Verfailles, vous feriez
mon amie plus que jamais ; vous m'aideriez à fupporter
mon état.

# I V.

## UN PHILOSOPHE ET UN CONTROLEUR GENERAL DES FINANCES.

#### LE PHILOSOPHE.

Savez-vous qu'un miniftre des finances peut faire beaucoup plus de bien, et par conféquent être un plus grand homme que vingt maréchaux de France ?

#### LE MINISTRE.

Je favais bien qu'un philofophe voudrait adoucir en moi la dureté qu'on reproche à ma place ; mais je ne m'attendais pas qu'il voulût me donner de la vanité.

#### LE PHILOSOPHE.

La vanité n'eft pas tant un vice que vous le penfez. Si *Louis XIV* n'en avait pas eu un peu, fon règne n'eût pas été fi illuftre. Le grand *Colbert* en avait ; ayez celle de le furpaffer. Vous êtes né dans un temps plus favorable que le fien. Il faut s'élever avec fon fiècle.

#### LE MINISTRE.

Je conviens que ceux qui cultivent une terre fertile ont un grand avantage fur ceux qui l'ont défrichée.

#### LE PHILOSOPHE.

Croyez qu'il n'y a rien d'utile que vous ne puiffiez faire aifément. *Colbert* trouva, d'un côté, l'adminiftration des finances dans tout le défordre où les guerres civiles et trente ans de rapine l'avaient plongée. Il trouva de l'autre une nation légère, ignorante, affervie à des préjugés dont la rouille avait treize cents ans d'ancienneté.

fi vifs qu'autrefois? Perdre fa jeuneffe, fa beauté, fes
paffions, c'eft-là le vrai malheur. Voilà pourquoi tant
de femmes fe font dévotes à cinquante ans, et fe fauvent
d'un ennui par un autre.

M^{me} DE MAINTENON.

Mais vous êtes plus âgée que moi, et vous n'êtes ni
malheureufe ni dévote.

M^{lle} DE L'ENCLOS.

Expliquons-nous. Il ne faut pas à notre âge s'imaginer
qu'on puiffe jouir d'une félicité complète. Il faut une
ame bien vive, et cinq fens bien parfaits pour goûter
cette efpèce de bonheur-là. Mais avec des amis, de la
liberté et de la philofophie, on eft auffi bien que notre
âge le comporte. L'ame n'eft mal que quand elle eft
hors de fa fphère. Croyez-moi, venez vivre avec mes
philofophes.

M^{me} DE MAINTENON.

Voici deux miniftres qui viennent. Cela eft bien loin
des philofophes. Adieu donc, ma chère *Ninon*.

M^{lle} DE L'ENCLOS.

Adieu, augufte infortunée.

la calamité de la guerre, l'augmentation de la maſſe d'or et d'argent ſerait inutile : car pourvu qu'il y ait aſſez d'or et d'argent pour la circulation, pourvu que la balance du commerce ſoit ſeulement égale, alors il eſt clair qu'il ne nous manque rien.

S'il y a deux milliars dans un royaume, toutes les denrées et la main-d'œuvre coûteront le double de ce qu'elles coûteraient s'il n'y avait qu'un milliar. Je ſuis auſſi riche avec cinquante mille livres de rente, quand j'achète la livre de viande quatre ſous, qu'avec cent mille, quand je l'achète huit ſous ; et le reſte à proportion. La vraie richeſſe d'un royaume n'eſt donc pas dans l'or et l'argent ; elle eſt dans l'abondance de toutes les denrées ; elle eſt dans l'induſtrie et dans le travail. Il n'y a pas long-temps qu'on a vu ſur la rivière de la Platà un régiment eſpagnol dont tous les officiers avaient des épées d'or, mais ils manquaient de chemiſes et de pain.

Je ſuppoſe que depuis *Hugues-Capet* la quantité d'argent n'ait point augmenté dans le royaume, mais que l'induſtrie ſe ſoit perfectionnée cent fois davantage dans tous les arts ; je dis que nous ſommes réellement cent fois plus riches que du temps de *Hugues-Capet* : car être riche, c'eſt jouir : or je jouis d'une maiſon plus aérée, mieux bâtie, mieux diſtribuée que n'était celle de *Hugues-Capet* lui-même : on a mieux cultivé les vignes, et je bois de meilleur vin : on a perfectionné les manufactures, et je ſuis vêtu d'un plus beau drap : l'art de flatter le goût par des apprêts plus fins me fait faire tous les jours une chère plus délicate que ne l'étaient les feſtins royaux de *Hugues-Capet*. S'il ſe feſait tranſporter, quand il était malade, d'une maiſon dans une autre, c'était dans une charrette ; et moi je me fais porter dans un carroſſe commode et

B 4

Il n'y avait pas un homme au confeil qui sût ce que c'eſt que le change. Il n'y en avait pas un qui sût ce que c'eſt que la proportion des eſpèces, pas un qui eût l'idée du commerce. A préſent les lumières ſe font communiquées de proche en proche. La populace reſte toujours dans la profonde ignorance, où la néceſſité de gagner ſa vie la condamne ; et où l'on a cru long-temps que le bien de l'Etat devait la tenir : mais l'ordre moyen eſt éclairé. Cet ordre eſt très-conſidérable ; il gouverne les grands qui penſent quelquefois, et les petits qui ne penſent point. Il eſt arrivé dans la finance, depuis le célèbre *Colbert*, ce qui eſt arrivé dans la muſique depuis *Lulli*. A peine *Lulli* trouva-t-il des hommes qui puſſent exécuter ſes ſymphonies, toutes ſimples qu'elles étaient. Aujourd'hui le nombre des artiſtes capables d'exécuter la muſique la plus ſavante s'eſt accru autant que l'art même. Il en eſt ainſi dans la philoſophie et dans l'adminiſtration. *Colbert* a plus fait que le duc de *Sulli ;* il faut faire plus que *Colbert.*

A ces mots, le miniſtre apercevant que le philoſophe avait quelques papiers, il voulut les voir ; c'était un recueil de quelques idées qui pouvaient fournir beau- coup de réflexions : le miniſtre prit le papier, et lut.

La richeſſe d'un Etat conſiſte dans le nombre de ſes habitans et dans leur travail.

Le commerce ne ſert à rendre un Etat plus puiſſant que ſes voiſins, que parce que dans un certain nombre d'années il a une guerre avec ſes voiſins, comme dans un certain nombre d'années il y a toujours quelque calamité publique. Alors dans cette calamité de la guerre, la nation la plus riche l'emporte néceſſairement ſur les autres, toutes choſes d'ailleurs égales, parce qu'elle peut acheter plus d'alliés et plus de troupes étrangères. Sans

donc il ne faut pas faire mourir les femelles. Or, il eſt clair que c'eſt les faire mourir pour la ſociété, que de les enterrer toutes vives dans des cloîtres, où elles ſont perdues pour la race préſente, et où elles anéantiſſent les races futures. L'argent perdu à doter des couvens ferait donc très-bien employé à encourager des mariages. Je compare les terres en friche, qui ſont encore en France, aux filles qu'on laiſſe ſécher dans un cloître. Il faut cultiver les unes et les autres. Il y a beaucoup de manières d'obliger les cultivateurs à mettre en valeur une terre abandonnée : mais il y a une manière ſûre de nuire à l'Etat; c'eſt de laiſſer ſubſiſter ces deux abus, d'enterrer les filles, et de laiſſer les champs couverts de ronces. La ſtérilité, en tout genre, eſt ou un vice de la nature, ou un attentat contre la nature.

Le roi, qui eſt l'économe de la nation, donne des penſions à des dames de la cour, et cet argent va aux marchands, aux coiffeuſes et aux brodeuſes. Mais pourquoi n'y a-t-il pas des penſions attachées à l'encouragement de l'agriculture ? cet argent retournerait de même à l'Etat, mais avec plus de profit.

On ſait que c'eſt un vice dans un gouvernement qu'il y ait des mendians. Il y en a de deux eſpèces; ceux qui vont en guenilles, d'un bout du royaume à l'autre, arracher des paſſans par des cris lamentables de quoi aller au cabaret; et ceux qui, vêtus d'habits uniformes, vont mettre le peuple à contribution au nom de DIEU, et reviennent ſouper chez eux dans de grandes maiſons où ils vivent à leur aiſe. La première de ces deux eſpèces eſt moins pernicieuſe que l'autre, parce que, chemin feſant, elle produit des enfans à l'Etat, et que, ſi elle fait des voleurs, elle fait auſſi des maçons et des ſoldats. Mais

agréable, où je reçois le jour fans être incommodé du vent. Il n'a pas fallu plus d'argent dans le royaume pour fufpendre fur des cuirs une caiffe de bois peinte, il n'a fallu que de l'induftrie; ainfi du refte. On prenait dans les mêmes carrières les pierres dont on bâtiffait la maifon de *Hugues-Capet*, et celles dont on bâtit aujourd'hui les maifons de Paris. Il ne faut pas plus d'argent pour conftruire une vilaine prifon que pour faire une maifon agréable. Il n'en coûte pas plus pour planter un jardin bien entendu que pour tailler ridiculement des ifs, et en faire des repréfentations groffières d'animaux. Les chênes pourriffaient autrefois dans les forêts; ils font façonnés aujourd'hui en parquets. Le fable reftait inutile fur la terre; on en fait des glaces.

Or, celui-là eft certainement riche qui jouit de tous ces avantages. L'induftrie feule les a procurés. Ce n'eft donc point l'argent qui enrichit un royaume; c'eft l'efprit; j'entends l'efprit qui dirige le travail.

Le commerce fait le même effet que le travail des mains; il contribue à la douceur de ma vie. Si j'ai befoin d'un ouvrage des Indes, d'une production de la nature, qui ne fe trouve qu'à Ceilan ou à Ternate, je fuis pauvre par ces befoins; je deviens riche quand le commerce les fatisfait. Ce n'était pas de l'or et de l'argent qui me manquaient; c'était du café et de la canelle. Mais ceux qui font fix mille lieues au rifque de leur vie, pour que je prenne du café le matin, ne font que le fuperflu des hommes laborieux de la nation. La richeffe confifte donc dans le grand nombre d'hommes laborieux.

Le but, le devoir d'un gouvernement fage, eft donc évidemment la peuplade et le travail.

Dans nos climats, il naît plus de mâles que de femelles,

paſſe vingt dans le pays étranger : trente ſont employés
à faire maſſacrer des hommes. Je ſuppoſe que pendant
la paix, de ces cinquante millions on en paye vingt-
cinq ; rien ne paſſe alors chez l'étranger : on fait travailler
pour le bien public autant de citoyens qu'on en égor-
geait. On augmente les travaux en tout genre ; on cultive
les campagnes ; on embellit les villes : donc on eſt
réellement riche en payant l'Etat. Les impôts, pendant
la calamité de la guerre, ne doivent pas ſervir à nous
procurer les commodités de la vie ; ils doivent ſervir à
la défendre. Le peuple le plus heureux doit être celui
qui paye le plus ; c'eſt inconteſtablement le plus laborieux et le plus riche.

Le papier public eſt à l'argent ce que l'argent eſt aux
denrées ; une repréſentation, un gage d'échange. L'argent
n'eſt utile que parce qu'il eſt plus aiſé de payer un mouton
avec un louis d'or que de donner pour un mouton quatre
paires de bas. Il eſt de même plus aiſé à un receveur de
province d'envoyer au tréſor royal quatre cents mille
francs dans une lettre, que de les faire voiturer à grands
frais : donc une banque, un papier de crédit eſt utile.
Un papier de crédit eſt dans le gouvernement d'un Etat,
dans le commerce et dans la circulation, ce que les cabeſ-
tans ſont dans les carrières. Ils enlèvent des fardeaux que
les hommes n'auraient pas pu remuer à bras. Un écoſſais,
homme utile et dangereux, établit en France le papier
de crédit ; c'était un médecin qui donnait une doſe
d'émétique trop forte à des malades. Ils en eurent des
convulſions ; mais, parce qu'on a trop pris d'un bon
remède, doit-on y renoncer à jamais ? Il eſt reſté des débris
de ſon ſyſtême une compagnie des Indes qui donne de
la jalouſie aux étrangers, et qui peut faire la grandeur

toutes deux font un mal dont tout le monde fe plaint, et que perfonne ne déracine. Il eft bien étrange que dans un royaume qui a des terres incultes et des colonies, on fouffre des habitans qui ne peuplent ni ne travaillent. Le meilleur gouvernement eft celui où il y a le moins d'hommes inutiles. D'où vient qu'il y a eu des peuples qui, ayant moins d'or et d'argent que nous, ont immortalifé leur mémoire par des travaux que nous n'ofons imiter? Il eft évident que leur adminiftration valait mieux que la nôtre, puifqu'elle engageait plus d'hommes au travail.

Les impôts font néceffaires. La meilleure manière de les lever eft celle qui facilite davantage le travail et le commerce. Un impôt arbitraire eft vicieux. Il n'y a que l'aumône qui puiffe être arbitraire; mais dans un Etat bien policé, il ne doit pas y avoir lieu à l'aumône. Le grand *Sha-Abas*, en fefant en Perfe tant d'établif-femens utiles, ne fonda point d'hôpitaux. On lui en demanda la raifon: Je ne veux pas, dit-il, qu'on ait befoin d'hôpitaux en Perfe.

Qu'eft-ce qu'un impôt? c'eft une certaine quantité de blé, de beftiaux, de denrées, que les poffeffeurs des terres doivent à ceux qui n'en ont point. L'argent n'eft que la repréfentation de ces denrées. L'impôt n'eft donc réelle-ment que fur les riches; vous ne pouvez pas demander au pauvre une partie du pain qu'il gagne, et du lait que les mamelles de fa femme donnent à fes enfans. Ce n'eft pas fur le pauvre, fur le manœuvre, qu'il faut impofer une taxe: il faut, en le fefant travailler, lui faire efpérer d'être un jour affez heureux pour payer des taxes.

Pendant la guerre, je fuppofe qu'on paye cinquante millions de plus par an; de ces cinquante millions il en

## V.

## MARC-AURELE ET UN RECOLLET.

### MARC-AURELE.

JE crois me reconnaître enfin. Voici certainement le capitole, et cette bafilique eft le temple ; cet homme que je vois eft fans doute prêtre de *Jupiter*. Ami, un petit mot, je vous prie.

### LE RECOLLET.

Ami ! l'expreffion eft familière. Il faut que vous foyez bien étranger pour aborder ainfi frère *Fulgence* le récollet, habitant du capitole, confeffeur de la ducheffe de *Popoli*, et qui parle quelquefois au pape comme s'il parlait à un homme.

### MARC-AURELE.

Frère *Fulgence* au capitole ! les chofes font un peu changées. Je ne comprends rien à ce que vous dites. Eft-ce que ce n'eft pas ici le temple de *Jupiter* ?

### LE RECOLLET.

Allez, bon homme, vous extravaguez. Qui êtes-vous, s'il vous plaît, avec votre habit à l'antique, et votre petite barbe ? d'où venez-vous, et que voulez-vous ?

### MARC-AURELE.

Je porte mon habit ordinaire ; je reviens voir Rome : je fuis *Marc-Aurèle*.

### LE RECOLLET.

*Marc-Aurèle* ? J'ai entendu parler d'un nom à peu-près femblable. Il y avait un empereur païen, à ce que je crois, qui fe nommait ainfi.

de la nation : donc ce fyftême, contenu dans de juftes bornes, aurait fait plus de bien qu'il n'a fait de mal. (a)

Changer le prix des efpèces, c'eft faire de la fauffe monnaie ; répandre dans le public plus de papiers de crédit que la maffe et la circulation des efpèces et des denrées ne le comportent, c'eft encore faire de la fauffe monnaie.

Défendre la fortie des matières d'or et d'argent eft un refte de barbarie et d'indigence ; c'eft à la fois vouloir ne pas payer fes dettes et perdre le commerce. C'eft en effet ne pas vouloir payer ; puifque fi la nation eft débitrice, il faut qu'elle folde fon compte avec les étrangers : c'eft perdre le commerce, puifque l'or et l'argent font non-feulement le prix des marchandifes, mais font marchandifes eux-mêmes. L'Efpagne a confervé, comme d'autres nations, cette ancienne loi, qui n'eft qu'une ancienne misère. La feule reffource du gouvernement eft qu'on viole toujours cette loi.

Charger de taxes dans fes propres Etats les denrées de fon pays d'une province à une autre ; rendre la Champagne ennemie de la Bourgogne, et la Guienne de la Bretagne, c'eft encore un abus honteux et ridicule. C'eft comme fi je poftais quelques-uns de mes domeftiques dans une anti-chambre, pour arrêter et pour manger une partie de mon fouper lorfqu'on me l'apporte. On a travaillé à corriger cet abus ; et, à la honte de l'efprit humain, on n'a pu y réuffir.

Il y avait bien d'autres idées dans les papiers du philofophe ; le miniftre les goûta ; il s'en procura une copie ; et c'eft le premier porte-feuille d'un philofophe qu'on ait vu dans le porte-feuille d'un miniftre.

_____

(a) Alors la compagnie des Indes fubfiftait avec éclat, et donnait de grandes efpérances.

de l'empereur mon fucceffeur? eft-ce toujours fur le mont Palatin? car en vérité je ne reconnais plus mon pays.

LE RECOLLET.

Je le crois bien vraiment ; nous avons tout perfectionné. Si vous voulez, je vous mènerai à Monte-Cavallo : vous baiferez les pieds du faint père, et vous aurez des indulgences dont vous me paraiffez avoir grand befoin.

MARC-AURELE.

Accordez-moi d'abord la vôtre ; et dites-moi franchement, eft-ce qu'il n'y aurait plus d'empereur, ni d'empire romain ?

LE RECOLLET.

Si fait, fi fait, il y a un empereur et un empire ; mais tout cela eft à quatre cents lieues d'ici, dans une petite ville appelée Vienne, fur le Danube. Je vous confeille d'y aller voir vos fucceffeurs ; car ici vous rifqueriez de voir l'inquifition. Je vous avertis que les révérends pères dominicains n'entendent point raillerie, et qu'ils traiteraient fort mal les *Marc-Aurèle*, les *Antonin*, les *Trajan* et les *Titus*, gens qui ne favent pas leur catéchifme.

MARC-AURELE.

Un catéchifme ! l'inquifition ! des dominicains ! des récollets ! un pape ! et l'empire romain dans une petite ville fur le Danube ! Je ne m'y attendais pas : je conçois qu'en feize cents ans les chofes de ce monde doivent avoir changé de face. Je ferais curieux de voir un empereur romain, *Marcoman*, *Quade*, *Cimbre* ou *Teuton*.

LE RECOLLET.

Vous aurez ce plaifir-là quand vous voudrez, et même de plus grands. Vous feriez donc bien étonné, fi je vous difais que des Scythes ont la moitié de votre empire, et

MARC-AURELE.

C'eſt moi-même. J'ai voulu revoir cette Rome qui m'aimait, et que j'ai aimée; ce capitole où j'ai triomphé en dédaignant les triomphes; cette terre que j'ai rendue heureuſe : mais je ne reconnais plus Rome. J'ai revu la colonne qu'on m'a érigée, et je n'y ai plus retrouvé la ſtatue du ſage *Antonin* mon père: c'eſt un autre viſage.

LE RECOLLET.

Je le crois bien, Monſieur le damné. *Sixte-Quint* a relevé votre colonne; mais il y a mis la ſtatue d'un homme qui valait mieux que votre père et vous.

MARC-AURELE.

J'ai toujours cru qu'il était fort aiſé de valoir mieux que moi; mais je croyais qu'il était difficile de valoir mieux que mon père. Ma piété a pu m'abuſer : tout homme eſt ſujet à l'erreur. Mais pourquoi m'appelez-vous damné?

LE RECOLLET.

C'eſt que vous l'êtes. N'eſt-ce pas vous, (autant qu'il m'en ſouvient) qui avez tant perſécuté des gens à qui vous aviez obligation, et qui vous avaient procuré de la pluie pour battre vos ennemis?

MARC-AURELE.

Hélas! j'étais bien loin de perſécuter perſonne. Je rendis grâce au ciel de ce que, par une heureuſe conjonc-ture, il vint à propos un orage dans le temps que mes troupes mouraient de ſoif; mais je n'ai jamais entendu dire que j'euſſe obligation de cet orage aux gens dont vous me parlez, quoiqu'ils fuſſent de fort bons ſoldats. Je vous jure que je ne ſuis point damné. J'ai fait trop de bien aux hommes pour que l'eſſence divine veuille me faire du mal. Mais dites-moi, je vous prie, où eſt le palais

vaut bien la gloire; mais par tout ce que vous me dites,
je pourrais foupçonner que frère *Fulgence* n'eft pas
philofophe.

LE RECOLLET.

Comment ! je ne fuis pas philofophe ! je le fuis à
la fureur. J'ai enfeigné la philofophie, et qui plus eft
la théologie.

MARC-AURELE.

Qu'eft-ce que cette théologie, s'il vous plaît ?

LE RECOLLET.

C'eft . . . c'eft ce qui fait que je fuis ici, et que
les empereurs n'y font plus : vous paraiffez fâché de
ma gloire, et de la petite révolution qui eft arrivée à
votre empire.

MARC-AURELE.

J'adopte les décrets éternels ; je fais qu'il ne faut
pas murmurer contre la deftinée ; j'admire la viciffitude
des chofes humaines : mais puifqu'il faut que tout
change, puifque l'empire romain eft tombé, les récollets
pourront avoir leur tour.

LE RECOLLET.

Je vous excommunie, et je vais à matines.

MARC-AURELE.

Et moi je vais me rejoindre à l'Etre des êtres.

que nous avons l'autre ; que c'eſt un prêtre comme moi qui eſt le ſouverain de Rome : que frère *Fulgence* pourra l'être à ſon tour ; que je donnerai des bénédictions au même endroit où vous traîniez à votre char des rois vaincus ; et que votre ſucceſſeur du Danube n'a pas à lui une ville en propre ; mais qu'il y a un prêtre qui doit lui prêter la ſienne dans l'occaſion.

### MARC-AURELE.

Vous me dites-là d'étranges choſes. Tous ces grands changemens n'ont pu ſe faire ſans de grands malheurs. J'aime toujours le genre humain, et je le plains.

### LE RECOLLET.

Vous êtes trop bon. Il en a coûté, à la vérité, des torrens de ſang, et il y a eu cent provinces ravagées ; mais il ne fallait pas moins que cela pour que frère *Fulgence* dormît au capitole à ſon aiſe.

### MARC-AURELE.

Rome, cette capitale du monde, eſt donc bien déchue et bien malheureuſe ?

### LE RECOLLET.

Déchue, ſi vous voulez ; mais malheureuſe, non. Au contraire, la paix y règne, les beaux arts y fleuriſſent. Les anciens maîtres du monde ne ſont plus que des maîtres de muſique. Au lieu d'envoyer des colonies en Angleterre, nous y envoyons des châtrés et des violons. Nous n'avons plus de *Scipions* qui détruiſent des Carthage ; mais auſſi nous n'avons plus de proſcriptions. Nous avons changé la gloire contre le repos.

### MARC-AURELE.

J'ai tâché dans ma vie d'être philoſophe ; je le ſuis devenu véritablement depuis. Je trouve que le repos

vaut

fouverains. Chaque homme, chaque être, tant jéfuite que brachmane, eft un reffort de l'univers ; il obéit à la deftinée, et ne lui commande pas. A quoi tenait-il que *Gengis - kan* conquît l'Afie ? à l'heure à laquelle fon père s'éveilla un jour en couchant avec fa femme, à un mot qu'un tartare avait prononcé quelques années auparavant. Je fuis, par exemple, tel que vous me voyez, une des caufes principales de la mort déplorable de votre bon roi *Henri I V*, et vous m'en voyez encore affligé.

### LE JESUITE.

Votre révérence veut rire apparemment. Vous la caufe de l'affaffinat d'*Henri I V !*

### LE BRACHMANE.

Hélas oui ! C'était l'an neuf cent quatre-vingt-trois mille de la révolution de Saturne, qui revient à l'an mille cinq cent cinquante de vòtre ère. J'étais jeune et étourdi. Je m'avifai de commencer une petite promenade du pied gauche, au lieu du pied droit, fur la côte de Malabar, et de-là fuivit évidemment la mort d'*Henri I V*.

### LE JESUITE.

Comment cela, je vous fupplie ? Car nous qu'on accufait de nous être tournés de tous les côtés dans cette affaire, nous n'y avons aucune part.

### LE BRACHMANE.

Voici comme la deftinée arrangea la chofe. En avançant le pied gauche, comme j'ai l'honneur de vous dire, je fis tomber malheureufement dans l'eau mon ami *Eriban*, marchand perfan, qui fe noya. Il avait une fort jolie fèmme qui convola avec un marchand arménien ; elle eut une fille qui époufa un grec ; la

# V I.

## UN BRACHMANE ET UN JESUITE,

*Sur la nécessité et l'enchaînement des choses.*

### LE JESUITE.

C'EST apparemment par les prières de S$^t$ *François Xaxier* que vous êtes parvenu à une si heureuse et si longue vieilleffe ? Cent quatre-vingts ans ! cela eft digne du temps des patriarches.

### LE BRACHMANE.

Mon maître *Fonfouka* en a vécu trois cents ; c'eft le cours ordinaire de notre vie. J'ai une grande eftime pour *François Xavier* ; mais fes prières n'auraient jamais pu déranger l'ordre de l'univers : et s'il avait eu feulement le don de faire vivre une mouche un inftant de plus que ne le portait l'enchaînement des deftinées, ce globe-ci ferait tout autre chofe que ce que vous voyez aujourd'hui.

### LE JESUITE.

Vous avez une étrange opinion des futurs contingens. Vous ne favez donc pas que l'homme eft libre, que notre volonté difpofe à notre gré de tout ce qui fe paffe fur la terre ? Je vous affure que les feuls jéfuites y ont fait pour leur part des changemens confidérables.

### LE BRACHMANE.

Je ne doute pas de la fcience et du pouvoir des révérends pères jéfuites ; ils font une partie fort eftimable de ce monde, mais je ne les en crois pas les

LE JESUITE.

Malgré votre pied gauche et la fervante du grand-père du fondateur des feuillans, je croirai toujours que l'action horrible de *Ravaillac* était un futur contingent, qui pouvait fort bien ne pas arriver; car enfin la volonté de l'homme eſt libre.

LE BRACHMANE.

Je ne fais pas ce que vous entendez par une volonté libre. Je n'attache point d'idée à ces paroles. Etre libre, c'eſt faire ce qu'on veut, et non pas vouloir ce qu'on veut. Tout ce que je fais, c'eſt que *Ravaillac* commit volontairement le crime qu'il était deſtiné à faire par des lois immuables. Ce crime était un chaînon de la grande chaîne des deſtinées.

LE JESUITE.

Vous avez beau dire; les choſes de ce monde ne font point ſi liées enſemble que vous penſez. Que fait, par exemple, au reſte de la machine la converſation inutile que nous avons enſemble ſur le rivage des Indes?

LE BRACHMANE.

Ce que nous diſons vous et moi eſt peu de choſe, ſans doute; mais ſi vous n'étiez pas ici, toute la machine du monde ferait autre choſe qu'elle n'eſt.

LE JESUITE.

Votre révérence *bramine* avance là un furieux paradoxe.

LE BRACHMANE.

Votre paternité *ignacienne* en croira ce qu'elle voudra; mais certainement nous n'aurions pas cette converſation, ſi vous n'étiez venu aux Indes. Vous n'auriez

C 3

fille de ce grec s'établit en France, et épousa le père
de *Ravaillac.* Si tout cela n'était pas arrivé, vous sentez
que les affaires des maisons de France et d'Autriche
auraient tourné différemment. Le syftême de l'Europe
aurait changé. Les guerres entre l'Allemagne et la
Turquie auraient eu d'autres fuites; ces fuites auraient
influé fur la Perfe, la Perfe fur les Indes. Vous voyez
que tout tenait à mon pied gauche, lequel était lié à
tous les autres événemens de l'univers, paffés, préfens
et futurs.

LE  JESUITE.

Je veux propofer cet argument à quelqu'un de nos
pères théologiens, et je vous apporterai la folution.

LE  BRACHMANE.

En attendant je vous dirai encore que la fervante du
grand-père du fondateur des feuillans (car j'ai lu vos
hiftoires) était auffi une des caufes néceffaires de la
mort d'*Henri IV*, et de tous les accidens que cette
mort entraîna.

LE  JESUITE.

Cette fervante-là était une maîtreffe femme.

LE  BRACHMANE.

Point du tout : c'était une idiote à qui fon maître
fit un enfant. M^{me} de *la Barrière* en mourut de chagrin.
Celle qui lui fuccéda fut, comme difent vos chroniques,
la grand'mère du bienheuréux *Jean de la Barrière*, qui
fonda l'ordre des feuillans. *Ravaillac* fut moine dans cet
ordre. Il puifa chez eux certaine doctrine fort à la mode
alors, comme vous favez. Cette doctrine lui perfuada
que c'était une bonne œuvre d'affaffiner le meilleur roi
du monde. Le refte eft connu,

foumettre. Bon foir. La deftinée m'appelle à préfent auprès de ma bramine.

### LE JESUITE.

Ma volonté libre me preffe d'aller donner leçon à un jeune écolier.

## V I I.

## LUCRECE ET POSSIDONIUS.

### *PREMIER ENTRETIEN.*

### POSSIDONIUS.

VOTRE poëfie eft quelquefois admirable; mais la phyfique d'*Epicure* me paraît bien mauvaife.

### LUCRECE.

Quoi, vous ne voulez pas convenir que les atomes fe font arrangés d'eux-mêmes de façon qu'ils ont produit cet univers?

### POSSIDONIUS.

Nous autres mathématiciens nous ne pouvons convenir que des chofes qui font prouvées évidemment par des principes inconteftables.

### LUCRECE.

Mes principes le font.

> *Ex nihilo nihil, in nihilum nil poffe reverti ;*
> *Tangere enim et tangi nifi corpus nulla poteft res.*
> Que rien ne vient de rien, rien ne retourne à rien ;
> Et qu'un corps n'eft touché que par un autre corps.

pas fait ce voyage , fi votre S$^t$ *Ignace de Loyola* n'avait
pas été bleffé au fiége de Pampelune, et fi un roi de
Portugal ne s'était obftiné à faire doubler le cap de
Bonne-Efpérance. Ce roi de Portugal n'a-t-il pas, avec
le fecours de la bouffole , changé la face du monde ?
Mais il fallait qu'un napolitain eût inventé la bouffole ;
et puis dites que tout n'eft pas éternellement affervi à
un ordre conftant, qui unit par des liens invifibles et
indiffolubles tout ce qui naît, tout ce qui agit, tout ce
qui fouffre, tout ce qui meurt fur notre globe.

LE JESUITE.

Hé , que deviendront les futurs contingens.

LE BRACHMANE.

Ils deviendront ce qu'ils pourront : mais l'ordre établi
par une main éternelle et toute-puiffante doit fubfifter à
jamais.

LE JESUITE.

A vous entendre , il ne faudrait donc point prier
DIEU?

LE BRACHMANE.

Il faut l'adorer. Mais qu'entendez-vous par le prier ?

LE JESUITE.

Ce que tout le monde entend , qu'il favorife nos
défirs , qu'il fatisfaffe à nos befoins.

LE BRACHMANE.

Je vous comprends. Vous voulez qu'un jardinier
obtienne du foleil à l'heure que DIEU a deftinée de
toute éternité pour la pluie, et qu'un pilote ait un
vent d'eft, lorfqu'il faut que le vent d'occident rafrai-
chiffe la terre et les mers. Mon père, prier c'eft fe

beau être éternelle, vous ne me perfuaderez point qu'elle puiffe produire l'Iliade d'*Homère*.

LUCRECE.

Non; une pierre ne compofera point l'Iliade, non plus qu'elle ne produira un cheval ; mais la matière organifée avec le temps, et devenue un mélange d'os, de chair et de fang, produira un cheval ; et organifée plus finement compofera l'Iliade.

POSSIDONIUS.

Vous le fuppofez fans aucune preuve ; et je ne dois rien admettre fans preuve. Je vais vous donner des os, du fang, de la chair tout faits : je vous laifferai travailler vous et tous les épicuriens du monde. Confentiriez-vous à faire le marché de poffèder l'empire romain, fi vous venez à bout de faire un cheval avec les ingrédiens tout préparés, ou à être pendu, fi vous n'en pouvez venir à bout?

LUCRECE.

Non ; cela paffe mes forces, mais non pas celles de la nature. Il faut des millions de fiècles pour que la nature, ayant paffé par toutes les formes poffibles, arrive enfin à la feule qui puiffe produire des êtres vivans.

POSSIDONIUS.

Vous aurez beau remuer dans un tonneau, pendant toute votre vie, tous les matériaux de la terre mêlés enfemble, vous n'en tirerez pas feulement une figure régulière ; vous ne produirez rien. Si le temps de votre vie ne peut fuffire à produire feulement un champignon, le temps de la vie d'un autre homme y fuffira-t-il ? Ce qu'un fiècle n'a pas fait, pourquoi plufieurs fiècles pourraient-ils le faire ? Il faudrait avoir vu naître des

POSSIDONIUS.

Quand je vous aurais accordé ces principes, et
même les atomes et le vide, vous ne me perfuaderiez
pas plus que l'univers s'eft arrangé de lui-même dans
l'ordre admirable où nous le voyons, que fi vous difiez
aux Romains que la fphère armillaire compofée par
*Poffidonius* s'eft faite feule.

LUCRECE.

Mais qui donc aura fait le monde ?

POSSIDONIUS.

Un être intelligent, plus fupérieur au monde et à
moi, que je ne le fuis au cuivre dont j'ai compofé ma
fphère.

LUCRECE.

Vous qui n'admettez que des chofes évidentes,
comment pouvez-vous reconnaître un principe dont
vous n'avez d'ailleurs aucune notion ?

POSSIDONIUS.

Comme avant de vous avoir connu , j'ai jugé que
votre livre était d'un homme d'efprit.

LUCRECE.

Vous avouez que la matière eft éternelle, qu'elle
exifte parce qu'elle exifte ; or, fi elle exifte par fa
nature, pourquoi ne peut-elle pas former par fa nature
des foleils, des mondes, des plantes, des animaux,
des hommes ?

POSSIDONIUS.

Tous les philofophes qui nous ont précédés ont cru
la matière éternelle, mais ils ne l'ont pas démontré ;
et quand elle ferait éternelle, il ne s'enfuit point du
tout qu'elle puiffe former des ouvrages dans lefquels
éclatent tant de fublimes deffeins. Cette pierre aurait

### LUCRECE.

Vous ne devez pas admettre un être dont vous n'avez aucune connaiffance.

### POSSIDONIUS.

C'eft comme fi vous me difiez que je ne dois pas croire qu'un architecte a bâti le capitole, parce que je n'ai pu voir cet architecte.

### LUCRECE.

Votre comparaifon n'eft pas jufte. Vous avez vu bâtir des maifons, vous avez vu des architectes ; ainfi vous devez penfer que c'eft un homme femblable aux architectes d'aujourd'hui qui a bâti le capitole. Mais ici les chofes ne vont pas de même : le capitole n'exifte point par fa nature, et la matière exifte par fa nature. Il eft impoffible qu'elle n'ait pas une certaine forme. Or pourquoi ne voulez-vous pas qu'elle pofsède par fa nature la forme qu'elle a aujourd'hui ? Ne vous eft-il pas beaucoup plus aifé de reconnaître la nature qui fe modifie elle-même, que de reconnaître un être invifible qui la modifie ? Dans le premier cas vous n'avez qu'une difficulté, qui eft de comprendre comment la nature agit : dans le fecond cas, vous avez deux difficultés, qui font de comprendre et cette même nature, et un être inconnu qui agit fur elle.

### POSSIDONIUS.

C'eft tout le contraire. Je vois non-feulement de la difficulté, mais de l'impoffibilité à comprendre que la matière puiffe avoir des deffeins infinis, et je ne vois aucune difficulté à admettre un être intelligent qui gouverne cette matière par fes deffeins infinis et par fa volonté toute-puiffante.

hommes et des animaux du fein de la terre, et des blés fans germe, &c. &c. pour ofer affirmer que la matière toute feule fe donne de telles formes : perfonne, que je fache, n'a vu cette opération ; perfonne ne doit donc y croire.

### LUCRECE.

Hé bien, les hommes, les animaux, les arbres auront toujours été. Tous les philofophes conviennent que la matière eft éternelle; ils conviendront que les générations le font auffi. C'eft la nature de la matière qu'il y ait des aftres qui tournent, des oifeaux qui volent, des chevaux qui courent, et des hommes qui faffent des Iliades.

### POSSIDONIUS.

Dans cette fuppofition nouvelle vous changez de fentiment; mais vous fuppofez toujours ce qui eft en queftion ; vous admettez une chofe dont vous n'avez pas la plus légère preuve.

### LUCRECE.

Il m'eft permis de croire que ce qui eft aujourd'hui était hier, était il y a un fiècle, il y a cent fiècles, et ainfi en remontant fans fin. Je me fers de votre argument; perfonne n'a jamais vu le foleil et les aftres commencer leur carrière, les premiers animaux fe former et recevoir la vie : on peut donc penfer que tout a été éternellement comme il eft.

### POSSIDONIUS.

Il y a une grande différence. Je vois un deffein admirable, et je dois croire qu'un être intelligent a formé ce deffein.

LUCRECE.

Votre raisonnement est un sophisme : je tiens le mouvement *nécessaire* à la matière ; cependant ce fumier, ce tas de boue ne sont pas actuellement en mouvement ; ils y seront quand quelque corps les poussera. De même la pensée ne sera l'attribut d'un corps que quand ce corps sera organisé pour penser.

POSSIDONIUS.

Votre erreur vient de ce que vous supposez toujours ce qui est en question. Vous ne voyez pas que pour organiser un corps, le faire homme, le rendre pensant, il faut déjà de la pensée, il faut un dessein arrêté. Or vous ne pouvez admettre des desseins avant que les seuls êtres qui ont ici-bas des desseins soient formés ; vous ne pouvez admettre des pensées avant que les êtres qui ont des pensées existent. Vous supposez encore ce qui est en question, quand vous dites que le mouvement est nécessaire à la matière. Car ce qui est absolument nécessaire existe toujours , comme l'étendue existe toujours dans toute matière : or le mouvement n'existe pas toujours. Les pyramides d'Egypte ne sont certainement pas en mouvement. Une matière subtile aurait beau passer entre les pierres des pyramides d'Egypte, la masse de la pyramide est immobile. Le mouvement n'est donc pas absolument nécessaire à la matière ; il lui vient d'ailleurs, ainsi que la pensée vient d'ailleurs aux hommes. Il y a donc un être intelligent et puissant qui donne le mouvement, la vie et la pensée.

LUCRECE.

Je veux vous répondre en disant qu'il y a toujours eu du mouvement et de l'intelligence dans le monde :

L U C R E C E.

Quoi ! c'eſt donc parce que votre eſprit ne peut comprendre une choſe qu'il en ſuppoſe une autre ? C'eſt donc parce que vous ne pouvez ſaiſir l'artifice et les reſſorts néceſſaires par leſquels la nature s'eſt arrangée en planètes, en ſoleils, en animaux, que vous recourez à un autre être ?

P O S S I D O N I U S.

Non ; je n'ai pas recours à un Dieu, parce que je ne puis comprendre la nature : mais je comprends évidemment que la nature a beſoin d'une intelligence ſuprême ; et cette ſeule raiſon me prouverait un Dieu, ſi je n'avais pas d'ailleurs d'autres preuves.

L U C R E C E.

Et ſi cette matière avait par elle-même l'intelligence?

P O S S I D O N I U S.

Il m'eſt évident qu'elle ne la poſsède point.

L U C R E C E.

Et à moi il eſt évident qu'elle la poſsède, puiſque je vois des corps comme vous et moi qui raiſonnent.

P O S S I D O N I U S.

Si la matière poſſédait par elle-même la penſée, il faudrait que vous diſſiez qu'elle la poſsède néceſſaire-ment. Or, ſi cette propriété lui était néceſſaire, elle l'aurait en tout temps et en tous lieux : car ce qui eſt *néceſſaire* à une choſe ne peut jamais en être ſéparé. Un morceau de boue, le plus vil excrément penſerait ; or, certainement vous ne diriez pas que du fumier penſe : la penſée n'eſt donc pas un attribut néceſſaire à la matière.

-entreprissent leur navigation ? Les hommes portent des chaussures ; direz-vous que les jambes ont été faites par un être suprême pour être chaussées ? non, sans doute : mais les Argonautes ayant vu du bois en ont bâti un navire, et ayant connu que l'eau pouvait porter ce navire, ils ont entrepris leur voyage. De même après une infinité de formes et de combinaisons que la matière avait prises, il s'est trouvé que les humeurs et la corne transparente qui composent l'œil, séparées autrefois dans différentes parties du corps humain, ont été réunies dans la tête, et les animaux ont commencé à voir. Les organes de la génération qui étaient épars se sont rassemblés, et ont pris la forme qu'ils ont. Alors les générations ont été produites avec régularité. La matière du soleil long-temps répandue et écartée dans l'espace s'est conglobée, et a fait l'astre qui nous éclaire. Y a-t-il à tout cela de l'impossibilité ?

POSSIDONIUS.

En vérité vous ne pouvez pas avoir sérieusement recours à un tel système. Premièrement en adoptant cette hypothèse vous abandonneriez les générations éternelles dont vous parliez tout à l'heure. Secondement vous vous trompez sur les causes finales. Il y a des usages volontaires que nous fesons des présens de la nature : il y a des effets indispensables. Les Argonautes pouvaient ne pas employer les arbres des forêts pour en faire un vaisseau ; mais ces arbres étaient visiblement destinés à croître sur la terre, à donner des fruits et des feuilles. On peut ne point couvrir ses jambes d'une chaussure ; mais la jambe est visiblement faite pour porter le corps, et pour marcher ; les yeux pour voir ; les oreilles pour entendre ; les parties de la

ce mouvement et cette intelligence se font diftribués de tout temps, fuivant les lois de la nature. La matière étant éternelle, il était impoffible que fon exiftence ne fût pas dans quelque ordre : elle ne pouvait être dans aucun ordre fans le mouvement et fans la penfée : il fallait donc que l'intelligence et le mouvement fuffent en elle.

### P O S S I D O N I U S.

Quelque chofe que vous faffiez, vous ne pouvez jamais que faire des fuppofitions. Vous fuppofez un ordre, il faut donc qu'il y ait une intelligence qui ait arrangé cet ordre. Vous fuppofez le mouvement et la penfée avant que la matière fût en mouvement, et qu'il y eût des hommes et des penfées. Vous ne pouvez nier que la penfée n'eft pas effentielle à la matière, puifque vous n'ofez pas dire qu'un caillou penfe. Vous ne pouvez oppofer que des *peut-être* à la vérité qui vous preffe ; vous fentez l'impuiffance de la matière, et vous êtes forcé d'admettre un être fuprême, intelligent, tout-puiffant, qui a organifé la matière et les êtres penfans. Les deffeins de cette intelligence fupérieure éclatent de toutes parts, et vous devez les apercevoir dans un brin d'herbe comme dans le cours des aftres. On voit que tout eft dirigé à une fin certaine.

### L U C R E C E.

Ne prenez-vous point pour un deffein ce qui n'eft qu'une exiftence néceffaire ? ne prenez-vous point pour une fin ce qui n'eft qu'un ufage que nous fefons des chofes qui exiftent ? Les Argonautes ont bâti un vaiffeau pour aller à Colchos ; direz-vous que les arbres ont été créés pour que les Argonautes bâtiffent un vaiffeau, et que la mer a été faite pour que les Argonautes

LUCRECE.

Quoi ! il me faudrait renoncer aux dogmes d'*Epicure* ?

POSSIDONIUS.

Il vaut mieux renoncer à *Epicure* qu'à la raison.

## SECOND ENTRETIEN.

LUCRECE.

JE commence à reconnaître un être suprême inaccessible à nos sens, et prouvé par notre raison, qui a fait le monde, et qui le conserve : mais pour tout ce que je dis de l'ame dans mon troisième livre, admiré de tous les savans de Rome, je ne crois pas que vous puissiez m'obliger à y renoncer.

POSSIDONIUS.

Vous dites d'abord :

*Idque situm mediâ regione in pectoris hæret.*
L'esprit est au milieu de la poitrine.

Mais quand vous avez composé vos beaux vers, n'avez-vous jamais fait quelque effort de tête ? Quand vous parlez de l'esprit de *Cicéron*, ou de l'orateur *Marc-Antoine*, ne dites-vous pas que c'est une bonne tête ? et si vous disiez qu'il a une bonne poitrine, ne croirait-on pas que vous parlez de sa voix et de ses poumons ?

LUCRECE.

Mais ne sentez-vous pas que c'est autour du cœur que se forment les sentimens de joie, de douleur et de crainte ?

*Hìc exultat enim pavor ac metus, hæc loca circum*
*Lætitiæ mulcent.*

Ne sentez - vous pas votre cœur se dilater ou se

*Dialogues.* D

génération pour perpétuer l'efpèce. Si vous confidérez
que d'une étoile placée à quatre ou cinq cents millions
de lieues de nous, il part des traits de lumière qui
viennent faire le même angle déterminé dans les yeux
de chaque animal, et que tous les animaux ont à l'inftant
la fenfation de la lumière, vous m'avouerez qu'il y a là
une mécanique, un deffein admirable. Or n'eft-il pas
déraifonnable d'admettre une mécanique fans artifan,
un deffein fans intelligence, et de tels deffeins fans un
être fuprême?

L U C R E C E.

Si j'admets cet être fuprême, quelle forme aura-t-il?
Sera-t-il en un lieu? fera-t-il hors de tout lieu? fera-
t-il dans le temps, hors du temps? remplira-t-il tout
l'efpace, ou non? Pourquoi aura-t-il fait ce monde?
quel eft fon but? Pourquoi former des êtres fenfibles
et malheureux? Pourquoi le mal moral, et le mal
phyfique? De quelque côté que je tourne mon efprit,
je ne vois que l'incompréhenfible.

P O S S I D O N I U S.

C'eft précifément parce que cet être fuprême exifte,
que fa nature doit être incompréhenfible : car s'il
exifte, il doit y avoir l'infini entre lui et nous. Nous
devons admettre qu'il eft, fans favoir ce qu'il eft, et
comment il opère. N'êtes-vous pas forcé d'admettre les
afymptotes en géométrie, fans comprendre comment ces
lignes peuvent s'approcher toujours, et ne fe toucher
jamais? N'y a-t-il pas des chofes auffi incompréhenfibles que démontrées dans les propriétés du cercle?
Concevez donc qu'on doit admettre l'incompréhenfible, quand l'exiftence de cet incompréhenfible eft
prouvée.

L U C R E C E.

puiſſe compoſer l'Iliade. Un rayon de ſoleil en ſera-t-il plus capable? Imaginez ce rayon de ſoleil cent mille fois plus ſubtil et plus rapide; cette clarté, cette ténuité feront-elles des ſentimens et des penſées ?

LUCRECE.

Peut-être en feront-elles quand elles feront dans des organes préparés.

POSSIDONIUS.

Vous voilà toujours réduit à des *peut-être*. Du feu ne peut penſer par lui-même plus que de la glace. Quand je ſuppoſerais que c'eſt du feu qui penſe en vous, qui ſent, qui a une volonté, vous ſeriez donc forcé d'avouer que ce n'eſt pas par lui-même qu'il a une volonté, du ſentiment et des penſées.

LUCRECE.

Non, ce ne ſera pas par lui-même ; ce ſera par l'aſſemblage de ce feu et de mes organes.

POSSIDONIUS.

Comment pouvez-vous imaginer que de deux corps qui ne penſent point chacun ſéparément, il réſulte la penſée quand ils ſont unis enſemble?

LUCRECE.

Comme un arbre et de la terre pris ſéparément ne portent point de fruit, et qu'ils en portent quand on a mis l'arbre dans la terre.

POSSIDONIUS.

La comparaiſon n'eſt qu'éblouiſſante. Cet arbre a en ſoi le germe des fruits, on le voit à l'œil dans ſes boutons ; et le ſuc de la terre développe la ſubſtance de ces fruits. Il faudrait donc que le feu eût déjà en ſoi le germe de la penſée, et que les organes du corps développaſſent ce germe.

D 2

refferrer à une bonne ou mauvaife nouvelle? N'y a-t-il pas là des refforts fecrets qui fe détendent ou qui prennent de l'élafticité? C'eft donc là qu'eft le fiége de l'ame.

### P O S S I D O N I U S.

Il y a une paire de nerfs qui part du cerveau, qui paffe à l'eftomac et au cœur, qui defcend aux parties de la génération, et qui leur imprime des mouvemens ; direz-vous que c'eft dans les parties de la génération que réfide l'entendement humain ?

### L U C R E C E.

Non, je n'oferais le dire ; mais, quand je placerai l'ame dans la tête, au lieu de la mettre dans la poitrine, mes principes fubfifteront toujours : l'ame fera toujours une matière infiniment déliée, femblable au feu élémentaire qui anime toute la machine.

### P O S S I D O N I U S.

Et comment concevez-vous qu'une matière déliée puiffe avoir des penfées, des fentimens par elle-même ?

### L U C R E C E.

Parce que je l'éprouve, parce que toutes les parties de mon corps étant touchées en ont le fentiment ; parce que ce fentiment eft répandu dans toute ma machine ; parce qu'il ne peut y être répandu que par une matière extrêmement fubtile et rapide ; parce que je fuis un corps ; parce qu'un corps ne peut être agité que par un corps ; parce que l'intérieur de mon corps ne peut être pénétré que par des corpufcules très-déliés, et que par conféquent mon ame ne peut être que l'affemblage de ces corpufcules.

### P O S S I D O N I U S.

Nous fommes déjà convenus dans notre premier entretien qu'il n'y a pas d'apparence qu'un rocher

POSSIDONIUS.

Vous et moi n'en favons rien : je vous dirai bien ce qu'elle n'eft pas ; mais je ne puis vous dire ce qu'elle eft. Je vois que c'eft une puiffance qui eft en moi, que je ne me fuis pas donné cette puiffance, et que par conféquent elle vient d'un être fupérieur à moi.

LUCRECE

Vous ne vous êtes pas donné la vie, vous l'avez reçue de votre père; vous avez reçu de lui la penfée avec la vie, comme il l'avait reçue de fon père, et ainfi en remontant à l'infini. Vous ne favez pas plus au fond ce que c'eft que le principe de la vie, que vous ne connaiffez le principe de la penfée. Cette fucceffion d'êtres vivans et penfans a exifté de tout temps.

POSSIDONIUS.

Je vois toujours que vous êtes forcé d'abandonner le fyftême d'*Epicure*, et que vous n'ofez plus dire que la déclinaifon des atomes produit la penfée : mais j'ai déjà réfuté dans notre dernier entretien la fucceffion éternelle des êtres fenfibles et penfans ; je vous ai dit que s'il y avait eu des êtres matériels penfans par eux-mêmes, il faudrait que la penfée fût un attribut néceffaire, effentiel à toute matière ; que fi la matière penfait néceffairement par elle-même, toute matière ferait penfante : or cela n'eft pas : donc il eft infoutenable d'admettre une fucceffion d'êtres matériels penfans par eux-mêmes.

LUCRECE.

Ce raifonnement que vous répétez n'empêche pas qu'un père ne communique une ame à fon fils en formant fon corps. Cette ame et ce corps croiffent

D 3

L U C R E C E.

Que trouvez-vous à cela d'impossible?

P O S S I D O N I U S.

Je trouve que ce feu, cette matière quinteſſenciée n'a pas en elle plus de droit à la penſée que la pierre. La production d'un être doit avoir quelque choſe de ſemblable à ce qui la produit : or une penſée, une volonté, un ſentiment n'ont rien de ſemblable à de la matière ignée.

L U C R E C E.

Deux corps qui ſe heurtent produiſent du mou-vement ; et cependant ce mouvement n'a rien de ſemblable à ces deux corps, il n'a rien de leurs trois dimenſions, il n'a point comme eux de figure : donc un être peut n'avoir rien de ſemblable à l'être qui le produit : donc la penſée peut naître de l'aſſemblage de deux corps qui n'auront point la penſée.

P O S S I D O N I U S.

Cette comparaiſon eſt encore plus éblouiſſante que juſte. Je ne vois que matière dans deux corps en mouvement. Je ne vois là que des corps paſſant d'un lieu dans un autre. Mais quand nous raiſonnons enſemble, je ne vois aucune matière dans vos idées et dans les miennes. Je vous dirai ſeulement que je ne conçois pas plus comment un corps a le pouvoir d'en remuer un autre, que je ne conçois comment j'ai des idées. Ce ſont pour moi deux choſes également inex-plicables, et toutes deux me prouvent également l'exiſtence et la puiſſance d'un être ſuprême auteur du mouvement et de la penſée.

L U C R E C E.

Si notre ame n'eſt pas un feu ſubtil, une quinteſſence éthérée, qu'eſt-elle donc ?

POSSIDONIUS.

Mais un père en formant son fils n'a-t-il pas agi comme un inſtrument aveugle ? A-t-il prétendu faire une ame, faire des penſées, en jouiſſant de ſa femme ? L'un et l'autre ſavent-ils comment un enfant ſe forme dans le ſein maternel ? Ne faut-il pas recourir à quelque cauſe ſupérieure, ainſi que dans les autres opérations de la nature que nous avons examinées ? Ne ſentez-vous pas, ſi vous êtes de bonne foi, que les hommes ne ſe donnent rien, et qu'ils ſont ſous la main d'un maître abſolu ?

LUCRECE.

Si vous en ſavez plus que moi, dites-moi donc ce que c'eſt que l'ame.

POSSIDONIUS.

Je ne prétends pas en ſavoir plus que vous. Eclairons-nous l'un l'autre. Dites-moi d'abord ce que c'eſt que la végétation.

LUCRECE.

C'eſt un mouvement interne qui porte les ſucs de la terre dans une plante, la fait croître, développe ſes fruits, étend ſes feuilles, &c.

POSSIDONIUS.

Vous ne penſez pas, ſans doute, qu'il y ait un être appelé *végétation* qui opère ces merveilles ?

LUCRECE.

Qui l'a jamais penſé ?

POSSIDONIUS.

Vous devez conclure de notre précédent entretien, que l'arbre ne s'eſt point donné la végétation lui-même.

enfemble ; ils fe fortifient, ils font affujettis aux maladies, aux infirmités de la vieilleffe. La décadence de nos forces entraîne celle de notre jugement ; l'effet ceffe enfin avec la caufe, et l'ame fe diffout comme la fumée dans les airs.

> *Præterea gigni pariter cum corpore, et unâ*
> *Crefcere fentimus, pariterque fenefcere mentem :*
> *Nam veluti infirmo pueri, teneroque vagantur*
> *Corpore, fic animi fequitur fententia tenuis.*
> *Indè ubi robuftis adolevit viribus ælas,*
> *Confilium quoque majus, et auctior eft animi vis.*
> *Poft, ubi jam validis quaffatum eft viribus ævi*
> *Corpus, et obtufis ceciderunt viribus artus,*
> *Claudicat ingenium, delirant linguaque menfque :*
> *Omnia deficiunt, atque uno tempore defunt.*
> *Ergo diffolvi quoque convenit omnem animaï*
> *Naturam, ceu fumum in alias aëris auras :*
> *Quandoquidem gigni pariter, pariterque videmus*
> *Crefcere ; et, ut docui, fimul ævo feffa fatifcit.*

POSSIDONIUS.

Voilà de très-beaux vers ; mais m'apprenez-vous par-là quelle eft la nature de l'ame ?

LUCRECE.

Non ; je vous fais fon hiftoire, et je raifonne avec quelque vraifemblance.

POSSIDONIUS.

Où eft la vraifemblance qu'un père communique à fon fils la faculté de penfer ?

LUCRECE.

Ne voyez-vous pas tous les jours que les enfans ont des inclinations de leurs pères, comme ils en ont les traits ?

indépendamment de notre volonté ; elles nous font donc données par une caufe fupérieure.

LUCRECE.

Comment l'entendez-vous ? Prétendez-vous que l'être fuprême eft occupé continuellement à donner des idées, ou qu'il a créé des fubftances incorporelles, qui ont enfuite des idées par elles-mêmes, tantôt avec le fecours des fens, tantôt fans ce fecours ? Ces fubftances font-elles formées au moment de la conception de l'animal ? font-elles formées auparavant ? attendent-elles des corps pour aller s'y infinuer ? ou ne s'y logent-elles que quand l'animal eft capable de les recevoir ? ou enfin eft-ce dans l'être fuprême que chaque être animé voit les idées des chofes ? quelle eft votre opinion ?

POSSIDONIUS.

Quand vous m'aurez dit comment notre volonté opère fur le champ un mouvement dans nos corps, comment votre bras obéit à votre volonté, comment nous recevons la vie, comment nos alimens fe digèrent, comment du blé fe transforme en fang, je vous dirai comment nous avons des idées. J'avoue fur tout cela mon ignorance. Le monde pourra avoir un jour de nouvelles lumières, mais depuis *Thalès* jufqu'à nos jours nous n'en avons point. Tout ce que nous pouvons faire, c'eft de fentir notre impuiffance, de reconnaître un être tout-puiffant, et de nous garder de tout fyftême.

L U C R E C E.

Je fuis forcé d'en convenir.

POSSIDONIUS.

Et la vie ? vous me direz bien ce que c'eft.

LUCRECE.

C'eft la végétation avec le fentiment dans un corps
organifé.

POSSIDONIUS.

Et il n'y a pas un être appelé *la vie* qui donne ce
fentiment à un corps organifé ?

LUCRECE.

Sans doute. La végétation et la vie font des mots
qui fignifient des chofes végétantes et vivantes.

POSSIDONIUS.

Si l'arbre et l'animal ne peuvent fe donner la
végétation et la vie, pouvez-vous vous donner vos
penfées ?

LUCRECE.

Je crois que je le peux, car je penfe à ce que je
veux. Ma volonté était de vous parler de métaphyfique, et je vous en parle.

POSSIDONIUS.

Vous croyez être le maître de vos idées ? Vous favez
donc quelles penfées vous aurez dans une heure, dans
un quart d'heure ?

LUCRECE.

J'avoue que je n'en fais rien.

POSSIDONIUS.

Vous avez fouvent des idées en dormant ; vous
faites des vers en rêve ; *Céfar* prend des villes ; je réfous
des problêmes ; les chiens de chaffe pourfuivent un
cerf dans leurs fonges. Les idées nous viennent donc

continent vous avez des Arabes et des Scythes, qui n'ont jamais rien eu de tout cela, et qui forment cependant des nations confidérables ? nous vivons comme ces gens-là. Les familles voifines fe prêtent du fecours. Nous habitons un pays chaud, où nous avons peu de befoins; nous nous procurons aifément la nourriture; nous nous marions, nous fefons des enfans, nous les élevons, nous mourons. C'eft tout comme chez vous, à quelques cérémonies près.

LE BACHELIER.

Mais, Monfieur, vous n'êtes donc pas fauvage ?

LE SAUVAGE.

Je ne fais pas ce que vous entendez par ce mot ?

LE BACHELIER.

En vérité ni moi non plus; il faut que j'y rêve; nous appelons *fauvage* un homme de mauvaife humeur, qui fuit la compagnie.

LE SAUVAGE.

Je vous ai déjà dit que nous vivions enfemble dans nos familles.

LE BACHELIER.

Nous appelons encore fauvages les bêtes qui ne font pas apprivoifées, et qui s'enfoncent dans les forêts; et de-là nous avons donné le nom de *fauvage* à l'homme qui vit dans les bois.

LE SAUVAGE.

Je vais dans les bois, comme vous autres, quand vous chaffez.

LE BACHELIER.

Penfez-vous quelquefois ?

LE SAUVAGE.

On ne laiffe pas d'avoir quelques idées.

# VIII.

## UN SAUVAGE ET UN BACHELIER.

### *PREMIER ENTRETIEN.*

*Un gouverneur de la Cayenne amena un jour un sauvage de la Guiane, qui était né avec beaucoup de bon sens, et qui parlait assez bien le français. Un bachelier de Paris eut l'honneur d'avoir avec lui cette conversation.*

#### LE BACHELIER.

Monsieur le sauvage, vous avez vu, sans doute, beaucoup de vos camarades qui passent leur vie tout seuls ; car on dit que c'est-là la véritable vie de l'homme, et que la société n'est qu'une dépravation artificielle.

#### LE SAUVAGE.

Jamais je n'ai vu de ces gens-là : l'homme me paraît né pour la société, comme plusieurs espèces d'animaux : chaque espèce suit son instinct : nous vivons tous en société chez nous.

#### LE BACHELIER.

Comment ? en société ! vous avez donc de belles villes murées, des rois qui tiennent une cour, des spectacles, des couvens, des universités, des bibliothèques et des cabarets ?

#### LE SAUVAGE.

Non ; est-ce que je n'ai pas ouï dire que dans votre

d'idées, et, comme je vous l'ai déjà dit, une langue qui forme incomparablement plus de fons que la langue des bêtes, et des mains plus adroites, avec la faculté de rire qu'un grand raifonneur me fait exercer.

#### LE BACHELIER.

Et, s'il vous plaît, comment avez-vous tout cela? et de quelle nature eft votre efprit? comment votre ame anime-t-elle votre corps? penfez-vous toujours? votre volonté eft-elle libre?

#### LE SAUVAGE.

Voilà bien des queftions; vous me demandez comment je pofsède ce que DIEU a daigné donner à l'homme: c'eft comme fi vous me demandiez comment je fuis né. Il faut bien, puifque je fuis né homme, que j'aie les chofes qui conftituent l'homme, comme un arbre a de l'écorce, des racines et des feuilles. Vous voulez que je fache de quelle nature eft mon efprit? je ne me le fuis pas donné, je ne peux le favoir : comment mon ame anime mon corps? je n'en fuis pas mieux inftruit. Il me femble qu'il faut avoir vu le premier reffort de votre montre pour juger comment elle marque l'heure. Vous me demandez fi je penfe toujours : non ; j'ai quelquefois des demi-idées, comme quand je vois des objets de loin confufément : quelquefois j'ai des idées plus fortes, comme lorfque je vois un objet de plus près, je le diftingue mieux : quelquefois je n'ai point d'idées du tout, comme lorfque je ferme les yeux, je ne vois rien. Vous me demandez après cela fi ma volonté eft libre. Je ne vous entends point : ce font des chofes que vous favez, fans doute ; vous me ferez plaifir de me les expliquer.

LE BACHELIER.

Je ferais curieux de favoir quelles font vos idées : que penfez-vous de l'homme ?

LE SAUVAGE.

Je penfe que c'eft un animal à deux pieds, qui a la faculté de raifonner, de parler et de rire, et qui fe fert de fes mains beaucoup plus adroitement que le finge. J'en ai vu de plufieurs efpèces, des blancs comme vous, des rouges comme moi, des noirs comme ceux qui font chez monfieur le gouverneur de la Cayenne. Vous avez de la barbe, nous n'en avons point : les nègres ont de la laine, vous et moi portons des cheveux. On dit que dans votre Nord tous les cheveux font blonds ; ils font tous noirs dans notre Amérique ; je n'en fais guère davantage.

LE BACHELIER.

Mais votre ame, Monfieur ? votre ame ? quelle notion en avez-vous ? d'où vous vient-elle ? qu'eft-elle ? que fait-elle ? comment agit-elle ? où va-t-elle ?

LE SAUVAGE.

Je n'en fais rien ; je ne l'ai jamais vue.

LE BACHELIER.

A propos, croyez-vous que les bêtes foient des machines ?

LE SAUVAGE.

Elles me paraiffent des machines organifées qui ont du fentiment et de la mémoire.

LE BACHELIER.

Et vous, et vous, Monfieur le fauvage, qu'imaginez-vous avoir par-deffus les bêtes ?

LE SAUVAGE.

Une mémoire infiniment fupérieure, beaucoup plus

LE BACHELIER.

Vous me paraiſſez avoir une bonne tête ; je veux vous la renverſer. Dinons enſemble : après quoi nous continuerons à philoſopher avec méthode.

## SECOND ENTRETIEN.

LE SAUVAGE.

J'AI avalé des alimens qui ne me paraiſſent pas faits pour moi, quoique j'aie un très-bon eſtomac ; vous m'avez fait manger quand je n'avais plus faim, et boire quand je n'avais plus ſoif ; mes jambes ne ſont plus ſi fermes qu'elles étaient avant le dîner ; ma tête eſt plus peſante, mes idées ne ſont plus ſi nettes. Je n'ai jamais éprouvé cette diminution de moi-même dans mon pays. Plus on met ici dans ſon corps, et plus on perd de ſon être. Dites-moi, je vous prie, quelle eſt la cauſe de ce dommage ?

LE BACHELIER.

Je vais vous le dire. Premièrement, à l'égard de ce qui ſe paſſe dans vos jambes, je n'en ſais rien ; mais les médecins le ſavent, et vous pouvez vous adreſſer à eux. A l'égard de ce qui ſe paſſe dans votre tête, je le ſais très-bien ; écoutez : L'ame, ne tenant aucune place, eſt placée dans la glande pinéale, ou dans le corps calleux, au milieu de la tête. Les eſprits animaux qui s'élèvent de l'eſtomac montent à l'ame, qu'ils ne peuvent toucher parce qu'ils ſont matière et qu'elle ne l'eſt pas. Or, comme ils ne peuvent agir l'un ſur l'autre, cela fait que l'ame reçoit leur impreſſion ; et, comme elle eſt ſimple, et que par conſéquent elle ne peut éprouver aucun changement, cela fait qu'elle change, qu'elle

LE BACHELIER.

Oh vraiment oui ; j'ai étudié toutes ces matières ; je pourrais vous en parler un mois de fuite fans difcontinuer , que vous n'y entendriez rien. Dites-moi un peu , connaiffez-vous le bon et le mauvais, le jufte et l'injufte ? favez-vous quel eft le meilleur des gouvernemens , le meilleur culte , le droit des gens, le droit public , le droit civil , le droit canon ? comment fe nommaient le premier homme et la première femme qui ont peuplé l'Amérique ? Savez-vous à quel deffein il pleut dans la mer, et pourquoi vous n'avez point de barbe ?

LE SAUVAGE.

En vérité , Monfieur , vous abufez un peu de l'aveu que j'ai fait d'avoir plus de mémoire que les animaux : j'ai peine à retrouver les queftions que vous me faites. Vous parlez du bon et du mauvais , du jufte et de l'injufte : il me paraît que tout ce qui nous fait plaifir fans faire tort à perfonne eft très-bon et très-jufte ; que ce qui fait tort aux hommes fans nous faire de plaifir eft abominable ; et que ce qui nous fait plaifir en fefant du tort aux autres eft bon pour nous dans le moment, très-dangereux pour nous-mêmes, et très-mauvais pour autrui.

LE BACHELIER.

Et avec ces maximes-là vous vivez en fociété ?

LE SAUVAGE.

Oui , avec nos parens et nos voifins. Sans beaucoup de peines et de chagrins, nous attrapons doucement notre centaine d'années ; plufieurs même vont à cent vingt ; après quoi notre corps fertilife la terre dont il a été nourri.

mérite des hommes pieux , du nombre desquels je suis.
Vous voyez que tout cela va le mieux du monde , du
moins pour moi.

Or les chofes ne pourraient être dans cette perfection,
si l'ame n'était pas dans la glande pinéale. Car......
Mais allons pied à pied; quelle idée avez-vous des lois,
et du juste et de l'injuste , et du beau et du *to Kalon*,
comme dit *Platon* ?

LE SAUVAGE.

Mais , Monsieur , en allant pied à pied , vous me
parlez de cent chofes à la fois.

LE BACHELIER.

On ne parle pas autrement en converfation. Çà ,
dites-moi, qui a fait les lois dans votre pays ?

LE SAUVAGE,

L'intérêt public.

LE BACHELIER.

Ce mot dit beaucoup; nous n'en connaiffons pas de
plus énergique : comment l'entendez-vous , s'il vous
plaît ?

LE SAUVAGE.

J'entends que ceux qui avaient des cocotiers et du
maïs ont défendu aux autres d'y toucher , et que ceux
qui n'en avaient point ont été obligés de travailler pour
avoir le droit d'en manger une partie. Tout ce que j'ai
vu dans notre pays et dans le vôtre m'apprend qu'il n'y
a pas d'autre *efprit des lois*.

LE BACHELIER.

Mais les femmes , monfieur le Sauvage , les femmes ?

LE SAUVAGE.

Hé bien , les femmes ? elles me plaifent beaucoup quand
elles font belles et douces : elles font fort fupérieures

*Dialogues.*                                      E

à nos cocotiers; c'eſt un fruit où nous ne voulons pas que les autres touchent : on n'a pas plus de droit de me prendre ma femme que de me prendre mon enfant. Il y a, dit-on, des peuples qui le trouvent bon; ils ſont bien les maîtres; chacun fait de ſon bien ce qu'il veut.

LE BACHELIER.

Mais les ſucceſſions, les partages, les hoirs, les collatéraux ?

LE SAUVAGE.

Il faut bien ſuccéder : je ne peux plus poſſéder mon champ quand on m'y a enterré; je le laiſſe à mon fils : ſi j'en ai deux, ils le partagent. J'apprends que parmi vous autres, en beaucoup d'endroits, vos lois laiſſent tout à l'aîné, et rien aux cadets; c'eſt l'intérêt qui a dicté cette loi bizarre : apparemment les aînés l'ont faite, ou les pères ont voulu que les aînés dominaſſent.

LE BACHELIER.

Quelles ſont, à votre avis, les meilleures lois ?

LE SAUVAGE.

Celles où l'on a le plus conſulté l'intérêt de tous les hommes mes ſemblables.

LE BACHELIER.

Et où trouve-t-on de pareilles lois ?

LE SAUVAGE.

Nulle part, à ce que j'ai ouï dire.

LE BACHELIER.

Il faut que vous me diſiez d'où ſont venus chez vous les hommes. Qui croit-on qui ait peuplé l'Amérique?

LE SAUVAGE.

Mais nous croyons que c'eſt DIEU qui l'a peuplée.

LE BACHELIER.

Ce n'eſt pas répondre. Je vous demande de quel pays ſont venus vos premiers hommes?

LE SAUVAGE.

Du pays d'où ſont venus nos premiers arbres. Vous me paraiſſez plaiſans, vous autres meſſieurs les habitans de l'Europe, de prétendre que nous ne pouvons rien avoir ſans vous : nous ſommes tout autant en droit de croire que nous ſommes vos pères, que vous de vous imaginer que vous êtes les nôtres.

LE BACHELIER.

Voilà un ſauvage bien têtu !

LE SAUVAGE.

Voilà un bachelier bien bavard !

LE BACHELIER.

Holà, hé, monſieur le Sauvage, encore un petit mot; croyez-vous dans la Guiane qu'il faille tuer les gens qui ne ſont pas de votre avis?

LE SAUVAGE.

Oui, pourvu qu'on les mange.

LE BACHELIER.

Vous faites le plaiſant. Et la conſtitution, qu'en penſez-vous ?

LE SAUVAGE.

Adieu.

# I X.

## A R I S T E  E T  A C R O T A L.

### A C R O T A L.

O le bon temps que c'était quand les écoliers de l'univerfité, qui avaient tous barbe au menton, affommèrent le vilain mathématicien *Ramus*, et traînèrent fon corps nu et fanglant à la porte de tous les colléges, pour faire amende honorable!

### A R I S T E.

Ce *Ramus* était donc un homme bien abominable? il avait fait des crimes bien énormes?

### A C R O T A L.

Affurément: il avait écrit contre *Arifote*, et on le foupçonnait de pis. C'eft dommage qu'on n'ait pas affommé auffi ce *Charron* qui s'avifa d'écrire de la fageffe, et ce *Montagne* qui ofait raifonner et plaifanter. Tous les gens qui raifonnent font la pefte d'un Etat.

### A R I S T E.

Les gens qui raifonnent mal peuvent être infuppor- tables; je ne vois pourtant pas qu'on doive pendre un pauvre homme pour quelques faux fyllogifmes; mais il me femble que les hommes dont vous me parlez raifon- naient affez bien.

### A C R O T A L.

Tant pis, c'eft ce qui les rend plus dangereux.

### A R I S T E.

En quoi donc, s'il vous plaît? Avez-vous jamais vu des philofophes apporter dans un pays la guerre, la famine ou la pefte ? *Bayle*, par exemple, contre qui vous déclamez avec tant d'emportement, a-t-il jamais voulu crever les digues de la Hollande, pour noyer les habitans, comme le voulait, dit-on, un grand miniftre qui n'était pas philofophe ?

ACROTAL.

Plût à Dieu que ce *Bayle* fe fût noyé, ainfi que fes Hollandais hérétiques ! A-t-on jamais vu un plus abominable homme ? il expofe les chofes avec une fidélité fi odieufe, il met fous les yeux le pour et le contre avec une impartialité fi lâche, il eft d'une clarté fi intolérable, qu'il met les gens qui n'ont que le fens commun en état de juger et même de douter : on n'y peut pas tenir ; et pour moi j'avoue que j'entre dans une fainte fureur quand on parle de cet homme-là et de fes femblables.

ARISTE.

Je ne crois pas qu'ils aient jamais prétendu vous mettre en colère........ Mais où courez-vous donc fi vîte ?

ACROTAL.

Chez M. *Bardo bardi*. Il y a deux jours que je demande audience ; mais il eft tantôt avec fon page, tantôt avec la fignora *Buona roba* ; je n'ai pu encore avoir l'honneur de lui parler.

ARISTE.

Il eft actuellement à l'opéra. Qu'avez-vous donc de fi preffé à lui dire ?

ACROTAL.

Je voulais le prier d'interpofer fon crédit pour faire brûler un petit abbé qui infinue parmi nous les fentimens

de *Locke*, d'un philofophe anglais ! figurez-vous quelle
horreur !

ARISTE.

Hé quels font donc , s'il vous plaît , les fentimens
horribles de cet anglais ?

ACROTAL.

Que fais-je ! c'eft , par exemple, que nous ne nous
donnons point nos idées ; que DIEU, qui eft le maître
de tout , peut accorder des fenfations et des idées à
tel être qu'il daignera choifir ; que nous ne connaiffons
ni l'effence ni les élémens de la matière ; que les hommes
ne penfent pas toujours ; qu'un homme bien ivre qui
s'endort n'a pas des idées nettes dans fon fommeil ; et
cent autres impertinences de cette force.

ARISTE.

Hé bien , fi votre petit abbé , difciple de *Locke* , eft
affez mal avifé pour ne pas croire qu'un ivrogne endormi
penfe beaucoup , faut-il pour cela le perfécuter ? quel
mal a-t-il fait ? a-t-il confpiré contre l'Etat ? a-t-il prêché
en chaire le vol, la calomnie, l'homicide ? Entre nous ,
dites-moi fi jamais un philofophe a caufé le moindre
trouble dans la fociété ?

ACROTAL.

Jamais, je l'avoue.

ARISTE.

Ne font-ils pas pour la plupart des folitaires ? ne
font-ils pas pauvres , fans protection , fans appui ? et
n'eft-ce pas en partie pour ces raifons que vous les
perfécutez, parce que vous croyez pouvoir les opprimer
facilement ?

A C R O T A L.

Il eſt vrai qu'autrefois il n'y avait guère dans cette ſecte que des citoyens ſans crédit, des *Socrate*, des *Pomponace*, des *Eraſme*, des *Bayle*, des *Deſcartes* ; mais à préſent la philoſophie eſt montée ſur les tribunaux et ſur les trônes mêmes ; on ſe pique par-tout de raiſon, excepté dans certains pays où nous y avons mis bon ordre. C'eſt-là ce qui eſt vraiment funeſte ; et c'eſt pourquoi nous tâchons d'exterminer au moins les philoſophes qui n'ont ni fortune, ni puiſſance, ni honneurs dans ce monde, ne pouvant nous venger de ceux qui en ont.

A R I S T E.

Vous venger ! et de quoi, s'il vous plaît ? ces pauvres gens-là vous ont-ils jamais diſputé vos emplois, vos prérogatives, vos tréſors ?

A C R O T A L.

Non ; mais ils nous mépriſent, puiſqu'il faut tout dire ; ils ſe moquent quelquefois de nous, et nous ne pardonnons jamais.

A R I S T E.

S'ils ſe moquent de vous, cela n'eſt pas bien ; il ne faut ſe moquer de perſonne : mais dites-moi, je vous prie, pourquoi n'a-t-on jamais raillé les lois et la magiſtrature dans aucun pays, tandis qu'on vous raille vous autres ſi impitoyablement, à ce que vous dites ?

A C R O T A L.

Vraiment c'eſt ce qui échauffe notre bile ; car nous ſommes bien au-deſſus des lois.

A R I S T E.

Et c'eſt juſtement ce qui fait que tant d'honnêtes gens vous ont tournés en ridicule. Vous vouliez que les lois fondées fur la raifon univerfelle , et nommées par les Grecs *les filles du ciel*, cédaffent à je ne fais quelles opinions que le caprice enfante, et qu'il détruit de même. Ne fentez-vous pas que ce qui eft jufte, clair, évident, eft éternellement refpecté de tout le monde, et que des chimères ne peuvent pas toujours s'attirer la même vénération ?

### ACROTAL.

Laiffons là les lois et les juges ; ne fongeons qu'aux philofophes : il eft certain qu'ils ont dit autrefois autant de fottifes que nous ; ainfi nous devons nous élever contre eux, quand ce ne ferait que par jaloufie de métier.

### ARISTE.

Plufieurs ont dit des fottifes , fans doute , puifqu'ils font hommes ; mais leurs chimères n'ont jamais allumé de guerres civiles, et les vôtres en ont caufé plus d'une.

### ACROTAL.

Et c'eft en quoi nous fommes admirables. Y a-t-il rien de plus beau que d'avoir troublé l'univers avec quelques argumens ? Ne reffemblons - nous pas à ces anciens enchanteurs qui excitaient des tempêtes avec des paroles ? Nous ferions les maîtres du monde, fans ces coquins de gens d'efprit.

### ARISTE.

Hé bien, dites-leur, fi vous voulez, qu'ils n'en ont point ; prouvez-leur qu'ils raifonnent mal : ils vous ont donné des ridicules, que ne leur en donnez-vous ? Mais je vous demande grâce pour ce pauvre difciple de *Locke* que vous vouliez faire brûler ; monfieur le docteur, ne voyez-vous pas que cela n'eft plus à la mode ?

ACROTAL.

Vous avez raifon ; il faut trouver quelque autre manière nouvelle d'impofer filence aux petits philofophes.

ARISTE.

Croyez-moi , gardez le filence vous-mêmes ; ne vous mêlez plus de raifonner ; foyez honnêtes gens ; foyez compatiffans ; ne cherchez point à trouver le mal où il n'eft pas , et il ceffera d'être où il eft.

# X.

## LUCIEN, ERASME ET RABELAIS

### DANS LES CHAMPS ELYSÉES.

*LUCIEN* fit , il y a quelque temps , connaiffance avec *Erafme* , malgré fa répugnance pour tout ce qui venait des frontières d'Allemagne. Il ne croyait pas qu'un grec dût s'abaiffer à parler avec un batave ; mais ce batave lui ayant paru un mort de bonne compagnie , ils eurent enfemble cet entretien.

LUCIEN.

Vous avez donc fait, dans un pays barbare, le même métier que je fefais dans le pays le plus poli de la terre, vous vous êtes moqué de tout ?

ERASME.

Hélas ! je l'aurais bien voulu ; c'eût été une grande confolation pour un pauvre théologien tel que je l'étais ; mais je ne pouvais prendre les mêmes libertés que vous avez prifes.

LUCIEN.

Cela m'étonne : les hommes aiment affez qu'on leur montre leurs fottifes en général, pourvu qu'on ne défigne

personne en particulier; chacun applique alors à son voisin
ses propres ridicules, et tous les hommes rient aux dépens
les uns des autres. N'en était-il donc pas de même chez
vos contemporains ?

ERASME.

Il y avait une énorme différence entre les gens ridicules
de votre temps et ceux du mien : vous n'aviez affaire qu'à
des dieux qu'on jouait fur le théâtre, et à des philofophes
qui avaient encore moins de crédit que les dieux ; mais
moi j'étais entouré de fanatiques, et j'avais befoin d'une
grande circonfpection pour n'être pas brûlé par les uns,
ou affaffiné par les autres.

LUCIEN.

Comment pouviez-vous rire dans cette alternative ?

ERASME.

Auffi je ne riais guère ; et je paffai pour être beaucoup
plus plaifant que je ne l'étais : on me crut fort gai et fort
ingénieux, parce qu'alors tout le monde était trifte. On
s'occupait profondément d'idées creufes qui rendaient les
hommes atrabilaires. Celui qui penfait qu'un corps peut
être en deux endroits à la fois était près d'égorger celui
qui expliquait la même chofe d'une manière différente.
Il y avait bien pis ; un homme de mon état, qui n'eût
point pris de parti entre ces deux factions, eût paffé pour
un monftre.

LUCIEN.

Voilà d'étranges hommes que les barbares avec qui vous
viviez! De mon temps les Gètes et les Maffagètes étaient
plus doux et plus raifonnables. Et quelle était donc votre
profeffion dans l'horrible pays que vous habitiez ?

ERASME.

J'étais moine hollandais.

LUCIEN,

Moine! quelle est cette profession-là?

ERASME.

C'est celle de n'en avoir aucune, de s'engager par un serment inviolable à être inutile au genre humain, à être absurde et esclave, et à vivre aux dépens d'autrui.

LUCIEN.

Voilà un bien vilain métier! Comment avec tant d'esprit aviez-vous pu embrasser un état qui déshonore la nature humaine? Passe encore pour vivre aux dépens d'autrui: mais faire vœu de n'avoir pas le sens commun et de perdre sa liberté!

ERASME.

C'est qu'étant fort jeune, et n'ayant ni parens ni amis, je me laissai séduire par des gueux qui cherchaient à augmenter le nombre de leurs semblables.

LUCIEN.

Quoi! il y avait beaucoup d'hommes de cette espèce?

ERASME.

Ils étaient en Europe environ six à sept cents mille.

LUCIEN.

Juste ciel! Le monde est donc devenu bien sot et bien barbare depuis que je l'ai quitté! *Horace* l'avait bien dit que tout irait en empirant: *Progeniem vitiosiorem.*

ERASME.

Ce qui me console, c'est que tous les hommes, dans le siècle où j'ai vécu, étaient montés au dernier échelon de la folie; il faudra bien qu'ils en descendent, et qu'il y en ait quelques-uns parmi eux qui retrouvent enfin un peu de raison.

LUCIEN.

C'eſt de quoi je doute fort. Dites-moi, je vous prie, quelles étaient les principales folies de votre temps?

ERASME.

Tenez, en voici une liſte que je porte toujours avec moi; liſez.

LUCIEN.

Elle eſt bien longue.

( *Lucien rit et éclate de rire; Rabelais ſurvient.* )

RABELAIS.

Meſſieurs, quand on rit je ne fuis pas de trop; de quoi s'agit-il?

LUCIEN et ERASME.

D'extravagances.

RABELAIS.

Ah! je fuis votre homme.

LUCIEN à *Eraſme.*

Quel eſt cet original?

ERASME.

C'eſt un homme qui a été plus hardi que moi et plus plaiſant; mais il n'était que prêtre, et pouvait prendre plus de liberté que moi qui étais moine.

LUCIEN à *Rabelais.*

Avais-tu fait, comme *Eraſme*, vœu de vivre aux dépens d'autrui?

RABELAIS.

Doublement; car j'étais prêtre et médecin. J'étais né fort ſage, je devins auſſi ſavant qu'*Eraſme*; et voyant que la ſageſſe et la ſcience ne menaient communément qu'à l'hôpital ou au gibet; voyant même que ce demi-plaiſant d'*Eraſme* était quelquefois perſécuté, je m'aviſai d'être plus

fou que tous mes compatriotes enfemble; je compofai un
gros livre de contes à dormir debout, rempli d'ordures,
dans lequel je tournai en ridicule toutes les fuperftitions,
toutes les cérémonies, tout ce qu'on révérait dans mon
pays, dans toutes les conditions, depuis celle de roi et
de grand pontife, jufqu'à celle de docteur en théologie
qui eft la dernière de toutes : je dédiai mon livre à un
cardinal, et je fis rire jufqu'à ceux qui me méprifaient.

LUCIEN.

Qu'eft-ce qu'un cardinal, *Erafme* ?

ERASME.

C'eft un prêtre vêtu de rouge, à qui on donne cent
mille écus de rentes pour ne rien faire du tout.

LUCIEN.

Vous m'avouerez du moins que ces cardinaux-là étaient
raifonnables. Il faut bien que tous vos concitoyens ne
fuffent pas fi fous que vous le dites.

ERASME.

Que monfieur *Rabelais* me permette de prendre la parole.
Les cardinaux avaient une autre efpèce de folie, c'était
celle de dominer; et comme il eft plus aifé de fubjuguer des
fots que des gens d'efprit, ils voulurent affommer la raifon
qui commençait à lever la tête. Monfieur *Rabelais* que vous
voyez imita le premier *Brutus* qui contrefit l'infenfé pour
échapper à la défiance et à la tyrannie des *Tarquins*.

LUCIEN.

Tout ce que vous me dites me confirme dans l'opinion
qu'il valait mieux vivre dans mon fiècle que dans le vôtre.
Ces cardinaux dont vous me parlez étaient donc les maîtres
du monde entier, puifqu'ils commandaient aux fous.

RABELAIS.

Non; il y avait un vieux fou au-deffus d'eux.

LUCIEN.

Comment s'appelait-il ?

RABELAIS.

Un *papegaud*. La folie de cet homme confiſtait à ſe dire infaillible , et à ſe croire le maître des rois ; et il l'avait tant dit, tant répété, tant fait crier par les moines, qu'à la fin preſque toute l'Europe en fut perſuadée.

LUCIEN.

Ah ! que vous l'emportez ſur nous en démence ! Les fables de *Jupiter* , de *Neptune* et de *Pluton* , dont je me ſuis tant moqué, étaient des choſes reſpectables en comparaiſon des ſottiſes dont votre monde a été infatué. Je ne ſaurais comprendre comment vous avez pu parvenir à tourner en ridicule, avec ſécurité , des gens qui devaient craindre le ridicule encore plus qu'une conſpiration. Car enfin on ne ſe moque pas de ſes maîtres impunément : et j'ai été aſſez ſage pour ne pas dire un ſeul mot des empereurs romains. Quoi ! votre nation adorait un papegaud ! Vous donniez à ce papegaud tous les ridicules imaginables , et votre nation le ſouffrait ! elle était donc bien patiente.

RABELAIS.

Il faut que je vous apprenne ce que c'était que ma nation. C'était un compoſé d'ignorance , de ſuperſtition , de bêtiſe , de cruauté et de plaiſanterie. On commença par faire pendre et par faire cuire tous ceux qui parlaient ſérieuſement contre les papegauds et les cardinaux. Le pays des Velches , dont je ſuis natif, nagea dans le ſang ; mais dès que ces exécutions étaient faites, la nation ſe mettait à danſer, à chanter, à faire l'amour, à boire et à rire. Je pris mes compatriotes par leur faible ; je parlai de boire , je dis des ordures , et avec ce ſecret tout me fut permis. Les gens d'eſprit y entendirent fineſſe, et m'en ſurent gré ; les

gens groffiers ne virent que les ordures , et les favourèrent ;
tout le monde m'aima , loin de me perfécuter.

### LUCIEN.

Vous me donnez une grande envie de voir votre livre.
N'en auriez-vous point un exemplaire dans votre poche?
Et vous, *Erafme*, pourriez-vous auffi me prêter vos facéties?

(*ici Erafme et Rabelais donnent leurs ouvrages à Lucien qui
en lit quelques morceaux ; et pendant qu'il lit , ces deux
philofophes s'entretiennent.* )

### RABELAIS à *Erafme*.

J'ai lu vos écrits , et vous n'avez pas lu les miens ,
parce que je fuis venu un peu après vous. Vous avez
peut-être été trop réfervé dans vos railleries , et moi trop
hardi dans les miennes ; mais à préfent nous penfons tous
deux de même. Pour moi je ris quand je vois un docteur
arriver dans ce pays-ci.

### ERASME.

Et moi je le plains ; je dis : Voilà un malheureux qui
s'eft fatigué toute fa vie à fe tromper , et qui ne gagne
rien ici à fortir d'erreur.

### RABELAIS.

Comment donc , n'eft-ce rien d'être détrompé?

### ERASME.

C'eft peu de chofe quand on ne peut plus détromper
les autres. Le grand plaifir eft de montrer le chemin à
fes amis qui s'égarent , et les morts ne demandent leur
chemin à perfonne.

*Erafme* et *Rabelais* raifonnèrent affez long-temps. *Lucien*
revint après avoir lu le chapitre des *Torchecus*, et quelques
pages de l'*Eloge de la folie*. Enfuite ayant rencontré le
docteur *Swift*, ils allèrent tous quatre fouper enfemble.

## X I.

## GALIMATIAS DRAMATIQUE.

UN JESUITE *prêchant aux Chinois.*

JE vous le dis, mes chers frères ; notre Seigneur veut faire de tous les hommes des vases d'élection ; il ne tient qu'à vous d'être vases ; vous n'avez qu'à croire sur le champ tout ce que je vous annonce ; vous êtes les maîtres de votre esprit, de votre cœur, de vos pensées, de vos sentimens. JESUS-CHRIST est mort pour tous, comme on sait ; la grâce est donnée à tous. Si vous n'avez pas la contrition, vous avez l'attrition ; si l'attrition vous manque, vous avez vos propres forces et les miennes.

UN JANSENISTE *arrivant.*

Vous en avez menti, enfant d'*Escobar* et de perdition ; vous prêchez ici l'erreur et le mensonge. Non, JESUS n'est mort que pour plusieurs ; la grâce est donnée à peu ; l'attrition est une sottise ; les forces des Chinois sont nulles, et vos prières sont des blasphêmes, car *Augustin* et *Paul....*

LE JESUITE.

Taisez-vous, hérétique ; sortez, ennemi de St *Pierre.* Mes frères, n'écoutez point ce novateur, qui cite *Augustin* et *Paul ;* et venez tous, que je vous baptise.

LE JANSENISTE.

Gardez-vous-en bien, mes frères ; ne vous faites point baptiser par la main d'un moliniste ; vous seriez damnés à tous les diables. Je vous baptiserai dans un an au plus tôt, quand je vous aurai appris ce que c'est que la grâce.

LE

### LE QUAKER.

Ah! mes frères, ne foyez baptifés ni par la patte de ce renard, ni par la griffe de ce tigre. Croyez-moi, il vaut mieux n'être point baptifé du tout; c'eft ainfi que nous en ufons. Le baptême peut avoir fon mérite; mais on peut très-bien s'en paffer. Tout ce qui eft néceffaire, c'eft d'être animé de l'Efprit; vous n'avez qu'à l'attendre, il viendra, et vous en faurez plus en un moment que ces charlatans n'en pourraient dire dans toute leur vie.

### L'ANGLICAN.

Ah! mes ouailles, quels monftres viennent ici vous dévorer! Mes chères brebis, ne favez-vous pas que l'Eglife anglicane eft la feule Eglife pure? nos chapelains qui font venus boire du punch à Kanton ne vous l'ont-ils pas dit?

### LE JESUITE.

Les anglicans font des déferteurs; ils ont renoncé à notre pape, et le pape eft infaillible.

### LE LUTHERIEN.

Votre pape eft un âne, comme l'a prononcé *Luther.* Mes chers Chinois, moquez-vous du pape, et des anglicans, et des moliniftes, et des janféniftes, et des quakers, et ne croyez que les luthériens : prononcez feulement ces mots, *in, cum, fub;* et buvez du meilleur.

### LE PURITAIN.

Nous déplorons, mes frères, l'aveuglement de tous ces gens-ci, et le vôtre. Mais, Dieu merci, l'Eternel a ordonné que je viendrais à Pékin, au jour marqué, confondre ces bavards; que vous m'écouteriez, et que nous ferions le fouper enfemble le matin; car vous faurez que dans le quatrième fiècle de l'ère de *Denis le petit...*

*Dialogues.*           F

LE MUSULMAN.

Eh, mort de *Mahomet*, voilà bien des difcours! Si quelqu'un de ces chiens-là s'avife encore d'aboyer, je leur coupe à tous les deux oreilles; pour leur prépuce, je ne m'en donnerai pas la peine; ce fera vous, mes chers Chinois, que je circoncirài: je vous donne huit jours pour vous y préparer; et fi quelqu'un de vous autres, après cela, s'avife de boire du vin, il aura affaire à moi.

LE JUIF.

Ah! mes enfans! fi vous voulez être circoncis, donnez-moi la préférence; je vous ferai boire du vin tant que vous voudrez; mais fi vous êtes affez impies pour manger du lièvre qui, comme vous favez, rumine, et n'a pas le pied fendu, je vous ferai paffer au fil de l'épée quand je ferai le plus fort, ou fi vous l'aimez mieux, je vous lapiderai; car....

LES CHINOIS.

Ah! par *Confucius* et les cinq Kings, tous ces gens-là ont-ils perdu l'efprit? Monfieur le geolier des petites-maifons de la Chine, allez renfermer tous ces pauvres fous chacun dans leur loge.

## XII,

## L'EDUCATION DES FILLES.

#### MELINDE.

*ERASTE* fort d'ici, et je vous vois plongée dans une rêverie profonde. Il eſt jeune, bien fait, ſpirituel, riche, aimable, et je vous pardonne de rêver.

#### SOPHRONIE.

Il eſt tout ce que vous dites, je l'avoue.

#### MELINDE.

Et de plus, il vous aime.

#### SOPHRONIE.

Je l'avoue encore.

#### MELINDE.

Je crois que vous n'êtes pas inſenſible pour lui.

#### SOPHRONIE.

C'eſt un troiſième aveu que mon amitié ne craint point de vous faire.

#### MELINDE.

Ajoutez-y un quatrième ; je vois que vous épouſerez bientôt *Eraſte.*

#### SOPHRONIE.

Je vous dirai, avec la même confiance, que je ne l'épouſerai jamais.

#### MELINDE.

Quoi! votre mère s'oppoſe à un parti ſi ſortable ?

#### SOPHRONIE.

Non, elle me laiſſe la liberté du choix ; j'aime *Eraſte*, et je ne l'épouſerai pas.

F 2

MELINDE.

Et quelle raifon pouvez-vous avoir de vous tyrannifer ainfi vous-même ?

SOPHRONIE.

La crainte d'être tyrannifée. *Erafte* a de l'efprit, mais il l'a impérieux et mordant; il a des grâces, mais il en ferait bientôt ufage pour d'autres que pour moi : je ne veux pas être la rivale d'une de ces perfonnes qui vendent leurs charmes, qui donnent malheureufement de l'éclat à celui qui les achète, qui révoltent la moitié d'une ville par leur fafte, qui ruinent l'autre par l'exemple, et qui triomphent en public du malheur d'une honnête femme réduite à pleurer dans la folitude. J'ai une forte inclination pour *Erafte*, mais j'ai étudié fon caractère; il a trop contredit mon inclination : je veux être heureufe ; je ne le ferais pas avec lui ; j'épouferai *Arifte* que j'eftime, et que j'efpère aimer.

MELINDE.

Vous êtes bien raifonnable pour votre âge. Il n'y a guère de filles que la crainte d'un avenir fâcheux empêche de jouir d'un préfent agréable. Comment pouvez-vous avoir un tel empire fur vous-même ?

SOPHRONIE.

Ce peu que j'ai de raifon, je le dois à l'éducation que m'a donnée ma mère. Elle ne m'a point élevée dans un couvent, parce que ce n'était pas dans un couvent que j'étais deftinée à vivre. Je plains les filles dont les mères ont confié la première jeuneffe à des religieufes, comme elles ont laiffé le foin de leur première enfance à des nourrices étrangères. J'entends dire que dans ces couvens, comme dans la plupart des colléges où les jeunes gens font élevés, on n'apprend guère que ce qu'il faut oublier pour toute fa vie ; on enfevelit dans la ftupidité les premiers de vos beaux jours. Vous ne fortez guère de votre prifon que pour être promife à un inconnu qui vient vous épier à la grille ; quel qu'il foit, vous le regardez comme un libérateur ; et, fût-il un finge, vous vous croyez trop heureufe : vous vous donnez à lui fans le connaître ; vous vivez avec lui fans l'aimer ; c'eft un marché qu'on a fait fans vous ; et bientôt après, les deux parties fe repentent.

Ma mère m'a crue digne de penfer par moi-même, et de choifir un jour un époux moi-même. Si j'étais née pour gagner ma vie, elle m'aurait appris à réuffir dans les ouvrages convenables à mon fexe ; mais née pour vivre dans la fociété, elle m'a fait inftruire de bonne heure dans tout ce qui regarde la fociété ; elle a formé mon efprit, en me fefant craindre les écueils du bel-efprit ; elle m'a menée à tous les fpectacles choifis qui peuvent infpirer le goût fans corrompre les mœurs, où l'on étale encore plus les dangers des paffions que leurs charmes, où la bienféance règne, où l'on apprend à penfer et à s'exprimer. La tragédie m'a paru fouvent l'école de la grandeur d'ame, la comédie l'école des bienféances ; et j'ofe dire que ces inftructions, qu'on ne regarde que comme des amufemens, m'ont été plus utiles que les livres. Enfin, ma mère m'a toujours regardée comme un être penfant dont il fallait cultiver l'ame, et non comme une poupée qu'on ajufte, qu'on montre, et qu'on renferme le moment d'après.

## XIII.

## LES ANCIENS ET LES MODERNES,

### OU

## LA TOILETTE DE M<sup>me</sup> DE POMPADOUR.

M<sup>me</sup> DE POMPADOUR.

QUELLE eſt donc cette dame au nez aquilin, aux grands yeux noirs, à la taille ſi haute et ſi noble, à la mine ſi fière, et en même temps ſi coquette, qui entre à ma toilette ſans ſe faire annoncer, et qui fait la révérence en religieuſe?

T U L L I A.

Je ſuis *Tullia*, née à Rome il y a environ dix-huit cents ans; je fais la révérence à la romaine, et non à la françaiſe: je ſuis venue je ne ſais d'où, pour voir votre pays, votre perſonne et votre toilette.

M<sup>me</sup> DE POMPADOUR.

Ah! Madame, faites-moi l'honneur de vous aſſeoir. Un fauteuil à M<sup>me</sup> *Tullia*.

T U L L I A.

Qui? moi, Madame, que je m'aſſeye ſur cette eſpèce de petit trône incommode, pour que mes jambes pendent à terre, et deviennent toutes rouges?

M<sup>me</sup> DE POMPADOUR.

Comment vous aſſeyez-vous donc, Madame?

TULLIA.

Sur un bon lit, Madame.

M^{me} DE POMPADOUR.

Ah! j'entends, vous voulez dire fur un bon canapé. En voilà un fur lequel vous pouvez vous étendre fort à votre aife.

TULLIA.

J'aime à voir que les Françaifes font auffi bien meublées que nous.

M^{me} DE POMPADOUR.

Ah, ah! Madame, vous n'avez point de bas, vos jambes font nues; vraiment elles font ornées d'un ruban fort joli, en forme de brodequin.

TULLIA.

Nous ne connaiffons point les bas; c'eft une invention agréable et commode que je préfère à nos brodequins.

M^{me} DE POMPADOUR.

DIEU me pardonne! Madame, je crois que vous n'avez point de chemife!

TULLIA.

Non, Madame, nous n'en portions point de notre temps.

M^{me} DE POMPADOUR.

Et dans quel temps viviez-vous, Madame?

TULLIA.

Du temps de *Sylla*, de *Pompée*, de *Céfar*, de *Caton*, de *Catilina*, de *Cicéron*, dont j'ai l'honneur d'être la fille; de ce *Cicéron* qu'un de vos protégés a fait parler en vers barbares. J'allai hier à la comédie de Paris; on y jouait *Catilina* et tous les perfonnages de mon temps; je n'en reconnus pas un. Mon père m'exhortait

F 4

à faire des avances à *Catilina* ; je fus bien furprife. Mais, Madame, il me femble que vous avez là de beaux miroirs ; votre chambre en eft pleine. Nos miroirs n'étaient pas la fixième partie des vôtres. Sont-ils d'acier ?

M^{me} DE POMPADOUR.

Non, Madame, ils font faits avec du fable, et rien n'eft fi commun parmi nous.

TULLIA.

Voilà un bel art ; j'avoue que cet art nous manquait. Ah ! le joli tableau que vous avez là !

M^{me} DE POMPADOUR.

Ce n'eft point un tableau, c'eft une eftampe ; cela n'eft fait qu'avec du noir de fumée ; on en tire cent copies en un jour, et ce fecret éternife les tableaux que le temps confume.

TULLIA.

Ce fecret eft admirable : nos Romains n'ont jamais eu rien de pareil.

UN SAVANT, *qui affiftait à la toilette, prit alors la parole, et dit à Tullia en tirant un livre de fa poche :*

Vous ferez bien plus étonnée, Madame, quand vous faurez que ce livre n'eft point écrit à la main, qu'il eft imprimé à peu-près comme ces eftampes, et que cette invention éternife auffi les ouvrages de l'efprit.

*Le favant préfenta fon livre à Tullia ; c'était un recueil de vers pour madame la marquife : Tullia en lut une page, admira les caractères, et dit à l'auteur :*

TULLIA.

Monfieur, l'impreffion eft une belle chofe ; et fi

elle peut immortaliſer de pareils vers, cela me paraît le plus grand effort de l'art. Mais n'auriez-vous pas du moins employé cette invention à imprimer les ouvrages de mon père ?

### LE SAVANT.

Oui, Madame ; mais on ne les lit plus ; j'en ſuis fâché pour monſieur votre père ; mais aujourd'hui nous ne connaiſſons guère que ſon nom.

(*Alors on apporta du chocolat, du thé, du café, des glaces.*
*Tullia fut étonnée de voir en été de la créme et des groſeilles*
*gelées. On lui dit que ces boiſſons figées avaient été compoſées*
*en ſix minutes par le moyen du ſalpêtre dont on les avait*
*entourées, et que c'était avec du mouvement qu'on avait*
*produit cette fixation et ce froid glaçant. Elle demeurait*
*interdite d'admiration. La noirceur du chocolat et du café*
*lui inſpira quelque dégoût ; elle demanda comment ces*
*liqueurs étaient extraites des plantes du pays. Un duc et*
*pair qui ſe trouva là lui répondit :*)

Les fruits dont ces boiſſons ſont compoſées viennent d'un autre monde, et du fond de l'Arabie.

### TULLIA.

Pour l'Arabie, je la connais, mais je n'avais jamais entendu parler de ce que vous appelez *café*; et pour l'autre monde, je ne connais que celui d'où je viens ; je vous aſſure qu'il n'y a point de chocolat dans ce monde-là.

### M. LE DUC.

Le monde dont on vous parle, Madame, eſt un continent nommé l'*Amérique*, preſque auſſi grand que l'Aſie, l'Europe et l'Afrique enſemble, et dont on a des nouvelles beaucoup plus certaines que de celui d'où vous venez.

TULLIA.

Comment! nous qui nous appelions *les maîtres de l'univers*, nous n'en aurions donc possédé que la moitié? cela est humiliant.

L E  S A V A N T, *piqué de ce que madame Tullia avait trouvé ses vers mauvais, lui répliqua brusquement :*

Vos Romains, qui se vantaient d'être les maîtres de l'univers, n'en avaient pas conquis la vingtième partie. Nous avons à présent au bout de l'Europe un empire qui est plus vaste lui seul que l'empire romain ; encore est-il gouverné par une femme qui a plus d'esprit que vous, qui est plus belle que vous, et qui porte des chemises. Si elle lisait mes vers, je suis sûr qu'elle les trouverait fort bons.

*Madame la marquise fit taire le savant qui manquait de respect à une dame romaine, à la fille de Cicéron. M. le duc expliqua comment on avait découvert l'Amérique ; et tirant sa montre à laquelle pendait galamment une petite boussole, il lui fit voir que c'était avec une aiguille qu'on était arrivé dans un autre hémisphère. La surprise de la romaine redoublait à chaque mot qu'on lui disait, et à chaque chose qu'elle voyait ; elle s'écria enfin :*

TULLIA.

Je commence à craindre que les modernes ne l'emportent sur les anciens ; j'étais venue pour m'en éclaircir, et je sens que je vais rapporter de tristes nouvelles à mon père.

*Voici ce que lui répondit* M.  L E  D U C.

Consolez-vous, Madame ; nul homme n'approche parmi nous de votre illustre père, pas même l'auteur de la *Gazette ecclésiastique*, ou celui du *Journal chrétien* ; nul homme n'approche de *César*, avec qui vous avez vécu, ni de vos *Scipions* qui l'avaient précédé. Il se peut que la nature forme aujourd'hui, comme autrefois, de ces ames sublimes; mais ce sont de beaux germes qui ne viennent point à maturité dans un mauvais terrain.

Il n'en est pas de même des arts et des sciences; le temps et d'heureux hasards les ont perfectionnés. Il nous est plus aisé, par exemple, d'avoir des *Sophocles* et des *Euripides* que des personnages semblables à monsieur votre père, parce que nous avons des théâtres, et que nous ne pouvons avoir de tribune aux harangues. Vous avez sifflé la tragédie de *Catilina*; quand vous verrez jouer *Phèdre*, vous conviendrez peut-être que le rôle de *Phèdre*, dans *Racine*, est prodigieusement supérieur au modèle que vous connaissez dans *Euripide*. J'espère que vous conviendrez que notre *Molière* l'emporte sur votre *Térence*. J'aurai l'honneur, si vous le permettez, de vous donner la main à l'opéra, et vous serez étonnée d'entendre chanter en parties. C'est encore-là un art qui vous était inconnu.

Voici, Madame, une petite lunette; ayez la bonté d'appliquer votre œil à ce verre, et regardez cette maison qui est à une lieue.

### T U L L I A.

Par les dieux immortels, cette maison est au bout de ma lunette, et beaucoup plus grande qu'elle ne paraissait !

### M. LE D U C.

Hé bien, Madame ! c'est avec ce joujou que nous avons vu de nouveaux cieux, comme c'est avec une aiguille que nous avons connu un nouvel hémisphère. Voyez-vous cet autre instrument verni dans lequel il y a un petit tuyau de verre proprement enchâssé ? c'est,

cette bagatelle qui nous a fait découvrir la quantité
juste de la pesanteur de l'air.

Enfin, après bien des tâtonnemens, il est venu un
homme qui a découvert le premier ressort de la nature,
la cause de la pesanteur, et qui a démontré que les
astres pèsent sur la terre, et la terre sur les astres. Il a
parsilé la lumière du soleil, comme nos dames parfilent
une étoffe d'or.

T U L L I A.

Qu'est-ce que parfiler, Monsieur ?

M.  L E  D U C.

Madame, l'équivalent de ce mot ne se trouve pas
dans les oraisons de *Cicéron*. C'est effiler une étoffe, la
détisser fil à fil, et en séparer l'or ; c'est ce que *Newton* a
fait des rayons du soleil ; les astres lui ont été soumis, et un
nommé *Locke* en a fait autant de l'entendement humain.

T U L L I A.

Vous en savez beaucoup pour un duc et pair ; vous
me paraissez plus savant que ce savant qui veut que
je trouve ses vers bons, et vous êtes beaucoup plus
poli que lui.

M.  L E  D U C.

Madame, c'est que j'ai été mieux élevé ; mais pour
ma science, elle est très-commune ; les jeunes gens, en
sortant des écoles, en savent plus que tous vos philosophes de l'antiquité. C'est dommage seulement que
nous ayons, dans notre Europe, substitué une demi-
douzaine de jargons, très-imparfaits, à la belle langue
latine dont votre père fit un si admirable usage ; mais
avec des instrumens grossiers nous n'avons pas laissé
de faire de très-bons ouvrages, même dans les belles-
lettres.

### TULLIA.

Il faut que les nations qui ont fuccédé à l'empire romain aient toujours vécu dans une paix profonde, et qu'il y ait eu une fuite continue de grands hommes depuis mon père jufqu'à vous, pour qu'on ait pu inventer tant d'arts nouveaux, et que l'on foit parvenu à connaître fi bien le ciel et la terre.

### M. LE DUC.

Point du tout, Madame, nous fommes des barbares qui fommes venus prefque tous de la Scythie détruire votre empire, et les arts et les fciences. Nous avons vécu fept à huit cents ans comme des fauvages; et pour comble de barbarie, nous avons été inondés d'une efpèce d'hommes, nommés *les moines*, qui ont abruti, dans l'Europe, le genre humain que vous aviez éclairé et fubjugué. Ce qui vous étonnera, c'eft que dans les derniers fiècles de cette barbarie, c'eft parmi ces moines mêmes, parmi ces ennemis de la raifon, que la nature a fufcité des hommes utiles. Les uns ont inventé l'art de fecourir la vue affaiblie par l'âge; les autres ont pétri du falpêtre avec du charbon, et cela nous a valu des inftrumens de guerre, avec lefquels nous aurions exterminé les *Scipion*, *Alexandre* et *Céfar*, et la phalange macédonienne, et toutes vos légions : ce n'eft pas que nous foyons plus grands capitaines que les *Scipion*, les *Alexandre* et les *Céfar*, mais c'eft que nous avons de meilleures armes.

### TULLIA.

Je vois toujours en vous la politeffe d'un grand feigneur, avec l'érudition d'un homme d'Etat; vous auriez été digne d'être fénateur romain.

M. LE DUC.

. Ah! Madame, vous êtes bien plus digne d'être à la tête de notre cour.

M^{me} DE POMPADOUR.

Madame aurait été trop dangereufe pour moi.

TULLIA.

Confultez vos beaux miroirs faits avec du fable, et vous verrez que vous n'auriez rien à craindre. Hé bien, Monfieur, vous difiez donc le plus poliment du monde que vous en favez beaucoup plus que nous.

M. LE DUC.

Je difais, Madame, que les derniers fiècles font toujours plus inftruits que les premiers, à moins qu'il n'y ait eu quelque révolution générale qui ait abfolument détruit tous les monumens de l'antiquité. Nous avons eu des révolutions horribles, mais paffagères ; et dans ces orages on a été affez heureux pour conferver les ouvrages de votre père, et ceux de quelques autres grands hommes ; ainfi le feu facré n'a jamais été totalement éteint, et il a produit à la fin une lumière prefque univerfelle. Nous fifflons les fcolaftiques barbares qui ont régné long-temps parmi nous, mais nous refpectons *Cicéron* et tous les anciens qui nous ont appris à penfer. Si nous avons d'autres lois de phyfique que celles de votre temps, nous n'avons point d'autre règle d'éloquence ; et voilà peut-être de quoi terminer la querelle entre les anciens et les modernes.

*Toute la compagnie fut de l'avis de M. le duc. On alla enfuite à l'opéra de Caftor et Pollux. Tullia fut très-contente des paroles et de la mufique, quoi qu'on die. Elle avoua qu'un tel fpectacle valait mieux qu'un combat de gladiateurs.*

## X I V.

## LE CHAPON ET LA POULARDE.

### LE CHAPON.

Hé mon Dieu ! ma poule, te voilà bien trifte ; qu'as-tu ?

### LA POULARDE.

Mon cher ami, demande-moi plutôt ce que je n'ai plus. Une maudite fervante m'a prife fur fes genoux, m'a plongé une longue aiguille dans le cul, a faifi ma matrice, l'a roulée autour de l'aiguille, l'a arrachée, et l'a donnée à manger à fon chat. Me voilà incapable de recevoir les faveurs du chantre du jour, et de pondre.

### LE CHAPON.

Hélas! ma bonne, j'ai perdu plus que vous ; ils m'ont fait une opération doublement cruelle : ni vous ni moi n'aurons plus de confolation dans ce monde ; ils vous ont fait poularde et moi chapon. La feule idée qui adoucit mon état déplorable, c'eft que j'entendis ces jours paffés, près de mon poulailler, raifonner deux abbés italiens à qui on avait fait le même outrage, afin qu'ils puffent chanter devant le pape avec une voix plus claire. Ils difaient que les hommes avaient commencé par circoncire leurs femblables, et qu'ils finiffaient par les châtrer : ils maudiffaient la deftinée et le genre humain.

LA POULARDE.

Quoi ! c'eſt donc pour que nous ayons une voix plus claire qu'on nous a privés de la plus belle partie de nous-mêmes ?

LE CHAPON.

Hélas ! m'a pauvre poularde, c'eſt pour nous engraiſſer et pour nous rendre la chair plus délicate.

LA POULARDE.

Hé bien, quand nous ferons plus gras, le feront-ils davantage ?

LE CHAPON.

Oui, car ils prétendent nous manger.

LA POULARDE.

Nous manger ! ah, les monſtres !

LE CHAPON.

C'eſt leur coutume ; ils nous mettent en priſon pendant quelques jours, nous font avaler une pâtée dont ils ont le ſecret, nous crèvent les yeux pour que nous n'ayons point de diſtraction ; enfin, le jour de la fête étant venu, ils nous arrachent les plumes, nous coupent la tête et nous font rôtir. On nous apporte devant eux dans une large pièce d'argent ; chacun dit de nous ce qu'il penſe ; on fait notre oraiſon funèbre : l'un dit que nous ſentons la noiſette ; l'autre vante notre chair ſucculente ; on loue nos cuiſſes, nos bras, notre croupion ; et voilà notre hiſtoire dans ce bas monde finie pour jamais.

LA POULARDE.

Quels abominables coquins ! je ſuis prête à m'évanouir. Quoi ! on m'arrachera les yeux ! on me coupera le cou ! je ferai rôtie et mangée ! Ces ſcélérats n'ont donc point de remords ?

LE

LE CHAPON.

Non, ma mie ; les deux abbés dont je vous ai parlé disaient que les hommes n'ont jamais de remords des choses qu'ils font dans l'usage de faire.

LA POULARDE.

La détestable engeance! Je parie qu'en nous dévorant ils se mettent encore à rire et à faire des contes plaisans, comme si de rien n'était.

LE CHAPON.

Vous l'avez deviné ; mais sachez pour votre consolation ( si c'en est une ) que ces animaux qui sont bipèdes comme nous, et qui sont fort au-dessous de nous, puisqu'ils n'ont point de plumes, en ont usé ainsi fort souvent avec leurs semblables. J'ai entendu dire à mes deux abbés que tous les empereurs chrétiens et grecs ne manquaient jamais de crever les deux yeux à leurs cousins et à leurs frères ; que même dans le pays où nous sommes il y avait eu un nommé *Débonnaire* qui fit arracher les yeux à son neveu *Bernard*. Mais pour ce qui est de rôtir des hommes, rien n'a été plus commun parmi cette espèce. Mes deux abbés disaient qu'on en avait rôti plus de vingt mille pour de certaines opinions qu'il serait difficile à un chapon d'expliquer, et qui ne m'importent guère.

LA POULARDE.

C'était apparemment pour les manger qu'on les rôtissait ?

LE CHAPON.

Je n'oserais pas l'assurer ; mais je me souviens bien d'avoir entendu clairement qu'il y a bien des pays, et entre autres celui des juifs, où les hommes se sont quelquefois mangés les uns les autres.

*Dialogues.* G

LA POULARDE.

Paffe pour cela. Il eft jufte qu'une efpèce fi perverfe fe dévore elle-même, et que la terre foit purgée de cette race. Mais moi qui fuis paifible, moi qui n'ai jamais fait de mal, moi qui ai même nourri ces monftres en leur donnant mes œufs, être châtrée, aveuglée, décollée et rôtie! Nous traite-t-on ainfi dans le refte du monde?

LE CHAPON.

Les deux abbés difent que non. Ils affurent que dans un pays nommé l'*Inde*, beaucoup plus grand, plus beau, plus fertile que le nôtre, les hommes ont une loi fainte qui depuis des milliers de fiècles leur défend de nous manger; que même un nommé *Pythagore*, ayant voyagé chez ces peuples juftes, avait rapporté en Europe cette loi humaine qui fut fuivie par tous fes difciples. Ces bons abbés lifaient *Porphyre*, le pythagoricien, qui a écrit un beau livre contre les broches.

Oh le grand homme! le divin homme que ce *Porphyre!* avec quelle fageffe, quelle force, quel refpect tendre pour la Divinité, il prouve que nous fommes les alliés et les parens des hommes; que DIEU nous donna les mêmes organes, les mêmes fentimens, la même mémoire, le même germe inconnu d'entendement qui fe développe dans nous jufqu'au point déterminé par les lois éternelles, et que ni les hommes, ni nous ne paffons jamais. En effet, ma chère poularde, ne ferait-ce pas un outrage à la Divinité, de dire que nous avons des fens pour ne point fentir, une cervelle pour ne point penfer? Cette imagination digne, à ce qu'ils difaient, d'un fou nommé *Defcartes*, ne ferait-elle pas le comble du ridicule et la vaine excufe de la barbarie?

Auffi les plus grands philofophes de l'antiquité ne nous mettaient jamais à la broche. Ils s'occupaient à tâcher d'apprendre notre langage, et de découvrir nos propriétés fi fupérieures à celles de l'efpèce humaine. Nous étions en fureté avec eux comme dans l'âge d'or. Les fages ne tuent point les animaux, dit *Porphyre*; il n'y a que les barbares et les prêtres qui les tuent et qui les mangent. Il fit cet admirable livre pour convertir un de fes difciples qui s'était fait chrétien par gourmandife.

### LA POULARDE.

Hé bien, dreffa-t-on des autels à ce grand homme qui enfeignait la vertu au genre humain, et qui fauvait la vie au genre animal ?

### LE CHAPON.

Non, il fut en horreur aux chrétiens qui nous mangent, et qui déteftent encore aujourd'hui fa mémoire; ils difent qu'il était impie et que fes vertus étaient fauffes, attendu qu'il était païen.

### LA POULARDE.

Que la gourmandife a d'affreux préjugés ! J'entendais l'autre jour, dans cette efpèce de grange qui eft près de notre poulailler, un homme qui parlait feul devant d'autres hommes qui ne parlaient point ; il s'écriait *que* D I E U *avait fait un pacte avec nous et avec ces autres animaux appelés* hommes ; *que* D I E U *leur avait défendu de fe nourrir de notre fang et de notre chair.* Comment peuvent-ils ajouter à cette défenfe pofitive la permiffion de dévorer nos membres bouillis ou rôtis ? Il eft impoffible, quand ils nous ont coupé le cou, qu'il ne refte beaucoup de fang dans nos veines;

ce fang fe mêle néceffairement à notre chair; ils défo-
béiffent donc vifiblement à DIEU en nous mangeant. De
plus, n'eft-ce pas un facrilége de tuer et de dévorer des
gens avec qui DIEU a fait un pacte? Ce ferait un
étrange traité que celui dont la feule claufe ferait de
nous livrer à la mort. Ou notre créateur n'a point fait
de pacte avec nous, ou c'eft un crime de nous tuer et
de nous faire cuire : il n'y a pas de milieu.

### LE CHAPON.

Ce n'eft pas la feule contradiction qui règne chez
ces monftres, nos éternels ennemis. Il y a long-temps
qu'on leur reproche qu'ils ne font d'accord en rien.
Ils ne font des lois que pour les violer; et ce qu'il y a
de pis, c'eft qu'ils les violent en confcience. Ils ont
inventé cent fubterfuges, cent fophifmes pour juftifier
leurs tranfgreffions. Ils ne fe fervent de la penfée que
pour autorifer leurs injuftices, et n'emploient les paroles
que pour déguifer leurs penfées. Figure-toi que dans
le petit pays où nous vivons il eft défendu de nous
manger deux jours de la femaine ; ils trouvent bien
moyen d'éluder la loi; d'ailleurs cette loi, qui te paraît
favorable, eft très-barbare ; elle ordonne que ces jours-
là on mangera les habitans des eaux : ils vont chercher
des victimes au fond des mers et des rivières. Ils
dévorent des créatures dont une feule coûte fouvent
plus de la valeur de cent chapons : ils appellent cela
*jeûner, fe mortifier* Enfin je ne crois pas qu'il foit poffible
d'imaginer une efpèce plus ridicule à la fois et plus
abominable, plus extravagante et plus fanguinaire.

### LA POULARDE.

Hé, mon DIEU! ne vois-je pas venir ce vilain mar-
miton de cuifine avec fon grand couteau ?

LE CHAPON.

C'en eſt fait, ma mie, notre dernière heure eſt venue ; recommandons notre ame à DIEU.

LA POULARDE.

Que ne puis-je donner au ſcélérat qui me mangera une indigeſtion qui le faſſe crever ! Mais les petits ſe vengent des puiſſans par de vains ſouhaits, et les puiſſans s'en moquent.

LE CHAPON.

Aïe ! On me prend par le cou. Pardonnons à nos ennemis.

LA POULARDE.

Je ne puis ; on me ferre ; on m'emporte. Adieu, mon cher chapon.

LE CHAPON.

Adieu, pour toute l'éternité, ma chère poularde.

# X V.

## CU-SU ET KOU.

### OU

ENTRETIENS DE CU-SU, DISCIPLE DE
CONFUTZÉE, AVEC LE PRINCE KOU,
FILS DU ROI DE LOW, TRIBUTAIRE DE
L'EMPEREUR CHINOIS GNENVAN, 417
ANS AVANT NOTRE ERE VULGAIRE.

*Traduit en latin par le père Fouquet, ci-devant ex-jésuite.
Le manuscrit est dans la bibliothèque du vatican,
N° 42759.*

## PREMIER ENTRETIEN.

### KOU.

QUE dois-je entendre quand on me dit d'adorer le
ciel? (Chang-ti.)

### CU-SU.

Ce n'est pas le ciel matériel que nous voyons; car
ce ciel n'est autre chose que l'air, et cet air est composé
de toutes les exhalaisons de la terre. Ce serait une folie
bien absurde d'adorer des vapeurs.

### KOU.

Je n'en ferais pourtant pas surpris. Il me semble que
les hommes ont fait des folies encore plus grandes.

C U - S U

Il eſt vrai ; mais vous êtes deſtiné à gouverner, vous devez être ſage.

K O U.

Il y a tant de peuples qui adorent le ciel et les planètes !

C U - S U.

Les planètes ne ſont que des terres comme la nôtre. La lune, par exemple, ferait auſſi bien d'adorer notre ſable et notre boue, que nous de nous mettre à genoux devant le ſable et la boue de la lune.

K O U.

Que prétend-on quand on dit le ciel et la terre, monter au ciel, être digne du ciel ?

C U - S U

On dit une énorme ſottiſe ; il n'y a point de ciel ; chaque planète eſt entourée de ſon atmoſphère, comme d'une coque, et roule dans l'eſpace autour de ſon ſoleil. Chaque ſoleil eſt le centre de pluſieurs planètes qui voyagent continuellement autour de lui : il n'y a ni haut ni bas, ni montée ni deſcente. Vous ſentez que ſi les habitans de la lune diſaient qu'on monte à la terre, qu'il faut ſe rendre digne de la terre, ils diraient une extravagance. Nous prononçons de même un mot qui n'a pas de ſens, quand nous diſons qu'il faut ſe rendre digne du ciel ; c'eſt comme ſi nous diſions : Il faut ſe rendre digne de l'air, digne de la conſtellation du dragon, digne de l'eſpace.

K O U.

Je crois vous comprendre ; il ne faut adorer que le DIEU qui a fait le ciel et la terre.

G 4

### C U-S U.

Sans doute ; il faut n'adorer que DIEU. Mais quand nous difons qu'il a fait le ciel et la terre, nous difons pieufement une grande pauvreté. Car, fi nous entendons par le ciel l'efpace prodigieux dans lequel DIEU alluma tant de foleils, et fit tourner tant de mondes, il eft beaucoup plus ridicule de dire *le ciel et la terre* que de dire *les montagnes et un grain de fable.* Notre globe eft infiniment moins qu'un grain de fable en comparaifon de ces millions de milliars d'univers, devant lefquels nous difparaiffons. Tout ce que nous pouvons faire, c'eft de joindre ici notre faible voix à celle des êtres innombrables qui rendent hommage à DIEU dans l'abyme de l'étendue.

### K O U.

On nous a donc bien trompés, quand on nous a dit que *Fo* était defcendu chez nous du quatrième ciel, et avait paru en éléphant blanc.

### C U-S U.

Ce font des contes que les bonzes font aux enfans et aux vieilles : nous ne devons adorer que l'auteur éternel de tous les êtres.

### K O U.

Mais comment un être a-t-il pu faire les autres ?

### C U-S U.

Regardez cette étoile ; elle eft à quinze cents mille millions de *lis* de notre petit globe ; il en part des rayons qui vont faire fur vos yeux deux angles égaux au fommet ; ils font les mêmes angles fur les yeux de tous les animaux : ne voilà-t-il pas un deffein marqué ? ne voilà-t-il pas une loi admirable ? Or qui fait un ouvrage, finon un ouvrier ? qui fait des lois, finon un légiflateur ? il y a donc un ouvrier, un légiflateur éternel.

K O U.

Mais qui a fait cet ouvrier ; et comment eft-il fait ?

C U-S U.

Mon prince, je me promenais hier auprès du vafte palais qu'a bâti le roi votre père. J'entendis deux grillons, dont l'un difait à l'autre : Voilà un terrible édifice. Oui, dit l'autre ; tout glorieux que je fuis, j'avoue que c'eft quelqu'un de plus puiffant que les grillons qui a fait ce prodige ; mais je n'ai point d'idée de cet être-là ; je vois qu'il eft, mais je ne fais ce qu'il eft.

K O U.

Je vous dis que vous êtes un grillon plus inftruit que moi ; et ce qui me plaît en vous, c'eft que vous ne prétendez pas favoir ce que vous ignorez.

## SECOND ENTRETIEN.

C U-S U.

Vous convenez donc qu'il y a un Etre tout-puiffant, exiftant par lui-même, fuprême artifan de toute la nature ?

K O U.

Oui ; mais s'il exifte par lui-même, rien ne peut donc le borner, et il eft donc par-tout ; il exifte donc dans toute la matière, dans toutes les parties de moi-même ?

C U-S U.

Pourquoi non ?

K O U.

Je ferais donc moi-même une partie de la Divinité?

C U-S U.

Ce n'eſt peut-être pas une conféquence. Ce morceau
de verre eſt pénétré de toutes parts de la lumière ;
eſt-il lumière cependant lui-même ? ce n'eſt que du
ſable, et rien de plus ; tout eſt en D I E U, ſans doute;
ce qui anime tout doit être par-tout. D I E U n'eſt pas
comme l'empereur de la Chine qui habite ſon palais ët
qui envoie ſes ordres par des colao. Dès-là qu'il exiſte,
il eſt néceſſaire que ſon exiſtence rempliſſe tout l'eſpace
et tous ſes ouvrages ; et puiſqu'il eſt dans vous, c'eſt
un avertiſſement continuel de ne rien faire dont vous
puiſſiez rougir devant lui.

K O U.

Que faut-il faire pour oſer ainſi ſe regarder ſoi-même
ſans répugnance et ſans honte devant l'Etre ſuprême ?

C U-S U.

Etre juſte.

K O U.

Et quoi encore?

C U-S U

Etre juſte.

K O U.

Mais la ſecte de *Laokium* dit qu'il n'y a ni juſte ni
injuſte, ni vice ni vertu.

C U-S U

La ſecte de *Laokium* dit-elle qu'il n'y a ni ſanté ni
maladie ?

K O U.

Non, elle ne dit point une ſi grande erreur.

### C U - S U.

L'erreur de penfer qu'il n'y a ni fanté de l'ame ni maladie de l'ame, ni vertu ni vice, eft auffi grande et plus funefte. Ceux qui ont dit que tout eft égal, font des monftres; eft-il égal de nourrir fon fils ou de l'écrafer fur la pierre ? de fecourir fa mère ou de lui plonger un poignard dans le cœur ?

### K O U.

Vous me faites frémir ; je détefte la fecte de *Laokium :* mais il y a tant de nuances du jufte et de l'injufte ! on eft fouvent bien incertain. Quel homme fait précifément ce qui eft permis ou ce qui eft défendu ? Qui pourra pofer furement les bornes qui féparent le bien et le mal ? quelle règle me donnerez-vous pour les difcerner ?

### C U - S U.

Celle de *Confutzée*, mon maître : *Vis comme en mourant tu voudrais avoir vécu ; traite ton prochain comme tu veux qu'il te traite.*

### K O U.

Ces maximes, je l'avoue, doivent être le code du genre humain ; mais que m'importera en mourant d'avoir bien vécu ? qu'y gagnerai-je ? Cette horloge, quand elle fera détruite, fera-t-elle heureufe d'avoir bien fonné les heures ?

### C U - S U.

Cette horloge ne fent point, ne penfe point ; elle ne peut avoir des remords, et vous en avez quand vous vous fentez coupable.

### K O U.

Mais fi, après avoir commis plufieurs crimes, je parviens à n'avoir plus de remords ?

#### C U - S U.

Alors il faudra vous étouffer ; et foyez sûr que parmi les hommes qui n'aiment pas qu'on les opprime, il s'en trouvera qui vous mettront hors d'état de faire de nouveaux crimes.

#### K O U.

Ainfi DIEU qui eft en eux leur permettra d'être méchans après m'avoir permis de l'être ?

#### C U - S U.

DIEU vous a donné la raifon, n'en abufez ni vous, ni eux ; non-feulement vous ferez malheureux dans cette vie, mais qui vous a dit que vous ne le feriez pas dans une autre ?

#### K O U.

Et qui vous a dit qu'il y a une autre vie ?

#### C U - S U.

Dans le doute feul, vous devez vous conduire comme s'il y en avait une.

#### K O U.

Mais fi je fuis sûr qu'il n'y en a point ?

#### C U - S U.

Je vous en défie.

### TROISIEME ENTRETIEN.

#### K O U.

Vous me pouffez, *Cu-fu*. Pour que je puiffe être récompenfé ou puni quand je ne ferai plus, il faut qu'il fubfifte dans moi quelque chofe qui fente et qui penfe après moi. Or, comme avant ma naiffance rien de moi n'avait ni fentiment ni penfée, pourquoi y en aurait-il après ma mort? que pourrait être cette partie incompréhenfible de moi-même? Le bourdonnement de cette abeille reftera-t-il quand l'abeille ne fera plus? La végétation de cette plante fubfifte-t-elle quand la plante eft déracinée? La végétation n'eft-elle pas un mot dont on fe fert pour fignifier la manière inexplicable dont l'Etre fuprême a voulu que la plante tirât les fucs de la terre? L'ame eft de même un mot inventé pour exprimer faiblement et obfcurément les refforts de notre vie. Tous les animaux fe meuvent, et cette puiffance de fe mouvoir, on l'appelle *force active;* mais il n'y a pas un être diftinct qui foit cette force. Nous avons des paffions; cette mémoire, cette raifon ne font pas, fans doute, des chofes à part; ce ne font pas des êtres exiftans dans nous; ce ne font pas de petites perfonnes qui aient une exiftence particulière; ce font des mots génériques, inventés pour fixer nos idées. L'ame, qui fignifie notre mémoire, notre raifon, nos paffions, n'eft donc elle-même qu'un mot. Qui fait le mouvement dans la nature? c'eft D I E U. Qui fait végéter toutes les plantes? c'eft D I E U. Qui fait le mouvement dans les animaux? c'eft D I E U. Qui fait la penfée de l'homme? c'eft D I E U.

Si l'ame humaine était une petite perfonne renfermée dans notre corps, qui en dirigeât les mouvemens et les idées, cela ne marquerait-il pas dans l'éternel artifan du monde une impuiffance et un artifice indigne de lui? il n'aurait donc pas été capable de faire des automates qui euffent dans eux-mêmes le don du mouvement et de la penfée? Vous m'avez appris le grec, vous m'avez fait lire *Homère;* je trouve *Vulcain* un divin forgeron, quand il fait des trépieds d'or qui vont tout feuls au confeil des dieux : mais ce *Vulcain* me paraîtrait un miférable charlatan, s'il avait caché dans le corps de ces trépieds quelqu'un de fes garçons qui les fît mouvoir fans qu'on s'en aperçût.

Il y a de froids rêveurs qui ont pris pour une belle imagination l'idée de faire rouler des planètes par des génies qui les pouffent fans ceffe ; mais D I E U n'a pas été réduit à cette pitoyable reffource : en un mot, pourquoi mettre deux refforts à un ouvrage lorfqu'un feul fuffit ? Vous n'oferez pas nier que D I E U ait le pouvoir d'animer l'être peu connu que nous appelons *matière ;* pourquoi donc fe fervirait-il d'un autre agent pour l'animer ?

Il y a bien plus : que ferait cette ame que vous donnez fi libéralement à notre corps ? d'où viendrait-elle ? quand viendrait-elle ? faudrait-il que le créateur de l'univers fût continuellement à l'affût de l'accouplement des hommes et des femmes, qu'il remarquât attentivement le moment où un germe fort du corps d'un homme et entre dans le corps d'une femme, et qu'alors il envoyât vîte une ame dans ce germe ? et fi ce germe meurt, que deviendra cette ame ? elle aura donc été créée inutilement, ou elle attendra une autre occafion.

Voilà, je vous l'avoue, une étrange occupation pour le maître du monde ; et non - feulement il faut qu'il prenne garde continuellement à la copulation de l'efpèce humaine, mais il faut qu'il en faffe autant avec tous les animaux, car ils ont tous comme nous de la mémoire, des idées, des paffions ; et fi une ame eft néceffaire pour former ces fentimens, cette mémoire, ces idées, ces paffions, il faut que DIEU travaille perpétuellement à forger des ames pour les éléphans et pour les porcs, pour les hiboux, pour les poiſſons et pour les bonzes.

Quelle idée me donneriez-vous de l'architecte de tant de millions de mondes, qui ſerait obligé de faire continuellement des chevilles inviſibles pour perpétuer ſon ouvrage?

Voilà une très-petite partie des raiſons qui peuvent me faire douter de l'exiſtence de l'ame.

### C U-S U.

Vous raiſonnez de bonne foi; et ce ſentiment vertueux, quand même il ſerait erroné, ſerait agréable à l'Etre ſuprême. Vous pouvez vous tromper, mais vous ne cherchez pas à vous tromper, et dès-lors vous êtes excuſable. Mais ſongez que vous ne m'avez propoſé que des doutes, et que ces doutes ſont triſtes. Admettez des vraiſemblances plus conſolantes; il eſt dur d'être anéanti; eſpérez de vivre. Vous ſavez qu'une penſée n'eſt point matière, vous ſavez qu'elle n'a nul rapport avec la matière; pourquoi donc vous ſerait-il ſi difficile de croire que DIEU a mis dans vous un principe divin qui, ne pouvant être diſſout, ne peut être ſujet à la mort? Oſeriez-vous dire qu'il eſt impoſſible que vous ayez une ame? non, ſans doute: et ſi cela eſt poſſible, n'eſt-il pas très-vraiſemblable que vous en avez une? Pourriez-vous rejeter un ſyſtême ſi beau et ſi néceſſaire au genre humain? et quelques difficultés vous rebuteront-elles?

### K O U.

Je voudrais embraſſer ce ſyſtême, mais je voudrais qu'il me fût prouvé. Je ne ſuis pas le maître de croire quand je n'ai pas d'évidence. Je ſuis toujours frappé de cette grande idée que DIEU a tout fait, qu'il eſt

par-tout, qu'il pénètre tout, qu'il donne le mouvement et la vie à tout; et s'il eſt dans toutes les parties
de mon être, comme il eſt dans toutes les parties de la
nature, je ne vois pas quel beſoin j'ai d'une ame.
Qu'ai-je à faire de ce petit être ſubalterne, quand je
ſuis animé par D I E U même? à quoi me ſervirait cette
ame? Ce n'eſt pas nous qui nous donnons nos idées,
car nous les avons preſque toujours malgré nous; nous
en avons quand nous ſommes endormis; tout ſe fait
en nous ſans que nous nous en mêlions. L'ame aurait
beau dire au ſang et aux eſprits animaux, courez, je
vous prie, de cette façon pour me faire plaiſir, ils
circuleront toujours de la manière que D I E U leur a
preſcrite. J'aime mieux être la machine d'un D I E U qui
m'eſt démontré, que d'être la machine d'une ame dont
je doute.

C U - S U.

Hé bien, ſi D I E U même vous anime, ne ſouillez
jamais par des crimes ce D I E U qui eſt en vous; et s'il
vous a donné une ame, que cette ame ne l'offenſe
jamais. Dans l'un et dans l'autre ſyſtême vous avez une
volonté; vous êtes libre; c'eſt-à-dire, vous avez le
pouvoir de faire ce que vous voulez: ſervez-vous de
ce pouvoir pour ſervir ce D I E U qui vous l'a donné.
Il eſt bon que vous ſoyez philoſophe, mais il eſt néceſſaire que vous ſoyez juſte. Vous le ferez encore plus
quand vous croirez avoir une ame immortelle.

Daignez me répondre: n'eſt-il pas vrai que D I E U
eſt la ſouveraine juſtice?

K O U.

Sans doute; et s'il était poſſible qu'il ceſsât de l'être,
( ce qui eſt un blaſphême) je voudrais moi agir avec équité.

C U - S U.

### C U - S U.

N'eſt-il pas vrai que votre devoir ſera de récompenſer les actions vertueuſes, et de punir les criminelles quand vous ſerez ſur le trône ? Voudriez-vous que DIEU ne fît pas ce que vous-même vous êtes tenu de faire ? Vous ſavez qu'il eſt, et qu'il ſera toujours dans cette vie des vertus malheureuſes et des crimes impunis ; il eſt donc néceſſaire que le bien et le mal trouvent leur jugement dans une autre vie. C'eſt cette idée ſi ſimple, ſi naturelle, ſi générale, qui a établi chez tant de nations la croyance de l'immortalité de nos ames, et de la juſtice divine qui les juge quand elles ont abandonné leur dépouille mortelle. Y a-t-il un ſyſtême plus raiſonnable ; plus convenable à la Divinité, et plus utile au genre humain ?

### K O U.

Pourquoi donc pluſieurs nations n'ont-elles point embraſſé ce ſyſtême ? Vous ſavez que nous avons dans notre province environ deux cents familles d'anciens Sinous (a) qui ont autrefois habité une partie de l'Arabie pétrée ; ni elles ni leurs ancêtres n'ont jamais cru l'ame immortelle ; ils ont leurs cinq livres, comme nous avons nos cinq kings ; j'en ai lu la traduction : leurs lois néceſſairement ſemblables à celles de tous les autres peuples, leur ordonnent de reſpecter leurs pères, de ne point voler, de ne point mentir, de n'être ni adultères ni homicides ; mais ces mêmes lois ne leur parlent ni de récompenſes ni de châtimens dans une autre vie.

(a) Ce ſont les Juifs des dix tribus qui dans leur diſperſion pénétrèrent juſqu'à la Chine ; ils y ſont appelés *Sinous*.

*Dialogues.*  H

### C U - S U.

Si cette idée n'eſt pas encore développée chez ce pauvre peuple, elle le fera, fans doute, un jour. Mais que nous importe une malheureuſe petite nation, tandis que les Babyloniens, les Egyptiens, les Indiens et toutes les nations policées ont reçu ce dogme ſalutaire? Si vous étiez malade, rejetteriez-vous un remède approuvé par tous les Chinois, ſous prétexte que quelques barbares des montagnes n'auraient pas voulu s'en ſervir? DIEU vous a donné la raiſon, elle vous dit que l'ame doit être immortelle; c'eſt donc DIEU qui vous le dit lui-même.

### K O U.

Mais comment pourrai-je être récompenſé ou puni, quand je ne ſerai plus moi-même, quand je n'aurai plus rien de ce qui aura conſtitué ma perſonne? Ce n'eſt que par ma mémoire que je ſuis toujours moi; je perds ma mémoire dans ma dernière maladie; il faudra donc après ma mort un miracle pour me la rendre, pour me faire rentrer dans mon exiſtence que j'aurai perdue?

### C U - S U.

C'eſt-à-dire que ſi un prince avait égorgé ſa famille pour régner, s'il avait tyranniſé ſes ſujets, il en ferait quitte pour dire à DIEU: Ce n'eſt pas moi, j'ai perdu la mémoire, vous vous méprenez, je ne ſuis plus la même perſonne. Penſez-vous que DIEU fût bien content de ce ſophiſme?

### K O U.

Hé bien, ſoit; je me rends; (b) je voulais faire le bien pour moi-même, je le ferai auſſi pour plaire à

---

(b) Hé bien! triſtes ennemis de la raiſon et de la vérité, direz-vous encore que cet ouvrage enſeigne la mortalité de l'ame? Ce morceau a

l'Etre suprême ; je penfais qu'il fuffifait que mon ame fût jufte dans cette vie, j'efpérerai qu'elle fera heureufe dans une autre. Je vois que cette opinion eft bonne pour les peuples et pour les princes ; mais le culte de DIEU m'embarraffe.

## QUATRIEME ENTRETIEN.

### C U - S U.

Que trouvez-vous de choquant dans notre Chuking, ce premier livre canonique, fi refpecté de tous

été imprimé dans toutes les éditions. (*) De quel front ofez-vous donc le calomnier ? Hélas ! fi vos ames confervent leur caractère pendant l'éternité, elles feront éternellement des ames bien fottes et bien injuftes. Non, les auteurs de cet ouvrage raifonnable et utile ne vous difent point que l'ame meurt avec le corps ; ils vous difent feulement que vous êtes des ignorans. N'en rougiffez pas : tous les fages ont avoué leur ignorance ; aucun d'eux n'a été affez impertinent pour connaître la nature de l'ame. *Gaffendi*, en réfumant tout ce qu'a dit l'antiquité, vous parle ainfi : *Vous favez que vous penfez, mais vous ignorez quelle efpèce de fubftance vous êtes, vous qui penfez. Vous reffemblez à un aveugle qui fentant la chaleur du foleil croirait avoir une idée diftincte de cet aftre.* Lifez le refte de cette admirable lettre à *Defcartes*, lifez *Locke*; relifez cet ouvrage-ci attentivement, et vous verrez qu'il eft impoffible que nous ayons la moindre notion de la nature de l'ame, par la raifon qu'il eft impoffible que la créature connaiffe les fecrets refforts du Créateur : vous verrez que fans connaître le principe de nos penfées, il faut tâcher de penfer avec juftelfe et avec juftice ; qu'il faut être tout ce que vous n'êtes pas, modefte, doux, bienfefant, indulgent ; reffembler à *Cu-fu* et à *Kou*, et non pas à *Thomas d'Aquin* ou à *Scot*, dont les ames étaient fort ténébreufes, ou à *Galvin* et à *Luther*, dont les ames étaient bien dures et bien emportées. Tâchez que vos ames tiennent un peu de la nôtre ; alors vous vous moquerez prodigieufement de vous-mêmes.

*N. B.* Dans la cenfure que la forbonne a faite de l'ouvrage de M. l'abbé *Raynal*, les fages maîtres ont dit en latin que M. de *Voltaire* avait nié la fpiritualité de l'ame, et en français qu'il avait nié l'immortalité, *aut vice verfâ*.

(*) L'auteur parle des premières éditions du *Dictionnaire philofophique* dont ce dialogue fefait partie.

les empereurs chinois ? Vous labourez un champ de
vos mains royales pour donner l'exemple au peuple,
et vous en offrez les prémices au Chang-ti, au Tien,
à l'Etre fuprême ; vous lui facrifiez quatre fois l'année ;
vous êtes roi et pontife ; vous promettez à DIEU de
faire tout le bien qui fera en votre pouvoir : y a-t-il
là quelque chofe qui répugne ?

K O U.

Je fuis bien loin d'y trouver à redire ; je fais que
DIEU n'a nul befoin de nos facrifices ni de nos prières ;
mais nous avons befoin de lui en faire ; fon culte n'eft
pas établi pour lui, mais pour nous. J'aime fort à
faire des prières, je veux fur-tout qu'elles ne foient
point ridicules ; car, quand j'aurai bien crié que la
*montagne du Chang-ti eft une montagne graffe, et qu'il ne*
*faut point regarder les montagnes graffes*, quand j'aurai
fait enfuir le foleil et fécher la lune, ce galimatias
fera-t-il agréable à l'Etre fuprême, utile à mes fujets et
à moi-même ?

Je ne puis fur-tout fouffrir la démence des fectes
qui nous environnent : d'un côté je vois *Laotzée* que fa
mère conçut par l'union du ciel et de la terre, et dont
elle fut groffe quatre-vingts ans. Je n'ai pas plus de foi
à fa doctrine de l'anéantiffement et du dépouillement
univerfel, qu'aux cheveux blancs avec lefquels il naquit,
et à la vache noire fur laquelle il monta pour aller prêcher
fa doctrine.

Le Dieu *Fo* ne m'en impofe pas davantage, quoiqu'il ait eu pour père un éléphant blanc, et qu'il
promette une vie immortelle.

Ce qui me déplaît fur-tout, c'eft que de telles rêveries foient continuellement prêchées par les bonzes qui

féduifent le peuple pour le gouverner ; ils fe rendent refpectables par des mortifications qui effrayent la nature. Les uns fe privent toute leur vie des alimens les plus falutaires, comme fi on ne pouvait plaire à DIEU que par un mauvais régime; les autres fe mettent au cou un carcan, dont quelquefois ils fe rendent très-dignes ; ils s'enfoncent des clous dans les cuiffes, comme fi leurs cuiffes étaient des planches ; le peuple les fuit en foule. Si un roi donne quelque édit qui leur déplaife, ils vous difent froidement que cet édit ne fe trouve pas dans le commentaire du Dieu *Fo*, et qu'il vaut mieux obéir à DIEU qu'aux hommes. Comment remédier à une maladie populaire fi extravagante et fi dangereufe? Vous favez que la tolérance eft le principe du gouvernement de la Chine, et de tous ceux de l'Afie ; mais cette indulgence n'eft-elle pas bien funefte, quand elle expofe un empire à être bouleverfé pour des opinions fanatiques?

### C U - S U.

Que le Chang-ti me préferve de vouloir éteindre en vous cet efprit de tolérance, cette vertu fi refpectable, qui eft aux ames ce que la permiffion de manger eft au corps ! La loi naturelle permet à chacun de croire ce qu'il veut, comme de fe nourrir de ce qu'il veut. Un médecin n'a pas le droit de tuer fes malades parce qu'ils n'auront pas obfervé la diète qu'il leur a prefcrite. Un prince n'a pas le droit de faire pendre ceux de fes fujets qui n'auront pas penfé comme lui ; mais il a le droit d'empêcher les troubles ; et, s'il eft fage, il lui fera très-aifé de déraciner les fuperftitions. Vous favez ce qui arriva à *Daon*, fixième roi de Chaldée, il y a quelque quatre mille ans?

H 3

### K O U.

Non, je n'en fais rien; vous me feriez plaifir de me l'apprendre.

### C U - S U.

Les prêtres chaldéens s'étaient avifés d'adorer les brochets de l'Euphrate; ils prétendaient qu'un fameux brochet nommé *Oannès* leur avait autrefois appris la théologie, que ce brochet était immortel, qu'il avait trois pieds de long et un petit croiffant fur la queue. C'était par refpect pour cet *Oannès* qu'il était défendu de manger du brochet. Il s'éleva une grande difpute entre les théologiens, pour favoir fi le brochet *Oannès* était laité ou œuvé. Les deux partis s'excommunièrent réciproquement, et on en vint plufieurs fois aux mains. Voici comme le roi *Daon* s'y prit pour faire ceffer ce défordre.

Il commanda un jeûne rigoureux de trois jours aux deux partis; après quoi il fit venir les partifans du brochet aux œufs, qui affiftèrent à fon dîner : il fe fit apporter un brochet de trois pieds, auquel on avait mis un petit croiffant fur la queue. Eft-ce-là votre Dieu? dit-il aux docteurs; oui, Sire, lui répondirent-ils, car il a un croiffant fur la queue. Le roi commanda qu'on ouvrît le brochet, qui avait la plus belle laite du monde. Vous voyez bien, dit-il, que ce n'eft pas-là votre Dieu, puifqu'il eft laité : et le brochet fut mangé par le roi et fes fatrapes, au grand contentement des théologiens des œufs, qui voyaient qu'on avait frit le Dieu de leurs adverfaires.

On envoya chercher auffitôt les docteurs du parti contraire : on leur montra un Dieu de trois pieds qui avait des œufs et un croiffant fur la queue; ils affurèrent que c'était-là le Dieu *Oannès*, et qu'il était laité : il fut frit comme l'autre, et reconnu œuvé. Alors les deux partis étant également fots, et n'ayant pas déjeûné, le bon roi *Daon* leur dit qu'il n'avait que des brochets à leur donner pour leur dîner ; ils en mangèrent goulument, foit œuvés, foit laités. La guerre civile finit, chacun bénit le bon roi *Daon*; et les citoyens depuis ce temps firent fervir à leur dîner tant de brochets qu'ils voulurent.

### K O U.

J'aime fort le roi *Daon*, et je promets bien de l'imiter à la première occafion qui s'offrira. J'empêcherai toujours, autant que je le pourrai, (fans faire violence à perfonne ) qu'on adore des *Fo* et des brochets.

Je fais que dans le Pégu et dans le Tunquin il y a de petits dieux et de petits talapoins qui font defcendre la lune dans le décours, et qui prédifent clairement l'avenir, c'eft - à - dire, qui voient clairement ce qui n'eft pas, car l'avenir n'eft point. J'empêcherai, autant que je le pourrai, que les talapoins ne viennent chez moi prendre le futur pour le préfent, et faire defcendre la lune.

Quelle pitié qu'il y ait des fectes qui aillent de ville en ville débiter leurs rêveries, comme des charlatans qui vendent leurs drogues ! quelle honte pour l'efprit humain que de petites nations penfent que la vérité n'eft que pour elles, et que le vafte empire de la Chine eft livré à l'erreur ! L'Etre éternel ne ferait - il que le Dieu de l'île Formofe ou de l'île Bornéo ? abandonnerait-il le refte de l'univers ? Mon cher *Cu-fu*, il eft le père de tous les hommes ; il permet à tous de

H 4

manger du brochet; le plus digne hommage qu'on puiffe lui rendre eft d'être vertueux; un cœur pur eft le plus beau de tous fes temples, comme difait le grand empereur *Hiao*.

## CINQUIEME ENTRETIEN.

### C U - S U.

PUISQUE vous aimez la vertu, comment la pratiquerez-vous quand vous ferez roi?

### K O U.

En n'étant injufte ni envers mes voifins, ni envers mes peuples.

### C U - S U.

Ce n'eft pas affez de ne point faire de mal; vous ferez du bien, vous nourrirez les pauvres en les occupant à des travaux utiles, et non pas en dotant la fainéantife; vous embellirez les grands chemins; vous creuferez des canaux; vous éleverez des édifices publics; vous encouragerez tous les arts; vous récompenferez le mérite en tout genre; vous pardonnerez les fautes involontaires.

### K O U.

C'eft ce que j'appelle n'être point injufte; ce font-là autant de devoirs.

### C U - S U.

Vous penfez en véritable roi; mais il y a le roi et l'homme, la vie publique et la privée. Vous allez bientôt vous marier; combien comptez-vous avoir de femmes?

### K O U.

Mais je crois qu'une douzaine me fuffira ; un plus
grand nombre pourrait me dérober un temps deftiné
aux affaires. Je n'aime point ces rois qui ont des trois
cents femmes, et des fept cents concubines, et des
milliers d'eunuques pour les fervir. Cette manie des
eunuques me paraît fur-tout un trop grand outrage à
la nature humaine. Je pardonne tout au plus qu'on
chaponne des coqs, ils en font meilleurs à manger ;
mais on n'a point encore fait mettre d'eunuques à la
broche. A quoi fert leur mutilation ? Le dalaï-lama en
a cinquante pour chanter dans fa pagode. Je voudrais
bien favoir fi le Chang-ti fe plaît beaucoup à entendre
les voix claires de ces cinquante hongres.

Je trouve encore très-ridicule qu'il y ait des bonzes
qui ne fe marient point ; ils fe vantent d'être plus fages
que les autres chinois : hé bien, qu'ils faffent donc
des enfans fages. Voilà une plaifante manière d'honorer
le Chang-ti, que de le priver d'adorateurs ! Voilà une
fingulière façon de fervir le genre humain, que de
donner l'exemple d'anéantir le genre humain ! Le bon
petit lama (c) nommé *Stelca ifant Errepi* voulait dire
*que tout prêtre devait faire le plus d'enfans qu'il pourrait ;*
il prêchait d'exemple, et a été fort utile en fon temps.
Pour moi, je marierai tous les lamas et bonzes, lameffes
et bonzeffes qui auront de la vocation pour ce faint
œuvre ; ils en feront certainement meilleurs citoyens,
et je croirai faire en cela un grand bien au royaume
de Low.

### C U - S U.

Oh ! le bon prince que nous aurons-là ! Vous me

(c) *Stelca ifant Errepi* fignifie, en chinois, l'abbé *Caftel de Saint-Pierre.*

faites pleurer de joie. Vous ne vous contenterez pas
d'avoir des femmes et des sujets; car enfin on ne peut
pas paffer fa journée à faire des édits et des enfans :
vous aurez, fans doute, des amis?

### K O U.

J'en ai déjà, et de bons, qui m'avertiffent de mes
défauts ; je me donne la liberté de reprendre les leurs ;
ils me confolent, et je les confole ; l'amitié eft le baume
de la vie ; il vaut mieux que celui du chimifte *Erueil*,
et même que les fachets du grand *Hanourd*. Je fuis
étonné qu'on n'ait pas fait de l'amitié un précepte de
religion ; j'ai envie de l'inférer dans notre rituel.

### C U - S U.

Gardez-vous en bien ; l'amitié eft affez facrée d'elle-
même ; ne la commandez jamais ; il faut que le cœur
foit libre ; et puis, fi vous fefiez de l'amitié un précepte,
un myftère, un rite, une cérémonie, il y aurait mille
bonzes qui, en prêchant et en écrivant leurs rêveries,
rendraient l'amitié ridicule; il ne faut pas l'expofer à
cette profanation.

Mais comment en uferez-vous avec vos ennemis ?
*Confutzée* recommande en vingt endroits de les aimer;
cela ne vous paraît-il pas un peu difficile ?

### K O U.

Aimer fes ennemis ! eh mon Dieu , rien n'eft fi
commun.

### C U - S U.

Comment l'entendez-vous ?

### K O U.

Mais comme il faut, je crois, l'entendre. J'ai fait
l'apprentiffage de la guerre fous le prince de *Décon*

contre le prince de *Vis-Brunk* : dès qu'un (*d*) de nos ennemis était bleffé et tombait entre nos mains, nous avions foin de lui comme s'il eût été notre frère : nous avons fouvent donné notre propre lit à nos ennemis bleffés et prifonniers, et nous avons couché auprès d'eux fur des peaux de tigres étendues à terre; nous les avons fervis nous-mêmes : que voulez-vous de plus ? que nous les aimions comme on aime fa maîtreffe ?

#### C U-S U.

Je fuis très-édifié de tout ce que vous me dites, et je voudrais que toutes les nations vous entendiffent; car on m'affure qu'il y a des peuples affez impertinens pour ofer dire que nous ne connaiffons pas la vraie vertu, que nos bonnes actions ne font que des péchés fplendides, que nous avons befoin des leçons de leurs talapoins pour nous faire de bons principes. Héias lès malheureux ! ce n'eft que d'hier qu'ils favent lire et écrire, et ils prétendent enfeigner leurs maîtres !

### SIXIEME ENTRETIEN.

#### C U-S U.

Je ne vous répéterai pas tous les lieux communs qu'on débite parmi nous depuis cinq ou fix mille ans fur toutes les vertus. Il y en a qui ne font que pour nous-mêmes, comme la prudence pour conduire nos ames, la tempérance pour gouverner nos corps; ce font des préceptes de politique et de fanté. Les

---

(*d*) C'eft une chofe remarquable, qu'en retournant *Décon* et *Vis-Brunk*, qui font des noms chinois, on trouve *Condé* et *Brunfvik;* tant les grands hommes font célèbres dans toute la terre.

véritables vertus font celles qui font utiles à la fociété, comme la fidélité, la magnanimité, la bienfefance, la tolérance, &c. Grâce au ciel, il n'y a point de vieille qui n'enfeigne parmi nous toutes ces vertus à fes petits enfans ; c'eft le rudiment de notre jeuneffe au village comme à la ville : mais il y a une grande vertu qui commence à être de peu d'ufage, et j'en fuis fâché.

### K O U.

Quelle eft-elle ? nommez-la vîte ; je tâcherai de la ranimer.

### C U - S U.

C'eft l'hofpitalité ; cette vertu fi fociale, ce lien facré des hommes commence à fe relâcher depuis que nous avons des cabarets. Cette pernicieufe inftitution nous eft venue, à ce qu'on dit, de certains fauvages d'Occident. Ces miférables apparemment n'ont point de maifon pour accueillir les voyageurs. Quel plaifir de recevoir dans la grande ville de Low, dans la belle place Honchan, dans la maifon Ki, un généreux étranger qui arrive de Samarcande, pour qui je deviens dès ce moment un homme facré, et qui eft obligé par toutes les lois divines et humaines de me recevoir chez lui quand je voyagerai en Tartarie, et d'être mon ami intime !

Les fauvages dont je vous parle ne reçoivent les étrangers que pour de l'argent dans des cabanes dégoûtantes ; ils vendent cher cet accueil infame ; et avec cela, j'entends dire que ces pauvres gens fe croient au-deffus de nous, qu'ils fe vantent d'avoir une morale plus pure. Ils prétendent que leurs prédicateurs prêchent mieux que *Confutzée*, qu'enfin c'eft à eux de nous enfeigner la juftice, parce qu'ils vendent de mauvais

vin fur les grands chemins, que leurs femmes vont
comme des folles dans les rues, et qu'elles danfent
pendant que les nôtres cultivent des vers à foie.

### K O U.

Je trouve l'hofpitalité fort bonne; je l'exerce avec
plaifir, mais je crains l'abus. Il y a des gens vers le
grand Thibet qui font fort mal logés, qui aiment à
courir, et qui voyageraient pour rien d'un bout du
monde à l'autre; et quand vous irez au grand Thibet,
jouir chez eux du droit de l'hofpitalité, vous ne
trouverez ni lit ni pot au feu; cela peut dégoûter de
la politeffe.

### C U-S U

L'inconvénient eft petit; il eft aifé d'y remédier en
ne recevant que des perfonnes bien recommandées. Il
n'y a point de vertu qui n'ait fes dangers; et c'eft parce
qu'elles en ont qu'il eft beau de les embraffer.

Que notre *Confutzée* eft fage et faint! il n'eft aucune
vertu qu'il n'infpire; le bonheur des hommes eft
attaché à chacune de fes fentences: en voici une qui
me revient dans la mémoire, c'eft la cinquante-
troifième.

*Reconnais les bienfaits par des bienfaits, et ne te venge*
*jamais des injures.*

Quelle maxime, quelle loi les peuples de l'Occident
pourraient-ils oppofer à une morale fi pure? En combien
d'endroits *Confutzée* recommande-t-il l'humilité? Si on
pratiquait cette vertu, il n'y aurait jamais de querelles
fur la terre.

### K O U.

J'ai lu tout ce que *Confutzée* et les fages des fiècles
antérieurs ont écrit fur l'humilité; mais il me femble

qu'ils n'en ont jamais donné une définition affez
exacte : il y a peu d'humilité peut-être à ofer les
reprendre ; mais j'ai au moins l'humilité d'avouer que
je ne les ai pas entendus. Dites-moi ce que vous en
penfez?

### C U - S U.

J'obéirai humblement. Je crois que l'humilité eft
la modeftie de l'ame ; car la modeftie extérieure n'eft
que la civilité. L'humilité ne peut pas confifter à fe
nier foi-même la fupériorité qu'on peut avoir acquife
fur un autre. Un bon médecin ne peut fe diffimuler
qu'il en fait davantage que fon malade en délire ; celui
qui enfeigne l'aftronomie doit s'avouer qu'il eft plus
favant que fes difciples ; il ne peut s'empêcher de le
croire, mais il ne doit pas s'en faire accroire. L'humilité
n'eft pas l'abjection ; elle eft le correctif de l'amour
propre, comme la modeftie eft le correctif de l'orgueil.

### K O U.

Hé bien, c'eft dans l'exercice de toutes ces vertus
et dans le culte d'un Dieu fimple et univerfel que je
veux vivre, loin des chimères des fophiftes, et des
illufions des faux prophètes. L'amour du prochain fera
ma vertu fur le trône, et l'amour de DIEU ma religion.
Je mépriferai le Dieu *Fo*, et *Laotzée*, et *Vitfnou* qui s'eft
incarné tant de fois chez les Indiens, et *Sammonocodom*
qui defcendit du ciel pour venir jouer au cerf-volant
chez les Siamois, et les *Camis* qui arrivèrent de la
lune au Japon.

Malheur à un peuple affez imbécille et affez barbare
pour penfer qu'il y a un Dieu pour fa feule province :
c'eft un blafphême. Quoi ! la lumière du foleil éclaire
tous les yeux, et la lumière de DIEU n'éclairerait qu'une

petite et chétive nation dans un coin de ce globe !
quelle horreur, et quelle fottife ! La Divinité parle au
cœur de tous les hommes, et les liens de la charité doivent
les unir d'un bout de l'univers à l'autre.

### C U - S U.

O fage *Kou !* vous avez parlé comme un homme
infpiré par le Chang - ti même ; vous ferez un digne
prince. J'ai été votre docteur, et vous êtes devenu le
mien.

# X V I.

## L'INDIEN ET LE JAPONAIS.

### L' I N D I E N.

Est-il vrai qu'autrefois les Japonais ne favaient pas
faire la cuifine, qu'ils avaient foumis leur royaume au
grand lama, que ce grand lama décidait fouverainement de leur boire et de leur manger, qu'il envoyait
chez vous de temps en temps un petit lama, lequel
venait recueillir les tributs ; et qu'il vous donnait en
échange un figne de protection fait avec les deux
premiers doigts et le pouce ?

### LE JAPONAIS.

Hélas ! rien n'eft plus vrai. Figurez-vous même que
toutes les places de canufi, (*a*) qui font les grands cuifiniers de notre île, étaient données par le lama, et
n'étaient pas données pour l'amour de DIEU. De plus,
chaque maifon de nos féculiers payait une once d'argent
par an à ce grand cuifinier du Thibet. Il ne nous

(*a*) Les *Canufi* font les anciens prêtres du Japon.

accordait pour tout dédommagement que des petits plats d'affez mauvais goût, qu'on appelle *des reftes*. (*b*) Et quand il lui prenait quelque fantaifie nouvelle, comme de faire la guerre aux peuples du Tangut, il levait chez nous de nouveaux fubfides. Notre nation fe plaignit fouvent, mais fans aucun fruit ; et même chaque plante finiffait par payer un peu davantage. Enfin l'amour, qui fait tout pour le mieux, nous délivra de cette fervitude. Un de nos empereurs fe brouilla avec le grand lama pour une femme : mais il faut avouer que ceux qui nous fervirent le plus dans cette affaire furent nos canufi, autrement pauxcofpie ; (*c*) c'eft à eux que nous avons l'obligation d'avoir fecoué le joug, et voici comment.

Le grand lama avait une plaifante manie ; il croyait avoir toujours raifon ; notre daïri et nos canufi voulurent avoir du moins raifon quelquefois. Le grand lama trouva cette prétention abfurde ; nos canufi n'en démordirent point, et ils rompirent pour jamais avec lui.

L' I N D I E N.

Hé bien, depuis ce temps-là vous avez été, fans doute, heureux et tranquilles ?

LE JAPONAIS.

Point du tout ; nous nous fommes perfécutés, déchirés, dévorés pendant près de deux fiècles. Nos canufi voulaient en vain avoir raifon ; il n'y a que cent ans qu'ils font raifonnables. Auffi depuis ce temps-là pouvons-nous hardiment nous regarder comme une des nations les plus heureufes de la terre.

(*b*) Reliques de *reliquiæ*, qui fignifie reftes.
(*c*) *Pauxcofpie*, anagramme d'*Epifcopaux*.

L' I N D I E N.

### L' INDIEN.

Comment pouvez-vous jouir d'un tel bonheur, s'il est vrai, ce qu'on m'a dit, que vous ayez douze factions de cuisine dans votre empire ? vous devez avoir douze guerres civiles par an.

### LE JAPONAIS.

Pourquoi ? s'il y a douze traiteurs dont chacun ait une recette différente, faudra-t-il pour cela se couper la gorge au lieu de dîner ? au contraire, chacun fera bonne chère à sa façon chez le cuisinier qui lui agréera davantage.

### L' INDIEN.

Il est vrai qu'on ne doit point disputer des goûts ; mais on en dispute, et la querelle s'échauffe.

### LE JAPONAIS.

Après qu'on a disputé bien long-temps, et qu'on a vu que toutes ces querelles n'apprenaient aux hommes qu'à se nuire, on prend enfin le parti de se tolérer mutuellement, et c'est sans contredit ce qu'il y a de mieux à faire.

### L' INDIEN.

Et qui sont, s'il vous plaît, ces traiteurs qui partagent votre nation dans l'art de boire et de manger ?

### LE JAPONAIS.

Il y a premièrement les Breuxeh ( d ) qui ne vous donneront jamais de boudin ni de lard ; ils sont attachés à l'ancienne cuisine ; ils aimeraient mieux mourir que de piquer un poulet : d'ailleurs, grands calculateurs ; et s'il y a une once d'argent à partager entre eux et les onze autres cuisiniers, ils en prennent d'abord la

---

( d ) On voit assez que les *Breuxeh* sont les Hébreux ; *et sic de cæteris.*

*Dialogues.*                                    I

moitié pour eux , et le refte eft pour ceux qui favent le
mieux compter.

LE INDIEN.

Je crois que vous ne foupez guère avec ces gens-là?

LE JAPONAIS.

Non. Il y a enfuite les pifpates qui, certains jours de
chaque femaine , et même pendant un temps confidérable
de l'année , aimeraient cent fois mieux manger pour
cent écus de turbots, de truites, de foles, de faumons,
d'efturgeons, que de fe nourrir d'une blanquette de veau
qui ne reviendrait pas à quatre fous.

Pour nous autres canufi , nous aimons fort le bœuf
et une certaine pâtifferie qu'on appelle en japonais *du
pudding*. Au refte tout le monde convient que nos cuifiniers font infiniment plus favans que ceux des pifpates.
Perfonne n'a plus approfondi que nous le garum des
Romains, n'a mieux connu les oignons de l'ancienne
Egypte, la pâte de fauterelles des premiers Arabes, la
chair de cheval des Tartares ; et il y a toujours quelque
chofe à apprendre dans les livres des canufi qu'on appelle
communément *pauxcofpie*.

Je ne vous parlerai point de ceux qui ne mangent
qu'à la *Terluh*, ni de ceux qui tiennent pour le régime
de *Vincal* , ni des batiftapanes , ni des autres ; mais les
quekars méritent une attention particulière. Ce font les
feuls convives que je n'aie jamais vu s'enivrer et jurer.
Ils font très-difficiles à tromper, mais ils ne vous trompe-
ront jamais. Il femble que la loi d'aimer fon prochain
comme foi-même n'ait été faite que pour ces gens-là ;
car , en vérité , comment un bon japonais peut-il fe
vanter d'aimer fon prochain comme lui-même, quand il
va pour quelque argent lui tirer une balle de plomb dans

la cervelle, ou l'égorger avec un crifs large de quatre doigts, le tout en front de bandière ? il s'expofe lui-même à être égorgé et à recevoir des balles de plomb : ainfi on peut dire avec bien plus de vérité qu'il hait fon prochain comme lui-même. Les quekars n'ont jamais eu cette frénéfie ; ils difent que les pauvres humains font des cruches d'argille faites pour durer très-peu ; et que ce n'eft pas la peine qu'elles aillent de gaieté de cœur fe brifer les unes contre les autres.

Je vous avoue que, fi je n'étais pas canufi, je ne haïrais pas d'être quekar. Vous m'avouerez qu'il n'y a pas moyen de fe quereller avec des cuifiniers fi pacifiques. Il y en a d'autres en très-grand nombre qu'on appelle *dieftes*; ceux-là donnent à dîner à tout le monde indifféremment, et vous êtes libres chez eux de manger tout ce qui vous plaît, lardé, bardé, fans lard, fans barde, aux œufs, à l'huile, perdrix, faumon, vin gris, vin rouge ; tout cela leur eft indifférent : pourvu que vous faffiez quelque prière à DIEU avant ou après le dîner, et même fimplement avant le déjeûner, et que vous foyez honnêtes gens, ils riront avec vous aux dépens du grand lama, à qui cela ne fera nul mal, et aux dépens de *Terluh*, de *Vincal* et de *Memnon*, &c. Il eft bon feulement que nos dieftes avouent que nos canufi font très-favans en cuifine, et que fur-tout ils ne parlent jamais de retrancher nos rentes ; alors nous vivrons très-paifiblement enfemble.

### L'INDIEN.

Mais enfin il faut qu'il y ait une cuifine dominante, la cuifine du roi.

### LE JAPONAIS.

Je l'avoue ; mais quand le roi du Japon a fait bonne

chère, il doit être de bonne humeur ; il ne doit pas empêcher ses bons sujets de digérer.

L' I N D I E N.

Mais si des entêtés veulent manger au nez du roi des fauciffes pour lesquelles le roi aura de l'averfion, s'ils s'affemblent quatre ou cinq mille armés de grils pour faire cuire leurs faucisses, s'ils infultent ceux qui n'en mangent point ?

LE J A P O N A I S.

Alors il faut les punir comme des ivrognes qui troublent le repos des citoyens. Nous avons pourvu à ce danger. Il n'y a que ceux qui mangent à la royale qui foient fufceptibles des dignités de l'Etat. Tous les autres peuvent dîner à leur fantaifie, mais ils font exclus des charges. Les attroupemens font fouverainement défendus et punis fur le champ fans rémiffion ; toutes les querelles à table font réprimées foigneufement, felon le précepte de notre grand cuifinier japonais qui a écrit dans la langue facrée : *Suti raho* , *cus flac* , *natis in ufum lætitiæ fcyphis pugnare tracum eft ;* ce qui veut dire : Le dîner eft fait pour une joie recueillie et honnête, et il ne faut pas fe jeter les verres à la tête.

Avec ces maximes nous vivons heureufement chez nous ; notre liberté eft affermie fous nos taicofema ; nos richeffes augmentent ; nous avons deux cents jonques de ligne, et nous fommes la terreur de nos voifins.

L' I N D I E N.

Pourquoi donc le bon verfificateur *Recina* , fils de ce poëte indien *Recina* , ( *e* ) fi tendre, fi exact, fi harmonieux,

( *e* ) *Racine* , probablement *Louis Racine* , fils de l'admirable *Racine* .

*N. B.* Cet indien *Recina* , fur la foi des rêveurs de fon pays, a cru qu'on ne pouvait faire de bonnes fauffes que quand *Brama* , par une volonté toute particulière , enfeignait lui-même la fauffe à fes favoris ;

fi éloquent, a-t-il dit dans un ouvrage didactique en rimes, intitulé *la grâce* et non *les grâces*:

> Le Japon, où jadis brilla tant de lumière,
> N'est plus qu'un triste amas de folles visions ?

#### LE JAPONAIS.

Le *Recina* dont vous me parlez est lui-même un grand visionnaire. Ce pauvre indien ignore-t-il que nous lui avons enseigné ce que c'est que la lumière ? que si on connaît aujourd'hui dans l'Inde la véritable route des planètes, c'est à nous qu'on en est redevable ? que nous seuls avons enseigné aux hommes les lois primitives de la nature et le calcul de l'infini ? que s'il faut descendre à des choses qui sont d'un usage plus commun, les gens de son pays n'ont appris que de nous à faire des jonques dans les proportions mathématiques ? qu'ils nous doivent jusqu'aux chausses appelées *les bas au métier*, dont ils couvrent leurs jambes ? Serait-il possible qu'ayant inventé tant de choses admirables ou utiles, nous ne fussions que des fous, et qu'un homme qui a mis en vers les rêveries des autres fût le seul sage ? Qu'il nous laisse faire notre cuisine, et qu'il fasse, s'il veut, des vers sur des sujets plus poëtiques.

#### L'INDIEN.

Que voulez-vous? il a les préjugés de son pays, ceux de son parti, et les siens propres.

#### LE JAPONAIS.

Oh! voilà trop de préjugés.

qu'il y avait un nombre infini de cuisiniers auxquels il était impossible de faire un ragoût avec la ferme volonté d'y réussir, et que *Brama* leur en ôtait les moyens par pure malice. On ne croit pas au Japon une pareille impertinence, et on y tient pour une vérité incontestable cette sentence japonaise :

> *God never acts by partial will, but by general Laws.*

# XVII.

## TUCTAN ET KARPOS,

### OU

## ENTRETIEN DU BACHA TUCTAN, ET DU JARDINIER KARPOS.

### TUCTAN.

Hé bien, mon ami *Karpos*, tu vends cher tes légumes, mais ils font bons....... De quelle religion es-tu à préfent ?

### KARPOS.

Ma foi, mon bacha, j'aurais bien de la peine à vous le dire. Quand notre petite île de Samos appartenait aux Grecs, je me fouviens que l'on me fefait dire que l'*Agion pneuma* n'était produit que du *Tou patrou*; on me fefait prier DIEU tout droit fur mes deux jambes, les mains croifées ; on me défendait de manger du lait en carême. Les Vénitiens font venus, alors mon curé vénitien m'a fait dire qu'*Agion pneuma* venait du *Tou patrou* et du *Touyou*, m'a permis de manger du lait, et m'a fait prier DIEU à genoux. Les Grecs font revenus et ont chaffé les Vénitiens, alors il a fallu renoncer au *Touyou* et à la crême. Vous avez enfin chaffé les Grecs; et je vous entends crier *Alla illa Alla* de toutes vos forces ; je ne fais plus trop ce que je fuis; j'aime DIEU de tout mon cœur, et je vends mes légumes fort raifonnablement.

TUCTAN.

Tu as là de très-belles figues.

KARPOS.

Mon bacha, elles font fort à votre fervice.

TUCTAN.

On dit que tu as auffi une jolie fille.

KARPOS.

Oui, mon bacha, mais elle n'eft pas à votre fervice.

TUCTAN.

Pourquoi cela? miférable!

KARPOS.

C'eft que je fuis un honnête homme : il m'eft permis de vendre mes figues, mais non pas de vendre ma fille.

TUCTAN.

Et par quelle loi ne t'eft-il pas permis de vendre ce fruit-là?

KARPOS.

Par la loi de tous les honnêtes jardiniers ; l'honneur de ma fille n'eft point à moi, il eft à elle; ce n'eft pas une marchandife.

TUCTAN.

Tu n'es donc pas fidèle à ton bacha?

KARPOS.

Très-fidèle dans les chofes juftes, tant que vous ferez mon maître.

TUCTAN.

Mais fi ton papa grec fefait une confpiration contre moi, et s'il t'ordonnait de la part du *Tou patrou* et du *Touyou* d'entrer dans fon complot, n'aurais-tu pas la dévotion d'en être?

I 4

KARPOS.

Moi ? point du tout, je m'en donnerais bien de garde.

TUCTAN.

Et pourquoi refuserais-tu d'obéir à ton papa grec dans une occafion fi belle ?

KARPOS.

C'eft que je vous ai fait ferment d'obéiffance, et que je fais que le *Tou patrou* n'ordonne point les confpirations.

TUCTAN.

J'en fuis bien aife ; mais fi par malheur tes Grecs reprenaient l'île et me chaffaient, me ferais-tu fidèle ?

KARPOS.

Hé, comment alors pourrais-je vous être fidèle, puifque vous ne feriez plus mon bacha ?

TUCTAN.

Et le ferment que tu m'as fait, que deviendrait-il ?

KARPOS.

Il ferait comme mes figues, vous n'en tâteriez plus : n'eft-il pas vrai (fauf refpect) que fi vous étiez mort, à l'heure que je vous parle, je ne vous devrais plus rien ?

TUCTAN.

La fuppofition eft incivile, mais la chofe eft vraie.

KARPOS.

Hé bien, fi vous étiez chaffé, c'eft comme fi vous étiez mort ; car vous auriez un fucceffeur auquel il faudrait que je fiffe un autre ferment. Pourriez-vous exiger de moi une fidélité qui ne vous fervirait à rien ? c'eft comme fi, ne pouvant manger de mes figues, vous vouliez m'empêcher de les vendre à d'autres.

TUCTAN.

Tu es un raisonneur. Tu as donc des principes?

KARPOS.

Oui, à ma façon; ils sont en petit nombre, mais ils me suffisent; et si j'en avais davantage, ils m'embarrasseraient.

TUCTAN.

Je serais curieux de savoir tes principes.

KARPOS.

C'est, par exemple, d'être bon mari, bon père, bon voisin, bon sujet, et bon jardinier; je ne vais pas au-delà, et j'espère que DIEU me fera miséricorde.

TUCTAN.

Et crois-tu qu'il me fera miséricorde à moi qui suis le gouverneur de ton île?

KARPOS.

Et comment voulez-vous que je le sache? est-ce à moi à deviner comment DIEU en use avec les bachas? C'est une affaire entre vous et lui; je ne m'en mêle en aucune sorte. Tout ce que j'imagine, c'est que si vous êtes un aussi honnête bacha que je suis honnête jardinier, DIEU vous traitera fort bien.

TUCTAN.

Par *Mahomet!* je suis fort content de cet idolâtre-là. Adieu, mon ami; Alla vous ait en sa sainte garde.

KARPOS.

Grand merci. Theos ait pitié de vous, mon bacha.

# XVIII.

## LES DERNIERES PAROLES D'EPICTETE
## A SON FILS.

### EPICTETE.

JE vais mourir; j'attends de vous un souvenir tendre, et non des larmes inutiles; je meurs content, puisque je vous laisse vertueux.

### LE FILS.

Vous m'avez enseigné à l'être; mais vous savez quel trouble m'agite. Une nouvelle secte de la Palestine cherche à me donner des remords.

### EPICTETE.

Des remords! il n'appartient qu'aux scélérats d'en éprouver. Vos mains et votre ame sont pures. Je vous ai enseigné la vertu, et vous l'avez pratiquée.

### LE FILS.

Oui; mais cette nouvelle secte annonce une nouvelle vertu que je ne connaissais pas.

### EPICTETE.

Quelle est donc cette secte?

### LE FILS.

Elle est composée de ces juifs qui vendent des haillons et des philtres, et qui rognent les espèces à Rome.

### EPICTETE.

La vertu qu'ils enseignent est apparemment de la fausse monnaie?

### LE FILS.

Ils difent qu'il eft impoffible d'être vertueux fans s'être fait couper un peu de prépuce, ou fans s'être plongé dans l'eau au nom du père par le fils : il eft vrai qu'ils ne font pas d'accord en cela ; les uns veulent du prépuce, les autres n'en veulent point. Ceux-ci croient l'eau néceffaire, comme *Pindare* qui la dit merveilleufe ; ceux-là s'en paffent ; mais tous difent qu'il leur faut donner de l'argent.

### EPICTETE.

Comment, de l'argent ! Sans doute on doit fecourir de fon fuperflu les pauvres qui ne peuvent travailler, payer ceux qui peuvent gagner leur vie, et partager fon néceffaire avec fes amis. C'eft notre loi, c'eft notre morale. C'eft ce que j'ai fait depuis qu'*Epaphrodite* m'affranchit, et c'eft ce que je vous ai vu faire avec une fatisfaction qui rend mes derniers momens heureux.

### LE FILS.

Les philofophes dont je vous parle exigent bien autre chofe. Ils veulent qu'on apporte à leurs pieds tout ce qu'on a jufqu'à la dernière obole.

### EPICTETE.

S'il eft ainfi, ce font des voleurs, et vous êtes obligé de les déférer au préteur ou aux centumvirs.

### LE FILS.

Oh, non, ce ne font point des voleurs, ce font des marchands qui vous donnent la meilleure denrée du monde pour votre argent ; car ils vous promettent la vie éternelle ; et fi, en mettant votre argent à leurs pieds, comme ils l'ordonnent, vous gardez feulement de quoi manger, ils ont le pouvoir de vous faire mourir fubitement.

EPICTETE.

Ce font donc des affaffins dont il faut au plus tôt purger la fociété.

LE FILS.

Non, vous dis-je ; ce font des mages qui ont des fecrets admirables, et qui tuent avec les paroles. Le père, difent-ils, leur a fait cette grâce par le fils. Un de leurs profélytes qui put horriblement, mais qui prêche dans les greniers avec beaucoup de fucciès, me difait hier qu'un de leurs parens, nommé *Ananiah*, ayant vendu fa métairie, pour plaire au fils au nom du père, porta tout l'argent aux pieds d'un mage nommé *Barjone*, mais qu'ayant gardé en fecret de quoi acheter le néceffaire pour fon petit enfant, il fut puni de mort fur le champ. Sa femme vint enfuite ; *Barjone* la fit mourir de même en prononçant une feule parole.

EPICTETE.

Mon fils, voilà d'abominables gens. Si la chofe était vraie, ils feraient les plus infames criminels de la terre. On vous a conté des hiftoires ridicules ; vous êtes un bon enfant, mais j'ai peur que vous ne foyez un imbécille, et cela me fâche.

LE FILS.

Mais, mon père, fi on gagne la vie éternelle en donnant tout fon bien à *Simon Barjone*, il eft clair qu'on fait un bon marché.

EPICTETE.

Mon fils, la vie éternelle, la communication avec l'Etre fuprême, n'a rien de commun, croyez-moi, avec votre *Simon Barjone*. Le Dieu très-bon et très-grand, *Deus optimus*, *maximus*, qui anima les *Caton*, les *Scipion*, les *Cicéron*, les *Paul Emile*, les *Camille* ; le père des dieux et des hommes, n'a pas, fans'doute, remis fon pouvoir entre les mains d'un juif. Je favais que ces miférables étaient au rang des plus fuperftitieux peuples de la Syrie, mais je ne favais pas qu'ils ofaffent porter leur démence jufqu'à fe dire les premiers miniftres de DIEU.

LE FILS.

Mais, mon père, ils font continuellement des miracles. ( *Ici le bon homme Epictète ricane.* ) Vous ricanez, mon père; vous levez les épaules.

EPICTETE.

Hélas ! un mourant n'a guère envie de rire, mais tu m'y forces, mon pauvre enfant. As-tu vu des miracles ?

LE FILS.

Non, mais j'ai parlé à des hommes qui avaient parlé à des femmes qui difaient que leurs commères en avaient vu. Et puis la belle morale que la morale des juifs qui font fans prépuce, et qu'on lave depuis les pieds jufqu'à la tête !

EPICTETE.

Et quels font donc les préceptes moraux de ces gens-là ?

LE FILS.

C'eft premièrement qu'un homme riche ne peut être un homme de bien, et qu'il lui eft plus difficile de gagner le royaume des cieux ou le jardin, qu'à un chameau de paffer par le trou d'une aiguille, moyennant quoi tous les riches doivent donner leurs biens aux gueux qui prêchent ce royaume ou ce jardin.

2°. Qu'il n'y a d'heureux que les fots, les pauvres d'efprit.

3°. Que quiconque n'écoute pas l'affemblée des gueux doit être détefté comme un receveur des impôts.

4°. Que fi l'on ne hait pas fon père, fa mère et fes frères, on n'a point de part au royaume ou au jardin.

5°. Qu'il faut apporter le glaive et non la paix.

6°. Que quand on fait un feftin de noces, il faut forcer tous les paffans à venir aux noces, et jeter dans un cul de baffe-foffe extérieure ceux qui n'auront pas la robe nuptiale.

## EPICTETE.

Hélas! mon fot enfant, j'étais tout à l'heure fur le point de mourir de rire, et je fens à préfent que tu me feras mourir d'indignation et de douleur. Si les malheureux dont tu me parles féduifent le fils d'*Epictète*, ils en féduiront bien d'autres. Je prévois des malheurs épouvantables fur la terre. Ces énergumènes font-ils nombreux?

## LE FILS.

Leur nombre augmente de jour en jour; ils ont une caiffe commune dont ils payent quelques grecs qui écrivent pour eux. Ils ont inventé des myftères; ils exigent un fecret inviolable; ils ont inftitué des infpirés qui décident de tous leurs intérêts, et qui ne fouffrent pas que les gens de la fecte plaident jamais devant les magiftrats.

## EPICTETE.

*Imperium in imperio*. Mon fils, tout eft perdu.

## X I X.

## UN CALOYER ET UN HOMME DE BIEN.

*Traduit du grec vulgaire, par D. L. F. R. C. D. C. D. G.*

#### LE CALOYER.

Puis-je vous demander, Monfieur, de quelle religion vous êtes dans Alep, au milieu de cette foule de fectes qui font ici reçues, et qui fervent toutes à faire fleurir cette grande ville ? Etes-vous mahométan du rite d'*Omar* ou de celui d'*Ali* ? fuivez-vous les dogmes des anciens parfis, ou de ces fabéens fi antérieurs aux parfis, ou des brames qui fe vantent d'une antiquité encore plus reculée ? feriez-vous juif ? êtes-vous chrétien du rite grec, ou de celui des Arméniens, ou des Cophtes, ou des Latins ?

#### L'HONNETE HOMME.

J'adore DIEU ; je tâche d'être jufte, et je cherche à m'inftruire.

#### LE CALOYER.

Mais ne donnez-vous pas la préférence aux livres juifs fur le Zenda-Vefta, fur le Veidam, fur l'Alcoran ?

#### L'HONNETE HOMME.

Je crains de n'avoir pas affez de lumières pour bien juger des livres, et je fens que j'en ai affez pour voir dans le grand livre de la nature qu'il faut adorer et aimer fon maître.

LE CALOYER.

Y a-t-il quelque chofe qui vous embarraffe dans les livres juifs ?

L'HONNETE HOMME.

Oui, j'avoue que j'ai de la peine à concevoir ce qu'ils rapportent. J'y vois quelques incompatibilités dont ma faible raifon s'étonne.

1°. Il me femble difficile que *Moïfe* ait écrit dans un défert le Pentateuque qu'on lui attribue. Si fon peuple venait d'Egypte où il avait demeuré, dit l'auteur, quatre cents ans, ( quoiqu'il fe trompe de deux cents) ce livre eût été probablement écrit en égyptien ; et on nous dit qu'il l'était en hébreu.

Il devait être gravé fur la pierre ou fur le bois ; on n'avait, du temps de *Moïfe*, d'autre manière d'écrire. C'était un art fort difficile, qui demandait de longs préparatifs ; il fallait polir le bois ou la pierre. Il n'y a pas d'apparence que cet art pût être exercé dans un défert où, felon ce livre même, la horde juive n'avait pas de quoi fe faire des habits et des fouliers, et où DIEU fut obligé de faire un miracle continuel pendant quarante années pour leur conferver leurs vêtemens et leurs chauffures fans dépériffement. Il eft fi vrai qu'on n'écrivait que fur la pierre, que l'auteur du livre de *Jofué* dit que le Deutéronome fut écrit fur un autel de pierres brutes enduites de mortier. Apparemment que *Jofué* n'avait pas intention que ce livre fût durable.

2°. Les hommes les plus verfés dans l'antiquité penfent que ces livres ont été écrits plus de fept cents ans après *Moïfe*. Ils fe fondent fur ce qu'il y eft parlé des rois, et qu'il n'y eut de rois que long-temps après *Moïfe* ; fur la pofition des villes, qui eft fauffe fi le livre

fut

fut écrit dans le défert, et vraie s'il fut écrit à Jérufalem ; fur les noms de villes ou de bourgades dont il eſt parlé, et qui ne furent fondées ou appelées du nom qu'on leur donne qu'après pluſieurs fiècles , &c.

3°. Ce qui peut un peu effaroucher dans les écrits attribués à *Moïſe* , c'eſt que l'immortalité de l'ame , les récompenſes et les peines après la mort , ſont entièrement inconnues dans l'énoncé de ſes lois. Il eſt étrange qu'il ordonne la manière dont on doit faire ſes déjections , et ne parle en nul endroit de l'immortalité de l'ame. Serait-il poſſible que *Moïſe* , inſpiré de D I E U , eût préféré nos derrières à nos eſprits , qu'il eût preſcrit la façon d'aller à la garde-robe dans le camp iſraélite , et qu'il n'eût pas dit un ſeul mot de la vie éternelle ? *Zoroaſtre* , antérieur au légiſlateur juif , dit : ( a ) *Honorez, aimez vos parens , ſi vous voulez avoir la vie éternelle* ; et le Décalogue dit : *Honore père et mère , ſi tu veux vivre long- temps ſur la terre* ; il me ſemble que *Zoroaſtre* parle en homme divin , et *Moïſe* en homme terreſtre.

4°. Les événemens racontés dans le Pentateuque étonnent ceux qui ont le malheur de ne juger que par leur raiſon , et dans qui cette raiſon aveugle n'eſt pas éclairée par une grâce particulière. Le premier chapitre de la Genèſe eſt ſi au-deſſus de nos conceptions qu'il fut défendu chez les juifs de le lire avant vingt-cinq ans.

On voit avec un peu de ſurpriſe que D I E U vienne ſe promener tous les jours à midi dans le jardin d'Eden ; que les ſources de quatre fleuves , éloignées prodigieuſement les unes des autres , forment une fontaine dans ce même jardin ; que le ſerpent parle à *Eve* , attendu qu'il eſt le plus ſubtil des animaux , et qu'une âneſſe ,

(a) Voyez le *Sadder*.

*Dialogues.*          K

qui ne paſſe pas pour ſi ſubtile, parle auſſi pluſieurs
ſiècles après ; que DIEU ait ſéparé la lumière des
ténèbres, comme ſi les ténèbres étaient quelque choſe
de réel ; qu'il ait fait la lumière qui émane du ſoleil,
avant le ſoleil lui-même ; qu'après avoir fait l'homme et
la femme, il ait enſuite tiré la femme d'une côte de
l'homme, qu'il ait mis de la chair à la place de cette côte ;
qu'il ait condamné *Adam* à la mort, et toute ſa poſtérité
à l'enfer pour une pomme ; qu'il ait mis un ſigne de
ſauve-garde à *Caïn* qui avait aſſaſſiné ſon frère, et que ce
*Caïn* ait craint d'être tué par les hommes qui peuplaient
alors la terre, tandis que, ſelon le texte, le genre humain
était borné à la famille d'*Adam* ; que de prétendues
cataractes dans le ciel aient inondé la terre ; que tous
les animaux ſoient venus s'enfermer un an dans un
coffre.

Après ce nombre prodigieux de fables qui ſemblent
toutes plus abſurdes que les métamorphoſes d'*Ovide*,
on n'eſt pas moins ſurpris que DIEU délivre de la
ſervitude en Egypte ſix cents mille combattans de ſon
peuple, ſans compter les vieillards, les enfans et les
femmes ; que ces ſix cents mille combattans, après les
plus éclatans miracles, égalés pourtant par les magiciens
d'Egypte, s'enfuient au lieu de combattre leurs ennemis ; qu'en fuyant ils ne prennent pas le chemin du
pays où DIEU les conduit ; qu'ils ſe trouvent entre
Memphis et la mer Rouge ; que DIEU leur ouvre cette
mer, et la leur faſſe paſſer à pied ſec pour les faire périr
dans des déſerts affreux, au lieu de les mener dans la
terre qu'il leur a promiſe ; que ce peuple, ſous la main
et ſous les yeux de DIEU même, demande au frère de
*Moïſe* un veau d'or pour l'adorer ; que ce veau d'or ſoit

jeté en fonte en un feul jour ; que *Moïfe* réduife cet or en poudre impalpable , et la faffe avaler au peuple ; que vingt-trois mille hommes de ce peuple fe laiffent égorger par des lévites , en punition d'avoir érigé ce veau d'or, et qu'*Aaron* , qui l'a jeté en fonte , foit déclaré grand prêtre pour récompenfe ; qu'on ait brûlé deux cents cinquante hommes d'une part , et quatorze mille fept cents hommes de l'autre , qui avaient difputé l'en-cenfoir à *Aaron* ; et que dans une autre occafion *Moïfe* ait encore fait tuer vingt-quatre mille hommes de fon peuple.

5º. Si l'on s'en tient aux plus fimples connaiffances de la phyfique, et qu'on ne s'élève pas jufqu'au pouvoir divin, il fera difficile de penfer qu'il y ait eu une eau qui ait fait crever les femmes adultères , et qui ait refpecté les femmes fidelles.

On voit encore avec plus d'étonnement un vrai prophète parmi les idolâtres , dans la perfonne de *Balaam*.

6º. On eft encore plus furpris que, dans un village du petit pays de Madian, le peuple Juif trouve 67500 brebis, 72000 bœufs, 61000 ânes, 32000 pucelles ; et on friffonne d'horreur quand on lit que les Juifs , par ordre du Seigneur , maffacrèrent tous les mâles et toutes les veuves, les époufes et les mères, et ne gardèrent que les petites filles.

7º. Le foleil qui s'arrête en plein midi pour donner plus de temps aux Juifs de tuer les Amorrhéens déjà écrafés par une pluie de pierres tombées du ciel ; le Jourdain qui ouvre fon lit comme la mer Rouge pour laiffer paffer ces Juifs qui pouvaient paffer fi aifément à gué ; les murailles de Jéricho qui tombent au fon des trompettes ; tant de prodiges de toute efpèce exigent, pour être crus, le sacrifice de la raison, et la foi la plus vive. Enfin à quoi aboutissent tant de miracles opérés par DIEU même pendant des siècles en faveur de son peuple ? à le rendre presque toujours esclave des autres nations.

8°. Toute l'histoire de *Samson* et de ses amours, et de ses cheveux, et de son lion, et de ses trois cents renards, semble plus faite pour amuser l'imagination que pour édifier l'esprit. Celles de *Josué* et de *Jephté* semblent barbares.

9°. L'histoire des rois est un tissu de cruautés et d'assassinats qui fait saigner le cœur. Presque tous les faits sont incroyables. Le premier roi juif *Saül* ne trouve chez son peuple que deux épées, et son successeur *David* laisse plus de vingt milliars d'argent comptant. Vous dites que ces livres sont écrits par DIEU même ; vous savez que DIEU ne peut mentir : donc si un seul fait est faux, tout le livre est une imposture.

10°. Les prophètes ne sont pas moins révoltans pour un homme qui n'a pas le don de pénétrer le sens caché et allégorique des prophéties. Il voit avec peine *Jérémie* se charger d'un bât et d'un collier, et se faire lier avec des cordes ; *Osée* à qui DIEU commande en termes formels de faire des fils de putain à une putain publique, d'en faire ensuite à une femme adultère : *Isaïe* qui marche tout nu dans la place publique ; *Ezéchiel* qui se couche trois cents quatre-vingt-dix jours sur le côté gauche, et quarante sur le côté droit, qui mange un livre de parchemin, qui couvre son pain d'excrémens d'hommes, et ensuite de bouse de vache ; *Olla* et *Ooliba* qui établissent un bordel, et à qui DIEU dit qu'elles n'aiment que les membres d'un âne et le sperme d'un cheval. Certainement fi le lecteur n'eft pas inftruit des ufages du pays et de la manière de prophétifer, il peut craindre d'être fcandalifé ; et quand il voit *Elifée* faire dévorer quarante enfans par des ours, pour l'avoir appelé tête chauve, un châtiment fi peu proportionné à l'offenfe peut lui infpirer plus d'horreur que de refpect.

Pardonnez-moi donc fi les livres juifs m'ont caufé quelque embarras. Je ne veux pas avilir l'objet de votre vénération ; j'avoue même que je peux me tromper fur les chofes de bienféance et de juftice qui ne font peut-être pas les mêmes dans tous les temps ; je me dis que nos mœurs font différentes de celles de ces fiècles reculés ; mais peut-être auffi la préférence que vous avez donnée au nouveau teftament fur l'ancien peut fervir à juftifier mes fcrupules. Il faut bien que la loi des Juifs ne vous ait pas paru bonne, puifque vous l'avez abandonnée ; car fi elle était réellement bonne, pourquoi ne l'auriez-vous pas toujours fuivie ? et, fi elle était mauvaife, comment était-elle divine ?

### LE CALOYER.

L'ancien teftament a fes difficultés. Mais vous m'avouez donc que le nouveau teftament ne fait pas naître en vous les mêmes doutes et les mêmes fcrupules que l'ancien ?

### L'HONNETE HOMME.

Je les ai lus tous deux avec attention ; mais fouffrez que je vous expofe les inquiétudes où me jette mon ignorance. Vous les plaindrez, et vous les calmerez.

Je me trouve ici avec des chrétiens arméniens qui difent qu'il n'eft pas permis de manger du lièvre ; avec des grecs qui affurent que le Saint-Efprit ne procède

point du fils ; avec des neſtoriens qui nient que *Marie*
ſoit mère de DIEU; avec quelques latins qui ſe vantent
qu'au bout de l'Occident les chrétiens d'Europe penſent
tout autrement que ceux d'Aſie et d'Afrique. Je ſais
que dix ou douze ſectes en Europe s'anathématiſent les
unes les autres; les muſulmans qui m'entourent regardent
d'un œil de mépris tous ces chrétiens que cependant ils
tolèrent. Les juifs ont également en exécration les chrétiens et les muſulmans; les guèbres les mépriſent tous;
et le peu qui reſte de ſabéens ne voudraient manger avec
aucun de ceux que je vous ai nommés : le brame ne
peut ſouffrir ni ſabéens, ni guèbres, ni chrétiens, ni
mahométans, ni juifs.

J'ai cent fois ſouhaité que JESUS-CHRIST, en
venant s'incarner en Judée, eût réuni toutes ces ſectes
ſous ſes lois. Je me ſuis demandé pourquoi, étant DIEU,
il n'a pas uſé des droits de la divinité? pourquoi, en
venant nous délivrer du péché, il nous a laiſſés dans
le péché? pourquoi, en venant éclairer tous les hommes,
il a laiſſé preſque tous les hommes dans l'erreur ?

Je ſais que je ne ſuis rien; je ſais que du fond de
mon néant je ne dois pas interroger l'Etre des êtres;
mais il m'eſt permis, comme à *Job*, d'élever mes reſpec-
tueuſes plaintes du ſein de ma misère.

Que voulez-vous que je penſe quand je vois deux
généalogies de JESUS directement contraires l'une à
l'autre; et que ces généalogies, qui ſont ſi différentes
dans les noms et dans le nombre de ſes ancêtres, ne
ſont pourtant pas la ſienne, mais celle de ſon père
*Joſeph* qui n'eſt pas ſon père ?

Je donne la torture à mon eſprit pour comprendre
comment un DIEU eſt mort. Je lis les livres ſacrés et

les profanes de ces temps-là; un feul de ces livres facrés me dit qu'une étoile nouvelle parut en Orient, et conduifit des mages aux pieds de DIEU qui venait de naître. Aucun profane ne parle de cet événement à jamais mémorable, qui femble devoir avoir été aperçu par la terre entière et marqué dans les faftes de tous les Etats. Un évangélifte me dit qu'un roi nommé *Hérode*, à qui les Romains, maîtres du monde connu, avaient donné la Judée, entendit dire que l'enfant qui venait de naître dans une étable devait être roi des Juifs; mais comment, et à qui, et fur quel fondement entendit-il dire cette étrange nouvelle? Eft-il poffible que ce roi, qui n'avait pas perdu le fens, ait imaginé de faire égorger tous les petits enfans du pays, pour envelopper dans le maffacre un enfant obfcur? Y a-t-il un exemple fur la terre d'une fureur fi abominable et fi infenfée?

Je vois que les évangiles qui nous reftent fe contre-difent prefqu'à chaque page. J'ouvre l'hiftoire de *Jofephe*, auteur prefque contemporain; *Jofephe*, parent de *Mariamne* facrifiée par *Hérode*; *Jofephe*, ennemi naturel de ce prince; il ne dit pas un mot de cette aventure; il eft juif, et il ne parle pas même de ce JESUS né chez les Juifs.

Que d'incertitudes m'accablent dans la recherche importante de ce que je dois adorer et de ce que je dois croire! Je lis les Ecritures, et je n'y vois nulle part que JESUS, reconnu depuis pour DIEU, fe foit jamais appelé DIEU; je vois même tout le contraire; il dit que fon père eft plus grand que lui, que le père feul fait ce que le fils ignore. Et comment encore ces mots de père et de fils fe doivent-ils entendre chez un

K 4

peuple où, par les fils de *Bélial*, on voulait dire les méchans, et par les fils de DIEU, on désignait les hommes justes ? J'adopte quelques maximes de la morale de JESUS ; mais quel légiflateur enfeigna jamais une mauvaife morale ? dans quelle religion l'adultère, le larcin, le meurtre, l'imposture, ne font-ils pas défendus ? le respect pour les parens, l'obéiffance aux lois, la pratique de toutes les vertus expreffément ordonnés ?

Plus je lis, plus mes peines redoublent. Je cherche des prodiges dignes d'un DIEU, atteftés par l'univers. J'ofe dire, avec cette naïveté douloureufe qui craint de blafphémer, que les diables envoyés dans le corps d'un troupeau de cochons, de l'eau changée en vin en faveur de gens qui étaient ivres, un figuier féché pour n'avoir pas porté des figues avant le temps, &c. ne rempliffent pas l'idée que je m'étais faite du maître de la nature annonçant et prouvant la vérité par des miracles éclatans et utiles. Puis-je adorer ce maître de la nature dans un juif qu'on dit transporté par le diable fur le haut d'une montagne dont on découvre tous les royaumes de la terre ?

Je lis les paroles qu'on rapporte de lui ; j'y vois une prochaine arrivée du royaume des cieux figuré par un grain de moutarde, par un filet à prendre des poiffons, par de l'argent mis à ufure, par un fouper auquel on fait entrer par force des borgnes et des boiteux : JESUS dit qu'on ne met point de vin nouveau dans de vieux tonneaux, que l'on aime mieux le vin vieux que le nouveau. Eft-ce ainfi que DIEU parle ?

Enfin comment puis-je reconnaître DIEU dans un

juif de la populace condamné au dernier fupplice pour avoir mal parlé des magiftrats à cette populace, et fuant d'une fueur de fang dans l'angoiffe et dans la frayeur que lui infpirait la mort ? Eft-ce-là *Platon*, eft-ce-là *Socrate*, ou *Antonin*, ou *Epictète*, ou *Zaleucus*, ou *Solon*, ou *Confucius*? Qui de tous ces fages n'a écrit, n'a parlé d'une manière plus conforme aux idées que nous avons de la fageffe ? et comment pouvons-nous juger autrement que par nos idées ?

Quand je vous ai dit que j'adoptais quelques maximes de J E S U S, vous avez dû fentir que je ne puis les adopter toutes. J'ai été affligé en lifant : *Je fuis venu apporter le glaive et non la paix : je fuis venu divifer le fils et le père, la fille, la mère et les parens.* Je vous avoue que ces paroles m'ont faifi de douleur et d'effroi : et fi je regardais ces paroles comme une prophétie, je croirais en voir l'accompliffement dans les querelles qui ont divifé les chrétiens dès les premiers temps, dans les guerres civiles qui leur ont mis les armes à la main pendant tant de fiècles, dans les affaffinats de tant de princes, dans les horribles malheurs de tant de familles.

J'avoue encore que des mouvemens d'indignation et de pitié fe font élevés dans mon cœur, quand j'ai vu *Pierre* faire apporter à fes pieds l'argent de fes fec-tateurs. *Ananie* et *Saphire* ont gardé quelque chofe pour eux du prix de leur champ ; ils ne l'ont pas dit ; et *Pierre* les punit en fefant mourir fubitement le mari et la femme. Hélas ! ce n'était pas-là le miracle que j'attendais de ceux qui difent qu'ils ne veulent pas la mort du pécheur, mais fa converfion. J'ai ofé penfer que fi D I E U fefait des miracles, ce ferait pour guérir les hommes, et non pour les tuer ; ce ferait pour les corriger, et non pour les perdre ; qu'il eft un DIEU de miféricorde, et non un tyran homicide. Ce qui m'a le plus révolté dans cette hiftoire, c'eft que *Pierre*, ayant fait mourir *Ananie*, et voyant venir *Saphire* fa femme, ne l'avertit pas, ne lui dit pas : *Gardez-vous de réferver pour vous quelques oboles ; fi vous en avez, avouez tout, donnez tout, craignez le fort de votre mari* ; au contraire, il la fait tomber dans le piége ; il me femble qu'il fe réjouiffe de frapper une feconde victime. Je vous avoue que cette aventure m'a toujours fait dreffer les cheveux, et que je ne me fuis confolé que quand j'en ai vu l'impoffibilité et le ridicule.

Puifque vous me permettez de vous expliquer mes penfées, je continue, et je dis que je n'ai trouvé aucune trace du chriftianifme dans l'hiftoire de JESUS. Les quatre évangiles qui nous reftent font en oppofition fur plufieurs faits ; mais ils atteftent uniformément que JESUS fut foumis à la loi de *Moïfe* depuis le moment de fa naiffance jufqu'à celui de fa mort. Tous fes difciples fréquentèrent la fynagogue ; ils prêchaient une réforme, mais ils n'annonçaient pas une religion différente : les chrétiens ne furent abfolument féparés des Juifs que long-temps après. Dans quel temps précis DIEU voulut-il donc qu'on ceffât d'être juif et qu'on fût chrétien ? Qui ne voit que le temps a tout fait, que tous les dogmes font venus les uns après les autres ?

Si JESUS avait voulu établir une Eglife chrétienne, n'en eût-il pas enfeigné les lois ? n'aurait-il pas lui-même établi tous les rites ? n'aurait il pas annoncé les fept facremens dont il ne parle pas ? n'aurait-il pas dit : Je fuis DIEU, engendré et non fait ; le Saint-Efprit

procède de mon père fans être engendré ; j'ai deux
volontés et une perfonne ; ma mère eft mère de D I E U ?
Au contraire, il dit à fa mère : *Femme, qu'y a-t-il entre
vous et moi?* Il n'établit ni dogme, ni hiérarchie ; ce
n'eft donc pas lui qui a fait fa religion.

Quand les premiers dogmes commencent à s'établir,
je vois les chrétiens foutenir ces dogmes par des livres
fuppofés ; ils imputent aux fibylles des vers acroftiches
fur le chriftianifme ; ils forgent des hiftoires, des prodiges dont l'abfurdité eft palpable. Telle eft, par exemple,
l'hiftoire de la nouvelle ville de Jérufalem bâtie dans
l'air, dont les murailles avaient cinq cents lieues de
tour et de hauteur, qui fe promenait fur l'horizon
pendant toute la nuit, et qui difparaiffait au point
du jour ; telle eft la querelle de *Pierre* et de *Simon* le
magicien devant *Néron* ; tels font cent contes non moins
abfurdes.

Que de miracles puériles on a forgés! que de faux
martyres, que de légendes ridicules ! *Portenta Judaïca,
rides.*

Comment celui qui a écrit la légende de *Luc*, fous
le nom de bonne nouvelle, a-t-il eu le front de dire,
au chap. 21, que la génération dans laquelle il vivait
ne pafferait pas fans que les vertus des cieux fuffent
ébranlées, fans qu'il y eût des fignes dans le foleil,
dans la lune et dans les étoiles ; fans qu'enfin J E S U S
vînt dans les nuées avec une grande puiffance et une
grande majefté ? Certainement il n'y eut ni figne dans
le foleil, dans la lune et dans les étoiles, ni de vertu
des cieux ébranlée, ni de J E S U S venant majeftueufe-
ment dans les nuées.

Comment le fanatique qui rédigea les épîtres de

*Paul*, eſt-il aſſez téméraire pour lui faire dire : *J'ai appris de* JESUS *que nous qui vivons nous ſommes réſervés pour ſon avénement : ſi tôt que le ſignal aura été donné par la trompette, ceux qui ſont morts en* JESUS *reſſuſciteront les premiers ; puis nous autres qui ſommes vivans nous ſerons emportés avec eux dans l'air pour aller au-devant de* JESUS.

Cette belle prédiction s'eſt-elle accomplie ? *Paul* et les juifs chrétiens allèrent-ils dans l'air au-devant de JESUS au ſon de la trompette ? Et où, s'il vous plaît, *Paul* avait-il appris de JESUS ces merveilleuſes choſes, lui qui ne l'avait jamais vu, lui qui avait ſervi de ſatellite et de bourreau contre ſes diſciples, lui qui avait aidé à lapider *Etienne* ? Avait-il parlé à JESUS quand il fut ravi au troiſième ciel ? Et qu'eſt-ce que ce troiſième ciel ? eſt-ce Mercure ou Mars ? En vérité, ſi on liſait avec attention, on ſerait ſaiſi d'horreur et de pitié à chaque page.

#### LE CALOYER.

Mais ſi ce livre fait un tel effet ſur les lecteurs, comment a-t-on pu croire à ce livre ? comment a-t-il converti tant de milliers d'hommes ?

#### L'HONNETE HOMME.

C'eſt qu'on ne liſait pas. Eſt-ce par la lecture qu'on perſuade à dix millions de payſans que trois font un, que DIEU eſt dans un morceau de pâte, que cette pâte diſparaît, et que c'eſt DIEU lui-même qui eſt fait ſur le champ par un homme ? C'eſt par la converſation, par la prédication, par les cabales, c'eſt en ſéduiſant des femmes et des enfans ; c'eſt par des impoſtures, par des récits miraculeux qu'on vient aiſément à bout d'établir un petit troupeau. Les livres des premiers chrétiens étaient très-rares ; il était défendu de les communiquer aux catéchumènes ; on-était initié fecrè-tement aux myftères des chrétiens, comme à ceux de *Cérès*. Le petit peuple courait avidement après des gens qui lui perfuadaient que non-feulement toùs les hommes étaient égaux, mais qu'un chrétien était bien fupérieur à un empereur romain.

Toute la terre alors était divifée en petites affocia-tions, égyptiennes, grecques, fyriennes, romaines, juives, &c. La fecte des chrétiens eut tous.les avantages poffibles dans la populace. Il fuffifait de trois ou quatre têtes échauffées, comme celle de *Paul*, pour attirer la canaille. Bientôt après vinrent des hommes adroits qui fe mirent à fa tête. Prefque toutes les fectes fe font ainfi établies, excepté celle de *Mahomet*, la plus brillante de toutes, qui feule, entre tant d'établiffe-mens humains, fembla être en naiffant fous la protection de D I E U, puifqu'elle ne dut fon exiftence qu'à des victoires.

Encore la religion mufulmane eft-elle après douze cents ans ce qu'elle fut fous fon fondateur ; on n'y a rien changé. Les lois écrites par *Mahomet* lui-même fubfiftent dans toute leur intégrité. Son Alcoran eft autant refpecté en Perfe qu'en Turquie, autant dans l'Afrique que dans les Indes ; on l'obferve par-tout à la lettre ; on n'eft divifé que fur le droit de fucceffion entre *Ali* et *Omar*. Le chriftianifme, au contraire, eft différent en tout de la religion de J E S U S. Ce J E S U S, fils d'un charpentier de village, n'écrivit jamais rien, et probablement il ne favait ni lire ni écrire. Il naquit, vécut, mourut juif, dans l'obfervance de tous les rites juifs, circoncis, facrifiant fuivant la loi mofaïque, mangeant l'agneau pafcal avec des laitues, s'abftenant de manger du porc, de l'ixion et du griffon, comme auffi du lièvre, parce qu'il rumine, et qu'il n'a pas le pied fendu, felon la loi mofaïque. Vous autres, au contraire, vous ofez croire que le lièvre a le pied fendu, et qu'il ne rumine pas, vous en mangez hardiment; vous faites rôtir un ixion et un griffon quand vous en trouvez; vous n'êtes point circoncis, vous ne facrifiez point; aucune de vos fêtes ne fut inftituée par votre JESUS. Que pouvez-vous avoir de commun avec lui?

### LE CALOYER.

J'avoue que je ferais un impofteur bien effronté fi j'ofais vous foutenir que le chriftianifme d'aujourd'hui reffemble à celui des premiers fiècles, et celui de ces premiers fiècles à la religion de JESUS. Mais vous m'avouerez que DIEU a pu ordonner toutes ces variations.

### L'HONNETE HOMME.

DIEU varier! DIEU changer! cette idée me paraît un blafphême. Quoi! le foleil de DIEU eft toujours le même, et fa religion ferait une fuite de viciffitudes! Quoi! vous le feriez reffembler à ces gouvernemens miférables qui donnent tous les jours des édits nouveaux et contradictoires? Il aurait donné un édit à *Adam*, un autre à *Seth*, un troifième à *Noé*, un quatrième à *Abraham*, un cinquième à *Moïfe*, un fixième à JESUS, et de nouveaux édits encore à chaque concile; et tout aurait changé depuis la défenfe de manger du fruit de l'arbre de la fcience du bien et du mal, jufqu'à la bulle *Unigenitus* du jéfuite *le Tellier*! Croyez-moi, tremblez d'outrager DIEU en l'accufant de tant d'inconftance, de faibleffe, de contradiction, de ridicule, et même de méchanceté.

### LE CALOYER.

Si toutes ces variations font l'ouvrage des hommes, convenez que la morale, au moins, eft de DIEU, puifqu'elle eft toujours la même.

### L'HONNETE HOMME.

Tenons-nous-en donc à cette morale ; mais que les chrétiens l'ont corrompue ! qu'ils ont cruellement violé la loi naturelle enfeignée par tous les légiflateurs, et gravée au cœur de tous les hommes !

Si JESUS a parlé de cette loi auffi ancienne que le monde ; de cette loi établie chez le Huron, comme chez le Chinois, *aime ton prochain comme toi-même* ; la loi des chrétiens a été, *détefte ton prochain comme toi-même*. Athanafiens, perfécutez les eufébiens, et foyez perfécutés ; cyrilliens, écrafez les enfans des neftoriens contre les murs ; guelfes et gibelins, faites une guerre civile de cinq cents années, pour favoir fi JESUS a ordonné au prétendu fucceffeur de *Simon Barjone* de détrôner les empereurs et les rois, et fi *Conftantin* a cédé l'empire au pape *Silveftre*. Papiftes, fufpendez à des potences hautes de trente pieds, déchirez, brûlez des malheureux qui ne croient pas qu'un morceau de pâte foit changé en DIEU à la voix d'un capucin ou d'un récollet, pour être mangé fur l'autel par des fouris, fi on laiffe le ciboire ouvert. *Poltrot*, *Balthazar Gérard*, *Jacques Clément*, *Châtel*, *Guignard*, *Ravaillac*, aiguifez vos facrés poignards, chargez vos faints piftolets. Europe, nage dans le fang, tandis que le vicaire de DIEU, *Alexandre VI*, fouillé de meurtres et d'empoifonnemens, dort dans les bras de fa fille *Lucrèce*, que *Léon X* nage dans les plaifirs, que *Paul III* enrichit fon bâtard des dépouilles des nations, que *Jules III* fait fon porte-finge cardinal ; ( dignité plus convenable encore au finge qu'au porteur) tandis que *Pie IV* fait étrangler le cardinal *Caraffe*, que *Pie V* fait gémir les Romains fous les rapines de fon bâtard *Buon-Compagno*, que *Clément VIII* donne le fouet au grand *Henri I V* fur les feffes des cardinaux d'*Offat* et *du Perron*. Mêlez par-tout le ridicule de vos farces italiennes à l'horreur de vos brigandages : et puis envoyez frère *Trigaut* et frère *Bouvet* prêcher *la bonne nouvelle* à la Chine.

### LE CALOYER.

Je ne puis condamner votre zèle. La vérité, contre laquelle on fe débat en vain, me force de convenir d'une partie de ce que vous dites ; mais enfin convenez auffi que parmi tant de crimes il y a eu de grandes vertus. Faut-il que les abus vous aigriffent, et que les bonnes lois ne vous touchent pas ? ajoutez à ces bonnes lois des miracles qui font la preuve de la divinité de JESUS-CHRIST.

### L'HONNETE HOMME.

Des miracles ? jufte ciel ! et quelle religion n'a pas fes miracles ? tout eft prodige dans l'antiquité. Quoi ! vous ne croyez pas aux miracles rapportés par les *Hérodote* et les *Tite-Live*, par cent auteurs refpectés des nations, et vous croyez à des aventures de la Paleftine racontées, dit-on, par *Jean* et par *Marc*, dans des livres ignorés pendant trois cents ans chez les Grecs et chez les Romains, dans des livres faits, fans doute, long-temps après la deftruction de Jérufalem, comme il eft prouvé par ces livres mêmes qui fourmillent de contradictions à chaque page ? Par exemple, il eft dit dans l'évangile de S^t *Matthieu* que le fang de

*Zacharie*

*Zacharie*, fils de *Barac*, maſſacré entre le temple et l'autel, retombera ſur les juifs : or on voit dans l'hiſtoire de *Flavien Joſephe* que ce *Zacharie* fut tué en effet entre le temple et l'autel, pendant le ſiége de Jéruſalem par *Titus* : donc cet évangile ne fut écrit qu'après *Titus*. Et pourquoi D I E U aurait-il fait ces miracles ? pour être condamné à la potence chez les juifs ? Quoi ! il aurait reſſuſcité des morts, et il n'en eût recueilli d'autre fruit que de mourir lui-même, et de mourir du dernier ſupplice ? S'il eût opéré ces prodiges, c'eût été pour faire connaître ſa divinité. Songez - vous bien ce que c'eſt que d'accuſer D I E U de s'être fait homme inutilement, et d'avoir reſſuſcité des morts pour être pendu ? Quoi ! des milliers de miracles en faveur des juifs pour les rendre eſclaves, et des miracles de JESUS pour faire mourir JESUS en croix ! Il y a de l'imbécillité à le croire, et une fureur bien criminelle à l'enſeigner quand on ne le croit pas.

### LE CALOYER.

Je ne nie pas que vos objections ne ſoient fondées ; et je ſens que vous raiſonnez de bonne foi ; mais enfin convenez qu'il faut une religion aux hommes.

### L'HONNETE HOMME.

Sans doute, l'ame demande cette nourriture ; mais pourquoi la changer en poiſon ? pourquoi étouffer la ſimple vérité dans un amas d'indignes menſonges ? pourquoi ſoutenir ces menſonges par le fer et par les flammes ? Quelle horreur infernale ! Ah, ſi votre religion était de DIEU, la ſoutiendriez-vous par des bourreaux ? Le géomètre a-t-il beſoin de dire : Crois, ou je te tue ? La religion entre l'homme et D I E U eſt l'adoration et la vertu ; c'eſt entre le prince et ſes ſujets une affaire

*Dialogues.*                                                L

de police : ce n'eſt que trop ſouvent d'homme à homme
qu'un commerce de fourberie. Adorons DIEU ſincèrement, ſimplement, et ne trompons perſonne. Oui, il
faut une religion ; mais il la faut pure, raiſonnable,
univerſelle ; elle doit être comme le ſoleil qui eſt pour
tous les hommes, et non pas pour quelque petite province privilégiée. Il eſt abſurde, odieux, abominable
d'imaginer que DIEU éclaire tous les yeux, et qu'il
plonge preſque toutes les ames dans les ténèbres. Il n'y
a qu'une probité commune à tout l'univers ; il n'y a
donc qu'une religion. Et quelle eſt-elle ? vous le ſavez ;
c'eſt d'adorer DIEU et d'être juſte.

LE CALOYER.

Mais comment croyez-vous donc que ma religion
s'eſt établie ?

L'HONNETE HOMME.

Comme toutes les autres. Un homme d'une imagination forte ſe fait ſuivre par quelques perſonnes d'une
imagination faible. Le troupeau s'augmente ; le fanatiſme
commence ; la fourberie achève. Un homme puiſſant
vient ; il voit une foule qui s'eſt mis une ſelle ſur le dos
et un mors à la bouche ; il monte ſur elle et la conduit.
Quand une fois la religion nouvelle eſt reçue dans
l'Etat, le gouvernement n'eſt plus occupé qu'à proſcrire
tous les moyens par leſquels elle eſt établie. Elle a
commencé par des aſſemblées ſecrètes ; on les défend.

Les premiers apôtres ont été expreſſément envoyés pour
chaſſer les diables ; on défend les diables : les apôtres
ſe feſaient apporter l'argent des proſélytes ; celui qui
eſt convaincu de prendre ainſi de l'argent eſt puni :
ils diſaient qu'il vaut mieux obéir à DIEU qu'aux
hommes, et ſur ce prétexte ils bravaient les lois ; le

gouvernement maintient que fuivre les lois c'eft obéir
à DIEU. Enfin la politique tâche fans ceffe de concilier
l'erreur reçue et le bien public.

LE CALOYER.

Mais vous allez en Europe ; vous ferez obligé de
vous conformer à quelqu'un des cultes reçus.

L'HONNETE HOMME.

Quoi donc, ne pourrai-je faire en Europe comme
ici, adorer paifiblement le Créateur de tous les mondes,
le DIEU de tous les hommes, celui qui a mis dans mon
cœur l'amour de la vérité et de la juftice ?

LE CALOYER.

Non, vous rifqueriez trop ; l'Europe eft divifée en
factions, il faudra en choifir une.

L'HONNETE HOMME.

Des factions, quand il s'agit de la Vérité univerfelle !
quand il s'agit de DIEU !

LE CALOYER.

Tel eft le malheur des hommes. On eft obligé de
faire comme eux, ou de les fuir ; je vous demande la
préférence pour l'Eglife grecque.

L'HONNETE HOMME.

Elle eft efclave.

LE CALOYER.

Voulez-vous vous foumettre à l'Eglife romaine ?

L'HONNETE HOMME.

Elle eft tyrannique. Je ne veux ni d'un patriarche
fimoniaque qui achète fa honteufe dignité d'un grand
vifir, ni d'un prêtre qui s'eft cru pendant fept cents ans
le maître des rois.

L 2

#### LE CALOYER.

Il n'appartient pas à un religieux, tel que je suis, de vous propofer la religion proteftante.

#### L'HONNETE HOMME.

C'eft peut-être celle de toutes que j'adopterais le plus volontiers, fi j'étais réduit au malheur d'entrer dans un parti.

#### LE CALOYER.

Pourquoi ne lui pas préférer une religion plus ancienne?

#### L'HONNETE HOMME.

Elle me paraît bien plus ancienne que la romaine.

#### LE CALOYER.

Comment? pouvez-vous fuppofer que S$^t$ *Pierre* ne foit pas plus ancien que *Luther*, *Zuingle*, *Oecolampade*, *Calvin* et les réformateurs d'Angleterre, de Danemarck, de Suède, &c?

#### L'HONNETE HOMME.

Il me femble que la religion proteftante n'eft inventée ni par *Luther* ni par *Zuingle*. Il me femble qu'elle fe rapproche plus de fa fource que la religion romaine, qu'elle n'adopte que ce qui fe trouve expreffément dans l'évangile des chrétiens; tandis que les romains ont chargé le culte de cérémonies et de dogmes nouveaux. Il n'y a qu'à ouvrir les yeux pour voir que le légiflateur des chrétiens n'inftitua point de fêtes, n'ordonna point qu'on adorât des images et des os de morts, ne vendit point d'indulgences, ne reçut point d'annates, ne conféra point de bénéfices, n'eut aucune dignité temporelle, n'établit point une inquifition pour foutenir fes lois, ne maintint point fon autorité par le fer des

bourreaux. Les proteſtans réprouvent toutes ces nouveautés ſcandaleuſes et funeſtes ; ils ſont par-tout ſoumis
aux magiſtrats , et l'Egliſe romaine lutte depuis huit
cents ans contre les magiſtrats. Si les proteſtans ſe
trompent comme les autres dans le principe , ils ont
moins d'erreurs dans les conſéquences ; et, puiſqu'il faut
traiter avec les hommes , j'aime à traiter avec ceux qui
trompent le moins.

### LE CALOYER.

Il ſemble que vous choiſiſſiez une religion comme
on achète des étoffes chez les marchands : vous allez
chez celui qui vend le moins cher.

### L'HONNETE HOMME.

Je vous ai dit ce que je préférerais , s'il me fallait
faire un choix ſelon les règles de la prudence humaine ;
mais ce n'eſt point aux hommes que je dois m'adreſſer ,
c'eſt à DIEU ſeul ; il parle à tous les cœurs : nous
avons tous un droit égal à l'entendre. La conſcience
qu'il a donnée à tous les hommes eſt leur loi univerſelle.
Les hommes ſentent d'un pôle à l'autre qu'on doit être
juſte, honorer ſon père et ſa mère , aider ſes ſemblables,
tenir ſes promeſſes ; ces lois ſont de DIEU, les ſimagrées
ſont des mortels. Toutes les religions diffèrent comme
les gouvernemens ; DIEU permit les uns et les autres.
J'ai cru que la manière extérieure dont on l'adore ne
peut ni le flatter, ni l'offenſer, pourvu que cette adoration ne ſoit ni ſuperſtitieuſe envers lui , ni barbare
envers les hommes.

N'eſt-ce pas en effet offenſer DIEU que de penſer
qu'il choiſiſſe une petite nation chargée de crimes pour
ſa favorite, afin de damner toutes les autres ? que l'aſ-
ſaſſin d'*Urie* ſoit ſon bien-aimé, et que le pieux *Antonin*

L 3

lui foit en horreur ? n'eft-ce pas la plus grande abfurdité de penfer que l'Etre fuprême punira à jamais un
caloyer pour avoir mangé du lièvre, ou un turc pour
avoir mangé du porc? Il y a eu des peuples qui ont
mis, dit-on, les oignons au rang des dieux ; il y en a
d'autres qui ont prétendu qu'un morceau de pâte était
changé en autant de dieux que de miettes. Ces deux
extrêmes de la démence humaine font également pitié ;
mais que ceux qui adoptent ces rêveries ofent perfécuter
ceux qui ne les croient pas, c'eft-là ce qui eft horrible.
Les anciens Parfis, les Sabéens, les Egyptiens, les Grecs
ont admis un enfer : cet enfer eft fur la terre, et ce font
les perfécuteurs qui en font les démons.

LE CALOYER.

Je détefte la perfécution, la contrainte autant que
vous; et grâce au ciel, je vous ai dit que les Turcs
fous qui je vis en paix ne perfécutent perfonne.

L'HONNETE HOMME.

Ah ! puiffent tous les peuples d'Europe fuivre
l'exemple des Turcs !

LE CALOYER.

Mais j'ajoute qu'étant caloyer, je ne puis vous
propofer d'autre religion que celle que je profeffe au
mont Athos.

L'HONNETE HOMME.

Et moi, j'ajoute qu'étant homme je vous propofe la
religion qui convient à tous les hommes, celle de tous
les patriarches et de tous les fages de l'antiquité,
l'adoration d'un DIEU, la juftice, l'amour du prochain,
l'indulgence pour toutes les erreurs, et la bienfefance
dans toutes les occafions de la vie. C'eft cette religion
digne de DIEU, que DIEU a gravée dans tous les

cœurs ; mais certes il n'y a pas gravé que trois font un,
qu'un morceau de pain eſt l'Eternel, et que l'âneſſe de
*Balaam* a parlé.

LE CALOYER.

Ne m'empêchez pas d'être caloyer.

L'HONNETE HOMME.

Ne m'empêchez pas d'être honnête homme.

LE CALOYER.

Je ſers DIEU ſelon l'uſage de mon couvent.

L'HONNETE HOMME.

Et moi ſelon ma conſcience. Elle me dit de le
craindre, d'aimer les caloyers, les derviches, les
bonzes et les talapoins, et de regarder tous les hommes
comme mes frères.

LE CALOYER.

Allez, allez, tout caloyer que je ſuis, je penſe
comme vous.

L'HONNETE HOMME.

Mon DIEU, béniſſez ce bon caloyer !

LE CALOYER.

Mon DIEU, béniſſez cet honnête homme !

## XX.

## DU DOUTEUR ET DE L'ADORATEUR,

*Par M. l'abbé de* TILLADET.

LE DOUTEUR.

COMMENT me prouverez-vous l'exiftence de DIEU?

L'ADORATEUR.

Comme on prouve l'exiftence du foleil; en ouvrant les yeux.

LE DOUTEUR.

Vous croyez donc aux caufes finales ?

L'ADORATEUR.

Je crois une caufe admirable quand je vois des effets admirables. DIEU me garde de reffembler à ce fou (*) qui difait qu'une horloge ne prouve point un horloger, qu'une maifon ne prouve point un architecte, et qu'on ne pouvait démontrer l'exiftence de DIEU que par une formule d'algèbre, encore était-elle erronée.

LE DOUTEUR.

Quelle eft votre religion ?

L'ADORATEUR.

C'eft non-feulement celle de *Socrate* qui fe moquait des fables des Grecs, mais celle de JESUS qui confondait les pharifiens.

LE DOUTEUR.

Si vous êtes de la religion de JESUS, pourquoi n'êtes-vous pas de celle des jéfuites, qui pofsèdent trois

_____

(*) *Maupertuis.* Voyez la *Diatribe du docteur Akakia.* Volume des *Facéties.*

cents lieues de pays en long et en large au Paraguai ?
pourquoi ne croyez-vous pas aux prémontrés, aux bénédictins, à qui JESUS a donné tant de riches abbayes ?

L'ADORATEUR.

JESUS n'a inftitué ni les bénédictins, ni les prémontrés, ni les jéfuites.

LE DOUTEUR.

Penfez-vous qu'on puiffe fervir DIEU en mangeant
du mouton le vendredi, et en n'allant point à la meffe ?

L'ADORATEUR.

Je le crois fermement, attendu que JESUS n'a
jamais dit la meffe, et qu'il mangeait gras le vendredi
et même le famedi.

LE DOUTEUR.

Vous penfez donc qu'on a corrompu la religion
fimple et naturelle de JESUS, qui était apparemment
celle de tous les fages de l'antiquité ?

L'ADORATEUR.

Rien ne paraît plus évident. Il fallait bien qu'au
fond il fût un fage, puifqu'il déclamait contre les
prêtres impofteurs, et contre les fuperftitions ; mais
on lui imputa des chofes qu'un fage n'a pu ni faire,
ni dire. Un fage ne peut chercher des figues au commencement de mars fur un figuier, et le maudire parce
qu'il n'a point de figues. Un fage ne peut changer
l'eau en vin en faveur de gens déjà ivres. Un fage
ne peut envoyer des diables dans le corps de deux
mille cochons, dans un pays où il n'y a point de
cochons. Un fage ne fe transfigure point pendant la
nuit pour avoir un habit blanc. Un fage n'eft pas
tranfporté par le diable. Un fage quand il dit que
DIEU eft fon père, entend, fans doute, que DIEU eft le

père de tous les hommes. Le fens dans lequel on a voulu l'entendre eft impie et blafphématoire.

Il paraît que les paroles et les actions de ce fage ont été très-mal recueillies ; que parmi plufieurs hiftoires de fa vie, écrites quatre-vingt-dix ans après lui, on a choifi les plus improbables , parce qu'on les crut les plus importantes pour . des fots. Chaque écrivain fe piquait de rendre cette hiftoire merveilleufe ; chaque petite fociété chrétienne avait fon évangile particulier. C'eft la raifon démonftrative pour laquelle ces évangiles ne s'accordent prefque en rien. Si vous croyez à un évangile, vous êtes obligé de renoncer à tous les autres. Voilà une plaifante marque de vérité qu'une contra-diction perpétuelle ; voilà une plaifante fageffe que des folies qui fe combattent.

Il eft donc démontré que des fanatiques ont féduit d'abord des hommes fimples qui en ont enfuite féduit d'autres. Les derniers ont encore enchéri fur les premiers. L'hiftoire véritable de JESUS n'était probablement que celle d'un homme jufte qui avait repris les vices des pharifiens , et que les pharifiens firent mourir. On en fit enfuite un prophète , et au bout de trois cents ans on en fit un Dieu ; voilà la marche de l'efprit humain.

Il eft reconnu par les fanatiques même les plus entêtés, que les premiers chrétiens employèrent les fraudes les plus honteufes pour foutenir leur fecte naiffante. Tout le monde avoue qu'ils forgèrent de fauffes prédictions, de fauffes hiftoires, de faux miracles. Le fanatifme s'étendit de tous côtés; et enfin dès qu'il a été dominant, il n'a foutenu que par des bourreaux ce qu'il avait établi par l'impofture et par la démence.

Chaque siècle a tellement corrompu la religion de JESUS, que celle des chrétiens lui est toute contraire.

Si on a fait dire à JESUS que son royaume n'est pas de ce monde, ceux qui prétendent être les successeurs de ses premiers disciples ont été, autant qu'ils l'ont pu, les tyrans du monde, et ont marché sur la tête des rois. Si JESUS a vécu pauvre, ses étranges successeurs ont ravi nos biens et le prix de nos sueurs.

Considérez les fêtes que JESUS observa; elles étaient toutes juives; et nous fesons brûler ceux qui célèbrent des fêtes juives. JESUS a-t-il dit qu'il y avait en lui deux natures? non; et nous lui donnons deux natures. JESUS a-t-il dit que *Marie* était mère de DIEU? non; et nous la fesons mère de DIEU. JESUS a-t-il dit qu'il était trin et confubstantiel? non; et nous l'avons fait confubstantiel et trin. Montrez-moi un seul rite que vous ayez observé précisément comme lui; dites-moi un seul de vos dogmes qui soit précisément le sien; je vous en défie.

LE DOUTEUR.

Mais, Monsieur, en parlant ainsi, vous n'êtes pas chrétien?

L'ADORATEUR.

Je suis chrétien comme l'était JESUS, dont on a changé la doctrine céleste en doctrine infernale. S'il s'est contenté d'être juste, on en a fait un insensé qui courait les champs dans une petite province juive, en comparant les cieux à un grain de moutarde.

LE DOUTEUR.

Que pensez-vous de *Paul*, meurtrier d'*Etienne*, persécuteur des premiers galiléens, depuis galiléen lui-même et persécuté? Pourquoi rompit-il avec *Gamaliel* son maître?

eft - ce , comme le difent quelques juifs, parce que *Gamaliel* lui refufa fa fille en mariage ? parce qu'il avait les jambes tortes , la tête chauve et les fourcils joints, ainfi qu'il eft rapporté dans les actes de *Tècle*, fa favorite ? A-t-il écrit enfin les épîtres qu'on a mifes fous fon nom ?

### L'ADORATEUR.

Il eft reconnu que *Paul* n'eft point l'auteur de l'épître aux Hébreux, dans laquelle il dit : *Jéfus eft autant élevé au-deffus des anges que le nom qu'il a reçu eft plus excellent que le leur.*

Et dans un autre endroit , il eft dit *que* DIEU *l'a rendu pour quelque temps inférieur aux anges.*

Et dans fes autres épîtres , il parle prefque toujours de JESUS comme d'un fimple homme chéri de DIEU, élevé en gloire.

Tantôt il dit *que les femmes peuvent prier , parler, prêcher, prophétifer , pourvu qu'elles aient la tête couverte , car une femme fans voile déshonore fa tête.*

Tantôt il dit *que les femmes ne doivent point parler dans l'églife.*

Il fe brouille avec *Pierre* , parce que *Pierre ne judaïfe pas avec les étrangers, et qu'enfuite Pierre judaïfe avec les juifs.* Mais ce même *Paul* va judaïfer lui-même pendant huit jours dans le temple de Jérufalem , et y amène des étrangers pour faire croire aux juifs qu'il n'eft pas chrétien. Il eft accufé d'avoir fouillé le temple ; le grand prêtre lui donne un foufflet ; il eft traduit devant le tribun romain. Que fait-il pour fe tirer d'affaire ? il fait deux menfonges impudens au tribun et au fanhédrin ; il leur dit : je fuis pharifien , et fils de pharifien , quand il était chrétien ; il leur dit : *On me* perſécute parce que je crois à la réſurrection des morts. Il n'en avait point été queſtion ; et par ce menſonge, trop aiſé pourtant à reconnaître, il prétendait commettre enſemble et diviſer les juges du ſanhédrin, dont la moitié croyait la réſurrection et l'autre ne la croyait pas.

Voilà, je vous l'avoue, un ſingulier apôtre ; c'eſt pourtant le même homme qui oſe dire *qu'il a été ravi au troiſième ciel*, *et qu'il y a entendu des paroles qu'il n'eſt pas permis de rapporter.*

Le voyage d'*Aſtolphe* dans la lune eſt plus vraiſemblable, puiſque le chemin eſt plus court. Mais pourquoi veut-il faire accroire aux imbécilles auxquels il écrit qu'il a été ravi au troiſième ciel ? C'eſt pour établir ſon autorité parmi eux ; c'eſt pour ſatisfaire ſon ambition d'être chef de parti ; c'eſt pour donner du poids à ces paroles inſolentes et tyranniques : *Si je viens encore une fois vers vous*, *je ne pardonnerai ni à ceux qui auront péché ni à tous les autres.*

Il eſt aiſé de voir dans le galimatias de *Paul* qu'il conſerve toujours ſon premier eſprit de perſécuteur ; eſprit affreux qui n'a fait que trop de proſélytes. Je ſais qu'il ne commandait qu'à des gueux ; mais c'eſt la paſſion des hommes de vouloir s'élever au-deſſus de leurs ſemblables, et de vouloir les opprimer : c'eſt la paſſion des tyrans. Quoi ! *Paul* juif, feſeur de tentes, tu oſes écrire à des Corinthiens que tu puniras ceux même qui n'auront pas péché ! *Néron*, *Attila*, le pape *Alexandre VI* ont-ils jamais proféré de ſi abominables paroles ? Si *Paul* écrivit ainſi, il méritait un châtiment exemplaire. Si des fauſſaires ont forgé ces épîtres, ils en méritaient un plus grand.

Hélas ! c'eſt ainſi que la plupart des ſectes populaires commencent. Un impoſteur harangue la lie du peuple dans un grenier , et les impoſteurs qui lui ſuccèdent habitent bientôt des palais.

LE DOUTEUR.

Vous n'avez que trop de raiſon ; mais après m'avoir dit ce que vous penſez de ce fanatique , moitié juif moitié chrétien , nommé *Paul* , que penſez-vous des anciens juifs ?

L'ADORATEUR.

Ce que les gens ſenſés de toutes les nations en penſent , et ce que les juifs raiſonnables en penſent eux-mêmes.

LE DOUTEUR.

Vous ne croyez donc pas que le Dieu de toute la nature ait abandonné et proſcrit le reſte des hommes pour ſe faire roi d'une miſérable petite nation ? Vous ne croyez pas qu'un ſerpent ait parlé à une femme ? que DIEU ait planté un arbre dont les fruits donnaient la connaiſſance du bien et du mal ? que DIEU ait défendu à l'homme et à la femme de manger de ce fruit, lui qui devait plutôt leur en préſenter, pour leur faire connaître ce bien et ce mal, connaiſſance abſolument néceſſaire à l'eſpèce humaine ? Vous ne croyez pas qu'il ait conduit ſon peuple chéri dans des déſerts, et qu'il ait été obligé de leur conſerver pendant quarante ans leurs vieilles ſandales et leurs vieilles robes ? Vous ne croyez pas qu'il ait fait des miracles égalés par les miracles des mages de *Pharaon* , pour faire paſſer la mer à pied ſec à ſes enfans chéris, en larrons et en lâches, et pour les tirer miſérablement de l'Egypte , au lieu de leur donner cette fertile Egypte ?

Vous ne croyez pas qu'il ait ordonné à fon peuple de maffacrer tout ce qu'il rencontrerait, afin de rendre ce peuple prefque toujours efclave des nations ? Vous ne croyez pas que l'âneffe de *Balaam* ait parlé ? Vous ne croyez pas que *Samfon* ait attaché enfemble trois cents renards par la queue ? Vous ne croyez pas que les habitans de Sodôme aient voulu violer deux anges ? Vous ne croyez pas......?

#### L'ADORATEUR.

Non, fans doute, je ne crois pas ces horreurs impertinentes, l'opprobre de l'efprit humain. Je crois que les juifs avaient des fables, ainfi que toutes les autres nations; mais des fables beaucoup plus fottes, plus abfurdes, parce qu'ils étaient les plus groffiers des Afiatiques, comme les Thébains étaient les plus groffiers des Grecs.

#### LE DOUTEUR.

J'avoue que la religion juive était abfurde et abominable; mais enfin JESUS, que vous aimez, était juif; il accomplit toujours la loi juive, il en obferva toutes les cérémonies.

#### L'ADORATEUR.

C'eft, encore une fois, une grande contradiction qu'il ait été juif et que fes difciples ne le foient pas. Je n'adopte de lui que fa morale, quand elle ne fe contredit point. Je ne peux fouffrir qu'on lui faffe dire : *Je ne fuis pas venu apporter la paix, mais le glaive*; ces paroles font affreufes. Un homme fage, encore un coup, n'a pu dire que le royaume des cieux eft femblable à un grain de moutarde, à des noces, à de l'argent qu'on fait valoir par ufure; ces paroles font ridicules. J'adopte cette fentence : *Aimez* DIEU *et votre prochain*. C'eft la loi éternelle de tous les hommes, c'eſt la mienne; c'eſt ainſi que je ſuis ami de JESUS; c'eſt ainſi que je ſuis chrétien. S'il a été un adorateur de DIEU, ennemi des mauvais prêtres, perſécuté par des fripons, je m'unis à lui, je ſuis ſon frère.

### LE DOUTEUR.

Il n'y a jamais eu de religion qui n'en ait dit autant que JESUS, qui n'ait recommandé la vertu comme JESUS.

### L'ADORATEUR.

Hé bien donc, je ſuis de la religion de tous les hommes, de celle de *Socrate*, de *Platon*, d'*Ariſtide*, de *Cicéron*, de *Caton*, de *Titus*, de *Trajan*, d'*Antonin*, de *Marc-Aurèle*, d'*Epictète*, de JESUS.

Je dirai avec *Epictète* : *C'eſt* DIEU *qui m'a créé*, DIEU *eſt au dedans de moi, je le porte par-tout; pourquoi le ſouillerais-je par des penſées obſcènes, par des actions baſſes, par d'infames déſirs? Je réunis en moi des qualités dont chacune m'impoſe un devoir; homme, citoyen du monde, enfant de* DIEU, *frère de tous les hommes, fils, mari, père; tous ces noms me diſent, n'en déshonore aucun.*

*Mon devoir eſt de louer* DIEU *de tout, de le remercier de tout, de ne ceſſer de le bénir qu'en ceſſant de vivre.*

Cent maximes de cette eſpèce valent bien le ſermon de la montagne, et cette belle maxime : *Bienheureux les pauvres d'eſprit.* Enfin j'adorerai DIEU, et non les fourberies; je ſervirai DIEU, et non un concile de Chalcédoine ou un concile *in trullo*; je déteſterai l'infame ſuperſtition; et je ſerai ſincèrement attaché à la vraie religion juſqu'au dernier ſoupir de ma vie.

XXI.

## XXI.

### *CONVERSATION*

#### DE M. L'INTENDANT DES MENUS EN EXERCICE,
#### AVEC M. L'ABBÉ GRIZEL.

Il y a quelque temps qu'un jurifconfulte de l'ordre des avocats ayant été confulté par une perfonne de l'ordre des comédiens, pour favoir à quel point on doit flétrir ceux qui ont une belle voix, des geftes nobles, du fentiment, du goût et tous les talens néceffaires pour parler en public, l'avocat examina l'affaire dans (*a*) l'ordre des lois. L'ordre des convulfionnaires ayant déféré cet ouvrage à l'ordre de la grand'chambre fiégeante à Paris, icelle a décerné un ordre à fon bourreau de brûler la confultation, comme un mandement d'évêque ou comme un livre de jéfuite. Je me flatte qu'elle fera le même honneur à la petite converfation de M. l'intendant *des Menus* en exercice, et de M. l'abbé *Grizel*. Je fus préfent à cette converfation : je l'ai fidèlement recueillie, et en voici un petit précis que chaque lecteur de l'ordre de ceux qui ont le fens commun peut étendre à fon gré.

Je fuppofe, difait l'intendant *des Menus* à l'abbé *Grizel*, que nous n'euffions jamais entendu parler de comédie avant *Louis XIV* ; je fuppofe que ce prince eût été le premier qui eût donné des fpectacles, qu'il

---

(*a*) L'ouvrage de cet avocat, entrepris en faveur du théâtre, et où il était beaucoup queftion d'*ordre*, fut déféré par maître *le Dain*, et incendié au bas de l'efcalier.

*Dialogues.*  M

eût fait compofer Cinna, Athalie et le Mifanthrope, qu'il les eût faît repréfenter par des feigneurs et des dames devant tous les ambaffadeurs de l'Europe; je demande s'il ferait tombé dans l'efprit du curé *la Chétardie*, ou du curé *Fantin*, connus tous deux par les mêmes aventures, ou d'un feul autre curé, ou d'un feul habitué, ou d'un feul moine, d'excommunier ces feigneurs et ces dames, et *Louis XIV* lui-même; de leur refufer le facrement du mariage et la fépulture? Non, fans doute, dit l'abbé *Grizel*; une fi abfurde impertinence n'aurait paffé par la tête de perfonne.

Je vais plus loin, dit l'intendant *des Menus*. Quand *Louis XIV* et toute fa cour dansèrent fur le théâtre, quand *Louis XV* danfa avec tant de jeunes feigneurs de fon âge dans la falle des tuileries, penfez-vous qu'ils aient été excommuniés? Vous vous moquez de moi, dit l'abbé *Grizel* : nous fommes bien bêtes, je l'avoue, mais nous ne le fommes pas affez pour imaginer une telle fottife.

Mais, dit l'intendant, vous avez du moins excommunié le pieux abbé d'*Aubignac*, le père *le Boffu*, fupérieur de Sainte-Geneviève, le père *Rapin*, l'abbé *Gravina*, le père *Brumoy*, le père *Porée*, madame *Dacier*, tous ceux qui ont d'après *Ariftote* enfeigné l'art de la tragédie et de l'épopée? On n'eft pas encore tombé dans cet excès de barbarie, repartit *Grizel*; il eft vrai que l'abbé de *la Cofte*, M. de *la Solle* et l'auteur des nouvelles eccléfiaftiques prétendent que la déclamation, la mufique et la danfe font un péché mortel; qu'il n'a été permis à *David* de danfer que devant l'arche, et que de plus *David*, *Louis XIV* et *Louis XV* n'ont point danfé pour de l'argent; que l'impératrice des Romains n'a jamais

chanté qu'en préfence de quelques perfonnes de fa cour,
et qu'on ne fe donne le plaifir d'excommunier que ceux
qui gagnent quelque chofe à parler, ou à chanter, ou à
danfer en public.

Il eft donc clair, dit l'intendant, que s'il y avait
eu un impôt fous le nom de *menus plaifirs du roi*, et que
cet impôt eût fervi à payer les frais des fpectacles de
fa majefté, le roi encourrait la peine de l'excommunication felon le bon plaifir de tout prêtre qui voudrait
lancer cette belle foudre fur la tête de fa majefté très-
chrétienne.

Vous nous embarraffez beaucoup, dit *Grizel*.

Je veux vous pouffer, dit *le Menu*. Non-feulement
*Louis XIV*, mais le cardinal *Mazarin*, le cardinal de
*Richelieu*, l'archevêque *Triffino*, le pape *Léon X* dépen-
sèrent beaucoup à faire jouer des tragédies, des comédies
et des opéra. Les peuples contribuèrent à ces dépenfes;
je ne trouve pourtant pas dans l'hiftoire de l'Eglife
qu'aucun vicaire de Saint-Sulpice ait excommunié pour
cela le pape *Leon X* et ces cardinaux.

Pourquoi donc M^lle *le Couvreur* a-t-elle été portée
dans un fiacre au coin de la rue de Bourgogne? pourquoi le fieur *Romagnefi*, acteur de notre troupe italienne,
a-t-il été inhumé dans un grand chemin, comme un
ancien romain? pourquoi une actrice des chœurs difcordans de l'académie royale de mufique a-t-elle été trois
jours dans fa cave? pourquoi toutes ces perfonnes font-
elles brûlées à petit feu, fans avoir de corps, jufqu'au
jour du jugement dernier, et feront-elles brûlées à tout
jamais après ce jugement, quand elles auront retrouvé
leurs corps? C'eft uniquement, dites-vous, parce qu'on
paye vingt fous au parterre.

M 2

Cependant ces vingt fous ne changent point l'efpèce :
les chofes ne font ni meilleures ni pires, foit qu'on les
paye, foit qu'on les ait gratis. Un *de profundis* tire
également une ame du purgatoire, foit qu'on le chante
pour dix écus en mufique, foit qu'on vous le donne
en faux-bourdon pour douze francs, foit qu'on vous le
pfalmodie par charité : donc Cinna et Athalie ne font
pas plus diaboliques quand ils font repréfentés pour
vingt fous, que quand le roi veut bien en gratifier fa
cour : or, fi on n'a pas excommunié *Louis XIV* quand il
danfa pour fon plaifir, ni l'impératrice quand elle a
joué un opéra, il ne paraît pas jufte qu'on excommunie
ceux qui donnent ce plaifir pour quelque argent, avec
la permiffion du roi de France ou de l'impératrice.

L'abbé *Grizel* fentit la force de cet argument ; il
répondit ainfi : il y a des tempéramens ; tout dépend
fagement de la volonté arbitraire d'un curé ou d'un
vicaire. Nous fommes affez heureux et affez fages, pour
n'avoir en France aucune règle certaine. On n'ofa pas
enterrer l'illuftre et inimitable *Molière* dans la paroiffe
Saint-Euftache ; mais il eut le bonheur d'être porté dans
la chapelle de Saint-Jofeph, felon notre belle et faine
coutume de faire des charniers de nos temples. Il eft
vrai que St *Euftache* eft un fi grand faint qu'il n'y avait
pas moyen de faire porter chez lui, par quatre habi-
tués, le corps de l'infame auteur du Mifantrhope : mais
enfin St *Jofeph* eft une confolation ; c'eft toujours de la
terre fainte. Il y a une prodigieufe différence entre la
terre fainte et la profane ; la première eft incomparablement plus légère ; et puis, tant vaut l'homme, tant
vaut fa terre. Celle où eft *Molière* y a gagné de la réputation : or cet homme, ayant été inhumé dans une

chapelle, ne peut être damné comme M<sup>lle</sup> *le Couvreur* et *Romagnesi* qui sont sur les chemins : peut-être est-il en purgatoire pour avoir fait le Tartuffe ; je n'en voudrais pas jurer ; mais je suis sûr du salut de *Jean-Baptiste Lulli*, violon de *Mademoiselle*, musicien du roi, surintendant de la musique du roi, secrétaire du roi, qui joua dans Carisselli et dans Pourceaugnac, et qui de plus était Florentin ; celui-là est monté au ciel comme j'y monterai ; cela est clair, car il a un beau tombeau de marbre aux Petits-Pères. Il n'a pas tâté de la voierie : il n'y a qu'heur et malheur en ce monde. C'est ainsi que raisonna M. l'abbé *Grizel ;* et c'est puissamment raisonner.

L'intendant *des Menus*, qui fait l'histoire, lui répliqua : Vous avez entendu parler du révérend père *Girard ;* il était forcier, cela est de fait. Il est avéré qu'il enforcela sa pénitente, en lui donnant le fouet tout doucement ; de plus, il souffla sur elle, comme font tous les sorciers : seize juges déclarèrent *Girard* magicien ; cependant il fut enterré en terre sainte. Dites-moi pourquoi un homme qui est à la fois jésuite et forcier a pourtant, malgré ces deux titres, les honneurs de la sépulture, et que M<sup>lle</sup>. *Clairon* ne les aurait pas, si elle avait le malheur de mourir immédiatement après avoir joué *Pauline*, laquelle *Pauline* ne sort du théâtre que pour s'aller faire baptiser ?

Je vous ai déjà dit, répondit l'abbé *Grizel*, que cela est arbitraire. J'enterrerais de tout mon cœur M<sup>lle</sup> *Clairon*, s'il y avait un gros honoraire à gagner ; mais il se peut qu'il se trouve un curé qui fasse le difficile : alors on ne s'avisera pas de faire du fracas en sa faveur, et d'appeler comme d'abus au parlement. Les acteurs de sa majesté sont d'ordinaire des citoyens nés de familles pauvres ; leurs parens n'ont ni affez d'argent, ni affez de crédit pour gagner un procès ; le public ne s'en foucie guère : il jouit des talens de M^lle *le Couvreur* pendant fa vie, il la laiffa traiter comme un chien après fa mort, et ne fit qu'en rire.

L'exemple des forciers eft beaucoup plus férieux. Il était certain autrefois qu'il y avait des forciers ; il eft certain aujourd'hui qu'il n'y en a point, en dépit des feize provençaux qui crurent *Girard* fi habile ; cependant l'excommunication fubfifte toujours. Tant pis pour vous fi vous manquez de forciers, nous n'irons pas changer nos rituels parce que le monde a changé : nous fommes comme le médecin de *Pourceaugnac*; il nous faut un malade, et nous le prenons où nous pouvons.

On excommunie auffi les fauterelles ; il y en a, et j'avoue qu'il eft trifte qu'on continue à les flétrir, car elles s'en moquent. J'en ai vu des nuées en Picardie ; il eft très-dangereux d'offenfer de grandes compagnies, et d'expofer les foudres de l'Eglife au mépris des perfonnes puiffantes ; mais pour trois ou quatre cents pauvres comédiens répandus dans la France, il n'y a rien à craindre en les traitant comme les fauterelles, et comme ceux qui nouent l'aiguillette.

Je vais vous dire quelque chofe de plus fort, M. l'intendant. N'êtes-vous pas fils d'un fermier général? Non, Monfieur, dit l'intendant ; mon oncle avait cette place, mon père était receveur général des finances, et tous deux étaient fecrétaires du roi, ainfi que mon grand-père. Hé bien, répliqua *Grizel*, votre oncle, votre père et votre grand-père font excommuniés, anathématifés, damnés à tout jamais ; et quiconque en doute eft un impie, un monftre, en un mot, un philofophe.

*Le Menu*, à ce difcours, ne fut s'il devait rire ou battre l'abbé *Grizel*. Il prit le parti de rire. Je voudrais bien, Monfieur, dit-il au *Grizel*, que vous me montraffiez la bulle ou le concile qui damne les receveurs des finances du roi, et les adjudicataires des cinq groffes fermes du roi. Je vous montrerai vingt conciles, dit le *Grizel*; je vous ferai voir plus, je vous ferai lire dans l'évangile que tout receveur des deniers royaux eft mis au rang des païens, et vous apprendrez par les anciennes conftitutions qu'il ne leur était pas permis d'entrer dans l'églife aux premiers fiècles : *Sicut ethnicus et publicanus* eft un paffage affez connu : la loi de l'Eglife a été invariable fur cet article ; l'anathême porté contre les fermiers, contre les receveurs des douanes, n'a jamais été révoqué ; et vous voulez qu'on révoque celui qui a été lancé contre les acteurs qui jouaient encore dans les premiers fiècles l'Oedipe de *Sophocle*, anathême qui fubfifte contre ceux qui ne repréfentent plus l'Oedipe de *Corneille*. Commencez par tirer de l'enfer votre père, votre grand-père et votre oncle, et puis nous compoferons avec la troupe de fa majefté.

Vous extravaguez, M. *Grizel*, dit l'intendant ; mon père était feigneur de paroiffe, il eft enterré dans fa chapelle : mon oncle lui fit faire un maufolée de marbre auffi beau que celui de *Lulli* ; et fi fon curé lui avait jamais parlé de l'*ethnicus* et du *publicanus*, il l'aurait fait mettre dans un cul de baffe-foffe. Je veux bien croire que St *Matthieu* a damné les employés des fermes après l'avoir été, et qu'ils fe tenaient à la porte de l'églife dans les premiers temps ; mais vous m'avouerez que perfonne aujourd'hui n'ofe nous le dire en face ; et fi nous fommes excommuniés, c'eft *incognito*.

M 4

Juſtement, *dit Grizel*, vous y êtes; on laiſſe *l'ethnicus* et le *publicanus* dans l'évangile ; on n'ouvre point les anciens rituels, et l'on vit paiſiblement avec les fermiers généraux, pourvu qu'ils donnent beaucoup d'argent quand ils rendent le pain béni.

M. l'intendant s'apaiſa un peu; mais il ne pouvait digérer *l'ethnicus* et le *publicanus*. Je vous prie, mon cher *Grizel*, dit-il, de m'apprendre pourquoi on a inféré cette ſatire dans vos livres, et pourquoi on nous traitait ſi mal dans les premiers temps ?

Cela eſt tout ſimple, dit *Grizel :* ceux qui prononçaient cette excommunication étaient de pauvres gens dont les trois quarts étaient juifs, parmi leſquels il ſe mêla un quart de pauvres grecs. Les Romains étaient leurs maîtres ; les receveurs des tributs étaient ou romains ou choiſis par les Romains ; c'était un ſecret infaillible d'attirer à ſoi le petit peuple, que d'anathématiſer les commis de la douane. On hait toujours des vainqueurs, des maîtres et des commis. La populace courait après des gens qui prêchaient l'égalité, et qui damnaient meſſieurs des fermes. Criez au nom de DIEU contre les puiſſances et contre les impôts, vous aurez infailliblement la canaille pour vous, ſi on vous laiſſe faire ; et quand vous aurez un aſſez grand nombre de canailles à vos ordres, alors il ſe trouvera des gens d'eſprit qui lui mettront une ſelle ſur le dos, un mors à la bouche, et qui monteront deſſus pour renverſer les Etats et les trônes. Alors on bâtira un nouvel édifice, mais on conſervera les premières pierres, quoique brutes et informes, parce qu'elles ont ſervi autrefois, et qu'elles ſont chères aux peuples ; on les encaſtrera proprement avec les nouveaux marbres, avec les pierreries et l'or

qui feront prodigués, et il y aura même toujours de vieux
antiquaires qui préféreront les anciens cailloux aux
marbres nouveaux.

C'eft-là, Monfieur, l'hiftoire fuccincte de ce qui eft
arrivé parmi nous. La France a été long-temps barbare ;
et aujourd'hui qu'elle commence à fe civilifer, il y a
encore des gens attachés à l'ancienne barbarie. Nous
avons, par exemple, un petit nombre de gens de bien
qui voudraient priver les fermiers généraux de toutes
leurs richeffes, condamnées dans l'évangile, et priver
le public d'un art aufli noble qu'innocent, que l'évangile n'a jamais profcrit, et dont aucun apôtre n'a jamais
parlé. Mais la faine partie du clergé laiffe les financiers
fe damner en paix, et permet feulement qu'on excommunie les comédiens pour la forme. J'entends, dit
l'intendant *des Menus ;* vous ménagez les financiers,
parce qu'ils vous donnent à dîner ; vous tombez fur
les comédiens qui ne vous en donnent pas. Monfieur,
oubliez-vous que les comédiens font gagés par le roi,
et que vous ne pouvez pas excommunier un officier du
roi fefant fa charge ? donc, il ne vous eft pas permis
d'excommunier un comédien du roi, jouant Cinna et
Polyeuçte par ordre du roi.

Et où avez-vous pris, dit *Grizel,* que nous ne pouvons damner un officier du roi ? c'eft apparemment dans
vos libertés de l'Eglife gallicane ? Mais ne favez-vous
pas que nous excommunions les rois eux-mêmes? Nous
avons profcrit le grand *Henri I V* et *Henri I I I,* et
*Louis XII,* le père du peuple, tandis qu'il convoquait
un concile à Pife, et *Philippe le bel,* et *Philippe-Augufte,*
et *Louis VIII,* et *Philippe I,* et le faint roi *Robert,* quoiqu'il brûlât des hérétiques. Sachez que nous fommes

les maîtres d'anathématifer tous les princes, et de les faire mourir de mort fubite ; et après cela vous irez vous lamenter de ce que nous tombons fur quelques princes de théâtre.

L'intendant *des Menus*, un peu fâché, lui coupa la parole, et lui dit : Monfieur, excommuniez mes maîtres tant qu'il vous plaira, ils fauront bien vous punir ; mais fongez que c'eft moi qui porte aux acteurs de fa majefté l'ordre de venir fe damner devant elle. S'ils font hors du giron, je fuis auffi hors du giron ; s'ils péchent mortellement en fefant verfer des larmes à des hommes vertueux dans des pièces vertueufes, c'eft moi qui les fais pécher : s'ils vont à tous les diables, c'eft moi qui les y mène. Je reçois l'ordre des premiers gentilshommes de la chambre, ils font plus coupables que moi ; le roi et la reine, qui ordonnent qu'on les amufe et qu'on les inftruife, font cent fois plus coupables encore. Si vous retranchez du corps de l'Eglife les foldats, il eft fûr que vous retranchez auffi les officiers et les généraux ; vous ne vous tirerez jamais de là. Voyez, s'il vous plaît, à quel point vous êtes abfurde ; vous fouffrez que des citoyens au fervice de fa majefté foient jetés aux chiens, pendant qu'à Rome, et dans tous les autres pays on les traite honnêtement pendant leur vie et après leur mort.

*Grizel* répondit : Ne voyez-vous pas que c'eft parce que nous fommes un peuple grave, férieux, conféquent, fupérieur en tout aux autres peuples ? La moitié de Paris eft convulfionnaire ; il faut que ces gens-là en impofent à ces libertins qui fe contentent d'obéir au roi, qui ne contrôlent point fes actions, qui aiment fa perfonne, qui lui payent avec alégreffe de quoi-

ſoutenir la gloire de ſon trône, qui, après avoir ſatisfait à leur devoir, paſſent doucement leur vie à cultiver les arts, qui reſpectent *Sophocle* et *Euripide*, et qui ſe damnent à vivre en honnêtes gens.

Ce monde-ci (il faut que j'en convienne) eſt un compoſé de fripons, de fanatiques et d'imbécilles, parmi leſquels il y a un petit troupeau ſéparé, qu'on appelle *la bonne compagnie*; ce petit troupeau étant riche, bien élevé, inſtruit, poli, eſt comme la fleur du genre humain; c'eſt pour lui que les plaiſirs honnêtes ſont faits; c'eſt pour lui plaire que les plus grands hommes ont travaillé; c'eſt lui qui donne la réputation; et, pour vous dire tout, c'eſt lui qui nous mépriſe, en nous fefant politeſſe quand il nous rencontre. Nous tâchons tous de trouver accès auprès de ce petit nombre d'hommes choiſis; et depuis les jéſuites juſqu'aux capucins, depuis le père *Queſnel* juſqu'au maraud qui fait la gazette eccléſiaſtique, nous nous plions en mille manières pour avoir quelque crédit ſur ce petit nombre, dont nous ne pouvons jamais être. Si nous trouvons quelque dame qui nous écoute, nous lui perſuaderons qu'il eſt eſſentiel, pour aller au ciel, d'avoir les joues pâles, et que la couleur rouge déplaît mortellement aux ſaints du paradis. La dame quitte le rouge, et nous tirons de l'argent d'elle.

Nous aimons à prêcher, parce qu'on loue les chaiſes; mais comment voulez-vous que les honnêtes gens écoutent un ennuyeux diſcours, diviſé en trois points, quand ils ont l'eſprit occupé des beaux morceaux de Cinna, de Polyeucte, des Horaces, de Pompée, de Phèdre et d'Athalie? C'eſt-là ce qui nous déſeſpère.

Nous entrons chez une dame de qualité; nous

demandons ce qu'on penfe du dernier fermon du prédicateur de Saint-Roch ; le fils de la maifon nous répond par une tirade de *Racine*. Avez-vous lu l'œuvre des fix jours, difons-nous ? on nous réplique qu'il y a une tragédie nouvelle. Enfin le temps approche où nous ne gouvernerons plus que les difgraciés et la halle. Cela donne de l'humeur, et alors on excommunie qui l'on peut.

Il n'en eft pas ainfi à Rome et dans les autres Etats de l'Europe. Quand on a chanté à Saint-Jean de Latran, ou à Saint-Pierre, une belle meffe à grands chœurs à quatre parties, et que vingt châtrés ont fredonné un motet, tout eft dit ; on va prendre le foir du chocolat à l'opéra de Saint-Ambroife, et perfonne ne s'avife d'y trouver à redire. On fe garde bien d'excommunier la fignora *Cuzzoni*, la fignora *Fauftina*, la fignora *Barbarini*, encore moins le fignor *Farinelli*, chevalier de Calatrava, et acteur de l'opéra, qui a des diamans gros comme mon pouce.

Les gens qui font les maîtres chez eux ne font jamais perfécuteurs ; voilà pourquoi un roi, qui n'eft point contredit, eft toujours un bon roi, pour peu qu'il ait le fens commun. Il n'y a de méchans que les petits qui cherchent à être les maîtres. Il n'y a que ceux-là qui perfécutent pour fe donner de la confidéra- tion. Le pape eft affez puiffant en Italie, pour n'avoir pas befoin d'excommunier d'honnêtes gens qui ont des talens eftimables ; mais il eft des animaux dans Paris, aux cheveux plats, et à l'efprit de même, qui font dans la néceffité de fe faire valoir. S'ils ne cabalent pas, s'ils ne prêchent pas le rigorifme, s'ils ne crient pas contre les beaux arts, ils fe trouvent anéantis dans la foule. Les paſſans ne regardent les chiens que quand ils aboient, et on veut être regardé. Tout eſt jalouſie de métier dans ce monde. Je vous dis notre ſecret ; ne me décelez pas ; et faites-moi le plaiſir de me dönner une loge grillée à la première tragédie de M. *Collardeau.*

Je vous le promets, dit l'intendant *des Menus ;* mais achevez de me révéler vos myſtères. Pourquoi, de tous ceux à qui j'ai parlé de cette affaire, n'y en a-t-il pas un qui ne convienne que l'excommunication, contre une ſociété gagée par le roi, eſt le comble de l'inſolence et du ridicule ? et pourquoi en même temps perſonne ne travaille-t-il à lever ce ſcandale ?

Je crois vous avoir déjà répondu, dit *Grizel,* en vous avouant que tout eſt contradiction chez nous. La France, à parler ſérieuſement, eſt le royaume de l'eſprit et de la ſottiſe, de l'induſtrie et de la pareſſe, de la philoſophie et du fanatiſme, de la gaieté et du pédantiſme, des lois et des abus, du bon goût et de l'impertinence. La contradiction ridicule de la gloire de Cinna, et de l'infamie de ceux qui repréſentent Cinna ; le droit qu'ont les évêques d'avoir un banc particulier aux repréſentations de Cinna, et le droit d'anathématiſer les acteurs, l'auteur et les ſpectateurs, font aſſurément une incompatibilité digne de la folie de ce peuple ; mais trouvez-moi dans le monde un établiſſement qui ne ſoit pas contradictoire.

Dites-moi pourquoi les apôtres ayant tous été circoncis, les quinze premiers évêques de Jéruſalem ayant été circoncis, vous n'êtes pas circoncis ? pourquoi la défenſe de manger du boudin n'ayant jamais été levée, vous mangez impunément du boudin ? pourquoi les apôtres ayant gagné leur pain à travailler de leurs mains, leurs fucceffeurs regorgent de richeffes et d'honneurs ? pourquoi S$^t$ *Jofeph* ayant été charpentier, et fon divin fils ayant daigné être élevé dans ce métier, fon vicaire a chaffé les empereurs, et s'eft mis fans façon à leur place ? pourquoi a-t-on excommunié, anathématifé, pendant des fiècles, ceux qui difaient que le Saint-Efprit procède du père et du fils ? et pourquoi damne-t-on aujourd'hui ceux qui penfent le contraire ?

Pourquoi eft-il expreffément défendu dans l'évangile de fe remarier, quand on a fait caffer fon mariage, et que nous permettons qu'on fe remarie ? Dites-moi comment le même mariage eft annullé à Paris, et fubfifte dans Avignon ?

Et, pour vous parler du théâtre que vous aimez, expliquez-nous comment vous applaudiffez à la brutale et factieufe infolence de *Joad*, qui fait couper la tête à *Athalie*, parce qu'elle voulait élever fon petit-fils *Joas* chez elle ; tandis que fi un prêtre ofait parmi nous attenter quelque chofe de femblable contre les perfonnes du fang royal, il n'y a pas un citoyen qui ne le condamnât au dernier fupplice ?

Tout dépend de l'ufage. La danfe, par exemple, a été chez prefque tous les peuples une fonction religieufe; les Juifs mêmes dansèrent par dévotion. Si l'archevêque de Paris s'avifait à la grand'meffe de danfer pieufement une loure ou une chaconne, on en rirait comme de fes billets de confeffion. On repréfente encore des actes facramentaux à Madrid les jours de fêtes ; un comédien fait JESUS-CHRIST, un autre fait le diable, une actrice eft la fainte Vierge, une autre *Magdelène* à fa toilette; *Arlequin* dit *Ave*, *Maria*, *Judas* dit fon *Pater*.

Pendant ce temps-là même on brûle quelquefois en cérémonie des defcendans de notre bon père *Abraham* ; et tandis qu'ils cuifent, on leur chante gravement les chanfons pieufes d'un de leurs rois, traduites en mauvais latin. Malgré tout cela, il y a à la cour de Madrid autant de fens commun, de politeffe et d'efprit qu'en aucune cour de l'Europe

On bénit à Rome des chevaux ; fi nous fefions bénir nos attelages à Sainte-Geneviève, la moitié de Paris crierait au fcandale.

Je ne veux point faire un tableau de toutes les contradictions de ce monde ; il faudrait que je paffaffe ma vie à peindre. Non-feulement nous nous contredifons perpétuellement dans nos principes et dans nos actions, mais toutes les profeffions font contraires les unes aux autres ; c'eft une guerre fecrète qui ne finira jamais. L'homme d'Eglife eft l'ennemi né de l'homme de robe, celui-ci du courtifan, le chanoine du moine, certains comédiens d'autres comédiens, et chacun donne à fon voifin loyalement tous les dégoûts dont il peut s'avifer. La pire efpèce de toutes, je l'avoue, eft celle des prétendus réformateurs. Ce font des malades qui font fâchés que les autres fe portent bien ; ils défendent les ragoûts dont ils ne mangent pas.

J'aime votre franchife, dit *le Menu*. Laiffons paifiblement fubfifter de vieilles fottifes ; peut-être tomberont-elles d'elles-mêmes, et nos petits enfans nous traiteront de bonnes gens, comme nous traitons nos pères d'imbécilles. Laiffons les tartuffes crier encore quelque temps, et dès demain je vous mène à la comédie du Tartuffe.

# XXII.

## ANDRÉ DES TOUCHES A SIAM.

*ANDRÉ des Touches* était un muſicien très-agréable dans le beau ſiècle de *Louis XIV*, avant que la muſique eût été perfectionnée par *Rameau*, et gâtée par ceux qui préfèrent la difficulté ſurmontée au naturel et aux grâces.

Avant d'avoir exercé ſes talens, il avait été mouſquetaire ; et avant d'être mouſquetaire il fit, en 1688, le voyage de Siam avec le jéſuite *Tachard*, qui lui donna beaucoup de marques particulières de tendreſſe pour avoir un amuſement ſur le vaiſſeau ; et *des Touches* parla toujours avec admiration du père *Tachard* le reſte de ſa vie.

Il fit connaiſſance à Siam avec un premier commis du barcalon ; ce premier commis s'appelait *Croutef* : et il mit par écrit la plupart des queſtions qu'il avait faites à *Croutef*, avec les réponſes de ce ſiamois. Les voici telles qu'on les a trouvées dans ſes papiers.

ANDRÉ DES TOUCHES.

Combien avez-vous de ſoldats ?

CROUTEF.

Quatre-vingts mille, fort médiocrement payés.

ANDRÉ DES TOUCHES.

Et de talapoins ?

CROUTEF.

Cent vingt mille, tous fainéans et très-riches. Il eſt vrai que dans la dernière guerre nous avons été bien
battus ;

battus ; mais en récompenfe nos talapoins ont fait très-
grande chère, bâti de belles maifons, et entretenu de
très-jolies filles.

### ANDRÉ DES TOUCHES.

Il n'y a rien de plus fage et de mieux avifé. Et vos
finances, en quel état font-elles?

### CROUTEF.

En fort mauvais état. Nous avons pourtant quatre-
vingt-dix mille hommes employés pour les faire fleurir ;
et s'ils n'en ont pu venir à bout, ce n'eft pas leur faute,
car il n'y a aucun d'eux qui ne prenne honnêtement tout
ce qu'il peut prendre, et qui ne dépouille les cultivateurs
pour le bien de l'Etat.

### ANDRÉ DES TOUCHES.

Bravo! Et votre jurifprudence eft-elle auffi parfaite
que tout le refte de votre adminiftration?

### CROUTEF.

Elle eft bien fupérieure ; nous n'avons point de lois,
mais nous avons cinq ou fix mille volumes fur les lois.
Nous nous conduifons d'ordinaire par des coutumes ;
car on fait qu'une coutume ayant été établie au hafard
eft toujours ce qu'il y a de plus fage. Et de plus,
chaque coutume ayant néceffairement changé dans
chaque province, comme les habillemens et les coiffures,
les juges peuvent choifir à leur gré l'ufage qui était en
vogue il y a quatre fiècles, ou celui qui régnait l'année
paffée; c'eft une variété de légiflation que nos voifins
ne ceffent d'admirer ; c'eft une fortune affurée pour les
praticiens, une reffource pour tous les plaideurs de
mauvaife foi, et un agrément infini pour les juges qui
peuvent, en fureté de confcience, décider les caufes fans
les entendre.

*Dialogues.*                                        N

ANDRÉ DES TOUCHES.

Mais pour le criminel vous avez du moins des lois
conftantes?

CROUTEF.

DIEU nous en préferve! nous pouvons condamner
au banniffement, aux galères, à la potence, ou renvoyer
hors de cour, felon que la fantaifie nous en prend. Nous
nous plaignons quelquefois du pouvoir arbitraire de
monfieur le barcalon ; mais nous voulons que tous nos
jugemens foient arbitraires.

ANDRÉ DES TOUCHES.

Cela eft jufte. Et de la queftion, en ufez-vous?

CROUTEF.

C'eft notre plus grand plaifir ; nous avons trouvé
que c'eft un fecret infaillible pour fauver un coupable
qui a les mufcles vigoureux, les jarrets forts et fouples,
les bras nerveux et les reins doubles ; et nous rouons
gaiement tous les innocens à qui la nature a donné des
organes faibles. Voici comme nous nous y prenons avec
une fageffe et une prudence merveilleufe. Comme il y
a des demi-preuves, c'eft-à-dire, des demi-vérités, il eft
clair qu'il y a des demi-innocens et des demi-coupables.
Nous commençons donc par leur donner une demi-
mort, après quoi nous allons déjeûner ; enfuite vient la
mort toute entière, ce qui donne dans le monde une
grande confidération, qui eft le revenu du prix de nos
charges.

ANDRÉ DES TOUCHES.

Rien n'eft plus prudent et plus humain, il faut en
convenir. Apprenez-moi ce que deviennent les biens
des condamnés.

CROUTEF.

Les enfans en font privés : car vous favez que rien n'eft plus équitable que de punir tous les defcendans d'une faute de leur père.

ANDRÉ DES TOUCHES.

Oui, il y a long-temps que j'ai entendu parler de cette jurifprudence.

CROUTEF.

Les peuples de Lao, nos voifins, n'admettent ni la queftion, ni les peines arbitraires, ni les coutumes différentes, ni les horribles fupplices qui font parmi nous en ufage ; mais auffi nous les regardons comme des barbares qui n'ont aucune idée d'un bon gouvernement. Toute l'Afie convient que nous danfons beaucoup mieux qu'eux, et que par conféquent il eft impoffible qu'ils approchent de nous en jurifprudence, en commerce, en finances, et fur-tout dans l'art militaire.

ANDRÉ DES TOUCHES.

Dites-moi, je vous prie, par quels degrés on parvient dans Siam à la magiftrature.

CROUTEF.

Par de l'argent comptant. Vous fentez qu'il ferait impoffible de bien juger, fi on n'avait pas trente ou quarante mille pièces d'argent toutes prêtes. En vain on faurait par cœur toutes les coutumes, en vain on aurait plaidé cinq cents caufes avec fuccès ; en vain on aurait un efprit rempli de juftelle et un cœur plein de juftice ; on ne peut parvenir à aucune magiftrature fans argent. C'eft encore ce qui nous diftingue de tous les peuples de l'Afie, et fur-tout de ces barbares de Lao, qui ont la manie de récompenfer tous les talens, et de ne vendre aucun emploi.

*André des Touches*, qui était un peu diftrait, comme le font tous les muficiens, répondit au fiamois que la plupart des airs qu'il venait de chanter lui paraiffaient un peu difcordans, et voulut s'informer à fond de la mufique fiamoife; mais *Croutef*, plein de fon fujet, et paffionné pour fon pays, continua en ces termes: Il m'importe fort peu que nos voifins qui habitent par-delà nos montagnes, aient de meilleure mufique que nous, et de meilleurs tableaux, pourvu que nous ayons toujours des lois fages et humaines. C'eft dans cette partie que nous excellons. Par exemple, il y a mille circonftances où une fille étant accouchée d'un enfant mort, nous réparons la perte de l'enfant en fefant pendre la mère, moyennant quoi elle eft manifeftement hors d'état de faire une fauffe couche.

Si un homme a volé adroitement trois ou quatre cents mille pièces d'or, nous le refpectons et nous allons dîner chez lui; mais fi une pauvre fervante s'approprie mal-adroitement trois ou quatre pièces de cuivre qui étaient dans la caffette de fa maîtreffe, nous ne manquons pas de tuer cette fervante en place publique; premièrement, de peur qu'elle ne fe corrige; fecondement, afin qu'elle ne puiffe donner à l'Etat des enfans en grand nombre, parmi lefquels il s'en trouverait peut-être un ou deux qui pourraient voler trois ou quatre petites pièces de cuivre, ou devenir de grands hommes; troifièmement, parce qu'il eft jufte de proportionner la peine au crime, et qu'il ferait ridicule d'employer dans une maifon de force, à des ouvrages utiles, une perfonne coupable d'un forfait fi énorme.

Mais nous fommes encore plus juftes, plus clémens, plus raifonnables dans les châtimens que nous infligeons à ceux qui ont l'audace de fe fervir de leurs jambes pour aller où ils veulent. Nous traitons fi bien nos guerriers qui nous vendent leur vie, nous leur donnons un fi prodigieux falaire, ils ont une part fi confidérable à nos conquêtes, qu'ils font, fans doute, les plus criminels de tous les hommes lorfque, s'étant enrôlés dans un moment d'ivreffe, ils veulent s'en retourner chez leurs parens dans un moment de raifon. Nous leur fefons tirer à bout portant douze balles de plomb dans la tête pour les faire refter en place, après quoi ils deviennent infiniment utiles à leur patrie.

Je ne vous parle pas de la quantité innombrable d'excellentes inftitutions qui ne vont pas, à la vérité, jufqu'à verfer le fang des hommes, mais qui rendent la vie fi douce et fi agréable qu'il eft impoffible que les coupables ne deviennent gens de bien. Un cultivateur n'a-t-il point payé à point nommé une taxe qui excédait fes facultés, nous vendons fa marmite et fon lit pour le mettre en état de mieux cultiver la terre quand il fera débarraffé de fon fuperflu.

### ANDRÉ DES TOUCHES.

Voilà qui eft tout à fait harmonieux, cela fait un beau concert.

### CROUTEF.

Pour faire connaître notre profonde fageffe, fachez que notre bafe fondamentale confifte à reconnaître pour notre fouverain, à plufieurs égards, un étranger tondu qui demeure à neuf cents mille pas de chez nous. Quand nous donnons nos plus belles terres à quelques-uns de nos talapoins, ce qui eft très-prudent, il faut que ce talapoin fiamois paye la première année de fon revenu à ce tondu tartare, fans quoi il eft clair que nous n'aurions point de récolte.

Mais où eft le temps, l'heureux temps, où ce tondu fefait égorger une moitié de la nation par l'autre pour décider fi *Sommonacodom* avait joué au cerf-volant ou au trou-madame, s'il s'était déguifé en éléphant ou en vache, s'il avait dormi trois cents quatre-vingt-dix jours fur le côté droit ou fur le gauche? Ces grandes queftions, qui tiennent fi effentiellement à la morale, agitaient alors tous les efprits; elles ébranlaient le monde; le fang coulait pour elles; on maffacrait les femmes fur les corps de leurs maris; on écrafait leurs petits enfans fur la pierre avec une dévotion, une onction, une componction angéliques. Malheur à nous, enfans dégénérés de nos pieux ancêtres, qui ne fefons plus de ces faints facrifices! Mais au moins il nous refte, grâces au ciel, quelques bonnes ames qui les imiteraient fi on les laiffait faire.

### ANDRÉ DES TOUCHES.

Dites-moi, je vous prie, Monfieur, fi vous divifez à Siam le ton majeur en deux comma et deux femi-comma, et fi le progrès du fon fondamental fe fait par 1, 3 et 9.

### CROUTEF.

Par *Sommonacodom*, vous vous moquez de moi. Vous n'avez point de tenue; vous m'avez interrogé fur la forme de notre gouvernement, et vous me parlez de mufique.

### ANDRÉ DES TOUCHES.

La mufique tient à tout; elle était le fondement de toute la politique des Grecs. Mais pardon, puifque

vous avez l'oreille dure, revenons à notre propos. Vous
difiez donc que pour faire un accord parfait....

### C R O U T E F.

Je vous difais qu'autrefois le tartare tondu prétendait
difpofer de tous les royaumes de l'Afie, ce qui était
fort loin de l'accord parfait ; mais il en réfultait un grand
bien ; on était beaucoup plus dévot à *Sommonacodom* et
à fon éléphant que dans nos jours, où tout le monde fe
mêle de prétendre au fens commun avec une indifcré-
tion qui fait pitié. Cependant tout va ; on fe réjouit, on
danfe, on joue, on dîne, on foupe, on fait l'amour:
cela fait frémir tous ceux qui ont de bonnes intentions.

### A N D R É  D E S  T O U C H E S.

Et que voulez-vous de plus ? il ne vous manque
qu'une bonne mufique. Quand vous l'aurez, vous
pourrez hardiment vous dire la plus heureufe nation de
la terre.

# XXIII.

## SOPHRONIME ET ADELOS,

### TRADUIT DE MAXIME DE MADAURE.

### NOTICE SUR MAXIME DE MADAURE.

Il y a plufieurs hommes célèbres du nom de *Maximus*, que nous abrégeons toujours par celui de *Maxime* : je ne parle pas des empereurs et des confuls romains, ni même des évêques de ce nom, je parle de quelques philofophes qui font encore eftimés pour avoir laiffé quelques penfées par écrit.

Il y en a un qui, dans nos dictionnaires, eft toujours appelé *Maxime le magicien*, ainfi qu'on nomme encore le curé *Gaufredi*, *Gaufredi le forcier ;* comme s'il y avait en effet des forciers et des magiciens, car les noms donnés à la chofe fubfiftent toujours, quand la chofe même eft reconnue fauffe.

Ce philofophe était le favori de l'empereur *Julien*, et c'eft ce qui lui fit une fi méchante réputation parmi nous.

*Maxime* de Tyr, dont l'empereur *Marc-Aurèle* fut le difciple, obtint de nous un peu plus de grâce. Il n'eft point qualifié de forcier ; et il a eu *Henfius* pour commentateur.

Le troifième *Maxime*, dont il s'agit ici, était un africain né à Madaure dans le pays qui eft aujourd'hui celui d'Alger. Il vivait dans le commencement de la destruction de l'empire romain. Madaure, ville considérable par son commerce, l'était encore plus par les lettres; elle avait vu naître *Apulée* et *Maxime*. Saint *Augustin*, contemporain de *Maxime*, né dans la petite ville de Tagaste, fut élevé dans Madaure; et *Maxime* et lui furent toujours amis, malgré la différence de leurs opinions; car *Maxime* resta toujours attaché à l'antique religion de *Numa*, et *Augustin* quitta le manichéisme pour notre sainte religion dont il fut, comme on le sait, une des plus grandes lumières.

C'est une remarque bien triste, et qu'on a faite souvent sans doute, que cette partie de l'Afrique qui produisit autrefois tant de grands hommes, et qui fut probablement, depuis *Atlas*, la première école de philosophie, ne soit aujourd'hui connue que par ses corsaires. Mais ces révolutions ne sont que trop communes, témoin la Thrace qui produisit autrefois *Orphée* et *Aristote*; témoin la Grèce entière, témoin Rome elle-même.

Nous avons encore des monumens de la correspondance qui subsista toujours entre le disert *Augustin* de Tagaste et le platonicien *Maxime* de Madaure. On nous a conservé les lettres de l'un et de l'autre. Voici la fameuse lettre de *Maxime* sur l'existence de DIEU, avec la réponse de St *Augustin*, toutes deux traduites par *Dubois* de Port-Royal, précepteur du dernier duc de *Guise*.

### Lettre de Maxime de Madaure à Augustin.

» OR qu'il y ait un Dieu souverain qui soit sans » commencement, et qui, sans avoir rien engendré de » semblable à lui, soit néanmoins le père et le formateur

» dé toutes chofes, quel homme eft affez groffier, affez
» ftupide pour en douter? c'eft celui dont nous adorons
» fous des noms divers l'éternelle puiffance, répandue
» dans toutes les parties du monde; ainfi honorant
» féparément, par diverfes fortes de cultes, ce qui
» eft comme fes divers membres, nous l'adorons tout
» entier.... Qu'ils vous confervent, ces dieux fubal-
» ternes; fous les noms defquels et par lefquels, tout
» autant de mortels que nous fommes fur la terre, nous
» adorons le *père commun des dieux et des hommes* par diffé-
» rentes fortes de cultes, à la vérité, mais qui s'accordent
» tous dans leur variété même, et ne tendent qu'à la
» même fin !

### Réponfe d'Auguftin.

» IL y a dans votre place publique deux ftatues de
» *Mars*, nu dans l'une, et armé dans l'autre, et tout
» auprès la figure d'un homme qui, avec trois doigts
» qu'il avance vers *Mars*, tient en bride cette divinité
» dangereufe à toute la ville. Sur ce que vous me dites
» que de pareils dieux font des membres du feul véritable
» Dieu, je vous avertis, avec toute la liberté que vous
» me donnez, de ne pas tomber dans de pareils facri-
» léges; car ce feul Dieu dont vous parlez eft, fans
» doute, celui qui eft reconnu de tout le monde, et
» fur lequel les ignorans conviennent avec les favans,
» comme quelques anciens ont dit. Or direz-vous
» que celui dont la force, pour ne pas dire la cruauté,
» eft réprimée par un homme mort, foit un membre
» de celui-là ? il me ferait aifé de vous pouffer fur ce
» fujet, car vous voyez bien ce qu'on pourrait dire
» fur cela ; mais je me retiens, de peur que vous ne

„ difiez que ce font les armes de la rhétorique que
„ j'emploie contre vous, plutôt que celles de la vérité. „

Venons maintenant au fameux ouvrage de ce *Maxime.*

## D I A L O G U E.

### A D E L O S.

Vos fages confeils, *Sophronime*, ne m'ont pas raffuré
encore. Parvenu à l'âge de quatre-vingt-fix années,
vous croyez être plus près du terme que moi qui en ai
foixante et quinze; vous avez raffemblé toutes vos forces
pour combattre l'ennemi qui s'avance : mais je vous
avoue que je n'ai pu me forcer à regarder la mort avec
ces yeux indifférens dont on dit que tant de fages la
contemplent.

### SOPHRONIME.

Il y a peut-être dans l'étalage de cette indifférence un
fafte de vertu qui ne convient pas au fage. Je ne veux
point qu'on affecte de méprifer la mort ; je veux qu'on
s'y réfigne : nous le devons, puifque tout corps organifé,
animaux penfans, animaux fentans, végétaux, métaux
même, tout eft formé pour la deftruction. La grande
loi eft de favoir fouffrir ce qui eft inévitable.

### A D E L O S.

C'eft précifément ce qui fait ma douleur. Je fais trop
qu'il faut périr. J'ai la faibleffe de me croire heureux en
confidérant ma fortune, ma fanté, mes richeffes, mes
dignités, mes amis, ma femme, mes enfans. Je ne puis
fonger fans affliction qu'il me faut bientôt quitter tout
cela pour jamais. J'ai cherché des éclairciffemens et des

confolations dans tous les livres, je n'y ai trouvé que de vaines paroles.

J'ai pouffé la curiofité jufqu'à lire un certain livre qu'on dit chaldéen, et qui s'appelle le Coheleth.

L'auteur me dit, que m'importe d'avoir appris quelque chofe, fi je meurs tout ainfi que l'infenfé et l'ignorant? — La mémoire du fage et celle du fou périffent égale-lement. — Le trépas des hommes eft le même que celui des bêtes; leur condition eft la même; l'un expire comme l'autre, après avoir refpiré de même. — L'homme n'a rien de plus que la bête. — Tout eft vanité. — Tous fe précipitent dans le même abyme. — Tous font produits de terre, tous retournent à la terre. — Et qui me dira fi le fouffle de l'homme s'exhale dans l'air, et fi celui de la bête defcend plus bas?

Le même inftructeur, après m'avoir accablé de ces images défefpérantes, m'invite à me réjouir, à boire, à goûter les voluptés de l'amour, à me complaire dans mes œuvres. Mais lui-même, en me confolant, eft auffi affligé que moi. Il regarde la mort comme un anéan-tiffement affreux. Il déclare qu'un chien vivant vaut mieux qu'un lion mort. Les vivans, dit-il, ont le malheur de favoir qu'ils mourront, et les morts ne favent rien, ne fentent rien, ne connaiffent rien, n'ont rien à prétendre. Leur mémoire eft donc un éternel oubli.

Que conclut-il fur le champ de ces idées funèbres? allez donc, dit-il, mangez votre pain avec alégreffe, buvez votre vin avec joie.

Pour moi, je vous avoue qu'après de tels difcours je fuis prêt à tremper mon pain dans mes larmes, et que mon vin m'eft d'une infupportable amertume.

SOPHRONIME.

Quoi! parce que dans un livre oriental il se trouve quelques paffages où l'on vous dit que les morts n'ont point de fentiment, vous vous livrez à préfent à des fentimens douloureux! vous fouffrez actuellement de ce qu'un jour vous ne fouffrirez plus du tout?

ADELOS.

Vous m'allez dire qu'il y a là de la contradiction; je le fens bien : mais je n'en fuis pas moins affligé. Si on me dit qu'on va brifer une ftatue faite avec le plus grand art, qu'on va réduire en cendres un palais magnifique, vous me permettez d'être fenfible à cette deftruction; et vous ne voulez pas que je plaigne la deftruction de l'homme, le chef-d'œuvre de la nature?

SOPHRONIME.

Je veux, mon cher ami, que vous vous fouveniez avec moi des tufculanes de *Cicéron*, dans lefquelles ce grand homme vous prouve avec tant d'éloquence que la mort n'eft point un mal.

ADELOS.

Il me le dit, mais peut-être avec plus d'éloquence que de preuves. Il s'eft moqué des fables de l'Achéron et du Cerbère, mais il y a peut-être fubftitué d'autres fables. Il ufait de la liberté de fa fecte académique, qui permet de foutenir le pour et le contre : tantôt c'eft *Platon* qui croit l'immortalité de l'ame ; tantôt c'eft *Dicéarque* qui la fuppofe mortelle. S'il me confole un peu par l'harmonie de fes paroles, fes raifonnemens me laiffent dans une trifte incertitude. Il dit, comme tous les phyficiens qui me femblent fi mal inftruits, que l'air et le feu montent en droite ligne à la région célefte ; et de-là, dit-il, il eft clair que les ames au fortir des corps montent au ciel, foit qu'elles foient des animaux refpirant l'air, foit qu'elles foient compofées de feu. (*a*)

Cela ne me paraît pas fi clair. D'ailleurs *Cicéron* aurait-il voulu que l'ame de *Catilina* et celle des trois abominables triumvirs euffent monté au ciel en droite ligne ?

J'avoue à *Cicéron* que ce qui n'eft point n'eft pas malheureux ; que le néant ne peut ni fe réjouir ni fe plaindre ; je n'avais pas befoin d'une tufculane pour apprendre des chofes fi triviales et fi inutiles. On fait bien fans lui que les enfers inventés, foit par *Orphée*, foit par *Hermès*, foit par d'autres, font des chimères abfurdes. J'aurais défiré que le plus grand orateur, le premier philofophe de Rome, m'eût appris bien nettement s'il y a des ames, ce qu'elles font, pourquoi elles font faites, ce qu'elles deviennent. Hélas ! fur ces grands et éternels objets de la curiofité humaine, *Cicéron* n'en fait pas plus que le dernier facriftain d'*Ifis* ou de la déeffe de Syrie.

Cher *Sophronime*, je me rejette entre vos bras ; ayez pitié de ma faibleffe. Faites-moi un petit réfumé de ce que vous me difiez ces jours paffés fur tous ces objets de doute.

### S O P H R O N I M E.

Mon ami, j'ai toujours fuivi la méthode de l'éclecticifme ; j'ai pris dans toutes les fectes ce qui m'a paru le plus vraifemblable. Je me fuis interrogé moi-même de bonne foi ; je vais encore vous parler de même,

---

(*a*) *Perfpicuum debet effe animos cum e corpore excefferint, five illi fint animales fpirabiles, five igni, fublime ferri.*

tandis qu'il me reste assez de force pour rassembler mes idées qui vont bientôt s'évanouir.

1°. J'ai toujours, avec *Platon* et *Cicéron*, reconnu dans la nature un pouvoir suprême, aussi intelligent que puissant, qui a disposé l'univers tel que nous le voyons. Je n'ai jamais pu penser avec *Epicure* que le hasard, qui n'est rien, ait pu tout faire. Comme j'ai vu toute la nature soumise à des lois constantes, j'ai reconnu un législateur; et comme tous les astres se meuvent selon des règles d'une mathématique éternelle, j'ai reconnu avec *Platon* l'éternel géomètre.

2°. De-là descendant à ses ouvrages, et rentrant dans moi-même, j'ai dit : Il est impossible que dans aucun des mondes infinis qui remplissent l'univers, il y ait un seul être qui se dérobe aux lois éternelles; car celui qui a tout formé doit être maître de tout. Les astres obéissent; le minéral, le végétal, l'animal, l'homme obéissent donc de même.

3°. Je ne connais le secret ni de la formation, ni de la végétation, ni de l'instinct animal, ni de l'instinct et de la pensée de l'homme. Tous ces ressorts sont si déliés qu'ils échappent à ma vue faible et grossière. Je dois donc penser qu'ils sont dirigés par les lois du fabricateur éternel.

4°. Il a donné aux hommes organisation, sentiment et intelligence; aux animaux organisation, sentiment et ce que nous appelons instinct; aux végétaux, organisation seule. Sa puissance agit donc continuellement sur ces trois règnes.

5°. Toutes les substances de ces trois règnes périssent les unes après les autres. Il en est qui durent des siècles, d'autres qui vivent un jour, et nous ne savons pas si les foleils qu'il a formés ne feront pas à la fin détruits comme nous.

6°. Ici vous me demanderez fi je penfe que nos ames périront auffi comme tout ce qui végète , ou fi elles pafferont dans d'autres corps , ou fi elles revêtiront un jour le même , ou fi elles s'envoleront dans d'autres mondes ?

A cela je vous répondrai qu'il ne m'eft pas donné de favoir l'avenir ; qu'il ne m'eft pas même donné de favoir ce que c'eft qu'une ame. Je fais certainement que le pouvoir fuprême qui régit la nature a donné à mon individu la faculté de fentir , de penfer et d'expliquer mes penfées. Et quand on me demande fi après ma mort ces facultés fubfifteront , je fuis prefque tenté d'abord de demander à mon tour fi le chant du roffignol fubfifte quand l'oifeau a été dévoré par un aigle.

Convenons d'abord avec tous les bons philofophes que nous n'avons rien par nous-mêmes. Si nous regardons un objet ; fi nous entendons un corps fonore , il n'y a rien dans ces corps , ni dans nous qui puiffe produire immédiatement ces fenfations. Par conféquent il n'eft rien , ni dans nous , ni autour de nous , qui puiffe produire immédiatement nos penfées ; car point de penfées dans l'homme avant la fenfation : *Nihil eft in intellectu quod non priùs fuerit in fenfu.* Donc c'eft DIEU qui nous fait toujours fentir et penfer ; donc c'eft DIEU qui agit fans ceffe fur nous , de quelque manière incompréhenfible qu'il agiffe. Nous fommes dans fes mains comme tout le refte de la nature. Un aftre ne peut pas dire , je tourne par ma propre force. Un homme ne doit pas dire , je fens et je penfe par mon propre pouvoir.

Etant

Etant donc les inftrumens périffables d'une puiffance éternelle, jugez vous-même fi l'inftrument peut jouer encore quand il n'exifte plus, et fi ce ne ferait pas une contradiction évidente. Jugez fur-tout fi, en admettant un formateur fouverain, on peut admettre des êtres qui lui réfiftent.

### A D E L O S.

J'ai toujours été frappé de cette grande idée. Je ne connais point de fyftême plus refpectueux envers D I E U. Mais il me femble que, fi c'eft révérer en DIEU fa toute-puiffance, c'eft lui ôter fa juftice, et c'eft ravir à l'homme fa liberté. Car fi D I E U fait tout, s'il eft tout, il ne peut ni récompenfer ni punir les fimples inftrumens de fes décrets abfolus; et fi l'homme n'eft que ce fimple inftrument, il n'eft pas libre.

Je pourrais me dire que dans votre fyftême qui fait D I E U fi grand et l'homme fi petit, l'Etre éternel fera regardé par quelques efprits, comme un fabricateur qui a fait néceffairement des ouvrages néceffairement fujets à la deftruction; il ne fera plus aux yeux de bien des philofophes qu'une force fecrète, répandue dans la nature; ous retomberons peut-être dans le maté-rialifme de *Straton* en voulant l'éviter.

### S O P H R O N I M E.

J'ai craint long-temps, comme vous, ces conféquences dangereufes, et c'eft ce qui m'a empêché d'enfeigner mes principes ouvertement dans mes écoles : mais je crois qu'on peut aifément fe tirer de ce labyrinthe. Je ne dis pas cela pour le vain plaifir de difputer et pour n'être pas vaincu en paroles. Je ne fuis pas comme ce rhéteur d'une fecte nouvelle, qui avoue dans un de fes écrits que, s'il répond à une difficulté métaphyfique

*Dialogues.*                                   O

infoluble, *ce n'est pas qu'il ait rien de folide à dire, mais c'est qu'il faut bien dire quelque chofe.*

J'ofe donc dire d'abord qu'il ne faut pas accufer DIEU d'injuftice, parce que les enfers des Egyptiens, d'*Orphée* et d'*Homère*, n'exiftent pas, et que les trois gueules de Cerbère, les trois Furies, les trois Parques, les mauvais démons, la roue d'*Ixion*, le vautour de *Prométhée* font des chimères abfurdes. Les charlatans facrés qui inventèrent ces horribles fadaifes pour fe faire craindre, et qui ne foutinrent leur religion que par des bourreaux, font aujourd'hui regardés par les fages comme la lie du genre humain; ils font auffi méprifés que leurs fables.

Il y a certes une punition plus vraie, plus inévitable dans ce monde pour les fcélérats. Et quelle eft-elle? c'eft le remords qui ne manque jamais, et la vengeance humaine, laquelle manque rarement. J'ai connu des hommes bien méchans, bien atroces; je n'en ai jamais vu un feul heureux.

Je ne ferai pas ici la longue énumération de leurs peines, de leurs horribles reffouvenirs, de leurs terreurs continuelles, de la défiance où ils étaient de leurs domeftiques, de leurs femmes, de leurs enfans. *Cicéron* avait bien raifon de dire : Ce font-là les vrais Cerbères, les vraies Furies, leurs fouets et leurs flambeaux.

Si le crime eft ainfi puni, la vertu eft récompenfée; non par des champs élyfées où le corps fe promène infipidement quand il n'eft plus; mais pendant fa vie, par le fentiment intérieur d'avoir fait fon devoir, par la paix du cœur, par l'applaudiffement des peuples, l'amitié des gens de bien. C'eft l'opinion de *Cicéron*, c'eft celle de *Caton*, de *Marc-Aurèle*, d'*Epictète*, c'eft la mienne. Ce n’eſt pas que ces hommes prétendent que la vertu rende parfaitement heureux. *Cicéron* avoue qu’un tel bonheur ne ſaurait être toujours pur, parce que rien ne peut l’être ſur la terre. Mais remercions le maître de la nature humaine d’avoir mis à côté de la vertu la meſure de félicité dont cette nature eſt ſuſceptible.

Quant à la liberté de l’homme que la toute-puiſſante et toute agiſſante nature de l’Etre univerſel ſemblerait détruire, je m’en tiens à une ſeule aſſertion. La liberté n’eſt autre choſe que le pouvoir de faire ce qu’on veut : or ce pouvoir ne peut jamais être celui de contredire les lois éternelles, établies par le grand Etre. Il ne peut être que celui de les exercer, de les accomplir. Celui qui tend un arc, qui tire à lui la corde, et qui pouſſe la flèche, ne fait qu’exécuter les lois immuables du mouvement. D I E U ſoutient, et dirige également la main de *Céſar* qui tue ſes compatriotes à Pharſale, et la main de *Céſar* qui ſigne le pardon des vaincus. Celui qui ſe jette au fond d’une rivière, pour ſauver un homme noyé et pour le rendre à la vie, obéit aux décrets et aux règles irréſiſtibles. Celui qui égorge et qui dépouille un voyageur leur obéit malheureuſement de même. D I E U n’arrête pas le mouvement du monde entier pour prévenir la mort d’un homme ſujet à la mort. D I E U même, D I E U ne peut être libre d’une autre façon ; ſa liberté ne peut être que le pouvoir d’exécuter éternellement ſon éternelle volonté. Sa volonté ne peut avoir à choiſir avec indifférence entre le bien et le mal, puiſqu’il n’y a point de bien ni de mal pour lui. S’il ne feſait pas le bien néceſſairement par une volonté néceſſairement déterminée à ce bien, il le ferait ſans raiſon, ſans cauſe, ce qui ferait abſurde.

J'ai l'audace de croire qu'il en eft ainfi des vérités éternelles de mathématique par rapport à l'homme. Nous ne pouvons les nier dès que nous les apercevons dans toute leur clarté ; et c'eft en cela que D I E U nous fit à fon image ; ce n'eft pas en nous pétriffant de fange délayée, comme on dit que fit *Prométhée*.

*Mixtam fluvialibus undis*
*Finxit in effigiem moderatum cuncta deorum.*

Certes ce n'eft pas par le vifage que nous reffemblons à D I E U , repréfenté fi ridiculement par la fabuleufe antiquité avec tous nos membres et toutes nos paffions ; c'eft par l'amour et la connaiffance de la vérité que nous avons quelque faible participation de fon être, comme une étincelle a quelque chofe de femblable au foleil, et une goutte d'eau tient quelque chofe du vafte océan :

J'aime donc la vérité, quand DIEU me la fait connaître ; je l'aime lui qui en eft la fource, je m'anéantis devant lui qui m'a fait fi voifin du néant. Réfignons-nous enfemble, mon cher ami, à fes lois univerfelles et irrévocables, et difons, en mourant, comme *Epictète*.

,, O DIEU ! je n'ai jamais accufé votre providence. J'ai
,, été malade, parce que vous l'avez voulu, et je l'ai
,, voulu de même ; j'ai été pauvre, parce que vous l'avez
,, voulu, et j'ai été content de ma pauvreté ; j'ai été
,, dans la baffeffe, parce que vous l'avez voulu, et je
,, n'ai jamais défiré de m'élever.

,, Vous voulez que je forte de ce fpectacle magni-
,, fique, j'en fors ; et je vous rends mille très-humbles
,, grâces de ce que vous avez daigné m'y admettre pour
,, me faire voir tous vos ouvrages, et pour étaler à mes
,, yeux l'ordre avec lequel vous gouvernez cet univers. ,,

## XXIV.

# L' A, B, C,

### OU

## DIALOGUES ENTRE A, B, C.

*Traduits de l'anglais de M. HUET.*

## PREMIER DIALOGUE.

### SUR HOBBES, GROTIUS ET MONTESQUIEU.

### A.

Hé bien, vous avez lu *Grotius*, *Hobbes* et *Montesquieu* ; que penſez-vous de ces trois hommes célèbres ?

### B.

*Grotius* m'a ſouvent ennuyé ; mais il eſt très-ſavant ; il ſemble aimer la raiſon et la vertu ; mais la raiſon et la vertu touchent peu quand elles ennuient : il me paraît de plus qu'il eſt quelquefois un fort mauvais raiſonneur. *Montesquieu* a beaucoup d'imagination ſur un ſujet qui ſemblait n'exiger que du jugement : il ſe trompe trop ſouvent ſur les faits ; mais je crois qu'il ſe trompe auſſi quelquefois quand il raiſonne. *Hobbes* eſt bien dur, ainſi que ſon ſtyle ; mais j'ai peur que ſa dureté ne tienne ſouvent à la vérité ; en un mot, *Grotius* est un franc pédant , *Hobbes* un triste philosophe, et *Montesquieu* un bel esprit humain.

## C.

Je suis assez de cet avis. La vie est trop courte, et on a trop de choses à faire pour apprendre de *Grotius* que , selon *Tertullien*, *la cruauté , la fraude et l'injustice, sont les compagnes de la guerre ; que Carnéade défendait le faux comme le vrai; qu'Horace a dit dans une satire , la nature ne peut discerner le juste de l'injuste; (a) que*

(a) *Nec natura potest justo secernere iniquum.*

Ce cruel vers se trouve dans la troisième satire. *Horace* veut prouver contre les stoïciens, que tous les délits ne sont pas égaux. Il faut, dit-il, que la peine soit proportionnée à la faute.

*Regula peccatis quæ pœnas irroget æquas.*

C'est la raison , la loi naturelle qui enseigne cette justice; la nature connaît donc le juste et l'injuste. Il est bien évident que la nature enseigne à toutes les mères qu'il vaut mieux corriger son enfant que de le tuer; qu'il vaut mieux lui donner du pain que de lui crever un œil; qu'il est plus juste de secourir son père que de le laisser dévorer par une bête féroce, et plus juste de remplir sa promesse que de la violer.
Il y a dans *Horace* , avant ce vers de mauvais exemple : *Nec natura potest justo secernere iniquum* , la nature ne peut discerner le juste de l'injuste ; il y a , dis-je , un autre vers qui semble dire tout le contraire : *Jura inventa metu injusti fateare necesse est.*
Il faut avouer que les lois n'ont été inventées que par la crainte de l'injustice.
La nature avait donc discerné le juste et l'injuste avant qu'il y eût des lois. Pourquoi ferait-il d'un autre avis que *Cicéron* et que tous les moralistes qui admettent la loi naturelle ? *Horace* était un débauché qui recommande les filles de joie, et les petits garçons, j'en conviens ; qui se moque des pauvres vieilles, d'accord; qui flatte plus lâchement *Octave* qu'il n'attaque cruellement des citoyens obscurs, il est vrai ; qui change souvent d'opinion , j'en suis fâché ; mais je soupçonne qu'il a dit ici tout le contraire de ce qu'on lui fait dire. Pour moi je lis , *et natura potest justo secernere iniquum ;* les autres mettront un *nec* à la place d'un *et* s'ils veulent. Je trouve le sens du mot *et* plus honnête comme plus grammatical: *et natura potest* , &c.

felon *Plutarque*, *les enfans ont de la compaſſion*; que
*Chryſippe* a dit, *l'origine du droit eſt dans Jupiter*; que, ſi
l'on en croit *Florentin*, *la nature a mis entre les hommes.
une eſpèce de parenté*; que *Carnéade* a dit que *l'utilité eſt la
mère de la juſtice.*

J'avoue que *Grotius* me fait grand plaiſir quand il
dit, dès ſon premier chapitre du premier livre, *que la
loi des Juifs n'obligeait point les étrangers.* Je penſe avec
lui qu'*Alexandre* et *Ariſtote* ne ſont point damnés pour
avoir gardé leur prépuce; et pour n'avoir pas employé
le jour du ſabbat à ne rien faire. De braves théologiens
ſe ſont élevés contre lui avec leur abſurdité ordinaire;
mais moi qui, D I E U merci, ne ſuis point théologien,
je trouve *Grotius* un très-bon homme.

J'avoue qu'il ne ſait ce qu'il dit, quand il prétend
que les Juifs avaient enſeigné la circonciſion aux autres

Si la nature ne diſcernait pas le juſte et l'injuſte, il n'y aurait point
de différence morale dans nos actions; les ſtoïciens ſembleraient avoir
raiſon de ſoutenir que tous les délits contre la ſociété ſont égaux. Ce qui
eſt fort étrange, c'eſt que ſaint *Jacques* ſemble tomber dans l'excès des
ſtoïciens, en diſant dans ſon épître: *Qui garde toute la loi, et la viole en
un point, eſt coupable de l'avoir violée en tout.* St *Auguſtin*, dans une lettre
à St *Jérôme*, relance un peu l'apôtre St *Jacques*, et enſuite il l'excuſe,
en diſant que le coupable d'une tranſgreſſion eſt coupable de toutes,
parce qu'il a manqué à la charité qui comprend tout. O *Auguſtin*!
comment un homme qui s'eſt enivré, qui a forniqué, a-t-il trahi la
charité? Tu abuſes perpétuellement des mots: O ſophiſte africain?
*Horace* avait l'eſprit plus juſte et plus fin que toi.

*N. B.* Cet endroit d'*Horace* peut d'abord paraître obſcur; cependant
en y feſant attention, on trouvera que le poëte dit ſeulement: Conſultez
les annales du monde, vous verrez que la crainte de l'injuſtice a fait naître
l'idée de nos droits. L'inſtinct ne nous apprend à diſcerner le juſte de
l'injuſte que comme ce qui flatte nos ſens de ce qui les bleſſe; la raiſon nous
apprend donc que tous les crimes ne ſont pas égaux, puiſqu'ils ne font
pas un tort égal à la ſociété, et que c'eſt de l'idée de ce tort qu'eſt née
l'idée de juſtice. *Natura* ne ſignifie qu'inſtinct, premier mouvement.

peuples. Il eft affez reconnu aujourd'hui que la petite horde judaïque avait pris toutes fes ridicules coutumes des peuples puiffans dont elle était environnée ; mais que fait la circoncifion au droit de la guerre et de la paix ?

### A.

Vous avez raifon, les compilations de *Grotius* ne méritaient pas le tribut d'eftime que l'ignorance leur a payé. Citer la penfée des vieux auteurs qui ont dit le pour et le contre, ce n'eft pas penfer. C'eft ainfi qu'il fe trompe très-groffièrement dans fon livre de *la vérité du chriftianifme,* en copiant les auteurs chrétiens qui ont dit que les Juifs, leurs prédéceffeurs, avaient enfeigné le monde ; tandis que la petite nation juive n'avait elle-même jamais eu cette prétention infolente ; tandis que, renfermée dans les rochers de la Paleftine et dans fon ignorance, elle n'avait pas feulement reconnu l'immortalité de l'ame que tous fes voifins admettaient.

C'eft ainfi qu'il prouve le chriftianifme, par *Hyftafe* et par les fibylles ; et l'aventure de la baleine qui avala *Jonas,* par un paffage de *Licophron.* Le pédantifme et la juftefle de l'efprit font incompatibles.

*Montefquieu* n'eft pas pédant : que penfez-vous de fon *Efprit des lois ?*

### B.

Il m'a fait un grand plaifir, parce qu'il y a beaucoup de plaifanteries, beaucoup de chofes vraies, hardies et fortes, et des chapitres entiers dignes des *Lettres per-fanes :* le chap. XXVII du liv. XIX, eft un portrait de votre Angleterre, deffiné dans le goût de *Paul Véronèfe,* des couleurs brillantes, de la facilité de pinceau et quelques défauts de coſtume. Celui de l'inquiſition, et celui des eſclaves nègres ſont fort au-deſſus de *Calot*. Par-tout il combat le deſpotiſme, rend les gens de finance odieux, les courtiſans mépriſables, les moines ridicules ; ainſi, tout ce qui n'eſt ni moine, ni financier, ni miniſtre, ni aſpirant à l'être, a été charmé, et ſur-tout en France.

Je ſuis fâché que ce livre ſoit un labyrinthe ſans fil, et qu'il n'y ait aucune méthode. Il eſt ſingulier qu'un homme qui écrit ſur les lois, diſe dans ſa préface *qu'on ne trouvera point de ſaillies dans ſon ouvrage* ; et il eſt encore plus étrange que ſon livre ſoit un recueil de ſaillies. C'eſt *Michel Montaigne*, légiſlateur ; auſſi était-il du pays de *Michel Montaigne*.

Je ne puis m'empêcher de rire en parcourant plus de cent chapitres qui ne contiennent pas douze lignes, et pluſieurs qui n'en contiennent que deux. Il ſemble que l'auteur ait toujours voulu jouer avec ſon lecteur dans la matière la plus grave.

On rit encore, lorſqu'après avoir cité les lois grecques et romaines, il parle ſérieuſement de celles de Bantam, de Cochin, de Tunquin, de Borneo, de Jacatra, de Formoſe, comme s'il avait des mémoires fidèles du gouvernement de tous ces pays. Il mêle trop ſouvent le faux avec le vrai, en phyſique, en morale, en hiſtoire : il vous dit, d'après *Puffendorf*, que du temps du roi *Charles IX*, il y avait vingt millions d'hommes en France. (b) *Puffendorf* parlait fort au haſard. On n'avait jamais fait en France de dénombrement ; on était trop ignorant pour ſoupçonner ſeulement qu'on pût deviner le nombre des habitans par celui des naiſſances et des

(b) On va même juſqu'à ſuppoſer vingt-neuf millions.

morts. La France n'avait alors ni la Lorraine, ni l'Alface, ni la Franche-Comté, ni le Rouffillon, ni l'Artois, ni le Cambréfis, ni une partie de la Flandre; et aujourd'hui qu'elle poffède toutes ces provinces, il eft prouvé qu'elle ne contient qu'environ vingt millions d'ames tout au plus, par le dénombrement des feux exactement donné en 1751.

Le même auteur affure, fur la foi de *Chardin*, qu'il n'y a que le petit fleuve Cyrus qui foit navigable en Perfe. *Chardin* n'a point fait cette bévue. Il dit au chap. I, vol. II, *qu'il n'y a point de fleuve qui porte bateau dans le cœur du royaume;* mais fans compter l'Euphrate, le Tigre et l'Indus, toutes les provinces frontières font arrofées de fleuves qui contribuent à la facilité du commerce, et à la fertilité de la terre; le Zinderud traverfe Ifpahan, l'Agi fe joint au Kur, &c. Et puis, quel rapport l'*Efprit des lois* peut-il avoir avec les fleuves de la Perfe?

Les raifons qu'il rapporte de l'établiffement des grands empires en Afie, et de la multitude des petites puiffances en Europe, femblent auffi fauffes que ce qu'il dit des rivières de la Perfe. *En Europe*, dit-il, *les grands empires n'ont jamais pu fubfifter:* la puiffance romaine y a pourtant fubfifté plus de cinq cents ans; et *la caufe*, continue-t-il, *de la durée de ces grands empires, c'eft qu'il y a de grandes plaines.* Il n'a pas fongé que la Perfe eft entre-coupée de montagnes; il ne s'eft pas fouvenu du Caucafe, du Taurus, de l'Ararat, de l'Immaüs, du Saron, &c. &c. Il ne faut ni donner des raifons des chofes qui n'exiftent point, ni en donner de fauffes des chofes qui exiftent.

Sa prétendue influence des climats fur la religion

eft prife de *Chardin*, et n'en eft pas plus vraie ; la religion mahométane, née dans le terrain aride et brûlant de la Mecque, fleurit aujourd'hui dans les belles contrées de l'Afie mineure, de la Syrie, de l'Egypte, de la Thrace, de la Mifie, de l'Afrique feptentrionale, de la Servie, de la Bofnie, de la Dalmatie, de l'Epire, de la Gréce ; elle a régné en Efpagne, et il s'en fallut bien peu qu'elle ne foit allée jufqu'à Rome. La religion chrétienne eft née dans le terrain pierreux de Jérufalem, et dans un pays de lépreux, où le cochon eft prefque un aliment mortel. JESUS ne mangea jamais de cochon, et on en mange chez les chrétiéns : leur religion domine aujourd'hui dans des pays fangeux où l'on ne fe nourrit que de cochons, comme dans la Veftphalie : on ne finirait pas fi on voulait examiner les erreurs de ce genre qui fourmillent dans ce livre.

Ce qui eft encore révoltant pour un lecteur un peu inftruit, c'eft que prefque par-tout les citations font fauffes ; il prend prefque toujours fon imagination pour fa mémoire.

Il prétend que, dans le teftament attribué au cardinal de *Richelieu*, il eft dit (*c*) *que, fi dans le peuple il fe trouve quelque malheureux honnête homme, il ne faut point s'en fervir ; tant il eft vrai que la vertu n'eft pas le reffort du gouvernement monarchique.*

Le miférable teftament, fauffement attribué au cardinal de *Richelieu*, dit précifément tout le contraire. Voici fes paroles au chap. IV : ,, On peut dire hardiment ,, que de deux perfonnes dont le mérite eft égal, celle ,, qui eft la plus aifée en fes affaires eft préférable à

(*c*) Livre III, chap. VI.

,, l'autre, étant certain qu'il faut qu'un pauvre magif-
,, trat ait l'ame d'une trempe bien forte, fi elle ne fe
,, laiffe quelquefois amollir par la confidération de fes
,, intérêts. Auffi l'expérience nous apprend que les
,, riches font moins fujets à concuffion que les autres,
,, et que la pauvreté contraint un pauvre officier à être
,, fort foigneux du revenu du fac. ,,

*Montefquieu*, il faut l'avouer, ne cite pas mieux les
auteurs grecs que les français. Il leur fait fouvent dire à
tous le contraire de ce qu'ils ont dit.

Il avance, en parlant de la condition des femmes
dans les divers gouvernemens, ou plutôt en promettant
d'en parler, que chez les Grecs ( *d* ) *l'amour n'avait qu'une
forme que l'on n'ofe dire.* Il n'héfite pas à prendre *Plutarque*
même pour fon garant : il fait dire à *Plutarque, que les
femmes n'ont aucune part au véritable amour.* Il ne fait pas
réflexion que *Plutarque* fait parler plufieurs interlocu-
teurs ; il y a un *Protogène* qui déclame contre les femmes ;
mais *Daphneus* prend leur parti ; *Plutarque* décide pour
*Daphneus* ; il fait un très-bel éloge de l'amour célefte et de
l'amour conjugal ; il finit par rapporter plufieurs exemples
de la fidélité et du courage des femmes. C'eft même dans
ce dialogue qu'on trouve l'hiftoire de *Camma*, et celle
d'*Eponine*, femme de *Sabinus*, dont les vertus ont fervi
de fujet à des pièces de théâtre.

Enfin il eft clair que *Montefquieu*, dans l'*Efprit des
lois*, a calomnié l'efprit de la Gréce, en prenant une
objection que *Plutarque* réfute pour une loi que *Plutarque*
recommande.

( *e* ) *Les cadis ont foutenu que le grand feigneur n'eft*

____

(*d*) Livre VII, chap. X.        (*e*) Livre III, chap. IX.

*point obligé de tenir fa parole et fon ferment, lorfqu'il borne par-là fon autorité.*

« *Ricaut*, cité en cet endroit, dit feulement, page 18, de l'édition d'Amfterdam, de 1671 : *Il y a même de ces gens-là qui foutiennent que le grand feigneur peut fe difpenfer des promeffes qu'il a faites avec ferment, quand, pour les accomplir, il faut donner des bornes à fon autorité.*

Ce difcours eft bien vague. Le fultan des Turcs ne peut promettre qu'à fes fujets, ou aux puiffances voifines. Si ce font des promeffes à fes fujets, il n'y a point de ferment ; fi ce font des traités de paix, il faut qu'il les tienne comme les autres princes, ou qu'il faffe la guerre. L'Alcoran ne dit en aucun endroit qu'on peut violer fon ferment, et il dit en cent endroits qu'il faut le garder. Il fe peut que, pour entreprendre une guerre injufte, comme elles le font prefque toutes, le grand turc affemble un confeil de confcience, comme ont fait plufieurs princes chrétiens, afin de faire le mal en confcience ; il fe peut que quelques docteurs mufulmans aient imité les docteurs catholiques qui ont dit qu'il ne faut garder la foi ni aux infidèles, ni aux hérétiques ; mais il refte à favoir fi cette jurifprudence eft celle des Turcs.

L'auteur de l'*Efprit des lois* donne cette prétendue décifion des cadis comme une preuve du defpotifme du fultan ; il femble que ce ferait au contraire une preuve qu'il eft foumis aux lois, puifqu'il ferait obligé de confulter des docteurs pour fe mettre au-deffus des lois. Nous fommes voifins des Turcs, et nous ne les connaiffons pas. Le comte de *Marfigli*, qui a vécu fi long-temps au milieu d'eux, dit qu'aucun auteur n'a donné une véritable connaiffance, ni de leur empire, ni de

leurs lois. Nous n'avons eu de même aucune traduction
tolérable de l'Alcoran avant celle que nous a donnée
l'anglais *Sale*, en 1734. Presque tout ce qu'on a dit de
leur religion et de leur jurisprudence est faux, et les
conclusions que l'on en tire tous les jours contre eux
sont trop peu fondées. On ne doit, dans l'examen des
lois, citer que des lois reconnues.

(*f*) *Tout le bas commerce était infame chez les Grecs.* Je
ne sais pas ce que *Montesquieu* entend par ce bas commerce ; mais je sais que dans Athènes tous les citoyens
commerçaient, que *Platon* vendit de l'huile, et que
le père du démagogue *Démosthène* était marchand de fer.
La plupart des ouvriers étaient des étrangers ou des
esclaves : il nous est important de remarquer que le
négoce n'était point incompatible avec les dignités dans
les républiques de la Gréce, excepté chez les Spartiates
qui n'avaient aucun commerce.

*J'ai ouï souvent déplorer*, dit-il, (*g*) *l'aveuglement du
conseil de François I, qui rebuta Christophe Colomb, qui lui
proposait les Indes.* Vous remarquerez que *François I*
n'était pas né, lorsque *Colomb* découvrit les îles de
l'Amérique.

Puisqu'il s'agit ici de commerce, observons que l'auteur condamne une ordonnance du conseil d'Espagne,
qui défend d'employer l'or et l'argent en dorure. *Un
décret pareil*, dit-il, (*h*) *serait semblable à celui que feraient
les Etats de Hollande, s'ils défendaient la consommation de la
cannelle.* Il ne songe pas que les Espagnols, n'ayant point
de manufactures, auraient acheté les galons et les étoffes
de l'étranger, et que les Hollandais ne pouvaient acheter

---

(*f*) Livre IV, ch. VIII.    (*g*) Livre IV, ch. XIX.    (*h*) *ibid.*

de la cannelle. Ce qui était très-raisonnable en Espagne eût été très-ridicule en Hollande.

(i) *Si un roi donnait sa voix dans les jugemens criminels, il perdrait le plus bel attribut de sa souveraineté, qui est celui de faire grâce. Il serait insensé qu'il fît et défît ses jugemens. Il ne voudrait pas être en contradiction avec lui-même. Outre que cela confondrait toutes les idées, on ne saurait si un homme serait absous ou s'il recevrait sa grâce.*

Tout cela est évidemment erroné. Qui empêcherait le souverain de faire grâce après avoir été lui-même au nombre des juges ? comment est-on en contradiction avec soi-même, en jugeant selon la loi, et en pardonnant selon sa clémence ? En quoi les idées seraient-elles confondues ? comment pourrait-on ignorer que le roi lui a publiquement fait grâce après la condamnation ?

Dans le procès fait au duc d'*Alençon*, pair de France, en 1457, le parlement, consulté par le roi pour savoir s'il avait le droit d'assister au jugement du procès d'un pair de France, répondit qu'il avait trouvé par ses registres que, non-seulement les rois de France avaient ce droit, mais qu'il était nécessaire qu'ils y assistassent en qualité de premiers pairs.

Cet usage s'est conservé en Angleterre. Les rois d'Angleterre délèguent à leur place, dans ces occasions, un grand stuart qui les représente. L'empereur peut assister au jugement d'un prince de l'empire. Il est beaucoup mieux, sans doute, qu'un souverain n'assiste point aux jugemens criminels. Les hommes sont trop faibles et trop lâches ; l'haleine seule du prince ferait trop pencher la balance.

(i) Livre VI, chap. V.

(*k*) *Les Anglais, pour favorifer leur liberté, ont ôté toutes les puiffances intermédiaires qui formaient leur monarchie.*

Le contraire eft une vérité reconnue. Ils ont fait de la chambre des communes une puiffance intermédiaire qui balance celle des pairs. Ils n'ont fait que faper la puiffance eccléfiaftique, qui doit être une fociété priante, édifiante, exhortante, et non pas puiffante.

*Le dépôt des lois ne peut être dans les mains de la noblesse. L'ignorance naturelle à la noblesse, son inattention; son mépris pour le gouvernement civil, exigent qu'il y ait un autre corps chargé de ce dépôt.*

Cependant le dépôt des lois de l'Empire eft à la diète de Ratisbonne entre les mains des princes; ce dépôt eft en Angleterre dans la chambre haute; en Suède dans le fénat compofé de nobles; et en dernier lieu l'impératrice *Catherine II*, dans fon nouveau code, le meilleur de tous les codes, remet ce dépôt au fénat compofé des grands de l'Empire.

Ne faut-il pas diftinguer entre les lois politiques et les lois de la juftice diftributive? Les lois politiques ne doivent-elles pas avoir pour gardiens les principaux membres de l'Etat? Les lois du *tien* et du *mien*, l'ordonnance criminelle, n'ont befoin que d'être bien faites et d'être imprimées; le dépôt en doit être chez les libraires. Les juges doivent s'y conformer; et quand elles font mauvaifes, comme il arrive fort fouvent, alors ils doivent faire des remontrances à la puiffance fuprême pour les faire changer.

Le même auteur prétend qu'au (*l*) Tunquin tous les magiftrats et les principaux officiers militaires font

(*k*) Livre II, chap. IV.      (*l*) Livre XV, chap. XVIII.

eunuques,

eunuque, et que chez les lamas (*m*) la loi permet aux femmes d'avoir plusieurs maris. Quand ces fables seraient vraies, qu'en résulterait-il? nos magistrats voudraient-ils être eunuques, et n'être qu'en quatrièmes ou en cinquièmes auprès de mesdames les conseillères?

Pourquoi perdre son temps à se tromper sur les prétendues flottes de *Salomon* envoyées d'Esiongaber en Afrique, et sur les chimériques voyages depuis la mer Rouge jusqu'à celle de Baïonne, et sur les richesses encore plus chimériques de Sofala? Quel rapport entre toutes ces digressions erronées et l'*Esprit des lois*?

Je m'attendais à voir comment les décrétales changèrent toute la jurisprudence de l'ancien code romain; par quelles lois *Charlemagne* gouverna son empire, et par quelle anarchie le gouvernement féodal le bouleversa; par quel art et par quelle audace *Grégoire VII* et ses successeurs écrasèrent les lois des royaumes et des grands fiefs sous l'anneau du pêcheur, par quelles secousses on est parvenu à détruire la législation papale; j'espérais voir l'origine des bailliages qui rendirent la justice presque par-tout depuis les *Othons*, et celle des tribunaux appelés *parlemens* ou *audiences*, ou *banc du roi*, ou *échiquier*; je désirais de connaître l'histoire des lois sous lesquelles nos pères et leurs enfans ont vécu, les motifs qui les ont établies, négligées, détruites, renouvelées : je n'ai malheureusement rencontré souvent que de l'esprit, des railleries, des imaginations et des erreurs.

Par quelle raison les Gaulois, asservis et dépouillés par les Romains, continuèrent-ils à vivre sous les lois romaines quand ils furent de nouveau subjugués et dépouillés par

(*m*) Livre XVI, chap. V.

*Dialogues.* P

une horde de France? Quelles furent bien précisément les lois et les usages de ces nouveaux brigands?

Quels droits s'arrogèrent les évêques gaulois quand les Francs furent les maîtres? N'eurent-ils pas quelquefois part à l'administration publique avant que le rebelle *Pepin* leur donnât place dans le parlement de la nation?

Y eut-il des fiefs héréditaires avant *Charlemagne*? Une foule de questions pareilles se présentent à l'esprit. *Montesquieu* n'en résout aucune.

Quel fut ce tribunal abominable institué par *Charlemagne* en Vestphalie, tribunal de sang appelé le *conseil veimique*, tribunal plus horrible encore que l'inquisition, tribunal composé de juges inconnus, qui jugeait à mort sur le simple rapport de ses espions, et qui avait pour bourreau le plus jeune des conseillers de ce petit sénat d'assassins. Quoi! *Montesquieu* me parle des lois de Bantam, et il ne connaît pas les lois de *Charlemagne*; et il le prend pour un bon législateur!

Je cherchais un fil dans ce labyrinthe; le fil est cassé presqu'à chaque article; j'ai été trompé, j'ai trouvé l'esprit de l'auteur qui en a beaucoup, et rarement l'esprit des lois; il fautille plus qu'il ne marche; il amuse plus qu'il n'éclaire; il satirise quelquefois plus qu'il ne juge; et il fait souhaiter qu'un si beau génie eût toujours plus cherché à instruire qu'à étonner.

Ce livre très-défectueux est plein de choses admirables dont on a fait de détestables copies. Enfin des fanatiques l'ont insulté par les endroits mêmes qui méritent les remercîmens du genre humain.

Malgré ses défauts, cet ouvrage doit être toujours cher aux hommes, parce que l'auteur a dit sincèrement ce qu'il pense, au lieu que la plupart de écrivains de son pays, à commencer par le grand *Boſſuet*, ont dit ſouvent ce qu'ils ne penſaient pas. Il a par-tout fait ſouvenir les hommes qu'ils ſont libres ; il préſente à la nature humaine ſes titres qu'elle a perdus dans la plus grande partie de la terre ; il combat la ſuperſtition, il inſpire la morale.

Je vous avouerai encore combien je ſuis affligé qu'un livre qui pouvait être ſi utile ſoit fondé ſur une diſtinction chimérique. *La vertu*, dit-il, *eſt le principe des républiques*, *l'honneur l'eſt des monarchies*. On n'a jamais aſſurément formé des républiques par vertu. L'intérêt public s'eſt oppoſé à la domination d'un ſeul ; l'eſprit de propriété, l'ambition de chaque particulier, ont été un frein à l'ambition et à l'eſprit de rapine. L'orgueil de chaque citoyen a veillé ſur l'orgueil de ſon voiſin. Perſonne n'a voulu être l'eſclave de la fantaiſie d'un autre. Voilà ce qui établit une république, et ce qui la conſerve. Il eſt ridicule d'imaginer qu'il faille plus de vertu à un griſon qu'à un eſpagnol. (1)

( 1 ) Cette idée de *Monteſquieu* a été regardée par les uns comme un principe lumineux, et par d'autres comme une ſubtilité démentie par les faits ; qu'il nous ſoit permis d'entrer à cet égard dans quelques diſcuſſions.

1°. *Monteſquieu*, en diſant que la vertu était le principe des républiques, et l'honneur celui des monarchies, n'a point voulu parler, ſans doute, des motifs qui dirigent les hommes dans leurs actions particulières. Par-tout l'intérêt et un certain principe de bienveillance pour les autres qui ne quitte jamais les hommes, ſont le motif le plus fréquent, la crainte de l'opinion le ſecond, l'amour de la vertu eſt le dernier et le plus rare. Dans certains pays la terreur ou les eſpérances religieuſes tiennent lieu preſque généralement de l'amour de la vertu.

Il eſt donc vraiſemblable que, par principes des différens gouvernemens, *Monteſquieu* a entendu ſeulement les motifs qui y font agir les hommes dans leurs actions publiques, dans celles qui ont rapport aux devoirs de citoyens.

Or ſous ce point de vue, les républiques étant l'eſpèce de gouvernemens où les hommes peuvent tirer le plus d'avantage de l'opinion publique, paraiſſent devoir être les conſtitutions dont l'honneur ſoit plus particulièrement le principe.

Que l'honneur foit le principe des feules monarchies, ce n'eft pas une idée moins chimérique; et il le fait bien voir lui-même fans y penfer. *La nature de l'honneur*, dit-il, au chap. VII du liv. III, *eft de demander des préférences, des diftinctions. Il eft donc par la chofe même placé dans le gouvernement monarchique.*

Certainement par la chofe même, on demandait dans la république romaine la préture, le confulat, l'ovation, le triomphe; ce font-là des préférences, des diftinctions

2°. L'expreffion de *Montefquieu* peut avoir encore un autre fens, elle peut fignifier que dans une monarchie on évite les mauvaifes actions comme déshonorantes, et dans une république comme vicieufes; fi par vicieufes on entend contraires à la juftice naturelle, cette opinion n'eft pas fondée; la morale des républicains eft très-relâchée; en général ils fe permettent fans fcrupule tout ce qui eft utile à l'intérêt de la patrie, ou à ce que leur parti regarde comme l'intérêt de la patrie; tout ce qui peut leur mériter l'eftime de leurs concitoyens ou de leur parti. Ils font donc moins guidés par la véritable vertu que par l'honneur et la juftice d'opinion.

3°. Il y a enfin un troifième fens: *Montefquieu* a-t-il voulu dire que dans les monarchies on fait par amour de la gloire ce que dans les républiques on fait par efprit patriotique? Dans ce fens nous ne pouvons être de fon avis; l'amour de la gloire, la crainte de l'opinion eft un reffort de tous les gouvernemens. Il aurait fallu dire dans ce fens, que l'honneur et la vertu font le principe des républiques, et l'honneur feul celui des monarchies; mais il y aurait eu encore une autre obfervation à faire. C'eft qu'il exifte dans toute conftitution où le bien eft poffible, un efprit public, un amour de la patrie différent du patriotifme républicain; cet efprit public tient à l'intérêt que tout homme, qui n'eft point dépravé, prend néceffairement au bonheur des hommes qui l'entourent, au penchant naturel que les hommes ont pour ce qui eft jufte et raifonnable. Une mauvaife conftitution, un établiffement mal dirigé, choquent l'efprit comme une table dont les pieds n'auraient pas la même forme choquerait les yeux. Il fallait donc fe borner à dire que l'amour du bien public n'eft pas le même dans les monarchies que dans les républiques; qu'il eft dans ces dernières plus actif, plus habituel, plus répandu; mais que dans les monarchies il eft fouvent plus éclairé, plus pur, moins contraire à la morale univerfelle.

Une opinion fufceptible de tant de fens différens, et qui dans aucun n'eft rigoureufement exacte, ne peut guère être utile pour apprendre à juger des effets bons ou mauvais d'une loi.

qui valent bien les titres qu'on achète souvent dans les monarchies, et dont le tarif est fixé. Il y a un autre fondement de son livre qui ne me paraît pas porter moins à faux, c'est la division des gouvernemens en républicain, en monarchique et en despotique.

Il a plu à nos auteurs ( je ne sais trop pourquoi ) d'appeler *despotiques* les souverains de l'Asie et de l'Afrique : on entendait autrefois par un despote un petit prince d'Europe, vassal du Turc; et vassal amovible, une espèce d'esclave couronné gouvernant d'autres esclaves. Ce mot *despote*, dans son origine, avait signifié chez les Grecs *maître de maison, père de famille.* Nous donnons aujourd'hui libéralement ce titre à l'empereur de Maroc, au grand turc, au pape, à l'empereur de la Chine. *Montesquieu*, au commencement du second livre, définit ainsi le gouvernement despotique : *Un seul homme sans loi et sans règle certaine, fesant tout par sa volonté et par son caprice.*

Or il est très-faux qu'un tel gouvernement existe, et il me paraît très-faux qu'il puisse exister. L'Alcoran et les commentaires approuvés sont les lois des musulmans : tous les monarques de cette religion jurent sur l'Alcoran d'observer ces lois. Les anciens corps de milice et de gens de loi ont des priviléges immenses; et quand les sultans ont voulu violer ces priviléges, ils ont tous été étranglés, ou du moins solennellement déposés.

Je n'ai jamais été à la Chine, mais j'ai vu plus de vingt personnes qui ont fait ce voyage, et je crois avoir lu tous les auteurs qui ont parlé de ce pays; je sais beaucoup plus certainement que *Rollin* ne savait l'histoire ancienne; je sais, dis-je, par le rapport unanime de nos missionnaires de sectes différentes que la Chine est

P 3

gouvernée par les lois, et non par une volonté arbitraire.
Je fais qu'il y a dans Pékin fix tribunaux fuprêmes auxquels reffortiffent quarante-quatre autres tribunaux. Je
fais que les remontrances faites à l'empereur par ces fix
tribunaux fuprêmes ont force de loi ; je fais qu'on
n'exécute pas à mort un porte-faix, un charbonnier aux
extrémités de l'empire, fans avoir envoyé fon procès à
un tribunal fuprême de Pékin qui en rend compte à
l'empereur. Eft-ce-là un gouvernement arbitraire et
tyrannique? L'empereur y eft plus révéré que le pape ne
l'eft à Rome; mais pour être refpecté, faut-il régner fans
le frein des lois? une preuve que ce font les lois qui
règnent à la Chine, c'eft que le pays eft plus peuplé
que l'Europe entière; nous avons porté à la Chine notre
fainte religion, et nous n'y avons pas réuffi. Nous
aurions pu prendre fes lois en échange, mais nous ne
favons peut-être pas faire un tel commerce. (2)

( 2 ) *Montefquieu* n'a établi nulle part de diftinction entre ce qu'il appelle
monarchie et ce qu'il appelle defpotifme ; fi dans la monarchie les corps
intermédiaires ont le droit négatif, elle devient une ariftocratie ; s'ils ne
l'ont pas, il n'y a d'autre différence entre les monarchies de l'Europe et
les empires de l'Orient, que celle des mœurs et des formes légales. Dans
tous ces Etats il y a des règles générales, et des formalités reconnues
dont jamais le fouverain ne s'écarte. Le confeil du prince y eft également
fupérieur à tous les tribunaux dont il réforme à fon gré les décifions.
Le prince y décide également d'une manière arbitraire ce qu'on appelle
affaire d'Etat. Mais, comme il y a plus de lumière en Europe, les
tribunaux y font mieux réglés, et les lois laiffent moins de queftions
à décider à la volonté particulière des juges. Comme les mœurs y font
plus douces, les confeils des rois européens cherchent à montrer de la
modération, et ceux des rois afiatiques à infpirer la terreur. Enfin une
prifon dont le terme n'eft pas fixé eft la plus forte peine que les monarques européens impofent de leur volonté feule, tandis que les defpotes
commandent fouvent des exécutions fanglantes. Qu'on examine avec
attention tous les gouvernemens abfolus, on n'y verra d'autres différences
que celles qui naiffent des lumières, des mœurs, des opinions des différens peuples.

Il eſt bien ſûr que l'évêque de Rome eſt plus deſpotique que l'empereur de la Chine; car il eſt infaillible, et l'empereur chinois ne l'eſt pas : cependant cet évêque eſt encore aſſujetti à des lois.

Le deſpotiſme n'eſt que l'abus de la monarchie, une corruption d'un beau gouvernement. J'aimerais autant mettre les voleurs de grand chemin au rang des corps de l'Etat, que de placer les tyrans au rang des rois.

### A.

Vous ne me parlez pas de la vénalité des emplois de judicature, de ce beau trafic des lois que les Français ſeuls connaiſſent dans le monde entier. Il faut que ces gens-là ſoient les plus grands commerçans de l'univers, puiſqu'ils vendent et achètent juſqu'au droit de juger les hommes ! Comment diable ! ſi j'avais l'honneur d'être né Picard ou Champenois, et d'être le fils d'un traitant ou d'un fourniſſeur de vivres, je pourrais moyennant douze ou quinze mille écus devenir, moi ſeptième, le maître abſolu de la vie et de la fortune de mes concitoyens ! On m'appellerait *Monſieur* dans le protocole de mes collégues, et j'appellerais les plaideurs par leur nom tout court, fuſſent-ils des *Châtillon* et des *Montmorenci*, et je ferais tuteur des rois pour mon argent! C'eſt un excellent marché. J'aurais de plus le plaiſir de faire brûler tous les livres qui me déplairaient par celui que *Jean-Jacques Rouſſeau* veut faire beau-père du dauphin. C'eſt un grand droit. ( *n* )

### B.

Il eſt vrai que *Monteſquieu* a la faibleſſe de dire que la vénalité des charges ( *o* ) *eſt bonne dans une monarchie.*

( *n* ) Voyez *Emile*, tôm. IV, pag. 178.
( *o* ) Liv. V, chap. XIX.

Que voulez - vous ? il était préfident à mortier en province. Je n'ai jamais vu de mortier, mais je m'imagine que c'eft un fuperbe ornement. Il eft bien difficile à l'efprit le plus philofophique de ne pas payer fon tribut à l'amour propre. Si un épicier parlait de légiflation, il voudrait que tout le monde achetât de la cannelle et de la mufcade.

## A.

Tout cela n'empêche pas qu'il n'y ait des morceaux excellens dans l'*Efprit des lois*. J'aime les gens qui penfent et qui me font penfer. En quel rang mettez-vous ce livre ?

## B.

Dans le rang des ouvrages de génie qui font défirer la perfection. Il me paraît un édifice mal fondé, et conftruit irrégulièrement, dans lequel il y a beaucoup de beaux appartemens vernis et dorés.

## A.

Je pafferais volontiers quelques heures dans ces appartemens ; mais je ne puis demeurer un moment dans ceux de *Grotius ;* ils font trop mal tournés, et les meubles trop à l'antique : mais vous, comment trouvez-vous la maifon que *Hobbes* a bâtie en Angleterre ?

## B.

Elle a tout à fait l'air d'une prifon ; car il n'y loge guère que des criminels et des efclaves. Il dit que l'homme eft né ennemi de l'homme, que le fondement de la fociété eft l'affemblage de tous contre tous ; il prétend que l'autorité feule fait les lois, que *la vérité* (p) ne s'en mêle pas ; il ne diftingue point la royauté de

(p) Le mot de *vérité* eft là employé affez mal à propos par *Hobbes ;* il fallait dire *juftice*.

la tyrannie. Chez lui la force fait tout : il y a bien quelque chofe de vrai dans quelques-unes de ces idées ; mais fes erreurs m'ont fi fort révolté que je ne voudrais ni être citoyen de fa ville quand je lis fon *De cive*, ni être mangé par fa groffe bête de *Léviathan*.

### C.

Vous me paraiffez, Meffieurs, fort peu contens des livres que vous avez lus, cependant vous en avez fait votre profit.

### A.

Oui, nous prenons ce qui nous paraît bon depuis *Ariftote* jufqu'à *Locke*, et nous nous moquons du refte.

### C.

Je voudrais bien favoir quel eft le réfultat de toutes vos lectures et de vos réflexions ?

### A.

Très-peu de chofe.

### B.

N'importe ; effayons de nous rendre compte de ce peu que nous favons, fans verbiage, fans pédantifme ; fans un fot afferviffement aux tyrans des efprits, et au vulgaire tyrannifé, enfin avec toute la bonne foi de la raifon.

## SECOND ENTRETIEN.

### Sur l'ame.

#### B.

COMMENÇONS. Il eſt bon, avant de s'aſſurer de ce qui eſt juſte, honnête, convenable entre les ames humaines, de ſavoir d'où elles viennent, et où elles vont : on veut connaître à fond les gens à qui on a à faire.

#### C.

C'eſt bien dit, quoique cela n'importe guère. Quels que ſoient l'origine et le deſtin de l'ame, l'eſſentiel eſt qu'elle ſoit juſte ; mais j'aime toujours à traiter cette matière qui plaiſait tant à *Cicéron.* Qu'en penſez-vous, M. *A?* L'ame eſt-elle immortelle ?

#### A.

Mais, M. *C*, la queſtion eſt un peu bruſque. Il me ſemble que pour ſavoir par ſoi-même ſi l'ame eſt immortelle, il faut d'abord être bien certain qu'elle exiſte ; et c'eſt de quoi je n'ai aucune connaiſſance, ſinon par la foi qui tranche toutes les difficultés. *Lucrèce* diſait, il y a dix-huit cents ans, *ignoratur enim quæ ſit natura animaï*, on ignore la nature de l'ame ; il pouvait dire, on ignore ſon exiſtence : j'ai lu deux ou trois cents diſſertations ſur ce grand objet ; elles ne m'ont jamais rien appris. Me voilà avec vous comme Sᵗ *Auguſtin* avec Sᵗ *Jérôme. Auguſtin* lui dit tout net qu'il ne ſait rien de ce qui concerne l'ame. *Cicéron,* meilleur philoſophe qu'*Auguſtin,* avait dit ſouvent la même choſe avant

lui, et beaucoup plus élégamment. Nos jeunes bacheliers en favent davantage, fans doute; mais moi, je n'en
fais rien, et à l'âge de quatre-vingts ans je me trouve
auffi avancé que le premier jour.

C.

C'eft que vous radotez. N'êtes-vous pas certain que
les bêtes ont la vie, que les plantes ont la végétation,
que l'air a fa fluidité, que les vents ont leurs cours?
Doutez-vous que vous ayez une vieille ame qui dirige
votre vieux corps?

A.

C'eft précifément parce que je ne fais rien de tout
ce que vous m'alléguez, que j'ignore abfolument fi j'ai
une ame, quand je ne confulte que ma faible raifon.
Je vois bien que l'air eft agité, mais je ne vois point
d'être réel dans l'air qu'on appelle *cours du vent*. Une
rofe végète, mais il n'y a point un petit individu
fecret dans la rofe qui foit la végétation : cela ferait
auffi abfurde en philofophie que de dire que l'odeur
eft dans la rofe. On a prononcé pourtant cette abfurdité pendant des fiècles. La phyfique ignorante de
toute l'antiquité difait : l'odeur part des fleurs pour
aller à mon nez, les couleurs partent des objets pour
venir à mes yeux : on fefait une efpèce d'exiftence à
part de l'odeur, de la faveur, de la vue, de l'ouïe;
on allait jufqu'à croire que la vie était quelque chofe
qui fefait l'animal vivant. Le malheur de toute l'antiquité fut de transformer ainfi les paroles en êtres réels :
on prétendait qu'une idée était un être; il fallait
confulter les idées, les archétypes qui fubfiftaient je ne
fais où. *Platon* donna cours à ce jargon qu'on appela
*philofophie. Ariftote* réduifit cette chimère en méthode;

de-là ces entités, ces quiddités, ces eccéités, et toutes les barbaries de l'école.

Quelques fages s'aperçurent que tous ces êtres imaginaires ne font que des mots inventés pour foulager notre entendement ; que la vie de l'animal n'eft autre chofe que l'animal vivant ; que ces idées font l'animal penfant, que la végétation d'une plante n'eft rien que la plante végétante ; que le mouvement d'une boule n'eft que la boule changeant de place.; qu'en un mot tout être métaphyfique n'eft qu'une de nos conceptions. Il a fallu deux mille ans pour que ces fages euffent raifon.

### C.

Mais s'ils ont raifon, fi tous ces êtres métaphyfiques ne font que des paroles, votre ame, qui paffe pour un être métaphyfique, n'eft donc rien ? nous n'avons donc réellement point d'ame ?

### A.

Je ne dis pas cela ; je dis que je n'en fais rien du tout par moi-même. Je crois feulement que D I E U nous accorde cinq fens et la penfée, et il fe pourrait bien faire que nous fuffions dans D I E U comme difent *Aratus* et S<sup>t</sup> *Paul*, et que nous viffions les chofes en D I E U, comme dit *Mallebranche.*

### C.

A ce compte j'aurais donc des penfées fans avoir une ame : cela ferait fort plaifant.

### A.

Pas fi plaifant. Ne convenez-vous pas que les animaux ont du fentiment ?

### B.

Affurément, et c'eft renoncer au fens commun que de n'en pas convenir.

## A.

Croyez-vous qu'il y ait un petit être inconnu logé chez eux, que vous nommez *sensibilité*, *mémoire*, *appétit*, ou que vous appelez du nom vague et inexplicable *ame* ?

## B.

Non, sans doute; aucun de nous n'en croit rien. Les bêtes sentent parce que c'est leur nature : parce que cette nature leur a donné tous les organes du sentiment; parce que l'auteur, le principe de toute la nature l'a déterminé ainsi pour jamais.

## A.

Hé bien, cet éternel principe a tellement arrangé les choses, que quand j'aurai une tête bien constituée, quand mon cervelet ne sera ni trop humide ni trop sec, j'aurai des pensées ; et je l'en remercie de tout mon cœur.

## C.

Mais comment avez-vous des pensées dans la tête ?

## A.

Je n'en fais rien, encore une fois. Un philosophe a été persécuté pour avoir dit, il y a quarante ans, dans un temps où l'on n'osait encore penser dans sa patrie : *La difficulté n'est pas de savoir seulement si la matière peut penser, mais de savoir comment un être, quel qu'il soit, peut avoir la pensée.* Je suis de l'avis de ce philosophe, et je vous dirai, en bravant les sots persécuteurs, que j'ignore absolument tous les premiers principes des choses.

## B.

Vous êtes un grand ignorant, et nous aussi.

## A.

D'accord.

## B.

Pourquoi donc raifonnons-nous ? Comment faurons-nous ce qui eft jufte ou injufte , fi nous ne favons pas feulement ce que c'eft qu'une ame ?

## A.

Il y a bien de la différence : nous ne connaiffons rien du principe de la penfée, mais nous connaiffons très-bien notre intérêt. Il nous eft fenfible que notre intérêt eft que nous foyons juftes envers les autres , et que les autres le foient envers nous ; afin que tous puiffent être fur ce tas de boue le moins malheureux. que faire fe pourra pendant le peu de temps qui nous eft donné par l'Etre des êtres pour végéter , fentir et penfer.

# TROISIEME ENTRETIEN.

*Si l'homme eft né méchant et enfant du diable.*

## B.

Vous êtes anglais , M. *A* , vous nous direz bien franchement votre opinion fur le jufte et l'injufte, fur le gouvernement , fur la religion , la guerre, la paix, les lois, &c. &c. &c. &c.

## A.

De tout mon cœur ; ce que je trouve de plus jufte, c'eft *liberté* et *propriété.* Je fuis fort aife de contribuer à donner à mon roi un million fterling par an pour fa maifon, pourvu que je jouiffe de mon bien dans la mienne. Je veux que chacun ait fa *prérogative* : je ne connais de lois que celles qui me protégent, et je trouve notre gouvernement le meilleur de la terre, parce que chacun y fait ce qu'il a, ce qu'il doit et ce qu'il peut. Tout eft foumis à la loi, à commencer par la royauté et par la religion.

### C.

Vous n'admettez donc pas le droit divin dans la fociété ?

### A.

Tout eft de droit divin fi vous voulez, parce que DIEU a fait les hommes, et qu'il n'arrive rien fans fa volonté divine, et fans l'enchaînement des lois éternelles, éternellement exécutées ; l'archevêque de Cantorbéry, par exemple, n'eft pas plus de droit divin que je ne fuis né membre du parlement. Quand il plaira à DIEU de defcendre fur la terre pour donner un bénéfice de douze mille guinées de revenu à un prêtre, je dirai alors que fon bénéfice eft de droit divin ; mais jufque-là, je croirai fon droit très-humain.

### B.

Ainfi tout eft convention chez les hommes ; c'eft *Hobbes* tout pur.

### A.

*Hobbes* n'a été en cela que l'écho de tous les gens fenfés. Tout eft convention ou force.

### C.

Il n'y a donc point de loi naturelle ?

### A.

Il y en a une, fans doute, c'eft l'intérêt et la raifon.

### B.

L'homme eſt donc né en effet dans un état de guerre, puiſque notre intérêt combat preſque toujours l'intérêt de nos voiſins, et que nous feſons ſervir notre raiſon à ſoutenir cet intérêt qui nous anime.

### A.

Si l'état naturel de l'homme était la guerre, tous les hommes s'égorgeraient : il y a long-temps que nous ne ſerions plus. ( DIEU merci. ) Il nous ſerait arrivé ce qui arriva aux hommes nés du ſerpent de *Cadmus*; ils ſe battirent et il n'en reſta pas un. L'homme étant né pour tuer ſon voiſin et pour en être tué, accomplirait néceſſairement ſa deſtinée, comme les vautours accompliſſent la leur en mangeant mes pigeons, et les fouines en ſuçant le ſang de mes poules. On a vu des peuples qui n'ont jamais fait la guerre : on le dit des brachmanes, on le dit de pluſieurs peuplades des îles de l'Amérique, que les chrétiens exterminèrent ne pouvant les convertir. Les primitifs, que nous nommons *quakres*, commencent à compoſer dans la Penſilvanie une nation conſidérable, et ils ont toute guerre en horreur. Les Lapons, les Samoïèdes n'ont jamais tué perſonne en front de bandière. La guerre n'eſt donc pas l'eſſence du genre humain.

### B.

Il faut pourtant que l'envie de nuire, le plaiſir d'exterminer ſon prochain pour un léger intérêt, la plus horrible méchanceté et la plus noire perfidie, ſoient le caractère diſtinctif de notre eſpèce, au moins depuis le péché originel ; car les doux théologiens aſſurent que dès ce moment-là le diable s'empara de toute notre race. Or le diable eſt notre maître, comme
vous

vous favez , et un très-méchant maître ; donc tous les hommes lui reffemblent.

### A.

Que le diable foit dans le corps des théologiens , je vous le paffe ; mais affurément il n'eft pas dans le mien. Si l'efpèce humaine était fous le gouvernement immédiat du diable, comme on le dit, il eft clair que tous les maris affommeraient leurs femmes, que les fils tueraient leurs pères, que les mères mangeraient leurs enfans , et que la première chofe que ferait un enfant, dès qu'il aurait fes dents , ferait de mordre fa mère, en cas que fa mère ne l'eût pas encore mis à la broche. Or, comme rien de tout cela n'arrive, il eft démontré qu'on fe moque de nous quand on nous dit que nous fommes fous la puiffance du diable ; c'eft le plus fot blafphême qu'on ait jamais prononcé.

### C.

En y fefant attention , j'avoue que le genre humain n'eft pas tout à fait fi méchant que certaines gens le crient, dans l'efpérance de le gouverner. Ils reffemblent à ces chirurgiens qui fuppofent que toutes les dames de la cour font attaquées de cette maladie honteufe qui produit beaucoup d'argent à ceux qui la traitent. Il y a des maladies, fans doute ; mais tout l'univers n'eft pas entre les mains de la faculté. Il y a de grands crimes ; mais ils font rares. Aucun pape, depuis plus de deux cents ans, n'a reffemblé au pape *Alexandre VI* ; aucun roi de l'Europe n'a bien imité le *Chriftiern II* de Danemarck, et le *Louis XI* de France. On n'a vu qu'un feul archevêque de Paris aller au parlement avec un poignard dans fa poche. La Saint-Barthelemi eft bien horrible, quoi qu'en dife l'abbé de *Caveirac* ; mais

*Dialogues.*                                                  Q enfin, quand on voit tout Paris occupé de la musique de *Rameau*, ou de *Zaïre*, ou de l'opéra comique, ou des tableaux exposés au sallon, ou de *Ramponeau*, ou du singe de *Nicolet*, on oublie que la moitié de la nation égorgea l'autre pour des argumens théologiques, il y aura bientôt deux cents ans tout juste : les supplices abominables des *Jeanne Gray*, des *Marie Stuart*, des *Charles I*, ne se renouvellent pas chez vous tous les jours.

Ces horreurs épidémiques sont comme ces grandes pestes qui ravagent quelquefois la terre ; après quoi on laboure, on sème, on recueille, on boit, on danse, on fait l'amour sur les cendres des morts qu'on foule aux pieds ; et, comme l'a dit un homme qui a passé sa vie à sentir, à raisonner et à plaisanter, *si tout n'est pas bien, tout est passable.*

Il y a telle province, comme la Touraine, par exemple, où l'on n'a pas commis un grand crime depuis cent cinquante années. Venise a vu plus de quatre siècles s'écouler sans la moindre sédition dans son enceinte, sans une seule assemblée tumultueuse : il y a mille villages en Europe où il ne s'est pas commis un meurtre depuis que la mode de s'égorger pour la religion est un peu passée ; les agriculteurs n'ont pas le temps de se dérober à leurs travaux ; leurs femmes et leurs filles les aident, elles cousent, elles filent, elles pétrissent, elles enfournent ; ( non pas comme l'archevêque *la Casa* ) (*q*) tous ces bonnes gens sont trop occupés pour songer à mal. Après un travail agréable pour eux, parce qu'il leur est nécessaire, ils font un léger repas que l'appétit assaisonne, et cèdent

(*q*) Voyez les *Capitoli* de monsignor *la Casa*, archevêque de Bénévent, vous verrez comme il enfournait.

au befoin de dormir pour recommencer le lendemain. Je ne crains pour eux que les jours de fêtes fi ridicu- lement confacrés à pfalmodier, d'une voix rauque et difcordante, du latin qu'ils n'entendent point, et à perdre leur raifon dans un cabaret, ce qu'ils n'enten- dent que trop. Encore une fois, fi tout n'eft pas bien, tout eft paffable.

### B.

Par quelle rage a-t-on donc pu imaginer qu'il exifte un lutin doué d'une gueule béante, de quatre griffes de lion et d'une queue de ferpent, qu'il eft accompagné d'un milliar de farfadets bâtis comme lui, tous defcendus du ciel, tous enfermés dans une fournaife fouterraine ; que JESUS-CHRIST defcendit dans cette fournaife pour enchaîner tous ces animaux ; que depuis ce temps-là ils fortent tous les jours de leur cachot, qu'ils nous tentent, qu'ils entrent dans notre corps et dans notre ame; qu'ils font nos fouverains abfolus, et qu'ils nous infpirent toute leur perverfité diabolique ? de quelle fource a pu venir une opinion auffi extravagante, un conte auffi abfurde ?

### A.

De l'ignorance des médecins.

### B.

Je ne m'y attendais pas.

### A.

Vous deviez pourtant vous y attendre. Vous favez affez qu'avant *Hippocrate*, et même depuis lui, les médecins n'entendaient rien aux maladies. D'où venait l'épilepfie, le haut-mal, par exemple ? des dieux mal-fefans, des mauvais génies ; auffi l'appelait-on le *mal facré*. Les écrouelles étaient dans le même cas.

Ces maux étaient l'effet d'un miracle ; il fallait un
miracle pour en guérir ; on fefait des pélerinages ;
on fe fefait toucher par les prêtres : cette fuperftition
a fait le tour du monde ; elle eft encore en vogue
parmi la canaille. Dans un voyage à Paris je vis des
épileptiques dans la fainte-chapelle et à Saint-Maur
pouffer des hurlemens et faire des contorfions, la nuit du
jeudi-faint au vendredi ; et notre ex-roi *Jacques II*, comme
perfonne facrée, s'imaginait guérir les écrouelles envoyées
par le malin. Toute maladie inconnue était donc autrefois
une poffeffion du mauvais génie. Le mélancolique *Orefte*
paffa pour être poffédé de *Mégère*, et on l'envoya voler
une ftatue pour obtenir fa guérifon. Les Grecs, qui
étaient un peuple très-nouveau, tenaient cette fuperftition des Egyptiens : les prêtres et les prêtreffes d'*Ifis*
allaient par le monde difant la bonne aventure, et
délivraient pour de l'argent les fots qui étaient fous
l'empire de *Typhon*. Ils fefaient leurs exorcifmes avec
des tambours de bafque et des caftagnettes. Le miférable
peuple juif, nouvellement établi dans fes rochers entre
la Phénicie, l'Egypte et la Syrie, prit toutes les
fuperftitions de fes voifins, et dans l'excès de fa brutale
ignorance il y ajouta des fuperftitions nouvelles. Lorfque
cette petite horde fut efclave à Babylone, elle y apprit
les noms du diable, de *Satan*, *Afmodée*, *Memnon*,
*Belzébuth*, tous ferviteurs du mauvais prince *Arimane* ;
et ce fut alors que les juifs attribuèrent aux diables les
maladies et les morts fubites. Leurs livres faints qu'ils
compofèrent depuis, quand ils eurent l'alphabet chaldéen,
parlent quelquefois des diables.

Vous voyez que, quand l'ange *Raphaël* defcend exprès
de l'empyrée pour faire payer une fomme d'argent par

le juif *Gabel* au juif *Tobie*, il mène le petit *Tobie* chez *Raguël*, dont la fille avait déjà époufé fept maris à qui le diable *Afmodée* avait tordu le cou. La doctrine du diable prit une grande faveur chez les Juifs ; ils admirent une quantité prodigieufe de diables dans un enfer dont les lois du Pentateuque n'avaient jamais dit un feul mot : prefque tous leurs malades furent poffédés du diable. Ils eurent, au lieu de médecins, des exorciftes en titre d'office qui chaffaient les efprits malins avec la racine nommée *barath*, des prières et des contorfions.

Les méchans pafsèrent pour poffédés encore plus que les malades. Les débauchés, les pervers font toujours appelés *enfans de Bélial* dans les écrits juifs.

Les chrétiens, qui ne furent pendant cent ans que des demi-juifs, adoptèrent les poffeffions du démon et fe vantèrent de chaffer le diable. Ce fou de *Tertullien* pouffe la manie jufqu'à dire que tout chrétien contraint avec le figne de la croix *Junon*, *Minerve*, *Cérès*, *Diane*, à confeffer qu'elles font des diableffes. La légende rapporte qu'un âne chaffait les diables de Senlis en traçant une croix fur le fable avec fon fabot par le commandement de S*t* *Rieule*.

Peu à peu l'opinion s'établit que tous les hommes naiffent endiablés et damnés ; étrange idée, fans doute, idée exécrable, outrage affreux à la Divinité d'imaginer qu'elle forme continuellement des êtres fenfibles et raifonnables uniquement pour être tourmentés à jamais par d'autres éternellement plongés eux-mêmes dans les fupplices. Si le bourreau, qui en un jour arracha le cœur dans Carlile à dix-huit partifans du prince *Charles-Edouard*, avait été chargé d'établir un dogme, voilà

Q 3

celui qu'il aurait choisi ; encore aurait-il fallu qu'il eût
été ivre de brandevin ; car eût-il eu à la fois l'ame
d'un bourreau et d'un théologien, il n'aurait jamais pu
inventer de sang froid un syftême où tant de milliers
d'enfans à la mamelle font livrés à des bourreaux
éternels.

B.

J'ai peur que le diable ne vous reproche d'être un
mauvais fils qui renie son père. Vos difcours bretons
paraîtront aux bons catholiques romains une preuve
que le diable vous pofsède, et que vous ne voulez pas
en convenir ; mais je ferais curieux de favoir comment
cette idée, qu'un être infiniment bon fait tous les jours
des millions d'hommes pour les damner, a pu entrer
dans les cervelles.

A.

Par une équivoque, comme la puiffance papiftique
eft fondée fur un jeu de mots ; *tu es Pierre, et fur cette
pierre j'établirai mon églife.*

Voici l'équivoque qui damne tous les petits enfans.
DIEU défend à *Eve* et à fon mari de manger de l'arbre
de la fcience qu'il avait planté dans fon jardin ; il leur
dit : *Le jour que vous en mangerez, vous mourrez de mort.*
Ils en mangèrent et n'en moururent point. Au contraire,
*Adam* vécut encore neuf cents trente ans. Il faut donc
entendre une autre mort ; c'eft la mort de l'ame, la
damnation. Mais il n'eft point dit qu'*Adam* foit damné ;
ce font donc fes enfans qui le feront ; et comment cela ?
c'eft que DIEU condamne le ferpent qui avait féduit
*Eve* à marcher fur le ventre ( car auparavant vous
voyez bien qu'il marchait fur fes pieds. ) Et la race
d'*Adam* eft condamnée à être mordue au talon par le

ferpent. Or le ferpent, c'eft vifiblement le diable; et le talon qu'il mord c'eft notre ame. *L'homme écrafera la tête des ferpens tant qu'il pourra*; il eft clair qu'il faut entendre par-là le meffie qui a triomphé du diable.

Mais comment a-t-il écrafé la tête du vieux ferpent ? en lui livrant tous les enfans qui ne font pas baptifés. C'eft-là le myftère. Et comment les enfans font-ils damnés, parce que leur premier père et leur première mère avaient mangé du fruit de leur jardin ? c'eft encore-là le myftère.

### C.

Je vous arrête là. N'eft-ce pas pour *Caïn* que nous fommes damnés et non pas pour *Adam* ? Car nous avons la mine de defcendre de *Caïn*, fi je ne me trompe, attendu qu'*Abel* mourut fans être marié ; et il me paraît qu'il eft plus raifonnable d'être damné pour un fratricide que pour une pomme.

### A.

Ce ne peut être pour *Caïn*; car il eft dit que DIEU le protégea, et lui mit un figne, de peur qu'on ne le battît ou qu'on ne le tuât ; il eft dit même qu'il fonda une ville dans le temps qu'il était encore prefque feul fur la terre avec fon père et fa mère, fa fœur dont il fit fa femme, et avec un fils nommé *Enoch*. J'ai vu même un des plus ennuyeux livres intitulé *la Science du gouvernement*, par un fénéchal de Forcalquier, nommé *Réal*, qui fait dériver les lois de la ville bâtie par notre père *Caïn*.

Mais, quoi qu'il en foit, il eft indubitable que les Juifs n'avaient jamais entendu parler du péché originel, ni de la damnation éternelle des petits enfans morts fans être circoncis. Les faducéens, qui ne croyaient pas l'immortalité de l'ame, et les pharisiens, qui croyaient la métempsycose, ne pouvaient pas admettre la damnation éternelle, quelque pente qu'aient les fanatiques à croire les contradictoires.

JESUS fut circoncis à huit jours, et baptisé étant adulte, selon la coutume de plusieurs juifs qui regardaient le baptême comme une purification des souillures de l'ame; c'était un ancien usage des peuples de l'Indus et du Gange, à qui les brachmanes avaient fait accroire que l'eau lave les péchés comme les vêtemens. JESUS en un mot, circoncis et baptisé, ne parle dans aucun évangile du péché originel. Aucun apôtre ne dit que les petits enfans non baptisés seront brûlés à tout jamais pour la pomme d'*Adam*. Aucun des premiers pères de l'Eglise n'avança cette cruelle chimère; et vous savez d'ailleurs qu'*Adam*, *Eve*, *Abel* et *Caïn* n'ont jamais été connus que du petit peuple juif.

### B.

Qui a donc dit cela nettement le premier ?

### A.

C'est l'africain *Augustin*, homme d'ailleurs respectable, mais qui tord quelques passages de S<sup>t</sup> *Paul* pour en inférer, dans ses lettres à *Evode* et à *Jérôme*, que DIEU précipite du sein de leurs mères dans les enfers les enfans qui périssent dans leurs premiers jours. Lisez sur-tout le second livre de la revue de ses ouvrages, chapitre XLV. *La foi catholique enseigne que tous les hommes naissent si coupables que les enfans même sont certainement damnés quand ils meurent sans avoir été régénérés en* JESUS.

Il est vrai que la nature, soulevée dans le cœur de ce rhéteur, le force à frémir de cette sentence barbare: cependant il la prononce; il ne se rétracte point, lui qui changea fi fouvent d'opinion. L'Eglife fait valoir ce fyftême terrible pour rendre fon baptême plus néceffaire. Les communions réformées déteftent aujourd'hui ce fyftême. La plupart des théologiens n'ofent plus l'admettre ; cependant ils continuent à reconnaître que nos enfans appartiennent à l'enfer. Cela eft fi vrai que le prêtre, en baptifant ces petites créatures, leur demande fi elles renoncent au diable ; et le parrain, qui répond pour elles, eft affez bon pour dire oui.

### C.

Je fuis content de tout ce que vous avez dit ; je pénfe que la nature de l'homme n'eft pas tout à fait diabolique. Mais pourquoi dit-on que l'homme eft toujours porté au mal ?

### A.

Il eft porté à fon bien-être, lequel n'eft un mal que quand il opprime fes frères. DIEU lui a donné l'amour propre qui lui eft utile, la bienveillance qui eft utile à fon prochain, la colère qui eft dangereufe, la compaffion qui le défarme, la fympathie avec plufieurs de fes compagnons, l'antipathie envers d'autres. Beaucoup de befoins et beaucoup d'induftrie, l'inftinct, la raifon et les paffions, voilà l'homme. Quand vous ferez des dieux, effayez de faire un homme fur un meilleur modèle.

## QUATRIEME ENTRETIEN.

### De la loi naturelle, et de la curiosité.

**B.**

Nous sommes bien convaincus que l'homme n'est point un être absolument détestable ; mais venons au fait : qu'appelez-vous juste et injuste ?

**A.**

Ce qui paraît tel à l'univers entier.

**C.**

L'univers est composé de bien des têtes. On dit qu'à Lacédémone on applaudissait aux larcins pour lesquels on condamnait aux mines dans Athènes.

**A.**

Abus de mots. Il ne pouvait se commettre de larcin à Sparte, lorsque tout y était commun. Ce que vous appelez *vol* était la punition de l'avarice.

**B.**

Il était défendu d'épouser sa sœur à Rome. Il était permis chez les Egyptiens, les Athéniens et même chez les Juifs d'épouser sa sœur de père : car malgré le Lévitique, la jeune *Thamar* dit à son frère *Ammon* : Mon frère, ne me faites point de sottises ; mais demandez-moi en mariage à mon père, il ne vous refusera pas.

**A.**

Lois de convention que tout cela, usages arbitraires, modes qui passent. L'essentiel demeure toujours. Montrez-moi un pays où il soit honnête de me ravir le fruit de mon travail, de violer sa promesse, de mentir pour nuire, de calomnier, d'affaffiner, d'empoifonner, d'être ingrat envers fon bienfaiteur, de battre fon père et fa mère quand ils vous préfentent à manger.

### B.

Voici ce que j'ai lu dans une déclamation qui a été connue en fon temps ; j'ai tranfcrit ce morceau qui me paraît fingulier.

» Le premier qui, ayant enclos un terrain, s'avifa
» de dire ceci eft à moi, et trouva des gens affez
» fimples pour le croire, fut le vrai fondateur de la
» fociété civile. Que de crimes, de guerres, de meur-
» tres, que de mifères et d'horreurs n'eût point épargné
» au genre humain celui qui, arrachant le pieux,
» ou comblant le foffé, eût crié à fes femblables :
» Gardez-vous d'écouter cet impofteur ; vous êtes
» perdus fi vous oubliez que les fruits font à tous,
» et que la terre n'eft à perfonne. » (2)

### C.

Il faut que ce foit quelque voleur de grand chemin, bel-efprit, qui ait écrit cette impertinence.

### A.

Je foupçonne feulement que c'eft un gueux fort pareffeux ; car, au lieu d'aller gâter le terrain d'un voifin fage et induftrieux, il n'avait qu'à l'imiter ; et chaque père de famille ayant fuivi cet exemple, voilà bientôt un très-joli village tout formé. L'auteur de ce paffage me paraît un animal bien infociable.

---

(2) Difcours fur l'inégalité par *Rouffeau* ; c'eft un des exemples des contradictions de l'efprit humain, qu'on ait regardé l'auteur de ce paffage fcandaleux, et de tant d'autres, comme un prédicateur de la vertu, et M. de *Voltaire* comme un corrupteur de la morale. Il n'y a que les grands hommes auxquels on ne pardonne rien.

### B.

Vous croyez donc qu'en outrageant et en volant le bon homme qui a entouré d'une haie vive fon jardin et fon poulailler, il a manqué aux premiers devoirs de la loi naturelle ?

### A.

Oui, oui, encore une fois, il y a une loi naturelle, et elle ne confifte ni à faire le mal d'autrui, ni à s'en réjouir.

### C.

Il y a des gens pourtant qui difent que rien n'eft plus naturel que de faire du mal. Beaucoup d'enfans s'amufent à plumer leurs moineaux ; et il n'y a guère d'hommes faits qui ne courent avec un fecret plaifir fur le rivage de la mer pour jouir du fpectacle d'un vaiffeau battu par les vents, qui s'entr'ouvre et qui s'engloutit par degrés dans les flots, tandis que les paffagers lèvent les mains au ciel, et tombent dans l'abyme de l'eau avec leurs femmes qui tiennent leurs enfans dans leurs bras. *Lucrèce* en donne la raifon.

> . . . *Quibus ipfe malis careas quia cernere fuave eft.*
> On voit avec plaifir les maux qu'on ne fent pas.

### A.

*Lucrèce* ne fait ce qu'il dit ; et il y eft fort fujet malgré fes belles defcriptions. On court à un tel fpectacle par curiofité. La curiofité eft un fentiment naturel à l'homme ; mais il n'y a pas un des fpectateurs qui ne fît fes derniers efforts, s'il le pouvait, pour fauver ceux qui fe noient.

Quand les petits garçons et les petites filles déplument leurs moineaux, c'eft purement par efprit de curiofité, comme lorfqu'elles mettent en pièces les jupes de leurs poupées. C'eft cette paffion feule qui conduit tant de monde aux exécutions publiques. *Etrange empreffement de voir des miférables !* a dit l'auteur d'une tragédie.

Je me fouviens qu'étant à Paris, lorfqu'on fit fouffrir à *Damiens* une mort des plus recherchées et des plus affreufes qu'on puiffe imaginer, toutes les fenêtres qui donnaient fur la place furent louées chèrement par les dames ; aucune d'elles affurément ne fefait la réflexion confolante qu'on ne la tenaillerait point aux mamelles, qu'on ne verferait point du plomb fondu et de la poix réfine bouillante dans fes plaies, et que quatre chevaux ne tireraient point fes membres difloqués et fanglans. Un des bourreaux jugea plus fainement que *Lucrèce ;* car lorfqu'un des académiciens de Paris voulut entrer dans l'enceinte pour examiner la chofe de plus près, et qu'il fut repouffé par les archers, *laiffez entrer monfieur ,* dit-il, *c'eft un amateur ;* c'eft-à-dire, c'eft un curieux : ce n'eft pas par méchanceté qu'il vient ici, ce n'eft pas par un retour fur foi-même, pour goûter le plaifir de n'être pas écartelé ; c'eft uniquement par curiofité, comme on va voir des expériences de phyfique.

### B.

Soit ; je conçois que l'homme n'aime et ne fait le mal que pour fon avantage ; mais tant de gens font portés à fe procurer leur avantage par le malheur d'autrui ; la vengeance eft une paffion fi violente ; il y en a des exemples fi funeftes ; l'ambition plus fatale encore a inondé la terre de tant de fang, que, lorfque je m'en retrace l'horrible tableau, je fuis tenté de me rétracter, et d'avouer que l'homme eft très-diabolique.

J'ai beau avoir dans mon cœur la notion du juste et de l'injuste ; un *Attila* que S$^t$ *Léon* courtise, un *Phocas* que S$^t$ *Grégoire* flatte avec la plus lâche bassesse, un *Alexandre VI* souillé de tant d'incestes, de tant d'homicides, de tant d'empoisonnemens, avec lequel le faible *Louis XII*, qu'on appelle *bon*, fait la plus indigne et la plus étroite alliance, un *Cromwell* dont le cardinal *Mazarin* recherche la protection, et pour qui il chasse de France les héritiers de *Charles I*, cousins germains de *Louis XIV*, &c. &c. &c. cent exemples pareils dérangent mes idées, et je ne sais plus où j'en suis.

### A.

Hé bien, les orages empêchent-ils que nous ne jouissions aujourd'hui d'un beau soleil ? le tremblement qui a détruit la moitié de la ville de Lisbonne empêche-t-il que vous n'ayez fait très-commodément le voyage de Madrid à Rome sur la terre affermie ? Si *Attila* fut un brigand, et le cardinal *Mazarin* un fripon, n'y a-t-il pas des princes et des ministres honnêtes gens ? et l'idée de la justice ne subsiste-t-elle pas toujours ? C'est sur elle que sont fondées toutes les lois ; les Grecs les appelaient *filles du ciel* ; cela ne veut dire que filles de la nature.

### C.

N'importe, je suis près de me rétracter aussi ; car je vois qu'on n'a fait des lois que parce que les hommes sont méchans. Si les chevaux étaient toujours dociles, on ne leur aurait jamais mis de frein. Mais, sans perdre notre temps à fouiller dans la nature de l'homme, et à comparer les prétendus sauvages aux prétendus civilisés, voyons quel est le mors qui convient le mieux à notre bouche.

### A.

Je vous avertis que je ne saurais souffrir qu'on me bride sans me consulter, que je veux me brider moi-même, et donner ma voix pour savoir au moins qui me montera sur le dos.

### C.

Nous sommes à peu-près de la même écurie.

## CINQUIEME ENTRETIEN.

*Des manières de perdre et de garder sa liberté, et de la théocratie.*

### B.

Monsieur *A*, vous me paraissez un anglais très-profond ; comment imaginez-vous que se soient établis tous ces gouvernemens dont on a peine à retenir les noms, monarchique, despotique, tyrannique, oligarchique, aristocratique, démocratique, anarchique, théocratique, diabolique, et les autres qui sont mêlés de tous les précédens ?

### C.

Oui ; chacun fait son roman, parce que nous n'avons point d'histoire véritable. Dites-nous M. *A*, quel est votre roman ?

### A.

Puisque vous le voulez, je m'en vais donc perdre mon temps à vous parler, et vous, le vôtre à m'écouter.

J'imagine d'abord que deux petites peuplades voisines, composées chacune d'environ une centaine de familles, sont séparées par un ruisseau, et cultivent un affez bon terrain : car fi elles fe font fixées en cet endroit, c'eft que la terre y eft fertile.

Comme chaque individu a reçu également de la nature deux bras, deux jambes et une tête, il me paraît impoffible que les habitans de ce petit canton n'aient pas d'abord été tous égaux. Et, comme ces deux peuplades font féparées par un ruiffeau, il me paraît encore impoffible qu'elles n'aient pas été ennemies ; car il y aura eu néceffairement quelque différence dans leur manière de prononcer les mêmes mots. Les habitans du midi du ruiffeau fe feront furement moqués de ceux qui font au nord ; et cela ne fe pardonne point. Il y aura eu une grande émulation entre les deux villages ; quelque fille, quelque femme aura été enlevée. Les jeunes gens fe feront battus à coups de poing, de gaules et de pierres à plufieurs reprifes. Les chofes étant égales jufque-là de part et d'autre, celui qui paffe pour le plus fort et le plus habile du village du nord dit à fes compagnons : Si vous voulez me fuivre et faire ce que je vous dirai, je vous rendrai les maîtres du village du midi. Il parle avec tant d'affurance, qu'il obtient leurs fuffrages. Il leur fait prendre de meilleures armes que n'en a la peuplade oppofée. Vous ne vous êtes battus jufqu'à préfent qu'en plein jour, leur dit-il ; il faut attaquer vos ennemis pendant qu'ils dorment. Cette idée paraît d'un grand génie à la fourmillière du feptentrion ; elle attaque la fourmillière méridionale dans la nuit, tue quelques habitans dormeurs, en eftropie plufieurs ( comme firent noblement *Ulyffe* et *Rhefus* ) enlève les filles et le refte du bétail, après quoi, la bourgade victorieufe fe querelle néceffairement pour le partage des dépouilles. Il eft naturel
qu'ils

qu'ils s'en rapportent au chef qu'ils ont choifi pour cette expédition héroïque. Le voilà donc établi capitaine et juge. L'invention de furprendre, de voler et de tuer fes voifins, a imprimé la terreur dans le midi, et le refpect dans le nord.

Ce nouveau chef paffe dans le pays pour un grand homme ; on s'accoutume à lui obéir, et lui encore plus à commander. Je crois que ce pourrait bien être-là l'origine de la monarchie.

### C.

Il eft vrai que le grand art de furprendre, tuer et voler eft un héroïfme de la plus haute antiquité. Je ne trouve point de ftratagême de guerre, dans *Frontin*, comparable à celui des enfans de *Jacob*, qui venaient en effet du nord, et qui furprirent, tuèrent et volèrent les Sichemites qui demeuraient au midi. C'eft un rare exemple de faine politique et de fublime valeur. Car le fils du roi de Sichem étant éperdument amoureux de *Dina*, fille du patriarche *Jacob*, laquelle ayant fix ans tout au plus, était déjà nubile, et les deux amans ayant couché enfemble, les enfans de *Jacob* proposèrent au roi de Sichem, au prince fon fils, et à tous les Sichemites de fe faire circoncire pour ne faire enfemble qu'un feul peuple ; et fi tôt que les Sichemites, s'étant coupé le prépuce, fe furent mis au lit, deux patriarches, *Siméon* et *Lévi*, furprirent eux feuls tous les Sichemites, et les tuèrent, et dix autres patriarches les volèrent. Cela ne cadre pas pourtant avec votre fyftême ; car c'étaient les furpris, les tués et les volés qui avaient un roi, et les affaffins et les voleurs n'en avaient pas encore.

### A.

Apparemment que les Sichemites avaient fait autrefois

*Dialogues.*                    R

quelque belle action pareille, et qu'à la longue leur chef
était devenu monarque. Je conçois qu'il y eut des voleurs
qui eurent des chefs, et d'autres voleurs qui n'en eurent
point. Les Arabes du défert, par exemple, furent
prefque toujours des voleurs républicains ; mais les
Perfans, les Mèdes furent des voleurs monarchiques.
Sans difcuter avec vous les prépuces de Sichem et les
voleries des Arabes, j'ai dans la tête que la guerre
offenfive a fait les premiers rois, et que la guerre défenfive a fait les premières républiques.

　　Un chef de brigands tel que *Déjoces*, (s'il a exifté)
ou *Cofrou* nommé *Cyrus*, ou *Romulus* affaffin de fon frère,
ou *Clovis* autre affaffin, *Genferic*, *Attila* fe font rois : les
peuples qui demeurent dans des cavernes, dans des îles,
dans des marais, dans des gorges de montagnes, dans
des rochers, confervent leur liberté, comme les Suiffes,
les Grifons, les Vénitiens, les Génois. On vit autrefois
les Tyriens, les Carthaginois et les Rhodiens conferver
la leur, tant qu'on ne put aborder chez eux par mer. Les
Grecs furent long-temps libres dans un pays hériffé de
montagnes ; les Romains dans leurs fept collines reprirent
leur liberté dès qu'ils le purent, et l'ôtèrent enfuite à
plufieurs peuples en les furprenant, en les tuant et en
les volant, comme nous l'avons déjà dit. Et enfin la terre
appartint par-tout au plus fort et au plus habile.

　　A mefure que les efprits fe font raffinés, on a traité
les gouvernemens comme les étoffes dans lefquelles on
a varié les fonds, les deffins et les couleurs. Ainfi
la monarchie d'Efpagne eft auffi différente de celle
d'Angleterre que le climat. Celle de Pologne ne reffemble
en rien à celle d'Angleterre. La république de Venife
eft le contraire de celle de Hollande.

## C.

Tout cela eſt palpable ; mais parmi tant de formes de gouvernement , eſt-il bien vrai qu'il y ait jamais eu une théocratie ?

## A.

Cela eſt ſi vrai que la théocratie eſt encore par-tout , et que du Japon à Rome on vous montre des lois émanées de DIEU même.

## B.

Mais ces lois ſont toutes différentes , toutes ſe combattent. La raiſon humaine peut très - bien ne pas comprendre que DIEU ſoit deſcendu ſur la terre pour ordonner le pour et le contre , pour commander aux Egyptiens et aux Juifs de ne jamais manger de cochon après s'être coupé le prépuce , et pour nous laiſſer à nous des prépuces et du porc frais. Il n'a pu défendre l'anguille et le lièvre en Paleſtine , en permettant le lièvre en Angleterre , et en ordonnant l'anguille aux papiſtes les jours maigres. J'avoue que je tremble d'examiner. Je crains de trouver là des contradictions.

## A.

Bon , les médecins n'ordonnent-ils pas des remèdes contraires dans les mêmes maladies ? L'un vous ordonne le bain froid , l'autre le bain chaud ; celui-ci vous ſaigne , celui-là vous purge , cet autre vous tue. Un nouveau venu empoiſonne votre fils , et devient l'oracle de votre petit-fils.

## C.

Cela eſt curieux. J'aurais bien voulu voir , en exceptant *Moïſe* et les autres véritablement inſpirés , le premier impudent qui oſa faire parler DIEU.

### A.

Je penfe qu'il était un compofé de fanatifme et de fourberie. La fraude feule ne fuffirait pas ; elle fafcine, et le fanatifme fubjugue. Il eft vraifemblable, comme dit un de mes amis, que ce métier commença par les rêves. Un homme d'une imagination allumée voit en fonge fon père et fa mère mourir ; ils font tous deux vieux et malades, ils meurent ; le rêve eft accompli : le voilà perfuadé qu'un Dieu lui a parlé en fonge. Pour peu qu'il foit audacieux et fripon, (deux chofes très-communes) il fe met à prédire au nom de ce Dieu. Il voit que dans une guerre fes compatriotes font fix contre un, il leur prédit la victoire à condition qu'il aura la dixme du butin.

Le métier eft bon ; mon charlatan forme des élèves qui ont tous le même intérêt que lui. Leur autorité augmente par leur nombre. DIEU leur révèle que les meilleurs morceaux des moutons et des bœufs, les volailles les plus graffes, la mère-goutte du vin leur appartiennent.

*The priefts eat roaft beef, and the people flare.*

Le roi du pays fait d'abord un marché avec eux pour être mieux obéi par le peuple ; mais bientôt le monarque eft la dupe du marché : les charlatans fe fervent du pouvoir que le monarque leur a laiffé prendre fur la canaille pour l'afservir lui-même. Le monarque regimbe, le prêtre le dépofsède au nom de DIEU. *Samuel* détrône *Saül*, *Grégoire VII* détrône l'empereur *Henri IV*, et le prive de la fépulture. Ce fyftême diabolico-théocratique dure jufqu'à ce qu'il fe trouve des princes affez bien élevés, et qui aient affez d'efprit et de courage pour rogner les ongles aux *Samuel* et aux *Grégoire*. Telle est, ce me semble, l'histoire du genre humain.

**B.**

Il n'est pas besoin d'avoir lu pour juger que les choses ont dû se passer ainsi. Il n'y a qu'à voir la populace imbécille d'une ville de province dans laquelle il y a deux couvens de moines, quelques magistrats éclairés et un commandant qui a du bon sens. Le peuple est toujours prêt à s'attrouper autour des cordeliers et des capucins. Le commandant veut les contenir. Le magistrat, fâché contre le commandant, rend un arrêt qui ménage un peu l'insolence des moines et la crédulité du peuple. L'évêque est encore plus fâché que le magistrat se soit mêlé d'une affaire divine ; et les moines restent puissans jusqu'à ce qu'une révolution les abolisse.

> . . . . *Hominum mores tibi nosse volenti*
> *Sufficit una domus.*

## SIXIEME ENTRETIEN.

*Des trois gouvernemens, et de mille erreurs anciennes.*

**B.**

ALLONS au fait. Je vous avouerai que je m'accommoderais assez d'un gouvernement démocratique. Je trouve que ce philosophe avait tort, qui disait à un partisan d'un gouvernement populaire : *Commence par l'essayer dans ta maison, tu t'en repentiras bien vîte.* Avec sa permission, une maison et une ville font deux choses fort différentes. Ma maison est à moi ; mes enfans sont à moi ; mes domestiques, quand je les paye, sont à moi ; mais de quel droit mes concitoyens m'appartiendraient-ils ? tous ceux qui ont des poffeffions dans le même territoire ont droit également au maintien de l'ordre dans ce territoire. J'aime à voir des hommes libres faire eux-mêmes les lois fous lesquelles ils vivent, comme ils ont fait leurs habitations. C'eft un plaifir pour moi que mon maçon, mon charpentier, mon forgeron qui m'ont aidé à bâtir mon logement ; mon voifin l'agriculteur, et mon ami le manufacturier s'élèvent tous au-deffus de leur métier, et connaiffent mieux l'intérêt public que le plus infolent chiaoux de Turquie. Aucun laboureur, aucun artifan dans une démocratie n'a la vexation et le mépris à redouter ; aucun n'eft dans le cas de ce chapelier qui préfentait fa requête à un duc et pair pour être payé de fes fournitures : Eft-ce que vous n'avez rien reçu, mon ami, fur votre partie ? Je vous demande pardon, Monfeigneur, j'ai reçu un foufflet de monfeigneur votre intendant.

Il eft bien doux de n'être point expofé à être traîné dans un cachot pour n'avoir pu payer à un homme qu'on ne connaît pas, un impôt dont on ignore la valeur et la caufe, et jufqu'à l'exiftence.

Etre libre, n'avoir que des égaux, eft la vraie vie, la vie naturelle de l'homme ; toute autre eft un indigne artifice, une mauvaife comédie, où l'un joue le perfonnage de maître, l'autre d'efclave, celui-là de parafite, et cet autre d'entremetteur. Vous m'avouerez que les hommes ne peuvent être defcendus de l'état naturel que par lâcheté et par bêtife.

C.

Cela eft clair : perfonne ne peut avoir perdu fa liberté que pour n'avoir pas fu la défendre. Il y a eu deux manières de la perdre ; c'eſt quánd les ſots ont été trompés par des fripons , ou quand les faibles ont été ſubjugués par les forts. On parle de je ne ſais quels vaincus à qui je ne ſais quels vainqueurs firent crever un œil ; il y a des peuples à qui on a crevé les deux yeux comme aux vieilles roſſes à qui l'on fait tourner la meule. Je veux garder mes yeux ; je m'imagine qu'on en crève un dans l'Etat ariſtocratique , et deux dans l'Etat monarchique.

A.

Vous parlez comme un citoyen de la Nord-Hollande, et je vous le pardonne.

C.

Pour moi je n'aime que l'ariſtocratie ; le peuple n'eſt pas digne de gouverner. Je ne ſaurais ſouffrir que mon perruquier ſoit légiſlateur. J'aimerais mieux ne porter jamais de perruque ; il n'y a que ceux qui ont reçu une très-bonne éducation qui ſoient faits pour conduire ceux qui n'en ont reçu aucune. Le gouvernement de Veniſe eſt le meilleur ; cette ariſtocratie eſt le plus ancien Etat de l'Europe. Je mets après lui le gouvernement d'Allemagne. Faites-moi noble vénitien ou comte de l'Empire, je vous déclare que je ne peux vivre joyeuſement que dans l'une ou dans l'autre de ces deux conditions.

A.

Vous êtes un ſeigneur riche, M. C, et j'approuve fort votre façon de penſer. Je vois que vous ſeriez pour le gouvernement des Turcs, ſi vous étiez empereur de Conſtantinople. Pour moi, quoique je ne ſois que membre du parlement de la Grande-Bretagne, je regarde ma conſtitution comme la meilleure de toutes ; et je citerai pour mon garant un témoignage qui n'eſt pas

R 4

récufable : c'eft celui d'un français qui, dans un poëme confacré aux vérités et non aux vaines fictions, parle ainfi de notre gouvernement :

> Aux murs de Weftminfter on voit paraître enfemble
> Trois pouvoirs étonnés du nœud qui les raffemble,
> Les députés du peuple, et les grands et le roi,
> Divifés d'intérêt, réunis par la loi ;
> Tous trois membres facrés de ce corps invincible,
> Dangereux à lui-même, à fes voifins terrible.

### C.

Dangereux à lui-même ! Vous avez donc de très-grands abus chez vous ?

### A.

Sans doute, comme il en fut chez les Romains, chez les Athéniens, et comme il y en aura toujours chez les hommes. Le comble de la perfection humaine eft d'être puiffant et heureux avec des abus énormes ; et c'eft à quoi nous fommes parvenus. Il eft dangereux de trop manger ; mais je veux que ma table foit bien garnie.

### B.

Voulez-vous que nous ayons le plaifir d'examiner à fond tous les gouvernemens de la terre, depuis l'empereur chinois *Hiao*, et depuis la horde hébraïque jüfqu'aux dernières diffentions de Ragufe et de Genève ?

### A.

DIEU m'en préferve ! je n'ai que faire de fouiller dans les archives des étrangers pour régler mes comptes. Affez de gens, qui n'ont pu gouverner une fervante et un valet, fe font mêlés de régir l'univers avec leur plume. Ne voudriez-vous pas que nous perdiffions

notre temps à lire enfemble le livre de *Boffuet*, évêque de
Meaux, intitulé *la politique de l'Ecriture fainte?* Plaifante
politique que celle d'un malheureux peuple, qui fut
fanguinaire fans être guerrier, ufurier fans être com-
merçant, brigand fans pouvoir conferver fes rapines,
prefque toujours efclave et prefque toujours révolté,
vendu au marché par *Titus* et par *Adrien*, comme on
vend l'animal que ces Juifs appelaient *immonde*, et qui
était plus utile qu'eux. J'abandonne au déclamateur
*Boffuet* la politique des roitelets de Juda et de Samarie,
qui ne connurent que l'affaffinat, à commencer par leur
*David*, lequel ayant fait le métier de brigand pour être
roi, affaffina *Urie* dès qu'il fut le maître ; et ce fage
*Salomon* qui commença par affaffiner *Adonias* fon propre
frère au pied de l'autel. Je fuis las de cet abfurde
pédantifme qui confacre l'hiftoire d'un tel peuple à
l'inftruction de la jeuneffe.

Je ne fuis pas moins las de tous les livres dans lefquels
on répète les fables d'*Hérodote* et de fes femblables fur
les anciennes monarchies de l'Afie, et fur les républiques
qui ont difparu.

Qu'ils nous redifent qu'une *Didon*, fœur prétendue
de *Pigmalion*, ( qui ne font point des noms phéniciens)
s'enfuit de Phénicie pour acheter en Afrique autant de
terrain qu'en pourrait contenir un cuir de bœuf, et que
le coupant en lanières, elle entoura de ces lanières un
territoire immenfe où elle fonda Carthage ; que ces
hiftoriens romanciers parlent après tant d'autres, et
que tant d'autres nous parlent après eux des oracles
d'*Apollon* accomplis, et de l'anneau de *Gigès*, et des
oreilles de *Smerdis*, et du cheval de *Darius* qui fit fon
maître roi de Perfe ; qu'on s'étende fur les lois de

*Charondas*, qu'on nous répète que la petite ville de Sibaris mit trois cents mille hommes en campagne contre la petite ville de Crotone qui ne put armer que cent mille hommes : il faut mettre toutes ces hiftoires avec la louve de *Romulus* et de *Remus*, le cheval de Troye et la baleine de *Jonas*.

Laiffons donc là toute la prétendue hiftoire ancienne : et à l'égard de la moderne , que chacun cherche à s'inftruire par les fautes de fon pays et par celles de fes voifins : la leçon fera longue ; mais auffi voyons toutes les belles inftitutions par lefquelles les nations modernes fe fignalent : cette leçon fera longue encore.

### B.

Et que nous apprendra-t-elle ?

### A.

Que plus les lois de convention fe rapprochent de la loi naturelle , et plus la vie eft fupportable. ( 3 )

### C.

Voyons donc.

---

( 3 ) Voilà une grande vérité , trés-peu connue , mais dite fi fimplement que les lecteurs frivoles ne l'ont pas remarquée ; et on continue à répéter que M. de *Voltaire* était un philofophe fuperficiel , parce qu'il n'était ni déclamateur ni énigmatique.

## SEPTIEME ENTRETIEN.

*Que l'Europe moderne vaut mieux que l'Europe ancienne.*

### C.

SERIEZ-VOUS affez hardi pour me foutenir que vous
autres Anglais vous valez mieux que les Athéniens et les
Romains ; que vos combats de coqs ou de gladiateurs ,
dans une enceinte de planches pourries , l'emportent
fur le colifée ? les favetiers et les bouffons qui jouent
leurs rôles dans vos tragédies , font - ils fupérieurs aux
héros de *Sophocle ?* vos orateurs font-ils oublier *Cicéron* et
*Démofthène ?* et enfin , Londres eft-elle mieux policée que
l'ancienne Rome ?

### A.

Non ; mais Londres vaut dix mille fois mieux qu'elle
ne valait alors , et il en eft de même du refte de
l'Europe.

### B.

Ah ! exceptez-en , je vous prie , la Gréce qui obéit
au grand turc , et la malheureufe partie de l'Italie qui
obéit au pape.

### A.

Je les excepte auffi ; mais fongez que Paris , qui n'eft
que d'un dixième moins grand que Londres , n'était
alors qu'une petite cité barbare. Amfterdam n'était
qu'un marais, Madrid un défert ; et de la rive droite
du Rhin jufqu'au golfe de Bothnie tout était fauvage ;
les habitans de ces climats vivaient, comme les Tartares
ont toujours vécu , dans l'ignorance , dans la difette ,
dans la barbarie.

Comptez-vous pour peu de chofe qu'il y ait aujourd'hui des philofophes fur le trône, à Berlin, en Suède, en Pologne, en Ruffie, et que les découvertes de notre grand *Newton* foient devenues le catéchifme de la nobleffe de Mofcou et de Pétersbourg?

### C.

Vous m'avouerez qu'il n'en eft pas de même fur les bords du Danube (*) et du Manfanarès; la lumière eft venue du Nord; car vous êtes gens du Nord par rapport à moi qui fuis né fous le quarante-cinquième degré; mais toutes ces nouveautés font-elles qu'on foit plus heureux dans ces pays qu'on ne l'était quand *Céfar* defcendit dans votre île, où il vous trouva à moitié nus?

### A.

Je le crois fermement; de bonnes maifons, de bons vêtemens, de là bonne chère, avec de bonnes lois et de la liberté, valent mieux que la difette, l'anarchie et l'efclavage. Ceux qui font mécontens de Londres n'ont qu'à s'en aller aux Orcades; ils y vivront comme nous vivions à Londres du temps de *Céfar* : ils mangeront du pain d'avoine; et s'égorgeront à coups de couteau pour un poiffon féché au foleil, et pour une cabane de paille. La vie fauvage a fes charmes; ceux qui la prêchent n'ont qu'à donner l'exemple.

### B.

Mais au moins ils vivraient fous la loi naturelle. La pure nature n'a jamais connu ni débats de parlement, ni prérogatives de la couronne, ni compagnie des Indes, ni impôt de trois fchellings par livre fur

(*) Les rives du Danube ont bien changé depuis l'impreffion de cet ouvrage.

fon champ et fur fon pré, et d'un fchelling par fenêtre. Vous pourriez bien avoir corrompu la nature ; elle n'eft point altérée dans les îles Orcades et chez les Topinambous.

### A.

Et fi je vous difais que ce font les fauvages qui corrompent la nature, et que c'eft nous qui la fuivons.

### C.

Vous m'étonnez ; quoi ! c'eft fuivre la nature que de facrer un archevêque de Cantorbéri ? d'appeler un allemand tranfplanté chez vous, *votre majefté ?* de ne pouvoir époufer qu'une feule femme ? et de payer plus du quart de votre revenu tous les ans ? fans compter bien d'autres tranfgreffions contre la nature dont je ne parle pas.

### A.

Je vais pourtant vous le prouver, ou je me trompe fort. N'eft-il pas vrai que l'inftinct et le jugement, ces deux fils aînés de la nature, nous enfeignent à chercher en tout notre bien-être, et à procurer celui des autres, quand leur bien-être fait le nôtre évidemment ? N'eft-il pas vrai que fi deux vieux cardinaux fe rencontraient à jeun et mourans de faim fous un prunier, ils s'aideraient tous deux machinalement à monter fur l'arbre pour cueillir des prunes, et que deux petits coquins de la forêt Noire ou des Chicachas en feraient autant ?

### B.

Hé bien, qu'en voulez-vous conclure ?

### A.

Ce que ces deux cardinaux et les deux margajats en concluront, que dans tous les cas pareils il faut s'entr'aider. Ceux qui fourniront le plus de fecours à la fociété feront donc ceux qui fuivront la nature de plus près. Ceux qui inventeront les arts, ( ce qui eft un grand don de DIEU) ceux qui propoferont des lois, ce qui eft infiniment plus aifé., feront donc ceux qui auront le mieux obéi à la loi naturelle ; donc, plus les arts feront cultivés et les propriétés affurées , plus la loi naturelle aura été en effet obfervée. Donc, lorfque nous convenons de payer trois fchellings en commun par livre fterling, pour jouir plus furement de dix-fept autres fchellings ; quand nous convenons de choifir un allemand, pour être fous le nom de *roi* le confervateur de notre liberté , l'arbitre entre les lords et les communes , le chef de la république ; quand nous n'époufons qu'une feule femme par économie, et pour avoir la paix dans la maifon ; quand nous tolérons ( parce que nous fommes riches ) qu'un archevêque de Cantorbéri ait douze mille pièces de revenu pour foulager les pauvres , pour prêcher la vertu s'il fait prêcher, pour entretenir la paix dans le clergé , &c. &c., nous fefons plus que de perfectionner la loi naturelle, nous allons au-delà du but ; mais le fauvage ifolé et brute ( s'il y a de tels animaux fur la terre , ce dont je doute fort) que fait-il du matin au foir ? que de pervertir la loi naturelle, en étant inutile à lui-même et à tous les hommes.

Une abeille qui ne ferait ni miel ni cire , une hirondelle qui ne ferait pas fon nid , une poule qui ne pondrait jamais , corrompraient leur loi naturelle qui eft leur inftinct. Les hommes infociables corrompent l'inftinct de la nature humaine.

### C.

Ainsi l'homme déguisé sous la laine des moutons , ou sous l'excrément des vers-à-soie , inventant la poudre à canon pour se détruire , et allant chercher la vérole à deux mille lieues de chez lui , c'est-là l'homme naturel ; et le Brasilien tout nu est l'homme artificiel ?

### A.

Non ; mais le Brasilien est un animal qui n'a pas encore atteint le complément de son espèce. C'est un oiseau qui n'a ses plumes que fort tard , une chenille enfermée dans sa fève , qui ne sera papillon que dans quelques siècles. Il aura peut-être un jour des *Newton* et des *Locke* , et alors il aura rempli toute l'étendue de la carrière humaine, supposé que les organes du Brasilien soient assez forts et assez souples pour arriver à ce terme ; car tout dépend des organes. Mais que m'importent après tout le caractère d'un Brasilien et les sentimens d'un Topinambou ? Je ne suis ni l'un ni l'autre , je veux être heureux chez moi à ma façon. Il faut examiner l'état où l'on est , et non l'état où l'on ne peut être.

## HUITIEME ENTRETIEN.

### Des serfs de corps.

### B.

IL me paraît que l'Europe est aujourd'hui comme une grande foire. On y trouve tout ce qu'on croit nécessaire à la vie ; il y a des corps-de-garde pour veiller à la sureté des magasins ; des fripons qui gagnent aux trois dés l'argent que perdent les dupes ; des fainéans qui demandent l'aumône , et des marionnettes dans le préau.

### A.

Tout cela eſt de convention, comme vous voyez ; et ces conventions de la foire ſont fondées ſur les beſoins de l'homme, ſur ſa nature, ſur le développement de ſon intelligence, ſur la cauſe première qui pouſſe le reſſort des cauſes ſecondes. Je ſuis perſuadé qu'il en eſt ainſi dans une république de fourmis ; nous les voyons toujours agir ſans bien démêler ce qu'elles font ; elles ont l'air de courir au haſard, elles jugent peut-être ainſi de nous ; elles tiennent leur foire comme nous la nôtre. Pour moi je ne ſuis pas abſolument mécontent de ma boutique.

### C.

Parmi les conventions qui me déplaiſent de cette grande foire du monde, il y en a deux ſur-tout qui me mettent en colère ; c'eſt qu'on y vende des eſclaves, et qu'il y ait des charlatans dont on paye l'orviétan beaucoup trop cher. *Monteſquieu* m'a fort réjoui dans ſon chapitre des nègres. Il eſt bien comique ; il triomphe en s'égayant ſur notre injuſtice.

### A.

Nous n'avons pas, à la vérité, le droit naturel d'aller garrotter un citoyen d'Angola pour le mener travailler à coups de nerf de bœuf à nos ſucreries de la Barbade, comme nous avons le droit naturel de mener à la chaſſe le chien que nous avons nourri : mais nous avons le droit de convention. Pourquoi ce nègre ſe vend-il ? ou pourquoi ſe laiſſe-t-il vendre ? je l'ai acheté, il m'appartient ; quel tort lui fais-je ? Il travaille comme un cheval, je le nourris mal, je l'habille de même, il eſt battu quand il déſobéit ; y a-t-il-là de quoi tant s'étonner ? traitons-nous mieux nos ſoldats ? N'ont-ils pas perdu abſolument leur

liberté

liberté comme ce nègre ? La feule différence entre le nègre èt le guerrier, c'eft que le guerrier coûte bien moins. Un beau nègre revient à préfent à cinq cents écus au moins, et un beau foldat en coûte à peine cinquante. Ni l'un ni l'autre ne peut quitter le lieu où il eft confiné ; l'un et l'autre font battus pour la moindre faute. Le falaire eft à peu-près le même ; et le nègre a fur le foldat l'avantage de ne point rifquer fa vie, et de la paffer avec fa négreffe et fes négrillons.

B.

Quoi ! vous croyez donc qu'un homme peut vendre fa liberté qui n'a point de prix ?

A.

Tout a fon tarif : tant pis pour lui, s'il me vend à bon marché quelque chofe de fi précieux. Dites qu'il eft un imbécille ; mais ne dites pas que je fuis un coquin. ( 4 )

( 4 ) Nous ne pouvons être ici d'accord avec M. de *Voltaire* ; 1°. Les principes du droit naturel prononcent la nullité de toute convention dont il réfulte une léfion qui prouve qu'elle eft l'ouvrage de la démence de l'un des contractans, ou de la violence et de la fraude de l'autre. 2°. Un engagement eft nul par la même raifon toutes les fois que les conditions de cet engagement n'ont point une étendue déterminée. 3°. Quand il ferait vrai qu'on pût fe vendre foi-même, on ne pourrait point vendre fa poftérité. Un homme ne pourrait avoir le droit d'en vendre un autre, à moins qu'il ne fe fût vendu volontairement, et que cette permiffion fût une des claufes de la vente ; l'efclavage ne ferait donc alors légitime que dans des cas très-rares. D'ailleurs un homme qui abufe de l'imbécillité d'un autre eft précifément ce que M. *A* ne veut pas être. Il n'y a nulle parité entre l'état d'un efclave et celui d'un foldat. Les conditions de l'engagement du foldat font déterminées, fon châtiment, s'il y manque, eft réglé par une loi, et eft infligé par le jugement d'un officier, qui eft dans ce cas une efpèce de magiftrat, un homme chargé d'exercer une partie de la puiffance publique. Cet officier n'eft pas juge et partie comme le maître à l'égard de fon efclave. Les foldats peuvent être réellement en certains pays dans une fituation pareille à la fervitude des nègres, et alors cet efclavage eft une violation du droit naturel ; mais l'état de foldat n'eft pas en lui-même un état d'efclavage.

*Dialogues.*                                  S

## C.

Il me femble que *Grotius*, liv. II, chap. V, approuve fort l'efclavage; il trouve même la condition d'un efclave beaucoup plus avantageufe que celle d'un homme de journée qui n'eft pas toujours fûr d'avoir du pain.

## B.

Mais *Montefquieu* regarde la fervitude comme une efpèce de péché contre nature. Voilà un hollandais citoyen libre qui veut des efclaves, et un français qui n'en veut point; il ne croit pas même au droit de la guerre.

## A.

Et quel autre droit peut-il donc y avoir dans la guerre que celui du plus fort? Je fuppofe que je me trouve en Amérique engagé dans une action contre des Efpagnols. Un efpagnol m'a bleffé, je fuis prêt à le tuer; il me dit : Brave anglais, ne me tue pas, et je te fervirai. J'accepte la propofition, je lui fais ce plaifir, je le nourris d'ail et d'oignons; il me lit les foirs *Don-Quichotte* à mon coucher, quel mal y a-t-il à cela, s'il vous plaît? Si je me rends à un efpagnol aux mêmes conditions, quel reproche ai-je à lui faire? Il n'y a dans un marché que ce qu'on y met, comme dit l'empereur *Juftinien*. ( 5 )

*Montefquieu* n'avoue-t-il pas lui-même qu'il y a des peuples d'Europe chez lefquels il eft fort commun de fe vendre, comme, par exemple, les Ruffes?

( 5 ) Cela fuppofe qu'on a droit de tuer un homme qui fe rend; fans quoi celui qui fait efclave un ennemi, au lieu de le tuer, eft un peu plus coupable qu'un voleur de grand chemin qui ne tue point ceux qui donnent leur bourfe de bonne grâce. Il vaut mieux faire un homme efclave que de le tuer, comme il vaut mieux voler que d'affaffiner ; mais de ce qu'on a fait un moindre crime, il ne s'en fuit point qu'on ait fur le fruit de ce crime un véritable droit. Au refte ces décifions de M. *A* ne font pas la véritable opinion de M. de *Voltaire*. Il a voulu peindre un caractère un peu dur, qui fe foucie fort peu des hommes affez lâches et affez imbécilles pour refter dans l'efclavage, et qui trouve fort bon qu'on le faffe efclave, s'il eft affez faible pour préférer la vie à la liberté.

### B.

Il est vrai qu'il le dit, (r) et qu'il cite le capitaine *Jean Perri* dans l'*Etat présent de la Russie;* mais il cite à son ordinaire. *Jean Perri* dit précisément le contraire. (s) Voici ses propres mots : *Le czar a ordonné que personne ne se diroit à l'avenir son esclave, son golut; mais seulement raad qui signifie sujet. Il est vrai que le peuple n'en tire aucun avantage réel, car il est encore aujourd'hui esclave.*

En effet, tous les cultivateurs, tous les habitans des terres appartenantes aux boyards ou aux prêtres sont esclaves. Si l'impératrice de Russie commence à créer des hommes libres, elle rendra par-là son nom immortel.

Au reste, à la honte de l'humanité, les agriculteurs, les artisans, les bourgeois qui ne sont pas citoyens des grandes villes sont encore esclaves, serfs de glèbe, en Pologne, en Bohême, en Hongrie, en plusieurs provinces de l'Allemagne, dans la moitié de la Franche-Comté, dans le quart de la Bourgogne; ce qu'il y a de contradictoire, c'est qu'ils sont esclaves des prêtres. Il y a tel évêque qui n'a guère que des serfs de glèbe de main-morte dans son territoire : telle est l'humanité, telle est la charité chrétienne. Quant aux esclaves faits pendant la guerre, on ne voit chez les religieux chevaliers de Malte que des esclaves de Turquie ou des côtes d'Afrique enchaînés aux rames de leurs galères chrétiennes.

### A.

Par ma foi, si des évêques et des religieux ont des esclaves, je veux en avoir aussi.

### B.

Il ferait mieux que personne n'en eût.

(r) Livre XV, chap. VI.          (s) Page 228.

S 2

### C.

La chofe arrivera infailliblement quand la paix perpétuelle de l'abbé de *Saint-Pierre* fera fignée par le grand
turc et par toutes les puiffances, et qu'on aura bâti la
ville d'arbitrage auprès du trou qu'on voulait percer
jufqu'au centre de la terre, pour favoir bien précifément comment il faut fe conduire fur fa furface.

## NEUVIEME ENTRETIEN.

### *Des efprits ferfs.*

### B.

Si vous admettez l'efclavage du corps, vous ne permettez pas du moins l'efclavage des efprits?

### A.

Entendons-nous, s'il vous plaît. Je n'admets point
l'efclavage du corps parmi les principes de la fociété.
Je dis feulement qu'il vaut mieux pour un vaincu être
efclave que d'être tué, en cas qu'il aime plus la vie
que la liberté.

Je dis que le nègre qui fe vend eft un fou, et que le
père nègre qui vend fon négrillon eft un barbare ; mais
que je fuis un homme fort fenfé d'acheter ce nègre et de
le faire travailler à ma fucrerie. Mon intérêt eft qu'il fe
porte bien, afin qu'il travaille. Je ferai humain envers
lui, et je n'exige pas de lui plus de reconnaiffance que
de mon cheval à qui je fuis obligé de donner de l'avoine,
fi je veux qu'il me ferve. (6) Je fuis avec mon cheval à

---

( 6 ) C'eft ici une autre queftion, Puis-je, l'efclavage étant établi dans
une fociété, acheter un efclave, qui fans cela deviendrait l'efclave d'un
autre, que je traiterais avec humanité, à qui je rendrai la liberté

peu-près comme DIEU avec l'homme. Si DIEU a fait l'homme pour vivre quelques minutes dans l'écurie de la terre, il fallait bien qu'il lui procurât de la nourriture; car il ferait abfurde qu'il lui eût fait préfent de la faim et d'un eftomac, et qu'il eût oublié de le nourrir.

### C.

Et fi votre efclave vous eft inutile?

### A.

Je lui donnerai fa liberté, fans contredit, dût-il s'aller faire moine.

### B.

Mais l'efclavage de l'efprit, comment le trouvez-vous?

### A.

Qu'appelez-vous efclavage de l'efprit?

### B.

J'entends cet ufage où l'on eft de plier l'efprit de nos enfans, comme les femmes caraïbes pétriffent la tête des leurs; d'apprendre d'abord à leur bouche à balbutier des fottifes dont nous nous moquons noûs-mêmes; de leur faire croire ces fottifes dès qu'ils peuvent commencer à croire; de prendre ainfi tous les foins poffibles pour

lorfqu'il m'aura valu ce qu'il m'aura coûté, fi alors il eft encore en état de vivre de fon travail, et à qui je ferai une penfion s'il a vieilli à mon fervice? Je vois un efclave fur le marché, je lui dis : Mon ami, mes compatriotes font des coquins qui violent le droit naturel fans pudeur et fans remords. On va te vendre 1500 liv.; je les ai; mais je ne puis faire ce facrifice pour empêcher ces gens-là de commettre un crime de plus. Si tu veux, je t'acheterai, tu travailleras pour moi, et je te nourrirai; fi tu travailles mal, tu es un vaurien; je te chafferai, et tu retomberas entre les mains dont tu fors; fi je fuis un brutal ou un tyran, fi je te donne des coups de nerf de bœuf, fi je te prends ta femme ou ta fille, tu ne me dois plus rien, tu deviens libre; fie-toi à ma parole, je ne fais point le mal de fang froid. Veux-tu me fuivre? mais cachons ce traité, on ne fouffre ici entre ton efpèce et la mienne que les conventions qui font des crimes; celles qui feraient juftes font défendues. Ce difcours ferait celui d'un homme raifonnable, mais celui qu'il aurait acheté ne ferait pas fon efclave.

S 3

rendre une nation idiote , pufillanime et barbare ; d'infti-
tuer enfin des lois qui empêchent les hommes d'écrire ,
de parler et même de penfer , comme *Arnolphe* veut dans
la comédie qu'il n'y ait dans fa maifon d'écritoire que pour
lui , et faire d'*Agnès* une imbécille , afin de jouir d'elle.

### A.

S'il y avait de pareilles lois en Angleterre , ou je
ferais une belle confpiration pour les abolir , ou je fuirais
pour jamais de mon île après y avoir mis le feu.

### C.

Cependant il eft bon que tout le monde ne dife pas
ce qu'il penfe. On ne doit infulter ni par écrit , ni dans
fes difcours , les puiffances et les lois à l'abri defquelles
on jouit de fa fortune , de fa liberté , et de toutes les
douceurs de la vie.

### A.

Non , fans doute , il faut punir le féditieux téméraire ;
mais , parce que les hommes peuvent abufer de l'écriture ,
faut-il leur en interdire l'ufage ? J'aimerais autant qu'on
vous rendît muet pour vous empêcher de faire de mauvais
argumens. On vole dans les rues , faut-il pour cela
défendre d'y marcher ? on dit des fottifes et des injures ,
faut-il défendre de parler ? chacun peut écrire chez nous
ce qu'il penfe à fes rifques et à fes périls ; c'eft la feule
manière de parler à fa nation. Si elle trouve que vous
avez parlé ridiculement , elle vous fiffle ; fi féditieufement ,
elle vous punit ; fi fagement et noblement , elle vous
aime et vous récompenfe. La liberté de parler aux hommes
avec la plume eft établie en Angleterre comme en
Pologne ; elle l'eft dans les Provinces-Unies ; elle l'eft
enfin dans la Suède qui nous imite : elle doit l'être dans
la Suiffe , fans quoi la Suiffe n'eft pas digne d'être libre.

Point de liberté chez les hommes , fans celle d'expliquer fa penfée.

### C.

Et fi vous étiez né dans Rome moderne ?

### A.

J'aurais dreffé un autel à *Cicéron* et à *Tacite* , gens de Rome l'ancienne ; je ferais monté fur cet autel ; et , le chapeau de *Brutus* fur la tête , et fon poignard à la main , j'aurais rappelé le peuple aux droits naturels qu'il a perdus ; j'aurais rétabli le tribunat , comme fit *Nicolas Rienzi*.

### C.

Et vous auriez fini comme lui.

### A.

Peut-être ; mais je ne puis vous exprimer l'horreur que m'infpira l'efclavage des Romains dans mon dernier voyage ; je frémiffais en voyant des récollets au capitole. Quatre de mes compatriotes ont frété un vaiffeau pour aller deffiner les inutiles ruines de Palmire et de Balbec ; j'ai été tenté cent fois d'en armer une douzaine à mes frais pour aller changer en ruines les repaires des inquifiteurs dans les pays où l'homme eft affervi par ces monftres. Mon héros eft l'amiral *Blake*. Envoyé par *Cromwell* pour figner un traité avec *Jean de Bragance* , roi de Portugal , ce prince s'excufa de conclure , parce que le grand inquifiteur ne voulait pas fouffrir qu'on traitât avec des hérétiques. Laiffez-moi faire , lui dit *Blake* , il viendra figner le traité fur mon bord. Le palais de ce moine était fur le Tage , vis-à-vis notre flotte. L'amiral lui lâche une bordée à boulets rouges ; l'inquifiteur vient lui demander pardon et figne le traité à genoux. L'amiral ne fit en cela que la moitié de ce qu'il devait faire ; il aurait dû défendre à tous

S 4

les inquifiteurs de tyrannifer les ames, et de brûler les corps, comme les Perfans et enfuite les Grecs et les Romains défendirent aux Africains de facrifier des victimes humaines.

### B.

Vous parlez toujours en véritable Anglais.

### A.

En homme, et comme tous les hommes parleraient, s'ils ofaient. Voulez-vous que je vous dife quel eft le plus grand défaut du genre humain ?

### C.

Vous me feriez plaifir ; j'aime à connaître mon efpéce.

### A.

Ce défaut eft d'être fot et poltron.

### C.

Cependant toutes les nations montrent du courage à la guerre.

### A.

Oui, comme les chevaux qui tremblent au premier fon du tambour, et qui avancent fièrement quand ils font difciplinés par cent coups de tambour et cent coups de fouet.

## DIXIEME ENTRETIEN.

*Sur la religion.*

### C.

Puisque vous croyez que le partage du brave homme eft d'expliquer librement fes penfées, vous voulez donc qu'on puiffe tout imprimer fur le gouvernement et fur la religion?

**A.**

Qui garde le filence fur ces deux objets, qui n'ofe regarder fixement ces deux pôles de la vie humaine, n'eft qu'un lâche. Si nous n'avions pas fu écrire, nous aurions été opprimés par *Jacques II* et par fon chancelier *Jeffreys*; et milord de *Kenterbury* nous ferait donner le fouet à la porte de fa cathédrale. Notre plume fut la première arme contre la tyrannie, et notre épée la feconde.

**C.**

Quoi ! écrire contre la religion de fon pays !

**B.**

Hé, vous n'y penfez pas, M. *C*; fi les premiers chrétiens n'avaient pas eu la liberté d'écrire contre la religion de l'empire romain, ils n'auraient jamais établi la leur; ils firent l'évangile de *Marie*, celui de *Jacques*, celui de l'enfance, celui des Hébreux, de *Barnabé*, de *Luc*, de *Jean*, de *Matthieu*, de *Marc*; ils en écrivirent cinquante-quatre. Ils firent les lettres de JESUS à un roitelet d'Edeffe, celles de *Pilate* à *Tibère*, de *Paul* à *Sénèque*, et les prophéties des fibylles en acrofliches, et le fymbole des douze apôtres, et le teflament des douze patriarches, et le livre d'*Enoch*, et cinq ou fix apocalypfes, et de fauffes conflitutions apofloliques, &c. &c. Que n'écrivi-rent-ils point ? pourquoi voulez-vous nous ôter la liberté qu'ils ont eue?

**C.**

DIEU me préferve de profcrire cette liberté précieufe; mais j'y veux du ménagement, comme dans la conver-fation des honnêtes gens; chacun y dit fon avis, mais perfonne n'infulte la compagnie.

**A.**

Je ne demande pas auffi qu'on infulte la fociété, mais

qu'on l'éclaire. Si la religion du pays eſt divine, (car c'eſt de quoi chaque nation ſe pique) cent mille volumes lancés contre elle ne lui feront pas plus de mal que cent mille pelottes de neige n'ébranleront des murailles d'airain ; les portes de l'enfer ne prévaudront pas contre elle, comme vous ſavez ; comment des caractères noirs tracés ſur du papier blanc pourraient-ils la détruire?

Mais ſi des fanatiques, ou des fripons, ou des gens qui poſsèdent ces deux qualités à la fois, viennent à corrompre une religion pure et ſimple ; ſi par haſard des mages et des bonzes ajoutent des cérémonies ridicules à des lois ſacrées, des myſtères impertinens à la morale divine des *Zoroaſtre* et des *Confutzée*, le genre humain ne doit-il pas des grâces à ceux qui nettoieraient le temple de DIEU des ordures que ces malheureux y auront amaſſées ?

B.

Vous me paraiſſez bien ſavant ; quels ſont donc ces préceptes de *Zoroaſtre* et de *Confutzée* ?

A.

*Confutzée* ne dit point : *Ne fais pas aux hommes ce que tu ne voudrais pas qu'on te fît.*

Il dit : *Fais ce que tu veux qu'on te faſſe, oublie les injures et ne te ſouviens que des bienfaits.* Il fait un devoir de l'amitié et de l'humanité.

Je ne citerai qu'une ſeule loi de *Zoroaſtre*, qui comprend ce que la morale a de plus épuré, et qui eſt juſtement le contraire du fameux probabiliſme des jéſuites. *Quand tu ſeras en doute ſi une action eſt bonne ou mauvaiſe, abſtiens-toi de la faire.*

Nul moraliſte, nul philoſophe, nul légiſlateur n'a jamais rien dit, ni pu dire qui l'emporte ſur cette maxime.

Si, après cela, des docteurs perfans ou chinois ont ajouté à l'adoration d'un DIEU et à la doctrine de la vertu des chimères fantaftiques, des apparitions, des vifions, des prédictions, des prodiges, des poffeffions, des fcapulaires ; s'ils ont voulu qu'on ne mangeât que de certains alimens en l'honneur de *Zoroaftre* et de *Confutzée;* s'ils ont prétendu être inftruits de tous les fecrets de la famille de ces deux grands hommes ; s'ils ont difputé trois cents ans pour favoir comment *Confutzée* avait été fait ou engendré ; s'ils ont inftitué des pratiques fuperfti- tieufes qui fefaient paffer dans leurs poches l'argent des ames dévotes ; s'ils ont établi leur grandeur temporelle fur la fottife de ces ames peu fpirituelles ; fi enfin ils ont armé des fanatiques pour foutenir leurs inventions par le fer et par les flammes, il eft indubitable qu'il a fallu réprimer ces impofteurs. Quiconque a écrit en faveur de la religion naturelle et divine, contre les déteftables abus de la religion fophiftique, a été le bienfaiteur de fa patrie.

### C.

Souvent ces bienfaiteurs ont été mal récompenfés. Ils ont été cuits ou empoifonnés, ou ils font morts en l'air, et toute réforme a produit des guerres.

### A.

C'était la faute de la légiflation. Il n'y a plus de guerres religieufes depuis que les gouvernemens ont été affez fages pour réprimer la théologie.

### B.

Je voudrais pour l'honneur de la raifon qu'on l'abolît au lieu de la réprimer ; il eft trop honteux d'avoir fait une fcience de cette grave folie. Je connais bien à quoi fert un curé qui tient regiftre des naiffances et des morts, qui ramaffe des aumônes pour les pauvres, qui confole les malades, qui met la paix dans les familles ; mais à quoi font bons des théologiens ? Qu'en reviendra-t-il à la fociété, quand on aura bien fu qu'un ange eft infini, *fecundùm quid*, que *Scipion* et *Caton* font damnés pour n'avoir pas été chrétiens, et qu'il y a une différence effentielle entre catégorématique et fincatégorématique ?

N'admirez-vous pas un *Thomas d'Aquin* qui décide que *les parties irafcibles et concupifcibles ne font pas parties de l'appetit intellectuel ?* Il examine au long fi les cérémonies de la loi font avant la loi. Mille pages font employées à ces belles queftions, et cinq cents mille hommes les étudient.

Les théologiens ont long-temps recherché fi DIEU peut être citrouille et fcarabée ; fi, quand on a reçu l'euchariftie, on la rend à la garde-robe.

Ces extravagances ont occupé des têtes qui avaient de la barbe dans des pays qui ont produit de grands hommes ; c'eft fur quoi un écrivain ami de la raifon a dit plufieurs fois que notre grand mal eft de ne pas favoir encore à quel point nous fommes au-deffous des Hottentots fur certaines matières.

Nous avons été plus loin que les Grecs et les Romains dans plufieurs arts, et nous fommes des brutes en cette partie, femblables à ces animaux du Nil dont une partie était vivifiée, tandis que l'autre n'était encore que de la fange.

Qui le croirait ? un fou, après avoir répété toutes les bêtifes fcolaftiques pendant deux ans, reçoit fes grelots et fa marotte en cérémonie ; il fe pavane, il décide ; et c'eft cette école de Bedlam qui mène aux honneurs et aux richeffes. *Thomas* et *Bonaventure* ont des autels, et ceux qui ont inventé la charrue, la navette, le rabot et la fcie, font inconnus.

### A.

Il faut abfolument qu'on détruife la théologie, comme on a détruit l'aftrologie judiciaire, la magie, la baguette divinatoire, la cabale et la chambre étoilée. (7)

### C.

Détruifons ces chenilles tant que nous pourrons dans nos jardins, et n'y laiffons que les roffignols; confervons l'utile et l'agréable, c'eft-là tout l'homme; mais pour tout ce qui eft dégoûtant et venimeux, je confens qu'on l'extermine.

### A.

Une bonne religion honnête, mort de ma vie, bien établie par acte de parlement, bien dépendante du fouverain, voilà ce qu'il nous faut, et tolérons toutes les autres. (8) Nous ne fommes heureux que depuis que nous fommes libres et tolérans.

### C.

Je lifais l'autre jour un poëme français fur la grâce, poëme didactique et un peu foporatif, attendu qu'il eft monotone. L'auteur, en parlant de l'Angleterre, à qui la grâce de DIEU eft refufée, ( quoique votre monarque fe dife

---

( 7 ) Efpèce d'inquifition d'Etat établie en Angleterre fous *Henri VIII*, et détruite en 1641 fous *Charles I.*

( 8 ) Les Etats-Unis de l'Amérique ont été plus loin; il n'y a chez eux aucune religion nationale; mais quelques-uns de ces états ont fait une faute en excluant les prêtres des fonctions publiques; c'eft leur dire de fe réunir et de former *imperium in imperio.* Dans un pays bien gouverné un prêtre ne doit avoir ni plus de privilèges ni moins de droit qu'un géomètre ou un métaphyficien. Les droits de citoyen n'ont rien de commun avec l'emploi qu'un homme fait de l'efprit que la nature lui a donné.

roi par la grâce de DIEU, tout comme un autre) l'auteur, dis-je, s'exprime ainsi en vers assez plats.

> Cette île de chrétiens féconde pépinière,
> L'Angleterre, où jadis brilla tant de lumière,
> Recevant aujourd'hui toutes religions,
> N'est plus qu'un triste amas de folles visions. . . . .
> Oui, nous sommes, Seigneur, tes peuples les plus chers,
> Tu fais luire sur nous tes rayons les plus clairs.
> Vérité toujours pure, ô doctrine éternelle !
> La France est aujourd'hui ton royaume fidèle.

## A.

Voilà un plaisant original avec sa pépinière et ses rayons *clairs !* un français croit toujours qu'il doit donner le ton aux autres nations. Il semble qu'il s'agisse d'un menuet ou d'une mode nouvelle. Il nous plaît d'être libres ; en quoi, s'il vous plaît, la France est-elle le royaume *fidèle de la doctrine éternelle ?* Est-ce dans le temps qu'une bulle ridicule fabriquée à Paris dans un collége de jésuites et scellée à Rome par un collége de cardinaux, a divisé toute la France, et fait plus de prisonniers et d'exilés qu'elle n'avait de soldats ? O le royaume fidèle !

Que l'Eglise anglicane réponde, si elle veut, à ces rimeurs de l'Eglise gallicane ; pour moi, je suis sûr que personne ne regrettera parmi nous *ce temps jadis où brilla tant de lumière.* Etait-ce quand les papes envoyaient chez nous des légats donner nos bénéfices à des italiens et imposer des décimes sur nos biens pour payer leurs filles de joie ? Etait-ce quand nos trois royaumes fourmillaient de moines et de miracles ? ce plat poëte est un bien mauvais citoyen. Il devait souhaiter plutôt à sa patrie assez de *rayons clairs,* pour qu'elle aperçût ce qu'elle gagnerait à nous imiter ; ces rayons font voir qu'il ne faut pas que les gallicans envoient vingt mille livres sterling à Rome toutes les années, et que les anglicans, qui payaient autrefois le denier de S<sup>t</sup> *Pierre*, étaient plongés alors dans la plus stupide barbarie.

B.

C'est très-bien dit ; la religion ne consiste point du tout à faire passer son argent à Rome. C'est une vérité reconnue non-seulement de ceux qui ont brisé ce joug, mais encore de ceux qui le portent.

A.

Il faut absolument épurer la religion ; l'Europe entière le crie. On commença ce grand ouvrage il y a près de deux cents cinquante années ; mais les hommes ne s'éclairent que par degrés. Qui aurait cru alors qu'on analyserait les rayons du soleil, qu'on électriserait le tonnerre, et qu'on découvrirait la gravitation universelle, loi qui préside à l'univers ? Il est temps que des hommes si éclairés ne soient pas esclaves des aveugles. Je ris quand je vois une académie des sciences obligée de se conformer à la décision d'une congrégation du saint office.

La théologie n'a jamais servi qu'à renverser les cervelles et quelquefois les Etats. Elle seule fait les athées ; car le grand nombre de petits théologiens qui est assez sensé pour voir le ridicule de cette étude chimérique, n'en fait pas assez pour lui substituer une saine philosophie. La théologie, disent-ils, est, selon la signification du mot, *la science de* D I E U : or les polissons qui ont profané cette science ont donné de D I E U des idées absurdes ; et de-là ils concluent que la Divinité est une chimère, parce que la théologie est chimérique. C'est précisément dire qu'il ne faut prendre ni quinquina pour la fièvre, ni faire diète dans la pléthore, ni être faigné dans l'apoplexie, parce qu'il y a de mauvais médecins ; c'eft nier la connaiffance du cours des aftres, parce qu'il y a eu des aftrologues ; c'eft nier les effets évidens de la chimie, parce que des chimiftes charlatans ont prétendu faire de l'or. Les gens du monde encore plus ignorans que ces petits théologiens difent : Voilà des bacheliers et des licenciés qui ne croient pas en DIEU, pourquoi y croirions-nous ?

Mes amis, une fauffe fcience fait les athées ; une vraie fcience profterne l'homme devant la Divinité. Elle rend jufte et fage celui que la théologie a rendu inique et infenfé.

Voilà à peu-près ce que j'ai lu dans un petit livre nouveau, et j'en ai fait ma profeffion de foi.

B.

En vérité, c'eft celle de tous les honnêtes gens.

## ONZIEME ENTRETIEN.

### Du droit de la guerre.

B.

NOUS avons traité des matières qui nous regardent tous de fort près ; et les hommes font bien infenfés d'aimer mieux aller à la chaffe ou jouer au piquet que de s'inftruire fur des objets fi importans. Notre premier deffein était d'approfondir le droit de la guerre et de la paix, nous n'en avons pas encore parlé.

A.

Qu'entendez-vous par le droit de la guerre ?

B.

Vous m'embarraffez ; mais enfin de *Groot* ou *Grotius*

en

en a fait un ample traité, dans lequel il cite plus de deux cents auteurs grecs ou latins, et même des auteurs juifs.

### A.

Croyez-vous que le prince *Eugène* et le duc de *Marlborough* l'euffent étudié, quand ils vinrent chaffer les Français de cent lieues de pays? le droit de la paix, je le connais affez, c'eft de tenir fa parole, et de laiffer tous les hommes jouir des droits de la nature; mais pour le droit de la guerre, je ne fais ce que c'eft. Le code du meurtre me femble une étrange imagination. J'efpère que bientôt on nous donnera la jurifprudence des voleurs de grand chemin.

### C.

Comment accorderons-nous donc cette horreur fi ancienne, fi univerfelle de la guerre, avec les idées du jufte eft de l'injufte? avec cette bienveillance pour nos femblables, que nous prétendons être née avec nous? avec le *to Kalon*, le beau et l'honnête?

### B.

N'allons pas fi vîte. Ce crime qui confifte à commettre un fi grand nombre de crimes en front de bandière, n'eft pas fi univerfel que vous le dites. Nous avons déjà remarqué que les brames et les primitifs, nommés *quakres*, n'ont jamais été coupables de cette abomination. Les nations qui font au-delà du Gange verfent très-rarement le fang; et je n'ai point lu que la république de San-Marino ait jamais fait la guerre, quoiqu'elle ait à peu-près autant de terrain qu'en avait *Romulus*. Les peuples de l'Indus et de l'Hidafpe furent bien furpris de voir les premiers voleurs armés qui vinrent s'emparer de leur beau pays. Plufieurs peuples de l'Amérique n'avaient jamais entendu parler de ce péché horrible, quand les Efpagnols vinrent les attaquer, l'évangile à la main.

*Dialogues.* T

Il n'eſt point dit que les Cananéens euſſent jamais
fait la guerre à perſonne, lorſqu'une horde de juifs parut
tout d'un coup, mit les bourgades en cendres, égorgea
les femmes ſur les corps de leurs maris, et les enſans ſur
le ventre de leurs mères. Comment expliquerons-nous
cette fureur dans nos principes ?

### A.

Comme les médecins rendent raiſon de la peſte, des
deux véroles et de la rage. Ce ſont des maladies attachées
à la conſtitution de nos organes. On n'eſt pas toujours
attaqué de la rage et de la peſte ; il ſuffit ſouvent qu'un
miniſtre d'Etat enragé ait mordu un autre miniſtre, pour
que la rage ſe communique dans trois mois à quatre ou
cinq cents mille hommes.

### C.

Mais, quand on a ces maladies, il y a quelques remèdes.
En connaiſſez-vous pour la guerre ?

### A.

Je n'en connais que deux dont la tragédie s'eſt emparée;
la crainte et la pitié. La crainte nous oblige ſouvent à
faire la paix ; et la pitié, que la nature a miſe dans nos
cœurs comme un contre-poiſon contre l'héroïſme carnaſ-
fier, fait qu'on ne traite pas toujours les vaincus à toute
rigueur. Notre intérêt même eſt d'uſer envers eux de
miſéricorde, afin qu'ils ſervent ſans trop de répugnance
leurs nouveaux maîtres : je ſais bien qu'il y a eu des
brutaux qui ont fait ſentir rudement le poids de leurs
chaînes aux nations ſubjuguées. A cela je n'ai autre choſe
à répondre que ce vers d'une tragédie intitulée *Spartacus*,
compoſée par un français qui penſe profondémeni :

La loi de l'univers, eſt : *malheur aux vaincus.*

J'ai dompté un cheval : fi je fuis fage, je le nourris bien, je le careffe et je le monte ; fi je fuis un fou furieux, je l'égorge.

### C.

Cela n'eft pas confolant ; car enfin nous avons prefque tous été fubjugués. Vous autres Anglais, vous l'avez été par les Romains, par les Saxons et les Danois, et enfuite par un bâtard de Normandie. Le berceau de notre religion eft entre les mains des Turcs. Une poignée de francs a foumis la Gaule. Les Tyriens, les Carthaginois, les Romains, les Goths, les Arabes, ont tour à tour fubjugué l'Efpagne. Enfin, de la Chine à Cadix, prefque tout l'univers a toujours appartenu au plus fort. Je ne connais aucun conquérant qui foit venu l'épée dans une main et un code dans l'autre ; ils n'ont fait des lois qu'après la victoire, c'eft-à-dire, après la rapine ; et ces lois, il les ont faites précifément pour foutenir leur tyrannie. Que diriez-vous, fi quelque bâtard de Normandie venait s'emparer de votre Angleterre pour venir vous donner fes lois ?

### A.

Je ne dirais rien ; je tâcherais de le tuer à fa defcente dans ma patrie ; s'il me tuait, je n'aurais rien à répliquer : s'il me fubjuguait, je n'aurais que deux partis à prendre, celui de me tuer moi-même, ou celui de le bien fervir.

### B.

Voilà de triftes alternatives. Quoi ! point de loi de la guerre, point de droit des gens ?

### A.

J'en fuis fâché ; mais il n'y en a point d'autre que de fe tenir continuellement fur fes gardes. Tous les rois, tous les miniftres, penfent comme moi ; et c'eft pourquoi douze cents mille mercenaires en Europe font aujourd'hui la parade tous les jours en temps de paix.　　T 2

Qu'un prince licencie ses troupes, qu'il laisse tomber ses fortifications en ruines , et qu'il passe son temps à lire *Grotius*, vous verrez si dans un an ou deux il n'aura pas perdu son royaume.

### C.

Ce sera une grande injustice.

### A.

D'accord.

### B.

Et point de remède à cela?

### A.

Aucun, sinon de se mettre en état d'être aussi injuste que ses voisins. Alors l'ambition est contenue par l'ambition; alors les chiens d'égale force montrent les dents, et ne se déchirent que lorsqu'ils ont à disputer une proie.

### C.

Mais les Romains , les Romains , ces grands législateurs!

### A.

Ils fefaient des lois , vous dis-je , comme les Algériens assujettissent leurs esclaves à la règle; mais , quand ils combattaient pour réduire les nations en esclavage, leur loi était leur épée. Voyez le grand *César* , le mari de tant de femmes , et la femme de tant d'hommes , il fait mettre en croix deux mille citoyens du pays de Vannes , afin que le reste apprenne à être plus souple ; ensuite , quand toute la nation est bien apprivoisée , viennent les lois et les beaux règlemens ; on bâtit des cirques , des amphithéâtres ; on élève des aqueducs ; on construit des bains publics ; et les peuples subjugués dansent avec leurs chaînes.

### B.

On dit pourtant que dans la guerre il y a des lois qu'on observe : par exemple , on fait une trève de quelques jours pour enterrer fes morts ; on ftipule qu'on ne fe battra pas dans un certain endroit ; on accorde une capitulation à une ville affiégée ; on lui permet de racheter fes cloches ; on n'éventre point les femmes groffes quand on prend poffeffion d'une place qui s'eft rendue. Vous faites des politeffes à un officier bleffé qui eft tombé entre vos mains ; et s'il meurt, vous le faites enterrer.

### A.

'Ne voyez-vous pas que ce font-là les lois de la paix, les lois de la nature, les lois primitives qu'on exécute réciproquement ? La guerre ne les a pas dictées ; elles fe font entendre malgré la guerre ; et fans cela les trois quarts du globe ne feraient qu'un défert couvert d'offemens.

Si deux plaideurs acharnés, et près d'être ruinés par leurs procureurs, font entre eux un accord qui leur laiffe à chacun un peu de pain, appellerez-vous cet accord une *loi du barreau ?* Si une horde de théologiens, allant faire brûler en cérémonie quelques raifonneurs qu'ils appellent *hérétiques*, apprend que le lendemain le parti hérétique les fera brûler à fon tour ; s'ils font grâce pour qu'on la leur faffe, direz-vous que c'eft-là une loi théologique ? Vous avouerez qu'ils ont écouté la nature et l'intérêt, malgré la théologie. Il en eft de même dans la guerre : le mal qu'elle ne fait pas, c'eft le befoin et l'intérêt qui l'arrêtent. La guerre, vous dis-je, eft une maladie affreufe qui faifit les nations l'une après l'autre, et que la nature guérit à la longue

### C.

Quoi ! vous n'admettez point de guerre jufte ?

### A.

Je n'en ai jamais connu de cette efpèce ; cela me paraît contradictoire et impoffible.

B.

Quoi ! lorfque le pape *Alexandre VI*, et fon infame fils *Borgia*, pillaient la Romagne, égorgeaient, empoifonnaient tous les feigneurs de ce pays, en leur accordant des indulgences, il n'était pas permis de s'armer contre ces monftres !

A.

Ne voyez-vous pas que c'étaient ces monftres qui fefaient la guerre ? ceux qui fe défendaient la foutenaient. Il n'y a certainement dans ce monde que des guerres offenfives ; la défenfive n'eft autre chofe que la réfiftance à des voleurs armés.

C.

Vous vous moquez de nous. Deux princes fe difputent un héritage, leur droit eft litigieux, leurs raifons font également plaufibles ; il faut bien que la guerre en décide : alors cette guerre eft jufte des deux côtés.

A.

C'eft vous qui vous moquez. Il eft impoffible phyfiquement que l'un des deux n'ait pas tort ; et il eft abfurde et barbare que des nations périffent, parce que l'un de ces deux princes a mal raifonné. Qu'ils fe battent en champ clos s'ils veulent ; mais qu'un peuple entier foit immolé à leurs intérêts, voilà où eft l'horreur. Par exemple, l'archiduc *Charles* difpute le trône d'Efpagne au duc d'*Anjou*, et avant que le procès foit jugé, il en coûte la vie à plus de quatre cents mille hommes. Je vous demande fi la chofe eft jufte ?

#### B.

J'avoue que non. Il fallait trouver quelqu'autre biais pour accommoder le différent.

#### C.

Il était tout trouvé ; il fallait s'en rapporter à la nation fur laquelle on voulait régner. La nation efpagnole difait : Nous voulons le duc d'*Anjou* ; le roi fon grand-père l'a nommé héritier par fon teftament ; nous y avons foufcrit ; nous l'avons reconnu pour notre roi ; nous l'avons fupplié de quitter la France pour venir gouverner. Quiconque veut s'oppofer à la loi des vivans et des morts eft vifiblement injufte.

#### B.

Fort bien. Mais fi la nation fe partage ?

#### A.

Alors, comme je vous le difais, la nation et ceux qui entrent dans la querelle font malades de la rage. Ses horribles fymptômes durent douze ans jufqu'à ce que les enragés épuifés, n'en pouvant plus, foient forcés de s'accorder. Le hafard, le mélange de bons et de mauvais fuccès, les intrigues, la laffitude, ont éteint cet incendie, que d'autres hafards, d'autres intrigues, la cupidité ; la jaloufie, l'efpérance, avaient allumé. La guerre eft comme le mont Véfuve ; fes éruptions engloutiffent des villes, et fes embrafemens s'arrêtent. Il y a des temps où les bêtes féroces, defcendues des montagnes, dévorent une partie de vos travaux, enfuite elles fe retirent dans leurs cavernes.

#### C.

Quelle funefte condition que celle des hommes !

## A.

Celle des perdrix eſt pire ; les renards, les oiſeaux de proie les dévorent ; les chaſſeurs les tuent ; les cuiſiniers les rôtiſſent ; et cependant il y en a toujours. La nature conſerve les eſpèces, et ſe ſoucie très-peu des individus.

## B.

Vous êtes dur, et la morale ne s'accommode pas de ces maximes.

## A.

Ce n'eſt pas moi qui ſuis dur, c'eſt la deſtinée. Vos moraliſtes font très-bien de crier toujours : ,, Miſérables ,, mortels, ſoyez juſtes et bienfeſans ; cultivez la terre ,, et ne l'enſanglantez pas. Princes, n'allez pas dévaſter ,, l'héritage d'autrui, de peur qu'on ne vous tue dans ,, le vôtre ; reſtez chez vous, pauvres gentillâtres, réta- ,, bliſſez votre maſure ; tirez de vos fonds le double de ,, ce que vous en tiriez ; entourez vos champs de haies ,, vives ; plantez des mûriers ; que vos ſœurs vous faſſent ,, des bas de ſoie ; améliorez vos vignes ; et ſi des peuples ,, voiſins veulent venir boire votre vin malgré vous, ,, défendez-vous avec courage ; mais n'allez pas vendre ,, votre ſang à des princes qui ne vous connaiſſent pas, ,, qui ne jetteront jamais ſur vous un coup d'œil, et qui ,, vous traitent comme des chiens de chaſſe qu'on mène ,, contre le ſanglier, et qu'on laiſſe enſuite mourir dans ,, un chenil. ,,

Ces diſcours feront peut-être impreſſion ſur trois ou quatre têtes bien organiſées, tandis que cent mille autres ne les entendront ſeulement pas, et brigueront l'honneur d'être lieutenant de houſſards.

Pour les autres moraliſtes à gages, que l'on nomme

*prédicateurs* ; ils n'ont jamais seulement osé prêcher contre la guerre. Ils déclament contre les appétits sensuels après avoir pris leur chocolat. Ils anathématisent l'amour, et au sortir de la chaire où ils ont crié, gesticulé et sué, ils se font essuyer par leurs dévotes. Ils s'époumonnent à prouver des mystères dont ils n'ont pas la plus légère idée : mais ils se gardent bien de décrier la guerre qui réunit tout ce que la perfidie a de plus lâche dans les manifestes ; tout ce que l'infame friponnerie a de plus bas dans les fournitures des armées ; tout ce que le brigandage a d'affreux dans le pillage, le viol, le larcin, l'homicide, la dévastation, la destruction. Au contraire, ces bons prêtres bénissent en cérémonie les étendards du meurtre ; et leurs confrères chantent, pour de l'argent, des chansons juives, quand la terre a été inondée de sang.

B.

Je ne me souviens point en effet d'avoir lu dans le prolixe et argumentant *Bourdaloue*, le premier qui ait mis les apparences de la raison dans ses sermons ; je ne me souviens point, dis-je, d'avoir lu une seule page contre la guerre.

L'élégant et doux *Massillon*, en bénissant les drapeaux du régiment de *Catinat*, fait, à la vérité, quelques vœux pour la paix ; mais il permet l'ambition. ,, Ce désir, ,, dit-il, de voir vos services récompensés, s'il est modéré, ,, s'il ne vous porte pas à vous frayer des routes d'iniquité pour parvenir à vos fins, n'a rien dont la morale ,, chrétienne puisse être blessée. ,, Enfin il prie D I E U d'envoyer l'ange exterminateur au-devant du régiment de *Catinat.* ,, O mon D I E U, faites-le précéder toujours ,, de la victoire et de la mort ; répandez sur ses ennemis

,, les efprits de terreur et de vertige. ,, J'ignore fi la
victoire peut précéder un régiment, et fi DIEU répand
des efprits de vertige ; mais je fais que les prédicateurs
autrichiens en difaient autant aux cuiraffiers de l'empereur, et que l'ange exterminateur ne favait auquel
entendre.

## A.

Les prédicateurs juifs allèrent encore plus loin. On
voit, avec édification, les prières humaines dont leurs
pfaumes font remplis. Il n'eft queftion que de mettre
l'épée divine fur fa cuiffe, d'éventrer les femmes,
d'écrafer les enfans à la mamelle contre la muraille.
L'ange exterminateur ne fut pas heureux dans fes campagnes, il devint l'ange exterminé ; et les juifs, pour
prix de leurs pfaumes, furent toujours vaincus et efclaves.

De quelque côté que vous vous tourniez, vous verrez
que les prêtres ont toujours prêché le carnage, depuis
un *Aaron*, qu'on prétend avoir été pontife d'une horde
d'arabes, jufqu'au prédicant *Jurieu*, prophète d'Amfterdam. Les négocians de cette ville, auffi fenfés que ce
pauvre garçon était fou, le laiffaient dire, et vendaient
leur girofle et leur cannelle.

## C.

Hé bien, n'allons point à la guerre, ne nous fefons
point tuer au hafard pour de l'argent. Contentons-
nous de nous bien défendre contre les voleurs appelés
*conquérans.*

## DOUZIEME ENTRETIEN.

*Du code de la perfidie.*

### B.

Eт du droit de la perfidie, qu'en dirons-nous ?

### A.

Comment, par St *George !* je n'avais jamais entendu parler de ce droit-là. Dans quel catéchifme avez-vous lu ce devoir du chrétien ?

### B.

Je le trouve par-tout. La première chofe que fait *Moïfe* avec fon faint peuple, n'eft-ce pas d'emprunter par une perfidie les meubles des Egyptiens, pour s'en aller, dit-il, facrifier dans le défert ? Cette perfidie n'eft, à la vérité, accompagnée que d'un larcin ; celles qui font jointes au meurtre font bien plus admirables. Les perfidies d'*Aod*, de *Judith*, font très-renommées. Celles du patriarche *Jacob*, envers fon beau-père et fon frère, ne font que des tours de maître *Gonin*, puifqu'il n'affaffina ni fon frère ni fon beau-père. Mais vive la perfidie de *David* qui, s'étant affocié quatre cents coquins perdus de dettes et de débauche, ayant fait alliance avec un certain roitelet nommé *Akis*, allait égorger les hommes, les femmes, les petits enfans des villages, qui étaient fous la fauve-garde de ce roitelet ; et lui fefait croire qu'il n'avait égorgé que les hommes, les femmes et les petits garçons appartenans au roitelet *Saül*. Vive fur-tout fa perfidie envers le bon homme *Uriah !* Vive celle du fage *Salomon*, infpiré de DIEU, qui fit maffacrer fon frère *Adonias* après avoir juré de lui conferver la vie!

Nous avons encore des perfidies très-renommées de *Clovis*, premier roi chrétien des Francs, qui pourraient beaucoup fervir à perfectionner la morale. J'eftime fur-tout fa conduite envers les affaffins d'un *Renomer*, roi du Mans (fuppofé qu'il y ait jamais eu un royaume du Mans.) Il fit marché avec de braves affaffins pour tuer ce roi par derrière, et les paya en fauffe monnaie; mais comme ils murmuraient de n'avoir pas leur compte, il les fit affaffiner pour rattraper fa monnaie de billon.

Prefque toutes nos hiftoires font remplies de pareilles perfidies commifes par des princes, qui tous ont bâti des églifes, et fondé des monaftères.

Or l'exemple de ces braves gens doit certainement fervir de leçon au genre humain; car où en chercherait-il fi ce n'eft dans les oints du Seigneur?

### A.

Il m'importe fort peu que *Clovis* et fes pareils aient été oints; mais je vous avoue que je fouhaiterais, pour l'édification du genre humain, qu'on jetât dans le feu toute l'hiftoire civile et eccléfiaftique. Je n'y vois guère que les annales dès crimes; et foit que ces monftres aient été oints ou ne l'aient pas été, il ne réfulte de leur hiftoire que l'exemple de la fcélérateffe.

Je me fouviens d'avoir lu autrefois l'hiftoire du grand fchifme d'Occident. Je voyais une douzaine de papes tous également perfides, tous méritant également d'être pendus à Tiburn. Et, puifque la papauté a fubfifté au milieu d'un débordement fi long et fi vafte de tous les crimes, puifque les archives de ces horreurs n'ont

corrigé perfonne, je conclus que l'hiftoire n'eft bonne
à rien.

### C.

Oui, je conçois que le roman vaudrait mieux; on
y eft maître du moins de feindre des exemples de vertu:
mais *Homère* n'a jamais imaginé une feule action ver-
tueufe et honnête dans tout fon roman monotone
de l'Iliade. J'aimerais beaucoup mieux le roman de
Télémaque, s'il n'était pas tout en digreffions et en
déclamations. Mais, puifque vous m'y faites fonger,
voici un morceau du Télémaque, concernant la perfidie,
fur lequel je voudrais avoir votre avis.

Dans une des digreffions de ce roman, au livre XX,
*Adrafte*, roi des Dauniens, ravit la femme d'un nommé
*Diofcore*. Ce *Diofcore* fe réfugie chez les princes grecs,
et, n'écoutant que fa vengeance, il leur offre de tuer
le raviffeur leur ennemi. *Télémaque*, infpiré par *Minerve*,
leur perfuade de ne point écouter *Diofcore*, et de le
renvoyer pieds et poings liés au roi *Adrafte*. Comment
trouvez-vous cette décifion du vertueux *Télémaque*?

### A.

Abominable. Ce n'était pas apparemment *Minerve*,
c'était *Tifiphone* qui l'infpirait. Comment! renvoyer ce
pauvre homme, afin qu'on le faffe mourir dans les
tourmens, et qu'*Adrafte* reffemble en tout à *David*, qui
jouiffait de la femme en fefant mourir le mari! L'onc-
tueux auteur du Télémaque n'y penfait pas. Ce n'eft
point-là l'action d'un cœur généreux, c'eft celle d'un
méchant et d'un traître. Je n'aurais point accepté la
propofition de *Diofcore*, mais je n'aurais pas livré cet
infortuné à fon ennemi. *Diofcore* était fort vindicatif, à
ce que je vois, mais *Télémaque* était un perfide.

**B.**

Et la perfidie dans les traités, l'admettez-vous?

**C.**

Elle est fort commune, je l'avoue. Je serais bien embarrassé, s'il fallait décider quels furent les plus grands fripons dans leurs négociations, des Romains ou des Carthaginois; de *Louis XI le très-chrétien*, ou de *Ferdinand le catholique*; &c. &c. &c. &c. &c. Mais je demande s'il n'est pas permis de friponner pour le bien de l'Etat?

**A.**

Il me semble qu'il y a des friponneries si adroites, que tout le monde les pardonne. Il y en a de si grossières, qu'elles sont universellement condamnées. Pour nous autres Anglais nous n'avons jamais attrapé personne. Il n'y a que le faible qui trompe. Si vous voulez avoir de beaux exemples de perfidie, adressez-vous aux Italiens du quinzième et du seizième siècle.

Le vrai politique est celui qui joue bien et qui gagne à la longue. Le mauvais politique est celui qui ne fait que filer la carte, et qui tôt ou tard est reconnu.

**B.**

Fort bien; et s'il n'est pas découvert, ou s'il ne l'est qu'après avoir gagné tout notre argent, et lorsqu'il s'est rendu assez puissant pour qu'on ne puisse le forcer à le rendre?

**C.**

Je crois que ce bonheur est rare, et que l'histoire nous fournit plus d'illustres filous punis que d'illustres filous heureux.

### B.

Je n'ai plus qu'une queſtion à vous faire. Trouvez-vous bon qu'une nation faſſe empoiſonner un ennemi public ſelon cette maxime, *ſalus reipublicæ ſuprema lex eſto?*

### A.

Parbleu, allez demander cela à des caſuiſtes. Si quelqu'un feſait cette propoſition dans la chambre des communes, j'opinerais (DIEU me pardonne!) pour l'empoiſonner lui-même, malgré ma répugnance pour les drogues. Je voudrais bien ſavoir pourquoi ce qui eſt un forfait abominable dans un particulier ſerait innocent dans trois cents ſénateurs, et même dans trois cents mille? Eſt-ce que le nombre des coupables transforme le crime en vertu?

### C.

Je ſuis content de votre réponſe. Vous êtes un brave homme.

## TREIZIEME ENTRETIEN.

### *Des lois fondamentales.*

### B.

J'ENTENDS toujours parler des lois fondamentales; mais y en a-t-il?

### A.

Oui, il y a celle d'être juſte; et jamais fondement ne fut plus ſouvent ébranlé.

### C.

Je liſais, il n'y a pas long-temps, un de ces mauvais

livres très-rares, que les curieux recherchent, comme les naturalistes amassent des végétaux pétrifiés, s'imaginant par-là qu'il découvriront le secret de la nature. Ce livre est d'un avocat de Paris, nommé *Louis d'Orléans*, qui plaidait beaucoup contre *Henri IV* pardevant la ligue, et qui heureusement perdit sa cause. Voici comme ce jurisconsulte s'exprime sur les lois fondamentales du royaume de France : ,, La loi fondamentale des Hébreux ,, était que les lépreux ne pouvaient régner. *Henri IV* ,, est hérétique, donc il est lépreux, donc il ne peut ,, être roi de France par la loi fondamentale de l'Eglise. ,, La loi veut qu'un roi de France soit chrétien comme ,, mâle. Qui ne tient la foi catholique, apostolique ,, et romaine, n'est point chrétien, et ne croit point en ,, DIEU. Il ne peut pas plus être roi de France que le ,, plus grand faquin du monde, &c. ,,

Il est très-vrai à Rome que tout homme qui ne croit point au pape ne croit point en DIEU, mais cela n'est pas absolument si vrai dans le reste de la terre ; il y faut mettre quelque petite restriction : et il me semble qu'à tout prendre, maître *Louis d'Orléans*, avocat au parlement de Paris, ne raisonnait pas tout à fait aussi bien que *Cicéron* et *Démosthène*.

### B.

Mon plaisir serait de voir ce que deviendrait la loi fondamentale du Saint-Empire romain, s'il prenait un jour fantaisie aux électeurs de choisir un césar protestant, dans la superbe ville de Francfort sur le Mein.

### A.

Il arriverait ce qui est arrivé à la loi fondamentale qui fixe le nombre des électeurs à sept, parce qu'il y a

sept

fept cieux, et que le chandelier d'un temple juif avait fept branches.

N'eft-ce pas une loi fondamentale en France que le domaine du roi eft inaliénable ? et cependant n'eft-il pas prefque tout aliéné ? vous m'avouerez que tous ces fondemens-là font bâtis fur du fable mouvant. Les lois qu'on appelle *lois fondamentales* ne font, comme toutes les autres, que des lois de convention, d'anciens ufages, d'anciens préjugés qui changent felon les temps. Demandez aux Romains d'aujourd'hui s'ils ont gardé les lois fondamentales de l'ancienne république romaine. Il était bon que les domaines des rois d'Angleterre, de France et d'Efpagne demeuraffent propres à la couronne quand les rois vivaient comme vous et moi du produit de leurs terres ; mais aujourd'hui qu'ils ne vivent que de taxes et d'impôts, qu'importe qu'ils aient des domaines ou qu'ils n'en aient pas ? Quand *François I* manqua de parole à *Charles-Quint*, fon vainqueur ; quand il viola fort à propos le ferment de lui rendre la Bourgogne, il fe fit repréfenter par fes gens de loi que les Bourguignons étaient inaliénables ; mais fi *Charles-Quint* était venu lui faire des repréfentations contraires, à la tête d'une grande armée, les Bourguignons auraient été très-aliénés.

La Franche-Comté, dont la loi fondamentale était d'être libre fous la maifon d'Autriche, tient aujourd'hui d'une manière intime et effentielle à la couronne de France. Les Suiffes ont tenu effentiellement à l'Empire, et tiennent aujourd'hui effentièllement à la liberté.

C'eft cette liberté qui eft la loi fondamentale de toutes les nations : c'eft la feule loi contre laquelle rien ne peut prefcrire, parce que c'eft celle de la nature. Les Romains peuvent dire au pape : Notre loi fondamentale fut d'abord

*Dialogues.* V

d'avoir un roi qui régnait fur une lieue de pays ; enfuite elle fut d'élire deux confuls, puis deux tribuns ; puis notre loi fondamentale fut d'être mangés par un empereur ; puis d'être mangés par des gens venus du Nord ; puis d'être dans l'anarchie ; puis de mourir de faim fous le gouvernement d'un prêtre. Nous revenons enfin à la véritable loi fondamentale qui eft d'être libres ; allez-vous-en donner ailleurs des indulgences *in articulo mortis*, et fortez du capitole qui n'était pas bâti pour vous.

### B.

Amen !

### C.

Il faut bien efpérer que la chofe arrivera quelque jour. Ce fera un beau fpectacle pour nos petits-enfans.

### A.

Plût à Dieu que les grands-pères en euffent la joie ! c'eft de toutes les révolutions la plus aifée à faire ; et cependant perfonne n'y penfe.

### B.

C'eft que, comme vous l'avez dit, le caractère principal des hommes eft d'être fots et poltrons. Les rats romains n'en favent pas encore affez pour attacher le grelot au cou du chat.

### C.

N'admettons-nous point encore quelque loi fondamentale ?

### A.

La liberté les comprend toutes. Que l'agriculteur ne foit point vexé par un tyran fubalterne ; qu'on ne puiffe emprifonner un citoyen fans lui faire incontinent fon procès devant fes juges naturels qui décident entre lui et fon perfécuteur ; qu'on ne prenne à perfonne fon pré et fa vigne fous prétexte du bien public, fans le dédommager amplement ; que les prêtres enfeignent la morale et ne la corrompent point ; qu'ils édifient les peuples au lieu de vouloir dominer fur eux en s'engraiffant de leur fubftance ; que la loi règne, et non le caprice.

### C.

Le genre humain eft prêt à figner tout cela.

## QUATORZIEME ENTRETIEN.

### *Que tout Etat doit être indépendant.*

### B.

APRÈS avoir parlé du droit de tuer et d'empoifonner en temps de guerre, voyons un peu ce que nous ferons en temps de paix.

Premiérement, comment les Etats, foit républicains, foit monarchiques, fe gouverneront-ils ?

### A.

Par eux-mêmes apparemment, fans dépendre en rien d'aucune puiffance étrangère, à moins que ces Etats ne foient compofés d'imbécilles et de lâches.

### C.

Il était donc bien honteux que l'Angleterre fût vaffale d'un légat *à latere*, d'un légat du côté. Vous vous fouvenez d'un certain drôle nommé *Pandolphe*, qui fit mettre votre roi *Jean* à genoux devant lui, et qui en reçut foi et hommage-lige, au nom de l'évêque de Rome, *Innocent III*, vice-dieu, ferviteur des ferviteurs de DIEU, le 15 mai, veille de l'Afcenfion 1213 ?

### A.

Oui , oui , nous nous en fouvenons , pour traiter çe ferviteur infolent comme il le mérite.

### B.

Hé , mon Dieu , M. *C* , ne fefons pas tant les fiers. Il n'y a point de royaume en Europe que l'évêque de Rome n'ait donné en vertu de fon humble et fainte puiffance. Le vice-dieu *Stephanus* ôta le royaume de France à *Chilpericus* pour le donner à fon principal domeftique *Pipinius* , comme le dit *Eginhard* lui-même , fi les écrits de cet *Eginhard* n'ont pas été falfifiés par les moines , comme tant d'autres écrits , et comme je le foupçonne.

Le vice-dieu *Sylveftre* donna la Hongrie au duc *Etienne*, en l'an 1001 , pour faire plaifir à fa femme *Gizele* qui avait beaucoup de vifions.

Le vice-dieu *Innocent IV* , en 1247 , donna le royaume de Norvège à un bâtard nommé *Haquin* , que ledit pape de plein droit fit légitime , moyennant quinze mille marcs d'argent. Et ces quinze mille marcs d'argent n'exiftant pas alors en Norvège , il fallut emprunter pour payer.

Pendant deux fiècles entiers , les rois de Caftille, d'Aragon et de Portugal ne furent-ils pas tenus de payer annuellement un tribut de deux livres d'or au vice-dieu? On fait combien d'empereurs ont été dépofés , ou forcés de demander pardon , ou affaffinés , ou empoifonnés en vertu d'une bulle : non-feulement , vous dis-je , le ferviteur des ferviteurs de DIEU a donné tous les royaumes de la communion romaine fans exception ; mais il en a retenu le domaine fuprême , et le domaine utile ; il n'en eft aucun fur lequel il n'ait levé des décimes , des tributs de toute efpèce.

Il eft encore aujourd'hui fuzerain du royaume de Naples;

on lui en fait un hommage - lige depuis fept cents ans.
Le roi de Naples, ce defcendant de tant de fouverains,
lui paye encore un tribut. Le roi de Naples eft aujourd'hui
en Europe le feul roi vaffal ; et de qui ? jufte ciel !

### A.

Je lui confeille de ne l'être pas long - temps.

### C.

Je demeure toujours confondu quand je vois les traces
de l'antique fuperftition qui fubfiftent encore. Par quelle
étrange fatalité prefque tous les princes coururent - ils
ainfi pendant tant de fiècles au-devant du joug qu'on leur
préfentait ?

### B.

La raifon en eft fort naturelle. Les rois et les barons ne
favaient ni lire ni écrire, et la cour romaine le favait :
cela feul lui donna cette prodigieufe fupériorité dont elle
retient encore de beaux reftes.

### C.

Et comment des princes et des barons qui étaient libres
ont-ils pu fe foumettre fi lâchement à quelques jongleurs ?

### A.

Je vois clairement ce que c'eft. Les brutaux favaient fe
battre, et les jongleurs favaient gouverner : mais lorfque
enfin les barons ont appris à lire et à écrire, lorfque la
lèpre de l'ignorance a diminué chez les magiftrats et chez
les principaux citoyens ; on a regardé en face l'idole
devant laquelle on avait léché la pouffière ; au lieu
d'hommage, la moitié de l'Europe a rendu outrage pour
outrage au ferviteur des ferviteurs ; l'autre moitié, qui lui
baife encore les pieds, lui lie les mains ; du moins c'eft
ainfi que je l'ai lu dans une hiftoire qui, quoique contem-
poraine, eft vraie et philofophique. Je fuis sûr que fi

V 3

demain le roi de Naples et de Sicile veut renoncer à cette unique prérogative qu'il possède d'être homme-lige du pape, d'être le serviteur du serviteur des serviteurs de DIEU, et de lui donner tous les ans un petit cheval avec deux mille écus d'or pendus au cou, toute l'Europe lui applaudira.

### B.

Il en est en droit; car ce n'est pas le pape qui lui a donné le royaume de Naples. Si des meurtriers normands pour colorer leurs usurpations, et pour être indépendans des empereurs auxquels ils avaient fait hommage, se firent oblats de la sainte Eglise, le roi des deux Siciles, qui descend de *Hugues-Capet* en ligne droite, et non de ces normands, n'est nullement tenu d'être oblat. Il n'a qu'à vouloir.

Le roi de France n'a qu'à dire un mot, et le pape n'aura pas plus de crédit en France qu'en Russie. On ne payera plus d'annates à Rome, on n'y achetera plus la permission d'épouser sa cousine ou sa nièce; je vous réponds que les tribunaux de France appelés *parlemens* enregistreront cet édit sans remontrances.

On ne connaît pas ses forces. Qui aurait proposé il y a cinquante ans de chasser les jésuites de tant d'Etats catholiques, aurait passé pour le plus visionnaire des hommes. Ce colosse avait un pied à Rome, et l'autre au Paraguai : il couvrait de ses bras mille provinces, et portait sa tête dans le ciel. J'ai passé, et il n'était plus.

Il n'y a qu'à souffler sur tous les autres moines, ils disparaîtront de la surface de la terre.

### A.

Ce n'est pas notre intérêt que la France ait moins de moines et plus d'hommes ; mais j'ai tant d'aversion pour le froc, que j'aimerais encore mieux voir en France des revues que des processions. En un mot, en qualité de citoyen je n'aime point à voir des citoyens qui cessent de l'être, des sujets qui se font sujets d'un étranger, des patriotes qui n'ont plus de patrie ; je veux que chaque Etat soit parfaitement indépendant.

Vous avez dit que les hommes ont été long-temps aveugles, ensuite borgnes, et qu'ils commencent à jouir de deux yeux. A qui en a-t-on l'obligation ? à cinq ou six oculistes qui ont paru en divers temps.

### B.

Oui ; mais le mal est qu'il y a des aveugles qui veulent battre les chirurgiens empressés à les guérir.

### A.

Hé bien ; ne rendons la lumière qu'à ceux qui nous prieront d'enlever leurs cataractes.

# QUINZIEME ENTRETIEN.

## De la meilleure législation.

### C.

DE tous les Etats, quel est celui qui vous paraît avoir les meilleures lois, la jurisprudence la plus conforme au bien général, et au bien des particuliers ?

### A.

C'est mon pays, sans contredit. La preuve en est que dans tous nos démêlés nous vantons toujours *notre heureuse constitution*, et que dans presque tous les autres royaumes on en souhaite une autre. Notre jurisprudence criminelle est équitable et n'est point barbare : nous avons aboli la torture contre laquelle la voix de la nature s'élève en vain dans tant d'autres pays ; ce moyen affreux de faire périr un innocent faible, et de fauver un coupable robuste, a fini avec notre infame chancelier *Jeffreys*, qui employait avec joie cet ufage infernal fous le roi *Jacques II.*

Chaque accufé eft jugé par fes pairs ; il n'eft réputé coupable que quand ils font d'accord fur le fait : c'eft la loi feule qui le condamne fur le crime avéré et non fur la fentence arbitraire des juges. La peine capitale eft la fimple mort , et non une mort accompagnée de tourmens recherchés. Etendre un homme fur une croix de St André , lui caffer les bras et les cuiffes , et le mettre en cet état fur une roue de carroffe , nous paraît une barbarie qui offenfe trop la nature humaine. Si pour les crimes de haute trahifon on arrache encore le cœur du coupable après fa mort , c'eft un ancien ufage de Cannibale , un appareil de terreur qui effraie le fpectateur fans être douloureux pour l'exécuté. Nous n'ajoutons point les tourmens à la mort ; on ne refufe point comme ailleurs un confeil à l'accufé ; on ne met point un témoin , qui a porté trop légèrement fon témoignage , dans la néceffité de mentir en le puniffant s'il fe rétracte ; on ne fait point dépofer les témoins en fecret, ce ferait en faire des délateurs ; la procédure eft publique. Les procès fecrets n'ont été inventés que par la tyrannie.

Nous n'avons point l'imbécille barbarie de punir des indécences du même fupplice dont on punit les parricides. Cette cruauté , auffi fotte qu'abominable, eft indigne de nous.

Dans le civil, c'eft encore la feule loi qui juge ; il n'eft pas permis de l'interpréter ; ce ferait abandonner la fortune des citoyens au caprice, à la faveur et à la haine.

Si la loi n'a pas pourvu au cas qui se présente, alors on se pourvoit *à la cour d'équité*, pardevant le chancelier et ses assesseurs ; et s'il s'agit d'une chose importante, on fait pour l'avenir une nouvelle loi en parlement, c'est-à-dire, dans les états de la nation assemblés.

Les plaideurs ne sollicitent jamais leurs juges ; ce serait leur dire, je veux vous séduire. Un juge qui recevrait une visite d'un plaideur serait déshonoré ; ils ne recherchent point cet honneur ridicule qui flatte la vanité d'un bourgeois. Aussi n'ont-ils point acheté le droit de juger : on ne vend point chez nous une place de magistrat comme une métairie : si des membres du parlement vendent quelquefois leurs voix à la cour, ils ressemblent à quelques belles qui vendent leurs faveurs et qui ne le disent pas. La loi ordonne chez nous qu'on ne vendra rien que des terres et les fruits de la terre ; tandis qu'en France la loi elle-même fixe le prix d'une charge de conseiller au banc du roi qu'on nomme *parlement*, et de président qu'on nomme *à mortier* ; presque toutes les places et les dignités se vendent en France, comme on vend des herbes au marché. Le chancelier de France est tiré souvent du corps des conseillers d'Etat ; mais pour être conseiller d'Etat, il faut avoir acheté une charge de maître des requêtes. Un régiment n'est point le prix des services, c'est le prix de la somme que les parens d'un jeune homme ont déposée pour qu'il aille trois mois de l'année tenir table ouverte dans une ville de province.

Vous voyez clairement combien nous sommes heureux

d'avoir des lois qui nous mettent à l'abri de ces abus. Chez nous rien d'arbitraire finon les grâces que le roi veut faire. Les bienfaits émanent de lui; la loi fait tout le refte.

Si l'autorité attente illégalement à la liberté du moindre citoyen, la loi le venge; le miniftre eft incontinent condamné à l'amende envers le citoyen, et il la paye.

Ajoutez à tous ces avantages le droit que tout homme a parmi nous de parler par fa plume à la nation entière. L'art admirable de l'imprimerie eft dans notre île auffi libre que la parole. Comment ne pas aimer une telle légiflation ?

Nous avons, il eft vrai, toujours deux partis; mais ils tiennent la nation en garde plutôt qu'ils ne la divifent : ces deux partis veillent l'un fur l'autre, et fe difputent l'honneur d'être les gardiens de la liberté publique : nous avons des querelles ; mais nous béniffons toujours cette heureufe conftitution qui les fait naître.

### C.

Votre gouvernement eft un bel ouvrage ; mais il eft fragile.

### A.

Nous lui donnons quelquefois de rudes coups, mais nous ne lé caffons point.

### B.

Confervez ce précieux monument que l'intelligence et le courage ont élevé : il vous a trop coûté pour que vous le laiffiez détruire. L'homme eft né libre : le meilleur gouvernement eft celui qui conferve le plus qu'il eft poffible à chaque mortel ce don de la nature.

Mais, croyez-moi; arrangez-vous avec vos colonies, et que la mère et les filles ne fe battent pas.

# SEIZIEME ENTRETIEN.

## *Des abus.*

### C.

On dit que le monde n'eft gouverné que par des abus : cela eft-il vrai ?

### B.

Je crois bien qu'il y a pour le moins moitié abus et moitié ufages tolérables chez les nations policées ; moitié malheur et moitié fortune, de même que fur la mer on trouve un partage affez égal de tempêtes et de beau temps pendant l'année. C'eft ce qui a fait imaginer les deux tonneaux de *Jupiter* et la fecte des manichéens.

### A.

Pardieu fi *Jupiter*, a eu deux tonneaux, celui du mal était la tonne d'Heidelberg, et celui du bien fut à peine un cartaud. Il y a tant d'abus dans ce monde, que dans un voyage que je fis à Paris, en 1751, on appelait comme d'abus fix fois par femaine pendant toute l'année, au banc du roi qu'ils nomment *parlement*.

### B.

Oui, mais à qui appellerons-nous des abus qui règnent dans la conftitution de ce monde ?

N'eft-ce pas un abus énorme que tous les animaux fe tuent avec acharnement les uns les autres pour fe nourrir , que les hommes fe tuent beaucoup plus furieufement encore fans avoir feulement l'idée de manger?

### C.

Ah! pardonnez-moi; nous nous fefions autrefois la guerre pour nous manger ; mais à la longue toutes les bonnes inftitutions dégénèrent.

### B.

J'ai lu dans un livre que nous n'avons, l'un portant l'autre , qu'environ vingt-deux ans à vivre ; que de ces vingt-deux ans , fi vous retranchez le temps perdu du fommeil et le temps que nous perdons dans la veille, il refte à peine quinze ans clair et net ; que fur ces quinze ans il ne faut pas compter l'enfance qui n'eft qu'un paffage du néant à l'exiftence, et que fi vous retranchez encore les tourmens du corps , et les chagrins de ce qu'on appelle *ame*, il ne refte pas trois ans franc et quitte pour les plus heureux, et pas fix mois pour les autres. N'eft-ce pas-là un abus intolérable ? (*)

### A.

Hé que diable en conclurez-vous? ordonnerez-vous que la nature foit autrement faite qu'elle ne l'eft ?

### B.

Je le défirerais du moins.

### A.

C'eft un fecret sûr pour abréger votre vie.

### C.

Laiffons-là les pas de clerc qu'a faits la nature ; les

(°) Voyez *l'Homme aux quarante écus* , tome II des Romans.

enfans formés dans la matrice pour y périr souvent et pour donner la mort à leur mère ; la source de la vie empoisonnée par un venin qui s'est glissé de trou en cheville de l'Amérique en Europe ; la petite vérole qui décime le genre humain ; la peste toujours subsistante en Afrique ; les poisons dont la terre est couverte et qui viennent d'eux - mêmes si aisément, tandis qu'on ne peut avoir du froment qu'avec des peines incroyables. Ne parlons que des abus que nous avons introduits nous - mêmes.

### B.

La liste serait longue dans la société perfectionnée ; car, sans compter l'art d'assassiner régulièrement le genre humain par la guerre dont nous avons déjà parlé, nous avons l'art d'arracher les vêtemens et le pain à ceux qui sèment le blé et qui préparent la laine ; l'art d'accumuler tous les trésors d'une nation entière dans les coffres de cinq ou six cents personnes ; l'art de faire tuer publiquement en cérémonie, avec une demi - feuille de papier, ceux qui vous ont déplu, comme une maréchale d'*Ancre*, un maréchal de *Marillac*, un duc de *Sommerset*, une *Marie Suart* ; l'usage de préparer un homme à la mort par des tortures pour connaître ses associés, quand il ne peut avoir eu d'associés ; les bûchers allumés , les poignards aiguisés , les échafauds dressés pour des argumens en *baralipton* ; la moitié d'une nation occupée sans cesse à vexer l'autre loyalement. Je parlerais plus long - temps qu'*Esdras* si je voulais faire écrire nos abus sous ma dictée.

### A.

Tout cela est vrai ; mais convenez que la plupart de ces abus horribles sont abolis en Angleterre .

et commencent à être fort mitigés chez les autres nations.

B.

Je l'avoue ; mais pourquoi les hommes font-ils un peu meilleurs et un peu moins malheureux qu'ils ne l'étaient du temps d'*Alexandre VI*, de la Saint-Barthelemi et de *Cromwell* ?

C.

C'est qu'on commence à penser, à s'éclairer et à bien écrire.

A.

J'en conviens ; la superstition excita les orages, et la philosophie les apaise.

## DIX-SEPTIEME ENTRETIEN.

### *Sur des choses curieuses.*

B.

A PROPOS, M. *A*, et croyez-vous le monde bien ancien ?

A.

M. *B*, ma fantaisie est qu'il est éternel.

B.

Cela peu se soutenir par voie d'hypothèse. Tous les anciens philosophes ont cru la matière éternelle ; or de la matière brute à la matière organisée il n'y a qu'un pas.

C.

Les hypothèses font fort amusantes ; elles font fans

conféquence. Ce font des fonges que la Bible fait évanouir, car il en faut toujours revenir à la Bible.

### A.

Sans doute, et nous penfons tous trois dans le fond, en l'an de grâce 1760, que, depuis la création du monde qui fut faite de rien, jufqu'au déluge univerfel fait avec de l'eau créée exprès, il fe paffa 1656 ans felon la Vulgate, 2309 ans felon le texte famaritain, et 2262 ans felon la traduction miraculeufe que nous appelons *des Septante*. Mais j'ai toujours été étonné qu'*Adam* et *Eve* notre père et notre mère, *Abel*, *Caïn*, *Seth*, n'aient été connus de perfonne au monde que de la petite horde juive qui tint le cas fecret jufqu'à ce que les juifs d'Alexandrie s'avifaffent, fous le premier et le fecond *Ptolomée*, de traduire fort mal en grec leurs rapfodies abfolument inconnues jufque-là au refte de la terre.

Il eft plaifant que nos titres de famille ne foient demeurés en dépôt que dans une feule branche de notre maifon, et encore chez la plus méprifée; tandis que les Chinois, les Indiens, les Perfans, les Egyptiens, les Grecs et les Romains n'avaient jamais entendu parler d'*Adam* ni d'*Eve*.

### B.

Il y a bien pis : c'eft que *Sanchoniathon*, qui vivait inconteftablement avant le temps où l'on place *Moïfe*, et qui a fait une genèfe à fa façon, comme tant d'autres auteurs, ne parle ni de cet *Adam* ni de cette *Eve*. Il nous donne des parens tout différens.

### C.

Sur quoi jugez-vous, M. *B*, que *Sanchoniathon* vivait avant l'époque de *Moïfe?*

B.

C'eſt que, s'il avait été du temps de *Moïſe*, ou après lui, il en aurait fait mention. Il écrivait dans Tyr qui floriſſait très-long-temps avant que la horde juive eût acquis un coin de terre vers la Phénicie. La langue phénicienne était la mère-langue du pays ; les Phéniciens cultivaient les lettres depuis long-temps ; les livres juifs l'avouent en pluſieurs endroits. Il eſt dit expreſſément que *Caleb* s'empara de la ville des lettres, (*t*) nommée *Cariath-Sepher*, c'eſt-à-dire, *ville des livres*, appelée depuis *Dahir*. Certainement *Sanchoniathon* aurait parlé de *Moïſe* s'il avait été ſon contemporain ou ſon puîné. Il n'eſt pas naturel qu'il eût omis dans ſon hiſtoire les miri-fiques aventures de *Moſé* ou *Moïſe*, comme les dix plaies d'Egypte et les eaux de la mer ſuſpendues à droite et à gauche, pour laiſſer paſſer trois millions de voleurs fugitifs à pied ſec, leſquelles eaux retombèrent enſuite ſur quelques autres millions d'hommes qui pourſuivaient les voleurs. Ce ne ſont pas-là de ces petits faits obſcurs et journaliers qu'un grave hiſtorien paſſe ſous ſilence. *Sanchoniathon* ne dit mot de ces prodiges de *Gargantua*: donc il n'en ſavait rien ; donc il était antérieur à *Moïſe* ainſi que *Job* qui n'en parle pas. *Euſèbe*, ſon abréviateur, qui entaſſe tant de fables, n'eût pas manqué de ſe prévaloir d'un ſi éclatant témoignage.

A.

Cette raiſon eſt ſans réplique. Aucune nation n'a parlé anciennement des Juifs ni parlé comme les Juifs ; aucune n'eut une coſmogonie qui eût le moindre rapport à celle des Juifs. Ces malheureux Juifs ſont ſi nouveaux, qu'ils n'avaient pas même en leur langue

(*t*) Juges, chap. I, v. 11.

de nom pour fignifier DIEU. Ils furent obligés d'emprunter le nom d'*Adonaï* des Sidoniens, le nom de *Jeovah* ou *Iao* des Syriens. Leur opiniâtreté, leurs fuperftitions nouvelles, leur ufure confacrée font les feules chofes qui leur appartiennent en propre. Et il y a toute apparence que ces poliffons chez qui les noms de *géométrie* et d'*aftronomie* furent toujours abfolument inconnus, n'apprirent enfin à lire et à écrire que quand ils furent efclaves à Babylone. On a déjà prouvé que c'eft là qu'ils connurent les noms des anges et même le nom d'*Ifraël*, comme ce transfuge juif *Flavien Jofephe* l'avoue lui-même.

### C.

Quoi ! tous les anciens peuples ont eu une genèfe antérieure à celle des Juifs et toute différente ?

### A.

Cela eft inconteftable. Voyez le Shafta et le Veidam des Indiens, les cinq Kings des Chinois, le Zend des premiers Perfans, le Thaut ou *Mercure trifmégifte* des Egyptiens ; *Adam* leur eft auffi inconnu que le font les ancêtres de tant de marquis et de barons dont l'Europe fourmille.

### C.

Point d'*Adam !* cela eft bien trifte. Tous nos almanachs comptent depuis *Adam*.

### A.

Ils compteront comme il leur plaira ; les *étrennes mignonnes* ne font pas mes archives.

### B.

Si bien donc que M. *A* eft pré-adamite ?

### A.

Je fuis pré-faturnien, pré-ofirite, pré-bramite, pré-pandorite.

*Dialogues.*                                           X

## C.

Et fur quoi fondez-vous votre belle hypothèfe d'un monde éternel ?

## A.

Pour vous le dire , il faut que vous écoutiez patiemment quelques petits préliminaires.

Je ne fais fi nous avons raifonné jufqu'ici bien ou mal ; mais je fais que nous avons raifonné, et que nous fommes tous les trois des êtres intelligens : or des êtres intelligens ne peuvent avoir été formés par un être brut , aveugle , infenfible : il y a certainement quelque différence entre les idées de *Newton* et des crottes de mulet. L'intelligence de *Newton* venait donc d'une autre intelligence.

Quand nous voyons une belle machine , nous difons qu'il y a un bon machinifte, et que ce machinifte a un excellent entendement. Le monde eft affurément une machine admirable ; donc il y a dans le monde une admirable intelligence quelque part qu'elle foit. Cet argument eft vieux et n'en eft pas plus mauvàis.

Tous les corps vivans font compofés de leviers, de poulies qui agiffent fuivant les lois de la mécanique, de liqueurs que les lois de l'hydroftatique font perpétuellement circuler ; et quand on fonge que tous ces êtres ont du fentiment qui n'a aucun rapport à leur organifation, on eft accablé de furprife.

Le mouvement des aftres , celui de notre petite terre autour du foleil , tout s'opère en vertu des lois de la mathématique la plus profonde. Comment *Platon* qui ne connaiffait pas une de ces lois, le chimérique

*Platon* qui difait que la terre était fondée fur un triangle équilatère, et l'eau fur un triangle rectangle, le ridicule *Platon* qui dit qu'il ne peut y avoir que cinq mondes, parce qu'il n'y a que cinq corps réguliers, a-t-il eu cependant un génie affez beau, un inftinct affez heureux pour appeler DIEU l'*éternel géomètre* ; pour fentir qu'il exifte une intelligence formatrice ?

### B.

Je me fuis amufé autrefois à lire *Platon*. Il eft clair que nous lui devons toute la métaphyfique du chriftianifme ; tous les pères grecs furent, fans contredit, platoniciens : mais quel rapport tout cela peut-il avoir à l'éternité du monde dont vous nous parlez ?

### A.

Allons pied à pied, s'il vous plaît. Il y a une intelligence qui anime le monde : *Spinofa* lui-même l'avoue. Il eft impoffible de fe débattre contre cette vérité qui nous environne et qui nous preffe de tous côtés.

### C.

J'ai cependant connu des mutins qui difent qu'il n'y a point d'intelligence formatrice, et que le mouvement feul a formé par lui-même tout ce que nous voyons et tout ce que nous fommes. Ils vous difent hardiment : La combinaifon de cet univers était poffible puifqu'elle exifte ; donc il était poffible que le mouvement feul l'arrangeât. Prenez quatre aftres feulement, Mars, Vénus, Mercure et la Terre ; ne fongeons d'abord qu'à la place où ils font, en fefant abftraction de tout le refte ; et voyons combien nous avons de probabilités pour que le feul mouvement les mette à cés places refpectives. Nous n'avons que vingt-quatre hafards dans cette combinaifon ; c'eft-à-dire, il n'y a que vingt-quatre contre un à parier que ces aftres fe trouveront où ils font les uns par rapport aux autres. Ajoutons à ces quatre globes celui de Jupiter ; il n'y aura que cent vingt contre un à parier que Jupiter, Mars, Vénus, Mercure et notre globe feront placés où nous les voyons.

Ajoutez-y enfin Saturne ; il n'y aura que fept cents vingt hafards contre un, pour mettre ces fix groffes planètes dans l'arrangement qu'elles gardent entre elles felon leurs diftances données. Il eft donc démontré qu'en fept cents vingt jets le feul mouvement a pu mettre ces fix planètes principales dans leur ordre.

Prenez enfuite tous les aftres fecondaires, toutes leurs combinaifons, tous leurs mouvemens, tous les êtres qui végètent, qui vivent, qui fentent, qui penfent, qui agiffent dans tous les globes, vous n'aurez qu'à augmenter le nombre des hafards ; multipliez ce nombre dans toute l'éternité, jufqu'au nombre qu'on appelle *infini*, il y aura toujours une unité en faveur de la formation du monde, tel qu'il eft par le feul mouvement ; donc il eft poffible que dans toute l'éternité le feul mouvement de la matière ait produit l'univers entier tel qu'il exifte. Voilà le raifonnement de ces meffieurs.

### A.

Pardon, mon cher ami *C* ; cette fuppofition me paraît prodigieufement ridicule pour deux raifons ; la première, c'eft que dans cet univers il y a des êtres intelligens, et que vous ne fauriez prouver qu'il foit poffible que le feul

mouvement produife l'entendement. La feconde, c'eft
que de votre propre aveu il y a l'infini contre un à
parier qu'une caufe intelligente formatrice anime l'univers. Quand on eft tout feul vis-à-vis l'infini, on eft
bien pauvre. (9)

Encore une fois *Spinofa* lui-même admet cette intelligence. Pourquoi voulez-vous aller plus loin que lui,
et plonger par un fot orgueil votre faible raifon dans
un abyme où *Spinofa* n'a pas ofé defcendre? Sentez-
vous bien l'extrême folie de dire que c'eft une caufe
aveugle qui fait que le quarré d'une révolution d'une
planète eft toujours au quarré des révolutions des autres
planètes, comme la racine du cube de fa diftance eft à
la racine cube des diftances des autres au centre commun? Mes amis, ou les aftres font de grands géomètres,
ou l'éternel géomètre a arrangé les aftres.

## C.

Point d'injures, s'il vous plaît. *Spinofa* n'en difait
point : il eft plus aifé de dire des injures que des raifons.
Je vous accorde une intelligence formatrice répandue
dans ce monde, je veux bien dire avec *Virgile* :

*Mens agitat molem et magna fe corpore mifcet.*

Je ne fuis pas de ces gens qui difent que les aftres,
les hommes, les animaux, les végétaux, la penfée
font l'effet d'un coup de dés.

---

(9) Nous fommes encore trop peu au fait des chofes de ce monde
pour appliquer le calcul des probabilités à cette queftion, et l'application
de ce calcul aurait des difficultés que ceux qui ont voulu la tenter n'ont
pas foupçonnées.

**A.**

Pardon de m'être mis en colère , j'avais le *spléen*; mais en me fâchant je n'en avais pas moins raison.

**B.**

Allons au fait sans nous fâcher. Comment, en admettant un DIEU, pouvez-vous soutenir par hypothèse que le monde est éternel?

**A.**

Comme je soutiens par voie de thèse que les rayons du soleil sont aussi anciens que cet astre.

**C.**

Voilà une plaisante imagination ! quoi ! du fumier, des bacheliers en théologie, des puces, des singes, et nous, nous ferions des émanations de la Divinité ?

**A.**

Il y a certainement du divin dans une puce; elle faute cinquante fois sa hauteur. Elle ne s'est pas donné cet avantage.          **B.**

Quoi ! les puces existent de toute éternité?

**A.**

Il le faut bien, puisqu'elles existent aujourd'hui, et qu'elles étaient hier, et qu'il n'y a nulle raison pour qu'elles n'aient pas toujours existé. Car si elles sont inutiles, elles ne doivent jamais être ; et dès qu'une espèce a l'existence, il est impossible de prouver qu'elle ne l'ait pas toujours eue. Voudriez-vous que l'éternel géomètre eût été engourdi une éternité entière ? ce ne ferait pas la peine d'être géomètre et architecte pour passer une éternité sans combiner et sans bâtir. Son essence est de produire, puisqu'il a produit ; il existe nécessairement ; donc tout ce qui est en lui est essentiellement nécessaire. On ne peut dépouiller un être de son essence, car alors il cesserait d'être. DIEU est agissant ; donc il a toujours agi ; donc le monde est une émanation éternelle de lui-même ; donc quiconque admet un DIEU doit admettre le monde éternel. Les rayons de lumière sont partis nécessairement de l'astre lumineux de toute éternité, et toutes les combinaisons font parties de l'être combinateur de toute éternité. L'homme, le serpent, l'araignée, l'huître, le colimaçon ont toujours existé, parce qu'ils étaient possibles.

### B.

Quoi ! vous croyez que le Demiourgos, la puissance formatrice, le grand Etre a fait tout ce qui était à faire ?

### A.

Je l'imagine ainsi. Sans cela il n'eût point été l'être nécessairement formateur ; vous en feriez un ouvrier impuissant ou paresseux qui n'aurait travaillé qu'à une très-petite partie de son ouvrage.

### C.

Quoi ! d'autres mondes seraient impossibles ?

### A.

Cela pourrait bien être : autrement il y aurait une cause éternelle, nécessaire, agissante par son essence, qui pouvant les faire ne les aurait point faits : or une telle cause qui n'a point d'effet me semble aussi absurde qu'un effet sans cause.

### C.

Mais bien des gens pourtant disent que cette cause éternelle a choisi ce monde entre tous les mondes possibles.

### A.

Ils ne paraissent point possibles s'ils n'existent pas. Ces messieurs-là auraient aussi-bien fait de dire que DIEU a choisi entre les mondes impossibles. Certainement l'éternel

X 4

artifan aurait arrangé ces poffibles dans l'efpace. Il y a de
la place de refte. Pourquoi, par exemple, l'intelligence
univerfelle, éternelle, néceffaire, qui préfide à ce monde,
aurait-elle rejeté dans fon idée une terre fans végétaux
empoifonnés, fans vérole, fans fcorbut, fans pefte et fans
inquifition ? Il eft très-poffible qu'une telle terre exifte :
elle devait paraître au grand Demiourgos meilleure que
la nôtre : cependant nous avons la pire. Dire que cette
bonne terre eft poffible, et qu'il ne nous l'a pas donnée,
c'eft dire affurément qu'il n'a eu ni raifon, ni bonté, ni
puiffance ; or c'eft ce qu'on ne peut dire : donc s'il n'a pas
donné cette bonne terre, c'eft apparemment qu'il était
impoffible de la former.

### B.

Et qui vous a dit que cette terre n'exifte pas ? elle eft
probablement dans un des globes qui roulent autour de
firius, ou du petit chien, ou de l'œil du taureau.

### A.

En ce cas nous fommes d'accord ; l'intelligence fuprême
a fait tout ce qu'il lui était poffible de faire ; et je perfifte
dans mon idée que tout ce qui n'eft pas ne peut être.

### C.

Ainfi l'efpace ferait rempli de globes qui s'élèvent tous
en perfections les uns au-deffus des autres ; et nous avons
néceffairement un des plus méchans lots. Cette imagination eft belle ; mais elle n'eft pas confolante.

### B.

Enfin vous penfez donc que de la puiffance éternelle
formatrice, de l'intelligence univerfelle, en un mot du
grand Etre, eft forti néceffairement de toute éternité tout
ce qui exifte.

**A.**

Il me paraît qu'il en eſt ainſi.

**B.**

Mais en ce cas le grand Etre n'a donc pas été libre ?

**A.**

Etre libre, je vous l'ai dit cent fois dans d'autres entretiens, c'eſt pouvoir. Il a pû, et il a fait. Je ne conçois pas d'autre liberté. Vous ſavez que la liberté d'indifférence eſt un mot vide de ſens.

**B.**

En conſcience, êtes vous bien ſûr de votre ſyſtême ?

**A.**

Moi ! je ne ſuis ſûr de rien. Je crois qu'il y a un Etre intelligent, une puiſſance formatrice, un DIEU. Je tâtonne dans l'obſcurité ſur tout le reſte. J'affirme une idée aujourd'hui, j'en doute demain, après demain je la nie ; et je puis me tromper tous les jours. Tous les philoſophes de bonne foi que j'ai vus m'ont avoué, quand ils étaient un peu en pointe de vin, que le grand Etre ne leur a pas donné une portion d'évidence plus forte que la mienne.

Penſez-vous qu'*Epicure* vît toujours bien clairement ſa déclinaiſon des atomes ? que *Deſcartes* fût perſuadé de ſa matière ſtriée ? croyez-moi, *Leibnitz* riait de ſes monades et de ſon harmonie préétablie. *Téliamed* riait de ſes montagnes formées par la mer. L'auteur des molécules organiques eſt aſſez ſavant et aſſez galant homme pour en rire. Deux augures, comme vous ſavez, rient comme des fous quand ils ſe rencontrent. Il n'y a que le jéſuite irlandais *Néedham* qui ne rie point de ſes anguilles.

**B.**

Il eſt vrai qu'en fait de ſyſtêmes il faut toujours ſe

réferver le droit de rire le lendemain de fes idées de la veille.

## C.

. Je fuis très-aife d'avoir trouvé un vieux philofophe anglais qui rit après s'être fâché, et qui croit férieufement en DIEU : cela eft très-édifiant.

## A.

Oui, têtebleu, je crois en DIEU, et je crois beaucoup plus que les univerfités d'Oxford et de Cambridge, et que tous les prêtres de mon pays ; car tous ces gens-là font affez ferrés pour vouloir qu'on ne l'adore que depuis environ fix mille ans ; et moi je veux qu'on l'ait adoré pendant l'éternité. Je ne connais point de maître fans domeftiques, de roi fans fujets, de père fans enfans, ni de caufe fans effet.

## C.

D'accord, nous en fommes convenus ; mais-là, mettez la main fur la confcience ; croyez-vous un DIEU rémunérateur et puniffeur, qui diftribue des prix et des peines à des créatures qui font émanées de lui, et qui néceffairement font dans fes mains comme l'argille fous les mains du potier ?

Ne trouvez-vous pas *Jupiter* fort ridicule d'avoir jeté d'un coup de pied *Vulcain* du ciel en terre, parce que *Vulcain* était boiteux des deux jambes? Je ne fais rien de fi injufte : or l'éternelle et fuprême intelligence doit être jufte ; l'éternel amour doit chérir fes enfans, leur épargner les coups de pied, et ne les pas chaffer de la maifon pour les avoir fait naître lui-même néceffairement avec de vilaines jambes.

## A.

. Je fais tout ce qu'on a dit fur cette matière abftrufe,

et je ne m'en foucie guère. Je veux que mon procureur, mon tailleur, mes valets, ma femme même croient en DIEU ; et je m'imagine que j'en ferai moins volé et moins cocu.

### C.

Vous vous moquez du monde. J'ai connu vingt dévotes qui ont donné à leurs maris des héritiers étrangers.

### A.

Et moi j'en ai connu une que la crainte de DIEU a retenue, et cela me fuffit. Quoi donc, à votre avis, vos vingt dévergondées auraient-elles été plus fidelles en étant athées ? En un mot, toutes les nations policées ont admis des dieux récompenfeurs et puniffeurs, et je fuis citoyen du monde.

### B.

C'eft fort bien fait ; mais ne vaudrait-il pas mieux que l'intelligence formatrice n'eût rien à punir ? Et d'ailleurs quand, comment punira-t-elle ?

### A.

Je n'en fais rien par moi-même ; mais encore une fois, il ne faut point ébranler une opinion fi utile au genre humain. Je vous abandonne tout le refte. Je vous abandonnerai même mon monde éternel fi vous le voulez abfolument ; quoique je tienne bien fort à ce fyftême. Que nous importe après tout que ce monde foit éternel, ou qu'il foit d'avant-hier ? Vivons-y doucement, adorons DIEU, foyons juftes et bienfefans ; voilà l'effentiel ; voilà la conclufion de toute difpute. Que les barbares intolérans foient l'exécration du genre humain, et que chacun penfe comme il voudra.

### C.

Amen. Allons boire, nous réjouir et bénir le grand Etre.

# XXV.

# LES ADORATEURS,

## OU

# LES LOUANGES DE DIEU.

### LE PREMIER ADORATEUR.

MES compagnons, mes frères, hommes, qui poffédez l'intelligence, cette émanation de DIEU même, adorez avec moi ce DIEU qui vous l'a donnée, ce *Li*, ce *Chang-ti*, ce *Tien*, que les Sères, les antiques habitans du Cathay adorent depuis cinq mille ans felon leurs annales publiques, annales qu'aucun tribunal de lettrés n'a jamais révoquées en doute, et qui ne font combattues chez les peuples occidentaux que par des ignorans infenfés qui mefurent le refte de la terre et les temps antiques par la petite mefure de leur province fortie à peine de la barbarie.

Adorons cet Etre des êtres que les peuples du Gange, policés avant les Sères, reconnaiffaient dans des temps encore plus reculés, fous le nom de *Birmah*, père de *Brama* et de toutes chofes, et qui fut invoqué, fans doute, dans les révolutions innombrables qui ont changé fi fouvent la face de notre globe.

Adorons ce grand Etre nommé *Oromafe* chez les anciens Perfes. Adorons ce Demiourgos que *Platon* célébra chez les Grecs, ce DIEU *très-bon et très-grand, optimum, maximum,* qui n'était point appelé d'un autre nom chez les Romains, lorfque dans le fénat ils dictaient des lois aux trois quarts de la terre alors connue.

C'eft lui qui de toute éternité arrangea la matière dans l'immenfité de l'efpace. Il dit, et tout exifta ; mais il le dit avant les temps ; il eft l'Etre néceffaire ; donc il fut toujours. Il eft l'Etre agiffant ; donc il a toujours agi : fans quoi il n'aurait été dans une éternité paffée que l'être inutile. Il n'a pas fait l'univers depuis peu de jours ; car alors il ne ferait que l'être capricieux.

Ce n'eft ni depuis fix mille ans, ni depuis cent mille, que fes créatures lui durent leurs hommages ; c'eft de toute éternité. Quel refferrement d'efprit, quelle abfurde groffièreté de dire le chaos était éternel, et l'ordre n'eft que d'hier ! Non, l'ordre fut toujours, parce que l'Etre néceffaire, auteur de l'ordre, fut toujours.

C'eft ainfi que penfait le grand S$^t$ *Thomas* dans la fomme de la foi catholique (*lib. fecund. capite 3.*) ʺ DIEU ʺ a eu la volonté pendant toute l'éternité, ou de ʺ produire l'univers ou de ne le pas produire : or il ʺ eft manifefte qu'il a eu la volonté de le produire ; ʺ donc il l'a produit de toute éternité ; l'effet fuivant ʺ toujours la puiffance d'un agent qui agit par ʺ volonté. ʺ

A ces paroles fenfées qu'on eft bien étonné de trouver dans S$^t$ *Thomas*, j'ajoute qu'un effet d'une caufe éternelle et néceffaire doit être éternel et néceffaire comme elle.

DIEU n'a pas abandonné la matière à des atomes qui ont eu fans ceffe un mouvement de déclinaifon, ainfi que l'a chanté *Lucrèce*, grand peintre, à la vérité,

des chofes communes qu'il eft aifé de peindre, mais
phyficien de la plus complète ignorance.

Cet Etre fuprême n'a pas pris des cubes, des petits
*dés* pour en former la terre, les planètes, la lumière,
la matière magnétique, comme l'a imaginé le chimérique
*Defcartes* dans fon roman appelé *Philofophie*.

Mais il a voulu que les parties de la matière s'atti-
raffent réciproquement en raifon directe de leurs maffes,
et en raifon inverfe du quarré de leurs diftances; il a
ordonné que le centre de notre petit monde fût dans
le foleil, et que toutes nos planètes tournaffent autour
de lui, de façon que les cubes de leurs diftances feraient
toujours comme les quarrés de leurs révolutions. Jupiter
et Saturne obfervent ces lois en parcourant leurs orbites;
et les fatellites de Saturne et de Jupiter obéiffent à ces
lois avec la même exactitude. Ces divins théorêmes,
réduits en pratique à la naiffance éternelle des mondes,
n'ont été découverts que de nos jours; mais ils font
aujourd'hui auffi connus que les premières propofitions
d'*Euclide*.

On fait que tout eft uniforme dans l'étendue des
cieux; mille milliars de foleils qui la rempliffent ne
font qu'une faible expreffion de l'immenfité de l'exiftence.
Tous jettent de leur fein les mêmes torrens de lumière
qui partent de notre foleil; et des mondes inonmbrables
s'éclairent les uns les autres. On en compte jufqu'à
deux mille dans une feule partie de la conftellation
d'Orion. Cette longue et large bande de points blancs
qu'on remarque dans l'efpace, et que la fabuleufe
Gréce nommait *la voie lactée*, en imaginant qu'un enfant
nommé *Jupiter*, Dieu de l'univers, avait laiffé répandre
un peu de lait en tetant fa nourrice; cette voie lactée,

dis-je, eft une foule de foleils dont chacun a fes mondes planétaires roulans autour de lui. Et à travers cette longue traînée de foleils et de mondes on voit encore des efpaces dans lefquels on diftingue encore des mondes plus éloignés, furmontés d'autres efpaces et d'autres mondes.

J'ai lu dans un poëme épique ces vers qui expriment ce que j'ai voulu dire.

> Au-delà de leurs cours et loin dans cet efpace,
> Où la matière nage et que D I E U feul embraffe,
> Sont des foleils fans nombre et des mondes fans fin ;
> Dans cet abyme immenfe il leur ouvre un chemin.
> Au-delà de ces cieux le D I E U des cieux réfide.

J'aurais mieux aimé que l'auteur eût dit :

> Dans ces cieux infinis le D I E U des cieux réfide.

Car la force, la vertu puiffante qui les dirige et qui les anime, doit être par-tout ; ainfi que la gravitation eft dans toutes les parties de la matière, ainfi que la force motrice eft dans toute la fubftance du corps en mouvement.

Quoi ! la force active ferait en tous lieux, et le grand Etre ne ferait pas en tous lieux ?

*Virgile* a dit :

> *Mens agitat molem et magno fe corpore mifcet.*

*Caton* a dit :

> *Jupiter eft quodcumque vides, quocumque moveris.*

S<sup>t</sup> *Paul* a dit :

> *In Deo vivimus, movemur et fumus.*

Tout fe meut, tout refpire et tout exifte en D I E U.

Nous avons eu la bassesse d'en faire un roi qui a des courtisans dans son cabinet, et des huissiers dans son antichambre. On chante dans quelques temples gothiques ces vers nouveaux d'un énergumène.

*Illic secum habitans in penetralibus*
*Se rex ipse suo contuitu beat.*

Dans son appartement ce monarque suprême
Se voit avec plaisir, et vit avec lui-même.

C'est au fond peindre DIEU comme un fat qui se regarde au miroir et qui se contemple dans sa figure ; c'est bien alors que l'homme a fait DIEU à son image.

Pensons donc comme *Platon, Virgile, Caton,* S<sup>t</sup> *Paul,* S<sup>t</sup> *Thomas* sur ce grand sujet, et non comme le Victorin auteur de cet hymne. Ne cessons de répéter que l'intelligence infinie de l'Etre nécessaire, de l'Etre formateur, produit tout, remplit tout, vivifie tout de toute éternité. Il nous faut à nous, ombres passagères, à nous atomes d'un moment, à nous atomes pensans, il nous faut une portion d'intelligence bien rare, bien exercée pour comprendre seulement une petite partie de ses mathématiques éternelles.

Par quelles lois la terre a-t-elle un mouvement périodique de vingt-sept mille neuf cent vingt années, outre son cours dans son orbite et sa rotation sur elle-même ? comment l'astre de nos nuits se balance-t-il, et pourquoi la terre et lui changent-t-ils continuellement pendant dix-neuf années la place où leurs orbites doivent se rencontrer ? Le nombre des hommes qui s'élèvent à ces connaissances divines, n'est pas une unité sur un million dans le genre humain ; tandis que presque tous les hommes courbés vers la fange de la terre, ou consument

leur

leur vie dans de petites intrigues , ou tuent les hommes leurs frères, et en font tués pour de l'argent.

Sur un million d'hommes qui rampent ou qui se pavanent sur la terre , on peut à toute force en trouver une cinquantaine qui ont des idées un peu approfondies de ces augustes vérités.

C'est à ce petit nombre de sages que je m'adresse pour admirer avec eux l'immensité et l'ordre des choses, la puissante intelligence qui respire dans elles , et l'éternité dans laquelle elles nagent , éternité dont un moment est accordé aux individus passagers qui végètent, qui sentent et qui pensent.

### LE SECOND ADORATEUR.

Vous avez admiré, vous avez adoré ; je voudrais avoir été touché. Vous louez, mais vous n'avez point remercié. Que m'importent des millions d'univers, (nécessaires, sans doute, puisqu'ils existent) mais qui ne me feront aucun bien, et que je ne verrai jamais? Que m'importe l'immensité , à moi qui suis à peine un point? Que me fait l'éternité quand mon existence est bornée à ce moment qui s'écoule? Ce qui peut exciter ma reconnaissance, c'est que je suis un être végétant, sentant, et ayant du plaisir quelquefois.

Grâces soient à jamais rendues à cet Etre nécessaire, éternel, intelligent et puissant, qui a doué de toute éternité mes confrères les animaux de l'organisation et de la végétation. Il a voulu que nous eussions tous des poumons, un foie, un pancréas, un estomac, un cœur avec des oreillettes, des veines et des artères, ou l'équivalent de tout cela. C'est un artifice aussi admirable que celui de tant de mondes qui roulent autour de leurs soleils ; mais cet artifice prodigieux ne ferait rien, si

*Dialogues.*          Y

nous n'avions le fentiment qui fait la vie. Il nous a donné à tous les appétits et les organes qui la confervent ; et, ce qui mérite encore plus de gratitude, nous lui devons les inftrumens fi chers et fi inconcevables par qui la vie eft donnée aux êtres qui naiffent de nous.

Le grand Etre nous fait préfent à tous de fix organes auxquels font attachés des fentimens, tous étrangers les uns aux autres. Le tact répandu dans toutes les parties du corps, mais plus fenfible dans les mains ; l'ouïe que plufieurs animaux nos confrères ont incomparablement plus fine que nous, mais qui nous donne fur eux un avantage dont ils ne font que très-groffièrement fufceptibles ; c'eft celui de la mufique ; nous entendons des accords où prefque tous les animaux n'entendent que des fons. L'harmonie n'eft faite que pour nous ; et fi les roffignols ont la voix plus légère, nous l'avons beaucoup plus étendue et plus variée.

La vue de l'homme eft moins perçante que celle de tous les oifeaux de proie, moins pénétrante que celle de tous les infectes auxquels il eft donné de voir un univers en petit qui nous échappe : mais placés entre l'aigle et la mouche, nous devons être contens de nos yeux ; c'eft un tact qui fe prolonge jufqu'aux étoiles. Nous voyons par un feul trou le quart du ciel, cette propriété eft affez avantageufe.

Le goût eft auffi un don fait par la nature à tous les êtres vivans. Il eft bien difficile de deviner quelle efpèce eft la plus gourmande et a le goût le plus délicat : on dit qu'il n'en faut pas difputer ; mais il faut convenir que fans le goût aucun animal ne penferait à fe nourrir ; rien ne ferait plus infupportable que de manger et de boire, fi DIEU n'avait attaché à cette action autant de plaifir et de befoin. Le plaifir vient manifeftement de DIEU. Cette vérité eft fi palpable qu'il eft impoffible de fe donner, d'imaginer même une fenfation agréable qui ne foit pas dans les organes que nous poffédons, et que nous n'ayons pas éprouvée.

Le fixième fens, le plus exquis de tous, donné à tout le genre animal, eft celui qui unit fi délicieufement les deux fexes, celui dont le feul défir furpaffe toutes les autres voluptés; celui qui, par fes feuls avant-goûts, eft un plaifir ineffable. Les autres fens fe bornent à la fatis-faction de l'individu qui les pofsède : mais le fens de l'amour enivre à la fois deux êtres penfans, et en fait naître un troifième. Quel adorable myftère! la jouiffance devient une création. Auffi le comte de *Rochefter* a dit que le plaifir de l'amour fuffirait à faire bénir DIEU dans un pays d'athées; auffi le grand *Mahomet* a promis l'amour pour récompenfe à fes braves guerriers. Il n'a pas eu l'abfurde impertinence d'imaginer qu'on reffufciterait avec fes organes fans faire ufage de fes organes. Il a choifi le plus noble, le plus exquis de tous pour être éternelle-ment le prix du courage et de la vertu.

Je laiffe à d'autres le foin de faire admirer les angles égaux au fommet que la lumière forme dans notre cornée, les réfractions qu'elle éprouve dans l'uvée, dans le criftallin, les tableaux qu'elle trace fur la rétine. Qu'ils célèbrent la conque de l'oreille, l'os pierreux, le tambour, le tympan et fa corde, le marteau, l'enclume et l'étrier; et qu'après avoir examiné tous ces inftrumens de l'ouïe, ils ignorent profondément comme on peut entendre.

Qu'on difsèque mille cerveaux fans pouvoir jamais foup-çonner par quels refforts il s'y formera une penfée.

Je laisse *Borelli* attribuer au cœur une force de quatre-vingts mille livres que *Keil* réduit à cinq onces. Je laisse *Hecquet* faire de l'eftomac un moulin, et *Van-Helmont* un laboratoire de chimie.

Je m'arrête à confidérer, avec autant de reconnaissance que d'étonnement, la multiplicité, la finesse, la force, la souplesse, la proportion des resforts par lesquels nous avons reçu et nous donnons la vie.

Dépouillez ces organes de la chair qui les couvre et des accompagnemens qui les environnent, regardez-les des yeux d'un anatomiste; ils vous font horreur. Mais les deux fexes dans la jeunesse ne les voient qu'avec les yeux de la volupté; ils parlent à votre imagination, ils l'embrasent, ils fe gravent dans votre mémoire. Un nerf part du cerveau, il tourne auprès des yeux, de la bouche, et passe auprès du cœur, il descend aux organes de la génération, et de-là vient que les regards font des avant-coureurs de la jouissance.

Si dans cette jouissance vous faviez ce que vous faites, fi vous étiez assez malheureux pour vous occuper du pro-digieux artifice de la génération, de cette mécanique admirable de leviers, de cette contraction de fibres, de cette filtration de liqueurs, vous ne pourriez consommer les vues de la nature; vous trahiriez le grand Etre qui vous a donné les organes de la génération pour la pro-duire et non pour la connaître. Vous lui obéissez en aveugle; et plus vous êtes ignorant, mieux vous le fervez. Vous n'en favez pas plus fur le fond de ce myftère que les rossignols et les tourterelles.

Vous faurez feulement que de tout temps la vie a passé d'un corps dans un autre, et qu'ainsi elle est éternelle comme le grand Etre dont elle est émanée.

Enfin, rendons grâces à l'Etre fuprême qui nous a donné le plaifir. Probablement les aftres n'en ont point ; un ciron à cet égard l'emporte fur cette foule de foleils qui furpaffent un million de fois notre foleil en groffeur.

### LE PREMIER ADORATEUR.

Mon cher frère, que le ciron et l'éléphant, la matière brute, la matière organifée, la matière en mouvement, la matière fenfible, rendent d'éternels témoignages au grand Demiourgos éternellement agiffant par fa nature, et de qui tout a toujours été, comme il n'y eut jamais de foleil fans lumière. Vous l'avez remercié de ce don du fentiment que vous tenez de lui, et que vous ne pouvez vous être donné vousmême : mais vous ne l'avez pas remercié du don de la penfée. L'inftinct et le fentiment font divins ; fans doute. C'eft par inftinct que fe forment tous nos premiers mouvemens, et que nous fentons tous nos befoins. Mais les chofes font tellement combinées que, fi les autres animaux font doués d'un inftinct qui furpaffe le nôtre, nous avons une raifon qui furpaffe infiniment la leur. En mille occafions fiez - vous à votre chien, et même à votre cheval ; que l'Indien confulte fon éléphant : mais en mathématique confultez *Archimède.* DIEU a donné à la matière brute la force centripète, la force centrifuge, la réfiftance et le reffort ; c'eft-là fon inftinct, il eft incompréhenfible ; celui des animaux l'eft auffi, mais la penfée eft encore plus admirable. La faculté de prédire une éclipfe et d'obferver la route des comètes femble, fi on l'ofe dire, tenir quelque chofe de la puiffante intelligence du grand Etre qui les a formées. C'eſt bien là que nous paraiſſons n'être qu'une émanation de lui-même.

Toute matière a ſes lois invariables de mouvement. Toute eſpèce chez les animaux a ſon inſtinct preſque toujours aſſez uniforme, et qui ne ſe perfectionne que juſqu'à des bornes fort étroites ; maís la raiſon de l'homme s'élance juſqu'à la Divinité.

Il eſt très-certain que les bêtes ſont douées de la faculté de la mémoire. Un chien , un éléphant reconnaît ſon maître au bout de dix ans. Pour avoir cette mémoire qu'on ne peut expliquer , il faut avoir des idées qu'on ne peut pas expliquer davantage.

Qui donne cette mémoire et ces idées aux animaux ? celui qui leur donne leur ſang , leurs viſcères , leurs mouvemens, celui de qui tout émane, de qui procède tout être, et par conſéquent toute manière d'être.

Pluſieurs animaux ont le don de perfectionner leur inſtinct. Il y a des ſinges , des éléphans qui ont plus d'eſprit que d'autres, c'eſt-à-dire , plus de mémoire, plus d'aptitude à combiner un nombre d'idées. Nous voyons des chiens de chaſſe apprendre leur métier en trois mois , et devenir excellens chefs de meute, tandis que d'autres reſtent toujours dans la médiocrité. Pluſieurs chevaux ont aimé et défendu leurs maîtres ; pluſieurs ont été rebelles et ingrats ; mais c'eſt le petit nombre. Un cheval bien traité , bien nourri , carreſſé par ſon maître , eſt beaucoup plus reconnaiſſant qu'un courtiſan. Preſque tous les quadrupèdes et les reptiles mêmes perfectionnent, en vieilliſſant, leur inſtinct juſqu'aux bornes preſcrites : les fouines , les renards, les loups en ſont une preuve évidente. Un vieux loup et fa compagne font toujours mieux la guerre que les jeunes. L'ignorance et la démence peuvent feules combattre ces vérités dont nous fommes témoins tous les jours. Que ceux qui n'ont pas eu le temps et la commodité d'obferver la conduite des animaux lifent l'excellent article *Inſtinct* dans l'Encyclopédie ; ils feront convaincus de l'exiftence de cette faculté qui eft la raifon des bêtes, raifon auffi inférieure à la nôtre qu'un tourne-broche l'eft à l'horloge de Strasbourg ; raifon bornée, mais réelle ; intelligence groffière, mais intelligence dépendante des fens comme la nôtre ; faible et incorruptible ruiffeau de cette intelligence immenfe et incompréhenfible qui a préfidé à tout en tout temps.

Un efpagnol, nommé *Péréira*, qui n'avait que de l'imagination, s'en fervit pour hafarder de dire que les bêtes n'étaient que des machines dépourvues de toute fenfation ; il fit de DIEU un joueur de marionnettes occupé continuellement à tirer les cordons de fes perfonnages, à leur faire jeter les cris de la joie et de la douleur, fans qu'ils reffentiffent ni douleur ni joie, à les accoupler fans amour, à les faire manger et boire fans foif et fans faim. *Defcartes*, dans fes romans, adopta cette charlatanerie impertinente : elle eut cours chez les ignorans qui fe croyaient favans.

Le cardinal de *Polignac*, homme de beaucoup d'efprit, et qui même montra du génie dans les détails, bon poëte latin, s'il en peut être parmi les modernes, mais très-peu philofophe, et ne connaiffant malheureufement que les abfurdes fyftêmes de *Defcartes*, s'avifa d'écrire un poëme contre *Lucrèce* ; mais bien moins poëte que ce romain, il fut auffi mauvais phyficien que lui : il

Y 4

ne fit qu'oppofer erreurs à erreurs dans fon ouvrage
fec et décharné, qu'on loua beaucoup et qu'on ne peut
lire.

Il rapporte dans fon poëme des exemples incroyables de la fagacité des animaux, qui prouveraient une
intelligence égale pour le moins à celle que la nature
nous a donnée. Il met en vers, par exemple, au
fixième chant, un conte qu'il avait fouvent fait à la
cour de France, à fon retour de Pologne, et dont on
s'était fort moqué. Il dit qu'un milan ayant un jour
attaqué un aigle, il lui arracha une plume; que
l'aigle quelque temps après le dépluma tout entier, et
dédaigna de lui ôter la vie. Le milan ( pourfuit-il)
médita fa vengeance pendant tout le temps que fes
plumes revinrent. Enfin il trouva fur un vieux pont
une ouverture par laquelle il pouvait paffer fon corps
à toute force, mais qui devait être impraticable pour
l'aigle plus gros que lui. Quand il fe fut effayé à
plufieurs reprifes, il va défier fon ennemi dans les airs;
il le trouve à point nommé : le combat s'engage; le
milan, par une retraite habile, plonge dans le trou et
paffe à travers; l'aigle le pourfuit avec rapidité, la tête
et le cou paffent aifément, le refte du corps ne peut
fuivre. Il fe débat pour fe dégager : tandis qu'il s'épuife
en efforts, le milan revole fur lui à fon aife, le déplume
comme il avait été déplumé, et lui donne généreufement
la vie comme l'aigle la lui avait donnée, mais il le laiffe
en proie aux moqueries de tous les palatins de Pologne
témoins de ce beau combat.

Il n'y a dans les ftratagêmes de *Frontin* aucune rufe
de guerre qui approche de celle-ci; et *Scipion* l'africain ne
fut jamais fi magnanime. On s'attend que le cardinal

de *Polignac* va conclure que ce milan avait une très-belle ame ; point du tout : il conclut que c'eſt un automate ſans eſprit et ſans aucune ſenſation.

C'eſt ainſi que le fils du grand *Racine*, qui hérita de ſon père le talent de la verſification, ſe fait dans une épître les objections les plus fortes qui prouvent du raiſonnement dans les bêtes. Et il n'y répond qu'en aſſurant ſans raiſonner qu'elles ſont de pures machines.

Oui, ſans doute, elles ſont machines, mais machines à ſentiment, machines à idées, machines plus ou moins penſantes, ſelon qu'elles ſont organiſées. Il y a de grandes différences entre leurs talens, comme il en eſt entre les nôtres. Quel eſt le chien de chaſſe, l'ourang-outang, l'éléphant bien organiſé qui n'eſt pas ſupérieur à nos imbécilles que nous renfermons, à nos vieux gourmands frappés d'apoplexie, traînant les reſtes d'une inutile vie dans l'abrutiſſement d'une végétation interrompue, ſans mémoire, ſans idées, languiſſant entre quelques ſenſations et le néant ? Quel eſt l'animal qui ne ſoit pas cent fois au-deſſus de nos enfans nouveaux nés, chez qui DIEU cependant, ſelon nos théologiens, infuſa une ame ſpirituelle et immortelle, au bout de ſix ſemaines dans l'utérus de leur mère ? Que dis-je, quelle différence de nous-mêmes à nous-mêmes ! quelle diſtance immenſe entre le jeune *Newton* inventant le calcul de l'infini, et *Newton* expirant ſans connaiſſance, ſans aucune trace de ce génie qui avait peſé les mondes ! c'eſt la ſuite des lois éternelles de la nature que *Newton* lui-même ne put comprendre, parce qu'il n'était pas DIEU. Adorons le grand Etre dont ces lois émanent ; remercions-le d'avoir accordé pour quelques jours à nos organes le don de la penſée qui nous élève juſqu'à lui.

Un profond philofophe, et qui aurait faifi la vérité s'il n'avait voulu la mêler avec les menfonges des préjugés, a dit que nous voyons tout en DIEU. Mais c'eft plutôt DIEU qui voit tout en nous, qui fait tout en nous, puifqu'il eft néceffairement le grand, le feul, l'éternel ouvrier de toute la nature.

Comment penfons-nous, comment fentons-nous? qui pourra nous le dire? DIEU n'a pas mis, ( il faut le répéter fans ceffe ) DIEU n'a pas caché dans les plantes un être fecret qui s'appelle *végétation*; elles végètent, parce qu'il fut ainfi ordonné dans tous les fiècles. Il n'eft point dans l'animal une créature fecrète qui s'appelle *fenfation*; le cerf court, l'aigle vole, le poiffon nage fans avoir befoin d'une fubftance inconnue, réfidente en eux qui les faffe voler, courit et nager. Ce que nous avons nommé leur inftinct eft une faculté ineffable, inhérente dans eux par les lois ineffables du grand Etre. Nous avons de même une faculté ineffable dans l'entendement humain; mais il n'y a point d'être réel qui foit l'entendement humain: il n'en eft point qui s'appelle *la volonté*. L'homme raifonne, l'homme défire, l'homme veut; mais fes volontés, fes défirs, fes raifonnemens ne font point des fubftances à part. Le grand défaut de l'école platonicienne, et enfuite de toutes nos écoles, fut de prendre des mots pour des chofes; ne tombons point dans cette erreur.

Nous fommes tantôt penfans, tantôt ne penfant pas, comme tantôt éveillés, tantôt dormans, tantôt excités par des défirs involontaires, tantôt plongés dans une apathie paffagère; efclaves dès notre enfance jufqu'à la mort de tout ce qui nous environne, ne pouvant rien par nous feuls, recevant toutes nos idées fans pouvoir jamais prévoir celles que nous aurons l'inftant fuivant; et toujours fous la main du grand Etre qui agit dans toute la nature par des vöies auffi incompréhenfibles que lui-même.

#### LE SECOND ADORATEUR.

Je l'adore avec vous; je reconnais en lui la caufe, la fin, l'enveloppe et le centre de toutes chofes; mais je crains, en parlant, de lui faire quelque offenfe, fi pourtant le fini peut outrager l'infini, fi un être miférable qui eft à peine un mode de l'Etre, un embrion né entre de l'urine et des excrémens, excrément lui-même formé pour engraiffer la fange dont il fort, peut faire une injure à l'Etre éternel.

Je vois en tremblant, en l'adorant, en l'aimant comme l'auteur éternel de tout ce qui fut et de tout ce qui fera, que nous le fefons auteur du mal. Je confidère avec douleur que toutes les fectes qui ont admis comme nous un feul DIEU, font tombées dans ce piège où je crains que ma raifon ne foit prife. Leurs prétendus fages ont répondu que DIEU ne fait point le mal, mais qu'il le permet. J'aimerais autant qu'on me dît, lorfque les rayons du foleil trop ardens ont aveuglé un enfant, que ce n'eft pas le foleil qui lui a fait ce mal, mais qu'il a permis que fes rayons lui crevaffent les yeux.

Je vous difais tout à l'heure que j'étais pénétré de reconnaiffance et de joie; mais d'autres idées s'étant préfentées néceffairement à moi, comme il arrive à tous les hommes, mes remercîmens font fuivis de mes murmures involontaires; j'éclate en gémiffemens et je me diffous en larmes, comme un enfant qui paffe en un moment du rire à la plainte entre les bras de fa nourrice.

Toute l'antiquité admira et pleura comme moi. Elle recherche la caufe des imperfections du monde avec autant d'empreffement que de défefpoir. Les Grecs imaginèrent des *Titans*, enfans du ciel et de la terre, qui demandèrent à *Jupiter* leur part du bien de leurs père et mère, et firent la guerre aux dieux. Les autres inventèrent la belle fable de *Pandore*. D'autres ( plus philofophes peut-être en paraiffant ne l'être pas ) mirent *Jupiter* entre deux tonneaux verfant le bien goutte à goutte et le mal à plein canal. On imagina des androgynes qui, poffédant les deux fexes à la fois, devinrent fort infolens, et furent, pour leur châtiment, féparés en deux. Les Indiens écrivirent dans leur Shafta, qui fubfifte depuis cinq mille ans dans la langue du Hanfcrit entre les mains des brames, que des anges, des génies fe révoltèrent dans le ciel contre DIEU. Les Syriens difaient que notre planète n'était pas faite originairement pour être habitée par des gens raifonnables, mais que parmi les citoyens du ciel, il fe trouva deux gourmands mari et femme qui s'avisèrent de manger une galette. Preffés enfuite d'un befoin qui eft la fuite de la gourmandife, ils demandèrent à un des principaux domeftiques de l'empyrée où était la garde-robe. Celui-ci leur répondit : Voyez-vous la terre, ce petit globe qui eft à mille millions de lieues ? c'eft là qu'eft le privé de l'univers ; ils y allèrent ; et DIEU les y laiffa pour les punir.

Quelques autres afiatiques rapportent que DIEU, ayant formé l'homme, lui donna la recette de l'immortalité bien écrite fur du beau vélin ; l'homme en chargea fon âne avec d'autres petits meubles, et fe mit à courir le monde. Chemin fefant l'âne rencontra le ferpent, et lui demanda s'il n'y avait pas dans les environs quelque fontaine où il pût boire ; le ferpent le conduifit avec courtoifie ; mais, tandis que l'âne buvait, et que l'homme était éloigné, le ferpent vola la recette ; il y lut le fecret de changer de peau, ce qui le rendit immortel, felon l'idée commune de l'Afie. L'homme garda fa peau et fut fujet à la mort.

Les Egyptiens et fur-tout les Perfans reconnurent un Dieu diable, ennemi du Dieu favorable, un *Typhon*, un *Arimane*, un *Sathan*, un mauvais principe qui fe plaifait à gâter tout ce que le bon principe fefait de bien. Cette idée était prife de ce qui fe paffait tous les jours chez les pauvres humains. Nous fommes prefque toujours en guerre. Le chef d'une nation ruine tant qu'il peut tout ce que le chef de la nation oppofée a pu faire d'utile. *Laomédon* bâtit une belle ville, *Agamemnon* la détruit ; c'eft l'hiftoire du genre humain. Les hommes ont toujours tranfporté dans le ciel toutes les fottifes de la terre, foit fottifes atroces, foit fottifes ridicules. La doctrine de *Zoroaftre* et celle de *Manès* ne font au fond que l'idée de certains peuples de l'Amérique, qui, pour expliquer la caufe de la pluie, prétendaient qu'il y avait là-haut un petit garçon et une petite fille frère et fœur, que le frère caffait quelquefois la cruche de fa petite fœur, et qu'alors on avait des pluies et des tempêtes.

Voilà toute la théologie du manichéifme ; et tous les fyftêmes fur lefquels on a tant difputé ne valent pas mieux.

Pardonnons aux hommes accablés de mifères et de chagrins d'avoir juftifié fi mal la Providence dans les bons momens où quelque relâche dans leurs peines leur laiffait la liberté de penfer. Pardonnons-leur d'avoir fuppofé un grand Etre malfefant, éternel ennemi d'un grand

Etre favorable. Qui peut n'être pas effrayé quand il considère que la terre entière n'est que l'empire de la destruction ? La génération, la vie des animaux sont l'ouvrage d'une main si puissante et si industrieuse, que la puissance de tous les rois et le génie de cent mille *Archimèdes* ne pourraient pas dans toute l'éternité fabriquer l'aile d'une mouche. Mais à quoi sert tout cet artifice divin qui brille dans la structure de ces milliars d'êtres sensibles ? à les faire tous dévorer les uns par les autres. Certes, si un homme avait fait un automate admirable, marchant de lui-même et jouant de la flûte, et qu'il le brisât le moment d'après, nous le prendrions pour un grand génie devenu fou furieux.

Le globe est couvert de chefs-d'œuvre, mais de victimes ; ce n'est qu'un vaste champ de carnage et d'infection. Toute espèce est impitoyablement poursuivie, déchirée, mangée sur la terre, dans l'air et dans les eaux. L'homme est plus malheureux que tous les animaux ensemble ; il est continuellement en proie à deux fléaux que les animaux ignorent, l'inquiétude et l'ennui, qui ne font que le dégoût de soi-même. Il aime la vie et il sait qu'il mourra. S'il est né pour goûter quelques plaisirs passagers dont il loue la Providence, il est né pour des souffrances sans nombre et pour être mangé des vers ; il le sait, et les animaux ne le savent pas. Cette idée funeste le tourmente ; il consume l'instant de sa détestable existence à faire le malheur de ses semblables, à les égorger lâchement pour un vil salaire, à tromper et à être trompé, à piller et à être pillé, à servir pour commander, à se repentir sans cesse. Exceptez-en quelques sages, la foule des hommes n'est qu'un assemblage horrible de criminels infortunés, et le globe ne contient que des cadavres.

Je tremble, encore une fois, d'avoir à me plaindre de l'Etre des êtres en portant une vue attentive fur cet épouvantable tableau. Je voudrais n'être pas né.

LE PREMIER ADORATEUR.

Mon frère, puifque vous aimez DIEU, puifque vous êtes vertueux, loin de maudire votre naiffance, béniffez-la. Vous avez commencé par remercier, finiffez de même. Vivez pour fervir l'Etre des êtres et les créatures. Tous ceux qui ont inventé des fables pour expliquer l'origine du mal et de la prétendue dégradation de l'homme ont rendu DIEU ridicule ; rendez-le refpectable.

Souvenez-vous que les effets d'une caufe néceffaire font néceffaires auffi. C'eft l'opinion de tous les fages ; elle produit une vertu confolante, la réfignation. Grâce à la réfignation, la faibleffe de l'innocence opprimée par les tyrans goûte quelque paix dans l'exil et dans les chaînes. C'eft par la réfignation que l'homme fe foutient contre l'invincible néceffité qui le preffe. Tout émane, fans doute, du grand Etre. La juftice, la bienfefance, la tolérance en émanent donc auffi.

Soyons juftes, bienfefans, tolérans, puifque c'eft la deftinée des fages et la nôtre ; laiffons les imbécilles perdre leurs jours fans penfer, et les fripons penfer à perfécuter les ames honnêtes. Réfignons-nous quand nous voyons un petit homme né dans la fange, pétri de tout l'orgueil de la fottife, de toute l'avarice attachée à fon éducation, de toute l'ignorance de fon école, vouloir dominer info-lemment, prétendre faire refpecter par les autres têtes toutes les chimères de la fienne, calomnier avec baffeffe, et chercher à perfécuter avec cruauté. Cet amas de turpi-tudes eft dans fa nature, comme la foîf du fang eft dans la fouine, et la gravitation dans la matière.

D'ailleurs toute confolation nous eft-elle interdite?
N'eft-il pas poffible qu'il y ait dans nous quelque principe indeftructible qui renaîtra dans l'ordre des chofes?
Rien n'eft forti du néant; rien n'y rentre, *omnia mutantur*,
*nihil interit*. S'il était néceffaire qu'un peu de penfée fût
pour quelques momens, je ne fais comment, dans un
corps de cinq pieds et demi, organifé comme nous le
fommes, pourquoi ce don de la penfée ne fera-t-il pas
accordé à un des atomes qui a été le principal et l'invifible organe de cette machine? ajoutons à nos vertus celle
de l'efpérance, fouffrons dans cette courte vie les tyranniques bêtifes que nous ne pouvons empêcher; tâchons
feulement de ne point dire de bêtife fur le grand Etre.

### LE SECOND ADORATEUR.

Oui, frère, je me réfigne; il le faut bien. J'efpère
autant que je puis, et je vous réponds que je ne désho-
norerai pas ma raifon par les chimères que tant de charlatans ont débitées fur le grand Etre.

Vous favez qu'avant mon retour de Pondichéri avec le
jéfuite *Lavaur*, qui avait onze cents mille francs dans fon
porte-feuille en lettres de change et en diamans, je connus
beaucoup de guèbres et de brames. Ces guèbres ou
parfis font d'une antiquité très-reculée, devant laquelle
nous ne fommes que d'hier; mais plus un peuple eft
ancien, plus il a d'anciennes fottifes. Je fus confondu
quand les mages guèbres me dirent qu'il avait plu à
l'Etre néceffaire éternellement agiffant de ne former les
mondes que depuis quatre cents cinquante mille années,
et qu'il les avait formés en fix *gahambars*, en fix temps.
Les pauvres mages! ils font de DIEU un homme, un
ouvrier qui demande fix femaines pour faire fon ouvrage,
et

et qui fe donne ce qu'on appelle du bon temps la feptième femaine.

Si vous faviez quels contes de vieille ces rêveurs ajoutent à leurs fix *gahambars*, vous en auriez pitié. La fable du ferpent qui vola la recette de l'immortalité à l'âne n'eft pas comparable à celle des Parfis. On y voit des ferpens et des ânes qui jouent des rôles fort comiques. Le grand Etre, l'Etre néceffaire, éternel, infini, fe promène tous les jours à midi fous des palmiers ; il forme une efpèce de *Pandore* qu'il pétrit d'un morceau de chair tiré de la fubftance d'un homme ; cet homme s'appelait *Misha* et fa femme *Mishana*. ( *a* )

Près d'une fontaine dont les eaux s'étendent de tous les côtés jufqu'au bout du monde, on voit un arbre qui enfeigne le paffé, le préfent et le futur, et qui donne des leçons de morale et de phyfique. Les arbres de Dodone ne font rien auprès. Tout eft prodige dans les temps antiques de tous les peuples ; rien n'eft jamais chez eux accordé à la nature, parce qu'ils ne la connaiffaient pas. On ne voit aucun hiftorien fage qui raconte les fiècles paffés, mais on voit par-tout des forciers qui racontent l'avenir. Parmi tous ces forciers il n'y en a pas un qui vive comme les autres hommes. Celui-là fe met un bât fur le dos, et court tout nu dans les rues de la capitale ; celui-ci mange des excrémens fur fon pain ; cet autre eft enlevé par les cheveux au milieu des airs ; un quatrième fe promène fur la moyenne région dans un char de feu tiré par quatre chevaux de feu. *Hercule* eft englouti dans

---

( *a* ) Ce font les premiers hommes, felon *Zoroaftre* : comme, fuivant *Sanchoniathon*, ce font *Protegenos* et *Genos*, ou du moins des creatures que le traducteur grec nomme ainfi. Chez les Indiens ce font *Adimo* et *Procriti* ; chez les Grecs *Prométhee*, *Epimsthée* et *Pandore* ; chez les Chinois *Puon-cu*, &c.

*Dialogues.* Z

le ventre d'un poiffon, il y refte trois jours, mais il y fait très-bonne chère ; car il fait griller le foie du poiffon, et le mange ; de là il court au détroit de Gibraltar, il le paffe dans fon gobelet. (b)

Bacchus avec fa verge va conquérir les Indes ; il change fa verge en ferpent, et rechange le ferpent en verge ; il paffe la mer des Indes à pied fec, arrête le foleil et la lune, et fait cent tours de cette force. Voilà l'hiftoire ancienne.

Toutes ces inepties font rire ; mais voici ce qui fait verfer des larmes.

Les charlatans qui montèrent fur des tréteaux les jours de foire, pour divertir la canaille par ces contes, ne fe contentèrent pas de la rétribution volontaire qui leur en revenait, ils crièrent : ,, Nous atteftons les dieux immortels ,, qui habitent fur le fommet de l'Olympe et de l'Atlas, ,, nous jurons par le grand Demiourgos, le grand Zeus, ,, leur père et leur maître, que nous vous avons annoncé ,, la vérité pure ; nous fommes les ambaffadeurs du ciel ; ,, payez-nous notre voyage. Les deux tiers de vos biens ,, font à nous de droit divin, et l'autre de droit humain. ,, Nous avons la condefcendance de vous laiffer jouir ,, de ce dernier tiers, mais à la condition que les rois ,, tiendront la bride de notre cheval, et l'arçon de notre ,, felle quand nous viendrons vous vifiter ; qu'ils ,, mettront leurs diadêmes à nos pieds ; qu'ils croiront ,, fermement que nous fommes infaillibles ; et, pour les ,, récompenfer de leur foi, non-feulement nous leur ,, concédons la dignité de notre porte-coton quand nous ,, irons à la felle, mais nous voulons bien, par grâce ,, fpéciale, leur faire diftribuer nos matières qu'ils

(b) Voyez Licophron.

,, porteront pendues à leur cou refpectueufement. Ainfi ,, DIEU leur foit en aide. ,, (c)

Si quelqu'un ofe jamais difputer, même avec la plus grande retenue, fur les dimenfions de la taffe d'*Hercule*, dans laquelle il navigea d'une de fes colonnes à l'autre, s'il ofe demander comment *Hercule* fut avalé par un poiffon, et comment il trouva un gril dans fon ventre pour faire cuire le foie de l'animal, il fera pendu fur le champ.

Celui qui doutera que *Deucalion* et *Pirrha*, s'étant trouffés, aient jeté entre leurs jambes des pierres qui furent changées en hommes, fera lapidé, comme de raifon, par nos théologiens; et le maçon béni de notre temple, qui a un cœur de roche..... jettera la première pierre.

Si quelqu'un eft affez infolent pour réciter une chanfon fur *Cybèle*, la mère de *Zeus*, ou *Vénus*, fa fille, on lui arrachera la langue avec des tenailles, on lui coupera la main, on lui fendra la poitrine, dont on lui tirera le cœur palpitant pour lui en battre les joues; on jettera fon cœur, fa main, fa langue et fon corps dans les flammes, pour la confolation des fidèles, pour la plus grande gloire de DIEU, qui eft très-glorieux, qui aime paffion-nément à voir un cœur fanglant dont on donne des foufflets fur les joues du propriétaire.

Quand ceux qui voudront rectifier quelques points de votre doctrine feront en grand nombre, faites vîte une Saint-Barthelemi, c'eft le moyen le plus fûr pour éclaircir la foule.... Que vos grands ftolifères n'aient jamais moins de dix talens d'or de rente, et que les très-grands ftolifères n'en aient jamais moins de mille.... Qu'on dépeuple

(c) Voyez toutes les relations concernant le grand lama.

la terre et les mers pour leurs tables fomptueufes, tandis que le pauvre mange du pain noir à leurs portes. C'eſt ainſi qu'il convient de fervir l'Etre des êtres.

### LE PREMIER ADORATEUR.

Mon cher frère, je ne vous ai point nié qu'il n'y eût de grands maux ſur notre globe; il y en a, ſans doute; nous ſommes dans un orage, ſauve qui peut; mais, encore une fois, eſpérons de beaux jours. Où et quand? je n'en ſais rien; mais ſi tout eſt néceſſaire, il l'eſt que le grand Etre ait de la bonté. La boîte de *Pandore* eſt la plus belle fable de l'antiquité, l'eſpérance était au fond. Vous voudriez quelque choſe de plus poſitif. Si vous en connaiſſez, daignez me l'apprendre.

## XXVI.

# LE DINER

## DU COMTE

## DE BOULAINVILLIERS.

### PREMIER ENTRETIEN.

*AVANT DINER.*

#### L'ABBÉ COUET.

Quoi! monsieur le comte, vous croyez la philosophie aussi utile au genre humain que la religion apostolique, catholique et romaine?

#### LE COMTE DE BOULAINVILLIERS.

La philosophie étend son empire sur tout l'univers, et votre Eglise ne domine que sur une partie de l'Europe, encore y a-t-elle bien des ennemis. Mais vous devez m'avouer que la philosophie est plus salutaire mille fois que votre religion, telle qu'elle est pratiquée depuis long-temps.

#### L'ABBÉ.

Vous m'étonnez. Qu'entendez-vous donc par philosophie?

#### LE COMTE.

J'entends l'amour éclairé de la sagesse, soutenu par l'amour de l'Etre éternel, rémunérateur de la vertu et vengeur du crime.

Z 3

L' A B B É.

Hé bien, n'eſt-ce pas là ce que notre religion annonce?

LE COMTE.

Si c'eſt-là ce que vous annoncez, nous ſommes d'accord; je ſuis bon catholique, et vous êtes bon philoſophe; n'allons donc pas plus loin ni l'un ni l'autre. Ne déshonorons notre philoſophie religieuſe et ſainte, ni par des ſophiſmes et des abſurdités qui outragent la raiſon, ni par la cupidité effrénée des honneurs et des richeſſes qui corrompent toutes les vertus. N'écoutons que les vérités et la modération de la philoſophie; alors cette philoſophie adoptera la religion pour ſa fille.

L' A B B É.

Avec votre permiſſion, ce diſcours ſent un peu trop le fagot.

LE COMTE.

Tant que vous ne ceſſerez de nous conter des fagots, et de vous ſervir de fagots allumés au lieu de raiſons, vous n'aurez pour partiſans que des hypocrites et des imbécilles. L'opinion d'un ſeul ſage l'emporte, ſans doute, ſur les preſtiges des fripons, et ſur l'aſſerviſſement de mille idiots. Vous m'avez demandé ce que j'entends par philoſophie, je vous demande à mon tour ce que vous entendez par religion?

L' A B B É.

Il me faudrait bien du temps pour vous expliquer tous nos dogmes.

LE COMTE.

C'eſt déjà une grande préſomption contre vous. Il vous faut de gros livres; et à moi il ne faut que quatre mots : *Sers* DIEU, *ſois juſte.*

L' A B B É.

' Jamais notre religion n'a dit le contraire.

LE COMTE.

Je voudrais ne point trouver dans vos livres des idées contraires. Ces paroles cruelles : *Contrains-les d'entrer*, (a) dont on abuse avec tant de barbarie ; et celles-ci : *Je suis venu apporter le glaive et non la paix* ; (b) et celles-là encore : *Que celui qui n'écoute pas l'Eglise soit regardé comme un païen, ou comme un receveur des deniers publics* ; (c) et cent maximes pareilles effraient le sens commun et l'humanité.

. Y a-t-il rien de plus dur et de plus odieux que cet autre discours : (d) *Je leur parle en paraboles, afin qu'en voyant ils ne voient point, et qu'en écoutant ils n'entendent point*. Est-ce ainsi que s'expliquent la sagesse et la bonté éternelle?

Le Dieu de tout l'univers, qui se fait homme pour éclairer et pour favoriser tous les hommes, a-t-il pu dire : (e) *Je n'ai été envoyé qu'au troupeau d'Israël*, c'est-à-dire, à un petit pays de trente lieues tout au plus?

Est-il possible que ce Dieu, à qui l'on fait payer la capitation, ait dit que ses disciples ne devaient rien payer ; que les rois (f) *ne reçoivent des impôts que des étrangers, et que les enfans en sont exempts ?*

L' A B B É.

Ces discours qui scandalisent sont expliqués par des passages tout différens.

| | |
|---|---|
| ( a ) *Luc*, chap. XIV, .v. 23. | ( d ) *Matth.* chap. VIII, v. 19. |
| ( b ) *Matth.* chap. X, v. 34. | ( e ) *Matth.* chap. XV, v. 24. |
| ( c ) *Matth.* chap. XVIII, v. 17. | ( f ) *Idem*, chap. XVII, v. 24. 25, 26. |

Z 4

### LE COMTE.

Juſte ciel ! qu'eſt-ce qu'un Dieu qui a beſoin de commentaire, et à qui l'on fait dire perpétuellement le pour et le contre ? Qu'eſt-ce qu'un légiſlateur qui n'a rien écrit ? qu'eſt-ce que quatre livres divins dont la date eſt inconnue, et dont les auteurs ſi peu avérés ſe contrediſent à chaque page ?

### L'ABBÉ.

Tout cela ſe concilie, vous dis-je. Mais vous m'avouerez du moins que vous êtes très-content du diſcours ſur la montagne.

### LE COMTE.

Oui, on prétend que JESUS a dit qu'on brûlera ceux qui appellent leur frère *Raka*, (g) comme vos théologiens font tous les jours. Il dit qu'il eſt venu pour accomplir la loi de *Moïſe* que vous avez en horreur. (h) Il demande avec quoi on ſalera ſi le ſel s'évanouit. (i) Il dit que bienheureux ſont les pauvres d'eſprit, parce que le royaume des cieux eſt à eux. (k) Je ſais encore qu'on lui fait dire qu'il faut que le blé (l) pourriſſe et meure en terre pour germer ; que le royaume des cieux eſt un grain de moutarde ; (m) que c'eſt de l'argent mis à uſure ; (n) qu'il ne faut pas donner à dîner à ſes parens quand ils ſont riches. (o) Peut-être ces expreſſions avaient-elles un ſens reſpectable dans la langue où l'on dit qu'elles furent prononcées. J'adopte tout ce qui peut inſpirer la vertu ; mais ayez la bonté de me dire ce que vous penſez d'un autre paſſage que voici :

(g) *Matth.* chap. V, v. 22.
(h) *Idem*, v. 17.
(i) *Idem*, v. 3.
(k) *Idem*, v. 13.
(l) I. Epitre de *Paul aux*

*Corinthiens*, chap. XV, v. 36.
(m) *Luc*, chap. XIII, v. 19.
(n) *Matth.* chap. XXV.
(o) *Luc*, chap. XIV, v. 12.

,, C'est DIEU qui m'a formé. DIEU est par-tout et dans
,, moi : oserai-je le souiller par des actions criminelles
,, et basses , par des paroles impures , par d'infames
,, désirs ?

,, Puissé-je , à mes derniers momens , dire à DIEU :
,, O mon maître! ô mon père! tu as voulu que je souf-
,, frisse , j'ai souffert avec résignation : tu as voulu que
,, je fusse pauvre, j'ai embrassé la pauvreté : tu m'as mis
,, dans la bassesse , et je n'ai point voulu la grandeur;
,, tu veux que je meure, je t'adore en mourant. Je sors
,, de ce magnifique spectacle en te rendant grâce de m'y
,, avoir admis pour me faire contempler l'ordre admirable
,, avec lequel tu régis l'univers. ,,

#### L' A B B É.

Cela est admirable ; dans quel père de l'Eglise avez-
vous trouvé ce morceau divin ? est-ce dans St *Cyprien*,
dans St *Grégoire de Nazianze* , ou dans St *Cyrille* ?

#### LE COMTE.

Non , ce sont les paroles d'un esclave païen, nommé
*Epictète* ; et l'empereur *Marc-Aurèle* n'a jamais pensé
autrement que cet esclave.

#### L' A B B É.

Je me souviens en effet d'avoir lu dans ma jeunesse des
préceptes de morale dans des auteurs païens, qui me
firent une grande impression : je vous avouerai même que
les lois de *Zaleucus*, de *Carondas*, les conseils de *Confucius*,
les commandemens moraux de *Zoroastre*, les maximes de
*Pythagore*, me parurent dictés par la sagesse pour le
bonheur du genre humain : il me semblait que DIEU avait
daigné honorer ces grands hommes d'une lumière plus
pure que celle des hommes ordinaires , comme il donna

plus d'harmonie à *Virgile*, plus d'éloquence à *Cicéron*; et plus de sagacité à *Archimède* qu'à leurs contemporains. J'étais frappé de ces grandes leçons de vertu que l'antiquité nous a laissées. Mais enfin tous ces gens-là ne connaissaient pas la théologie; ils ne savaient pas quelle est la différence entre un chérubin et un séraphin, entre la grâce efficace à laquelle on peut résister, et la grâce suffisante qui ne suffit pas: ils ignoraient que DIEU était mort, et qu'ayant été crucifié pour tous, il n'avait pourtant été crucifié que pour quelques-uns. Ah! monsieur le comte, si les *Scipion*, les *Cicéron*, les *Caton*, les *Epictète*, les *Antonin* avaient su que le père *a engendré le fils*, *et qu'il ne l'a pas fait; que l'esprit n'a été ni engendré ni fait, mais qu'il procède par spiration tantôt du père et tantôt du fils; que le fils a tout ce qui appartient au père, mais qu'il n'a pas la paternité*: si, dis-je, les anciens, nos maîtres en tout, avaient pu connaître cent vérités de cette clarté et de cette force; enfin, s'ils avaient été théologiens, quels avantages n'auraient-ils pas procurés aux hommes! la consubstantiabilité sur-tout, monsieur le comte, la transsubstantiation sont de si belles choses! plût au ciel que *Scipion*, *Cicéron* et *Marc-Aurèle* eussent approfondi ces vérités! ils auraient pu être grands vicaires de monseigneur l'archevêque, ou syndics de la sorbonne.

### LE COMTE.

Çà, dites-moi en conscience, entre nous et devant DIEU, si vous pensez que les ames de ces grands hommes soient à la broche, éternellement rôties par les diables, en attendant qu'elles aient retrouvé leur corps qui sera éternellement rôti avec elles, et cela pour n'avoir pu être syndics de sorbonne et grands vicaires de monseigneur l'archevêque?

L'ABBÉ.

Vous m'embarraſſez beaucoup ; car, *hors de l'Egliſe point de ſalut.*

*Nul ne doit plaire au ciel que nous et nos amis. Quiconque n'écoute pas l'Egliſe, qu'il ſoit comme un païen ou comme un fermier général.* (p) *Scipion* et *Marc-Aurèle* n'ont point écouté l'Egliſe ; ils n'ont point reçu le concile de Trente: leurs ames ſpirituelles ſeront rôties à jamais ; et quand leurs corps diſperſés dans les quatre élémens ſeront retrouvés, ils ſeront rôtis à jamais auſſi avec leurs ames. Rien n'eſt plus clair, comme rien n'eſt plus juſte : cela eſt poſitif.

D'un autre côté, il eſt bien dur de brûler éternellement *Socrate*, *Ariſtide*, *Pythagore*, *Epictète*, les *Antonin*, tous ceux dont la vie a été pure et exemplaire, et d'accorder la béatitude éternelle à l'ame et au corps de *François Ravaillac* qui mourut en bon chrétien, bien confeſſé, et muni d'une grâce efficace ou ſuffiſante. Je ſuis un peu embarraſſé dans cette affaire ; car enfin je ſuis juge de tous les hommes ; leur bonheur ou leur malheur éternel dépend de moi, et j'aurais quelque répugnance à ſauver *Ravaillac* et à damner *Scipion*.

Il y a une choſe qui me conſole, c'eſt que nous autres théologiens nous pouvons tirer des enfers qui nous voulons ; nous liſons dans les actes de S^te *Thècle*, grande théologienne, diſciple de S^t *Paul*, laquelle ſe déguiſa en homme pour le ſuivre, qu'elle délivra de l'enfer ſon amie *Faconille*, qui avait eu le malheur de mourir païenne. (q)

(p) *Matthieu*, chapitre XVIII, v. 17.
(q) Voyez *Damaſcène*, *orat. de iis qui in pace dormierunt*, pag. 585.

Ce grand S$^t$ *Jean Damafcène* rapporte que le grand S$^t$ *Macaire*, le même qui obtint de DIEU la mort d'*Arius* par fes ardentes prières, interrogea un jour dans un cimetière le crâne d'un païen fur fon falut; le crâne lui répondit que les prières des théologiens foulageaient infiniment les damnés. ( r )

Enfin nous favons de fcience certaine que le grand S$^t$ *Grégoire*, pape, tira de l'enfer l'ame de l'empereur *Trajan* : ( s ) ce font-là de beaux exemples de la miféricorde de DIEU.

### LE COMTE.

Vous êtes un goguenard ; tirez donc de l'enfer par vos faintes prières *Henri IV* qui mourut fans facrement comme un païen, et mettez-le dans le ciel avec *Ravaillac* le bien confeffé ; mais mon embarras eft de favoir comment ils vivront enfemble, et quelle mine ils fe feront.

### LA COMTESSE DE BOULAINVILLIERS.

Le dîner fe refroidit ; voilà M. *Freret* qui arrive ; mettons-nous à table, vous tirerez après de l'enfer qui vous voudrez.

( r ) *Apud Grab. fpicileg. pp. tom.* **I.**
( s ) *Euchologe c.* 96. *et alii lib. græc. Damafcène*, page 588.

# SECOND ENTRETIEN.

## PENDANT LE DINER.

### L' A B B É.

Ah! Madame , vous mangez gras un vendredi fans avoir la permiffion expreffe de monfeigneur l'archevêque ou la mienne! ne favez-vous pas que c'eft pécher contre l'Eglife ? Il n'était pas permis chez les Juifs de manger du lièvre , parce qu'alors il ruminait , et qu'il n'avait pas le pied fendu ; (t) c'était un crime horrible de manger de l'ixion et du griffon. (u)

### LA COMTESSE.

Vous plaifantez toujours , monfieur l'abbé ; dites-moi de grâce ce que c'eft qu'un ixion ?

### L' A B B É.

Je n'en fais rien , Madame ; mais je fais que quiconque mange le vendredi une aile de poulet fans la permiffion de fon évêque , au lieu de fe gorger de faumon et d'efturgeon , péche mortellement ; que fon ame fera brûlée en attendant fon corps , et que quand fon corps la viendra retrouver , ils feront tous deux brûlés éternellement , fans pouvoir être confumés , comme je difais tout à l'heure.

### LA COMTESSE.

Rien n'eft affurément plus judicieux ni plus équitable ; il y a plaifir à vivre dans une religion fi fage. Voudriezvous une aile de ce perdreau ?

(t) Deutéron. chap. XIV , v. 7.     (u) Idem , v. 12 et 13.

## LE COMTE.

Prenez, croyez-moi ; JESUS-CHRIST a dit : Mangez ce qu'on vous présentera. (x) Mangez, mangez, que la honte ne vous fasse dommage.

## L'ABBÉ.

Ah ! devant vos domestiques, un vendredi, qui est le lendemain du jeudi ! ils l'iraient dire par toute la ville.

## LE COMTE.

Ainsi vous avez plus de respect pour mes laquais que pour JESUS-CHRIST ?

## L'ABBÉ.

Il est bien vrai que notre sauveur n'a jamais connu les distinctions des jours gras et des jours maigres ; mais nous avons changé toute sa doctrine pour le mieux ; il nous a donné tout pouvoir sur la terre et dans le ciel. Savez-vous bien que, dans plus d'une province, il n'y a pas un siècle que l'on condamnait les gens qui mangeaient gras en carême à être pendus ? et je vous en citerai des exemples.

## LA COMTESSE.

Mon DIEU ! que cela est édifiant ! et qu'on voit bien que votre religion est divine !

## L'ABBÉ.

Si divine que, dans le pays même où l'on fesait pendre ceux qui avaient mangé d'une omelette au lard, on fesait brûler ceux qui avaient ôté le lard d'un poulet piqué, et que l'Eglise en use encore ainsi quelquefois ; tant elle fait se proportionner aux différentes faiblesses des hommes. — A boire.

(x) *Luc*, chapitre X, v. 8.

LE COMTE.

A propos, M. le grand vicaire, votre Eglife permet-
elle qu'on époufe les deux fœurs ?

L'ABBÉ.

Toutes deux à la fois ? non ; mais l'une après l'autre,
felon le befoin , les circonftances , l'argent donné
en cour de Rome , et la protection : remarquez bien
que tout change toujours , et que tout dépend de notre
fainte Eglife. La fainte Eglife juive , notre mère , que
nous déteftons et que nous citons toujours , trouve
très-bon que le patriarche *Jacob* époufe les deux fœurs
à la fois : elle défend dans le Lévitique de fe marier à
la veuve de fon frère , (*y*) elle l'ordonne expreffément
dans le Deutéronome ; ( *z* ) et la coutume de Jérufalem
permettait qu'on époufât fa propre fœur ; car vous
favez que quand *Ammon*, fils du chafte roi *David*, viola
fa fœur *Thamar* , cette fœur pudique et avifée lui dit
ces paroles : *Mon frère, ne me faites pas de fottifes , mais
demandez-moi en mariage à notre père, et il ne vous refufera
pas.* (*aa*)

Mais pour revenir à notre divine loi fur l'agrément
d'époufer les deux fœurs ou la femme de fon frère, la
chofe varie felon le temps , comme je vous l'ai dit.
Notre pape *Clément VII* n'ofa pas déclarer invalide le
mariage du roi d'Angleterre, *Henri VIII*, avec la fœur
du prince *Arthur*, fon frère, de peur que *Charles-Quint*
ne le fît mettre en prifon une feconde fois, et ne le fît
déclarer bâtard comme il était ; mais tenez pour certain
qu'en fait de mariage, comme dans tout le refte, le

(*y*) *Lévit.* ch. XVIII, v. 16.     ( *aa* ) II. *Rois*, chap. XIII,
(*z*) *Deutéron.* ch. XII, v. 5.     v. 12 et 13.

pape et monfeigneur l'archevêque font les maîtres de tout quand ils font les plus forts. — A boire.

LA COMTESSE.

Hé bien , M. *Freret* , vous ne répondez rien à ces beaux difcours , vous ne dites rien !

M. FRERET.

Je me tais , Madame , parce que j'aurais trop à dire.

L' ABBÉ.

Et que pourriez-vous dire , Monfieur , qui pût ébranler l'autorité , obfcurcir la fplendeur , infirmer la vérité de notre mère fainte Eglife catholique, apoftolique et romaine? — A boire.

M. FRERET.

Parbleu je dirais que vous êtes des juifs et des idolâtres , qui vous moquez de nous et qui embourfez notre argent.

L' ABBÉ.

Des juifs et des idolâtres ! comme vous y allez!

M. FRERET.

Oui, des juifs et des idolâtres , puifque vous m'y forcez. Votre DIEU n'eft-il pas né juif ? n'a-t-il pas été circoncis comme juif ? (*bb*) n'a-t-il pas accompli toutes les cérémonies juives ? ne lui faites-vous pas dire plufieurs fois qu'il faut obéir à la loi de *Moïfe* ? (*cc*) n'a-t-il pas facrifié dans le temple ? votre baptême n'était-il pas une coutume juive prife chez les Orientaux ? n'appelez-vous pas encore du mot juif *pâques* la principale de vos fêtes ? ne chantez-vous pas depuis plus de dix-fept cents ans, dans une mufique diabolique , des chanfons juives que vous attribuez à un roitelet juif , brigand,

(*bb*) *Luc*, chap. II, v. 22 et 39.    (*cc*) *Matth.* ch. V, v. 17 et 18.

adultère.

adultère et homicide, homme felon le cœur de DIEU? Ne prêtez-vous pas fur gages à Rome dans vos juiveries, que vous appelez *monts de piété*? et ne vendez vous pas impitoyablement les gages des pauvres quand ils n'ont pas payé au terme?

LE COMTE.

Il a raifon; il n'y a qu'une feule chofe qui vous manque de la loi juive, c'eft un bon jubilé, un vrai jubilé, par lequel les feigneurs rentreraient dans les térres qu'ils vous ont données comme des fots, dans le temps que vous leur perfuadiez qu'*Elie* et l'antechrift allaient venir, que le monde allait finir, et qu'il fallait donner tout fon bien à l'Eglife *pour le remède de fon ame, et pour n'être point rangé parmi les boucs.* Ce jubilé vaudrait mieux que celui auquel vous ne nous donnez que des indulgences plénières; j'y gagnerais pour ma part plus de cent mille livres de rentes.

L'ABBÉ.

Je le veux bien, pourvu que fur ces cent mille livres vous me faffiez une groffe penfion. Mais pourquoi M. *Freret* nous appelle-t-il idolâtres?

M. FRERET.

Pourquoi, Monfieur? demandez-le à S^t *Chriftophe*, qui eft la première chofe que vous rencontrez dans votre cathédrale, et qui eft en même temps le plus vilain monument de barbarie que vous ayez. Demandez-le à S^te *Claire* qu'on invoque pour le mal des yeux, et à qui vous avez bâti des temples, à S^t *Genou* qui guérit de la goutte, à S^t *Janvier* dont le fang fe liquéfie fi folennellement à Naples quand on l'approche de fa tête, à S^t *Antoine* qui afperge d'eau bénite les chevaux dans Rome. *(dd)*

(dd) Voyage de *Miffon*, tome II, page 294; c'eft un fait public.

*Dialogues.*                                                      A a

Oferiez-vous nier votre idolâtrie, vous qui adorez du culte de dulie dans mille églifes le lait de la Vierge, le prépuce et le nombril de fon fils, les épines dont vous dites qu'on lui fit une couronne, le bois pourri fur lequel vous prétendez que l'Etre éternel eft mort ? vous enfin qui adorez d'un culte de latrie un morceau de pâte que vous enfermez dans une boîte, de peur des fouris ? Vos catholiques romains ont pouffé leur catholique extravagance jufqu'à dire qu'ils changent ce morceau de pâte en D I E U par la vertu de quelques mots latins, et que toutes les miettes de cette pâte deviennent autant de dieux créateurs de l'univers. Un gueux qu'on aura fait prêtre, un moine fortant des bras d'une proftituée, vient pour douze fous, revêtu d'un habit de comédien, me marmoter en une langue étrangère ce que vous appelez une meffe, fendre l'air en quatre avec trois doigts, fe courber, fe redreffer, tourner à droite et à gauche, par devant et par derrière, et faire autant de dieux qu'il lui plaît, les boire et les manger, et les rendre enfuite à fon pot de chambre ! et vous n'avouerez pas que c'eft la plus monftrueufe et la plus ridicule idolâtrie qui ait jamais déshonoré la nature humaine ? Ne faut-il pas être changé en bête pour imaginer qu'on change du pain blanc et du vin rouge en DIEU ? Idolâtres nouveaux, ne vous comparez pas aux anciens qui adoraient le *Zeus*, le *Demiourgos*, le maître des dieux et des hommes, et qui rendaient hommage à des dieux fecondaires ; fachez que *Cérès*, *Pomone* et *Flore*, valent mieux que votre *Urfule* et fes onze mille vierges ; et que ce n'eft pas aux prêtres de *Marie-Magdelène* à fe moquer des prêtres de *Minerve*.

LA COMTESSE.

Monfieur l'abbé, vous avez dans M. *Freret* un rude

adverſaire. Pourquoi avez-vous voulu qu'il parlât ? c'eſt votre faute.

### L'ABBÉ.

Oh, Madame, je ſuis aguerri, je ne m'effraie pas pour ſi peu de choſe ; il y a long-temps que j'ai entendu faire tous ces raiſonnemens contre notre mère ſainte Egliſe.

### LA COMTESSE.

Par ma foi vous reſſemblez à certaine ducheſſe qu'un mécontent appelait catin ; elle lui répondit : Il y a trente ans qu'on me le dit ; et je voudrais qu'on me le dît trente ans encore.

### L'ABBÉ.

Madame, Madame, un bon mot ne prouve rien.

### LE COMTE.

Cela eſt vrai ; mais un bon mot n'empêche pas qu'on ne puiſſe avoir raiſon.

### L'ABBÉ.

Et quelle raiſon pourrait-on oppoſer à l'authenticité des prophéties, aux miracles de *Moïſe*, aux miracles de JESUS, aux martyrs ?

### LE COMTE.

Ah ! je ne vous conſeille pas de parler des prophéties, depuis que les petits garçons et les petites filles ſavent ce que mangea le prophète *Ezéchiel* à ſon déjeûner, ( *ee* ) et qu'il ne ſerait pas honnête de nommer à dîner ; depuis qu'ils ſavent les aventures d'*Oolla* et d'*Ooliba*, (*ff*) dont il eſt difficile de parler devant les dames ; depuis qu'ils ſavent que le Dieu des Juifs ordonna au prophète *Oſée* de prendre une catin, ( *gg* ) et de faire des fils de catin.

(*ee*) *Ezéch.* chap. IV, v. 12.
(*ff*) *Idem*, chap. XVI, et XXIII, v. 20.
(*gg*) *Oſée*, chap. I, v. 2, et chap. III, v. 1. et 2.

Hélas! trouverez-vous autre chofe dans ces miférables que du galimatias et des obfcénités?

Que vos pauvres théologiens ceffent déformais de difputer contre les Juifs fur le fens des paffages de leurs prophétes, fur quelques lignes hébraïques d'un *Amos*, d'un *Joël*, d'un *Habacuc*, d'un *Jérémiah*; fur quelques mots concernant *Eliah*, tranfporté aux régions céleftes orientales dans un chariot de feu, lequel *Eliah*, par parenthèfe, n'a jamais exifté.

Qu'ils rougiffent fur-tout des prophéties inférées dans leurs évangiles. Eft-il poffible qu'il y ait encore des hommes affez imbécilles et affez lâches pour n'être pas faifis d'indignation quand J E S U S prédit dans *Luc* : (*hh*) *Il y aura des fignes dans la lune et dans les étoiles ; des bruits de la mer et des flots ; des hommes féchant de crainte attendront ce qui doit arriver à l'univers entier. Les vertus des cieux feront ébranlées, et alors ils verront le fils de l'homme venant dans une nuée avec grande puiffance et grande majefté. En vérité je vous dis que la génération préfente ne paffera point que tout cela ne s'accompliffe.*

Il eft impoffible affurément de voir une prédiction plus marquée, plus circonftanciée et plus fauffe. Il faudrait être fou pour ofer dire qu'elle fut accomplie, et que le fils de l'homme vint dans une nuée avec une grande puiffance et une grande majefté. D'où vient que *Paul*, dans fon épître aux Theffaloniciens, confirme cette prédiction ridicule par une autre encore plus impertinente? *Nous qui vivons et qui vous parlons, nous ferons emportés dans les nuées pour aller au-devant du Seigneur au milieu de l'air*, &c.

Pour peu qu'on foit inftruit, on fait que le dogme de la fin du monde et de l'établiffement d'un monde nouveau,

(*hh*) Chap. II.

était une chimère reçue alors chez presque tous les peuples. Vous trouverez cette opinion dans *Lucrèce*, au livre IV. Vous la trouverez dans le premier livre des métamorphoses d'*Ovide*. *Héraclite*, long-temps auparavant, avait dit que ce monde-ci ferait confumé par le feu. Les ftoïciens avaient adopté cette rêverie. Les demi-juifs, demi-chrétiens, qui fabriquèrent les évangiles, ne manquèrent pas d'adopter un dogme fi reçu, et de s'en prévaloir. Mais, comme le monde fubfifta encore long-temps, et que JESUS ne vint point dans les nuées avec une grande puiffance et une grande majefté, au premier fiècle de l'Eglife, ils dirent que ce ferait pour le fecond fiècle; ils le promirent enfuite pour le troifième; et de fiècle en fiècle cette extravagance s'eft renouvelée. Les théologiens ont fait comme un charlatan que j'ai vu au bout du pont-neuf fur le quai de l'école; il montrait au peuple, vers le foir, un coq et quelques bouteilles de baume : Meffieurs, difait-il, je vais couper la tête à mon coq, et je le reffufciterai le moment d'après en votre préfence; mais il faut auparavant que vous achetiez mes bouteilles. Il fe trouvait toujours des gens affez fimples pour en acheter. Je vais donc couper la tête à mon coq, continuait le charlatan; mais, comme il eft tard, et que cette opération eft digne du grand jour, ce fera pour demain.

Deux membres de l'académie des fciences eurent la curiofité et la conftance de revenir pour voir comment le charlatan fe tirerait d'affaire; la farce dura huit jours de fuite; mais la farce de l'attente de la fin du monde dans le chriftianifme a duré huit fiècles entiers. Après cela, Monfieur, citez-nous les prophéties juives ou chrétiennes.

M. FRERET.

Je ne vous confeille pas de parler des miracles de

*Moïfe* devant des gens qui ont de la barbe au menton.
Si tous ces prodiges inconcevables avaient été opérés,
les Egyptiens en auraient parlé dans leurs hiftoires. La
mémoire de tant de faits prodigieux qui étonnent la nature
fe ferait confervée chez toutes les nations. Les Grecs,
qui ont été inftruits de toutes les fables de l'Egypte et
de la Syrie, auraient fait retentir le bruit de ces actions
furnaturelles aux deux bouts du monde. Mais aucun
hiftorien, ni grec, ni fyrien, ni égyptien, n'en a dit un
feul mot. *Flavien Jofephe*, fi bon patriote, fi entêté de fon
judaïfme, ce *Jofephe* qui a recueilli tant de témoignages
en faveur de l'antiquité de fa nation, n'en a pu trouver
aucun qui atteftât les dix plaies d'Egypte, et le paffage à
pied fec au milieu de la mer, &c.

Vous favez que l'auteur du Pentateuque eft encore
incertain : quel homme fenfé pourra jamais croire, fur la
foi de je ne fais quel juif, foit *Efdras*, foit un autre, de fi
épouvantables merveilles inconnues à tout le refte de la
terre ? Quand même tous vos prophètes juifs auraient cité
mille fois ces événemens étranges, il ferait impoffible de
les croire ; mais il n'y a pas un feul de ces prophètes qui
cite les paroles du Pentateuque fur cet amas de miracles,
pas un feul qui entre dans le moindre détail de ces aventures ; expliquez ce filence comme vous pourrez.

Songez qu'il faut des motifs bien graves pour opérer
ainfi le renverfement de la nature. Quel motif, quelle
raifon aurait pu avoir le Dieu des Juifs ? était-ce de favorifer fon petit peuple ? de lui donner une terre fertile ?
que ne lui donnait-il l'Egypte, au lieu de faire des
miracles, dont la plupart, dites-vous, furent égalés par
les forciers de *Pharaon* ? Pourquoi faire égorger par l'ange
exterminateur tous les aînés d'Egypte, et faire mourir

tous les animaux, afin que les Ifraélites, au nombre de fix cents trente mille combattans, s'enfuiffent comme de lâches voleurs? Pourquoi leur ouvrir le fein de la mer Rouge, afin qu'ils allaffent mourir de faim dans un défert? Vous fentez l'énormité de ces abfurdes bêtifes; vous avez trop de fens pour les admettre, et pour croire férieufement à la religion chrétienne, fondée fur l'impofture juive. Vous fentez le ridicule de la réponfe triviale qu'il ne faut pas interroger DIEU, qu'il ne faut pas fonder l'abyme de la Providence. Non, il ne faut pas demander à DIEU pourquoi il a créé des poux et des araignées, parce qu'étant fûrs que les poux et les araignées exiftent, nous ne pouvons favoir pourquoi ils exiftent; mais nous ne fommes pas fi fûrs que *Moïfe* ait changé fa verge en ferpent et ait couvert l'Egypte de poux, quoique les poux fuffent familiers à fon peuple : nous n'interrogeons point DIEU; nous interrogeons des fous qui ofent faire parler DIEU, et lui prêter l'excès de leurs extravagances.

### LA COMTESSE.

Ma foi, mon cher abbé, je ne vous confeille pas non plus de parler des miracles de JESUS. Le créateur de l'univers fe ferait-il fait juif pour changer l'eau en vin à (*ii*) des noces où tout le monde était déjà ivre? aurait-il été emporté par le diable (*kk*) fur une montagne dont on voit tous les royaumes de la terre? aurait-il envoyé le diable (*ll*) dans le corps de deux mille cochons dans un pays où il n'y avait point de cochons? aurait-il féché un figuier (*mm*) pour n'avoir pas porté des figues, *quand ce n'était pas le temps des figues?* Croyez-moi, ces miracles

(*ii*) *Jean*, chap. II, v. 9.　　(*ll*) *Idem*, chap. VIII, v. 32.
(*kk*) *Matth.* chap. IV, v. 8.　　(*mm*) *Marc*, ch. XI, v. 13.

font tout auffi ridicules que ceux de *Moïfe*. Convenez
hautement de ce que vous penfez au fond du cœur.

### L'ABBÉ.

Madame, un peu de condefcendance pour ma robe,
s'il vous plaît ; laiffez-moi faire mon métier ; je fuis un peu
battu peut-être fur les prophéties et fur les miracles ; mais
pour les martyrs il eft certain qu'il y en a eu ; et *Pafcal*, le
patriarche de Port-Royal-des-Champs, a dit : *Je crois
volontiers aux faits dont les témoins fe font égorger.*

### M. FRERET.

Ah, Monfieur, que de mauvaife foi et d'ignorance dans
*Pafcal* ! on croirait, à l'entendre, qu'il a vu les interroga-
toires des apôtres, et qu'il a été témoin de leur fupplice.
Mais où a-t-il vu qu'ils aient été fuppliciés ? Qui lui a dit
que *Simon Barjone*, furnommé *Pierre*, a été crucifié à
Rome, la tête en bas ? qui lui a dit que ce *Barjone*, un
miférable pêcheur de Galilée, ait jamais été à Rome,
et y ait parlé latin ? Hélas ! s'il eût été condamné à Rome,
fi les chrétiens l'avaient fu ; la première églife qu'ils
auraient bâtie depuis à l'honneur des faints aurait été
Saint-Pierre de Rome, et non pas Saint-Jean de Latran ;
les papes n'y euffent pas manqué ; leur ambition y eût
trouvé un beau prétexte. A quoi eft-on réduit, quand,
pour prouver que ce *Pierre Barjone* a demeuré à Rome,
on eft obligé de dire qu'une lettre qu'on lui attribue, datée
de Babylone, était en effet écrite de Rome même ; (*nn*)
fur quoi un auteur célèbre a très-bien dit que, moyennant
une telle explication, une lettre datée de Pétersbourg
devait avoir été écrite à Conftantinople.

Vous n'ignorez pas quels font les impofteurs qui ont
parlé de ce voyage de *Pierre*. C'eft un *Abdias*, qui le

(*nn*) I de St *Pierre*, chap. V, v. 13.

premier écrivit que *Pierre* était venu du lac de Génézareth droit à Rome chez l'empereur, pour faire affaut de miracles contre *Simon* le magicien ; c'eſt lui qui fait le conte d'un parent de l'empereur, reſſuſcité à moitié par *Simon*, et entièrement par l'autre *Simon Barjone* ; c'eſt lui qui met aux priſes les deux *Simon*, dont l'un vole dans les airs et ſe caſſe les deux jambes par les prières de l'autre ; c'eſt lui qui fait l'hiſtoire fameuſe des deux dogues envoyés par *Simon* pour manger *Pierre*. Tout cela eſt répété par un *Marcel*, par un *Egéſippe*. Voilà les fondemens de la religion chrétienne. Vous n'y voyez qu'un tiſſu des plus plates impoſtures faites par la plus vile canaille, laquelle ſeule embraſſa le chriſtianiſme pendant cent années.

C'eſt une ſuite non interrompue de fauſſaires. Ils forgent des lettres de JESUS-CHRIST, ils forgent des lettres de *Pilate*, des lettres de *Sénèque*, des conſtitutions apoſtoliques, des vers des ſibylles en acroſtiches, des évangiles au nombre de plus de quarante, des actes de *Barnabé*, des liturgies de *Pierre*, de *Jacques*, de *Matthieu* et de *Marc*, &c. &c. Vous le ſavez, Monſieur, vous les avez lues, ſans doute, ces archives infames du menſonge, que vous appelez fraudes pieuſes ; et vous n'aurez pas l'honnêteté de convenir, au moins devant vos amis, que le trône du pape n'a été établi que ſur d'abominables chimères, pour le malheur du genre humain ?

L'ABBÉ.

Mais comment la religion chrétienne aurait-elle pu s'élever ſi haut, ſi elle n'avait eu pour baſe que le fanatiſme et le menſonge ?

LE COMTE.

Et comment le mahométiſme s'eſt-il élevé encore plus haut ? Du moins ſes menſonges ont été plus nobles, et fon fanatifme plus généreux. Du moins *Mahomet* a écrit et combattu ; et JESUS n'a fu ni écrire, ni fe défendre. *Mahomet* avait le courage d'*Alexandre* avec l'efprit de *Numa* ; et votre JESUS a fué fang et eau dès qu'il a été condamné par fes juges. Le mahométifme n'a jamais changé , et vous autres vous avez changé vingt fois toute votre religion. Il y a plus de différence entre ce qu'elle eft aujourd'hui et ce qu'elle était dans vos premiers temps , qu'entre vos ufages et ceux du roi *Dagobert*. Miférables chrétiens! non , vous n'adorez pas votre JESUS, vous lui infultez en fubftituant vos nouvelles lois aux fiennes. Vous vous moquez plus de lui avec vos myftères, vos agnus , vos reliques, vos indulgences , vos bénéfices fimples et votre papauté , que vous ne vous en moquez tous les ans, le cinq janvier, par vos noëls diffolus; dans lefquels vous couvrez de ridicule la vierge *Marie* ; l'ange qui la falue, le pigeon qui l'engroffe, le charpentier qui en eft jaloux, et le poupon que les trois rois viennent complimenter entre un bœuf et un âne, digne compagnie d'une telle famille.

### L'ABBÉ.

C'eft pourtant ce ridicule que St *Auguftin* a trouvé divin ; il difait: *Je le crois, parce que cela eft abfurde ; je le crois, parce que cela eft impoffible.*

### M. FRERET.

Eh , que nous importent les rêveries d'un africain, tantôt manichéen , tantôt chrétien , tantôt débauché , tantôt dévot, tantôt tolérant, tantôt perfécuteur? que nous fait fon galimatias théologique? Voudriez-vous que je refpectaffe cet infenfé rhéteur , quand il dit, dans fon fermon XXII, que l'ange fit un enfant à *Marie* par l'oreille? *imprægnavit per aurem.*

## LA COMTESSE.

En effet, je vois l'abfurde; mais je ne vois pas le divin. Je trouve très-fimple que le chriftianiíme fe foit formé dans la populace, comme les fectes des anabaptiftes et des quakers fe font établies, comme les prophètes du Vivarais et des Cévènes fe font formés, comme la faction des convulfionnaires prend déjà des forces. L'enthou-fiafme commence, la fourberie acheve. Il en eft de la religion comme du jeu:

On commence par être dupe,
On finit par être fripon.

## M. FRERET.

Il n'eft que trop vrai, Madame. Ce qui réfulte de plus probable du chaos des hiftoires de JESUS, écrites contre lui par les Juifs, et en fa faveur par les chrétiens, c'eft qu'il était un juif de bonne foi, qui voulait fe faire valoir auprès du peuple, comme les fondateurs des réca-bites, des efféniens, des faducéens, des pharifiens, des judaïtes, des hérodiens, des joaniftes, des thérapeutes, et de tant d'autres petites factions élevées dans la Syrie, qui était la patrie du fanatifme. Il eft probable qu'il mit quelques femmes dans fon parti, ainfi que tous ceux qui voulurent être chefs de fectes; qu'il lui échappa plufieurs difcours indifcrets contre les magiftrats, et qu'il fut puni cruellement du dernier fupplice. Mais qu'il ait été condamné, ou fous le règne d'*Hérode* le grand, comme le prétendent les talmudiftes, ou fous *Hérode* le tétrarque, comme le difent quelques évangiles, cela eft fort indiffé-rent. Il eft avéré que fes difciples furent très-obfcurs jufqu'à ce qu'ils euffent rencontré quelques platoniciens dans Alexandrie, qui étayèrent les rêveries des galiléens

par les rêveries de *Platon*. Les peuples alors étaient
infatués de démons, de mauvais génies, d'obseffions,
de poffeffions, de magie, comme le font aujourd'hui les
fauvages. Prefque toutes les maladies étaient des poffeffions d'efprits malins. Les Juifs, de temps immémorial,
s'étaient vantés de chaffer les diables avec la racine
barath, mife fous le nez des malades, et quelques paroles
attribuées à *Salomon*. Le jeune *Tobie* chaffait les diables
avec la fumée d'un poiffon fur le gril. Voilà l'origine
des miracles dont les galiléens fe vantèrent.

Les gentils étaient affez fanatiques pour convenir que
les galiléens pouvaient faire ces beaux prodiges : car les
gentils croyaient en faire eux-mêmes. Ils croyaient à la
magie comme les difciples de JESUS. Si quelques malades
guériffaient par les forces de la nature, ils ne manquaient
pas d'affurer qu'ils avaient été délivrés d'un mal de tête
par la force des enchantemens. Ils difaient aux chrétiens:
Vous avez de beaux fecrets, et nous auffi : vous guériffez
avec des paroles, et nous auffi ; vous n'avez fur nous
aucun avantage.

Mais quand les galiléens, ayant gagné une nombreufe
populace, commencèrent à prêcher contre la religion
de l'Etat ; quand, après avoir demandé la tolérance, ils
osèrent être intolérans ; quand ils voulurent élever leur
nouveau fanatifme fur les ruines du fanatifme ancien,
alors les prêtres et les magiftrats romains les eurent en
horreur ; alors on réprima leur audace. Que firent-ils ?
ils fuppofèrent, comme nous l'avons vu, mille ouvrages
en leur faveur ; de dupes ils devinrent fripons, ils
devinrent fauffaires, ils fe défendirent par les plus indignes fraudes, ne pouvant employer d'autres armes,
jufqu'au temps où *Conftantin*, devenu empereur avec

leur argent mit leur religion fur le trône. Alors les fripons furent fanguinaires. J'ofe vous affurer que depuis le concile de Nicée jufqu'à la fédition des Cévènes, il ne s'eft pas écoulé une feule année où le chriftianifme n'ait verfé le fang.

### L'A B B É.

Ah! Monfieur, c'eft beaucoup dire.

### M. FRERET.

Non, ce n'eft pas affez dire. Relifez feulement l'hiftoire eccléfiaftique ; voyez les donatiftes et leurs adverfaires s'affommant à coups de bâton ; les anathafiens et les ariens rempliffant l'empire romain de carnage pour une diphtongue. Voyez ces barbares chrétiens fe plaindre amèrement que le fage empereur *Julien* les empêche de s'égorger et de fe détruire. Regardez cette fuīte épouvantable de maffacres ; tant de citoyens mourant dans les fupplices, tant de princes affaffinés, les bûchers allumés dans vos conciles ; douze millions d'innocens, habitans d'un nouvel hémifphère, tués comme des bêtes fauves dans un parc, fous prétexte qu'ils ne voulaient pas être chrétiens ; et, dans notre ancien hémifphère, les chrétiens immolés fans ceffe les uns par les autres, vieillards, enfans, mères, femmes, filles, expirant en foule dans les croifades des Albigeois, dans les guerres des huffites, dans celles des luthériens, des calviniftes, des anabaptiftes, à la Saint-Barthelemi, aux maffacres d'Irlande, à ceux du Piémont, à ceux des Cévènes ; tandis qu'un évêque de Rome, mollement couché fur un lit de repos, fe fait baifer les pieds, et que cinquante châtrés lui font entendre leurs fredons pour le défennuyer. Dieu m'eft témoin que ce portrait eft fidèle, et vous n'oferiez me contredire.

L'ABBÉ.

J'avoue qu'il y a quelque chofe de vrai ; mais, comme difait l'évêque de Noyon, ce ne font pas là des matières de table ; ce font des tables des matières. Les dîners feraient trop triftes fi la converfation roulait long-temps fur les horreurs du genre humain. L'hiftoire de l'Eglife trouble la digeftion.

LE COMTE.

Les faits l'ont troublée davantage.

L'ABBÉ

Ce n'eft pas la faute de la religion chrétienne, c'eft celle des abus.

LE COMTE.

Cela ferait bon s'il n'y avait eu que peu d'abus. Mais fi les prêtres ont voulu vivre à nos dépens depuis que *Paul*, ou celui qui a pris fon nom, a écrit : *Ne fuis-je pas en ( oo ) droit de me faire nourrir et vêtir par vous, moi, ma femme ou ma fœur ?* Si l'Eglife a voulu toujours envahir, fi elle a employé toujours toutes les armes poffibles pour nous ôter nos biens et nos vies, depuis la prétendue aventure d'*Ananie* et de *Saphire*, qui avaient, dit-on, apporté aux pieds de *Simon Barjone* le prix de leurs héritages, et qui avaient gardé quelques dragmes pour leur fubfiftance ; ( *pp* ) s'il eft évident que l'hiftoire de l'Eglife eft une fuite continuelle de querelles, d'impoftures, de vexations, de fourberies, de rapines et de meurtres ; alors il eft démontré que l'abus eft dans la chofe même, comme il eft démontré qu'un loup a toujours été carnaffier, et que ce n'eft point par quelques abus paffagers qu'il a fucé le fang de nos moutons.

( oo ) I aux Corinthiens, chap. IX, v. 4 et 5.

( pp ) Actes des apôtres, chap. V.

L'ABBÉ.

Vous en pourriez dire autant de toutes les religions.

LE COMTE.

Point du tout ; je vous défie de me montrer une feule guerre excitée pour le dogme dans une feule fecte de l'antiquité. Je vous défie de me montrer chez les Romains un feul homme perfécuté pour fes opinions, depuis *Romulus* jufqu'au temps où les chrétiens vinrent tout bouleverfer. Cette abfurde barbarie n'était réfervée qu'à nous. Vous fentez, en rougiffant, la vérité qui vous preffe, et vous n'avez rien à répondre.

L'ABBÉ.

Auffi je ne réponds rien. Je conviens que les difputes théologiques font abfurdes et funeftes.

M. FRERET.

Convenez donc auffi qu'il faut couper par la racine un arbre qui a toujours porté des poifons.

L'ABBÉ.

C'eft ce que je ne vous accorderai point; car cet arbre a auffi quelquefois porté de bons fruits. Si une répu-blique a toujours été dans les diffentions, je ne veux pas pour cela qu'on détruife la république. On peut réformer fes lois.

LE COMTE.

Il n'en eft pas d'un Etat comme d'une religion. Venife a réformé fes lois, et a été floriffante ; mais quand on a voulu réformer le catholicifme, l'Europe a nagé dans le fang ; et en dernier lieu, quand le célèbre *Locke*, voulant ménager à la fois les impoftures de cette religion et les droits de l'humanité, a écrit fon livre du chriftia-nifme raifonnable, il n'a pas eu quatre difciples; preuve affez forte que le chriftianifme et la raifon ne peuvent subfifter enfemble. Il ne refte qu'un feul remède dans l'état où font les chofes, encore n'eft-il qu'un palliatif; c'eft de rendre la religion abfolument dépendante du fouverain et des magiftrats.

M. FRERET.

Oui, pourvu que le fouverain et les magiftrats foient éclairés, pourvu qu'ils fachent tolérer également toute religion, regarder tous les hommes comme leurs frères, n'avoir aucun égard à ce qu'ils penfent, et en avoir beaucoup à ce qu'ils font; les laiffer libres dans leur commerce avec DIEU, et ne les enchaîner qu'aux lois dans tout ce qu'ils doivent aux hommes. Car il faudrait traiter comme des bêtes féroces des magiftrats qui foutiendraient leur religion par des bourreaux.

L'ABBÉ.

Et fi toutes les religions étant autorifées, elles fe battent toutes les unes contre les autres ? fi le catholique, le proteftant, le grec, le turc, le juif, fe prennent par les oreilles en fortant de la meffe, du prêche, de la mofquée, et de la fynagogue ?

M. FRERET.

Alors il faut qu'un régiment de dragons les diffipe.

LE COMTE.

J'aimerais mieux encore leur donner des leçons de modération que de leur envoyer des régimens; je voudrais commencer par inftruire les hommes avant de les punir.

L'ABBÉ.

Inftruire les hommes ! que dites-vous, Monfieur le comte ? les en croyez-vous dignes ?

LE COMTE.

J'entends ; vous penfez toujours qu'il ne faut que les tromper :

tromper : vous n'êtes qu'à moitié guéri ; votre ancien mal vous reprend toujours.

### LA COMTESSE.

A propos, j'ai oublié de vous demander votre avis fur une chofe que je lus hier dans l'hiftoire de ces bons mahométans, qui m'a beaucoup frappée. *Affan*, fils d'*Ali*, étant au bain, un de fes efclaves lui jeta par mégarde une chaudière d'eau bouillante fur le corps. Les domef- tiques d'*Affan* voulurent empaler le coupable. *Affan*, au lieu de le faire empaler, lui fit donner vingt pièces d'or. *Il y a*, dit-il, *un degré de gloire dans le paradis pour ceux qui payent les fervices, un plus grand pour ceux qui par- donnent le mal, et un plus grand encore pour ceux qui récompenfent le mal involontaire.* Comment trouvez - vous cette action et ce difcours ?

### LE COMTE.

Je reconnais - là mes bons mufulmans du premier fiècle.

### L'ABBÉ.

Et moi, mes bons chrétiens.

### M. FRERET.

Et moi, je fuis fâché qu'*Affan* l'échaudé, fils d'*Ali*, ait donné vingt pièces d'or pour avoir de la gloire en paradis. Je n'aime point les belles actions intéreffées. J'aurais voulu qu'*Affan* eût été affez vertueux et affez humain pour confoler le défefpoir de l'efclave, fans fonger à être placé dans le paradis au troifième degré.

### LA COMTESSE.

Allons prendre du café. J'imagine que, fi à tous les dîners de Paris, de Madrid, de Lisbonne, de Rome et de Mofcou, on avait des converfations auffi inftructives, le monde n'en irait que mieux.

*Dialogues.* B b

## TROISIEME ENTRETIEN.

### *APRÈS DINER.*

#### L'ABBÉ

VOILA d'excellent café, Madame ; c'eſt du Moka tout pur.

#### LA COMTESSE.

Oui, il vient du pays des muſulmans ; n'eſt-ce pas grand dommage ?

#### L'ABBÉ.

Raillerie à part, Madame, il faut une religion aux hommes.

#### LE COMTE.

Oui, ſans doute ; et DIEU leur en a donné une divine, éternelle, gravée dans tous les cœurs ; c'eſt celle que, ſelon vous, pratiquaient *Enoch*, les noachides et *Abraham;* c'eſt celle que les lettrés chinois ont conſervée depuis plus de quatre mille ans, l'adoration d'un DIEU, l'amour de la juſtice et l'horreur du crime.

#### LA COMTESSE.

Eſt-il poſſible qu'on ait abandonné une religion ſi pure et ſi ſainte pour les ſectes abominables qui ont inondé la terre ?

#### M. FRERET.

En fait de religion, Madame, on a eu une conduite directement contraire à celle qu'on a eue en fait de vêtemens, de logement et de nourriture. Nous avons commencé par des cavernes, des huttes, des habits de peaux de bêtes et du gland. Nous avons eu enſuite du pain, des mets falutaires, des habits de laine et de foie filées, des maifons propres et commodes ; mais, dans ce qui concerne la religion, nous fommes revenus au gland, aux peaux de bêtes et aux cavernes.

### L' A B B É.

Il ferait bien difficile de vous en tirer. Vous voyez que la religion chrétienne, par exemple, eft par-tout incorporée à l'Etat ; et que, depuis le pape jufqu'au dernier capucin, chacun fonde fon trône ou fa cuifine fur elle. Je vous ai déjà dit que les hommes ne font pas affez raifonnables pour fe contenter d'une religion pure et digne de DIEU.

### LA COMTESSE.

Vous n'y penfez pas ; vous avouez vous-même qu'ils s'en font tenus à cette religion pure du temps de votre *Enoch*, de votre *Noé* et de votre *Abraham*. Pourquoi ne ferait-on pas auffi raifonnable aujourd'hui qu'on l'était alors ?

### L' A B B É.

Il faut bien que je le dife : c'eft qu'alors il n'y avait ni chanoine à groffe prébende, ni abbé de Corbie avec cent mille écus de rente, ni évêque de Vurtzbourg avec un million, ni pape avec feize ou dix-huit millions. Il faudrait peut-être, pour rendre à la fociété humaine tous ces biens, des guerres auffi fanglantes qu'il en a fallu pour les lui arracher.

### LE COMTE.

Quoique j'aie été militaire, je ne veux point faire la guerre aux prêtres et aux moines ; je ne veux point établir la vérité par le meurtre, comme ils ont établi l'erreur ; mais je voudrais au moins que cette vérité éclairât un peu les hommes, qu'ils fuffent plus doux et plus heureux, que les peuples ceffaffent d'être fuperftitieux, et que les chefs de l'Eglife tremblaffent d'être perfécuteurs.

L' A B B É.

Il eft bien mal-aifé (puifqu'il faut enfin m'expliquer) d'ôter à des infenfés des chaînes qu'ils révèrent. Vous vous feriez peut-être lapider par le peuple de Paris, fi, dans un temps de pluie, vous empêchiez qu'on ne promenât la prétendue carcaffe de fainte *Geneviève* par les rues pour avoir du beau temps.

M.　F R E R E T.

Je ne crois point ce que vous dites ; la raifon a déjà fait tant de progrès, que depuis plus de dix ans on n'a fait promener cette prétendue carcaffe et celle de *Marcel* dans Paris. Je penfe qu'il eft très-aifé de déraciner par degrés toutes les fuperftitions qui nous ont abrutis. On ne croit plus aux forciers, on n'exorcife plus les diables ; et quoiqu'il foit dit que votre JESUS ait envoyé fes apôtres précifément pour chaffer les diables, (*qq*) aucun prêtre parmi nous n'eft ni affez fou, ni affez fot pour fe vanter de les chaffer ; les reliques de St *François* font dévenues ridicules, et celles de St *Ignaçe*, peut-être, feront un jour traînées dans la boue avec les jéfuites eux-mêmes. On laiffe, à la vérité, au pape le duché de Ferrare qu'il a ufurpé, les domaines que *Céfar Borgia* ravit par le fer et par le poifon, et qui font retournés à l'Eglife de Rome, pour laquelle il ne travaillait pas ; on laiffe Rome même aux papes, parce qu'on ne veut pas que l'empereur s'en empare ; on lui veut bien payer encore des annates, quoique ce foit un ridicule honteux et une fimonie évidente ; on ne veut pas faire d'éclat pour un fubfide fi modique. Les hommes, fubjugués par la coutume, ne

(*qq*) *Matth.* chap. X, v. 8. *Marc*, chap. VI, v. 13.

rompent pas tout d'un coup un mauvais marché fait depuis près de trois siècles. Mais que les papes aient l'insolence d'envoyer, comme autrefois, des légats *à latere* pour imposer des décimes sur les peuples, pour excommunier les rois, pour mettre leurs Etats en interdit, pour donner leurs couronnes à d'autres, vous verrez comme on recevra un légat *à latere* : je ne désespérerais pas que le parlement d'Aix ou de Paris ne le fît pendre.

### LE COMTE.

Vous voyez combien de préjugés honteux nous avons secoués. Jetez les yeux à présent sur la partie la plus opulente de la Suisse, sur les sept Provinces-Unies aussi puissantes que l'Espagne, sur la Grande-Bretagne, dont les forces maritimes tiendraient seules, avec avantage, contre les forces réunies de toutes les autres nations : regardez tout le nord de l'Allemagne, et la Scandinavie, ces pépinières intarissables de guerriers, tous ces peuples nous ont passé de bien loin dans les progrès de la raison. Le sang de chaque tête de l'hydre qu'ils ont abattue a fertilisé leurs campagnes ; l'abolition des moines a peuplé et enrichi leurs Etats : on peut certainement faire en France ce qu'on a fait ailleurs ; la France sera plus opulente et plus peuplée.

### L'ABBÉ.

Hé bien, quand vous auriez secoué en France la vermine des moines, quand on ne verrait plus de ridicules reliques, quand nous ne payerions plus à l'évêque de Rome un tribut honteux ; quand même on mépriserait assez la consubstantialité et la procession du Saint-Esprit par le père et par le fils, et la transsubstantiation pour n'en plus parler ; quand ces mystères resteraient ensevelis dans

Bb 3

la fomme de St *Thomas*, et quand les contemptibles théologiens feraient réduits à fe taire, vous refteriez encore chrétiens ; vous voudriez en vain aller plus loin, c'eft ce que vous n'obtiendrez jamais. Une religion de philofophes n'eft pas faite pour les hommes.

M.   FRERET.

*Eft quadam prodire tenus fi non datur ultrà.*

Je vous dirai avec *Horace*, votre médecin ne vous donnera jamais la vue du lynx, mais fouffrez qu'il vous ôte une taie de vos yeux. Nous gémiffons fous le poids de cent livres de chaînes, permettez qu'on nous délivre des trois quarts. Le mot de *chrétien* a prévalu, il reftera ; mais peu à peu on adorera DIEU fans mélange, fans lui donner ni une mère, ni un fils, ni un père putatif, fans lui dire qu'il eft mort par un fupplice infame, fans croire qu'on faffe des dieux avec de la farine, enfin fans cet amas de fuperftitions qui mettent des peuples policés fi au-deffous des fauvages. L'adoration pure de l'Etre fuprême commence à être aujourd'hui la religion de tous les honnêtes gens ; et bientôt elle defcendra dans une partie faine du peuple même.

L'ABBÉ.

Ne craignez-vous point que l'incrédulité (dont je vois les immenfes progrès) ne foit funefte au peuple en defcendant jufqu'à lui, et ne le conduife au crime ? Les hommes font affujettis à de cruelles paffions et à d'horribles malheurs ; il leur faut un frein qui les retienne, et une erreur qui les confole.

M.   FRERET.

Le culte raifonnable d'un DIEU jufte, qui punit et qui récompenfe, ferait, fans doute, le bonheur de la fociété ;

mais quand cette connaissance salutaire d'un DIEU juste est défigurée par des mensonges absurdes et par des superstitions dangereuses, alors le remède se tourne en poison; et ce qui devrait effrayer le crime l'encourage. Un méchant qui ne raisonne qu'à demi (et il y en a beaucoup de cette espèce) ose nier souvent le Dieu dont on lui a fait une peinture révoltante.

Un autre méchant, qui a de grandes passions dans une ame faible, est souvent invité à l'iniquité par la sureté du pardon que les prêtres lui offrent. *De quelque multitude énorme de crimes que vous soyez souillé, confessez-vous à moi, et tout vous sera pardonné par les mérites d'un homme qui fut pendu en Judée il y a plusieurs siècles. Plongez-vous, après cela, dans de nouveaux crimes sept fois soixante et sept fois, et tout vous sera pardonné encore.* N'est-ce pas là véritablement induire en tentation? n'est-ce pas applanir toutes les voies de l'iniquité? La *Brinvilliers* ne se confessait-elle pas à chaque empoisonnement qu'elle commettait? *Louis XI* autrefois n'en usait-il pas de même?

Les anciens avaient, comme nous, leur confession et leurs expiations, mais on n'était pas expié pour un second crime. On ne pardonnait point deux parricides. Nous avons tout pris des Grecs et des Romains, et nous avons tout gâté.

Leur enfer était impertinent, je l'avoue; mais nos diables sont plus sots que leurs furies. Ces furies n'étaient pas elles-mêmes damnées; on les regardait comme les exécutrices, et non comme les victimes des vengeances divines. Etre à la fois bourreaux et patiens, brûlans et brûlés, comme le font nos diables, c'est une contradiction absurde, digne de nous, et d'autant plus absurde que la chute des anges, ce fondement du christianisme, ne se trouve ni dans la Genèse, ni dans l'évangile. C'est une ancienne fable des brachmanes.

Enfin, Monsieur, tout le monde rit aujourd'hui de votre enfer, parce qu'il est ridicule ; mais personne ne rirait d'un Dieu rémunérateur et vengeur, dont on espérerait le prix de la vertu, dont on craindrait le châtiment du crime, en ignorant l'espèce des châtimens et des récompenses, mais en étant persuadé qu'il y en aura, parce que DIEU est juste.

### LE COMTE.

Il me semble que M. *Freret* a fait assez entendre comment la religion peut être un frein salutaire. Je veux essayer de vous prouver qu'une religion pure est infiniment plus consolante que la vôtre.

Il y a des douceurs, dites-vous, dans les illusions des ames dévotes, je le crois ; il y en a aussi aux petites-maisons. Mais quels tourmens quand ces ames viennent à s'éclairer ! dans quel doute et dans quel désespoir certaines religieuses passent leurs tristes jours ! vous en avez été témoin, vous me l'avez dit vous-même : les cloîtres sont le séjour du repentir ; mais, chez les hommes sur-tout, un cloître est le repaire de la discorde et de l'envie. Les moines sont des forçats volontaires qui se battent en ramant ensemble ; j'en excepte un très-petit nombre qui sont ou véritablement pénitens ou utiles ; mais, en vérité, DIEU a-t-il mis l'homme et la femme sur la terre pour qu'ils traînassent leur vie dans des cachots, séparés les uns des autres à jamais ? Est-ce-là le but de la nature ? Tout le monde crie contre les moines ; et moi je les plains. La plupart, au sortir de l'enfance, ont fait pour jamais le sacrifice de leur liberté ; et sur cent il y en a quatre-vingts au moins qui sèchent dans l'amertume. Où font donc ces grandes confolations que votre religion donne aux hommes ? Un riche bénéficier eft confolé , fans doute, mais c'eft par fon argent , et non par fa foi. S'il jouit de quelque bonheur, il ne le goûte qu'en violant les règles de fon état. Il n'eft heureux que comme homme du monde, et non pas comme homme d'Eglife. Un père de famille , fage , réfigné à DIEU , attaché à fa patrie , environné d'enfans et d'amis , reçoit de DIEU des bénédictions mille fois plus fenfibles.

De plus, tout ce que vous pourriez dire en faveur des mérites de vos moines , je le dirais à bien plus forte raifon des derviches , des marabouts , des fakirs , des bonzes. Ils font des pénitences cent fois plus rigouréufes ; ils fe font voués à des auftérités plus effrayantes ; et ces chaines de fer fous lefquelles ils font courbés , ces bras toujours étendus dans la même fituation , ces macérations épouvantables ne font rien encore en comparaifon des jeunes femmes de l'Inde qui fe brûlent fur le bûcher de leurs maris, dans le fol efpoir de renaître enfemble.

Ne vantez donc plus ni les peines ni les confolations que la religion chrétienne fait éprouver. Convenez hautement qu'elle n'approche en rien du culte raifonnable qu'une famille honnête rend à l'Etre fuprême fans fuperftition. Laiffe là les cachots des couvens ; laiffez là vos myftères contradictoires et inutiles , l'objet de la rifée univerfelle ; prêchez DIEU et la morale , et je vous réponds qu'il y aura plus de vertu et plus de félicité fur la terre.

LA COMTESSE.

Je fuis fort de cette opinion.

M. FRERET.

Et moi auffi , fans doute.

L'ABBÉ.

Hé bien, puisqu'il faut vous dire mon secret, j'en suis aussi.

Alors le président de *Maisons*, l'abbé de *Saint-Pierre*, M. *du Fay*, M. *du Marsais* arrivèrent : et M. l'abbé de *Saint-Pierre* lut, selon sa coutume, *ses pensées du matin*, sur chacune desquelles on pouvait faire un bon ouvrage.

# PENSÉES

*Détachées de M. l'abbé de Saint-Pierre.*

LA plupart des princes, des ministres, des hommes constitués en dignité, n'ont pas le temps de lire ; ils méprisent les livres, et ils sont gouvernés par un gros livre qui est le tombeau du sens commun.

S'ils avaient su lire, ils auraient épargné au monde tous les maux que la superstition et l'ignorance ont causés. Si *Louis XIV* avait su lire, il n'aurait pas révoqué l'édit de Nantes.

Les papes et leurs suppôts ont tellement cru que leur pouvoir n'est fondé que sur l'ignorance, qu'ils ont toujours défendu la lecture du seul livre qui annonce leur religion ; ils ont dit : Voilà votre loi, et nous vous défendons de la lire ; vous n'en saurez que ce que nous daignerons vous apprendre. Cette extravagante tyrannie n'est pas compréhensible ; elle existe pourtant, et toute Bible en langue qu'on parle est défendue à Rome ; elle n'est permise que dans une langue qu'on ne parle plus.

Toutes les usurpations papales ont pour prétexte un misérable jeu de mots, une équivoque des rues, une pointe qu'on fait dire à DIEU, et pour laquelle on donnerait le fouet à un écolier : *Tu es Pierre, et sur cette pierre je fonderai mon Assemblée.*

Si on savait lire, on verrait avec évidence que la religion n'a fait que du mal au gouvernement ; elle en a fait encore beaucoup en France, par les persécutions contre les protestans, par les divisions sur je ne sais quelle bulle, plus méprisable qu'une chanson du pont-neuf, par le célibat ridicule des prêtres, par la fainéantise des moines, par les mauvais marchés faits avec l'évêque de Rome, &c.

L'Espagne et le Portugal, beaucoup plus abrutis que la France, éprouvent presque tous ces maux, et ont l'inquisition par-dessus ; laquelle, un enfer supposé, ferait ce que l'enfer aurait produit de plus exécrable.

En Allemagne, il y a des querelles interminables entre les trois sectes admises par le traité de Vestphalie : les habitans des pays immédiatement soumis aux prêtres allemands sont des brutes qui ont à peine à manger.

En Italie, cette religion qui a détruit l'empire romain n'a laissé que de la misère et de la musique, des eunuques, des arlequins et des prêtres. On accable de trésors une petite statue noire appelée *la Madone de Lorette ;* et les terres ne sont pas cultivées.

La théologie est dans la religion ce que les poisons sont parmi les alimens.

Ayez des temples où DIEU foit adoré, fes bienfaits chantés, fa juftice annoncée, la vertu recommandée : tout le refte n'eft qu'efprit de parti, faction, impofture, orgueil, avarice, et doit être profcrit à jamais.

Rien n'eft plus utile au public qu'un curé qui tient regiftre des naiffances, qui procure des affiftances aux pauvres, confole les malades, enfevelit les morts, met la paix dans les familles, et qui n'eft qu'un maître de morale. Pour le mettre en état d'être utile, il faut qu'il foit au-deffus du befoin, et qu'il ne lui foit pas poffible de déshonorer fon miniftère en plaidant contre fon feigneur et contre fes paroiffiens, comme font tant de curés de campagne ; qu'ils foient gagés par la province, felon l'étendue de leur paroiffe, et qu'ils n'aient d'autres foins que celui de remplir leurs devoirs.

Rien n'eft plus inutile qu'un cardinal. Qu'eft-ce qu'une dignité étrangère, conférée par un prêtre étranger ? dignité fans fonction, et qui prefque toujours vaut cent mille écus de rente, tandis qu'un curé de campagne n'a ni de quoi affifter les pauvres, ni de quoi fe fecourir lui-même.

Le meilleur gouvernement eft, fans contredit, celui qui n'admet que le nombre de prêtres néceffaire ; car le fuperflu n'eft qu'un fardeau dangereux. Le meilleur gouvernement eft celui où les prêtres font mariés ; car ils en font meilleurs citoyens ; ils donnent des enfans à l'Etat, et les élèvent avec honnêteté : c'eft celui où les prêtres n'ofent prêcher que la morale ; car s'ils prêchent la controverfe, c'eft fonner le tocfin de la difcorde.

Les honnêtes gens lifent l'hiftoire des guerres de religion avec horreur ; ils rient des difputes théologiques comme de la farce italienne. Ayons donc une religion qui ne faffe ni frémir ni rire.

Y a-t-il eu des théologiens de bonne foi ? oui ; comme il y a eu des gens qui fe font crus forciers.

M. *Deflandes*, de l'académie des fciences, qui vient de nous donner l'*Hiftoire de la philofophie*, dit, au tome III, page 299 : *La faculté de théologie me paraît le corps le plus méprifable du royaume* : il deviendrait un des plus refpectables s'il fe bornait à enfeigner DIEU et la morale. Ce ferait le feul moyen d'expier fes décifions criminelles contre *Henri III* et le grand *Henri IV*.

Les miracles que des gueux font au faubourg Saint-Médard peuvent aller loin, fi M. le cardinal de *Fleuri* n'y met ordre. Il faut exhorter à la paix, et défendre févèrement les miracles.

La bulle monftrueufe *Unigenitus* peut encore troubler le royaume. Toute bulle eft un attentat à la dignité de la couronne, et à la liberté de la nation.

La canaille créa la fuperftition ; les honnêtes gens la détruifent.

On cherche à perfectionner les lois et les arts ; peut-on oublier la religion ?

Qui commencera à l'épurer ? ce font les hommes qui penfent. Les autres fuivront.

N'eft-il pas honteux que les fanatiques aient du zèle, et que les fages n'en aient pas ? Il faut être prudent, mais non pas timide.

## XXVII.

## L'EMPEREUR DE LA CHINE
## ET FRERE RIGOLET.

LA Chine, autrefois entièrement ignorée, long-temps enfuite défigurée à nos yeux, et enfin mieux connue de nous que plufieurs provinces d'Europe, eft l'empire le plus peuplé, le plus floriffant et le plus antique de l'univers : on fait que, par le dernier dénombrement fait fous l'empereur *Cam-hi*, dans les feules quinze provinces de la Chine proprement dites, on trouva foixante millions d'hommes capables d'aller à la guerre, en ne comptant ni les foldats vétérans, ni les vieillards au-deffus de foixante ans, ni les jeunes gens au-deffous de vingt, ni les mandarins, ni les lettrés, encore moins les femmes : à ce compte, il paraît difficile qu'il y ait moins de cent cinquante millions d'ames, ou foi-difant telles à la Chine.

Les revenus ordinaires de l'empereur font deux cents millions d'onces d'argent fin, ce qui revient à douze cents cinquante millions de la monnaie de France, ou cent vingt-cinq millions de ducats d'or.

Les forces de l'Etat confiftent, nous dit-on, dans une milice d'environ huit cents mille foldats. L'empereur a cinq cents foixante et dix mille chevaux, foit pour monter les gens de guerre, foit pour les voyages de la cour, foit pour les courriers publics.

On nous affure encore que cette vafte étendue de pays n'eft point gouvernée defpotiquement, mais par fix tribunaux principaux qui fervent de frein à tous les tribunaux inférieurs.

La religion y eft fimple, et c'eft une preuve inconteftable de fon antiquité. Il y a plus de quatre mille ans que les empereurs de la Chine font les premiers pontifes de l'empire ; ils adorent un Dieu unique, il lui offrent les prémices d'un champ qu'ils ont labouré de leurs mains. L'empereur *Cam-hi* écrivit et fit graver dans le frontifpice de fon temple ces propres mots : *Le Chang-ti eft fans commencement et fans fin ; il a tout produit ; il gouverne tout ; il eft infiniment bon et infiniment jufte.*

*Yont-chin*, fils et fucceffeur de *Cam-hi*, fit publier dans tout l'empire un édit qui commence par ces mots : *Il y a entre le Tien et l'homme une correfpondance de fautes et de punitions, de prières et de bienfaits, &c.* (a)

Cette religion de l'empereur, de tous les colaos, de tous les lettrés, eft d'autant plus belle qu'elle n'eft fouillée par aucune fuperftition.

Toute la fageffe du gouvernement n'a pu empêcher que les bonzes ne fe foient introduits dans l'empire, de même que toute l'attention d'un maître-d'hôtel ne peut empêcher que les rats ne fe gliffent dans les caves et dans les greniers.

L'efprit de tolérance, qui fefait le caractère de toutes les nations afiatiques, laiffa les bonzes féduire le peuple ; mais, en s'emparant de la canaille, on les empêcha de la gouverner : on les a traités comme on traite les charlatans ; on les laiffe débiter leur orviétan dans les places publiques ; mais s'ils ameutent le peuple, ils font pendus. Les bonzes ont donc été tolérés et réprimés.

(a) Voyez la collection du jéfuite *du Halde.*

L'empereur *Cam-hi* avait accueilli avec une bonté singulière les bonzes jéfuites ; ceux-ci, à la faveur de quelques fphères armillaires, des baromètres, des thermomètres, des lunettes qu'ils avaient apportés d'Europe, obtinrent de *Cam-hi* la tolérance publique de la religion chrétienne.

On doit obferver que cet empereur fut obligé de confulter les tribunaux, de les folliciter lui-même, et de dreffer de fa main la requête des bonzes jéfuites, pour leur obtenir la permiffion d'exercer leur religion : ce qui prouve évidemment que l'empereur n'eft point defpotique, comme tant d'auteurs mal inftruits l'ont prétendu, et que les lois font plus fortes que lui.

Les querelles élevées entre les miffionnaires rendirent bientôt la nouvelle fecte odieufe. Les Chinois, qui font gens fenfés, furent étonnés et indignés que des bonzes d'Europe ofaffent établir dans leur empire des opinions dont eux-mêmes n'étaient pas d'accord ; les tribunaux préfentèrent à l'empereur des mémoires contre tous ces bonzes d'Europe, et fur-tout contre les jéfuites ; ainfi que nous avons vu depuis peu les parlemens de France requérir et enfuite ordonner l'abolition de cette fociété.

Ce procès n'était pas encore jugé à la Chine, lorfque l'empereur *Cam-hi* mourut, le 20 décembre 1722. Un de fes fils, nommé *Yont-chin*, lui fuccéda ; c'était un des meilleurs princes que DIEU ait jamais accordés aux hommes. Il avait toute la bonté de fon père, avec plus de fermeté et plus de jufteffe dans l'efprit. Dès qu'il fut fur le trône, il reçut de toutes les villes de l'empire des requêtes contre les jéfuites. On l'avertiffait que ces bonzes, fous prétexte de religion, fefaient un commerce immenfe ; qu'ils prêchaient une doctrine intolérante ; qu'ils avaient

été

été l'unique caufe d'une guerre civile au Japon, dans laquelle il était péri plus de quatre cents mille ames ; qu'ils étaient les foldats et les efpions d'un prêtre d'Occident, réputé fouverain de tous les royaumes de la terre, que ce prêtre avait divifé le royaume de la Chine en évêchés, qu'il avait rendu des fentences à Rome contre les anciens rites de la nation, et qu'enfin fi l'on ne réprimait pas au plutôt ces entreprifes inouïes, une révolution était à craindre.

L'empereur *Yont-chin*, avant de fe décider, voulut s'inftruire par lui-même de l'étrange religion de ces bonzes ; il fut qu'il y en avait un, nommé le frère *Rigolet*, qui avait converti quelques enfans des crochéteurs et des lavandières du palais ; il ordonna qu'on le fît paraître devant lui.

Ce frère *Rigolet* n'était pas un homme de cour comme les frères *Parennin* et *Verbieft*. Il avait toute la fimplicité et l'enthoufiafme d'un perfuadé: Il y a de ces gens-là dans toutes les fociétés religieufes ; ils font néceffaires à leur ordre. On demandait un jour à *Oliva*, général des jéfuites, comme il fe pouvait faire qu'il y eût tant de fots dans une fociété qui paffait pour éclairée ? il répondit : *Il nous faut des faints*. Ainfi donc S<sup>t</sup> *Rigolet* comparut devant l'empereur de la Chine.

Il était tout glorieux, et ne doutait pas qu'il n'eût l'honneur de baptifer l'empereur dans deux jours au plus tard. Après qu'il eut fait les génuflexions ordinaires, et frappé neuf fois la terre de fon front, l'empereur lui fit apporter du thé et des bifcuits, et lui dit : Frère *Rigolet*, dites-moi en confcience ce que c'eft que cette religion que vous prêchez aux lavandières et aux crocheteurs de mon palais ?

*Dialogues.*                    C c

FRERE RIGOLET.

Augufte fouverain des quinze provinces anciennes de la Chine et des quarante-deux provinces tartares, ma religion eft la feule véritable, comme me l'a dit mon préfet le frère *Bouvet*, qui le tenait de fa nourrice. Les Chinois, les Japonais, les Coréens, les Tartares, les Indiens, les Perfans, les Turcs, les Arabes, les Africains et les Américains feront tous damnés. On ne peut plaire à DIEU que dans une partie de l'Europe, et ma fecte s'appelle la religion catholique, ce qui veut dire univerfelle.

L'EMPEREUR.

Fort bien, frère *Rigolet*. Votre fecte eft confinée dans un petit coin de l'Europe, et vous l'appelez univerfelle! apparemment que vous efpérez de l'étendre dans tout l'univers.

FRERE RIGOLET.

Sire, votre majefté a mis le doigt deffus; c'eft comme nous l'entendons. Dès que nous fommes envoyés dans un pays, par le révérend frère général au nom du pape qui eft vice-dieu en terre, nous catéchifons les efprits qui ne font point encore pervertis par l'ufage dangereux de penfer. Les enfans du bas peuple étant les plus dignes de notre doctrine, nous commençons par eux; enfuite nous allons aux femmes; bientôt elles nous donnent leurs maris; et dès que nous avons un nombre fuffifant de profélytes, nous devenons affez puiffans pour forcer le fouverain à gagner la vie éternelle en fe fefant fujet du pape.

L'EMPEREUR.

On ne peut mieux, frère *Rigolet*; les fouverains vous font fort obligés. Montrez-moi un peu fur cette carte géographique où demeure votre pape?

FRERE RIGOLET.

Sacrée majefté impériale, il demeure au bout du monde dans ce petit angle que vous voyez, et c'eft de-là qu'il damne ou qu'il fauve à fon gré tous les rois de la terre : il eft vice-dieu, vice-Chang-ti, vice-Tien; il doit gouverner la terre entière au nom de DIEU, et notre frère général doit gouverner fous lui.

L'EMPEREUR.

Mes complimens au vice-dieu et au frère général; mais votre Dieu quel eft-il? Dites-moi un peu de fes nouvelles ?

FRERE RIGOLET.

Notre Dieu naquit dans une écurie, il y a quelques dix-fept cents vingt-trois ans, entre un bœuf et un âne ; et trois rois, qui étaient apparemment de votre pays, conduits par une étoile nouvelle, vinrent au plus vîte l'adorer dans fa mangeoire.

L'EMPEREUR.

Vraiment, frère *Rigolet*, fi j'avais été là, je n'aurais pas manqué de faire le quatrième.

FRERE RIGOLET.

Je le crois bien, Sire ; mais fi vous êtes curieux de faire un petit voyage, il ne tiendra qu'à vous de voir fa mère. Elle demeure ici dans ce petit coin que vous voyez fur le bord de la mer Adriatique, dans la même maifon où elle accoucha de DIEU. (b) Cette maifon, à la vérité, n'était pas d'abord dans cet endroit-là. Voici fur la carte le lieu qu'elle occupait dans un petit village juif; mais au bout de treize cents ans, les efprits céleftes la tranfportèrent où vous la voyez. La mère de DIEU n'y eft pas à la vérité en chair et en os, mais en bois. C'eft

(b) Notre-Dame de Lorette

C c 2

une ſtatue que quelques-uns de nos frères penſent avoir été faite par le DIEU ſon fils, qui était un très-bon charpentier.

L'EMPEREUR.

Un Dieu charpentier ! un Dieu né d'une femme! tout ce que vous me dites eſt admirable.

FRERE RIGOLET.

Oh ! Sire, elle n'était point femme ; elle était fille. Il eſt vrai qu'elle était mariée, et qu'elle avait eu deux autres enfans, nommés *Jacques*, comme le diſent de vieux évangiles ; mais elle n'en était pas moins pucelle.

L'EMPEREUR.

Quoi! elle était pucelle et elle avait des enfans!

FRERE RIGOLET.

Vraiment oui. C'eſt-là le bon de l'affaire ; ce fut DIEU qui fit un enfant à cette fille.

L'EMPEREUR.

Je ne vous entends point. Vous me diſiez tout à l'heure qu'elle était mère de DIEU. DIEU coucha donc avec ſa mère pour naître enſuite d'elle ?

FRERE RIGOLET.

Vous y êtes, Sacrée Majeſté ; la grâce opère déjà. Vous y êtes, dis-je ; DIEU ſe changea en pigeon pour faire un enfant à la femme d'un charpentier, et cet enfant fut DIEU lui-même.

L'EMPEREUR.

Mais voilà donc deux dieux de compte fait ? un charpentier et un pigeon.

FRERE RIGOLET.

Sans doute, Sire ; mais il y en a encore un troiſième qui eſt le père de ces deux-là, et que nous peignons toujours avec une barbe majeſtueuſe ; c'eſt ce Dieu-là

qui ordonna au pigeon de faire un enfant à la charpen-
tière, dont naquit le dieu charpentier ; mais au fond,
ces trois dieux n'en font qu'un. Le père a engendré le
fils avant qu'il fût au monde, le fils a été ensuite engendré
par le pigeon, et le pigeon procède du père et du fils.
Or vous voyez bien que le pigeon qui procède, le charpentier qui eſt né du pigeon, et le père qui a engendré
le fils du pigeon ne peuvent être qu'un ſeul Dieu ; et
qu'un homme qui ne croirait pas cette hiſtoire, doit
être brûlé dans ce monde-ci et dans l'autre.

L'EMPEREUR.

Cela eſt clair comme le jour. Un Dieu né dans une
étable, il y a dix-ſept cents vingt-trois ans, entre un bœuf
et un âne ; un autre Dieu dans un colombier ; un troiſième Dieu de qui viennent les deux autres, et qui n'eſt
pas plus ancien qu'eux, malgré ſa barbe blanche ; une
mère pucelle ; il n'eſt rien de plus ſimple et de plus ſage.
Eh ! dis-moi un peu, frère *Rigolet*, ſi ton Dieu eſt né,
il eſt ſans doute mort ?

FRERE RIGOLET.

S'il eſt mort, Sacrée Majeſté, je vous en réponds, et
cela pour nous faire plaiſir. Il déguiſa ſi bien ſa divinité
qu'il ſe laiſſa fouetter et pendre malgré ſes miracles, mais
auſſi il reſſuſcita deux jours après ſans que perſonne le
vît, et s'en retourna au ciel, après avoir ſolennellement
promis qu'*il reviendrait inceſſamment dans une nuée avec une
grande puiſſance et une grande majeſté*, comme le dit, dans
ſon vingt-unième chapitre, *Luc*, le plus ſavant hiſtorien
qui ait jamais été. Le malheur eſt qu'il ne revint point.

L'EMPEREUR.

Viens, frère *Rigolet*, que je t'embraſſe ; va, tu ne feras

C c 3

jamais de révolution dans mon empire. Ta religion est charmante ; tu épanouiras la rate de tous mes sujets, mais il faut que tu me dises tout. Voilà ton Dieu né, feffé, pendu et enterré. Avant lui n'en avais-tu pas un autre ?

FRERE RIGOLET.

Oui vraiment, il y en avait un dans le même petit pays, qui s'appelait le Seigneur, tout court. Celui-là ne fe laiffait pas pendre comme l'autre ; c'était un Dieu à qui il ne fallait pas fe jouer : il s'avifa de prendre fous fa protection une horde de voleurs et de meurtriers, en faveur de laquelle il égorgea, un beau matin, tous les beftiaux et tous les fils aînés des familles d'Egypte. Après quoi il ordonna expreffément, à fon cher peuple, de voler tout ce qu'ils trouveraient fous leurs mains, et de s'enfuir fans combattre, attendu qu'il était le Dieu des armées. Il leur ouvrit enfuite le fond de la mer, fufpendit des eaux à droite et à gauche pour les faire paffer à pied fec, faute de bateaux. Il les conduifit enfuite dans un défert où ils moururent tous ; mais il eut grand foin de la feconde génération. C'eft pour elle qu'il fefait tomber les murs des villes au fon d'un cornet à bouquin, et par le miniftère d'une cabaretière. C'eft pour fes chers Juifs qu'il arrêtait le foleil et la lune en plein midi, afin de leur donner le temps d'égorger leurs ennemis plus à leur aife ; il aimait tant ce cher peuple qu'il le rendit efclave des autres peuples, qu'il l'eft même encore aujourd'hui. Mais, voyez-vous, tout cela n'eft qu'un type, une ombre, une figure, une prophétie qui annonçait les aventures de notre Seigneur JESUS, DIEU juif, fils de DIEU le père, fils de *Marie*, fils du Dieu pigeon qui procède de lui, et de plus ayant un père putatif.

Admirez, Sacréé Majefté, la profondeur de notre divine

religion. Notre Dieu pendu, étant juif, a été prédit par tous les prophètes juifs.

Votre sacrée majesté doit savoir que chez ce peuple divin il y avait des hommes divins qui connaissaient l'avenir, mieux que vous ne savez ce qui se passe dans Pékin. Ces gens-là n'avaient qu'à jouer de la harpe, et aussitôt tous les futurs contingens se présentaient à leurs yeux. Un prophète, nommé *Isaïe*, coucha par l'ordre du Seigneur avec une femme; il en eut un fils, et ce fils était notre Seigneur JESUS-CHRIST; car il s'appelait *Maher Salal-has-bas, partagez vîte les dépouilles.* Un autre prophère, nommé *Ezéchiel*, se couchait sur le côté gauche trois cents quatre-vingts jours, et quarante sur le côté droit, et cela signifiait JESUS-CHRIST. Si votre sacrée majesté me permet de le dire, cet *Ezéchiel* mangeait de la merde sur son pain, comme il le dit dans son chapitre IV, et cela signifiait JESUS-CHRIST.

Un autre prophète, nommé *Osée*, (*c*) couchait par ordre de DIEU avec une fille de joie, nommée *Gomer*, fille d'*Ebalaïm*; il en avait trois enfans; et cela signifiait non-seulement JESUS-CHRIST, mais encore ses deux frères aînés *Jacques le majeur* et *Jacques le mineur*, selon l'interprétation des plus savans pères de notre mère sainte Eglise.

Un autre prophète, nommé *Jonas*, est avalé par un chien marin, et demeure trois jours et trois nuits dans son ventre; c'est visiblement encore JESUS-CHRIST qui fut enterré trois jours et trois nuits, en retranchant une nuit et deux jours pour faire le compte juste. Les deux sœurs *Oolla* (*d*) et *Ooliba* ouvrent leurs cuisses à tout venant, font bâtir un b...., et donnent la préférence à ceux qui ont

(*c*) *Osée*, chap. I.
(*d*) *Ezéchiel*, chap. XVI et XXII,

C c 4

le membre d'un âne ou d'un cheval, felon les propres expreffions de la fainte écriture ; cela fignifie l'Eglife de JESUS-CHRIST.

C'eſt ainſi que tout a été prédit dans les livres des Juifs. Votre facrée majeſté a été prédite. J'ai été prédit, moi qui vous parle ; car il eſt écrit : *Je les appelerai des extrémités de l'Orient* ; et c'eſt frère *Rigolet* qui vient vous appeler pour vous donner à JESUS-CHRIST mon fauveur.

L'EMPEREUR.

Dans quel temps ces belles prédictions ont-elles été écrites ?

FRERE RIGOLET.

Je ne le fais pas bien précifément ; mais je fais que les prophéties prouvent les miracles de JESUS mon fauveur, et ces miracles de JESUS prouvent à leur tour les prophéties. C'eſt un argument auquel on n'a jamais répondu, et c'eſt ce qui établira fans doute notre fecte dans toute la terre, fi nous avons beaucoup de dévotes, de foldats et d'argent comptant.

L'EMPEREUR.

Je le crois, et on m'en a déjà averti : on va loin avec de l'argent et des prophéties : mais tu ne m'as point encore parlé des miracles de ton Dieu ; tu m'as dit feulement qu'il fut feffé et pendu.

FRERE RIGOLET.

Eh, Sire, n'eſt-ce pas là déjà un très-grand miracle ? mais il en a fait bien d'autres. Premièrement le diable l'emporta fur le haut d'une petite montagne, dont on découvrait tous les royaumes de la terre, et il lui dit : *Je te donnerai tous ces royaumes fi tu veux m'adorer* ; mais DIEU fe moqua du diable. Enfuite on pria notre Seigneur JESUS à une noce de village, et les garçons de la noce

étant ivres (e) et manquant de vin, notre Seigneur JESUS-
CHRIST changea l'eau en vin fur le champ, après avoir
dit des injures à fa mère. Quelque temps après, s'étant
trouvé dans Gadara, ou Géfara, au bord du petit lac de
Génézareth, il rencontra des diables dans le corps de
deux poffédés ; il les chaffa au plus vîte, et les envoya
dans un troupeau de deux mille cochons, qui allèrent en
grognant fe jeter dans le lac, et s'y noyer : et ce qui
conftate encore la grandeur et la vérité de ce miracle,
c'eft qu'il n'y avait point de cochons dans ce pays-là.

L' E M P E R E U R.

Je fuis fâché, frère *Rigolet*, que ton Dieu ait fait un tel
tour. Le maître des cochons ne dut pas trouver cela bon.
Sais-tu bien que deux mille cochons gras valent de
l'argent ? Voilà un homme ruiné fans reffource. Je ne
m'étonne plus qu'on ait pendu ton Dieu. Le poffeffeur
des cochons dut préfenter requête contre lui ; et je t'affure
que fi dans mon pays un pareil dieu venait faire un pareil
miracle, il ne le porterait pas loin. Tu me donnes une
grande envie de voir les livres qu'écrivit le Seigneur
J E S U S, et comment il s'y prit pour juftifier des miracles
d'une fi étrange efpèce.

F R E R E   R I G O L E T.

Sacrée majefté, il n'a jamais fait de livre ; il ne favait
ni lire ni écrire.

L' E M P E R E U R.

Ah ! ah ! voici qui eft digne de tout le refte. Un légiflateur qui n'a jamais écrit aucune loi.

F R E R E   R I G O L E T.

Fi donc ! Sire, quand un Dieu vient fe faire pendre,
il ne s'amufe pas à de pareilles bagatelles ; il fait écrire

(e) *Inebriati* . . . en S<sup>t</sup> *Jean*, chap. II.

fes fecrétaires. Il y en eut une quarantaine qui prirent la peine cent ans après de mettre par écrit toutes ces vérités. Il est vrai qu'ils fe contredifent tous ; mais c'eft en cela même que la vérité confifte ; et dans ces quarante hiftoires nous en avons à la fin choifi quatre, qui font précifément celles qui fe contredifent le plus, afin que la vérité paraiffe avec plus d'évidence.

Tous fes difciples firent encore plus de miracles que lui ; nous en fefons encore tous les jours. Nous avons parmi nous le dieu St *François Xavier* qui reffufcita neuf morts de compte fait dans l'Inde : perfonne à la vérité n'a vu ces réfurrections ; mais nous les avons célébrées d'un bout du monde à l'autre, et nous avons été crus. Croyez-moi, Sire, faites-vous jéfuite ; et je vous fuis caution que nous ferons imprimer la lifte de vos miracles, avant qu'il foit deux ans ; nous ferons un faint de vous, on fêtera votre fête à Rome, et on vous appellera St *Yont-chin* après votre mort.

L'EMPEREUR.

Je ne fuis pas preffé, frère *Rigolet* ; cela pourra venir avec le temps. Tout ce que je demande, c'eft que je ne fois pas pendu comme ton Dieu l'a été ; car il me femble que c'eft acheter la divinité un peu cher.

FRERE RIGOLET.

Ah ! Sire, c'eft que vous n'avez pas encore la foi ; mais quand vous aurez été baptifé, vous ferez enchanté d'être pendu pour l'amour de JESUS-CHRIST nôtre fauveur ; quel plaifir vous auriez de le voir à la meffe, de lui parler, de le manger !

L'EMPEREUR.

Comment, mort de ma vie ! vous mangez votre Dieu, vous autres !

FRERE RIGOLET.

Oui, Sire, je le fais et je le mange; j'en ai préparé ce matin quatre douzaines; et je vais vous les chercher tout-à-l'heure, fi votre facrée majefté l'ordonne.

L'EMPEREUR.

Tu me feras grand plaifir, mon ami. Va-t-en vîte chercher tes dieux; je vais en attendant faire ordonner à mes cuifiniers de fe tenir prêts pour les faire cuire; tu leur diras à quelle fauce il les faut mettre : je m'imagine qu'un plat de dieux eft une chofe excellente, et que je n'aurai jamais fait meilleure chère.

FRERE RIGOLET.

Sacrée Majefté, j'obéis à vos ordres fuprêmes, et je reviens dans le moment. DIEU foit béni; voilà un empereur dont je vais faire un chrétien fur ma parole.

Pendant que frère *Rigolet* allait chercher fon déjeûner, l'empereur refta avec fon fecrétaire d'Etat *Ouangt-tfé*; tous deux étaient faifis de la plus grande furprife, et de la plus vive indignation.

Les autres jéfuites, dit l'empereur, comme *Parennin*, *Verbieft*, *Pereira*, *Bouvet* et les autres, ne m'avaient jamais avoué aucune de ces abominables extravagances. Je vois trop bien que ces miffionnaires font des fripons qui ont à leur fuite des imbécilles. Les fripons ont réuffi auprès de mon père en fefant devant lui des expériences de phyfique qui l'amufaient, et les imbécilles réuffiffent auprès de la populace : ils font perfuadés, et ils perfuadent; cela peut devenir très-pernicieux. Je vois que les tribunaux ont eu grande raifon de préfenter des requêtes contre ces pertur-bateurs du repos public. Dites-moi, je vous prie, vous qui avez étudié l'hiftoire de l'Europe, comment il s'eft pu faire qu'une religion fi abfurde , fi blafphématoire, fe foit introduite chez tant de petites nations ?

LE SECRETAIRE D'ETAT.

Hélas ! Sire , tout comme la fecte du dieu *Fo* s'eft introduite dans votre empire , par des charlatans qui ont féduit la populace. Votre majefté ne pourrait croire quels effets prodigieux ont fait les charlatans d'Europe dans leur pays. Ce miférable qui vient de vous parler vous a lui-même avoué que fes pareils , après avoir enfeigné à la canaille des dogmes qui font faits pour elle, la foulèvent enfuite contre le gouvernement : ils ont détruit un grand empire qu'on appelait l'empire romain , qui s'étendait d'Europe en Afie , et le fang a coulé pendant plus de quatorze fiècles par les divifions de ces fycophantes, qui ont voulu fe rendre les maîtres de l'efprit des hommes; ils firent d'abord accroire aux princes qu'ils ne pouvaient régner fans les prêtres, et bientôt ils s'élevèrent contre les princes. J'ai lu qu'ils détrônèrent un empereur nommé *Débonnaire*, un *Henri I V* , un *Frédéric*, plus de trente rois , et qu'ils en affaffinèrent plus de vingt.

Si la fageffe du gouvernement chinois a contenu jufqu'ici les bonzes qui déshonorent vos provinces, elle ne pourra jamais prévenir les maux que feraient les bonzes d'Europe. Ces gens-là ont un efprit cent fois plus ardent, un plus violent enthoufiafme , et une fureur plus raifonnée dans leur démence , que ne l'eft le fanatifme de tous les bonzes du Japon , de Siam , et de tous ceux qu'on tolère à la Chine.

Les fots prêchent parmi eux , et les fripons intriguent; ils fubjuguent les hommes par les femmes , et les femmes par la confeffion. Maîtres des fecrets de toutes les familles, dont ils rendent compte à leurs fupérieurs , ils font bientôt les maîtres d'un Etat, fans même paraître l'être encore ; d'autant plus sûrs de parvenir à leurs fins qu'ils femblent n'en avoir aucune. Ils vont à la puiffance par l'humilité, à la richeffe par la pauvreté, et à la cruauté par la douceur.

Vous vous fouvenez, Sire, de la fable des dragons qui fe métamorphofaient en moutons pour dévorer plus furement les hommes : voilà leur caractère : il n'y a jamais eu fur la terre de monftres plus dangereux ; et DIEU n'a jamais eu d'ennemis plus funeftes.

L' EMPEREUR.

Taifez-vous, voici frère *Rigolet* qui arrive avec fon déjeûner. Il eft bon de s'en divertir un peu.

Frère *Rigolet* arrivait en effet tenant à la main une grande boîte de fer-blanc, qui reffemblait à une boîte de tabac. Voyons, lui dit l'empereur, ton Dieu qui eft dans ta boîte. Frère *Rigolet* en tira auffitôt une douzaine de petits morceaux de pâte ronds et plats comme du papier. Ma foi, notre ami, lui dit l'empereur, fi nous n'avons que cela à notre déjeûner, nous ferons très-maigre chère ; un Dieu, à mon fens, devrait être un peu plus dodu ; que veux-tu que je faffe de ces petits morceaux de colle ? Sire, dit *Rigolet*, que votre majefté faffe feulement apporter une chopine de vin rouge, et vous verrez beau jeu.

L'empereur lui demanda pourquoi il préférait le vin rouge au vin blanc qui eft meilleur à déjeûner ? *Rigolet* lui répondit qu'il allait changer le vin en fang, et qu'il était bien plus aifé de faire du fang avec du vin rouge qu'avec du vin paillet. Sa majefté trouva cette raifon excellente, et ordonna qu'on fît venir une bouteille de vin rouge. En attendant, il s'amufa à confidérer les dieux que frère *Rigolet* avait apportés dans la poche de fa culotte. Il fut tout étonné de trouver fur ces morceaux de pâte la figure empreinte d'un patibulaire et d'un pauvre diable qui y était attaché. Eh, Sire, lui dit *Rigolet*, ne vous fouvenez-vous pas que je vous ai dit que notre Dieu avait été pendu? Nous gravons toujours fa potence fur ces petits pains que nous changeons en dieux. Nous mettons par-tout des potences dans nos temples, dans nos maifons, dans nos carrefours, dans nos grands chemins; nous chantons, (*f*) *bon jour, notre unique efpérance* Nous avalons DIEU avec fa potence. C'eft fort bien, dit l'empereur : tout ce que je vous fouhaite, c'eft de ne pas finir comme lui.

Cependant on apporta la bouteille de vin rouge; frère *Rigolet* la pofa fur une table avec fa boîte de fer-blanc, et tirant de fa poche un livre tout gras, il le plaça à fa main droite, puis fe tournant vers l'empereur, il lui dit : Sire, j'ai l'honneur d'être portier, lecteur, conjureur, acolyte, fous-diacre, diacre et prêtre. Notre faint-père le pape, le grand *Innocent III*, dans fon premier livre des myftères *de la meffe*, a décidé que notre Dieu avait été *portier*, quand il chaffa à coups de fouet de bons marchands qui avaient la permiffion de vendre des tourterelles à ceux qui venaient facrifier dans le temple. Il fut *lecteur*, quand, felon Sᵗ *Luc*, il prit le livre dans la fynagogue, quoiqu'il ne fût ni lire ni écrire; il fut *conjureur*, quand il envoya des diables dans des cochons; il fut *acolyte*, parce que le prophète juif *Jérémie* avait dit : *Je fuis la lumière du monde*, et que les acolytes portent des chandelles; il fut *fous-diacre* quand il changea l'eau en vain, parce que les fous-diacres fervent à table; il fut *diacre* quand il nourrit quatre mille

(*f*) *O crux, ave, fpes unica.*

hommes, fans compter les femmes et les petits enfans, avec fept petits pains et quelques goujons dans le pays de Magédan, connu de toute la terre, felon S$^t$ *Matthieu ;* ou bien quand il nourrit cinq mille hommes avec cinq pains et deux goujons près de Betzaïda, comme le dit S$^t$ *Luc :* enfin il fut *prêtre* felon l'ordre de *Melchifédech,* quand il dit à fes difciples qu'il allait leur donner fon corps à manger. Etant donc prêtre comme lui, je vais changer ces pains en dieux : chaque miette de ce pain fera un dieu en corps et en ame ; vous croirez voir du pain, manger du pain, et vous mangerez D I E U.

Enfin, quoique le fang de ce Dieu foit dans le corps que j'aurai créé avec des paroles, je changerai votre vin rouge dans le fang de ce Dieu même ; pour furabondance de droit, je le boirai ; il ne tiendra qu'à votre majefté d'en faire autant. Je n'ai qu'à vous jeter de l'eau au vifage : je vous ferai enfuite portier, lecteur, conjureur, acolyte, fous-diacre, diacre et prêtre ; vous ferez avec moi une chère divine.

Auffitôt voilà frère *Rigolet* qui fe met à prononcer des paroles en latin, avale deux douzaines d'hofties, boit chopine et dit grâces très-dévotement.

Mais, mon cher ami, lui dit l'empereur, tu as mangé et bu ton Dieu : que deviendra-t-il quand tu auras befoin d'un pot de chambre ? Sire, dit frère *Rigolet,* il deviendra ce qu'il pourra ; c'eft fon affaire ; quelques-uns de nos docteurs difent qu'on le rend à la garde-robe ; d'autres qu'il s'échappe par infenfible tranfpiration ; quelques-uns prétendent qu'il s'en retourne au ciel ; pour moi, j'ai fait mon devoir de prêtre, cela me fuffit ; et pourvu qu'après ce déjeûné on me donne un bon dîné avec quelque argent pour ma peine, je fuis content.

Or ça, dit l'empereur, à frère *Rigolet*, ce n'est pas tout; je sais qu'il y a aussi dans mon empire d'autres missionnaires qui ne sont pas jésuites, et qu'on appelle dominicains, cordeliers, capucins; dis-moi en conscience s'ils mangent DIEU comme toi.

Ils le mangent, Sire, dit le bon homme, mais c'est pour leur condamnation. Ce sont tous des coquins, et nos plus grands ennemis; ils veulent nous couper l'herbe sous le pied. Ils nous accusent sans cesse auprès de notre saint père le pape. Votre majesté ferait fort bien de les chasser tous, et de ne conserver que les jésuites; ce serait un vrai moyen de gagner la vie éternelle, quand même vous ne seriez pas chrétien.

L'empereur lui jura qu'il n'y manquerait pas. Il fit donner quelques écus à frère *Rigolet*, qui courut sur le champ annoncer cette bonne nouvelle à ses confrères.

Le lendemain l'empereur tint sa parole; il fit assembler tous les missionnaires, soit ceux qu'on appelle séculiers, soit ceux qu'on nomme très-irrégulièrement réguliers ou prêtres de la propagande, ou vicaires apostoliques, évêques *in partibus*, prêtres des missions étrangères, capucins, cordeliers, dominicains, hiéronymites, et jésuites. Il leur parla en ces termes, en présence de trois cents colaos.

La tolérance m'a toujours paru le premier lien des hommes et le premier devoir des souverains; s'il était dans le monde une religion qui pût s'arroger un droit exclusif, ce serait assurément la nôtre. Vous avouez tous que nous rendions à l'Etre suprême un culte pur et sans mélange, avant qu'aucun des pays dont vous venez fût seulement connu de ses voisins, avant qu'aucune de vos contrées occidentales eût seulement l'usage de l'écriture. Vous n'existiez pas quand nous formions déjà un puissant

empire

empire. Notre antique religion, toujours inaltérable dans nos tribunaux, s'étant corrompue chez le peuple, nous avons fouffert les bonzes de *Fo*, les talapoins de Siam, les lamas de Tartarie, les fectaires de *Laokium*; et, regardant tous les hommes comme nos frères, nous ne les avons jamais punis de s'être égarés. L'erreur n'eſt point un crime. D I E U n'eſt point offenſé qu'on l'adore d'une manière ridicule; un père ne chaſſe point ceux de fes enfans qui le faluent en fefant mal la révérence; pourvu qu'il en foit aimé et refpecté, il eſt fatisfait. Les tribunaux de mon empire ne vous reprochent point vos abfurdités; ils vous plaignent d'être infatués du plus déteſtable ramas de fables que la folie humaine ait jamais accumulées: ils plaignent encore plus le malheureux ufage que vous faites du peu de raifon qui vous reſte pour juſtifier ces fables.

Mais ce qu'ils ne vous pardonnent pas, c'eſt de venir du bout du monde pour nous ôter la paix. Vous êtes les inſtrumens aveugles de l'ambition d'un petit lama italien, qui, après avoir détrôné quelques régules fes voifins, voudrait difpofer des plus vaſtes empires de nos régions orientales.

Nous ne favons que trop les maux horribles que vous avez caufés au Japon. Douze religions y floriſſaient avec le commerce, fous les aufpices d'un gouvernement fage et modéré; une concorde fraternelle régnait entre ces douze fectes: vous parûtes, et la difcorde bouleverfa le Japon; le fang coula de tous côtés; vous en fîtes autant à Siam et aux Manilles: je dois préferver mon empire d'un fléau fi dangereux. Je fuis tolérant, et je vous chaſſe tous parce que vous êtes intolérans. Je vous chaſſe, parce qu'étant divifés entre vous, et vous déteſtant les uns

*Dialogues.*                    D d

les autres, vous êtes près d'infecter mon peuple du poifon qui vous dévore. Je ne vous plongerai point dans les cachots, comme vous y faites languir en Europe ceux qui ne font pas de votre opinion. Je fuis encore plus éloigné de vous faire condamner au fupplice, comme vous y envoyez en Europe ceux que vous nommez hérétiques. Nous ne foutenons point ici notre religion par des bourreaux ; nous ne difputons point avec de tels argumens. Partez ; portez ailleurs vos folies atroces, et puiffiez-vous devenir fages ! Les voitures qui vous doivent conduire à Macao font prêtes. Je vous donne des habits et de l'argent : des foldats veilleront en route à votre fureté. Je ne veux pas que le peuple vous infulte : allez, foyez dans votre Europe un témoignage de ma juftice et de ma clémence.

Ils partirent ; le chriftianifme fut entièrement aboli à la Chine, ainfi qu'en Perfe, en Tartarie, au Japon, dans l'Inde, dans la Turquie, dans toute l'Afrique : c'eft grand dommage ; mais voilà ce que c'eft que d'être infaillibles.

# XXVIII.

## LE MANDARIN ET LE JESUITE.

*Un chinois nommé Xain, ayant voyagé en Europe dans sa jeuneſſe, retourna à la Chine à l'âge de trente ans, et devenu mandarin, rencontra dans Pékin un ancien ami qui était entré dans l'ordre des jéſuites : ils eurent enſemble les conférences ſuivantes.*

### PREMIERE CONFERENCE.

###### LE MANDARIN.

Vous êtes donc bien mal édifié de nos bonzes?

###### LE JESUITE.

Je vous avoue que je ſuis indigné de voir quel joug honteux ces ſéducteurs impoſent ſur votre populace ſuperſtitieuſe. Quoi! vendre la béatitude pour des chiffons bénis ! perſuader aux hommes que des pagodes ont parlé! qu'elles ont fait des miracles! ſe mêler de prédire l'avenir ! Quelle charlatanerie inſupportable !

###### LE MANDARIN.

Je ſuis bien aiſe que l'impoſture et la ſuperſtition vous déplaiſent.

###### LE JESUITE.

Il faut que vos bonzes ſoient de grands fripons.

###### LE MANDARIN.

Pardonnez ; j'en diſais autant en voyant en Europe certaines cérémonies, certains prodiges que les uns

Dd 2

appellent des fraudes pieufes, les autres des fcandales.
Chaque pays a fes bonzes. Mais j'ai reconnu qu'il y en a
autant de trompés que de trompeurs. Le grand nombre
eft de ceux que l'enthoufiafme aveugle dans leur jeuneffe,
et qui ne recouvrent jamais la vue; il y en a d'autres qui
ont confervé un œil et qui voient tout de travers. Ceux-
là font des charlatans imbécilles.

### LE JESUITE.

Vous devez faire une grande différence entre nous et
vos bonzes, ils bâtiffent fur l'erreur et nous fur la vérité;
et fi quelquefois nous l'avons embellie par des fables, n'eft-
il pas permis de tromper les hommes pour leur bien ?

### LE MANDARIN.

Je crois qu'il n'eft permis de tromper en aucun cas,
et qu'il n'en peut réfulter que beaucoup de mal.

### LE JESUITE.

Quoi! ne jamais tromper? Mais dans votre gouvernement, dans votre doctrine des lettrés, dans vos cérémonies et vos rites, n'entre-t-il rien qui fafcine les yeux du
peuple pour le rendre plus foumis et plus heureux? Vos
lettrés fe pafferaient-ils d'erreurs utiles ?

### LE MANDARIN.

Depuis près de cinq mille ans que nous avons des
annales fidelles de notre empire, nous n'avons pas un
feul exemple parmi les lettrés des faintes fourberies dont
vous parlez; c'eft de tout temps, il eft vrai, le partage
des bonzes et du peuple; mais nous n'avons ni la même
langue, ni la même écriture, ni la même religion que
le peuple. Nous avons adoré dans tous les fiècles un feul
Dieu, créateur de l'univers, juge des hommes, rémunérateur de la vertu, et vengeur du crime dans cette vie et
dans la vie à venir.

Ces dogmes purs nous ont paru dictés par la raison universelle ; notre empereur présente au souverain de tous les êtres les premiers fruits de la terre. Nous l'accompagnons dans ces cérémonies simples et augustes ; nous joignons nos prières aux siennes. Notre sacerdoce est la magistrature ; notre religion est la justice ; nos dogmes font l'adoration, la reconnaissance et le repentir ; il n'y a rien-là dont on puisse abuser ; point de métaphysique obscure qui divise les esprits, point de sujet de querelles ; nul prétexte d'opposer l'autel au trône ; nulle superstition qui indigne les sages ; aucun mystère qui entraîne les faibles dans l'incrédulité, et qui, en les irritant contre des choses incompréhensibles, leur puisse faire rejeter l'idée d'un DIEU que tout le monde doit comprendre.

#### LE JÉSUITE.

Comment donc, avec une doctrine que vous dites si pure, pouvez-vous souffrir parmi vous des bonzes qui ont une doctrine si ridicule ?

#### LE MANDARIN.

Eh ! comment aurions-nous pu déraciner une ivraie qui couvre le champ d'un vaste empire aussi peuplé que votre Europe ? Je voudrais qu'on pût ramener tous les hommes à notre culte simple et sublime ; ce ne peut être que l'ouvrage des temps et des sages. Les hommes seraient plus justes et plus heureux. Je suis certain, par une longue expérience, que les passions, qui font commettre de si grands crimes, s'autorisent presque toutes des erreurs que les hommes ont mêlées à la religion.

#### LE JESUITE

Comment ! vous croyez que les passions raisonnent, et qu'elles ne commettent des crimes que parce qu'elles raisonnent mal ?

Dd 3

LE MANDARIN.

Cela n'arrive que trop fouvent.

LE JESUITE.

Et quel rapport nos crimes ont-ils donc avec les erreurs fuperftitieufes?

LE MANDARIN.

Vous le favez mieux que moi. Ou bien ces erreurs révoltent un efprit affez jufte pour les fentir, et non affez fage pour chercher la vérité ailleurs ; ou bien ces erreurs entrent dans un efprit faible qui les reçoit avidement. Dans le premier cas, elles conduifent fouvent à l'athéifme : on dit : Mon bonze m'a trompé ; donc il n'y a point de religion ; donc il n'y a point de DIEU ; donc je dois être injufte fi je puis l'être impunément. Dans le fecond cas, ces erreurs entraînent au plus affreux fanatifme : on dit : Mon bonze m'a prêché que tous ceux qui n'ont point donné de robe neuve à la pagode font les ennemis de DIEU ; qu'on peut, en fureté de confcience, égorger tous ceux qui difent que cette pagode n'a qu'une tête, tandis que mon bonze jure qu'elle en a fept. Ainfi je peux affaffiner dans l'occafion mes amis, mes parens, mon roi pour faire mon falut.

LE JESUITE.

Il femble que vous vouliez parler de nos moines fous le nom de bonzes. Vous auriez grand tort ; ne feriez-vous pas un peu malin ?

LE MANDARIN.

Je fuis jufte, je fuis vrai, je fuis humain. Je n'ai acception de perfonne ; je vous dis que les particuliers et les hommes publics commettent fouvent fans remords les plus abominables injuftices, parce que la religion qu'on leur prêche et qu'on altère leur femble abfurde. Je vous

dis qu'un raïa de l'Inde, qui ne connaît que sa presqu'île,
se moque de ses théologiens qui lui crient que son dieu
*Vitsnou* s'est métamorphosé neuf fois pour venir converser
avec les hommes ; et que, malgré le petit nombre de ses
incarnations, il est fort supérieur au dieu *Sommonacodom*
qui s'est incarné chez les Siamois jusqu'à cinq cents cinquante fois. Notre raïa, qui entend à droite et à gauche
cent rêveries de cette espèce, n'a pas de peine à sentir
combien une telle religion est impertinente ; mais son
esprit, séduit par son cœur pervers, en conclut témérai-
rement qu'il n'y a aucune religion : alors il s'abandonne
à toutes les fureurs de son ambition aveugle ; il insulte ses
voisins, il les dépouille ; les campagnes sont ravagées ;
les villes mises en cendres, les peuples égorgés. Les prédicateurs ne lui avaient jamais parlé contre le crime de la
guerre ; au contraire, ils avaient fait en chaire le panégy-
rique des destructeurs nommés conquérans ; et ils avaient
même arrosé ses drapeaux en cérémonie de l'eau lustrale
du Gange. Le vol, le brigandage, tous les excès des plus
monstrueuses débauches, toutes les barbaries des assassinats
sont commis alors sans scrupule ; la famine et la contagion
achèvent de désoler cette terre abreuvée de sang. Et
cependant les prédicateurs du voisinage prêchent tran-
quillement la controverse devant de bonnes vieilles
femmes, qui, au sortir du sermon, entoureraient leur
prochain de fagots allumés, si leur prochain soutenait que
*Sommonacodom* s'est incarné cinq cents quarante-neuf fois
et non pas cinq cents cinquante.

J'ose dire que si ce raïa avait été infiniment persuadé
de l'existence d'un DIEU infini, présent par-tout, infiniment juste, et qui doit par conséquent venger l'innocence
opprimée, et punir un scélérat né pour le malheur du

Dd 4

genre humain ; fi fes courtifans avaient les mêmes principes, fi tous les miniftres de la religion avaient fait tonner
dans fon oreille ces importantes vérités, au lieu de parler
des métamorphofes de *Vitfnou*, alors ce raïa aurait héfité
à fe rendre fi coupable.

Il en eft de même dans toutes les conditions ; j'en ai vu
plus d'un trifte exemple dans les pays étrangers et dans
ma patrie.

### LE JESUITE.

Ce que vous dites n'eft que trop vrai ; il faut en
convenir, et j'en augure un bon fuccès pour l'objet de
ma miffion : mais avant d'avoir l'honneur de vous en
parler, dites-moi, je vous prie, fi vous penfez qu'il foit
poffible d'obtenir des hommes qu'ils fe bornent à un
cultè fimple, raifonnable et pur envers l'Etre fuprême ?
Ne faut-il pas aux peuples quelque chofe de plus ? n'ont-
ils pas befoin, je ne dis pas des fourberies de vos bonzes,
mais de quelques illufions refpectables ? n'eft-il pas avan-
tageux pour eux qu'ils foient pieufement trompés, je ne
dis pas par vos bonzes, mais par des gens fages ? Une
prédiction heureufement appliquée, un miracle adroitement opéré, n'ont-ils pas quelquefois produit beaucoup
de bien ?

### LE MANDARIN.

Vous me paraiffez faire tant de cas de la fourberie, que
peut-être je vous la pardonnerais, fi elle pouvait en effet
être utile au genre humain. Mais je crois fermement qu'il
n'y a aucun cas où le menfonge puiffe fervir la vérité.

### LE JESUITE.

Cela eft bien dur. Cependant je vous jure que nous
avons fait parler en Italie et en Efpagne plus d'une image
de la Vierge avec un très-grand fuccès ; les apparitions

des faints, les poffeffions du malin ont fait chez nous bien des converfions. Ce n'eft pas comme chez vos bonzes.

### LE MANDARIN.

Chez vous, comme chez eux, la fuperftition n'a jamais fait que du mal. J'ai lu beaucoup de vos hiftoires : je vois qu'on a toujours commis les plus grands attentats dans l'efpérance d'une expiation aifée. La plupart de vos Européans ont reffemblé à un certain roi ( * ) d'une petite province de votre Occident, qui portait, dit-on, je ne fais quelle petite pagode à fon bonnet, et qui lui demandait toujours permiffion de faire affaffiner ou empoifonner ceux qui lui déplaifaient. Votre premier empereur chrétien fe fouilla de parricides, comptant qu'il ferait un jour purifié avec de l'eau. En vérité le genre humain eft bien à plaindre ; les paffions portent les hommes aux crimes ; s'il n'y a point d'expiation, ils tombent dans le défefpoir et dans la fureur ; s'il y en a, ils commettent le crime impunément.

### LE JESUITE.

Hé bien, ne vaudrait-il pas mieux propofer des remèdes à ces malades frénétiques que de les laiffer fans fecours ?

### LE MANDARIN.

Oui : et le meilleur remède eft de réparer, par une vie pure, les injuftices qu'on peut avoir commifes. Adieu. Voici le temps où je dois foulager quelques-uns de mes frères qui fouffrent. J'ai fait des fautes comme un autre ; je ne veux pas les expier autrement ; je vous confeille d'en faire de même.

(*) *Louis XI.*

## SECONDE CONFERENCE.

### LE JESUITE.

JE vous supplie, avec humilité, de me procurer une place de mandarin, comme plusieurs de nos pères en ont eu, et d'y faire joindre la permission de nous bâtir une maison et une église, et de prêcher en chinois; vous savez que je parle la langue.

### LE MANDARIN.

Mon crédit ne va pas jusque-là; les juifs, les mahométans qui sont dans notre empire, et qui connaissent un seul Dieu, comme nous, ont demandé la même permission, et nous n'avons pu la leur accorder : il faut suivre les lois.

### LE JESUITE.

Point du tout; il vaut mieux obéir à DIEU qu'aux hommes.

### LE MANDARIN.

Oui, si les hommes vous commandent des choses évidemment criminelles; par exemple, d'égorger votre père et votre mère, d'empoisonner vos amis; mais il me semble qu'il n'est pas injuste de refuser à un étranger la permission d'apporter le trouble dans nos Etats, et de balbutier dans notre langue, qu'il prononce toujours fort mal, des choses que ni lui ni nous ne pouvons entendre.

### LE JESUITE.

J'avoue que je ne prononce pas tout à fait aussi bien que vous; je fais gloire quelquefois de ne pas entendre un mot de ce que j'annonce : pour le trouble et la discorde, c'est vraiment tout le contraire; c'est la paix que j'apporte.

### LE MANDARIN.

Vous fouvenez-vous de la fameufe requête préfentée à nos neuf tribunaux fuprêmes, au premier mois de l'année que vous appelez 1717 ? En voici les propres mots qui vous regardent, et que vous avez confervés vous-mêmes: (a) ,, Ils vinrent d'Europe à Manille fous la dynaftie Defning. ,, Ceux de Manille fefaient leur commerce avec les Japo- ,, nais. Ces européans fe fervirent de leur religion pour ,, gagner le cœur des Japonais ; ils en féduifirent un grand ,, nombre. Ils attaquèrent enfuite le royaume en dedans ,, et en dehors , et il ne s'en fallut prefque rien qu'ils ne ,, s'en rendiffent tout à fait les maîtres. Ils répandent ,, dans nos provinces de grandes fommes d'argent ; ils ,, raffemblent, à certains jours, des gens de la lie du ,, peuple mêlés avec les femmes ; je ne fais pas quel eft ,, leur deffein, mais je fais qu'ils ont apporté leur religion ,, à Manille, et que Manille a été envahie, et qu'ils ont ,, voulu fubjuguer le Japon, &c. ,,

### LE JESUITE.

Ah ! pour Manille et pour le Japon, paffe ; mais pour la Chine, vous favez que c'eft tout autre chofe ; vous connaiffez la grande vénération, le profond refpect, le tendre attachement, la fincère reconnaiffance que...

### LE MANDARIN.

Mon Dieu oui, nous connaiffons tout cela ; mais fouvenez-vous, encore une fois, des paroles que le dernier empereur *Yont-Chin*, d'éternelle mémoire, adreffa à vos bonzes noirs ; les voici : ( b )

,, Que diriez-vous fi j'envoyais une troupe de bonzes et

---

(a) Recueil des lettres intitulées *édifiantes*, pages 98 et fuiv.
(b) Lettres intitulées *édifiantes*, dix-feptième recueil, page 263.

» de lamas dans votre pays ? comment les recevriez-
» vous ? Si vous avez fu tromper mon père, n'efpérez
» pas me tromper de même ; vous voulez que tous les
» Chinois embraffent vos lois ; votre culte n'en tolère
» pas d'autres ; je le fais. En ce cas que deviendrons-
» nous ? les fujets de vos princes ? Les difciples que vous
» faites ne connaiffent que vous ; dans un temps de
» troubles, ils n'écouteraient d'autre voix que la vôtre.
» Je fais bien qu'à préfent il n'y a rien à craindre ; mais
» quand les vaiffeaux viendront par milliers, il pourrait
» y avoir du défordre, &c. »

### LE JESUITE.

Il eft vrai que nous avons tranfmis à notre Europe
ce trifte difcours de l'empereur *Yont-Chin*. Nous fommes
d'ailleurs obligés d'avouer que c'était un prince très-fage
et très-vertueux, qui a fignalé fon règne par des traits de
bienfefance au-deffus de tout ce que nos princes ont jamais
fait de grand et de bon. Mais après tout, les vertus des
infidèles font des crimes ; (c) c'eft une des maximes
inconteftables de notre petit pays. Mais qu'eft-il arrivé à
ce grand empereur ? il eft mort fans facremens, il eft
damné à tout jamais. J'aime la paix, je vous l'apporte ;
mais plût au ciel, pour le bien de vos ames, que tout votre
empire fût bouleverfé, que tout nageât dans le fang, et
que vous expiraffiez tous jufqu'au dernier, confeffés par
des jéfuites ! Car enfin, qu'eft-ce qu'un royaume de fept
cents lieues de long fur fept cents lieues de large réduit en
cendres ? c'eft une bagatelle. C'eft l'affaire de quelques

---

(c) Cette doctrine eft très-nouvelle dans le chriftianifme. Les premiers
pères ont foutenu précifément tout le contraire, mais les théologiens
font devenus barbares à mefure qu'ils font devenus puiffans. Voyez *la
Mothe le Vayer*, Traité de la vertu des païens.

jours, de quelques mois, de quelques années tout au plus, et il s'agit de la gloire éternelle que je vous souhaite.

LE MANDARIN.

Grand merci de votre bonne volonté. Mais, en vérité, vous devriez être content d'avoir fait maſſacrer plus de cent mille citoyens au Japon. Mettez des bornes à votre zéle. Je crois vos intentions bonnes ; mais, quand vous aurez armé dans notre empire les mains des enfans contre les pères, les diſciples contre les maîtres, et les peuples contre les rois, il fera certain que vous aurez commis un très-grand mal ; et il n'eſt pas abſolument démontré que vous et moi ſoyons éternellement récompenſés pour avoir détruit la plus ancienne nation qui ſoit ſur la terre.

LE JESUITE.

Que votre nation ſoit la plus ancienne ou non, ce n'eſt pas ce dont il s'agit. Nous ſavons que depuis près de cinq mille ans votre empire eſt ſagement gouverné ; mais vous avez trop de raiſon pour ne pas ſentir qu'il faudrait, ſans balancer, anéantir cet empire, s'il n'y avait que ce moyen de faire triompher la vérité. Çà, répondez-moi, je ſuppoſe qu'il n'y a d'autres reſſources pour votre ſalut que de mettre le feu aux quatre coins de la Chine ; n'êtes-vous pas obligé en conſcience de tout brûler ?

LE MANDARIN.

Non, je vous jure ; je ne brûlerais pas une grange.

LE JESUITE.

Vous avez à la Chine d'étranges principes.

LE MANDARIN.

Je trouve les vôtres terriblement incendiaires. J'ai bien ouï dire qu'en votre année 1604, quelques gens charitables voulurent en effet conſumer, en un moment, par le feu toute la famille royale, et tous les mandarins d'une île nommée l'Angleterre, uniquement pour faire triompher une de vos sectes sur les ruines des autres sectes. Vous avez employé tantôt le fer, tantôt le feu à ces saintes intentions ; et c'est donc-là cette paix que vos confrères viennent prêcher à des peuples qui vivent en paix ?

#### LE JESUITE.

Ce que je vous en dis n'est qu'une supposition théologique ; car je vous répète que j'apporte la paix, l'union, la bienfesance et toutes les vertus : j'ajoute seulement que ma doctrine est si belle qu'il faudrait l'acheter aux dépens de la vie de tous les hommes.

#### LE MANDARIN.

C'est vendre cher ses coquilles. Mais comment votre doctrine est-elle si belle, puisque vous me disiez hier qu'il fallait tromper ?

#### LE JESUITE.

Rien ne s'accorde plus aisément. Nous annonçons des vérités ; ces vérités ne sont pas à la portée de tout le monde, et nous rencontrons des ennemis, des jansénistes, qui nous poursuivent jusqu'à la Chine. Que faire alors ? il faut bien soutenir une vérité utile par quelques mensonges qui le sont aussi ; on ne peut se passer de miracles : cela tranche toutes les difficultés. Je vous avoue entre nous que nous n'en fesons point ; mais nous disons que nous en avons fait ; et, si l'on nous croit, nous gagnons des ames. Qu'importe la route, pourvu qu'on arrive au but ? Il est bien sûr que notre petit portugais *Xavier* ne pouvait être à la fois en même temps dans deux vaisseaux ; cependant nous l'avons dit ; et plus la chose est impossible et extravagante, plus elle a paru admirable. Nous lui avons fait aussi ressusciter quatre garçons et cinq filles : cela était important. Un homme qui ne ressuscite personne, n'a guère que des succès médiocres. Laissez-nous au moins guérir de la colique quelques servantes de votre maison ; nous ne demandons que la permission d'un petit miracle : ne fait-on rien pour son ami ?

#### LE MANDARIN.

Je vous aime ; je vous servirais volontiers ; mais je ne peux mentir pour personne.

#### LE JESUITE.

Vous êtes bien dur ; mais j'espère enfin vous convertir.

## TROISIEME CONFÉRENCE.

#### LE JESUITE.

Oui, je veux bien convenir d'abord que vos lois et votre morale sont divines. Chez nous on n'a que de la politesse pour son père et sa mère ; chez vous on les honore, et on leur obéit toujours : nos lois se bornent à punir les crimes ; les vôtres décernent des récompenses aux vertus. Nos édits, pour l'ordinaire, ne parlent que d'impôts, et les vôtres sont souvent des traités de morale ; vous recommandez la justice, la fidélité, la charité, l'amour du bien public, l'amitié ; mais tout cela devient criminel et abominable si vous ne pensez pas comme nous ; et c'est ce que je m'engage à vous prouver.

#### LE MANDARIN.

Il vous sera difficile de remplir cet engagement.

#### LE JESUITE.

Rien n'est plus aisé ; toutes les vertus sont des vices quand on n'a pas la foi : or vous n'avez pas la foi, donc, malgré vos vertus que j'honore, vous êtes tous des coquins, théologiquement parlant.

LE MANDARIN.

Honnêtement parlant, votre père *le Comte*, votre père *Ricci* et plusieurs autres, n'ont-ils pas dit, n'ont-ils pas imprimé en Europe que nous étions, il y a quatre mille ans, le peuple le plus juste de la terre, et que nous adorions le vrai DIEU dans le plus ancien temple de l'univers ? Vous n'existiez pas alors ; nous n'avons jamais changé. Comment pouvons-nous avoir eu raison il y a quatre mille ans, et avoir tort à présent ?

LE JESUITE.

Je vais vous le dire : notre doctrine est incontestablement la meilleure : or les Chinois ne reconnaissent pas notre doctrine ; donc ils ont évidemment tort.

LE MANDARIN.

On ne peut mieux raisonner ; mais nous avons à Kanton des anglais, des hollandais, des danois qui pensent tout différemment de vous ; qui vous ont chassés de leur pays, parce qu'ils trouvaient votre doctrine abominable, et qui disent que vous êtes des corrupteurs ; vous-mêmes vous avez eu ici des disputes scandaleuses avec des gens de votre propre secte ; vous vous anathématifiez les uns les autres : ne sentiez-vous pas l'énorme ridicule d'une troupe d'européans qui venaient nous enseigner un système dans lequel ils n'étaient pas d'accord entre eux ? Ne voyez-vous pas que vous êtes les enfans perdus des puissances qui voudraient s'étendre dans tout l'univers ? Quel fanatisme ! quelle fureur vous fait passer les mers pour venir aux extrémités de l'Orient, nous étourdir par vos disputes, et fatiguer nos tribunaux de vos querelles ? Vous nous apportez votre pain et votre vin, et

vous

vous dites qu'il n'eſt permis qu'à vous de boire du vin ;
aſſurément cela n'eſt pas honnête et civil. Vous nous
dites que nous ferons damnés ſi nous ne mangeons de
votre pain ; et puis, quand quelques-uns de nous ont eu
la politeſſe d'en manger, vous leur dites que ce n'eſt pas
du pain, que ce ſont des membres d'un corps humain
et du ſang, et qu'il ſeront damnés s'ils croient avoir
mangé du pain que vous leur avez offert. Les lettrés
chinois ont-ils pu penſer autre choſe de vous, ſinon que
vous étiez des fous qui aviez rompu vos chaînes, et qui
couriez par le monde comme des échappés ? Du moins
les européans d'Angleterre, de Hollande, de Danemarck
et de Suède, ne nous diſent pas que du pain n'eſt pas
du pain, et que du vin n'eſt pas du vin ; ne ſoyez pas
ſurpris s'ils ont paru à la Chine et dans l'Inde plus raiſonnables que vous. Cependant nous ne leur permettons
pas de prêcher à Pékin ; et vous voulez qu'on vous le
permette ?

#### LE JESUITE.

Ne parlons point de ce myſtère. Il eſt vrai que dans
notre Europe le réformé, le proteſtant, le moliniſte, le
janſéniſte, l'anabaptiſte, le méthodiſte, le morave, le
memnoniſte, l'anglican, le quaker, le piétiſte, le coccéien,
le voëtien, le ſocinien, l'unitaire rigide, le millénaire
veulent chacun tirer à eux la vérité, qu'ils la mettent en
pièces, et qu'on a bien de la peine à en raſſembler les
morceaux. Mais enfin nous nous accordons ſur le fond
des choſes.

#### LE MANDARIN.

Si vous preniez la peine d'examiner les opinions de
chaque diſputeur, vous verriez qu'ils ne ſont de même
avis ſur aucun point. Vous ſavez combien nous fûmes

*Dialogues.*                                           E e

scandalisés quand notre prince *Ourlebert*, que vous avez séduit, nous dit que vous aviez deux lois, que ce qui avait été autrefois vrai et bon était devenu faux et mauvais. Tous nos tribunaux furent indignés ; ils le seraient bien davantage, s'ils apprenaient que depuis dix-sept siècles vous êtes occupés à expliquer, à retrancher et à ôter, à concilier, à rajuster, à forger : nous, au contraire, depuis cinquante siècles, nous n'avons pas varié un seul moment.

LE JESUITE.

C'est parce que vous n'avez jamais été éclairés. Vous n'avez jamais écouté que votre simple raison ; elle vous a dit qu'il y a un DIEU, et qu'il faut être juste ; il n'y a pas moyen de disputer sur cela ; mais il fallait écouter quelque chose au-dessus de votre raison ; il fallait lire tous les livres du peuple juif, que malheureusement vous ne connaissez pas, et il fallait les croire ; et ensuite il fallait ne les plus croire et lire tous nos livres grecs et latins. Alors vous auriez eu, comme nous, mille belles querelles toutes les années ; chaque querelle aurait occasionné une décision admirable, un jugement nouveau : voilà ce qui vous a manqué, et c'est ce que je veux apprendre aux Chinois, mais toujours pour le bien de la paix.

LE MANDARIN.

Hé bien, quand les Chinois, pour le bien de la paix, sauront toutes les opinions qui déchirent votre petit coin de terre au bout de l'Occident, en feront-ils plus justes ? honoreront-ils leurs parens davantage ? seront-ils plus fidèles à l'empereur ? l'empire sera-t-il mieux gouverné, les terres mieux cultivées ?

LE JESUITE.

Non assurément ; mais les Chinois seront sauvés comme moi ; ils n'ont qu'à croire ce que je ne comprends pas.

LE MANDARIN.

Pourquoi voulez-vous qu'ils le comprennent?

LE JESUITE.

Ils ne le comprendront pas non plus.

LE MANDARIN.

Pourquoi voulez-vous donc le leur apprendre ?

LE JESUITE.

C'eft qu'il eft néceffaire aujourd'hui à tous les hommes de le favoir.

LE MANDARIN.

S'il eft néceffaire à tous les hommes de le favoir, pourquoi les Chinois l'ont-ils toujours ignoré ? pourquoi l'avez-vous ignoré vous-même fi long-temps ? pourquoi n'en a-t-on jamais rien fu dans toute la grande Tartarie, dans l'Inde et au Japon ? Ce qui eft néceffaire à tous les hommes ne leur eft-il pas donné à tous ? n'ont-ils pas tous les mêmes fens, le même inftinct d'amour-propre, le même inftinct de bienveillance, le même inftinct qui les fait vivre en fociété ? Comment fe pourrait-il faire que l'Etre fuprême, qui nous a donné tout ce qui nous eft convenable, nous eût refufé la feule chofe effentielle? N'eft-ce pas une impiété de le croire ?

LE JESUITE.

C'eft qu'il n'a fait ce préfent qu'à fes favoris.

LE MANDARIN.

Vous êtes donc fon favori ?

LE JESUITE.

Je m'en flatte.

LE MANDARIN.

Pour moi, je fuis fimplement fon adorateur. Je vous renvoie à tous les peuples et à toutes les fectes de votre Europe, qui croient que vous êtes des réprouvés ; et tant

que vous vous persécuterez les uns les autres, il ne sera
pas prudent de vous écouter.

LE JESUITE.

Ah! si jamais je retourne à Rome, que je me vengerai
de tous ces impies qui empêchent nos progrès à la Chine!

LE MANDARIN.

Faites mieux; pardonnez-leur. Vivons doucement tous
ensemble, tant que vous serez ici; secourons-nous mutuellement; adorons tous l'Etre suprême du fond de notre
cœur. Quoique vous ayez plus de barbe que nous, le
nez plus long, les yeux moins fendus, les joues plus
rouges, les pieds plus gros, les oreilles plus petites et
l'esprit plus inquiet, cependant nous sommes tous frères.

LE JESUITE.

Tous frères! et que deviendra mon titre de père?

LE MANDARIN.

Vous convenez tous qu'il faut aimer DIEU?

LE JESUITE.

Pas tout à fait, mais je le permets.

LE MANDARIN.

Qu'il faut être modéré, sobre, compatissant, équitable,
bon maître, bon père de famille, bon citoyen?

LE JESUITE.

Oui.

LE MANDARIN.

Hé bien, ne vous tourmentez plus tant, je vous assure
que vous êtes de ma religion.

LE JESUITE.

Ah! vous vous rendez à la fin. Je savais bien que je
vous convertirais.

Quand le mandarin et le jésuite eurent été d'accord,
le mandarin donna au moine cette profession de foi.

1°. La religion confiste dans la soumission à DIEU et dans la pratique des vertus.

2°. Cette vérité incontestable est reconnue de toutes les nations et de tous les temps ; il n'y a de vrai que ce qui force tous les hommes à un consentement unanime : les vaines opinions qui se contredisent sont fausses.

3°. Tout peuple qui se vante d'avoir une religion particulière pour lui seul offense la Divinité et le genre humain ; il ose supposer que DIEU abandonne tous les autres peuples pour n'éclairer que lui.

4°. Les superstitions particulières n'ont été inventées que par des hommes ambitieux qui ont voulu dominer sur les esprits, qui ont fourni un prétexte à la nation qu'ils ont séduite d'envahir les biens des autres nations.

5°. Il est constaté par l'histoire que ces différentes sectes, qui se proscrivent réciproquement avec tant de fureur, ont été la source de mille guerres civiles, et il est évident que, si les hommes se regardaient tous comme des frères, également soumis à leur père commun, il y aurait eu moins de sang versé sur la terre, moins de saccagemens, moins de rapines, et moins de crimes de toute espèce.

6°. Des lamas et des bonzes qui prétendent que la mère du dieu *Fo* accoucha de ce dieu par le côté droit, après avoir avalé un enfant, disent une sottise ; s'ils ordonnent de la croire, ce sont des charlatans tyranniques ; s'ils persécutent ceux qui ne la croient pas, ils sont des monstres.

7°. Les brames, qui ont des opinions un peu moins absurdes, et non moins fausses, auraient également tort de commander de les croire, quand même elles pourraient avoir quelque lueur de vraisemblance ; car l'Etre suprême

ne peut juger les hommes fur les opinions d'un brame,
mais fur leurs vertus et fur leurs iniquités : une opinion,
quelle qu'elle foit n'a nul rapport avec la manière dont
on a vécu ; il ne s'agit pas de faire croire telle ou telle
métamorphofe, tel ou tel prodige, mais d'être homme
de bien. Quand vous êtes accufé devant un tribunal, on
ne vous demande pas fi vous croyez que le premier mandarin a encore fon père et fa mère, s'il eft marié, s'il
eft veuf, s'il eft riche ou pauvre, grand ou petit; on
vous interroge fur vos actions.

8°. *Si tu n'es pas inftruit de certains faits, fi tu ne crois
pas certaines obfcurités, fi tu ne fais par cœur certaines
formules, fi tu n'as pas mangé en certains temps certains alimens
qu'on ne trouve point dans la moitié du globe, tu feras éternellement malheureux.* Voilà ce que les hommes ont pu inventer
de plus abfurde et de plus horrible. *Si tu es jufte tu feras
récompenfé, fi tu es injufte tu feras puni.* Voilà ce qui eft
raifonnable.

9°. Certains brames, qui croient que les enfans morts
avant que d'avoir été baignés dans le Gange font condamnés à des fupplices éternels, font les plus infenfés de
tous les hommes et les plus durs. Ceux qui font vœu de
pauvreté pour s'enrichir ne font pas les moins fourbes ;
ceux qui cabalent dans les familles et dans l'Etat ne font
pas les moins méchans.

10°. Plus les hommes font faibles, enthoufiaftes, fanatiques, plus le gouvernement doit être modéré et fage.

11°. Si vous donnez à un charlatan le privilége exclufif
de faire des almanachs, il fera un calendrier de fuperftition pour tous les jours de l'année ; il intimidera les
peuples et les magiftrats par les conjonctions et les
influences des aftres. Si vous laiffez vingt charlatans faire

des almanachs, ils prédiront des événemens différens ; ils se décréditeront tous les uns les autres : un temps viendra où tout le peuple aura découvert la friponnerie de tous les astrologues.

12°. Alors il n'y aura plus d'almanachs que ceux des véritables astronomes qui calculent juste les mouvemens des globes, qui n'attribuent d'influence à aucun, et qui ne prédisent ni la bonne ni la mauvaise fortune. Le peuple insensiblement ne croira que ces sages ; il adorera d'un culte plus pur le créateur et le guide de tous les globes, et notre petit globe en sera plus heureux.

13°. Il est impossible que l'esprit de paix, l'amour du prochain, le bon ordre, en un mot, la vertu subsiste au milieu des disputes interminables ; il n'y a jamais eu la moindre dispute entre les lettrés, qui se bornent à reconnaître un DIEU, à l'aimer, à le servir sans mélange de superstitions, et à servir leur prochain.

14°. C'est-là le premier devoir ; le second est d'éclairer les superstitieux ; le troisième est de les tolérer en les plaignant, si on ne peut les éclairer.

15°. Il peut y avoir plusieurs cérémonies ; mais il n'y a qu'une seule morale. Ce qui vient de DIEU est universel et immuable ; ce qui vient des hommes est local, inconstant, périssable.

16°. Un imbécille dit : *Je dois penser comme mon bonze ; car tout mon village est de son avis* : fors de ton village, pauvre homme, et tu en verras cent mille autres qui ont chacun leur bonze, et qui pensent tous différemment.

17°. Voyage d'un bout de la terre à l'autre, tu verras que par-tout deux et deux font quatre, que DIEU est adoré par-tout ; mais tu verras qu'ici on ne peut mourir sans huile, et que là, en mourant, il faut tenir à la main la queue d'une vache. Laisse là leur huile et leur queue, et fers le maître de l'univers.

18°. Voici un des grands maux que la superstition a fait naître. Un homme a violé sa sœur et tué son frère ; mais il fréquente une certaine pagode ; il récite certaines formules dans une langue étrangère ; il porte une certaine image sur sa poitrine ; mille vieilles s'écrient : Le bon homme ! le saint homme !

Un juste avoue franchement qu'on peut adorer DIEU sans faire ce pélerinage, sans réciter cette formule ; mille vieilles s'écrient : Au monstre ! au scélérat !

19°. Voici le comble de l'abomination. Voici ce qui fait sécher d'horreur et gémir d'être né homme. Un chef des pagodes, assassin, empoisonneur public, a peuplé l'Inde de ses bâtards, et a vécu tranquille et respecté ; il a donné des lois aux princes. Un juste a dit : Gardez-vous d'imiter ce chef des pagodes ; gardez-vous de croire les métamorphoses qu'il enseigne, et ce juste a été brûlé à petit feu dans la place publique.

20°. O vous, fanatiques actifs, qui depuis long-temps troublez la terre par vos querelles raisonnées ! et vous, fanatiques passifs, qui, sans raisonner, avez été mordus de ces enragés, et qui êtes malades de la même rage, tâchez de guérir si vous pouvez ; essayez de cette recette que voici. Adorez DIEU sans vouloir le comprendre ; aimez-le sans vous plaindre des maux qui sont mêlés sur la terre avec les biens ; regardez comme vos frères, le japonais, le siamois, l'indien, l'africain, le persan, le turc, le russe, et même les habitans des Pays-Bas de l'Occident méridional de l'Europe qui tient si peu de place sur la carte.

# XXIX.

# DIALOGUES

## D'EVHEMERE. (*a*)

### PREMIER DIALOGUE.

#### *SUR ALEXANDRE.*

##### CALLICRATE.

Hé bien, sage *Evhémère*, qu'avez-vous vu dans vos voyages ?

##### EVHEMERE.

Des sottises.

##### CALLICRATE.

Quoi ! vous avez voyagé à la suite d'*Alexandre*, et vous n'êtes point en extase d'admiration ?

##### EVHEMERE.

Vous voulez dire de pitié.

##### CALLICRATE.

De pitié pour *Alexandre !*

---

(*a*). *Evhémère* était un philosophe de Syracuse, qui vivait dans le siècle d'*Alexandre*. Il voyagea autant que les *Pythagore* et les *Zoroastre*. Il écrivit peu ; nous n'avons sous son nom que ce petit ouvrage.

EVHEMERE.

Pour qui donc ? je ne l'ai vu que dans l'Inde et dans Babylone, où j'avais couru comme les autres, dans la vaine efpérance de m'inftruire. On m'a dit qu'en effet il avait commencé fes expéditions comme un héros, mais il les a finies comme un fou : j'ai vu ce demi-dieu devenu le plus cruel des barbares après avoir été le plus humain des Grecs. J'ai vu le fobre difciple d'*Ariftote* changé en un méprifable ivrogne. J'arrivai auprès de lui, lorfqu'au fortir de table il s'avifa de mettre le feu au fuperbe temple d'Efthékar, pour contenter le caprice d'une miférable débauchée, nommée *Thaïs*. Je le fuivis dans fes folies de l'Inde ; enfin je l'ai vu mourir à la fleur de fon âge dans Babylone, pour s'être enivré comme le dernier des goujats de fon armée.

CALLICRATE.

Voilà un grand homme bien petit.

EVHEMERE.

Il n'y en a guère d'autres : ils font comme l'aimant dont j'ai découvert une propriété ; c'eft qu'il a un côté qui attire et un côté qui repouffe.

CALLICRATE.

*Alexandre* me repouffe furieufement quand il brûle une ville étant ivre. Mais je ne connais point cette Efthékar dont vous me parlez ; je favais feulement que cet extravagant et la folle *Thaïs* avaient brûlé Perfépolis pour s'amufer.

EVHEMERE.

Efthékar eft précifément ce que les Grecs appellent Perfépolis. Il plaît à nos Grecs d'habiller tout l'univers à la grecque ; ils ont donné au fleuve Zom-bodpo le

nom d'Indos ; ils ont appelé Hydafpe un autre fleuve :
aucune des villes affiégées et prifes par *Alexandre* n'eft
connue par fon véritable nom ; celui même d'Inde eft
de leur invention. Les nations orientales l'appelaient
Odhu. C'eft ainfi qu'en Egypte ils ont fait les villes
d'Héliopolis, de Crocodilopolis, de Memphis ; pour
peu qu'ils trouvent un mot fonore, ils font contens. Ils
ont ainfi trompé toute la terre, en nommant les dieux
et les hommes.

### C A L L I C R A T E.

Il n'y a pas grand mal à cela. Je ne me plains pas
de ceux qui ont ainfi trompé le monde ; je me plains
de ceux qui le ravagent. Je n'aime point votre *Alexandre*
qui s'en va de la Gréce en Cilicie, en Egypte, au
mont Caucafe, et de là jufqu'au Gange, toujours
tuant tout ce qu'il rencontre, ennemis, indifférens et
amis.

### E V H E M E R E.

Ce n'était qu'un rendu : s'il alla tuer des Perfes,
les Perfes étaient auparavant venus tuer des Grecs ; s'il
courut vers le Caucafe, dans les vaftes contrées habitées
par les Scythes, ces Scythes avaient ravagé deux fois
la Gréce et l'Afie. Toutes les nations ont été de tout
temps volées, enchaînées, exterminées les unes par
les autres. Qui dit *foldat* dit *voleur*. Chaque peuple va
voler fes voifins au nom de fon dieu. Ne voyons-nous
pas aujourd'hui les Romains nos voifins fortir du repaire
de leurs fept montagnes, pour voler les Volfques, les
Antiates, les Samnites ? Bientôt ils viendront nous voler
nous-mêmes, s'ils peuvent parvenir à faire des barques.
Dès qu'ils favent que Véies, leur voifine, a un peu de
blé et d'orge dans fes magafins, ils font déclarer par

leurs prêtres féciales qu'il eſt juſte d'aller voler les Véiens. Ce brigandage devient une guerre ſacrée. Ils ont des oracles qui commandent le meurtre et la rapine. Les Véiens ont auſſi leurs oracles qui leur promettent qu'ils voleront la paille des Romains. Les ſucceſſeurs d'*Alexandre* volent aujourd'hui pour eux les provinces qu'ils avaient volées pour leur maître voleur. Tel a été, tel eſt, et tel ſera toujours le genre humain. J'ai parcouru la moitié de la terre, et je n'y ai vu que des folies, des malheurs et des crimes.

C A L L I C R A T E.

Puis-je vous demander ſi parmi tant de peuples vous en avez trouvé un qui fût juſte ?

E V H E M E R E.

Aucun.

C A L L I C R A T E.

Dites-moi donc qui eſt le plus ſot et le plus méchant ?

E V H E M E R E.

C'eſt le plus ſuperſtitieux.

C A L L I C R A T E.

Pourquoi le plus ſuperſtitieux eſt-il le plus méchant ?

E V H E M E R E.

C'eſt que le ſuperſtitieux croit faire par devoir ce que les autres font par habitude ou par un accès de folie. Un barbare ordinaire, tel qu'un grec, un romain, un ſcythe, un perſe, quand il a bien tué, bien volé, bien bu le vin de ceux qu'il vient d'aſſaſſiner, bien violé les filles des pères de famille égorgés, n'ayant plus beſoin de rien, devient tranquille et humain pour ſe délaſſer. Il écoute la pitié que la nature a miſe au fond du cœur de l'homme. Il eſt comme le lion qui

ne court plus après la proie dès qu'il n'a plus faim ;
mais le superſtitieux eſt comme le tigre qui tue et qui
déchire encore lors même qu'il eſt raſſaſié. L'hiérophante
de *Pluton* lui a dit : *Maſſacre tous les adorateurs de Mercure*,
*brûle toutes les maiſons*, *tue tous les animaux* : mon dévot
ſe croirait un ſacrilége s'il laiſſait un enfant et un chat
en vie dans le territoire de *Mercure*.

### CALLICRATE.

Quoi ! il y a ſur la terre des peuples auſſi abominables , et *Alexandre* ne les a pas exterminés , au lieu
d'aller attaquer vers le Gange des gens paiſibles et
humains , et qui même , à ce qu'on dit , ont inventé la
philoſophie ?

### EVHEMERE.

Non vraiment ; il a paſſé comme un trait auprès
d'une de ces petites peuplades de barbares fanatiques
dont je viens de parler ; et , comme le fanatiſme n'exclut
pas la baſſeſſe et la lâcheté , ces miſérables lui ont
demandé pardon , l'ont flatté , lui ont donné une partie
de l'or qu'ils avaient volé ; et ont obtenu permiſſion
d'en voler encore.

### CALLICRATE.

L'eſpèce humaine eſt donc une eſpèce bien horrible ?

### EVHEMERE.

Il y a quelques moutons parmi le grand nombre de
ces animaux ; mais la plupart ſont des loups et des
renards.

### CALLICRATE.

Je voudrais ſavoir pourquoi cette différence énorme
dans la même eſpèce.

EVHEMERE.

On dit que c'eſt pour que les renards et les loups mangent des agneaux.

CALLICRATE.

Non, ce monde-ci eſt trop miſérable et trop affreux; je voudrais ſavoir pourquoi tant de calamités, et tant de bêtiſes.

EVHEMERE.

Et moi auſſi. Il y a long-temps que j'y rêve en cultivant mon jardin à Syracuſe.

CALLICRATE.

Hé bien, qu'avez-vous rêvé? Dites-moi, je vous prie, en peu de mots, ſi cette terre a toujours été peuplée d'hommes; ſi la terre elle-même a toujours exiſté; ſi nous avons une ame; ſi cette ame eſt éternelle, comme on le dit de la matière; s'il y a un dieu ou pluſieurs dieux; ce qu'ils font, à quoi ils ſont bons. Qu'eſt-ce que la vertu? Qu'eſt-ce que l'ordre et le déſordre? Qu'eſt-ce que la nature? a-t-elle des lois? qui les a faites? qui a inventé la ſociété et les arts? quel eſt le meilleur gouvernement? et ſur-tout, quel eſt le meilleur ſecret pour échapper aux périls dont chaque homme eſt environné à chaque inſtant? Nous examinerons le reſte une autre fois.

EVHEMERE.

En voilà pour dix ans au moins, en parlant dix heures par jour.

CALLICRATE.

Cependant tout cela fut traité hier chez la belle *Eudoxe* par les plus aimables gens de Syracuſe.

EVHEMERE.

Hé bien, que fut-il conclu?

### CALLICRATE.

Rien. Il y avait là deux facrificateurs, l'un de *Cérès*, l'autre de *Junon*, qui finirent par fe dire des injures. Allons, dites-moi fans façon tout ce que vous penfez. Je vous promets de ne vous point battre, et de ne vous point déférer au facrificateur de *Cérès*.

### EVHEMERE.

Hé bien, venez m'interroger demain ; je tâcherai de vous répondre : mais je ne vous promets pas de vous fatisfaire.

## IIᵐᵉ DIALOGUE.

### Sur la Divinité.

### CALLICRATE.

JE commence par la queftion ordinaire : Y a-t-il un *Théos*? Le grand prêtre de *Jupiter Ammon* a déclaré qu'*Alexandre* était fon fils, et il a été bien payé ; mais ce *Théos* exifte-t-il ? et depuis le temps qu'on en parle ne s'eft-on pas moqué de nous?

### EVHEMERE.

On s'en eft bien moqué en effet, quand on nous a fait adorer un *Jupiter* mort en Crète, et un bélier de pierre caché dans les fables de la Lybie. Les Grecs, qui ont de l'efprit jufqu'à la folie, fe font indignement moqués du genre humain, quand d'un mot grec qui fignifiait *courir*, ils ont fait des *théoi*, des dieux qui courent. (\*) Leurs prétendus philofophes, qui

(\*) Les Planètes.

font, à mon avis, les raisonneurs de ce monde les moins raisonnables, ont prétendu que les coureurs, tels que *Mars*, *Mercure*, *Jupiter*, *Saturne*, étaient des dieux immortels, parce qu'ils marchent toujours, et qu'ils paraissent se mouvoir eux-mêmes. Ils auraient pu, par le même argument, donner de la divinité aux moulins à vent.

CALLICRATE.

Non, non; je ne vous parle pas des rêveries d'Athènes, ni de celles de l'Egypte. Je ne vous demande pas si une planète est dieu, si le bélier d'*Ammon* est dieu, si le bœuf *Apis* est dieu, et si *Cambise* a mangé un dieu en le fesant mettre à la broche; je vous demande très-férieusement s'il y a un Dieu qui ait fait le monde. On m'a ri au nez dans Syracuse, quand j'ai dit que peut-être il y en avait un.

EVHEMERÉ.

Et où logez-vous, s'il vous plaît, dans Syracuse?

CALLICRATE.

Chez *Hiérax*, l'archonte, qui est mon ami intime, et qui ne croit pas plus en DIEU qu'*Epicure*.

EVHEMERE.

N'a-t il pas un beau palais cet archonte?

CALLICRATE.

Admirable; c'est un corps de logis orné de trente-six colonnes corinthiennes, entre lesquelles sont des statues de la main des plus grands maîtres. Et pour les deux ailes......

EVHEMERE.

Faites-moi grâce des deux ailes. Il me suffit qu'un beau palais me démontre un architecte.

CALLICRATE.

## CALLICRATE.

Ah! je vois où vous en voulez venir ; vous allez
me dire que l'arrangement de l'univers, l'immensité
de l'espace, remplie de mondes qui tournent régulièrement autour de leurs soleils, la lumière qui jaillit en
torrens de ces soleils, et qui court animer tous ces
globes, enfin cette fabrique incompréhensible démontre
un fabricateur souverainement intelligent, puissant,
éternel ; vous allez m'étaler les belles découvertes des
*Platon* qui ont agrandi la sphère des êtres ; vous m'allez
faire voir le grand Etre qui préside à cette foule d'univers tous faits les uns pour les autres. Ces discours
tant rebattus ne persuadent pas nos épicuriens. Ils vous
disent froidement qu'ils ne disconviennent pas que la
nature a tout fait, que c'est-là le grand Etre ; qu'on la
voit, qu'on la sent dans le soleil, dans les astres, dans
toutes les productions de notre globe, dans nous-
mêmes, et qu'il y a une grande faiblesse, et bien peu
de bon sens, à vouloir attribuer à je ne sais quel être
imaginaire qu'on ne peut voir, et dont il est impossible
de se former la plus légère idée, de lui attribuer, dis-je,
les opérations de cette nature qui nous est si sensible,
si connue par ses travaux continuels, qui est par-tout
sous nos pieds, sur nos têtes, qui nous a fait naître,
qui nous fait vivre et mourir, et qui est visiblement le
Dieu que vous cherchez : lisez le système de la nature,
l'histoire de la nature, les principes de la nature, la
philosophie de la nature, le code de la nature, les
lois de la nature, &c.

## EVHEMERE.

Et si je vous disais qu'il n'y a point de nature, que

*Dialogues.* F f

tout eſt art dans l'univers, et que l'art annonce un ouvrier.

CALLICRATE.

Comment donc, point de nature, et tout eſt art ? quelle idée creuſe !

EVHEMERE.

C'eſt un philoſophe peu connu, et peu compté peut-être parmi les philoſophes, qui a le premier avancé cette vérité ; mais elle n'eſt pas moins vérité pour être d'un homme obſcur. (*) Vous m'avouerez que vous ne pouvez entendre par ce terme vague, *nature*, qu'un aſſemblage de choſes qui exiſtent, et dont la plupart n'exiſteront pas demain ; certes, des arbres, des pierres, des légumes, des chenilles, des chèvres, des filles et des ſinges, ne compoſent point un être abſolu, quel qu'il ſoit : des effets qui n'exiſtaient point hier ne peuvent être la cauſe éternelle, néceſſaire et productive. Votre nature, encore une fois, n'eſt qu'un mot inventé pour ſignifier l'univerſalité des choſes.

Pour vous faire voir à préſent que l'art a tout fait, obſervez ſeulement un inſecte, un limaçon, une mouche, vous y verrez un art infini qu'aucune induſtrie humaine ne peut imiter : il faut donc qu'il y ait un artiſte infiniment habile, et c'eſt ce que les ſages appellent Dieu.

CALLICRATE.

Cet artiſan que vous ſuppoſez eſt, ſelon nos épicuriens, la force ſecrète qui agit éternellement dans cet aſſemblage toujours périſſant et toujours reproduit que nous appelons nature.

_____

(*) C'eſt de lui-même que M. de *Voltaire* parle ici.

## EVHEMERE.

Comment une force peut-elle être répandue dans des êtres qui ne font plus, et dans ceux qui ne font pas encore nés? Comment cette force aveugle peut-elle avoir affez d'intelligence pour former dès animaux fentans ou penfans, et tant de foleils qui probablement ne penfent point? Vous fentez qu'un tel fyftême n'étant fondé fur aucune vérité antécédente, n'eft qu'un rêve produit par l'imagination en délire : la force fecrète dont vous parlez ne peut fubfifter que dans un être affez puiffant et affez intelligent pour former des animaux intelligens; dans un être néceffaire, puifque fans fon exiftence il n'y aurait rien; dans un être éternel, puifque exiftant par lui-même, on ne peut affigner de moment où il n'ait pas exifté; dans un être bon, puifqu'étant la caufe de tout, rien ne peut avoir fait entrer le mal dans lui. Voilà ce que nous autres ftoïciens nous appelons Dieu : voilà le grand Etre à qui nous nous efforçons de reffembler par la vertu, autant que de faibles créatures peuvent approcher de l'ombre de leur créateur.

## CALLICRATE.

Et voilà ce que nos épicuriens vous nient. Vous êtes comme les fculpteurs; ils font à coups de cifeaux une belle ftatue, et ils l'adorent. Vous forgez votre Dieu, et puis vous lui donnez le titre de bon; mais regardez feulement notre Etna, la ville de Catane, engloutie depuis peu d'années, et fes ruines encore fumantes. Souvenez-vous de ce que *Platon* nous apprend de la deftruction de l'île Atlantique, abymée il n'y a pas plus de dix mille ans; fongez à l'inondation qui détruifit la Gréce.

A l'égard du mal moral, souvenez-vous seulement de tout ce que vous avez vu, et donnez l'épithète de bon à votre Dieu, si vous l'osez. On n'a jamais répondu à ce fameux argument. Ou DIEU n'a pu empêcher le mal, et en ce cas, est-il tout-puissant ? ou il l'a pu, et il ne l'a pas fait ; alors où est sa bonté ?

EVHEMERE.

Cet ancien raisonnement, qui semble détrôner DIEU, et mettre à sa place le chaos, m'a toujours effrayé : les folles horreurs, dont j'ai été témoin sur ce malheureux globe, m'épouvantent encore davantage. Cependant aux pieds de ce mont Etna qui vomit la flamme et la mort autour de nous, je vois les campagnes les plus riantes et les plus fertiles : et, après dix ans de carnage et de destruction, je vois renaître dans Syracuse la paix, l'abondance, les plaisirs, les chansons et la philosophie ; il y a donc du bien dans ce monde, s'il y a tant de mal ; il est donc démontré que DIEU n'est pas absolument méchant, s'il est l'auteur de tout.

CALLICRATE.

Ce n'est pas assez qu'un Dieu ne soit pas toujours et complètement cruel, il faut qu'il ne le soit jamais ; et la terre, son prétendu ouvrage, est toujours affligée de quelque affreux désastre. Quand l'Etna se repose, d'autres volcans sont en fureur. Quand *Alexandre* n'est plus, d'autres destructeurs s'élèvent ; il n'y a jamais eu un moment, sur ce globe, sans désastre et sans crime.

EVHEMERE.

C'est à quoi j'en veux venir. L'idée d'un Dieu bourreau, qui fait des créatures pour les tourmenter, eſt horrible et abſurde : l'idée de deux Dieux, dont l'un fait le bien et l'autre fait le mal, eſt plus abſurde encore, et n'eſt pas moins horrible. Mais ſi on vous prouve une vérité, cette vérité exiſte-t-elle moins, parce qu'elle traîne après elle des conſéquences inquiétantes ? Il y a un être néceſſaire, éternel, ſource de tous les êtres ; exiſtera-t-il moins parce que nous ſouffrons ? exiſtera-t-il moins parce que je ſuis incapable d'expliquer pourquoi nous ſouffrons ?

CALLICRATE.

Capable ou non, je vous prie de haſarder avec moi ce que vous en penſez.

EVHEMERE.

Je tremble; car je vais vous dire dès choſes qui reſſemblent à un ſyſtême, et un ſyſtême qui n'eſt pas démontré n'eſt qu'une folie ingénieuſe : quoi qu'il en ſoit, voici la très-faible clarté que je crois apercevoir dans cette profonde nuit ; c'eſt à vous de l'éteindre ou de l'augmenter.

Je remarque d'abord que je n'ai pu acquérir l'idée d'un Dieu qu'après avoir acquis l'idée d'un être néceſſaire exiſtant par lui-même, par ſa nature, éternel, intelligent, bon et puiſſant. Tous ces caractères, qui me paraiſſent eſſentiels à DIEU, ne me diſent pas qu'il ait fait l'impoſſible. Il n'empêchera jamais que les trois angles d'un triangle ne ſoient égaux à deux droits. Il ne pourra faire que deux propoſitions contradictoires s'accordent. Il était probablement contradictoire que le mal n'entrât pas dans le monde ; je préſume qu'il était impoſſible que les vents néceſſaires pour balayer les terres, et pour empêcher les mers de croupir, ne produiſiſſent pas des tempêtes. Les feux répandus ſous l'écorce de la terre, pour former les minéraux et les végétaux, devaient auffi ébranler ces terres, renverfer des villes, écrafer leurs habitans, affaiffer des montagnes et en élever d'autres.

Il eût été contradictoire que tous les animaux vécuffent toujours et procréaffent toujours : l'univers n'aurait pu les nourrir. Ainfi la mort, qu'on regarde comme le plus grand des maux, était auffi néceffaire que la vie. Il fallait que les défirs s'allumaffent dans les organes de tous les animaux, qui ne pouvaient chercher leur bien-être fans le défirer ; ces affections ne pouvaient être vives fans être violentes, et par conféquent fans exciter ces fortes paffions qui produifent les querelles, les guerres, les meurtres, les fraudes et le brigandage : enfin, DIEU n'a pu former l'univers qu'aux conditions fuivant lefquelles il exifte.

CALLICRATE.

Votre Dieu n'eft donc pas tout-puiffant?

EVHEMERE.

Il eft véritablement le feul puiffant, puifque c'eft lui qui a tout formé, mais il n'eft pas extravagamment puiffant. De ce qu'un architecte a élevé une maifon de cinquante pieds bâtie de marbre, ce n'eft pas à dire qu'il ait pu en faire une de cinquante lieues bâtie de confitures. Chaque être eft circonfcrit dans fa nature ; et j'ofe croire que l'Etre fuprême eft circonfcrit dans la fienne. J'ofe penfer que cet architecte de l'univers, fi vifible à notre efprit, et en même temps fi incompréhenfible, n'habite ni les choux de nos jardins, ni le petit temple du capitole. Quel eft fon féjour? de quel ciel, de quel foleil envoie-t-il fes éternels décrets à toute la nature ? Je n'en fais rien ; mais je fais que toute la nature lui obéit.

CALLICRATE.

Mais fi tout lui obéit, quand croyez-vous qu'il ait donné les premières lois à toute cette nature, et qu'il ait formé ces foleils innombrables, ces planètes, ces comètes, cette chétive et malheureufe terre ?

EVHEMERE.

Vous me faites toujours des queftions auxquelles on ne peut répondre que par des doutes. Si j'ofais faire encore une conjecture, je dirais que l'effence de l'Etre fuprême, de cet Etre éternel, formateur, confervateur, deftructeur et reproducteur, étant d'agir, il eft impoffible qu'il n'ait pas agi toujours. Les œuvres de l'éternel *Demiourgos* ont été néceffairement éternelles, comme dès qu'un foleil exifte, il eft néceffaire que fes rayons pénétrent l'efpace en droite ligne.

CALLICRATE.

Vous me répondez par des comparaifons : cela me fait foupçonner que vous ne voyez pas bien nettement les chofes dont nous parlons ; vous cherchez à les éclaircir ; et quelque peine que vous preniez, vous rentrez toujours, malgré vous, dans le fyftême de nos épicuriens qui attribuent tout à une force occulte, à la néceffité. Vous appelez cette force occulte Dieu, et ils l'appellent nature.

EVHEMERE.

Je ne ferais pas fâché d'avoir quelque chofe de commun avec les vrais épicuriens qui font d'honnêtes gens, très-fages et très-refpectables ; mais je ne fuis point d'accord avec ceux qui n'admettent des dieux que pour s'en moquer, en les repréfentant comme

Ff 4

de vieux débauchés inutiles, abrutis par le vin, la bonne chère et l'amour.

A l'égard des bons épicuriens qui ne placent le bonheur que dans la vertu, mais qui n'admettent que le pouvoir fecret de la nature, je fuis de leur avis, pourvu qu'ils reconnaiffent que ce pouvoir fecret eft celui d'un Etre néceffaire, éternel, puiffant, intelligent : car l'être qui raifonne, appelé homme, ne peut être l'ouvrage que d'un maître très-intelligent, appelé DIEU.

### CALLICRATE.

Je leur communiquerai vos penfées, et je fouhaite qu'ils vous regardent comme leur confrère.

## TROISIEME DIALOGUE.

*Sur la philofophie d'Epicure et fur la théologie grecque.*

### CALLICRATE.

J'AI parlé à nos bons épicuriens. La plupart perfiftent à croire que leur doctrine au fond n'eft guère différente de la vôtre. Vous admettez également un pouvoir éternel, occulte, invifible ; mais comme ils font gens de bon fens, ils avouent qu'il faut que ce pouvoir foit penfant, puifqu'il a fait des animaux qui penfent.

### EVHEMERE.

C'eft un grand pas dans la connaiffance de la vérité : mais pour ceux qui ofent dire que la matière peut avoir d'elle-même la faculté de la penfée, il m'eft impoffible de raifonner avec eux ; car je pars d'un principe : *Pour produire un être penfant il faut l'être ;* et ils partent d'une fuppofition ; *La penfée peut être donnée par un être qui ne penfe point :* difons plus, par un être qui n'exifte point; car nous avons vu clairement qu'il n'y a point d'être qui foit la nature, et que ce n'eft qu'un nom abftrait donné à la multitude des chofes.

### CALLICRATE.

Dites-nous donc comment ce pouvoir fecret et immenfe que vous appelez Dieu nous donne la vie, le fentiment et la penfée ? nous avons une ame ? les autres animaux en ont-ils une ? qu'eft-ce que cette ame ? arrive-t-elle dans notre corps quand nous fommes en embryon dans le ventre de notre mère ? où va-t-elle quand ce corps eft diffout ?

### EVHEMERE.

Je fuis invinciblement perfuadé que DIEU nous a donné à nous, aux animaux, aux végétaux, aux foleils et aux grains de fable tout ce que nous avons, toutes nos facultés, toutes nos propriétés. Il eft un art fi profond et fi incompréhenfible dans les organes qui nous mettent au monde, qui nous font vivre, qui nous font penfer, et dans les lois qui dirigent toutes chofes, que je fuis prêt à tomber ébloui et accablé, quand j'ofe tenter de regarder la moindre partie de ce reffort univerfel par qui tout fubfifte.

J'ai des fens qui d'abord me font du plaifir ou de la douleur. J'ai des idées, des images qui me viennent par mes fens, et qui entrent dans moi fans que je les appelle. Je ne les fais pas ces idées, et lorfqu'il s'en eft amaffé en moi une quantité affez grande, je fuis tout étonné de fentir en moi le pouvoir d'en compofer quelques-unes. La propriété qui fe développe en moi

de me ressouvenir de ce que j'ai vu, et de ce que j'ai
senti, fait que je compose dans ma tête l'image de ma
nourrice avec celle de ma mère, et celle de la maison
où je suis élevé avec celle de la maison voisine. Je
rassemble ainsi mille idées différentes dont je n'ai créé
aucune : ces opérations sont l'effet d'une autre faculté,
celle de répéter les mots que j'ai entendus, et d'y
attacher d'abord un peu de sens. On me dit qu'on
appelle tout cela mémoire.

Enfin, quand le temps a un peu fortifié mes organes,
on me dit que mes facultés de sentir, de me ressouvenir, d'assembler des idées, sont ce qu'on appelle ame.

Ce mot ne signifie, et ne peut signifier, que ce qui
anime. Toutes les nations orientales ont donné le nom
de vie à ce que nous nommons ame : nous avons la
faculté de donner ainsi des noms généraux et abstraits
aux choses que nous ne pouvons définir. Nous désirons;
mais il n'y a point dans nous un être réel qui s'appelle
désir. Nous voulons ; mais il n'y a pas dans notre cœur
une petite personne qui s'appelle volonté. Nous ima-
ginons, sans qu'il y ait dans le cerveau un être particulier
qui imagine. Les hommes de tout pays, j'entends les
hommes qui raisonnent, ont inventé des termes généraux pour exprimer toutes les opérations, tous les effets
de ce qu'ils sentent, et de ce qu'ils voient ; ils ont dit
la vie et la mort, la force et la faiblesse. Il n'y a pourtant point d'être réel qui soit, ou la faiblesse, ou la force,
ou la mort, ou la vie : mais ces manières de s'exprimer
sont si commodes qu'elles ont été adoptées de tout temps
par les nations raisonneuses.

Si ces expressions ont servi pour la facilité du discours,
elles ont produit bien des méprises. Les peintres,

par exemple, et les sculpteurs ont voulu représenter la force, et ils ont figuré un gros homme avec une poitrine velue et des bras musculeux; ils ont dessiné un enfant pour donner une idée de la faiblesse. On a personnifié ainsi les passions, les vertus, les vices, les années, et les jours. Les hommes se sont accoutumés, par ce déguisement continuel, à prendre toutes leurs facultés, toutes leurs propriétés, tous leurs rapports avec le reste de la nature, pour des êtres réels, et des mots pour des choses.

De ce mot *ame* qui est abstrait, ils ont fait une personne habitante dans notre corps; ils ont divisé cette personne en trois, et des philosophes prétendus ont dit que ce nombre trois est parfait, parce qu'il est composé de l'unité et de la dualité. De ces trois parties ils en ont fait présider une aux cinq sens, et ils l'ont appelée *psyché*; une autre est dans la poitrine, et c'est *pneuma*, le soufle, l'haleine, l'esprit; une troisième est dans la tête, et c'est la pensée, *nous*. De ces trois ames ils en ont fait une quatrième quand on est mort, c'est *skia*, ombres, manes ou farfadet.

On est bientôt parvenu à ne se jamais entendre, quand on prononce ce mot *ame* : il a fait naître mille questions qui forcent les savans à se taire, et qui autorisent les charlatans à parler. Ces ames, dit-on, viennent-elles toutes du premier homme créé par l'éternel *Demiourgos*, ou de la première femelle? ou bien furent-elles formées d'ailleurs toutes à la fois, pour descendre chacune à leur tour ici-bas? leur substance est-elle d'éther ou de feu? ou bien ni de l'un ni de l'autre? est-ce la femme ou son mari qui darde une ame avec la liqueur prolifique? vient-elle dans l'utérus avant ou

après que les membres de l'enfant font formés ? fent-
elle, penfe-t-elle, dans l'enveloppe de l'amnios où le
fœtus eft emprifonné ? fon être augmente-t-il quand fon
corps augmente ? toutes les ames font-elles de la même
nature ? n'y a-t-il nulle différence entre l'ame d'*Orphée*
et celle d'un imbécille ?

Quand cette ame eft parvenue à fortir de la matrice
où elle a féjourné neuf mois, entre une veffie pleine
d'urine, et un fale boyau rempli de matière fécale,
on a ofé demander alors fi cette perfonne eft arrivée
dans ce cloaque avec une pleine notion de l'infini, de
l'éternité, de l'abftrait et du concret, du beau, du
bon, du jufte, de l'ordre. Enfuite on a difputé pour
favoir fi cette pauvre créature penfait toujours, comme
fi on penfait dans un fommeil plein et paifible, dans
une profonde ivreffe, dans l'anéantiffement d'idées qui
réfulte d'une apoplexie complète, d'une épilepfie. Que
de querelles abfurdes, grand Dieu, entre tous ces
aveugles fur la nature des couleurs ! Enfin, que devient
cette ame quand le corps n'eft plus ? les grands pré-
cepteurs du genre humain, *Orphée*, *Homère*, ont dit :
elle eft *fkia*, elle eft *ombre*, *farfadet*. *Ulyffe* voit à l'entrée
des enfers des farfadets, des ombres qui viennent lécher
du fang et boire du lait dans une foffe. Des enchanteurs
et des enchantereffes, qui ont un efprit de *Python*, évoquent
des manes, des ombres qui montent de la terre. Il y a
des ames dont les vautours mangent le foie ; d'autres
fe promènent continuellement fous des arbres ; et c'eft-
là la fouveraine félicité, c'eft le paradis d'*Homère*.

Les honnêtes gens n'ont pas été fatisfaits de ces
innombrables puérilités. Pour moi, j'ai pris le parti de
recourir à DIEU, et de lui dire : *C'eft à toi, maître abfolu*

*de la nature que je dois tout ; tu m'as accordé le don du*
*fentiment et de la penfée, comme tu m'as donné la faculté de*
*digérer et de marcher. Je t'en remercie, et je ne te demande*
*pas ton fecret.* Cette prière eft, à mon avis, plus raifonnable que les vaines et interminables difputes fur
pfyché, pneuma, nous et skia.

### CALLICRATE.

Si vous croyez que c'eft DIEU qui nous tient lieu
d'ame, vous n'êtes donc qu'une machine dont DIEU
gouverne les refforts ; vous êtes dans lui, vous voyez
tout en lui, il agit en vous. Trouvez-vous, en confcience,
ce fyftême meilleur que le nôtre ?

### EVHEMERE.

J'aimerais mieux avoir confiance en DIEU qu'en
moi. Quelques philofophes penfent ainfi ; leur petit
nombre même me porte à croire qu'ils ont raifon. Ils
foutiennent que l'ouvrier doit être le maître de fon
ouvrage, et que rien ne peut arriver dans l'univers
qui ne foit foumis à l'artifan fouverain.

### CALLICRATE.

Quoi ! vous oferiez dire que DIEU eft fans ceffe
occupé à faire jouer toutes fes machines ?

### EVHEMERE.

DIEU m'en préferve ! Voilà comme, dans toutes les
difputes, on fait dire à fon adverfaire ce qu'il n'a
point dit ; je prétends, au contraire, que le Souverain
éternel a établi, de toute éternité, fes lois qui feront
toujours accomplies par tous les êtres. DIEU a commandé
une fois, et l'univers obéit toujours.

### CALLICRATE.

J'ai bien peur que mes théologiens épicuriens ne
vous reprochent de faire DIEU auteur du péché : car

enfin, s'il vous anime et fi vous faites une faute, c'eft lui qui la commet.

EVHEMERE.

C'eft un reproche qu'on peut faire à toutes les fectes, excepté aux athées ; toute fecte qui admet la plénitude de la puiffance divine, la charge des délits qu'elle n'empêche pas : elle dit à DIEU : Seigneur fouverain de tout, vous devez écarter tout mal ; c'eft votre faute fi vous laiffez entrer l'ennemi dans la place que vous avez bâtie. DIEU lui répond : Ma fille, je ne peux faire les chofes contradictoires ; il eft contradictoire que le mal n'exifte pas quand le bien exifte ; il eft contradictoire qu'il y ait eu du feu, et que ce feu ne puiffe caufer d'embrafement, qu'il y ait de l'eau, et que cette eau ne puiffe noyer un animal.

CALLICRATE.

Trouvez-vous cette folution bien fuffifante ?

EVHEMERE.

Je n'en connais point de meilleure.

CALLICRATE.

Prenez garde, on vous dira que les adorateurs des dieux ont raifonné plus conféquemment que vous en Egypte et en Gréce ; quand ils ont inventé un Tartare où les crimes font punis, alors la juftice divine eft juftifiée.

EVHEMERE.

Etrange manière de juftifier leurs dieux ! et quels dieux ! des adultères, des homicides, des chats et des crocodiles ! Il s'agit ici de favoir pourquoi le mal exifte. Vos Grecs, vos Egyptiens, en rendent-ils raifon ? en changent-ils la nature ? en adouciffent-ils les horreurs, en nous préfentant une férie de crimes et de tourmens éternels ? Ces dieux ne font-ils pas des monftres de barbarie d'avoir fait naître un *Tantale* pour qu'il mangeât fon fils en ragoût, et pour qu'il fût enfuite dévoré de faim, en demeurant à table dans une fuite infinie de fiècles ? Un autre prince tourne inceffamment fa roue entourée de ferpens ; quarante-neuf filles d'un autre roi ont égorgé leurs maris, et rempliffent un tonneau vide pendant l'éternité. Certes, il eût bien mieux valu que ces quarante-neuf filles, et tous ces princes damnés, n'euffent jamais été au monde : rien n'était plus aifé que de leur épargner l'exiftence, les crimes et les fupplices. Vos Grecs peignent leurs dieux comme des tyrans et des bourreaux immortels, occupés fans relâche à former des malheureux condamnés à commettre des crimes paffagers, et à fubir des fupplices fans fin. Vous m'avouerez que cette théologie eft bien infernale. Celle des épicuriens eft plus humaine ; mais j'ofe croire que la mienne eft plus divine : Mon Dieu n'eft ni un voluptueux indolent, comme ceux d'*Epicure*, ni un monftre barbare comme ceux de l'Egypte et de la Gréce.

### CALLICRATE.

J'aime mieux votre Dieu que tous les autres : mais il me refte bien des fcrupules ; je vous prierai de les lever dans notre premier entretien.

### EVHEMERE.

Je ne vous donnerai jamais mes opinions que comme des doutes.

## QUATRIEME DIALOGUE.

*Si un Dieu qui agit ne vaut pas mieux que les Dieux d'Epicure qui ne font rien.*

### CALLICRATE.

JE fuis convaincu que toute la terre, et ce qui l'environne, le genre humain et le genre animal, et tout ce qui eft au-delà de nous, l'univers en un mot, ne s'eft pas formé lui-même, et qu'il y règne un art infini ; je reçois avec refpect l'idée d'un artifan unique, d'un maître fuprême, que la nombreufe fecte des épicuriens rejette. Je fuppofe que ce fouverain de la nature eft, à plufieurs égards, ce qu'était le dieu de *Timée*, le dieu d'*Ocellus Lucanus* et de *Pythagore* : il n'a pas créé la matière du néant, car le néant, comme vous favez, n'a point de propriétés ; rien ne vient de rien, rien ne retourne à rien : je conçois que l'univerfalité des chofes eft émanée de ce Dieu, qui feul eft par lui-même, et dont tout eft l'ouvrage : il a tout arrangé fuivant les lois univerfelles qui réfultent de fa fageffe autant que de fa puiffance ; j'admets une grande partie de votre philofophie, quoiqu'elle révolte la plupart de nos fages ; mais deux grandes difficultés m'arrêtent : il me femble que vous ne faites votre Dieu ni affez libre ni affez jufte.

Il n'eft point libre, puifqu'il eft l'être néceffaire de qui l'immenfité des chofes eft émanée néceffairement ; il n'eft point jufte, car la plupart des gens de bien

font

font perfécutés pendant leur vie , et vous ne me dites point qu'on leur rende juftice quand ils ne font plus, et que les fcélérats foient punis après leur mort. Les religions grecque et égyptienne ont un grand avantage fur votre théologie. Elles ont imaginé des peines et des récompenfes. C'eft, ce me femble, la feule manière de mener les hommes; pourquoi la négligez-vous?

EVHEMERE.

Je vais vous répondre fur la liberté , et enfuite je vous répondrai fur la juftice. Etre libre, c'eft faire ce qu'on veut : or certainement DIEU a fait tout ce qu'il a voulu. Il nous a daigné communiquer une portion de cette admirable liberté , dont nous jouiffons quand nous agiffons fuivant notre volonté. Il a pouffé fa bonté jufqu'à donner ce privilége à tous les animaux qui font ce qu'ils veulent, felon la portée de leurs forces.

DIEU étant très-puiffant eft très-libre ; je ne vous dirai pas qu'il le foit infiniment; car, malgré tout ce que difent les géomètres, je ne fais pas ce que c'eft que l'infini actuel. ( 1 ) Je vous dirai feulement que DIEU n'eft pas libre de faire l'impoffible, parce que c'eft une contradiction dans les termes; il n'eft pas libre de faire en forte que les deux côtés de l'équerre de *Pythagore* forment deux quarrés plus petits ou plus grands que le

( 1 ) L'infini des géomètres n'a aucun rapport à *l'infini actuel*. Une grandeur infinie eft une quantité plus grande qu'aucune quantité donnée du même genre , quelque grande qu'on la fuppofe. Une quantité infiniment petite eft une quantité plus petite qu'aucune grandeur donnée; c'eft le zéro confidéré comme la limite, la fin d'une quantité décroiffante. Ces quantités ont des rapports ; et l'on a nommé fcience , calcul de l'infini, l'art de calculer ces rapports.

*Dialogues.*          Gg

quarré formé du grand côté ; parce que ce ferait une contradiction, une chose impossible. C'est à peu-près ce que je vous ai déjà allégué ; DIEU est si parfait qu'il n'a pas la liberté de faire le mal.

A l'égard de sa justice, vous vous moqueriez trop de moi, si je vous parlais de l'enfer des Grecs. Leur chien *Cerbère* qui aboie de ses trois gueules, leurs trois Parques, leurs trois Euménides sont des imaginations si ridicules que les enfans en rient. DIEU ne m'a point apparu, il ne m'a point montré *Alexandre* fouetté par trois furies de l'enfer, pour avoir fait mourir si injustement *Callisthènes*; et je n'ai point vu *Callisthènes* à table avec DIEU dans le dixième ciel, buvant du nectar servi de la main d'*Hébé*. DIEU m'a donné assez de raison pour me convaincre qu'il existe; mais il ne m'a pas donné une vue assez perçante pour voir ce qui se passe sur les bords du Phlégéton et dans l'Empyrée. Je me tiens dans un respectueux silence sur les châtimens dont il punit les criminels, et sur les récompenses des justes. Tout ce que je puis vous dire, c'est que je n'ai jamais vu de méchant heureux, mais que j'ai vu beaucoup de gens de bien très-malheureux : cela me fâche et me confond ; mais les épicuriens ont la même difficulté que moi à dévorer. Ils doivent être comme moi, ils doivent gémir comme moi en voyant si souvent le crime triomphant, et la vertu foulée aux pieds des pervers. Est-ce donc une si grande consolation pour d'honnêtes gens comme les bons épicuriens de n'avoir point d'espérance ?

CALLICRATE.

Ces épicuriens ont sur vous une supériorité bien marquée ; ils n'ont point de reproche à faire à un Etre suprême, à un DIEU juste qui laisse la vertu sans secours: ils n'ont reconnu des dieux que par bienséance, pour ne pas effaroucher la canaille d'Athènes; mais ils ne les font pas créateurs d'hommes, juges d'hommes, bourreaux d'hommes.

EVHEMERE.

Vos épicuriens sont-ils plus amis de l'homme, donnent-ils une plus solide base à la vertu, consolent-ils plus nos misères, en ne reconnaissant que des dieux inutiles, occupés de boire et de manger? Hélas! qu'importe que dans un coin de la Sicile il y ait une petite société d'animaux à deux pieds qui raisonnent bien ou mal sur la Providence?

Pour savoir si nous serons heureux ou malheureux après notre mort, il faudrait savoir s'il peut exister de nous quelque chose de sensible quand tous les organes du sentiment sont détruits, quelque chose qui pense quand la cervelle, où se formait la pensée, est mangée des vers, et quand ces vers et cette cervelle sont en poussière; si une faculté, une propriété d'un animal peut subsister encore quand cet animal ne subsiste plus: c'est un problême qu'aucune secte n'a pu jusqu'ici résoudre; personne même ne peut en comprendre le sens; car, si dans un repas quelqu'un demande: Ce lièvre servi dans ce plat a-t-il conservé sa faculté de courir? ce pigeon a-t-il toujours sa faculté de voler? ces questions seront absurdes et exciteront la risée. Pourquoi? c'est que le contradictoire, l'impossible en saute aux yeux. Nous avons assez vu que DIEU ne peut faire l'impossible, le contradictoire.

Mais si dans l'animal raisonnable appelé homme DIEU avait mis une étincelle invisible, impalpable;

un élément, quelque chofe de plus intangible qu'un atome d'élément, ce que les philofophes grecs appellent une monade; fi cette monade était indeftructible, fi c'était elle qui penfât et qui fentît en nous, alors je ne vois plus qu'il y ait de l'abfurdité à dire, cette monade peut exifter, peut avoir des idées et du fentiment quand le corps dont elle eft l'ame fera détruit.

### CALLICRATE.

Vous conviendrez que fi l'invention de cette monade n'eft pas totalement abfurde, elle eft bien hafardée; et qu'il ne faut pas fonder fa philofophie fur des peut-être. S'il était permis de faire d'un atome une ame immortelle, ce ferait aux épicuriens que ce droit ferait acquis; car enfin ils font les inventeurs des atomes.

### EVHEMERE.

Vraiment, je ne vous ai pas donné ma monade pour une démonftration; mais je vous l'ai propofée comme une imagination grecque qui fait voir, quoi-qu'imparfaitement, comment une partie invifible et effentielle de nous-mêmes pourrait après notre mort être punie ou récompenfée, nager dans les délices ou fouffrir dans les peines; encore ne fais-je fi, avec mes raifonnemens et mes fuppofitions, je pourrais parvenir à trouver de la juftice dans les peines que DIEU ferait fouffrir aux hommes après leur mort; car enfin on pourrait me dire: N'eft-ce pas lui qui, les ayant créés, les aurait déterminés à mal faire? En ce cas pourquoi les punir? Il y a peut-être d'autres manières de juftifier la Providence; mais nous ne pouvons les connaître.

CALLICRATE.

Vous avouez donc que vous ne favez au jufte ni ce que c'eft que cette ame dont vous me parlez, ni ce DIEU que vous prêchez?

EVHEMERE.

, Oui, je l'avoue très-humblement et très-douloureu-fement ; je ne puis connaître leur fubftance, je ne puis favoir comment fe forme ma penfée, je ne puis imaginer comment DIEU eft fait ; je fuis un ignorant.

CALLICRATE.

Et moi auffi : confolons-nous l'un et l'autre , nous avons tous les hommes pour compagnons.

# CINQUIEME DIALOGUE.

*Pauvres gens qui creufent dans un abyme. Inflinct , principe de toute action dans le genre animal.*

CALLICRATE.

PUISQUE vous ne favez rien , je vous conjure de me dire ce que vous foupçonnez : vous ne vous êtes point expliqué à moi entièrement. La réferve annonce de la défiance ; un philofophe fans candeur n'eft qu'un politique.

EVHEMERE.

Je ne fuis en défiance que de moi-même.

CALLICRATE.

Parlez , parlez ; quelquefois en devinant au hafard on rencontre.

Gg 3

EVHEMERE.

Hé bien, je devine que les hommes de tous les temps, de tous les lieux, n'ont jamais dit ni pu dire que des pauvretés fur toutes les chofes que vous me demandez ; je devine fur-tout qu'il nous eft abfolument inutile d'en être inftruits.

CALLICRATE.

Comment inutile ! n'eft-il pas au contraire abfolument néceffaire de favoir fi nous avons une ame, et de quoi elle eft faite ? Ne ferait-ce pas le plus grand des plaifirs de voir clairement que la puiffance de l'ame eft différente de fon effence, qu'elle eft tout, et qu'elle a complétement la vertu fenfitive, étant *forme* et *entéléchie*, comme l'a fi bien dit *Ariftote*; (*a*) et fur-tout que la *fyndérèfe* n'eft pas une *puiffance habituelle*.

ÉVHEMERE.

Cela eft fort beau, mais une fcience fi fublime paraît nous être interdite. Il faut bien qu'elle ne nous foit pas néceffaire, puifque DIEU ne nous l'a pas donnée : nous lui devons, fans doute, tout ce qui peut fervir à nous conduire dans cette vie, raifon, inftinct, faculté de commencer le mouvement, faculté de donner la vie à un être de notre efpèce. Le premier de ces dons eft ce qui nous diftingue de tous les autres animaux; mais DIEU ne nous a jamais appris quel en eft le principe : il n'a donc pas voulu que nous le fuffions. Nous ne pouvons pas feulement deviner pourquoi nous remuons le bout du doigt quand nous le voulons ; quel eft le rapport entre ce petit mouvement d'un de nos membres et notre

---

( *a* ) St *Thomas* explique merveilleufement tout cela depuis la queftion 75 jufqu'à la 82^me de la première partie de fa Somme ; mais *Evhémère* ne pouvait pas le deviner.

volonté. Il y a l'infini entre l'un et l'autre. Vouloir arracher à DIEU son secret, croire savoir ce qu'il nous a caché, c'est, ce me semble, une espèce de blasphême ridicule.

CALLICRATE.

Quoi! je ne saurai jamais ce que c'est qu'une ame? et il ne me sera pas démontré que j'en ai une?

EVHEMERE.

Non, mon ami.

CALLICRATE.

Dites-moi donc ce que c'est que notre instinct dont vous m'avez parlé tout à l'heure; vous m'avez dit que DIEU nous avait fait non-seulement présent de la raison, mais encore de l'instinct: il me semble qu'on n'accorde cette propriété qu'aux bêtes, et que même on ne sait pas trop ce qu'on entend par cette propriété. Les uns disent que c'est une ame d'une espèce différente de la nôtre; les autres croient que c'est la même ame avec d'autres organes; quelques rêveurs ont avancé que ce n'est qu'une machine; et vous, que rêvez-vous?

EVHEMERE.

Je rêve que DIEU nous a tout donné, à nous et aux animaux, et que les animaux sont bien plus heureux que nos philosophes; ils ne se tourmentent pas pour savoir ce que DIEU veut qu'ils ignorent; leur instinct est plus sûr que le nôtre; ils ne font point de système sur ce que deviendront leurs facultés après leur mort: jamais abeille n'a eu la folie d'enseigner dans une ruche que son bourdonnement passerait un jour la barque à *Caron*, et que son ombre irait faire de la cire et du miel dans les champs Elysées; c'est notre raison dépravée qui a imaginé ces fables.

Gg 4

Notre inftinct eft bien plus fage, fans rien favoir ; c'eft par lui que l'enfant fuce le teton de fa nourrice fans connaître qu'il forme un vide dans fa bouche, et que ce vide force le lait de la mamelle à defcendre dans fon eftomac : toutes fes actions font de l'inftinct. Dès qu'il a un peu de force il met fes mains au devant de fa tête quand il tombe : s'il veut franchir un petit foffé, il fe donne une force nouvelle en courant, fans avoir appris quel fera le réfultat de fa maffe multipliée par fa vîteffe. S'il trouve une large pièce de bois fur un ruiffeau, pour peu qu'il foit hardi, il fe mettra fur cette planche pour parvenir à l'autre bord, et ne fe doutera pas que le volume de bois joint à celui de fon corps pèfe moins qu'un pareil volume d'eau. S'il veut foulever une pierre, il emploie un bâton pour lui fervir de levier, et ne fait pas affurément la théorie des forces mouvantes.

Les actions même qui paraiffent en lui l'effet d'une raifon que l'éducation a inftruite, font les effets de cet inftinct : il ne fait pas ce que c'eft que la flatterie ; mais il ne manque jamais de flatter quiconque peut lui donner ce qu'il défire. S'il voit battre un autre enfant, et s'il voit fon fang couler, il crie, il pleure, il appelle au fecours fans aucun retour fur lui - même.

CALLICRATE.

Définiffez-moi donc cet inftinct dont vous me donnez tant d'exemples.

EVHEMERE.

C'eft tout fentiment et tout acte qui prévient la réflexion. (2)

(2) L'inftinct ne ferait - il pas plutôt l'effet d'une fuite de raifonnemens faits avec trop de promptitude et trop peu d'attention, pour que nous

### CALLICRATE.

Mais vous me parlez là d'une qualité occulte, et vous favez qu'on fe moque aujourd'hui de ces qualités fi chères à tant de philofophes de la Gréce.

### EVHEMERE.

Tant pis ; il fallait refpecter les qualités occultes ; car depuis le brin d'herbe que l'ambre attire, jufqu'à la route que tant d'aftres fuivent dans l'efpace ; depuis la formation d'une mite dans un fromage jufqu'à la Galaxie ; (∗) foit que vous confidériez une pierre qui tombe, foit que vous fuiviez le cours d'une comète traverfant les cieux, tout eft qualité occulte.

Ce mot eft le refpectable aveu de notre ignorance : le grand architecte du monde nous a donné de méfurer, de calculer, de pefer quelques-uns de fes ouvrages ; mais il ne nous permet pas de découvrir les premiers refforts. Les Chaldéens ont déjà foupçonné que ce n'eft pas le foleil qui tourne autour des planètes, et qu'au contraire ce font les planètes qui tournent autour de lui dans des orbites différentes ; mais je doute qu'on puiffe découvrir jamais quelle eft la force fecrète qui les emporte d'Occident en Orient. On calculera la chute des corps, mais trouvera-t-on la raifon primitive

---

ayons un fentiment diftinct et un fouvenir durable des jugemens dont ces raifonnemens ont été formés? Cette promptitude eft l'effet de l'habitude. Les artifans exécutent les mouvemens néceffaires dans chaque métier auffi machinalement que nous marchons ; il eft cependant vrai qu'ils ont été obligés d'apprendre à faire ces mouvemens, qu'ils ont commencé par les exécuter chacun en vertu d'un acte particulier de leur volonté. L'ex-trême facilité avec laquelle un enfant, un petit quadrupède apprend à teter, ou un oifeau apprend à manger, eft une objection contre cette opinion, mais cette objection n'eft pas infoluble.

(∗) La voie lactée.

de la force qui les fait tomber? Les hommes s'occupent depuis affez long-temps à faire des enfans ; mais ils ne favent pas comment leurs femmes s'y prennent. Notre *Hippocrate* n'a débité fur cet important myftère que des raifonnemens d'accoucheufe : on difputera fur le phyfique et fur le moral pendant l'éternité ; mais l'inftinct gouvernera toujours toute la terre ; car les paffions font la production de l'inftinct, et les paffions régneront toujours.

### CALLICRATE.

Si cela eft, votre Dieu n'eft que le Dieu du mal ; il ne nous a fait naître que pour nous abandonner à ces paffions funeftes : c'eft faire des hommes pour les livrer aux diables.

### ÉVHEMERE.

Point du tout ; il y a de très-bonnes paffions, et il nous a donné la raifon pour les diriger.

### CALLICRATE.

Et qu'eft-ce que cette chétive raifon ? m'allez-vous encore dire que c'eft une autre efpèce d'inftinct?

### ÉVHEMERE.

A peu-près ; c'eft un don inexplicable de comparer le paffé au préfent, et de pourvoir au futur. Voilà l'origine de toute fociété, de toute inftitution, de toute police : ce don précieux eft la fuite d'un autre préfent de DIEU, qui eft auffi incompréhenfible, je veux dire la mémoire ; autre inftinct que nous partageons avec les animaux, mais que nous poffédons dans un degré fi fupérieur qu'ils devraient nous prendre pour des dieux, s'ils ne nous mangeaient pas quelquefois.

### CALLICRATE.

J'entends , j'entends ; DIEU s'occupe à faire reffouvenir de jeunes renards que leur père a été pris dans un piége ; et ces renards, par inftinct, évitent le piége qui a caufé la mort de leur père. DIEU eft attentif à repréfenter à la mémoire de nos Syracufains, que nos deux *Denis* ont très-mal gouverné , et il infpire à notre raifon le gouvernement républicain ; il court au chien de berger pour lui dire de faire rentrer les moutons, de peur des loups qu'il a créés exprès pour manger les moutons. Il fait tout , il arrange , il bouleverfe, il répare , il détruit, il déroge continuellement à toutes fes lois, et fe donne fort inutilement beaucoup de peine. C'eft la *prémotion physique*, le *décret prédéterminant*, *l'action* de DIEU fur les créatures.

### EVHEMERE.

Ou vous m'entendez fort mal, ou vous m'expliquez très-malignement. Je ne prétends point que le maître de la nature fe mêle des détails , quoique je penfe qu'aucun détail ne le fatiguerait ni ne l'abaifferait ; je penfe qu'il a établi des lois générales , immuables, éternelles , par lefquelles les hommes et les animaux fe conduiront toujours : je vous l'ai déjà dit affez clairement.

*Diogoras* , auteur du *Syftéme de la nature*, dit dans fa longue déclamation à peu-près la même chofe que vous. Voici fes paroles dans fon chapitre IVᵐᵉ du tome IIᵉ : *Votre Dieu eft fans ceffe occupé à produire et à détruire; par conféquent il ne peut être appelé immuable quant à fa façon d'exifter.*

*Diagoras* prétend que nous compoſons ainſi notre Dieu de qualités contradictoires. Il le traite de fantôme affreux et ridicule ; mais qu'il me permette de lui dire qu'il y a bien de la hardieſſe à décider auſſi légèrement ſur un ſujet ſi grave : produire et détruire alternativement dans tous les ſiècles par des lois toujours conſtantes, ce n'eſt pas changer au haſard, c'eſt au contraire être toujours ſemblable à ſoi-même. DIEU donne la vie et la mort ; mais il les donne à tout le monde : il a rendu la vie et la mort néceſſaires ; il eſt immuable en exécutant toujours ce plan de la création, en gouvernant toujours d'une manière uniforme : s'il feſait vivre éternellement quelques hommes, on pourrait alors dire peut-être qu'il n'eſt pas immuable ; mais quand tous naiſſent pour mourir, ſon immutabilité n'eſt que trop conſtatée.

CALLICRATE.

Je vous avoue que *Diagoras* ſe trompe en ce point ; mais n'a-t-il pas grande raiſon quand il reproche à certains grecs de repréſenter DIEU comme un être ridiculement vain, qui a fait le monde pour ſa gloire, pour ſe faire applaudir ; de le peindre comme un maître dur et vindicatif qui punit les plus légères déſobéiſſances par des tortures éternelles ; d'en faire un père injuſte et aveugle qui favoriſe par caprice quelquesuns de ſes enfans, et deſtine tous les autres à un malheur ſans fin ; qui fait quelques aînés vertueux pour les récompenſer d'une vertu à laquelle ils étaient néceſſités, et une foule de cadets ſcélérats pour les punir des crimes qu'ils ne pouvaient ſe diſpenſer de commettre ; enfin de faire de DIEU un fantôme abſurde, et un tyran barbare ?

### EVHEMERE.

Ce n'eſt point là le dieu des ſages : c'eſt le dieu de quelques prêtres de la déeſſe de Syrie , qui font la honte et l'horreur du genre humain.

### CALLICRATE.

Hé bien, définiſſez-nous donc à la fin votre Dieu pour fixer nos incertitudes.

### EVHEMERE.

Je crois vous avoir prouvé qu'il en exiſte un par ce ſeul argument invincible : le monde eſt un ouvrage admirable ; donc il y a un artiſan plus admirable : la raiſon nous force à l'admettre, la démence entreprend de le définir.

### CALLICRATE.

C'eſt ne rien ſavoir, et même c'eſt ne rien dire, que de nous crier ſans ceſſe : Il y a là quelque choſe d'excellent, mais je ne ſais ce que c'eſt.

### EVHEMERE.

Souvenez-vous de ces voyageurs qui en abordant dans une île y trouvèrent des figures de géométrie tracées ſur le ſable du rivage. Courage, dirent-ils, voilà des pas d'hommes. Nous autres ſtoïciens, en voyant ce monde, nous diſons : Voilà des pas de DIEU.

### CALLICRÀTE.

Montrez-nous ces pas, s'il vous plaît.

### EVHEMERE.

Ne les avez-vous pas vus par-tout ? et cette raiſon, et cet inſtinct dont nous jouiſſons, ne ſont-ils pas évidemment des préſens de ce grand Etre inconnu ? Car ils ne viennent ni de nous-mêmes, ni de la fange ſur laquelle nous habitons.

CALLICRATE.

Hé bien, réfléchissant sur tout ce que vous m'avez dit, et malgré toutes les difficultés que le mal répandu sur la terre fait naître dans mon esprit, je m'affermis pourtant dans l'idée qu'un DIEU préside à notre globe. Mais pensez-vous, comme les Grecs, que chaque planète ait le sien, que *Jupiter*, *Saturne* et *Mars* règnent dans les planètes qui portent leur nom, comme les rois d'Egypte, de Perse et des Indes règnent chacun dans leur district?

EVHEMERE.

Je vous ai déjà insinué que je n'en crois rien; et voici ma raison. Soit que le soleil tourne autour de nos planètes et de notre terre, comme le croit le vulgaire qui ne s'en rapporte qu'à ses yeux; soit que la terre et les planètes tournent elles-mêmes autour du soleil, comme les nouveaux Chaldéens l'ont soupçonné, et comme il est infiniment plus vraisemblable; il est toujours certain que les mêmes torrens de lumière, dardés continuellement du soleil jusqu'à Saturne, parviennent à tous ces globes dans des temps proportionnels à leur éloignement. Il est certain que ces traits de lumière se réfléchissent de la surface de Saturne à nous, et de nous à lui, avec une vîtesse toujours égale: or une fabrique si immense, un mouvement si rapide et si uniforme, une communication de lumière si constante entre des globes si prodigieusement éloignés, tout cela paraît ne pouvoir être établi que par la même Providence. S'il y a plusieurs dieux également puissans, ou ils auront des vues différentes, ou ils auront la même: s'ils ne sont point d'accord, il n'y aura que le chaos; s'ils ont tous le même dessein, c'est comme s'il n'y avait qu'un feul Dieu ; il ne faut pas multiplier les êtres , et fur - tout les dieux , fans néceffité.

CALLICRATE.

Mais fi le grand *Demiourgos* , l'Etre fuprême , avait fait naître des dieux fubalternes pour gouverner fous lui ; s'il avait confié notre foleil à fon cocher *Apollon* , une planète à la belle *Vénus* , une autre à *Mars* , nos mers à *Neptune* , notre atmofphère à *Junon* ; cette efpèce d'hié-rarchie vous paraîtrait-elle fi ridicule ?

EVHEMERE.

J'avoue qu'il n'y a rien là d'incompatible. Il fe peut, fans doute, que le grand Etre ait peuplé les cieux et les élémens de créatures fupérieures à nous ; c'eft un fi vafte champ , c'eft un fi beau fpectacle pour notre imagination , que toutes les nations connues ont embraffé cette idée. Mais n'admettons , croyez-moi , ces demi-dieux imaginaires que quand ils nous feront démontrés. Je ne connais dans l'univers par ma raifon qu'un feul DIEU qu'elle m'a prouvé , et fes œuvres dont je fuis témoin. Je fais qu'il eft , fans favoir ce qu'il eft : bornons-nous donc à examiner fes œuvres.

SIXIEME DIALOGUE.

*Platon , Ariftote nous ont-ils inftruits fur Dieu et fur la formation du monde ?*

CALLICRATE.

Hé bien , dites-moi d'abord comment DIEU s'y prit pour former l'œuvre du monde. Quel eft votre fyftême fur cette grande opération ?

E V H E M E R E.

Mon fyftême fur les œuvres de DIEU , c'eft l'ignorance.

C A L L I C R A T E.

Mais fi vous avez la bonne foi d'avouer que vous ne favez pas le fecret de D I E U , vous aurez du moins la bonne foi de nous dire ce que vous penfez de ceux qui prétendent le favoir , comme s'ils avaient été dans fon laboratoire. *Ariftote* , *Platon* vous ont-ils appris quelque chofe ?

E V H E M E R E.

Ils m'ont appris à me défier de tout ce qu'ils ont écrit : vous favez que nous avons dans Syracufe la famille des *Archimède* qui cultivent la phyfique pratique de père en fils : c'eft-là la fcience véritable fondée fur l'expérience et fur la géométrie : cette famille ira loin fi elle continue ; mais j'ai été bien étonné quand j'ai lu le divin *Platon* qui a voulu auffi employer le peu qu'il favait de géométrie , pour donner une apparence d'exactitude à fes imaginations.

Selon lui , DIEU fe propofa d'arranger les quatre élémens fuivant les dimenfions d'une pyramide , d'un cube, d'un octaèdre, d'un icofaèdre, et fur-tout, dit-il, d'un dodécaèdre : la pyramide fut par fa pointe le féjour du feu ; l'air eut pour fa part l'octaèdre ; l'icofaèdre fut pour l'eau ; le cube appartient de droit à la terre par fa folidité ; mais le dodécaèdre eft le triomphe de *Platon*. Car cette figure étant compofée de douze faces , elle forme le zodiaque compofé de douze animaux : ces douze faces peuvent fe divifer en trente parties , ce qui forme évidemment les trois cents foixante degrés du cercle que le foleil parcourt dans l'année.

*Platon*

*Platon* prit ces belles chofes mot à mot chez *Timée* le locrien. *Timée* les avait prifes chez *Pythagore*, et *Pythagore* les tenait, dit-on, des brachmanes.

Il eft difficile de pouffer plus loin le charlatanifme ; cependant *Platon* fe furpaffe encore en ajoutant de fon chef, que DIEU, ayant confulté fon verbe, c'eft-à-dire, fon intelligence, fa parole, qu'il appelle le fils de DIEU, il fit le monde compofé de la terre, du foleil et des planètes. Il le divinifa auffi en lui. donnant une ame : tout cela forma la fameufe trinité de *Platon*. Et pourquoi cet univers était-il DIEU? c'eft qu'il était rond, et que la rondeur eft la figure la plus parfaite.

Il explique toutes les perfections ou imperfections de ce monde avec autant de facilité qu'il vient de le créer. La manière fur-tout dont il prouve l'immortalité de l'ame humaine, dans fon Phédon, eft d'une clarté mérveilleufe.

» Ne dites-vous pas que la mort eft le contraire de la » vie ? — oui : — et qu'elles naiffent l'une de l'autre? » oui. — Qu'eft-ce qui naît du vivant ? — le mort : » —et qui naît du mort ? — le vivant. — C'eft donc » des morts que tous les vivans naiffent ? et par » conféquent les ames des hommes font dans les enfers » après leur trépas ? — La conféquence eft fûre. » (*)

C'eft ainfi que *Platon* fait raifonner *Socrate* dans ce dialogue du Phédon. L'hiftoire rapporte que *Socrate*, ayant lu cet écrit, s'écria : Que de fottifes notre ami *Platon* me fait dire !

Si on avait montré à DIEU tout ce que ce grec lui

_____

(*) Voyez une note des éditeurs fur *Platon* et fur *Ariftote* dans l'ouvrage intitulé : *Songe de Platon*, tome II des Romans.

*Dialogues.*                                    H h

impute, il aurait probablement dit : *Que de fottifes ce grec me fait faire !*

### CALLICRATE.

En vérité, DIEU aurait affez de raifon de fe moquer un peu de lui. Je relifais hier fon dialogue intitulé le *Banquet* : je riais beaucoup de voir que DIEU avait créé l'homme et la femme attachés enfemble par le nombril, et que cependant l'un était derrière le dos de l'autre. Ils n'avaient à eux deux qu'une cervelle et chacun un vifage. Cela s'appelait un *androgyne* : cet animal était fi fier d'avoir quatre bras et quatre jambes qu'il voulut faire la guerre au ciel, comme les Titans. DIEU pour le punir le coupa en deux ; et c'eft depuis ce temps que chacun court après fa moitié qu'il trouve rarement. Il faut avouer que cette idée de courir toujours après fa moitié eft ingénieufe et plaifante ; mais cette plaifanterie eft-elle digne d'un philofophe ? La fable de *Pandore* eft bien plus belle, et rend mieux raifon des erreurs et des calamités du genre humain.

Confiez-moi à préfent ce que vous penfez du fyftême d'*Ariftote* ; car je vois bien que celui de *Platon* ne vous plaît pas.

### EVHEMERE.

J'ai vu *Ariftote* ; il m'a paru doué d'un efprit plus étendu, plus folide que celui de *Platon* fon maître, plus orné de vraies connaiffances. Il eft le premier qui ait réduit le raifonnement en art. On avait befoin de fa méthode nouvelle. J'avoue que pour les efprits bien faits elle eft bien inutile et bien fatigante ; mais elle eft très-utile pour éclaircir les équivoques des fophiftes dont la Grèce fourmille. Il a défriché le champ immenfe de l'hiftoire naturelle. Son hiftoire des animaux eft un bel ouvrage; et, ce qui m'étonne encore plus, c'eſt à lui que nous devons les meilleures règles de la poëtique et de la rhétorique; il en parle mieux que *Platon* qui ſe piquait tant de bel-eſprit.

*Ariſtote* admet, comme *Platon*, un premier moteur, un Etre ſuprême, éternel, indiviſible, immobile. Jé ne ſais ſi, en diſant que le ciel eſt parfait, il a raiſon d'en apporter pour preuve que ce ciel contient des choſes parfaites. Il veut dire apparemment que les planètes qui ſont dans le ciel contiennent des dieux; et en cela il condeſcend à la ſuperſtition du vulgaire des Grecs, qui croit ces planètes habitées par des divinités, ou plutôt qui le dit ſans le croire.

Il affirme que le monde eſt unique. Il en donne pour raiſon que, s'il y avait deux mondes, la terre de l'un irait néceſſairement chercher la terre de l'autre, et que ces deux terres ſortiraient chacune de leur lieu: cette aſſertion fait voir qu'il n'a pas ſu plus que nous ſi la terre tourne autour du ſoleil, ſon centre, et quelle eſt la force par laquelle elle eſt retenue dans la place qu'elle occupe. Il y a chez les nations que nous appelons barbares des philoſophes qui ont découvert ces vérités; et je vous dirai en paſſant que les Grecs, qui ſe vantent d'enſeigner les autres nations, ne ſont peut-être pas encore dignes d'écouter ces prétendus barbares.

### CALLICRATE.

Vous m'étonnez; mais continuez.

### EVHEMERE.

*Ariſtote* croit que ce monde, tel que nous le voyons, eſt éternel; et il reprend *Platon* de l'avoir déclaré engendré et incorruptible. Vous penſez avec moi qu'ils diſputaient tous deux de l'ombre de l'âne, laquelle n'appartient pas plus à l'un qu'à l'autre.

Les étoiles, dit-il, font de même nature que le corps qui les porte, fi ce n'eft qu'elles font plus épaiffes et plus compactes. Elles font la caufe de la chaleur et de la lumière fur la terre, en frottant l'air avec rapidité, comme un grand mouvement enflamme le bois et liquéfie le plomb. Ce n'eft pas là, comme vous voyez, une phyfique bien faine.

### CALLICRATE.

Je vois qu'il faut que nos Grecs étudient encore long-temps fous vos barbares.

### EVHEMERÈ.

Je fuis fâché qu'ayant affuré que le monde eft éternel, il dife enfuite que les élémens ne le font pas; car certainement fi mon jardin eft éternel, la terre de mon jardin l'eft auffi. *Ariftote* prétend que les élémens ne peuvent durer toujours, parce qu'ils fe transforment continuellement l'un en l'autre. Le feu, dit-il, devient air, l'air fe change en eau, et l'eau en terre; mais ces élémens, en changeant perpétuellement, n'empêchent pas que le monde qui en eft compofé ne fubfifte toujours.

J'avoue que je ne crois pas avec lui que l'air devienne feu, et que le feu devienne air: il m'eft encore très-difficile d'entendre ce qu'il dit de la génération et de la corruption. *Toute corruption*, dit-il, *fuccède à la génération : cette corruption eft le terme auquel, et la génération eft le terme duquel.*

S'il veut dire par-là que tout ce qui a reçu la naiffance fe détruit à la mort, ce n'eft qu'une vérité

triviale qui ne vaut pas la peine d'être dite , encore
moins d'être annoncée myftérieufement.

### CALLICRATE.

J'ai peur qu'il n'entende ce que le fot peuple entend ,
qu'il faut que toutes les femences pourriffent et meurent
pour germer. Cela ne ferait pas digne d'un fage obfer-
vateur tel que lui. Il n'avait qu'à examiner un grain
de blé confié depuis quelque temps à la terre. Il l'aurait
trouvé frais , bien nourri , appuyé fur fes racines , et
n'ayant nul figne de pourriture. Un homme qui dirait
que le blé vient de corruption aurait le jugement bien
corrompu. Cela n'eft permis qu'aux payfans groffiers
des bords du Nil. Ils ont cru voir des rats moitié
fange , moitié animés , qui n'étaient cependant que des
rats crottés.

### EVHEMERE.

Renoncez donc à votre *Epicure*, qui a fondé fa philofophie fur cette abfurde méprife. Il a prétendu que les
hommes venaient originairement de pourriture , comme
les rats d'Egypte , et que la crotte leur tenait lieu d'un
Dieu créateur.

### CALLICRATE.

J'en fuis un peu honteux pour lui; mais revenez,
je vous prie , à votre *Ariftote* : il a , ce me femble ,
comme tous les autres hommes , mêlé maintes erreurs
avec quelques vérités.

### EVHEMERE.

Hélas! il en a tant mêlé, qu'en parlant des animaux
nés par hafard , il dit expreffément : *Quand la chaleur*
*naturelle eft chaffée, ce qui fe fépare de la corruption s'efforce*
*de s'unir aux petites molécules qui font prêtes à recevoir la vie*
*par l'action du foleil ; et c'eft ainfi que font engendrés les vers ,*

*les guêpes, les puces et les autres infectes.* Je lui fais bon gré du moins de n'avoir pas placé l'homme dans le rang de ces guêpes, de ces puces nées fi fortuitement.

Je foufcris volontiers à tout ce qu'il dit fur les devoirs de l'homme. Sa morale me paraît auffi belle que fa rhétorique et fa poëtique ; mais je n'ai pu le fuivre dans ce qu'il appelle fa métaphyfique, et quelquefois fa théologie. L'être qui n'eft qu'être , la fubftance qui n'a qu'une effence, les dix catégories, m'ont paru d'inutiles fubtilités : c'eft en général l'efprit de la Gréce ; j'en excepte *Démofthènes* et *Homère*. Le premier ne préfente jamais à fes auditeurs que des raifons fortes et lumineufes ; le fecond n'offre à fes lecteurs que de grandes images , mais la plupart des philofophes grecs font plus occupés des mots que des chofes. Ils s'enveloppent dans une multitude de définitions qui ne définiffent rien , de diftinctions qui ne développent rien , d'explications qui n'éclairciffent rien , ou bien peu de chofe.

### C A L L I C R A T E.

Faites donc ce qu'ils n'ont point fait ; expliquez-moi ce qu'*Ariftote* n'explique point fur l'ame.

### E V H E M E R E.

Je vais donc vous dire ce qu'il difait , fans l'expliquer, et je vous réponds que vous ne m'entendrez pas ; car je ne m'entendrai pas moi-même.

*L'ame eft quelque chofe de très-léger ; elle ne fe meut point elle-même , elle eft mue par les objets. Elle n'eft point, comme tant d'autres l'ont fuppofé , une harmonie ; car elle éprouve continuellement la difcordance des fentimens contraires. Elle n'eft pas répandue par-tout ; car le monde eft plein de chofes inanimées ; elle eft une entéléchie renfermant le principe et l'acte,*

*ayant la vie en puiſſance. C'eſt ce qui ſert à nous faire vivre,*
*ſentir et raiſonner.*

### CALLICRATE.

J'avoue que, ſi dans mon chemin je rencontrais une
ame toute ſeule, au ſortir de cette converſation, je ne
pourrais guère la reconnaître. Hélas ! que m'apprendrait
une ame grecque avec ſes ſubtilités inintelligibles !
J'aimerais bien mieux m'inſtruire avec ces philoſophes
barbares dont vous m'avez parlé. Serez-vous aſſez
complaiſant pour m'apprendre ce que c'eſt que la
ſageſſe des Huns, des Goths et des Celtes ?

### EVHEMERE.

Je tâcherai de vous débrouiller le peu que j'en ai
appris.

## SEPTIEME DIALOGUE.

*Sur les philoſophes qui ont fleuri chez les barbares.*

### EVHEMERE.

Puisque vous appelez barbares tous ceux qui
n'ont pas vécu à Athènes, à Corinthe ou à Syracuſe,
je vous répéterai donc qu'il y a parmi ces barbares des
génies qu'aucun grec n'eſt encore en état d'entendre,
et dont nous devrions tous nous faire les diſciples.

Le premier dont je vous parlerai eſt une eſpèce de hun
ou de ſarmate qui habitait chez les Cimmériens au nord
oueſt des monts Riphées ; il s'appelait *Perconic* : (*)

---

(*) Anagramme de *Copernic* ; il en eſt de même des autres noms.

cet homme a deviné et prouvé le vrai fyflême du monde, dont les Chaldéens avaient confufément entrevu quelque imparfaite idée.

Ce vrai fyflême eft que, tous tant que nous fommes, quand nous difons que le foleil fe lève et fe couche, que notre petite terre eft le centre de l'univers, que toutes les planètes, toutes les étoiles fixes, tous les cieux tournent autour de notre chétive habitation, nous ne favons pas un mot de ce que nous difons. Quelle apparence en effet que tant d'aftres, éloignés de nous de tant de millions de milliars de ftades et de tant de milliars de fois plus gros que la terre, ne fuffent faits que pour réjouir notre vue pendant la nuit ; danfaffent autour de nous dans l'immenfité de l'efpace un branle de vingt-quatre heures chaque jour, pour nous amufer ! Cette ridicule chimère eft fondée fur deux défauts de la nature humaine auxquels aucun philofophe grec n'a jamais pu remédier, la faibleffe de nos petits yeux et l'enflure de notre orgueil : nous croyons voir les étoiles et notre foleil marcher, parce que nous avons la vue mauvaife, et nous croyons que tout cela eft fait pour nous, parce que nous fommes vains.

Notre farmate *Perconic* a foutenu fon fyflême avant de le publier par écrit. Il a bravé la haine des druides qui prétendaient que cette vérité ferait grand tort au gui de chêne. De vrais favans lui ont fait une objection qui aurait embarraffé un homme moins perfuadé et moins ferme que lui ; il affurait que la terre et les planètes fefaient leur révolution périodique en des temps diffé- rens autour du foleil. Nous marchions, difait-il, Vénus, Mercure et nous autour du foleil, chacun dans notre

cercle. Si cela était, lui difaient ces favans, Vénus et
Mercure devraient vous montrer des phafes femblables
à celles de la lune: auffi en ont-ils, répondait le farmate;
et vous les verrez quand vous aurez de meilleurs yeux.

Il eft mort fans avoir pu leur donner les nouveaux
yeux dont ils avaient befoin.

Un plus grand homme, nommé *Leéliga*, né chez les
Etruriens nos voifins, a trouvé ces yeux qui devaient
éclairer toute la terre; ce barbare plus poli, plus
philofophe, et plus induftrieux que tous les Grecs, fur
le fimple récit qu'on lui a fait d'un badinage d'enfans,
a taillé et arrangé des criftaux avec lefquels on voit de
nouveaux cieux : il a démontré à la vue ce que le farmate
avait fi bien deviné. Vénus s'eft montrée avec les mêmes
phafes que la lune; et fi Mercure n'en a pas fait autant,
c'eft qu'il eft trop plongé dans les rayons du foleil.

Notre étrurien a fait plus, il a découvert de nouvelles planètes. Il a vu et fait voir que ce foleil, *qui fe
levait*, difait-on, *comme un époux*, et *comme un géant pour
courir fa voie*, ne fort jamais de fa place, et tourne
feulement fur lui-même en vingt-cinq et demi de nos
jours, comme nous tournons en vingt-quatre heures.
Les hommes ont été étonnés d'apprendre dans l'Occident
ce fecret de la création qu'on n'avait jamais fu dans
l'Orient. Les druides ont éclaté contre mon étrurien
encore plus violemment que contre mon farmate : peu
s'en eft fallu qu'ils ne lui aient fait avaler de la ciguë
affaifonnée de jufquiame, comme ces fous d'Athéniens
en ont fait boire à *Socrate*.

CALLICRATE.

Tout ce que vous dites-là me pétrifie d'admiration.
Pourquoi ne m'en avez-vous pas parlé plus tôt ?

EVHEMERE.

C'eſt que vous ne me l'avez pas demandé. Vous ne me parliez que des Grecs.

CALLICRATE.

Je ne vous en parlerai plus. Cette Etrurie qui a de ſi grands philoſophes a-t-elle auſſi des poëtes ?

EVHEMERE.

Elle en a qui me paraîtraient fort ſupérieurs à *Homère,* ſi *Homère* ne les avait pas devancés de quelques ſiècles ; car c'eſt beaucoup d'être venu le premier.

CALLICRATE.

Mais ne me direz-vous point pourquoi vos vilains druides ont tant perſécuté *Leéliga,* ce reſpectable ſage d'Etrurie?

EVHEMERE.

Par la raiſon qu'ils avaient lu , dans je ne ſais quel livre d'*Hérodote,* que le ſoleil avait deux fois changé ſon cours en Egypte : or , s'il avait changé ſon cours , c'était donc lui qui courait et non pas la terre. Mais la véritable raiſon eſt qu'ils étaient jaloux.

CALLICRATE.

Jaloux, et de quoi ?

EVHEMERE.

Ils prétendaient qu'il n'appartenait qu'aux druides d'enſeigner les hommes , et c'était *Leéliga* qui les inſtruiſait ſans être druide ; cela ne ſe pardonne point. La fureur druidale , ſur-tout , a été extrême quand les vérités annoncées par ce grand *Leéliga* ont été démontrées aux yeux dans une république voiſine.

CALLICRATE.

Comment ! eſt-ce dans la république romaine ? il

me femble que jufqu'ici elle ne s'eft pas trop piquée d'étudier la phyfique.

### EVHEMERE.

C'eft dans une république toute différente de la romaine. Celle dont je vous parle eft entre l'Illirie et l'Italie. Loin de reffembler à Rome, elle lui eft fouvent un peu contraire, fur-tout dans la manière de penfer. La république de Rome paffe pour être envahiffante, et l'illirienne ne veut point être envahie. Rome fur-tout a une fingulière manie, elle veut que tout le monde penfe comme elle ; l'illirienne, pour penfer, ne confulte que fa raifon. *Leéliga* a eu le plaifir de faire voir aux fages de l'Etat tout l'artifice du ciel. Il a été l'interprète de DIEU auprès des plus refpectables hommes de la terre. Cette fcène s'eft paffée fur la plate-forme d'une tour qui domine fur la mer Adriatique. C'était le plus beau fpectacle qu'on donnera jamais. On y jouait la nature. *Leéliga* repréfentait la terre ; le chef de la république, *Sagredo*, fefait le rôle du foleil. D'autres étaient Vénus, Mercure, la lune ; on les fefait marcher aux flambeaux dans le même ordre que ces aftres tournent dans les cieux.

Alors qu'ont fait les druides ? Ils ont fait condamner le vieux philofophe à jeûner au pain et à l'eau, et à réciter tous les jours un certain nombre de lignes qu'on apprend aux enfans, pour expier les vérités qu'il avait démontrées.

### CALLICRATE.

La ciguë d'Athènes eft pire. Chaque pays a fes druides. Ceux d'Etrurie fe font-ils repentis comme ceux d'Athènes ?

EVHEMERE.

Oui, ils rougiſſent à préſent quand on leur dit que
le ſoleil ne court pas ; et ils permettent qu'on ſuppoſe
qu'il eſt le centre du monde planétaire, pourvu qu'on
ne poſe pas cette vérité en fait : ſi vous aſſuriez que
le ſoleil reſte à la place où DIEU l'a mis, vous ſeriez
long-temps au pain et à l'eau, après quoi on vous
forcerait d'avouer, à haute voix, que vous êtes un
impertinent.

CALLICRATE.

Ces druides-là ſont d'étranges gens.

EVHEMERE.

C'eſt un ancien uſage : chaque pays a ſes cérémonies.

CALLICRATE.

Je crois que cette cérémonie a un peu dégoûté les
philoſophes étruriens, goths et celtes, de faire des
ſyſtêmes.

EVHEMERE.

Pas plus que la mort de *Socrate* n'a rebuté *Epicure*.
Depuis la mort de mon étrurien, le nord de l'Occident a fourmillé de philoſophes. C'eſt ce que j'ai appris
dans mes voyages en Gaule, en Germanie et dans une
île de l'Océan : il eſt arrivé à la philoſophie même
choſe qu'à la danſe.

CALLICRATE.

Comment cela ?

EVHEMERE.

Les druides, dans un des petits pays les plus ſau-
vages de l'Europe, avaient proſcrit la danſe, et avaient
ſévèrement puni un magiſtrat et ſa femme (b) pour

(b) *Jean Chauvin*, dit *Calvin*, fit en effet condamner un principal
magiſtrat, pour avoir danſé après ſoupé avec ſa femme.

avoir danfé un menuet. Depuis ce temps tout le monde a appris à danfer; cet art agréable s'eſt perfectionné par-tout. C'eſt ainſi que l'eſprit humain a pris un eſſor nouveau : chacun a étudié la nature; on a fait des expériences ; on a peſé l'air ; on l'a chaffé des lieux où il était enfermé; on a inventé des machines utiles à la ſociété , ce qui eſt le vrai but de la philoſophie : de grands philoſophes ont éclairé et ſervi l'Europe.

CALLICRATE.

Je vous prie de m'apprendre qui ſont ceux dont la réputation a été la plus grande.

EVHEMERE.

Je m'attendais que vous me demanderiez, non pas qui a fait le plus de bruit, mais qui a rendu le plus de ſervices.

CALLICRATE.

Je vous demande l'un et l'autre.

EVHEMERE.

Celui qui a fait le plus de fracas, après mon homme d'Etrurie, a été un gaulois, nommé *Cardeſtes ;* il était fort bon géomètre , mais mauvais architecte ; car il a conſtruit un édifice ſans fondement, et cet édifice était l'univers. Il ne demandait à DIEU, pour bâtir cet univers, que de lui prêter de la matière : il en a fait des dés à ſix faces, et il les a pouſſés de façon que, malgré l'impoſſibilité de remuer, ils ont produit tout d'un coup des ſoleils , des étoiles, des planètes, des comètes, des terres, des océans. Il n'y avait pas un mot de phyſique, ni de géométrie, ni de bon ſens dans cet étrange roman; mais les Gaulois alors n'en ſavaient pas davantage; ils étaient fort renommés pour

les grands romans. Ils ont adopté celui-là si universellement, qu'un descendant d'*Esope* en droite ligne
a dit :

> Cardestes, ce mortel dont on eût fait un dieu
> Dans les siècles passés, et qui tient le milieu
> Entre l'homme et l'esprit : comme entre l'huître et l'homme
> Le tient tel de nos gens, franche bête de somme.

Ce discours d'un celte de la famille d'*Esope* est la
voix du peuple, mais non pas la voix du sage.

#### C A L L I C R A T E.

Votre créateur *Cardestes* n'était pas la moitié de
*Platon* ; car ce gaulois ne formait la terre qu'avec des
dés de six côtés, et *Platon* demandait des dés de douze.
Sont-ce là vos philosophes, à l'école desquels tous nos
Grecs devraient s'instruire ? Comment une nation
entière a-t-elle pu croire de telles extravagances ?

#### E V H E M E R E.

Comme Syracuse croit aux folies absurdes d'*Epicure*,
aux atomes déclinans, aux intermondes, aux animaux
formés de boue par hasard, et à mille autres sottises
qu'on débite avec tant de confiance. De plus, il y avait
une forte raison secrète qui engageait la meilleure
partie de la nation à donner tête baissée dans le système
de *Cardestes*. C'est qu'il semblait contraire en plusieurs
points à la doctrine des druides. Je ne sais comment
il est arrivé qu'on ne les aime ces druides, ni en Italie,
ni en Gaule, ni en Germanie, ni dans le Nord. C'est
peut-être parce que le peuple, qui se trompe si souvent,
les croit trop puissans, trop riches et trop orgueilleux ;

auſſi ont-ils perſécuté ce pauvre *Cardeſtes* comme ils ont perſécuté *Leéliga* : il y a des *Socrate* et des *Anitus* en plus d'un pays. L'Europe ſeptentrionale a long-temps retenti des diſputes élevées ſur trois eſpèces de *matières* qu'on n'a jamais vues, ſur des *tourbillons* qui n'ont jamais pu exiſter, ſur une *grâce verſatile*, et ſur cent autres fadaiſes plus chimériques que les *formes ſubſtantielles* d'*Ariſtote*, et que les *androgynes* de *Platon*.

### CALLICRATE.

S'il eſt ainſi, quelle ſupériorité vos barbares peuvent-ils avoir ſur les philoſophes de la Gréce ?

### EVHEMERE.

Je vais vous le dire. Au milieu des diſputes ſur les trois matières, et ſur tant d'idées creuſes qui s'enſui-vaient, il y a eu des gens de bon ſens qui n'ont voulu reconnaître de vérités que celles qu'ils ſentaient par l'expérience, ou qui leur étaient démontrées par les mathématiques ; c'eſt pourquoi je ne vous parlerai ni d'un homme de génie dont le ſyſtême a été de s'en-tretenir avec le verbe, ni d'un autre de plus de génie encore, qui a eu d'étonnantes imaginations ſur l'ame.

### CALLICRATE.

Comment dites-vous ? des converſations avec le verbe ! eſt-ce avec le verbe de *Platon*? cela ſerait curieux.

### EVHEMERE.

C'eſt avec un verbe, dit-on, plus reſpectable ; mais comme on n'y entend rien, et que perſonne n'a jamais été en tiers dans cette converſation, je ne puis ſavoir ce qui s'y eſt dit.

CALLICRATE.

Et cet autre barbare qui a dit des chofes fi furpre-
nantes fur l'ame, que nous a-t-il appris ?

EVHEMERE.

Qu'il y a une harmonie.

CALLICRATE.

Fi donc! il y a long-temps qu'on nous a rompu
la tête de cette prétendue harmonie de l'ame qu'*Epicure*
a fi bien réfutée.

EVHEMERE.

Oh ! celle-ci eft tout autre chofe ; c'eft une harmonie préétablie.

CALLICRATE.

Préétablie ou non, je n'y entends rien.

EVHEMERE.

Ni l'auteur non plus : mais ce qu'il a dit, c'eft que
ni le corps ne dépend de l'ame, ni l'ame du corps ;
et que l'ame fent et penfe de fon côté, tandis que le
corps agit du fien conformément. De forte qu'un corps
peut être à un bout de l'univers et fon ame à l'autre
bout, tous d'eux d'une intelligence parfaite enfemble,
fans fe rien communiquer ; l'un joue du violon au fond
de l'Afrique, l'autre danfe en cadence dans l'Inde.
Cette ame eft toujours d'accord avec le corps, fon
mari, fans lui parler jamais, parce qu'elle eft un
miroir concentrique de l'univers. Vous comprenez
bien ?

CALLICRATE.

Pas un mot, Dieu merci. Mais ces belles chofes
font-elles prouvées ?

EVHEMERE.

Non pas que je fache ; mais les gazettes de l'efprit,

qui

qui font les miroirs concentriques de tout ce qu'on appelle fcience, en parlent une fois l'an pour trente oboles, et cela fuffit à la gloire de l'inventeur, et à la fatisfaction de fes zélés partifans.

Je ne vous ai parlé des gens qui caufent avec le verbe, et de ceux dont l'ame eft un miroir concentrique, que pour vous faire voir qu'il y a de la chaleur d'imagination dans les climats glacés. Ce foir, fi vous voulez, je vous dirai des chofes beaucoup plus folides et plus brillantes.

#### CALLICRATE.

Je fuis impatient de les apprendre ; vous me tranfportez dans un nouveau monde.

## VIIIᵐᵉ DIALOGUE.

*Grandes découvertes des philofophes barbares ; les Grecs ne font auprès d'eux que des enfans.*

#### EVHEMERE.

DEPUIS que, dans différens pays, quelques hommes ont commencé à cultiver leur faculté de raifonner, on a toujours recherché en vain pourquoi les corps, quels qu'ils foient, tombent de l'air fur la terre, et pourquoi ils iraient au centre du globe s'ils n'étaient pas arrêtés par la fuperficie, comme on l'a expérimenté aux fameux puits de Memphis et de Sienne, dans lefquels on a vu retomber les corps les plus pefans et les plus légers, lancés au plus haut des airs par les plus fortes machines. Le vulgaire ne s'eft pas plus étonné de voir un corps en l'air, le

quitter pour aller chercher la terre, qu'il n'eſt ſurpris
de voir la nuit ſuccéder au jour, quoique ces phéno-
mènes méritaſſent ſa curioſité. Les philoſophes ont tourné
autour des cauſes de la peſanteur ſans pouvoir la trouver.
Enfin, dans l'île Caſſitéride, pays ignoré de nous, île
ſauvage où les hommes allaient tout nus il n'y a pas
long-temps, il s'eſt trouvé un ſage qui, profitant des
découvertes des autres ſages, et y joignant les ſiennes
bien ſupérieures, a montré à l'Europe ſurpriſe la ſolu-
tion et la démonſtration d'un problême qui occupait
vainement l'eſprit de tous les ſavans depuis la naiſſance
de la philoſophie : il a fait voir que la loi de la peſanteur n'était qu'un corollaire du premier théorême de
D I E U même, cet éternel géomètre.

Pour parvenir à cette connaiſſance, il a fallu connaître
le diamètre de la terre, et de combien de ces diamètres
la lune, ſon ſatellite, eſt éloignée du centre de la terre
à ſon zénith. Enſuite il a fallu calculer la chute des
corps, et prouver que ce n'eſt pas le fluide de l'air qui
les fait tomber comme on le croyait. Le philoſophe de
l'île Caſſitéride a démontré que le pouvoir de la gravitation, qui fait la peſanteur, agit proportionnellement
aux maſſes, à la quantité de matière, et non pas
proportionnellement aux ſuperficies, comme agiſſent
les fluides ; qu'ainſi cette gravitation agit comme cent
ſur un corps qui a cent de matière, et comme dix ſur
un corps dont la matière n'eſt qu'un dixième.

Il a fallu découvrir qu'un corps, quel qu'il ſoit, étant
près de la terre, parcourt en tombant, cinquante-
quatre mille pieds en une minute, et s'il tombait du
haut de ſoixante rayons terreſtres, il ne tomberait que
de quinze pieds dans le même temps. Or il a été

prouvé par le calcul, que la lune est précisément le corps qui, étant à soixante rayons terrestres, parcourt dans son méridien, en une minute, une petite ligne de quinze pieds dans le sens de sa direction vers la terre.

Il a été démontré que non-seulement cet astre gravite, est attiré, pèse en raison directe de sa matière ; mais encore qu'il pèse sur la terre d'autant plus qu'il s'en approche, et d'autant moins qu'il s'en éloigne, et cela selon le quarré de sa distance.

Cette même loi est observée par tous les astres les uns vers les autres, toute loi de la nature étant uniforme ; de sorte que chaque planète est attirée, gravite, pèse sur le soleil, et le soleil sur elle, suivant ce que chacun de ces astres contient de matière, et suivant le quarré de son éloignement.

Ce n'est pas tout : ces barbares ont encore découvert que, si un corps se meut vers un centre, il décrit, autour de ce centre, des aires proportionnelles au temps dans lequel il les parcourt ; et que, s'il décrit ces aires proportionnelles au temps, il gravite, il est attiré, il pèse vers ce centre. De cette loi et de quelques autres encore, l'homme de la Cassitéride a démontré l'immobilité du soleil et le cours des planètes, et même des comètes qui circulent dans des ellipses autour de lui.

Cette création n'a été faite ni comme celle de *Platon* avec des triangles et des dodécaèdres, ni comme celle de *Pythagore* avec les sept tons de la musique ; mais avec la plus sublime géométrie. Vous paraissez surpris, vous devez l'être. Vous le ferez peut-être encore davantage quand vous saurez que le barbare a montré aux hommes ce que c'est que la lumière, et qu'il a su anatomiser les rayons du soleil avec plus de dextérité qu'*Hippocrate* n'a jamais dévoilé les refforts du corps humain. Enfin c'eft avec raifon qu'un grand aftronome de fon pays, qui était aufli un grand poëte, a dit de lui.

*C'eft de tous les mortels le plus femblable aux dieux.* (\*)

### CALLICRATE.

Et vous, de tous les mortels, vous êtes celui qui m'avez fait le plus de bien ; car vous m'avez ôté tous mes préjugés : notre *Epicure*, qui était un très-bon homme et qui poffédait toutes les vertus fociales, n'était qu'un ignorant hardi, qui a eu la vanité de faire un fyftême. Je me doute bien que votre infulaire, qui eft un fi grand homme, a eu beaucoup de difciples et de rivaux chez les nations voifines de la fienne.

### EVHEMERE.

Vous avez raifon, il a caufé plus de difputes qu'il n'a enfeigné de vérités.

### CALLICRATE.

Quelqu'un des difputeurs, fans doute, aura trouvé ce que c'eft que l'ame ; c'eft-là ce qui m'inquiète : c'eft ce grand myftère dont nos philofophes grecs ont tant parlé et dont ils ne nous ont rien appris. A quoi me fervira, s'il vous plaît, de favoir qu'une planète pèfe fur une autre, et qu'on peut difféquer la lumière, fi je ne me connais pas moi-même.

### EVHEMERE.

Vous apprendrez, du moins, à mieux connaître la nature et le grand être qui la dirige.

(\*) *Nec propius fas eft mortali attingere divos.* HALLER.

## CALLICRATE.

Si notre ame eft fi difficile à manier , du moins vos
grands raifonneurs du Nord auront parfaitement connu
notre corps ; cela m'intéreffe pour le moins autant que
mon ame : je me flatte que des gens qui ont pefé des
aftres favent parfaitement comment l'homme eft produit
fur la terre ; comment cette terre a été formée ; quelles
révolutions elle a effuyées , et quand elle fera détruite.
Je veux apprendre tout le myftère de la génération des
animaux. D'où vient cette chaleur qui anime toute la
nature , et qui vit jufque dans la glace ? Je m'indigne
d'ignorer comment j'exifte , et comment exiftent ce
globe qui me porte , ces animaux , ces végétaux qui
me nourriffent , et les élémens qui compofent ce grand
tout.

## EVHEMERE.

Je vois que vous avez de grandes prétentions. Vous
reffemblez à un marquis gaulois que j'ai connu dans
mes courfes. Il a fait des mémoires dans lefquels il dit :
*Plus je me fuis examiné , plus j'ai vu que je n'étais propre
qu'à être roi.* (*) Pour vous , vous voulez tout favoir ;
apparemment vous vous croyez propre à être dieu.

## CALLICRATE.

Ne vous moquez point de ma curiofité ; on ne faurait
jamais rien fi on n'était pas curieux, Je ne puis aller
m'inftruire chez vos favans barbares. Je fuis retenu dans
Syracufe par ma femme : dites-moi comment elle eft
parvenue à me donner un enfant, ne fachant pas plus
que moi ce qui fe paffe dans fes entrailles : vos favans
qui ont fi bien vu le reffort par lequel DIEU fait aller

(*) Le marquis de *Laffai* , dans fes memoires, tome IV , page 322.

tous les mondes, auront vu, fans doute; comment notre monde fe perpétue.

E V H E M E R E.

Très-fouvent en plus d'un genre on connaît mieux ce qui eft hors de nous que ce qui eft dans nous-mêmes; nous en parlerons dans notre premier entretien.

## I X<sup>me</sup> D I A L O G U E.

*Sur la génération.*

C A L L I C R A T E.

J'A I toujours été étonné qu'*Hippocrate*, *Platon* et *Ariftote*, qui ont eu des enfans, ne fuffent pas d'accord fur la façon dont la nature opère ce miracle perpétuel; ils difent bien que les deux fexes y coopèrent, en fourniffant chacun un peu de liquide; mais *Platon*, mettant toujours fa théologie à la place de la nature, ne confidère que l'harmonie du nombre trois, l'engendreur, l'engendré, et la femelle dans laquelle on engendre; ce qui compofe une proportion harmonique et ce qu'une accoucheufe ne comprend guère. *Ariftote* fe borne à dire que la femelle produit la matière de l'embryon, que le mâle eft chargé de la forme; et cela ne nous inftruit pas davantage.

N'y a-t-il perfonne qui ait vu opérer la nature comme on voit un fculpteur opérer fur l'argile, fur du bois, fur du marbre, et en tirer une figure?

E V H E M E R E.

Le fculpteur travaille au grand jour, et la nature

dans l'obfcurité : tout ce qu'on a fu jufqu'à préfent de cette nature , s'eft réduit à cette liqueur que répandent toujours les mâles accouplés , et qu'on nie à plufieurs femelles ; mais la phyfique des deux fluides générateurs admife par *Hippocrate* eft celle qui a prévalu. Votre *Epicure* fait de ce mélange une efpèce de divinité , et cette divinité eft le plaifir. Ce plaifir eft fi puiffant qu'il n'a pas permis à la Gréce de chercher d'autres caufes.

Enfin un grand phyficien , encore de l'île Caffitéride , aidé par les découvertes de quelques phyficiens d'Italie , a fubftitué des œufs aux deux fluides générateurs. Ce grand difféqueur , nommé *Arivhé* , était d'autant plus croyable qu'il a vu dans notre corps la circulation du fang que notre *Hippocrate* n'avait jamais vue , et qu'*Ariftote* ne foupçonnait pas : il a difféqué mille mères de familles quadrupèdes qui avaient reçu la liqueur du mâle : mais après avoir auffi examiné les œufs des poules , il a décidé que tout vient d'un œuf ; que la différence entre les oifeaux et les autres efpèces eft que les oifeaux couvent , et que les autres efpèces ne couvent point ; une femme n'eft qu'une poule blanche en Europe , et une poule noire au fond de l'Afrique. On a répété après *Arivhé* : *Tout vient d'un œuf.*

#### C A L L I C R A T E.

Ainfi voilà donc le myftère découvert.

#### E V H E M E R E.

Non , depuis peu tout a changé : nous ne venons plus d'un œuf. Il a paru un batave qui , avec le fecours d'un verre artiftement taillé , a vu dans la liqueur féminale des mâles un peuple entier de petits enfans

déjà tout formés, et courant avec une agilité merveilleufe. Plufieurs curieux et curieufes ont fait là même
expérience, et on a été perfuadé que le myftère de la
génération était enfin développé ; car on avait vu de
petits hommes en vie dans la femence de leur père.
Malheureufement la vivacité avec laquelle ils nageaient
les a décrédités. Comment des hommes qui couraient
avec tant de promptitude dans une goutte de liqueur,
demeuraient - ils enfuite neuf mois entiers prefque
immobiles dans la matrice de leur mère ?

Quelques obfervateurs ont cru voir dans ces petits
animalcules fpermatiques, non des êtres vivans, mais
des filamens de la liqueur même, quelques particules
de cette liqueur chaude agitée par fon propre mouvement, et par le fouffle de l'air : plufieurs curieux ont
cherché à voir, et n'ont rien vu du tout : enfin on
s'eft dégoûté, non pas de fournir à ces expériences,
mais d'ufer fes yeux à contempler dans une goutte de
fperme un peuple fi difficile à faifir, et qui probablement n'exiftait pas.

Un homme, et toujours de l'île de Caffitéride,
mais qui ne doit pas être compté parmi les philofophes, a pris un autre chemin ; c'était un de ces
demi-druides auxquels il n'eft pas permis de fe connaître
en liqueur fpermatique ; il a cru qu'il fuffifait d'un peu
de farine de mauvais blé pour faire naître des anguilles. (∗)
Il a trompé par cette expérience prétendue les meilleurs
naturaliftes. Vos épicuriens de Syracufe s'y feraient
laiffé furprendre bien volontiers. Ils auraient dit : Du

_____

( ∗ ) *Needham* ; voyez les notes des éditeurs, volume des œuvres
phyfiques.

blé gâté fait naître des anguilles, donc du bon blé peut faire naître des hommes ; donc on n'a pas befoin d'un Dieu pour peupler le monde ; cela n'appartient qu'aux atomes.

Bientôt notre créateur d'anguilles a difparu : un autre homme à fyftême s'eft mis à fa place. (∗) Comme de vrais philofophes avaient reconnu et démontré qu'il y a une gravitation, une pefanteur, une attraction reciproque entre tous les globes du monde planétaire, cet homme a imaginé qu'il règne auffi une attraction entre toutes les molécules qui doivent former un enfant dans le ventre de fa mère. L'œil droit attire l'œil gauche ; et le nez, également attiré par l'un et par l'autre, vient fe placer jufte entre eux deux ; il en eft de même des deux cuiffes, et de la partie qui eft entre les hanches. Il eft difficile d'expliquer pourquoi, dans ce fyftême, la tête fe met fur le cou, au lieu de prendre fa place plus bas entre les épaules ; c'eft dans ces égaremens qu'on fe précipite quand on veut en impofer aux hommes au lieu de les éclairer. On s'eft moqué de ce fyftême, ainfi que des anguilles nées de blé ergoté : car on eft moqueur en Gaule auffi-bien qu'en Gréce.

La chute de tant de fyftêmes n'a point découragé un nouveau philofophe, (∗∗) digne en effet de ce nom, ayant paffé fa vie entre les mathématiques et les expériences, les deux feuls guides qui peuvent conduire à la vérité. Convaincu de l'infuffifance de

---

(∗) *Maupertuis.*

(∗∗) M. de *Buffon* ; voyez les notes de l'*Homme aux quarante écus.* Ces moules intérieurs font difficiles à comprendre, et ils n'ont réuffi ni chez les anatomiftes ni chez les géométres.

tous ces fyftêmes, quoique plufieurs euffent paru plaufibles, il a cru que les corpufcules obfervés par tant de phyficiens et par lui-même dans le fluide des femences, n'étaient point des animaux, mais des molécules en mouvement qui étaient pour ainfi dire aux portes de la vie.

" La nature, dit-il, me paraît tendre beaucoup " plus à la vie qu'à la mort; il femble qu'elle cherche " à organifer les corps autant qu'il eft poffible. La " multiplication des germes qu'on peut augmenter à " l'infini en eft une preuve; et l'on pourrait dire " avec quelque fondement, que fi la matière n'eft " pas toute organifée, c'eft que les êtres organifés fe " détruifent les uns les autres; car nous pouvons " augmenter autant que nous le voulons les êtres " vivans et végétans : nous ne pouvons pas augmenter " la quantité des matières brutes. "

CALLICRATE.

Il a raifon; ce paffage que vous me citez me paraît auffi vrai que nouveau : nous femons des hommes, et ils fe détruifent à la guerre comme les guerriers que *Cadmus* fit naître des dents d'un dragon. La terre eft un vafte cimetière qui fe couvre fans ceffe de mortels entaffés fur leurs prédéceffeurs. Il n'y a point d'animal qui ne foit la victime et la pâture d'un autre animal. Les végétaux font continuellement dévorés et reproduits; mais nous ne reproduifons point les métaux, les minéraux, les rochers : j'aime votre gaulois, je voudrais le connaître. Quel moyen tire-t-il de cette obfervation pour faire des enfans?

EVHEMERE.

Il a fuppofé que la nature peut produire de petits

moules, comme les fculpteurs en fonte pétriffent dés modèles de terre autour defquels ils laiffent couler le métal embrafé qui fe deffine fur ces figures. Il imagine que ces modèles, ces moules organifés par la nature, s'appliquent non-feulement à tout l'extérieur des corps, mais encore à tout leur intérieur ; je ne puis mieux vous repréfenter cette mécanique qu'en me figurant *Prométhée* fefant le moule de *Pandore* pour le dehors et pour le dedans ; de forte qu'elle eut une belle gorge en même temps qu'elle eut un cœur et des poumons.

L'inventeur de ce fyflême fe fonde fur ce qu'il y a dans la matière des qualités inhérentes qui appartiennent à tout l'intérieur, comme la gravitation, l'étendue. Il prétend que fes moules organiques intérieurs compofent toute la matière vivante et végétante.

„ Se nourrir, dit-il, fe développer, fe reproduire,
„ font les effets d'une feule et même caufe ; le corps
„ organifé fe nourrit par les parties qui lui font ana-
„ logues ; il fe développe par la fufception intime des
„ parties organiques qui lui conviennent, et il fe
„ reproduit parce qu'il contient quelques parties orga-
„ niques qui lui reffemblent..... Lorfque la matière
„ organique nutritive eft furabondante, elle eft envoyée
„ dans les réfervoirs fous la forme d'une liqueur qui
„ contient tout ce qui eft néceffaire à la reproduction
„ d'un petit être femblable au premier. „

Il dit ailleurs : „ Je penfe que les molécules
„ organiques renvoyées de toutes les parties du corps
„ dans les tefticules et dans les véficules féminales du
„ mâle, et dans les tefticules ou telle autre partie
„ qu'on voudra de la femelle, y forment la liqueur
„ féminale, laquelle dans l'un et l'autre fexe eft une

,, efpèce d'extrait de toutes les parties du corps. . . .
,, et lorfque dans le mélange qui s'en eft fait il fe
,, trouve plus de molécules organiques du mâle que
,, de la femelle, il en réfulte un mâle; et s'il y a
,, plus de molécules organiques de la femelle que du
,, mâle, il fe forme une petite femelle. ,,

### CALLIGRATE.

Si cela eft comme on le dit, un enfant pourra donc
naître ayant deux tiers d'homme et un tiers de femme;
et rien ne fera plus commun que des hermaphrodites,
quand les femmes répandront autant de liqueur féminale que les hommes : mais malheureufement vous
favez qu'il y a plufieurs femmes qui n'en fourniffent
point, qui ont en horreur les careffes de leurs époux,
et qui cependant en ont plufieurs enfans.

Ce fyftême d'ailleurs qui m'avait tant féduit, et
dans lequel je voyais beaucoup de fagacité et d'imagination, commence à m'embarraffer. Je ne puis me
former une idée nette de ces moules intérieurs. Si
les enfans font dans ces moules, quel befoin de liqueur
prolifique ? et s'ils font formés de cette liqueur, quel
befoin de ces moules ? De plus, il me femble fort
extraordinaire que des moules organiques, qui n'ont
point nourri notre corps, deviennent enfuite un corps
humain qui a le mouvement et la penfée, de forte
qu'un molécule organique peut devenir un *Alexandre*
ou une goutte d'urine. Dites-moi comment ce fyftême
a été reçu ?

### EVHEMERE.

Ceux qui creufent les nouveautés philofophiques
l'ont combattu et l'ont décrié ; ceux qui ne creufent
point l'ont rejeté fur les fimples apparences : mais

tous ont donné des éloges à l'histoire naturelle de
l'homme depuis son enfance jusqu'à sa mort, décrite
par le même auteur. Ce petit ouvrage nous apprend
physiquement à vivre et à mourir ; c'est l'histoire de
toute l'espèce humaine fondée sur des faits connus ; au
lieu que les moules organiques ne sont qu'une hypothèse : ainsi il faut, je crois, nous résoudre à ignorer
notre origine : nous sommes comme les Egyptiens qui
tirent tant de secours du Nil, et qui ne connaissent
pas encore sa source ; peut-être la découvriront-ils
un jour.

## X^me DIALOGUE.

### Si la terre a été formée par une comète.

#### CALLICRATE.

Si je désespère de savoir au juste comment je suis
né, comment je vis, comment je pense et comment je
mourrai, je ne dois pas me flatter de connaître mieux
le globe où je suis que je ne me connais moi-même ;
cependant vous m'avez dit que les Egyptiens pourront
découvrir un jour la source de leur Nil. Cela ranime
ma faible espérance d'être instruit un jour de la
formation de notre terre : j'ai renoncé aux atomes
déclinans d'*Epicure* ; vos sages barbares qui ont inventé
tant de belles choses n'ont-ils rien su de la façon dont
la terre était faite ? On peut en examinant un nid
d'oiseau découvrir sa construction, sans qu'on connaisse
précisément ce qui donne à ces oiseaux leur vie, leur

inftinct et leurs plumes ; n'y a-t-il perfonne qui ait bien obfervé ce nid dans lequel nous fommes , ce petit coin de l'univers où la nature nous a renfermés ?

EVHEMERE.

*Cardeftes* , dont je vous ai parlé , a deviné que notre nid a été d'abord un foleil encroûté.

CALLICRATE.

Un foleil encroûté ! vous voulez rire.

EVHEMERE.

C'eft ce *Cardeftes* , fans doute , qui riait quand il difait que nous avons été autrefois un foleil compofé de matière fubtile et de matière globuleufe , mais que nos matières s'étant épaiffies , nous avons perdu notre brillant et notre force ; nous fommes tombés d'un tourbillon dont nous étions le centre et les maîtres , dans le tourbillon du foleil d'aujourd'hui. Nous fommes tout couverts de matière rameufe et cannelée ; enfin d'aftres que nous étions , nous fommes devenus lune , ayant par faveur autour de nous une autre petite lune pour nous confoler dans notre difgrâce.

CALLICRATE.

Vous dérangez toutes mes idées ; j'étais près de me rendre le difciple de vos Gaulois. Mais je trouve que *Epicure* , *Ariftote* , *Platon* étaient bien plus raifonnables que votre *Cardeftes*. Ce n'eft pas là un fyftême de philo-fophie , c'eft le rêve d'un homme en délire.

EVHEMERE.

C'eft ce qu'on appelait il y a quelques années la philofophie corpufculaire , la feule vraie philofophie. Ces chimères ont eu des commentateurs : on croyait qu'un géomètre qui avait donné fur l'optique quelque chofe d'affez bon pour fon temps, ne pouvait jamais avoir tort.

CALLICRATE.

Qu'a-t-on trouvé depuis lui fur la formation de notre globe ?

EVHEMERE.

Voici la découverte d'un philofophe germain dont je vous ai dit quelques mots ; c'eft l'homme de l'harmonie préétablie, par laquelle l'ame prononce un difcours, tandis que le corps qui n'en fait rien fait les geftes : ou bien ce corps fonne l'heure, quand l'ame la montre fur le cadran fans entendre fonner. Il a trouvé par les mêmes principes que l'exiftence de notre globe avait commencé par un embrafement. Les mers furent envoyées pour éteindre le feu ; et tout ce qui était terre ayant été vitrifié, refta une maffe de verre. On ne croirait pas qu'un mathématicien eût conçu un tel fyftême : la chofe eft arrivée pourtant.

CALLICRATE.

Vous m'avouerez qu'on ne peut reprocher à mon *Epicure* de pareilles facéties. Je vous demandais des vérités, et non des extravagances.

EVHEMERE.

Hé bien donc, je vais encore vous parler du philofophe qui a fi bien écrit l'hiftoire naturelle de l'homme. Il a fait auffi l'hiftoire naturelle de la terre ; mais il ne la donne que pour un roman, une hypothèfe.

Il fuppofe qu'une comète paffant un jour fur la furface du foleil. . . . .

CALLICRATE.

Comment ! une comète qu'*Ariftote* et mon *Epicure* ont déclarée exhalaifon de la terre ?

#### EVHEMERE.

*Ariftote* et votre *Epicure* fe connaiffaient fort mal en comètes. Ils n'avaient aucun inftrument qui pût aider leurs yeux à les voir et à mefurer leurs cours. Les Gaulois, les Caffitérides, les Germains, les peuples voifins de la Gréce fe font fait des inftrumens de vérité; ils ont fu par ces inftrumens que les comètes font des planètes qui circulent autour du foleil dans des courbes immenfes, approchantes de la parabole: ils conjecturent qu'il y a tel de ces aftres qui n'achève fa courfe qu'en plus de cent cinquante années. On a prédit leur retour comme on prédit les éclipfes; mais on n'a pu les prédire avec la même précifion: il s'en faut de beaucoup.

#### CALLICRATE.

Je les prie d'excufer mon ignorance. Vous difiez qu'une comète tomba fur le foleil: qu'en arriva-t-il? ne fut-elle pas brûlée?

#### EVHEMERE.

Le philofophe des Gaules fuppofe qu'elle ne fit qu'effleurer la fuperficie de ce puiffant aftre, et qu'elle en emporta un morceau dont la terre fe forma. (4) Il y en eut même encore affez pour fournir à d'autres planètes. On peut juger fi de groffes pièces détachées ainfi du foleil étaient chaudes. On conte qu'une certaine comète, paffant auprès de cet aftre, devint deux mille fois plus brûlante que le fer rouge, et ne put fe

---

(4) Ces parties détachées du foleil n'auraient pu d'écrire des orbites très-peu excentriques comme le font celles des planètes, et il eft même prefqu'impoffible qu'elles ne tombaffent point fur le foleil après une révolution. Ainfi la comète n'aurait produit tout au plus que d'autres comètes; ce fyftême qui d'ailleurs eft denué de toute probabilité eft contraire aux lois du fyftême du monde.

refroidir

refroidir qu'en cinquante mille années. De-là on peut conclure que notre terre, qui n'eſt pas trop chaude vers ſes deux pôles, a mis plus de cinquante mille ans à ſe refroidir, puiſque ſes pôles ſont froids comme glace. Elle arriva du ſoleil dans la place où elle eſt, toute vitrifiée, comme l'avait dit le philoſophe allemand; et c'eſt depuis ce temps-là qu'on fait du verre avec du ſable.

CALLICRATE.

Il me ſemble que je lis les anciens poëtes grecs qui me diſent pourquoi *Apollon* va ſe coucher tous les ſoirs dans la mer, et pourquoi *Junon* s'aſſied quelquefois ſur l'arc-en-ciel. Franchement, vous ne voudriez pas me forcer à croire que la terre eſt de verre, et qu'elle eſt venue du ſoleil ſi chaude qu'elle n'eſt pas encore refroidie vers l'Ethiopie, tandis qu'on gèle dans le quartier des Lapons.

EVHEMERE.

Auſſi l'auteur ne vous donne cette hiſtoire de la terre que pour une hypothèſe.

CALLICRATE.

En vérité, hypothèſes pour hypothèſes, n'aimez-vous pas autant les grecques que les gauloiſes? Pour moi, je vous avoue que *Minerve*, la déeſſe de la ſageſſe, ſortie du cerveau de *Jupiter*; *Vénus* née d'une ſemence divine, tombée ſur le rivage des mers pour unir à jamais l'eau, l'air et la terre; *Prométhée* qui vient enſuite apporter le feu céleſte à *Pandore*; l'Amour, ſon bandeau, ſes flèches et ſes ailes; *Cérès* enſeignant aux hommes l'agriculture; *Bacchus* qui ſoulage leurs peines par ſon breuvage délicieux, tant de fables charmantes, tant d'ingénieux

*Dialogues.* K k

emblêmes de la nature, valent bien l'harmonie préétablie, les entretiens avec le verbe, et la comète qui vient produire notre terre.

EVHEMERE.

Je fuis auffi touché que vous de ces allégories enchantereffes : elles feront la gloire éternelle des Grecs et le charme des nations : elles feront gravées dans tous les efprits, et feront chantées par toutes les bouches, malgré les changemens de gouvernement, de religion, de mœurs, qui bouleverferont continuellement la face de la terre ; mais ces belles, ces éternelles fables, tout admirables qu'elles font, ne nous inftruifent pas du fond des chofes : elles nous raviffent, mais elles ne prouvent rien. L'Amour et fon bandeau, *Vénus* et les trois Grâces ne nous apprendront jamais à prédire une éclipfe, et à connaître la différence entre l'axe de l'écliptique et l'axe de l'équateur. La beauté même de ces peintures détourne nos yeux et nos pas des fentiers pénibles de la fcience ; c'eft une volupté qui nous amollit.

CALLICRATE.

Dites-moi donc tout ce que vos philofophes barbares, qui ne font point amollis comme nos Grecs, ont inventé d'utile.

EVHEMERE.

Je vais vous conter ce que j'ai vu dans la Gaule à mon dernier voyage.

## ONZIEME DIALOGUE.

*Si les montagnes ont été formées par la mer.*

EVHEMERE.

A huit cents quarante-quatre stades de l'Océan, près d'une ville nommée Tours, on trouve, à dix pieds de profondeur sous terre, une étendue d'environ cent trente millions de toises cubiques d'une matière un peu marneuse qui ressemble à du talc pulvérisé. Les cultivateurs s'en servent pour fumer leurs champs : on trouve dans cette mine excavée, souvent imbibée de pluie et d'eau de source, plusieurs dépouilles d'animaux, soit reptiles, soit crustacées, soit testacées.

Un virtuose, potier de son métier, qui s'intitulait inventeur des figulines rustiques du roi des Gaules, prétendit que cette mine de mauvais talc, mêlé d'une terre marneuse, n'était qu'un amas de poissons et de coquilles qui étaient là du temps du déluge de *Deucalion* : quelques philosophes ont adopté ce système ; ils se font seulement écartés de la doctrine du potier, en soutenant que ces coquilles devaient avoir été déposées dans ce souterrain plusieurs milliers de siècles avant notre déluge grec. ( * )

On leur a répondu : Si un déluge universel a porté dans cet endroit cent trente millions de toises cubiques

( * ) Voyez les notes de la *Dissertation sur les changemens arrivés dans notre globe*, et sur les articles des *Oeuvres physiques* et du *Dictionnaire philosophique*, relatives à ces questions.

de poiſſons, pourquoi n'en a-t-il pas porté la millième partie dans les autres terrains également éloignés de l'Océan ? pourquoi ces mers, toutes couvertes de marſouins, n'ont-elles pas vomi ſur ces rivages ſeulement une douzaine de marſouins ?

Il faut avouer que ces philoſophes n'ont point éclairci cette difficulté ; mais ils ſont demeurés fermes dans l'idée que la mer avait couvert les terres, non-ſeulément juſqu'à huit cens quarante ſtades au-delà de ſon rivage, mais qu'elle s'eſt avancée bien plus loin. Les diſputes n'ont point de bornes. Enfin le philoſophe gaulois *Telliamed* a ſoutenu que la mer avait été par-tout pendant cinq ou ſix cents mille ſiècles, et qu'elle avait produit toutes les montagnes.

### CALLICRATE.

Vous me dites des choſes bien extraordinaires ; tantôt vous me faites admirer vos barbares, tantôt vous me forcez à en rire. Je croirais plus aiſément que les montagnes ont fait naître les mers que je ne penſerais que les mers ont les montagnes pour filles.

### EVHEMERE.

Si, ſelon *Telliamed*, les courans de l'Océan et les marées ont à la longue produit le Caucaſe et l'Immaüs en Aſie, les Alpes et l'Apennin en Europe, ils ont auſſi fait naître des hommes pour peupler ces montagnes et leurs vallées.

### CALLICRATE.

Rien n'eſt plus juſte ; mais ce *Telliamed* me paraît un peu bleſſé du cerveau.

### EVHEMERE.

Cet homme long-temps employé en Egypte par ſon roi, pour la ſureté du commerce, a paſſé pour un favant très-inftruit. Il n'ofe pas dire qu'il a vu des hommes marins, mais il a parlé à des gens qui en ont vu : il juge que ces hommes marins, dont plufieurs voyageurs nous ont donné la defcription, font devenus à la fin des hommes terreftres tels que nous fommes, lorfque la mer, fe retirant des côtes pour aller élever fes montagnes, a laiffé ces hommes dans la néceffité d'habiter fur la terre. Il croit de même, ou il veut faire croire que nos lions, nos ours, nos loups, nos chiens font venus des chiens, des loups, des ours, des lions marins, et que toutes nos baffes-cours ne font peuplées que de poiffons volans, qui à la longue font devenus canards et poules.

CALLICRATE.

Et fur quoi a-t-il pu fonder ces extravagances ?

EVHEMERE.

Sur *Homère* qui a parlé des tritons et des firènes. Ces firènes fur-tout, qui avaient une voix charmante, ont enfeigné la mufique aux hommes quand elles ont habité la terre au lieu de demeurer dans l'eau. De plus, tout le monde fait qu'en Chaldée il y avait autrefois dans l'Euphrate un brochet nommé *Oannès* qui venait prêcher le peuple deux fois par jour : c'eft lui qui eft le patron de ceux qui parlent en chaire. Le dauphin qui porta *Arion* eft devenu le patron des poftillons. Voilà, fans doute, affez d'autorités pour établir une nouvelle philofophie.

Mais le plus grand appui qu'elle ait eu eft l'hiftorien de l'homme, du monde entier et du cabinet d'un grand roi : il a pris du moins fous fa protection les montagnes formées par les courans et par le flux des mers. Il a fortifié cette idée de *Telliamed*. On l'a comparé à un grand seigneur qui élève dans ses domaines un orphelin abandonné. Quelques physiciens se sont joints à lui ; et ce système est devenu assez problématique.

CALLICRATE.

Je voudrais bien savoir ce qu'ils disent pour prouver que le mont Caucase a été créé par le Pont-Euxin.

EVHEMERE.

Ils allèguent qu'on a trouvé un brochet pétrifié au milieu du pays des Cattes en Germanie, une ancre de vaisseau sur les grandes Alpes, et un vaisseau tout entier dans un précipice des environs. Il est vrai que l'histoire de ce vaisseau n'a été contée que par un de ces pauvres compilateurs qui veulent gagner quelque argent par leurs mensonges : mais les gens à système n'ont pas manqué de dire que ce vaisseau avec tous ses agrès, était dans cette fondrière plus de dix à douze cents mille siècles avant qu'on eût inventé la navigation, et que ce vaisseau fut bâti dans le temps que la mer se retirait de la cime des grandes Alpes pour aller faire le mont Caucase.

CALLICRATE.

Et c'est vous, *Evhémère*, qui me dites ces puérilités ?

EVHEMERE.

Je vous les rapporte pour vous faire voir que mes barbares se sont quelquefois livrés à leur imagination tout autant que vos Grecs.

CALLICRATE.

Jamais aucun philosophe grec n'a rien dit qui approche de ce que vous venez de me conter.

EVHEMERE.

Comment donc! oubliez-vous ce qu'a écrit depuis peu l'aftronome *Bérofe*, que j'ai tant vu à la cour d'*Alexandre*?

CALLICRATE.

Quoi donc! qu'a-t-il écrit de fi extraordinaire?

EVHEMERE.

Il a prétendu, dans fes Antiquités du genre humain, que *Saturne* apparut à *Xiffutre* et lui dit : ,, Le 15 du ,, mois d'œfi le genre humain fera détruit par le déluge. ,, Enfermez bien tous vos écrits dans Sipara, la ville du ,, foleil, afin que la mémoire des chofes ne fe perde ,, pas ; ( car, quand il n'y aura plus perfonne fur la ,, terre, les écrits feront très-néceffaires ) bâtiffez un ,, vaiffeau ; entrez-y avec vos parens et vos amis ; ,, faites-y entrer des oifeaux et des quadrupèdes, ,, mettez-y des provifions, et quand on vous demandera ,, où vous voulez aller avec votre vaiffeau, répondez : ,, Vers les dieux pour les prier de favorifer le genre ,, humain. ,,

*Xiffutre* ne manqua pas de bâtir fon vaiffeau, qui était large de deux ftades et long de cinq ; c'eft-à-dire que fa largeur était de deux cents cinquante pas géométriques et fa longueur de fix cents vingt-cinq. Ce vaiffeau, qui devait aller fur la mer Noire, était mauvais voilier. Le déluge vint. Lorfque le déluge eut ceffé, *Xiffutre* lâcha quelques-uns de fes oifeaux qui, ne trouvant point à manger, revinrent au vaiffeau. Quelques jours après il lâcha encore fes oifeaux qui revinrent avec de la boue aux pattes ; enfin ils ne revinrent plus. *Xiffutre* en fit autant, il fortit de fon vaiffeau qui était perché fur une montagne d'Arménie, et on ne le revit plus, les dieux l'enlevèrent.

Vous voyez que de tout temps on a voulu amufer ou effrayer les hommes, tantôt par des contes, tantôt par des raifonnemens. Les Chaldéens ne font pas les premiers qui aient menti pour fe faire écouter. Les Grecs ne font pas les derniers. La Gaule a mêlé les fictions aux vérités, comme les Grecs, et n'a pas été auffi agréable qu'eux dans fes fables : on a menti en Germanie et dans l'île Caffitéride.

Le premier deftructeur de la philofophie grecque en Gaule, le fameux *Cardeftes*, avouait qu'il avait menti, et qu'il n'avait voulu que plaifanter en compofant l'univers avec des dés, et en créant la matière fubtile, la globuleufe, la rameufe, la ftriée, la canelée ; d'autres ont pouffé la raillerie jufqu'à dire qu'inceffamment l'univers pourrait bien être détruit par la matière fubtile, dont felon eux le feu eft produit.

### CALLICRATE.

Ce n'eft pas apparemment un homme de la famille du roi *Xiffutre* qui nous prépare en riant cette cataftrophe : il faut que ce foit quelqu'un de ces philofophes qui ont fait fortir notre monde d'une comète embrafée ; ils auront voulu lui donner la mort de la même façon dont ils lui ont donné la vie ; mais une telle plaifanterie me paraît trop forte. Je n'aime point qu'on rie de la deftruction.

### EVHEMERE.

Vous avez raifon. Ce qu'il y a de pis, c'eft que cette idée de nous faire tous périr par le feu n'eft qu'un réchauffé de la fable de *Phaëton*. Il y a long-temps qu'on a dit que le genre humain avait été noyé une fois par une inondation, et qu'il avait une autre fois été détruit par un incendie.

On conte même que les premiers hommes érigèrent deux belles colonnes, l'une de pierres et l'autre de briques, pour en avertir leurs defcendans, et afin que, en cas de malheur, la colonne de briques réfiftât au feu, et que celle de pierres réfiftât à l'eau.

Nos philofophes barbares d'aujourd'hui, qui font plus que philofophes puifqu'ils font prophètes, nous annoncent que les deux colonnes feront fort inutiles : car.une comète ayant formé la terre, une autre comète la brifera en mille pièces, elle et fes deux beaux monumens de pierres et de briques. On a fait fur cette prédiction des livres où il y a beaucoup de calculs et beaucoup d'efprit : on s'eft même très égayé fur cette cataftrophe épouvantable. (5) Ces favans gaulois ont fait comme les dieux qu'*Homère* nous a peints rians d'un rire *inextinguible* pour des chofes qui n'étaient point du tout plaifantes.

### CALLICRATE.

Il me femble qu'il n'appartient de rire qu'aux dieux d'*Epicure :* ils ne font occupés que de leur bonne chère et de leurs plaifirs ; mais pour les dieux d'*Homère* qui font toujours en querelle dans le ciel et fur la terre, ils n'ont pas trop fujet de rire ; vos philofophes gaulois encore moins : ne m'avez-vous pas dit qu'ils font prefque toujours gourmandés par des druides ? cela doit les rendre très-férieux.

---

(5) M. de *la Lande*, de l'académie des fciences, ayant fait un mémoire fur les comètes qui peuvent approcher de la terre, beaucoup de gens s'imaginèrent qu'il avait prédit l'arrivée d'une de ces comètes, et que la fin du monde était proche ; mais cela ne produifit que des calculs et des plaifanteries ; et perfonne ne s'avifa de donner fon bien à l'Eglife, comme dans le bon temps.

### EVHEMERE.

Auffi plufieurs l'ont-ils été, et j'ofe vous dire qu'ils fe font occupés férieufement à rendre de très-grands fervices.

### CALLICRATE.

C'eft de quoi je voudrais être inftruit. Je n'aime que la philofophie d'ufage : je préfère l'architecte qui me bâtit une maifon agréable et commode, au mathématicien qui quarre une courbe à double courbure dont je n'ai que faire.

### EVHEMERE.

Non-feulement les barbares ont montré leur fagacité en quarrant les courbes, et même en fe trompant quelquefois dans leurs calculs; mais ils ont inventé des arts nouveaux dont bientôt les Grecs ne pourront plus fe paffer; et je vais vous en rendre compte.

# DOUZIEME DIALOGUE.

*Inventions des barbares, arts nouveaux, idées nouvelles.*

### CALLICRATE.

DITES-MOI donc au plus tôt ce que ces barbares ont imaginé de fi utile au monde.

### EVHEMERE.

Quand ils n'auraient inventé que des moulins à vent, nous leur devrions une éternelle reconnaiffance; ce ne font ni des Caffitérides, ni des Goths, ni des Celtes qui ont été les auteurs de cette belle machine :

ce font des arabes établis en Egypte; les Grecs n'y ont nulle part.

### CALLICRATE.

Comment eft faite cette belle machine ? J'en ai ouï parler, mais je ne l'ai jamais vue.

### EVHEMERE.

C'eft une maifon montée fur un pivot, et qui tourne à tout vent: elle a quatre grandes ailes qui ne peuvent voler, mais qui fervent à brifer entre deux pierres le grain recueilli dans la campagne. Les Grecs et nous autres Siciliens, les Romains mêmes n'ont pas encore l'ufage de ces maifons ailées : nous ne favons que fatiguer les mains de nos efclaves à moudre groffièrement ce blé que nous arrachons à la terre avec tant de peine. J'efpère que le bel art des maifons ailées parviendra un jour jufqu'à nous.

### CALLICRATE.

On dit que c'eft à notre Sicile que les dieux ont fait la grâce de donner le blé, et que c'eft de chez nous qu'il s'eft répandu dans une partie du monde : nos épicuriens n'en croient rien ; ils font perfuadés que les dieux font trop occupés de leur bonne chère pour fonger à la nôtre ; et en effet, fi *Cérès* nous avait accordé le blé, elle aurait bien dû nous faire préfent auffi d'un moulin à vent.

### EVHEMERE.

Pour moi, je ferai toujours perfuadé, non pas que *Cérès* ait apporté du froment à Syracufe, mais que le grand *Demiourgos* a donné aux hommes et aux animaux les alimens et l'induftrie néceffaires pour foutenir leur courte vie, felon les climats où il les a fait naître.

Les peuples qui habitent les bords de la Seine et du Danube, n'ont pas les fruits délicieux qui croissent vers le Gange. La nature ne fait pas croître chez eux ce riz si savoureux et si nourrissant dont le goût est relevé par les aromates ou par les cannes sucrées de l'Inde : notre Europe septentrionale est privée de ces beaux palmiers dont toute l'Asie est couverte, de ces pommes d'or de tant d'espèces différentes, qui fournissent un aliment si léger, et une boisson si rafraîchissante. Des pays immenses, dont *Alexandre* n'a vu que les frontières, ont en partage le coco dont vous avez entendu parler ; ce fruit fournit une amande supérieure à notre pain et à notre miel ; une liqueur plus agréable que nos meilleurs vins ; une huile pour les lampes, et une coque très-dure dont on façonne des vases et mille petits bijoux ; une écorce filamenteuse, qui l'enveloppe, est filée en toile, et taillée en voile de navire ; on bâtit avec son bois des vaisseaux et des maisons, et ses feuilles larges et épaisses servent à couvrir ces maisons. Ainsi une seule espèce de fruit nourrit, désaltère, habille, loge, voiture et meuble des peuples entiers à qui la terre prodigue ces présens sans culture.

Dans l'Europe, dont la Sicile est la partie la plus fortunée, nous n'avons jusqu'à présent que des fruits sauvages ; car les pommes d'or des Hespérides, les beaux fruits de Perse, de Cérazunte et d'Epire ne sont pas encore cultivés dans notre île : notre ressource et notre gloire sont dans ce blé dont nous nous vantons : quelle triste gloire et quelle ressource pénible ! ceux-là n'avaient peut-être pas tant de tort qui ont dit que nous avions offensé *Cérès*, et que pour nous punir elle nous enseigna l'agriculture.

Il faut d'abord tirer du fein de la terre, et forger par les mains de nos cyclopes, le fer qui doit la déchirer. Les trois quarts des peuples de notre petite Europe font obligés d'acheter de l'Afie et de l'Afrique des grains pour enfemencer leurs maigres champs ; et ces champs, après plufieurs labours qui excèdent les hommes et les animaux, rapportent dix pour un dans les meilleures années, d'ordinaire cinq ou fix, quelquefois trois. Quand cette chétive moiffon eft faite, on eft obligé de battre les gerbes à grands coups de leviers, et d'en perdre une partie dans ce rude travail. Ces travaux n'ont encore rien avancé pour la nourriture de l'homme. Il faut porter ce grain chétif à ceux qui l'arrofent de leur fueur en l'écrafant fous la meule à force de bras. Ce n'eft encore rien fi dans cet état on ne l'expofe au feu dans des antres voûtés, où trop de chaleur peut le pulvérifer, et où trop peu n'en ferait qu'une pâte inutile.

C'eft donc là ce pain dont *Cérès* a gratifié les hommes, ou plutôt qu'elle leur a fait acheter fi chèrement ! il ne reffemble pas plus au grain dont il eft formé qu'une robe d'écarlate ne reffemble au mouton dont elle eft tirée. Ce qui fur-tout eft déplorable, c'eft que le laboureur ne jouit qu'à peine du fruit de tant de travaux. Ce n'eft pas pour lui que l'habitant des rives du Danube et du Boryfthène a femé, c'eft pour le barbare qui s'eft emparé de fon pays fans favoir comment le blé germe en terre ; c'eft pour le druide ou pour le lama qui de la part du ciel exige une partie de la récolte, en attendant qu'il déflore, ou qu'il facrifie fur l'autel la fille du bon homme dont il dévore la fubfiftance.

Du moins vous m'avouerez que les mathématiciens

qui ont inventé le moulin à vent ont foulagé le malheureux cultivateur de la plus rude de fes peines.

### CALLICRATE.

Je ne doute pas que la mode des moulins à vent ne prenne bientôt faveur chez tous les peuples qui mangent du pain, et qu'ils ne béniffent la philofophie. Continuez, je vous prie, de m'inftruire des nouvelles inventions de vos barbares.

### EVHEMERE.

Je vous ai déjà dit qu'ils avaient donné des yeux à ceux qui n'en avaient point : ils ont aidé les vieillards à lire ; ils ont fait voir à tous les hommes des étoiles qui leur avaient toujours été cachées ; et ces bienfaits diverfifiés admirablement ne font que la fuite d'un théorême connu en Gréce, que l'angle d'incidence eft égal à l'angle de réflexion.

### CALLICRATE.

Vous faites des dieux de vos philofophes : ils donnent le pain à l'homme, et ils difent que la lumière fe faffe. Qu'ont-ils créé encore ? dites-moi tout.

### EVHEMERE.

Ils ont créé l'art de copier en un tour de main un livre entier. La fcience par ce moyen peut devenir univerfelle ; les livres coûteront moins que les comeftibles au marché. Chacun aura un *Ariftote* à moins de frais qu'une poularde. Une partie même de ce grand art s'étend jufqu'à multiplier un tableau mille et dix mille fois, de forte que le plus pauvre des citoyens peut avoir chez lui les ouvrages de *Zeuxis* et d'*Apelles.* Cela s'appelle des gravures.

### CALLICRATE.

Tout à l'heure vos inventeurs philosophes étaient des dieux, à présent ils font des magiciens.

### EVHEMERE.

Vous dites plus vrai que vous ne croyez. Il y a des pays en Europe où cet art, encore peu connu, de multiplier les tableaux et les livres, a été pris pour un fortilége : mais cet art deviendra beaucoup plus commun que les moulins à vent dont j'ai parlé. Chacun voudra faire un livre, chacun voudra multiplier son portrait ; nous ferons inondés de livres insipides ; la littérature deviendra un vil métier, et l'orgueil augmentant dans la tête d'un auteur, en proportion de sa sottise, il n'y aura point de barbouilleur de papier qui ne se fasse graver à la tête de son recueil.

### CALLICRATE.

Je conviens bien que la grande quantité de livres pourrait avoir son danger ; mais on doit être bien obligé à ceux qui ont trouvé le secret d'en rendre le débit si facile. On choisit ses amis dans la foule.

### EVHEMERE.

Il y a en effet dans cette foule un grand nombre de marchands de pensées ; les uns vendent les rêveries de *Platon*, les autres les imprudences de *Diogène* : on voit dans la même boutique un Hermès Trismégiste et un Aristophane. Depuis peu, plusieurs de ces marchands se font associés pour vendre un extrait, en trente volumes immenses, de tout ce que les philosophes grecs et barbares ont jamais inventé ou imité, ou critiqué dans les sciences et dans les arts. Avec cet ouvrage on peut, dit-on, se passer de tous les autres : car depuis la manière de faire la poudre exterminante jusqu'à celle d'enfiler des éguilles , il n'y a rien que vous n'appreniez, dit-on, en lisant cet extrait.

### C A L L I C R A T E.

Que parlez-vous de poudre exterminante ? est - ce quelque poison inventé par les *Anitus* et les *Mélitus*, pour délivrer la terre des philosophes ?

### E V H E M E R E.

Non, c'est une admirable expérience de physique, faite par un bon prêtre qui n'y entendait pas finesse: cette expérience, réduite en art, imite parfaitement les éclairs et la foudre. Elle a même de bien plus terribles effets. Elle embrase, et elle détruit jusqu'aux plus solides remparts. Si notre *Alexandre* avait connu cette invention, il n'aurait pas eu besoin de sa valeur pour conquérir le monde. Ce qui vous étonnera, c'est que cet art de tout écraser est employé dans les solennités, et dans les plaisirs. Célèbre-t-on les noces d'un prince, ce n'est point avec des harpes et des lyres, comme chez les Grecs, c'est au feu des éclairs, et au retentissement du tonnerre, comme lorsque *Jupiter* vint coucher avec *Sémélé* dans tout l'appareil de sa gloire.

### C A L L I C R A T E.

Ce que vous me dites m'épouvante ; c'est un monde nouveau où l'on est à tout moment près d'être foudroyé; mais ceux qui échappent jouissent d'un grand spectacle.

### E V H E M E R E.

Si je rassemblais en effet tout ce que ces modernes étrangers ont inventé en divers temps, vous les prendriez pour des géans auprès de qui nos Grecs ne sont que des enfans qui promettent d'être un jour des hommes.

Ne vous étonnerais-je pas si je vous disais que ces prétendus barbares ont su faire avec du simple sable des

espèces

efpèces de diamans polis de plus de cinq pieds de haut et de large, qui réfléchiffent tous les objets mieux que le petit miroir d'argent, confacré par la belle *Phryné* dans le temple de *Vénus*, et qui laiffent un libre paffage à la lumière dans les maifons, en les garantiffant des injures de l'air. Vous dirai-je à quel point ils perfectionnent tous les arts qui flattent les fens et qui contribuent à la douceur de la vie? M'en croirez-vous quand je vous apprendrai que leurs villes capitales font dix fois plus grandes, plus peuplées que celles d'Athènes et de Syracufe, et qu'elles font remplies, dans l'efpace de plus de trente ftades, d'ouvrages magnifiques en tout genre, qui furpaffent tous ces chefs-d'œuvre de luxe qu'on vante dans Suze et dans Babylone?

Ce qui vous furprendra encore davantage, c'eft que la plupart des découvertes de tous ces arts ingénieux n'ont été faites que dans des temps d'ignorance et de groffièreté. Il femble que DIEU ait donné à certains hommes un inftinct fupérieur à la raifon ordinaire, comme on voit des éléphans naître dans des pays peuplés de petits finges : mais peu à peu la raifon fe forme. Elle examine à la fin ce que l'inftinct a inventé, elle fait des fyftêmes ; elle fe perd enfin en argumens chez les barbares comme chez les Grecs.

CALLICRATE.

Vous me dites toujours le pour et le contre dans toutes les chofes que vous m'apprenez.

EVHEMERE.

C'eft que toutes les chofes de ce monde ont un bon et un mauvais côté. Chez nos barbares, par exemple, les uns ont la politeffe et la douceur des Athéniens, les autres la cruauté fuperftitieufe des Scythes. Des

*Dialogues.*          L l

particuliers ont eu le génie et le bon goût en partage ;
mais ils ont été élevés dans des écoles qui n'avaient
pas le fens commun : ils commencent à furpaffer les
Grecs en peinture et en mufique, s'ils ne les égalent pas
tout-à-fait en fculpture. Ils ont une phyfique expéri-
mentale dont la Gréce n'a jamais connu les premiers
élémens ; mais en métaphyfique ils font quelquefois
plus chimériques que les *Platon*, les *Pythagore*, les
*Zoroaftre*, les *Mercure Trifmégifte*.

### C A L L I C R A T E.

Je voudrais bien raifonner métaphyfique avec un
gaulois ou un caffitéride.

### E V H E M E R E.

Quand vous apprendriez leur langue, à quoi abou-
tirait cette controverfe ? on ne s'entend jamais en
difputant de vive voix ; un des contendans s'explique
mal, l'autre répond plus mal encore. Un faux argument
eft réfuté par un argument plus faux ; c'eft pourquoi
les difputes dans les écoles ont long-temps perverti la
raifon humaine. Sans cet heureux inftinct qui a inventé
et perfectionné les arts ; fans les expériences faites loin
des déclamateurs fcolaftiques, la fociété ferait encore
fauvage.

Ce que les honnêtes gens ont le plus reproché aux
favans, et à ceux qui prétendent l'être, foit grecs,
foit barbares, c'eft d'avoir voulu aller plus loin que
la nature. Ils ont creufé des abymes, et le terrain eft
retombé fur eux.

L'un, (*) qui pourtant était un vrai génie, examine
ce que ferait un homme fans tête, et à qui les dieux

_____

(*) *Pafcal.*

auraient donné tout le reſte. L'autre emploie toute la
ſagacité d'un eſprit ſupérieur à rechercher quel perſonnage
ſerait un homme qui n'aurait de ſens que celui
du nez. (*) Un autre philoſophe de cette première
claſſe a fixé le jour et l'heure où il n'y aurait plus ni
hommes ni animaux. (**) Que voulez-vous ? ce ſont
des *Hercules* qui jouent aux oſſelets ; ils n'en ſont pas
moins des *Hercules*. Trois illuſtres mathématiciens de
l'île Caſſitéride ont démontré, chacun à leur manière,
comment le monde était fait avant le déluge de *Deucalion*
et de *Pyrrha* ; leurs réſultats ſont abſolument différens :
ainſi il a bien fallu que leurs calculs fuſſent erronés ;
cependant ils ne les ont point corrigés, et ils ont laiſſé
là ce monde qu'ils avaient créé. Il aurait mieux valu
en laiſſer le ſoin à DIEU.

Que diriez-vous de celui qui a trouvé le ſecret
d'exalter ſon ame au point de prédire préciſément
l'avenir ; et cela ſur ce bel argument que ſi on penſe
au paſſé qui n'eſt plus, on peut penſer au futur qui
n'eſt pas encore ? (***)

Vous voyez que je ne ſuis pas un fade admirateur
des étrangers que j'ai vus ; je leur rends juſtice
comme aux Grecs : il y a par tout des erreurs et des
abus ; le ciel en eſt plein, ſi l'on en croit *Homère*.
Deux choſes multiplient furieuſement les livres chez
nos barbares, la vanité et l'indigence. L'art d'écrire
eſt devenu un métier d'autant plus univerſel qu'il eſt
plus facile.

Il n'y a pas long-temps que tous les auteurs étaient

(*) L'abbé de *Condillac*.
(**) M. de *Buffon*.
(***) *Maupertuis*.

des druides, qui expliquaient dans d'énormes volumes comment les propriétés myſtérieuſes du gui de chêne ſe trouvaient dans *Ariſtote* et dans *Platon*. A préſent un grand nombre d'écrivains ſe conſacre à réformer les empires et les républiques. Tel homme qui ne ſait pas gouverner un poulailler, qui même n'en a point, prend la plume et donne des lois à un royaume.

D'autres élèvent la jeuneſſe dans leurs écrits, après lui avoir donné de grands exemples par leur conduite.

Vous avez lu le roman de l'athénien *Xénophon* ſur l'éducation de *Cyrus*.

### CALLICRATE.

Oui, et je vous avoue qu'il m'a donné encore meilleure opinion de *Xénophon* que de *Cyrus* même.

### EVHEMERE.

Hé bien, un petit barbare a cru depuis peu inſtituer une méthode d'élever les princes, bien ſupérieure à l'éducation du vainqueur de Babylone.

D'abord l'auteur, demi-gaulois, demi-allemand, déclare qu'un grand prince l'a ſupplié de vouloir bien lui faire l'honneur d'être précepteur de ſon fils; qu'il l'a refuſé, et qu'il ne ſera jamais précepteur. Auſſitôt il nous apprend qu'il l'eſt d'un jeune homme de qualité. Savez-vous quelles leçons il donne à ſon élève? il en fait un garçon menuiſier; il l'accompagne au b.... (1) Il lui perſuade qu'un prince, un ſouverain doit épouſer la fille du bourreau, ſi les convenances s'y trouvent. (2) Enfin il lui dit qu'il eſt bien plus ſage d'aſſaſſiner ſon ennemi que de le combattre noblement. (3).

(1) *Emile*, tome III, pag. 261, édition de *Neaulme*, à Amſterdam.
(2) Tom. IV, pag. 178.
(3) Tom. II, pag. 297.

CALLICRATE.

Eft-ce ainfi qu'on élève la jeune nobleffe dans la Gaule ? Vraiment vous ne m'avez pas trompé quand vous m'avez promis que vous me diriez ce que vos barbares ont de bon et de mauvais.

EVHEMERE.

Comme je me fuis engagé à tout dire, j'ajouterai que vous trouverez dans ce *Xénophon* des Gaules un épifode qu'on appelle le Druide favoyard, contre les idées fcolaftiques des druides, lequel épifode eft plein de chofes excellentes.

CALLICRATE.

Qu'eft-ce qu'un Savoyard ?

EVHEMERE.

C'eft le nom d'un peuple qui habite certaines montagnes des Alpes.

CALLICRATE.

Et les druides de ces Alpes n'ont pas brûlé votre *Xénophon* ?

EVHEMERE.

Non : ils ont imité les Athéniens qui ayant fait mourir *Socrate* fe font mis à rire de *Diogène*.

CALLICRATE.

Vos Gaulois font donc auffi une drôle de nation ?

EVHEMERE.

Très-drôle, après avoir été horriblement fauvage, fotte et cruelle.

CALLICRATE.

C'eft précifément ce qui eft arrivé à nos Grecs pélafges. Et dans la capitale de vos Gaules, qui eft, ditesvous, dix fois plus grande, plus peuplée, plus riche qu'Athènes, y a-t-il comme dans Athènes des tragédies,

des comédies, des spectacles en musique, des danses
semblables à la Pyrrhique, et à la Cordace?

E V H E M E R E.

S'il y en a! tous les jours de l'année sont consacrés
à ces beaux arts. Les Gaulois ont eu leurs *Sophocles*,
leurs *Euripides*, leurs *Ménandres*, leurs *Timothées*. Ils
font fur-tout aujourd'hui le peuple de la terre le plus
habile dans la danse; il y a plus de danseurs que de
géomètres : mais il est arrivé dans la métropole des
Gaules ce qui arriva il y a quarante à cinquante mille
ans dans la ville de *Zoroastre*, à ce que disent les sages
Parsis qui ne mentent jamais. Le ciel étant irrité contre
la terre, où l'on ne songeait qu'à se divertir, envoya vers
le Gange une grosse couleuvre, qui était enceinte de
dix mille Envies. Elle accoucha, et dès-lors les hommes
furent malheureux. Il faut qu'il y ait eu plus de cent
mille de ces Envies dans la grande ville gauloise; car
dès qu'un homme y réussit dans quelque genre que ce
puisse être, toutes les filles de la couleuvre s'élèvent
contre lui. Il y a des boutiques où les Envies vendent
la diffamation quatre fois par mois. L'art de mettre ses
pensées par écrit, art admirable, inventé d'abord pour
instruire, est devenu le grand partage de l'Envie. Ce
n'est pas de tous les arts le plus honorable; mais c'est
le plus cultivé : on achete les injures dites au prochain
avec plus d'empressement que les vins délicieux, et le
miel divin de Syracuse.

C A L L I C R A T E.

N'importe. Dès que je pourrai m'échapper de ma
famille, j'irai voir cette capitale de barbares aimables,
où l'on passe son temps à danser et à médire. Les filles
de la couleuvre n'épouvanteront pas un voyageur.

# X X X.

## ENTRE UN PRETRE ET UN ENCYCLOPEDISTE.

### LE PRETRE.

Hé bien, malheureux, jufqu'à quand voulez-vous donc outrager la religion, et décrier fes miniftres ?

### L'ENCYCLOPEDISTE.

Je n'outrage point la religion que je profeffe et que je refpecte ; je me tais fur fes miniftres, et je ne comprends point ce qui peut allumer ainfi votre bile et m'attirer ces injures.

De quel droit d'ailleurs me faites-vous ces queftions ? quelle eft votre miffion ?

### LE PRETRE.

Quelle eft ma miffion ? la piété, le zèle, la charité chrétienne. Vous triompheriez bientôt, meffieurs les athées, s'il ne fe trouvait pas encore des hommes religieux qui ont le courage de s'oppofer à vos pernicieux deffeins ; je me fuis ligué avec deux prêtres comme moi pour foutenir les autels que vous vouliez renverfer. Tous trois pleins de l'amour de DIEU et de l'avancement de fon règne, nous avons déclaré une guerre éternelle à tous ceux qui examinent, qui difcutent, qui approfondiffent, qui raifonnent, qui écrivent, et fur-tout aux encyclopédiftes.

Nous fefons un journal chrétien, dans lequel, après avoir premièrement critiqué leurs ouvrages, nous examinons enfuite leur conduite , que nous trouvons ordinairement vicieufe et criminelle , et lorfqu'elle nous paraît innocente , nous difons que la chofe eft impof-fible , puifqu'ils ont travaillé à l'Encyclopédie.

L'ENCYCLOPEDISTE.

Voilà un projet qui me paraît bien raifonnable , et rien affurément ne fera plus chrétien que cet ouvrage.

Mais dites-moi , je vous prie , ne craignez-vous point la police ? croyez-vous qu'elle tolère une entre-prife de cette nature ? A quel titre ofez-vous fonder les cœurs et faire la confeffion de foi des auteurs qui vous déplaifent ? penfez-vous qu'abufant de votre caractère , et fous le prétexte trivial et fpécieux de défendre la religion , que perfonne ne fonge à attaquer , dont les fondemens font inébranlables , et qui eft fous la pro-tection des lois et du gouvernement , vous puiffiez établir une inquifition , et que l'on fouffre une pareille témérité ?

LE PRETRE.

Une inquifition ! Ah ! s'il y en avait une en France , vous feriez un peu plus contenus , vous autres impies ! mais je n'en défefpère pas ; le pape qui occupe fi glorieu-fement la chaire de *Saint-Pierre* , vient de fe brouiller avec la cour de Portugal en protégeant les jéfuites , auxquels elle voulait contefter le droit de corriger les rois ; il a envoyé un vifiteur apoftolique en Corfe fans confulter la république de Gènes , et depuis fon arrivée dans ce pays-là , le zèle des mécontens s'eft bien ranimé : tout cela me donne de grandes efpérances , et fi fon prédéceffeur avait penfé comme lui , nous aurions la confolation de voir ce fage tribunal établi parmi nous.

Vous parlez de la police ? ne s'eſt-elle pas déclarée aſſez hautement en proſcrivant l'Encyclopédie, ce dépôt d'héréſies et de ſchiſmes, ce recueil d'impiétés et de blaſphêmes, qui reſpire à chaque page la révolte contre la religion et contre l'autorité ? ne vient-elle pas en dernier lieu de permettre qu'on expoſât ſur le théâtre toutes les horreurs de votre morale ? Les concluſions du procureur général contre l'Encyclopédie n'ont-elles pas été plus fortes que le mandement de notre archevêque ? les diſcours académiques, qui ſont lus du roi et de tout l'univers, ne ſont-ils pas des déclamations contre vous ? Et vous comptez encore ſur la police ! tremblez que ſa main ne s'arme contre les auteurs, après avoir ſévi contre l'ouvrage ; tremblez qu'elle ne vous plonge dans des cachots, d'où vous ne ſortirez que pour être traîné à la *grève*, et précipité de là dans le feu éternel qui eſt préparé au diable et à ſes anges.

L'ENCYCLOPEDISTE.

Voilà une terrible déclaration ; et je ne m'attendais pas en travaillant innocemment à cet ouvrage, où j'ai inféré quelques articles ſur les arts, de travailler pour la grève et pour l'enfer.

La police en effet a ſupprimé l'Encyclopédie ; peut-être y avait-il des choſes qui n'étaient pas de l'eſſence d'un dictionnaire, et qu'il aurait été plus convenable de ne pas y mettre ; mais je réponds que les eſtimables auteurs de cet ouvrage n'ont eu que les intentions les plus pures, et n'ont cherché que la vérité : ſi quelque-fois elle leur a échappé, c'eſt qu'il eſt dans la nature humaine de ſe tromper ; la vérité ne s'effraie point des recherches, elle reſte toujours debout, et triomphe toujours de l'erreur. Voyez les Anglais ; cette nation

fage et éclairée a livré les queftions les plus délicates
à la difcuffion et à l'examen. M. *Hume* , ce fameux
fceptique, eft auffi honoré parmi eux que l'homme le
plus foumis à la foi ; vous favez auffi-bien que moi
qu'elle eft un don de DIEU, et qu'il ne faut pas s'em-
porter contre ceux qui , manquant de ce précieux flambeau , veulent y fuppléer par la conviction qui réfulte
de l'examen. Nos magiftrats , dont la religion furprife
s'eft alarmée trop légèrement, rendront juftice aux vues
utiles de ces hommes éclairés , qui travaillaient à la gloire
de la nation , en inftruifant l'univers. L'Europe entière
demande avec tant d'empreffement la continuation de
cet ouvrage qu'ils feront forcés de fe rendre à ce cri
général.

### LE PRETRE.

Vous nous citez fans ceffe les Anglais , et c'eft le
mot de ralliement des philofophes ; vous avez pris à
tâche de louer cette nation féroce, impie et hérétique ;
vous voudriez avoir comme eux le privilége d'examiner,
de penfer par vous-même , et arracher aux eccléfiaftiques
le droit immémorial de penfer pour vous , et de vous
diriger. Vous voulez qu'on admire des gens qui font nos
ennemis de toute éternité , qui défolent nos colonies ;
et qui ruinent notre commerce ; vous ne vous contentez
donc pas d'être infidèle à la religion , vous l'êtes encore
à l'Etat ! Le miniftère aura peut-être la faibleffe de
fermer les yeux fur votre trahifon , mais nous trouverons
les moyens de vous punir.

On ne prononcera plus de difcours à l'académie qui
ne foit une fatire des philofophes anglais, et l'on n'adoptera dans le confeil de Verfailles aucune des maximes
de celui de Kenfington.

L'ENCYCLOPEDISTE.

Ce fera bien fait ; mais c'eft affez parler des Anglais ; et pour abréger notre converfation , dites-moi , je vous prie , d'où vient votre déchaînement contre les ency-clopédiftes ? avez-vous lu leur ouvrage avec attention ?

LE PRETRE.

Non affurément, je ne fuis pas affez fcélérat pour avoir fouillé mon efprit de la lecture d'un ouvrage auffi profane : je n'en ai pas lu un mot, je n'en lirai jamais rien ; je me contenterai de le décrier dans mon journal , et de faire imprimer toutes les femaines que c'eft le livre le plus dangereux qui ait jamais été compofé.

L'ENCYCLOPEDISTE.

Votre projet eft très - fenfé , affurément ; mais ne ferait-il pas plus équitable de le juger après l'avoir lu , que de vous en fier à des rapports peut-être infidèles , et peut-être intéreffés ?

A quel égard encore vous a-t-on dit qu'il fût dan-gereux ?

LE PRETRE.

A tous égards ; la théologie n'eft point celle de la forbonne ; la morale n'eft point celle des jéfuites ; la médecine n'eft point celle de la faculté de Paris ; l'art militaire eft compofé fur des mémoires pruffiens ; la marine et le commerce fur des mémoires anglais : en un mot, tout eft déteftable.

L'ENCYCLOPEDISTE.

Voilà qui eft raifonner à la fin ; et fi vous m'aviez dit tout cela d'abord , notre difpute aurait été plutôt terminée.

### LE PRETRE.

Je vois que fi je difais encore un mot, vous abjureriez la philofophie pour afficher la dévotion ; mais nous ne voulons plus de toutes ces palinodies qui font rire les incrédules, et qui vous raccommodent avec les bonnes gens de notre parti, qui font dupes de vos fimagrées : les ouvrages que vous avez faits contre la religion et fes miniftres reftent, et la rétractation périt. Il faut que vous foyez toute votre vie un objet de fcandale, que vous mouriez dans l'impénitence, et que vous foyez damné éternellement. Je ne veux plus de commerce avec vous, et je vous déclare que l'ouvrage eft abominable d'un bout à l'autre, qu'il fallait non-feulement le fupprimer, mais encore le brûler ; qu'il fallait faire le procès à tous ceux qui y ont travaillé, à ceux qui l'ont imprimé, à ceux qui l'ont acheté, et que vous êtes des athées, des déiftes, des fociniens, des ariens, des fémi-pélagiens, des manichéens, &c. &c. &c.

N'avez-vous pas eu l'irréligieufe affectation de louer les anciens qui étaient dans les ténèbres du paganifme, aux dépens des modernes qui font éclairés du flambeau de la révélation ? N'avez-vous pas pouffé l'impiété jufqu'à comparer le fiècle idolâtre d'*Augufte* au fiècle chrétien de *Louis XIV* ?

### L'ENCYCLOPEDISTE.

Je me retire enchanté de votre érudition et de votre douceur, en vous exhortant à ne pas laiffer refroidir le zèle dont je vous vois animé ; voici un de vos adverfaires dont je vous recommande la converfion, puifque vous avez dédaigné la mienne.

# X X X I.

## ENTRE UN PRETRE ET UN MINISTRE PROTESTANT.

### LE PRETRE.

Entrez, entrez, Monfieur ; vous me trouvez ici bien échauffé ; ne croyez pas, je vous prie, que ce foit en parlant de controverfe que ma bile s'eft allumée ; je ne fonge plus ni à *Calvin* ni à *Luther* : ce n'eft plus contre les réformateurs que je veux écrire ; ce ne fera plus le mot d'hérétique que je ferai réfonner dans mes écrits et dans mes fermons. Je veux pourfuivre les philofophes, les encyclopédiftes, et voilà les vrais fchifmatiques. Il faut que nous oubliions tous nos démêlés, que nous nous paffions mutuellement nos dogmes et notre doctrine, et que nous nous réuniffions contre cette engeance pernicieufe qui a voulu nous détruire : car ne vous y trompez pas, ils en veulent également à tous les eccléfiaftiques, à toutes les religions ; ils prétendent établir l'empire de la raifon : et nous refterions tranquilles dans ce danger !

### LE MINISTRE.

Monfieur, je loue infiniment le deffein où vous êtes de perdre ceux qui veulent nous décréditer, mais j'en blâme la manière ; il faut s'y prendre plus doucement, et par-là plus furement : prefque toujours on fe nuit à foi-même en pourfuivant fon ennemi avec trop de paffion et d'acharnement. Je fais bien auffi qu'il ne faut pas trop raifonner , et que ces gens-là font affez fubtils pour en impofer à ceux qui examinent ; mais il faut décrier les auteurs, et alors l'ouvrage perd certainement fon crédit. Il faut adroitement empoifonner leur conduite ; il faut les traduire devant le public comme des gens vicieux , en feignant de pleurer fur leurs vices ; il faut préfenter leurs actions fous un jour odieux , en feignant de les difculper ; fi les faits nous manquent, il faut en fuppofer , en feignant de taire une partie de leurs fautes. C'eft par ces moyens-là que nous contribuerons à l'avancement de la religion et de la piété , et que nous préviendrons les maux et les fcandales que les philofophes cauferaient dans le monde s'ils y trouvaient quelque créance.

### LE PRETRE

Voilà qu'on vous furprend toujours dans ce malheureux défaut de la tolérance qui vous a féparé de nous , et qui s'oppofe aux progrès de votre religion. Ah ! fi , comme nous, vous brûliez, vous envoyiez à la potence, aux galères , il y aurait un peu plus de foi parmi vous autres, et l'on ne vous reprocherait pas de tomber dans le relâchement.

Vous me direz peut-être que notre zèle s'eft bien ralenti , et que fi nous n'avions pas les billets de confeffion , on ne diftinguerait plus notre religion de la vôtre ; mais laiffez faire les janféniftes et les auteurs du journal chrétien.

### LE MINISTRE.

Il eft vrai que nos idées font différentes fur les moyens d'étendre la foi , mais nous avons eu quelques-uns de ces momens brillans que vous regrettez , et le fupplice de *Servet* doit exciter votre admiration et votre

envie. La corruption des mœurs met des entraves à
notre zèle, mais je réponds de moi et de mes confrères;
et si l'autorité séculière voulait seconder le zèle ecclésiastique, nous offririons de bon cœur sur le même
bûcher un sacrifice à DIEU, dont l'odeur lui ferait
certainement bien agréable.

### LE PRETRE.

Je suis enchanté de ce que vous me dites, et je vois
que nous ne différons que par la conduite, et non
par les intentions. Puisque nous pensons de même,
exterminons donc les philosophes, tout est permis contre
eux : supposons-leur des crimes, des blasphêmes ; défé-
rons-les au gouvernement comme ennemis de la religion
et de l'autorité : excitons les magistrats à les punir, en
y intéressant leur salut ; et s'ils se refusent à nos pieux
desseins, flétrissons les encyclopédistes dans nos écrits,
anathématisons-les dans la chaire, et poursuivons-les
sans relâche.

### LE MINISTRE.

Je le veux bien, et je crois même que notre union
secrète produira un très-bon effet : ce pieux syncrétisme
ne sera point soupçonné du public, qui, voyant les deux
partis acharnés contre ces gens-là, ne manquera pas
de les croire très-criminels ; mais cependant que gagne-
rons-nous à tout cela ? Je vous avoue que j'aime bien
à decrier ceux qui attaquent la religion et ses ministres ;
mais si l'on gagnait davantage à les louer, cela deviendrait embarrassant. Nous autres ministres protestans,
nous sommes mariés, nos bénéfices sont des plus minces,
et nous nous devons à notre famille : on n'a point de
considération dans le monde sans argent, et on doit
procurer de la considération à ses enfans. Si en disant

du mal des philofophes, et du bien de leurs ouvrages ; ou du bien de leurs perfonnes, et du mal de leurs ouvrages ; ou même fi en louant le tout on vendait mieux fes feuilles, il faudrait bien fe foumettre à cette néceffité.

S'ils voulaient même acheter la paix, cela dépendrait des conditions : fi, par exemple, on pouvait les engager à n'attaquer que les luthériens, ce ferait un moyen d'accommodement, et ce ferait les faire travailler pour nous; mais s'ils veulent abfolument que cela foit plus général, ne pourrait-on pas, moyennant une petite redevance, leur abandonner la morale, qui dans le fond tient plus à la jurifprudence qu'à la religion, et les moines, que vous n'aimez pas mieux que nous? par ce léger facrifice nous fauverions les dogmes et les prêtres, ce qui eft pourtant l'effentiel ; nous occuperions les philofophes, et nous aurions la gloire de les rendre nos tributaires.

### LE PRETRE.

Ah fi donc! quoi! l'intérêt peut trouver place dans votre cœur, quand il s'agit de celui de la religion ; vous pouvez balancer entre DIEU et *Mammon*? il s'agit bien de vendre fes feuilles, il s'agit de les faire lire ; je vendrais plutôt mon manteau pour acheter du papier et des plumes, et écrire contre eux. D'ailleurs que voulez-vous qu'ils vous donnent? ce font des gueux qui ne vivent que de ce qu'ils volent. Je fuis fi fort indigné de vos vues fordides que je romprais pour jamais avec vous fi j'avais moins à cœur l'écrafement de cette canaille ; mais vous m'êtes néceffaire pour l'exécution de mon projet ; et puifqu'il vous faut de l'argent, je vous ferai avoir une penfion de mille écus fur la caiffe

des

des nouveaux convertis : j'exigerai feulement une petite condition, c'eft que vous me faffiez quelques fermons dont j'ai befoin contre les encyclopédiftes, pour les gens d'une certaine efpèce ; et vous m'en ferez bien auffi trois ou quatre fur la controverfe pour le peuple.

### LE MINISTRE.

Je le veux bién ; je ferai le tout en confcience : je n'ai jamais prêché contre les encyclopédiftes ; il faudra des fermons tout neufs ; ma fanté eft faible, et pourrait fe reffentir de ce travail ; ainfi je ne vous en ferai pas fur la controverfe ; mais je pourrai vous en retourner trois ou quatre des miens fur cette matière.

Vous vous êtes fcandalifé de ce que je penfais à l'intérêt, mais vous cefferez bientôt de l'être, lorfque vous faurez que j'applique cet argent à de bonnes œuvres, et que je deftine cette penfion à l'entretien d'un pauvre homme auquel je m'intéreffe très-particulière-ment. Ne vous étonnez donc pas, fi je vous demande qu'elle foit payée régulièrement, et même d'avance, fi cela fe peut.

### LE PRETRE.

Je vous le promets, et l'ufage que vous faites de cet argent vous rend toute mon eftime ; mais n'avez-vous jamais lu ce livre dont je ne faurais prononcer le nom fans frémir ? Je ne l'ai pas vu, mais on dit qu'au mot *vie*, l'article de *vie heureufe* fait dreffer les cheveux. Tolère-t-on cet ouvrage de fatan dans le pays où vous vivez ?

### LE MINISTRE.

J'en ai lu quelque chofe, et en effet ce livre eft plein de blafphèmes et d'impiété. Le mot *vie* que vous

*Dialogues.*                                    M m

citez n'eſt pas encore fait ; mais ſans doute qu'il ſerait
affreux s'il était imprimé.

On a ſouffert cet ouvrage dans ma patrie , quoique
j'aie bien fait quelques tentatives pour en faire ſaiſir
une cinquantaine d'exemplaires qui y ſont répandus ,
et que je voulais faire confiſquer au profit des ecclé-
ſiaſtiques , parce qu'ils ſont à l'abri de la contagion ,
et que l'ayant entre leurs mains , ils l'auraient mieux
réfuté. La choſe a ſouffert quelque difficulté ; et, pour
diminuer au moins la grandeur du mal , j'en ai emprunté
ſous main quelques exemplaires que je n'ai point rendus :
j'ai imaginé , pour les retrancher de la ſociété, de les
envoyer en Eſpagne, où je les ai fait payer le double
de leur valeur aux libertins qui les ont achetés ; après
quoi j'en ai donné avis au grand inquiſiteur, qui a fait
ſaiſir et brûler les exemplaires , mettre à l'inquiſition
les gens qui en étaient poſſeſſeurs, et qui m'a envoyé
cent piſtoles d'or pour le ſervice que j'ai rendu à la
religion.

### LE PRETRE.

Il y a bien quelque choſe à dire contre la délica-
teſſe dans ce que vous me racontez là ; mais la fin de
l'action en ſanctifie les moyens , et je vous abſous pour
toutes celles de la même nature, paſſées, préſentes et
à venir.

### LE MINISTRE.

Puiſque vous approuvez mon zèle , et que vous
croyez qu'on peut ſe permettre quelques négligences
en morale, lorſqu'il s'agit des intérêts de la religion ,
je vais vous narrer un petit fait que vous entendrez
dans ſon vrai ſens, et qui pourrait être mal interprété
par le vulgaire, qui ne juge jamais que ſur les apparences.

J'avais vu dans une bibliothéque qui m'était ouverte
un manufcrit, dont la publication pouvait nuire à la
cour de Rome, et qui inquiétait fort fa fainteté ; un
premier mouvement de zèle me porta à m'en faifir pour
le faire imprimer et combattre nos ennemis ; mais je
penfai qu'il ferait plus politique d'en faire un facrifice
au faint père , qui m'en faurait gré , et refpecterait une
religion dont les miniftres fe conduifaient avec cette
modération et ce défintéreffement ; car je le laiffais
abfolument maître des conditions : il fut en effet très-
fenfible à ma démarche, me fit remercier, et m'envoya
mille écus en échange du manufcrit, dont j'ai gardé
une copie à tout événement. Il ne s'en tint pas là ; il
donna un bénéfice de cinq cents écus à un prêtre de
ma connaiffance que je lui recommandai , et qui en a
partagé le revenu avec moi jufqu'à fa mort.

### LE PRETRE.

J'approuve infiniment votre conduite ; mais, comme
vous le dites , il faut avoir une piété bien éclairée pour
démêler le mérite de cette action , et je ne ferais pas
furpris que les gens du monde s'y trompaffent. Il y
a cependant cette copie qui. . . . . .

### LE MINISTRE.

Puifque nous fommes fur le ton de la confiance, il
faut que je vous faffe une confeffion entière, et que je
vous montre jufqu'où j'ai pouffé le zèle et la charité.
J'écrivais contre les philofophes; et , voyant que mes
ouvrages n'étaient pas un préfervatif fuffifant contre la
malignité des leurs , je tentai une autre voie : je m'adreffai
au plus dangereux et au plus écouté d'entre eux ; je
cherchai à gagner fa confiance, et après y avoir réuffi ,
je lui propofai d'être l'éditeur de fes œuvres ; je penfai

que le public, raffuré en voyant mon nom à côté de
celui de l'auteur et à la tête de l'ouvrage, ( dans une
préface compofée avec cette pieufe adreffe qu'infpire
la vraie dévotion aux gens de notre état) le lirait non-
feulement fans défiance, mais même avec édification;
tant il faut peu de chofe pour fe rendre maître des
opinions : par-là je parais le coup que l'on voulait
porter à la religion, je fanctifiais les chofes profanes,
et je changeais en un baume falutaire le poifon que nos
ennemis avaient préparé. La chofe était prête à réuffir,
l'auteur allait me faire préfent d'un de fes manufcrits,
le marché était fait avec un libraire qui devait m'en
donner un louis d'or par feuille, et deux cents exemplaires que j'aurais vendus, tandis que j'aurais fait faire
quelques changemens aux fiens, lorfqu'on m'a traverfé;
mais auffi j'ai bien dit du mal du livre, et ce n'eft pas
ma faute fi je n'en ai pas fait à l'auteur.

### LE PRETRE.

Cela eft très-bien encore; mais je vois toujours de
l'argent dans tout ce que vous faites, et j'aimerais mieux
qu'il n'y en eût pas.

### LE MINISTRE.

Vous avez donc oublié ce que je vous ai dit tout à
l'heure de l'ufage que j'en fais : vous me forcez à vous
répéter que je le confacre à de bonnes œuvres, et
je puis vous affurer avec vérité que les petites fommes
que j'ai reçues ont été remifes fidèlement entre les
mains de ce pauvre homme dont je vous ai parlé;
j'aurais bien des chofes à vous raconter encore, fi je
vous difais tout ce que j'ai fait pour lui, mais je crain-
drais d'abufer de votre complaifance; et ce fera pour
la première entrevue.

### LE PRETRE.

J'approuve tout ce que vous avez fait, les motifs
en font louables, et je vous eftimerais fort fi vous aviez
un peu plus de chaleur contre nos ennemis. Chacun
a fa manière : je vous avoue que je préfère les voies
abrégées ; j'aime mieux perfécuter : travaillez tout doucement par la fape, tandis que j'irai avec le fer et le
feu renverfer et brûler tout ce qui m'oppofera quelque
réfiftance.

### LE MINISTRE.

Bon jour, Monfieur ; j'avais oublié de vous dire
que tout ceci doit être fort fecret entre nous, et que
tout ce que j'écrirai doit être anonyme : n'oubliez pas
non plus la penfion, et fouvenez-vous qu'elle eft deftinée
à un pauvre homme.

### LE PRETRE.

Bon jour, Monfieur ; n'oubliez pas les fermons,
et fouvenez-vous qu'ils ne fauraient être trop forts.

*F I N.*

# TABLE

DES

## DIALOGUES ET ENTRETIENS

### PHILOSOPHIQUES.

Fin de la Table des Dialogues.